L'ENFANT DES LUMIERES

Née dans une famille creusoise très attachée à sa terre d'origine, Françoise Chandernagor partage son temps entre Paris et la Creuse, où elle a gardé une maison. Mariée depuis 1972, elle a trois enfants, aujourd'hui adolescents.

Après une maîtrise de droit et un diplôme de l'Institut d'études politiques de Paris, elle entre à vingt et un ans à l'École nationale d'administration d'où elle sort deux ans plus tard « major » de sa promotion. Elle intègre alors le Conseil d'État qu'elle quittera en 1993 pour se consacrer à l'écriture.

En 1981, Françoise Chandernagor publie *L'Allée du roi*, mémoires imaginaires de Mme de Maintenon, seconde épouse de Louis XIV. Ce livre, traduit dans une douzaine de langues, a reçu le Prix des Ambassadeurs et le Prix des Lectrices de *Elle*. Il a fait l'objet d'une adaptation théâtrale et télévisuelle.

En 1988, elle entreprend la publication, en trois volumes, d'un roman consacré à la société française des années 1960 à 1980; cette trilogie – *La Sans Pareille*, *L'Archange de Vienne* et *L'Enfant aux loups* – a reçu en 1990 le Prix Chateaubriand. En 1995, elle publie *L'Enfant des Lumières*.

Depuis juin 1995, Françoise Chandernagor est membre de l'Académie Goncourt.

Paru dans Le Livre de Poche :

Leçons de ténèbres

1. LA SANS PAREILLE
2. L'ARCHANGE DE VIENNE
3. L'ENFANT AUX LOUPS

FRANÇOISE CHANDERNAGOR

de l'académie Goncourt

L'Enfant des Lumières

ROMAN

ÉDITIONS DE FALLOIS

On aurait dit l'aurore, et c'était la mort. Une aube rose derrière le voile léger de la moustiquaire, une aube rose par la porte ouverte sur la galerie.

Pourquoi la réveiller si tôt ? Elle enfouit son visage dans l'oreiller et se rendormit. « Tit sirop, tit sucre, deboute ! En nous aller loin grand'case ! Tout suite ! » Madeleine Yalombo se tenait au pied du lit, monumentale avec ses cottes superposées, ses manches bouffantes, et son mouchoir-tête. Aussi haute que le phare du Cap-Français... L'enfant, rassurée, se renfonça dans le sommeil.

« Deboute ! Deboute ! » Madeleine la houspillait, la bousculait, la soulevait, l'enveloppait dans son couvre-lit d'indienne, Madeleine l'emportait en courant le long de la galerie. Dodelinante, la petite fille laissa retomber sa tête sur l'épaule grasse de sa nourrice comme elle le faisait chaque soir pour s'endormir. Mais sa doudou ne la berçait pas, elle la secouait ; sa doudou ne chantait pas, elle priait. En courant, la doudou priait : « Bon Dieu qui clairez-nous, qui soulevez la mer, protégez pitite à vous ! »

Alors l'enfant ouvrit grand les yeux : elle vit que la peau luisante de Madeleine était grise comme de la vase, et qu'au bout de la galerie il faisait nuit noire. Ce qu'elle avait pris pour le soleil levant, c'étaient les flammes : derrière elles, le moulin brûlait.

Etonnée, elle s'accrocha à sa nourrice, serrant plus fortement son bras autour de son cou. Non qu'elle fût effrayée — l'incendie lui semblait beau —, mais Madeleine courait si vite qu'elle craignait de lâcher prise.

Arrivées au perron, elles croisèrent Thisbé Quand-on-plaît. A peine vêtue d'un jupon blanc et d'un mouchoir-cou, sans caraco, la poitrine nue, la jolie Thisbé, que tous les hommes de la grand'case aimaient, la douce Thisbé aux yeux roux, aux seins ronds, était, elle aussi, couleur de cendre cette nuit-là, couleur de cendre et de coton sale ; et elle sentait mauvais. Une odeur aigre que l'enfant ne se souvenait pas d'avoir déjà respirée : ni sueur, ni lait suri... C'était l'odeur de l'angoisse ; la petite fille ne la connaissait pas.

Au bord des marches les deux femmes échangèrent quelques phrases hâtives. A propos du moulin à sucre, du « géreur », du commandeur, et de Sans-Nom le sorcier. Et si la petite fille ne comprit pas tout ce que les femmes disaient, ce ne fut pas parce qu'elles parlaient créole (à six ans, la petite commençait à peine à parler français), mais parce qu'elles avaient peur, et que l'enfant écoutait le bruit, si nouveau pour elle, de cette peur : les voix entrecoupées, les souffles haletants, et le battement du cœur énorme de l'énorme Yalombo — tout cela couvrait le sens des mots.

La petite écoutait aussi les cris, qu'on entendait maintenant monter autour de la grand'case. Du côté clair de la nuit, où brûlait l'incendie, comme du côté sombre, vers les cases nègres, entre lesquelles on voyait s'allumer des étoiles qui filaient au ras des haies de citronniers, disparaissaient entre les massifs de bambous, et que l'enfant reconnut pour ces torches de canne séchée, les bagasses, que Jasmin et Ali, les soirs où « le Maître » rentrait des collines, portaient devant lui pour illuminer le perron et l'allée.

Cette allée par où Madeleine, qui avait reposé l'enfant à terre, l'entraînait maintenant en la tirant par la main. Vite, plus vite, sans ménagement. Et la petite fille lâchait son couvre-lit, écorchait ses pieds nus sur les épines, elle s'embarrassait dans sa chemise de nuit ; mais elle n'osait pas se plaindre, elle n'osait pas pleurer. Car à gauche, à droite, tandis qu'à leur tour la forge et l'infirmerie s'embrasaient, des hurlements s'élevaient, cris de rage et de douleur croisés, injures, supplications, sanglots d'enfants, « zamis, zamis, pitié », et d'étranges modulations qui commençaient dans la stridence pour s'achever en gargouillis. « N'a rien si sots tant comme nègres saouls ! Colère-là qui tué nous, c'est faute tafia ! Et faute à Sans-Nom ! Et au géreur Boyer, qui pas baille ces nègres-là manger, pauvres nègres, que le fouet ! C'est vrai ! » maugréait la doudou-montagne en soufflant comme un bœuf.

Dans l'allée, elles butèrent sur un corps étendu. La nourrice reprit l'enfant dans ses bras pour lui faire franchir l'obstacle. Pas assez tôt pour que la petite ne reconnût dans l'homme allongé Pyrrhus Janvier, « Papa Pyrrhus », le cuisinier de la grand'case qui jouait si bien du bamboula les soirs de fête : aujourd'hui, couché par terre, il était rouge comme un sauvage rocoué. L'enfant savait que le rouge épais qui le couvrait n'était pas de la peinture ; mais, jusque-là, elle n'avait jamais imaginé que Pyrrhus eût un sang de la même couleur qu'elle. Et, cette fois encore, l'étonnement l'emporta sur l'épouvante.

Seulement, la main de Madeleine était trop moite, trop mouillée depuis qu'elles avaient vu Pyrrhus couché ; sans cesse les doigts de la fillette glissaient entre les doigts de la nourrice ; elle trébuchait. Brusquement elle tomba, gémit. Alors sa doudou la reprit dans ses bras, lui plaqua la main sur la bouche, et murmura — « tit sucre à coco, tit monde moin »— qu'il fallait traverser les places à vivres, gagner le canal et les « bois debout » : dans les bois debout, elles pourraient se cacher.

C'est à ce moment qu'en se faufilant derrière les palissades du dernier jardin-case (la grosse nourrice courbée, pliée sur l'enfant), elles revirent Thisbé. Thisbé, la femme-caille, renversée avec son jupon sur la tête, et qui ne bougeait plus ; mais qui parlait encore ; ou plutôt, son ventre parlait : ouvert sur des chairs plus roses que sa peau, il continuait d'émettre de petits coassements. Comme un sac de grenouilles...

Plus loin, près des jardins à sucre, elles trouvèrent le « géreur », Pierre Boyer, de Nantes : Boyer n'avait plus ni bras ni jambes ; on les avait posés en tas à côté de lui ; est-ce qu'il les reprendrait un jour pour rentrer dans son pays ? En tout cas, il était rouge lui aussi. Et rouges encore les trois enfants mulâtres de Vénus Bon-Secours, égrenés le long du sentier à mesure qu'ils avaient été rattrapés, l'aîné (qui courait plus vite) égorgé le dernier. Tous les corps, les blancs, les noirs, les pains d'épices, étaient rouges ce soir, sauf celui de la petite fille, de plus en plus pâle dans sa chemise ivoire.

Heureusement, elles approchaient du canal, elles approchaient des bois debout, et, de nouveau, ahanant, la géante remorquait l'enfant. L'enfant silencieuse et raide. Paralysée maintenant qu'elle devait marcher sur d'autres enfants assassinés.

Tout à coup, au bout du canal, alors qu'elles touchaient au but, elles revirent les flambeaux. Les bagasses avançaient. Il n'y avait qu'un seul chemin au bord de l'eau, et les bagasses avançaient.

Madeleine serra l'enfant contre elle. Pauvre enfant, si blanche que la nuit ne pourrait l'envelopper... La doudou se pencha vers cette petite silhouette trop claire, lui dit d'un ton sévère, pour être sûre d'être obéie, de ne plus remuer, plus parler — « reste en place » —, sinon elle mourrait. Pas un geste, pas un soupir, ou, « mauvaise, est-ce vous qu'à comprendre ? », elle mourrait ; et, se redressant aussitôt, cette femme-tour glissa la minuscule fillette sous ses trois jupes superposées. Puis elle resta là, immobile, plantée en travers du chemin, à attendre ceux qui avançaient.

Dans le noir, sous les jupes de Madeleine, l'enfant ne voyait, ne sentait plus rien. Que l'odeur de vanille de la doudou, une odeur si douce et si violente que la peur ne l'effaçait pas tout à fait. De ses petits bras elle enserra la taille épaisse. Peut-être, à travers les lourds tissus, entendit-elle encore quelques phrases, quelques cris ? Il lui sembla que Madeleine parlait, mais elle ne percevait plus sa voix que de l'intérieur, comme un grondement confus. Puis la grosse nourrice bougea ; elle reculait d'un pas, pour un peu on aurait cru qu'elle sautillait ; ensuite elle se mit à tanguer d'un bord sur l'autre, à vaciller, tandis qu'un grognement sourd montait de ses entrailles. La fillette, affolée, resserra son étreinte : il ne fallait pas qu'on la voie, surtout pas qu'on la voie, « ou bien vous qu'est mort, mauvaise ! » Oh non ! Pas de danger : elle serait sage, toujours sage... Et de nouveau la doudou s'ébranla ; d'un mouvement d'automate elle se remit en marche, un pas, deux pas. Déjà l'enfant suspendue à sa taille reprenait espoir, quand, soudain, elle comprit que la géante basculait vers l'avant. Mais lentement, très lentement, comme un navire s'enfonce. La petite eut tout le temps d'assurer sa prise. Et quand sa doudou sombra, l'enfant, agrippée à son corps nu sous les jupes empesées, ne la lâcha pas. Elles tombèrent ensemble.

Plus tard, dans sa prison de jupons, la petite fille sentit couler sur elle une grande chaleur mouillée. Et plus tard encore, bien plus tard, la mouillure devint froide. Sa chemise de nuit, trempée, glacée, lui collait au dos. Ecrasée entre les jambes de Madeleine, dures comme du bois, et le poids des cotillons, la petite étouffait, elle n'arrivait plus à respirer. Finit-elle par s'endormir ? Par s'évanouir ? Et combien de jours, combien de nuits ?

Tout à coup elle entendit un grand bruit, on tirait sa doudou vers l'avant, on la halait par saccades ; et elle, le « tit caramel à Madeleine », on allait la découvrir, la tuer ; de toute sa force elle résista, tentant encore de se cramponner au corps gelé, aux jupons raidis...

« *Et c'est ainsi, Monsieur le Gouverneur, que de dessous les jupes de Madeleine Yalombo, assassinée à coups de machette, sortit un petit être recroquevillé : sanglant mais vivant. Comme si la négresse, en mourant, avait mis au monde un nourrisson blanc... Sur mon ordre, Télémaque Conga lava ce miraculé, qui hurlait ; après le débarbouillage, on reconnut la fille de Monsieur Frécourt : elle n'était pas même blessée ! De sorte que cette enfant-là est née deux fois — de sa pauvre mère d'abord, puis de sa doudou, péries l'une et l'autre pour lui donner la vie... Assisté des troupes du Port-au-Prince, j'avais déjà pu, à ce moment-là, ramener l'ordre et enterrer les corps, dont certains commençaient à puer. J'ai fait porter au premier bateau un courrier pour la Martinique, afin d'avertir Monsieur Frécourt, mon maître, des dégâts causés à son habitation par cette rébellion : la grand' case pillée, les places à vivres saccagées, le moulin et la purgerie brûlés, sans parler de l'hôpital et des cases-nègres.*

« *Au bas mot, cent mille livres de pertes pour les bâtiments ; et plus de vingt mille pour les hommes — non compris la mort du "géreur" Boyer, qui était blanc. Blanc, et sot absolument : sous prétexte que nos places souffrent du sec, ce pousseur de nègres rationnait les vivres aux ateliers. De quoi prétendait-il les nourrir ? De tafia, qui leur échauffe la cervelle, et de coups : n'a-t-il pas versé la bouillie brûlante des cannes sur la tête d'un Congo qui se plaignait ? Au prix où sont les Congos ! Un serviteur qui a si peu soin des outils de son maître ne mérite pas qu'on pleure son sort ! L'assassinat de notre raffineur, un Poitevin qui connaissait son métier, me fâche davantage. Quant à Dimbo Mon-Cher-Dame, le premier commandeur, et aux sept nègres domestiques (je ne compte pas les enfants) égorgés ou découpés pour sacrifier à la jalousie des mutins, leur perte tirerait des larmes aux rochers : ils valaient deux mille pièce ! La jeune Thisbé, une métisse d'une rare beauté, aurait même pu être pri-*

sée cinq cents de mieux. Idem pour Madeleine Yalombo, dont le sacrifice a prouvé la fidélité.

« A ces morts il faut ajouter les chefs des mutins, que, suivant vos consignes, nous avons brûlés après les avoir repris : Néron Zaïre, un Câpre de jardin dont, par chance, on n'aurait pas tiré mille francs ; et Sans-Nom, un sac-à-vin qui promenait ses idoles en marmottant des patenôtres. Boyer le croyait empoisonneur. En tout cas, ce méchant nègre n'adorait pas que le rhum : il adorait le "veau-doux" ; et si nous n'avons pas brûlé un empoison-neur, nous aurons toujours grillé un sorcier. Quant aux autres, j'ai préféré les épargner : les tuer nous aurait ruinés. Avec cinquante coups de fouet cha-cun, un peu de citron sur les plaies, et un brin de piment pour relever la sauce, j'espère les guérir de l'envie de recommencer.

« Total de nos pertes : cinq ans de bénéfices de la sucrerie. Sans compter les nègres de places qui sont partis marrons dans la savane et courent encore. Heureux qu'avec ses parts d'armateur Mon-sieur Frécourt ne soit pas le plus mal placé pour renouveler la main-d'œuvre ! A cette heure, c'est surtout sa fille qui me soucie : je l'ai confiée à notre hospitalière, mais elle ne parle plus. On craint qu'elle n'ait l'esprit dérangé. Pour la rassurer, votre lieutenant l'a menée voir les têtes coupées des rebel-les. Elle n'a pas paru consolée... Par bonheur il reste à Monsieur Frécourt un bon fils, un fier "matelot", avec qui il était parti à la Martinique visiter ses indigoteries. Il est bien facile aujourd'hui de criti-quer leur absence, et les bonnes langues de la colonie ne s'en font pas faute, à ce qu'il paraît ; mais qui, Monsieur le Gouverneur, pouvait prévoir un pareil accès de barbarie en un temps où la société s'éclaire des lumières de la philosophie ? Surtout dans cette île, où, si nombreux que soient les nègres, on n'a pas essuyé quatre révoltes en cent ans. Que demain nos "mauvaises têtes" s'avisent toutes, comme ce Sans-Nom, de préférer le coupe-coupe au poison et on *verra comment, avec dix figures noires pour une blanche, nos donneurs de leçons feront face aux révolutions ! L'homme est un loup pour l'homme, Monsieur le Gouverneur, voilà tout le secret de cette triste affaire, événements et commentaires. L'homme, un loup pour l'homme : depuis cinquante ans que je bourlingue, je ne démords pas de cette idée, même quand "l'homme" est une petite-femme du Cap-Français !*

« De votre obéissant serviteur, Jean Pingois, ci-devant quartier-maître de "La Moresse", économe général des habitations Frécourt. »

Au printemps de cette année 1740, Monsieur Frécourt fit planter au bord du canal, là où Madeleine Yalombo était tombée, un flamboyant. Un petit arbre à peine plus haut qu'une graminée, encore malingre, filiforme, mais que la proximité des eaux devait faire grandir bientôt. Dès 1743, en effet, il porta pendant tout l'été de grosses fleurs rouges, couleur de cornaline et de sang frais. Chaque esclave, qui, longeant la rivière, passait du moulin rebâti aux chaudières neuves de la purgerie, se rappelait alors la force et la bonté d'Yalombo-la-géante. Un jour, un vieux berger baptisa l'arbre « Maman Madeleine », et ce nom lui resta. Mais la petite fille n'était plus là pour voir fleurir « Maman Madeleine » ; depuis longtemps on l'avait éloignée.

1750, 51, 52. Le flamboyant prenait de l'ampleur : ses racines saillaient en surface comme celles d'un banyan, on aurait dit les doigts d'une main géante qui s'accrochait au sol ; quant aux grappes rouges qu'il produisait pendant trois mois de l'année, elles étaient si nombreuses et si lourdes qu'elles dissimulaient les feuilles. Du haut en bas, « Maman Madeleine » flambait comme une torche.

1760, 61, 62. L'arbre était adulte maintenant. L'hiver, il donnait de l'ombre aux vieux, les protégeait de la pluie ; l'été, il offrait aux jeunes sa beauté et abritait leurs amours. Mais beaucoup de ceux qui avaient connu Madeleine Yalombo étaient morts désormais, comme Jean Pingois et le fils Frécourt, ou vendus, comme Anne Yougou ; Monsieur Frécourt lui-même, qui prenait de l'âge, ne venait plus souvent à la Petite-Anse ; il vivait au Cap ; et la plupart des « nouveaux » (nègres de plantation, ou nègres de cargaison), s'ils admiraient toujours au passage « Maman Madeleine », ignoraient pourquoi on lui donnait ce nom-là.

1765, 66, 67. Les héritiers de Monsieur Frécourt de Gersac vendirent leurs terres de Saint-Domingue, après avoir, au grand scandale de la colonie, affranchi tous les esclaves. Un nouveau propriétaire prit possession des lieux, et, pour les mettre en valeur, il importa d'Afrique du matériel neuf — des Mandingues de la Casamance, des Sosos de la Côte-de-l'Or, des Macombés de Mayoumba, et même des Mozambiques, dont pas un ne parlait créole. Comment auraient-ils su que cet immense flamboyant qui prospérait au bord de l'eau s'appelait Madeleine Yalombo ?

En 1770, le nouveau gérant de « l'habitation Delarue » (c'était le nom, tout neuf aussi, que portait la sucrerie) décida d'agrandir le canal pour alimenter trois roues de plus : il fallait produire davantage ; les cours du sucre montaient. Mais, pour élargir le chenal, l'arbre gênait. A coups de hache, on abattit « Maman Madeleine ».

I

« Sans parents, sans amis, sans espoir... »

(Andromaque, II, 5)

1

Cette même année, Madame de Breyves quitta Paris. C'était trois semaines après la mort de son mari. Un jour ordinaire, pas même chômé, une de ces dates qui ne disaient rien : un 14 juillet.

Elle partit de nuit. Elle partit sans bruit, les roues de sa berline enveloppées de linges épais pour étouffer la rumeur des pavés. Elle partit comme on s'enfuit. Sur le coup on l'approuva : son deuil, sa ruine, l'éclat qui les environnait, tout justifiait un départ et conseillait la discrétion.

Bien sûr, on n'était plus au temps du Grand Roi, on avait le droit de trouver Dieu triste et la Bastille plaisante. Défier le monarque, railler l'Eglise, braver les familles et duper son banquier, c'était prouver qu'on méprisait les préjugés... Mais de là à mépriser les convenances ! Aucun gentilhomme n'aurait confondu la débauche et le débraillé. On ne badinait pas avec les apparences : les vices faisaient corps avec les murs ; ils étaient frères siamois et l'on craignait, en détruisant les uns, de devoir sacrifier les autres.

En somme, on était fin de règne, pas fin de siècle : on n'avait plus de principes, mais on gardait des manières et des corsets. Dans la chute, on se sentait maintenu ; les rondeurs du péché sanglées dans l'armature de la vertu... Le crime, on l'aimait enjoué ; le scandale, mesuré ; on fuyait le drame et l'excès ; il fallait rester léger. On ne respectait rien, hormis la frivolité. A ces dévots de l'insolence et de la futilité la mort du Comte, grossière et très exagérée, avait paru grotesque. Et voilà que la conduite de sa veuve ajoutait au ridicule : ne disait-on pas qu'elle pleurait davantage la perte de son époux que celle de sa fortune ?

Passe d'aimer ; même les meilleurs y sont sujets. Mais étaler une douleur si déplacée, c'était pire qu'un esclandre : le comble de la vulgarité ! Des larmes mal venues, un chagrin mal tourné, on les étouffe sous son oreiller, « n'est-ce pas, Princesse ? N'est-ce pas, Chevalier ? » Et si la peine a la vie dure, on la cache au fond des provinces. Comme un enfant contrefait. Affaire de décence.

Ainsi pensaient les amis de Madame de Breyves, et sa fuite soulagea les consciences délicates. Du reste, on ne croyait pas que son absence pût durer. La bienséance commandait une retraite, pas une disparition : une comtesse de Breyves, baronne de Septeuil, devait se montrer dans les salons, les chasses, les théâtres. Tenir son rôle et son rang. Faire sa partie dans ces jeux — commérage et Opéra, adultère et lansquenet, agiotage et menuet — qui trompent une société sur son agonie en dévorant ses dernières énergies. Dans ce monde qu'on disait doux parce qu'il était usé, ce monde soyeux et fatigué, où même la cruauté semblait poudrée, Madame de Breyves avait sa place. Elle reviendrait.

C'est du moins ce que décréta la duchesse de Luxeuil à son souper : « Six mois sont assez pour relever un nom. Et trop pour enterrer un tel mari ! Avant le bout de l'an nous la reverrons, votre Andromaque !

— J'en doute, dit le président Farel, qui ne détestait pas contredire sa vieille maîtresse. Elle a vendu son hôtel, congédié ses gens... Elle n'a plus le sou. »

On protesta : une dot aussi considérable que celle de la Comtesse ne disparaît pas sans laisser de traces ! Après les grands naufrages, on repêche des débris.

« Détrompez-vous, reprit le Président. Elle n'a discuté aucune des signatures du Comte. Elle a payé toutes ses dettes. » Un silence consterné suivit cette déclaration. Payer ses dettes quand on est bien né ? Payer, quand on pourrait plaider, quand on pourrait mentir, corrompre, intriguer ? Décidément, ces Breyves, mari comme femme, étaient extravagants !

Pour prolonger son effet, le Président prit une large pincée de tabac qu'il posa avec soin sur le revers de sa main, et il prisa longuement, insolemment. La Duchesse ne manquerait pas tout à l'heure de lui reprocher son nez barbouillé, ses mouchoirs noircis, et, comme il aimait agacer la Duchesse, il tirerait d'un vice banal une satisfaction relevée.

« Je n'ignore pas, poursuivit-il enfin, que d'ordinaire chez les grands, quand on dit qu'on est ruiné, c'est une façon de parler. On change d'intendant, on réduit l'écurie, on vend trois colliers, et la troupe repart sur nouveaux frais. Mais, cette fois-ci, la pièce est jouée. Il n'y aura pas de rappel : le rideau est tombé. Votre amie n'a plus rien. A part un très petit bien — une "campagne" de deux cents arpents dans une province misérable. L'Auvergne, la Marche... Ou peut-être le Bourbonnais ? Quoi qu'il en soit, un désert. Une Sibérie. A plus de cent lieues d'ici.

— Mais alors... Alors, ce n'est plus une retraite, s'exclama la marquise de Meillant d'une voix étranglée. C'est un exil ! Que dis-je "un exil" ? Un suicide ! »

Il y eut un froid : tête légère sous sa coiffure de pièce montée, la Marquise n'avait pas sa pareille pour parler de corde dans la maison des pendus... D'un mot, la Duchesse chassa les vilaines images que cette imprudence ressuscitait : « Vous voyez bien, ma chère, que le Président exagère. Il pousse tout au noir. Ma gaieté l'ennuie, il veut m'attrister. Je vous dis, moi, que Madame de Breyves reviendra. Dieu merci, elle a plus d'un tour dans son sac, et plus d'une action dans les manufactures ! Sans parler de ses cocotiers ! Est-ce qu'on n'avait pas surnommé son père "le roi des Iles" ?... Et puis, une femme de sa qualité ne respire bien qu'à Paris, n'est-ce pas, Chevalier ?

— Je vous répète, ma bonne amie, que la Comtesse est pauvre comme Job, s'entêta le Président qui n'aimait pas qu'on fît appel de ses jugements.

— Et quand cela serait, la belle affaire ! N'est-elle pas encore d'un âge à pouvoir vivre de ses charmes ?

— Va pour l'âge, Madame, susurra le Chevalier, mais quant aux charmes... Madame de Breyves est admirable tant que vous voudrez. Ajoutez-y une chevelure splendide et des yeux de feu. Mais, avec cela, rien d'une charmeuse ! »

La Duchesse sourit : « Bon, bon, je vous accorde, Chevalier, que cette âme romaine manque de gorge. Un visage de médaille, mais au bout d'un bâton. Trop raide, même au moral : jamais de ce fondant, de ce moelleux, qui captivent malgré qu'on en ait. Ni de cette nonchalance qui, d'ordinaire, nous plaît chez les créoles... N'importe, c'est une amie. Digne d'estime. Et de pitié. Si les messieurs ne l'aident pas, les dames lui ouvriront leur bourse. L'aumône à la comtesse Crésus, voilà une charité qui ne manquera pas de piquant ! Qu'elle sèche ses larmes et tende la main, nous ne lui ménagerons pas nos écus ! » On rit : la Duchesse tirait gloire de sa pingrerie ; elle n'était généreuse que de ses mépris.

Un valet apporta des pains d'amandes. Pour se consoler du malheur d'autrui, la Marquise, qui avait le cœur tendre, reprit un peu de blanc-manger. On mit en pièces quelques ministres entre deux sorbets ; on dévora des pommes au four et des généraux en cour. On loua pêle-mêle les physiocrates, les Parlements, les jansénistes, et le café ; on blâma la favorite. On déchiqueta la Dauphine ; on grignota des pralines ; on se régala de on-dit. Bref, on fit tout ce qu'on fait aujourd'hui dans un dîner de Paris : s'adorer, s'applaudir, s'échauffer, s'échauder, s'étouffer, se haïr, se mentir, s'embrasser...

Et quand, à la fin du repas, on en fut à se jurer des amitiés éternelles d'une demi-journée, Madame de Breyves était parfaitement oubliée.

2

Passé Pithiviers, la route de Bourges filait à travers la forêt. Pour atteindre la vallée de la Loire, il fallait quatre heures à une berline allant bon train. Ensuite ce serait la Sologne, ses bruyères et ses marécages, ses landes stériles, ses champs arides, ses routes de sable et ses perspectives dégagées : un vrai parc ! Avec des pauvres qu'on voit venir de loin... Mais pour parvenir à cet Eden de la désolation, quel purgatoire ! Quatre heures de mauvais chemins et de fondrières, quatre heures d'ombre épaisse et de troncs alignés, sans une clairière, sans un village. Les postillons refusaient de s'aventurer dans ce coupe-gorge à la nuit tombée ; aux voyageurs on conseillait de se munir d'un pistolet.

Car, pour la notoriété, la forêt d'Orléans avait supplanté celle de Bondy : on la disait infestée de brigands qui pillaient les voitures, assassinaient colporteurs et charretiers isolés. De temps en temps, en dépit des philosophes, la maréchaussée sévissait : pour l'exemple, on pendait quelques pauvres diables sur les lieux de leurs crimes et on les y laissait pourrir. Si bien qu'à défaut de rencontrer des brigands vivants on était sûr au moins, en traversant la forêt, de croiser des brigands morts.

On les trouvait dressés en sentinelles au bord de la route. De loin, l'hiver, leurs cadavres raides accrochés aux basses branches des arbres avaient l'air de jeunes surgeons poussés à l'abri des hêtres. Mais il suffisait d'un coup de vent pour dissiper l'illusion : ces pousses se balançaient curieusement...

Si par hasard, à ce moment-là, une branche cassée venait à racler le toit de la patache, le cocher n'avait pas de mal à persuader les imbéciles que c'étaient les souliers d'un pendu, « mais si, mon bon Monsieur, un pendu sous lequel la voiture vient de passer ! » Face à cette armée des morts en effet, les habitués de la traversée — « routiers » de ces temps reculés : courriers, voituriers, chasse-marée — jouaient les gros bras et les esprits forts. Au moins jusqu'à six heures du soir... Ils baptisaient les plus anciens suppliciés de joyeux sobriquets (« Mort-aux-dents », « Crâne d'ivoire », « Sac d'os », ou « L'Ecorché »), et scrutaient le sous-bois pour voir si, depuis leur dernier passage, la troupe s'était enrichie de nouveaux éléments.

Ce jour-là il y avait une « nouvelle », justement. Une coquette, à qui l'on avait donné l'occasion de se faire admirer : profitant d'une coupe de bois, on l'avait installée dans la trouée, et, par un surcroît d'attentions, ses bourreaux l'avaient suspendue assez haut pour que, même en voiture fermée, chacun pût la contempler en entier.

C'était une grande maigre, que sa robe noire aux reflets verdâtres enveloppait jusqu'aux pieds. La brise de juin agitait doucement la longue chevelure brune qui lui tombait sur la figure. Des corbeaux tournaient autour d'elle. L'un d'eux s'était perché sur son épaule. Un gourmand : quand un coup de vent plus violent souleva les boucles de la belle, on put voir qu'au ras de la corde son cou était dévoré.

Babet poussa un cri et tira vivement le rideau de cuir de la berline pour cacher le gibet. Non qu'elle-même fût bouleversée : fleur du pavé, elle avait travaillé trop durement pour ne pas se féliciter qu'on punît les voleurs et les coupe-jarrets ; elle aimait l'ordre et la vertu. C'est sans dégoût qu'elle avait assisté au supplice de Damiens, le régicide : le peuple a sa dignité, ces « espèces-là » le déshonoraient ! Mais si les principes de Babet lui interdisaient de s'attendrir sur les brigandes et les assassins, son âme restait compatissante à ses pareils. En fermant le rideau elle avait d'abord songé à l'effet que cette vision risquait de produire sur les autres domestiques : au valet, à la camériste, qui avaient découvert « le malheur » quinze jours plus tôt, cette charogne des grands chemins, vulgaire gibier de potence, n'allait-elle pas rappeler un trépassé de plus haute volée ?

D'un coup d'œil elle fut rassurée : autour d'elle, bercés par le roulis de la berline, ses compagnons sommeillaient... Il faut dire que ces voyageurs-là ne se couchaient jamais : pour économiser les frais d'auberge, on relayait de poste en poste sans s'arrêter. Epuisés de fatigue, tous dormaient.

Sauf « Elle ». Sa maîtresse : sous la capeline de paille noire qui dissimulait à demi son visage, elle gardait les yeux ouverts et la tête tournée vers la fenêtre que le rideau masquait. Avait-elle vu ? Ses traits n'exprimaient aucune émotion ; son regard même était si fixe qu'on aurait pu croire qu'elle rêvait. Dans le doute cependant, et pour ne pas devoir justifier son acte par le rappel d'événements qu'il semblait convenable d'oublier, Babet fit mine de s'assoupir. Elle ferma les yeux, et, à son tour, finit par s'endormir. La nuit tomba.

3

La berline avait versé. L'accident s'était produit au débouché du plateau d'Orsennes, au moment où le postillon, pressé de sortir du Berry, lançait ses bêtes dans la première descente. Dès le milieu de la pente la voiture, trop chargée, avait « gagné » les chevaux ; rattrapés par le poids, poussés par derrière, ils s'étaient mis au galop, sans que le cocher, tirant sur ses guides, parvînt à les freiner. Un instant, l'attelage avait tangué ; puis, dans un claquement sec, l'une des roues s'était brisée, l'essieu, rompu, et la lourde machine était allée s'écraser dans un fossé plein d'eau.

Maintenant, couchée sur le flanc, la berline répandait dans l'herbe mouillée le contenu des malles que le choc avait crevées. Un des chevaux, coincé sous le timon, hennissait de douleur. Assis sur le talus, prostré, le postillon regardait l'animal blessé en murmurant qu'il fallait l'abattre ; il ne pensait même pas à secourir les autres bêtes qui s'empêtraient dans les harnais. Il pleuvait. Une pluie d'été épaisse, opaque, qui rebondissait bruyamment sur la caisse de la berline disloquée.

A ce tableau de la désolation rien ne manquait. Pas même l'urne romaine brisée : dans l'aventure elle avait jailli d'une des malles et était retombée en morceaux sur la chaussée.

Entre deux hennissements tout se taisait : tout, sous la pluie, semblait immobile, sauf, dans un coin de la scène, un adolescent — sans doute un laquais — qui avait réussi à sauter à temps du marchepied et, revenu de sa stupeur, commençait à s'agiter. S'accrochant aux brancards, s'aidant des longerons, il grimpait jusqu'à la portière de la voiture renversée, parvenait à l'ouvrir comme on ouvre une trappe, et entreprenait de hisser un à un les passagers : une dame d'abord, qui déchira sa robe en se laissant glisser à terre, puis une soubrette et une servante effarées, que le laquais dut redescendre à bout de bras, et un vieux valet en livrée qui grommela que « c'était bien la peine d'échapper aux brigands de la forêt d'Orléans pour venir mourir dans un fossé ! Attention, Léveillé : tu me broies les poignets, maladroit ! »

Quand Léveillé eut ramené sa petite troupe sur la route, il s'aperçut que la dame était blessée : sous sa capeline de paille noire, elle portait une large estafilade au front. Aussitôt, le laquais replongea au fond du véhicule pour vider les poches accrochées aux portières et aux banquettes ; il en ramena un flacon de sels et une bouteille d'esprit-de-vin, que la dame refusa : « Je ne me sens pas si mal, mon pauvre Léveillé » ; mais elle accepta le mouchoir qu'il lui tendait et en tamponna machinalement sa blessure. Surprise à la vue du mouchoir ensanglanté, elle frissonna. Léveillé lui plaça d'autorité sur les épaules un vieux couvre-pied qu'il était retourné chercher dans les débris de la berline.

Il pleuvait de plus en plus fort. Tiré de son hébétude, le cocher, un débutant loué au relais, était enfin parti chercher du secours. A pied. Les trois chevaux empêtrés dans les harnais « bottaient » sans qu'on pût les approcher ; l'autre agonisait dans le fossé.

Babet se signa : servir les Breyves ne portait pas chance, ma foi non ! Elle aurait mieux aimé toucher ses derniers gages à Paris, comme la plupart de ses compagnes. Elle avait beau respecter sa maîtresse, elle lui en voulait ; cette femme-là avait trop de vigueur : au lieu de se tasser, de se blottir pour échapper au malheur, elle se débattait comme une noyée ; et plus elle s'agitait, plus elle s'enfonçait ; ils couleraient tous avec elle...

4

Plantée au milieu du chemin, la Comtesse considérait avec plus d'étonnement que de révolte l'étendue de sa déroute : la berline écrasée, la robe déchirée, et ses mitaines noires que le sang du mouchoir commençait à tacher.

Elle jeta le mouchoir, retira les mitaines, les roula en boule pour s'en faire un nouveau tampon. De l'autre main, elle resserra autour de son cou le couvre-pied cramoisi qui la déguisait en reine de théâtre. Son chapeau de paille, trempé de pluie, lui dégoulinait sur les joues. Mêlée au sang qui coulait de sa blessure, la pluie avait, comme les larmes, un goût salé : si elle venait à pleurer, elle pourrait feindre de l'ignorer...

Une seule chose la gênait : son chapeau. Rien n'est plus bête, rien ne paraît moins tragique, qu'un chapeau de soleil sous la pluie. Mais elle n'aurait pu en dénouer les brides sans lâcher soit le couvre-pied soit les mitaines roulées : elle n'avait plus la force de faire des choix si décisifs ! Elle entendit Blaise, le vieux valet, assurer que « la gouvernante et Monsieur Alexis », qui suivaient dans le cabriolet avec le reste des bagages, n'allaient pas tarder à les rejoindre et qu'ils les tireraient d'embarras. Elle entendit une des femmes de chambre affirmer que le cocher n'aurait sûrement pas besoin de remonter jusqu'à Orsennes, qu'il trouverait bien, malgré l'orage, quelques paysans aux champs et une charrette pour les ramener au relais de poste. Elle entendit Léveillé rappeler qu'ils ne se trouvaient plus qu'à dix lieues de La Commanderie : si la berline n'était pas réparable, il suffirait d'y envoyer chercher un carrosse. L'idée du « carrosse » amusa la Comtesse, pour autant qu'elle pût encore être amusée.

Il pleuvait. Une pluie battante qui transperçait le couvre-pied. Elle avait froid. La tête lui tournait. Son chapeau, gorgé d'eau, s'alourdissait. Tout lui pesait. Tout l'écrasait. Elle craignait de s'effondrer, de glisser dans la boue. Ses escarpins de soie, décollés, avaient perdu leurs talons. Pourtant il fallait marcher encore. Fuir, se cacher. Gagner les bois, l'obscurité. Disparaître, se faire oublier... Semer les assassins, les flambeaux, les machettes.

Sans doute perdit-elle connaissance. Furent-ils ramassés par une charrette, ou par le cabriolet ? Elle se souvenait seulement du crissement des roues, et de la violence des cahots qui secouaient la voiture. Quand elle reprit conscience, elle était étendue sous un édredon rouge, dans une chambre aux murs chaulés, entre une armoire bancale et une vieille maie. Aux rumeurs qui montaient de la cour elle devina qu'ils avaient trouvé refuge dans une auberge. Julie, sa femme de chambre, apparut en haut de l'escalier, un bol à la main : « Buvez, Madame la Comtesse, ça vous rendra des forces ! Du bouillon bien chaud, bien gras. »

Peut-être la cameriste était-elle sincèrement touchée ? La pluie l'avait elle-même trempée au point que sa jupe dégouttait sur le plancher ; la guipure de son fichu était gâtée, ses souliers crottés ; oui, peut-être agissait-elle par sympathie. Mais depuis quelques mois Madame de Breyves avait perdu l'habitude de la bonté : elle se dit que la fille craignait de la voir mourir avant d'avoir reçu ses gages ; du reste, elle trouva cette crainte toute naturelle ; elle se contenta de refuser poliment le bouillon, qu'elle aurait accepté, malgré sa répugnance, s'il lui avait été offert par compassion.

Sa plaie ne saignait plus. Elle défendit d'appeler un médecin. Plus de dépenses surtout, plus de dépenses ! Hier encore, elle pouvait espérer revendre sa berline. Le sort venait de la priver de quinze cents livres et de sa dernière illusion... Elle parvint à se lever. Elle voulut se rhabiller, mais ne put se résoudre à passer par-dessus son jupon la robe trempée et déchirée qu'elle avait retrouvée près d'elle, jetée sur une mauvaise chaise. On a beau s'être préparée à finir sur un fumier, on garde des délicatesses : Madame de Breyves aurait voulu rester digne dans la pauvreté. Le malheur, lorsqu'il est immense, brise sans abaisser ; mais les héroïnes de théâtre n'ont jamais les pieds sales et les cheveux mouillés...

Repoussant les chiffons qu'elle n'avait pas le cœur d'enfiler, la Comtesse fouilla sa paire de poches, posée à cheval sur le dossier ; elle en sortit sa bourse — de plus en plus légère — et un petit miroir pour examiner sa blessure. La coupure était plus large que profonde ; mais cette balafre ne l'embellirait pas. Qu'importe ! La cicatrice serait à sa beauté ce que la perte de sa berline était à sa fortune — le couronnement d'une ruine déjà bien entamée ! En quelques mois la fatigue, l'angoisse, le malheur, avaient jauni son teint, blanchi ses tempes, creusé des cernes sous ses yeux, marqué de rides le coin des lèvres, la naissance du nez : elle était vieille désormais. Tant mieux ! Avec un peu de chance, elle mourrait plus vite.

Elle raccrocha ses poches autour de son jupon. Elle avait porté des robes de mousseline et des brocarts d'argent ; ce soir, elle ne désirait rien qu'un casaquin, un casaquin de grosse laine qui lui tiendrait chaud. Mais elle avait conscience que c'était trop demander : ses malles étaient à l'eau ; Dieu voulait qu'après s'être accoutumée à la solitude, à la misère, au mépris, elle s'habituât au froid aussi... Quand elle disait « Dieu », c'était par convention plus que par conviction. Un siècle plus tard, elle aurait aussi bien dit « le destin ». Pour l'heure, sa métaphysique n'allait pas très loin.

En attendant le retour de Julie, elle entreprit de rattacher, par-dessus son jupon et ses poches, les larges paniers qui servaient de support au harnachement féminin. Elle n'y parvint pas : ses doigts étaient encore maladroits, sa vue trouble. Elle craignit d'avoir un nouveau malaise et regretta d'avoir renvoyé la chambrière et son bouillon. Il y avait des semaines qu'elle ne mangeait plus ; elle devait ruser pour s'obliger à avaler un verre de lait ; les nourritures solides lui répugnaient. Au bord du vertige, elle dut se rasseoir sur le lit.

Regardons-la au moment où, épuisée, transie, elle se recouche sous l'édredon. Regardons-la, car ses propres yeux la trompent : elle se croit laide, elle se sent vieille ; elle n'est qu'anachronique. Corselet, dentelles, frisettes, jabots, paniers, ces fanfreluches ne lui vont pas ; non plus que le décor rustique de cette mansarde, faite pour des filles d'Opéra en goguette, des sous-lieutenants en rupture de ban. Le genre d'endroit qu'on choisirait pour y tourner « Manon Lescaut ». Seulement voilà, pas de rôle là-dedans pour Madame de Breyves ! Rien non plus dans « Les Liaisons », ou « Le Hasard du coin du feu » : ce n'est pas une question de milieu — dans un salon, en robe de cour avec traîne et plumet, le personnage ne surprendrait pas moins que dans cette taverne, en jupon froissé. Partout Madame de Breyves détonne, partout elle choque : elle n'est pas d'époque.

Une âme cornélienne au temps du Bien-Aimé,

quelle idée ! La Comtesse est aussi déplacée dans son siècle qu'un glaive sur un bonheur-du-jour, aussi saugrenue qu'un Jules César dans un boudoir... Et si, pour l'âme, elle est « d'avant », pour le corps elle est « d'après ». Trop mince, trop brune, trop pâle pour les « petits soupers ». Finalement, trop romantique. Grave, vraie jusqu'à l'indécence — les traits nets et l'émotion à fleur de peau. Un visage que ses passions inondent, ravinent, un visage que ses passions délavent. Avec un pied de rouge sur les joues cette femme aurait encore l'air nue.

Elle se pelotonne sous la courtepointe, s'enfonce dans la plume et la déréliction. Elle pense que le monde est méchant. Erreur : il est mauvais. Aucune intention là-dedans, pas de péché, nulle malice. Il est d'un mauvais naturel, voilà tout...

Rassurée par le grésillement des mouches, gagnée par la chaleur du lit, la Comtesse suit des yeux la marche hésitante d'une punaise sur le mur. Peu à peu elle s'abandonne, elle s'endort. Elle rêve, peut-être ; et dans ses rêves, celui qu'elle aime vit encore.

5

Dans la cour de l'auberge éclatèrent des applaudissements ; des rires fusèrent. Réveillée en sursaut, Madame de Breyves s'approcha de la fenêtre et vit qu'il ne pleuvait plus. Palefreniers et rouliers s'étaient regroupés près d'un hangar ; des servantes accouraient, se joignaient au groupe ; on élargissait le cercle.

La Comtesse reconnut le large dos de Babet, ses cheveux roux, mouillés, qu'elle avait tordus en chignon, et, plus loin, la livrée encore humide du vieux valet et sa perruque courte, qui dégoulinait. Que regardaient-ils ainsi, la tête en l'air et les pieds dans les mares que l'orage avait laissées ?

En se tournant dans la même direction, Madame de Breyves ne vit d'abord qu'un arc-en-ciel. Un rayon de soleil tombait à travers le chaume percé du hangar. Eblouie, elle dut, pour mieux voir, fermer à demi les yeux. De la poussière enflammée de la vieille grange surgit alors une silhouette imprécise, que le verre médiocre de la vitre déformait.

C'était un enfant ; si petit qu'il avait fallu le jucher sur un escabeau pour qu'il domine la grosse barrique dressée devant lui... Un enfant jaune et or. Avec ses boucles blondes, tombant sur un col de dentelle, et son habit de satin jonquille, on aurait dit un prince de Van Dyck.

Mais ce prince, égaré dans une cour d'auberge, faisait le singe sur un tabouret, agitant ses mains comme un montreur de marionnettes. Elle mit quelque temps à distinguer ce qu'il tenait : trois cartes. A cette distance elle ne pouvait discerner ni les figures ni les couleurs, pourtant elle les devina sans peine. Une rouge, deux noires... Le bonneteau ! Un nouvel attrape-nigaud, en passe de détrôner dans la capitale les dés pipés et les jeux de gobelets. Comptait-il vraiment, ce petit sacripant, profiter de l'ignorance des paysans pour les gruger ? Prétendait-il — à un âge si tendre ! — concurrencer les bateleurs du Pont-Neuf, les filous des tripots parisiens ? Sans doute, car imitant les funambules et les danseurs de corde il tirait de sa poche une poignée de menue monnaie qu'il jetait sur le tonneau avec une générosité affectée.

Pour s'être autrefois arrêtée à la foire Saint-Germain devant les charlatans qui écument les marchés, la Comtesse connaissait les principes du jeu : on laisse d'abord gagner le chaland, qui, se croyant plus malin qu'il n'est, augmente ses mises ; puis, quand on le sent ferré, par une habile manipulation des cartes on vide sa bourse en deux coups.

En bas, apparemment, on n'en était qu'à la première phase : les charretiers applaudissaient leur champion — un gros homme dont, placée comme elle était, Madame de Breyves n'apercevait que le chapeau de feutre et, sous la chemise de chanvre que la pluie lui avait collée à la peau, les muscles épais. Contre ce Goliath de village l'enfant perdait. Avec une bonne grâce infinie. Et pas mal d'esprit, puisque, chaque fois qu'il tirait trois liards de sa poche, il lançait une repartie assaisonnée de grimaces qui faisait s'esclaffer le public. Minuscule polisson, mais grand fanfaron : chaque mise, il l'accompagnait d'un rire bien large ; chaque perte, il la soulignait d'un air dépité ou d'une révérence si humble, si appuyée qu'elle rejetait en arrière la petite épée qu'il portait au côté, soulevant comiquement les pans de son justaucorps. Une posture à s'attirer des fessées, songea la Comtesse.

Un instant, elle pensa à mettre en garde les gobe-mouches de l'auberge contre les risques qu'ils couraient. Puis, elle se dit qu'un colosse qui ne dédaignait pas d'affronter un David de sept ans pour le « plumer » n'était pas non plus trop digne d'intérêt : il semblait juste qu'il fût dupé, s'il devait l'être. Il le fut : entre deux espiègleries, le « petit prince » se mit soudain à empocher tous les enjeux, sous les bravos de la foule qui, d'abord frappée de stupeur, changea de camp et se réjouit sans réserve d'un retournement du sort où le sort avait peu de part... Le charretier vaincu, une paysanne au capuchon noir lustré par la pluie s'approcha à son tour pour tenter sa chance.

Cette fois, Madame de Breyves ne suivit pas la partie : elle venait de remarquer, posée sur la vieille maie, la pile de ses cartons à chapeaux. Sans doute Javotte les avait-elle montés pendant qu'elle dormait. Ces bagages-là ne se trouvaient pas dans la berline, il est vrai, mais dans le cabriolet. La Comtesse souleva le premier couvercle : c'était une capote de soie grège, que couronnait un bouquet de plumes frisées. Comme, à l'époque où elle en avait passé commande, la mode était à l'enrubanné, on avait ajouté à ce plumet un nœud de rubans roses qui tombaient jusqu'à la naissance du cou. Madame de Breyves se rappelait avoir d'abord refusé ce flot de galons, aussi exagéré par le prix que par l'aspect. Mais le Comte assistait à l'essayage, il avait insisté : il aimait tellement l'habiller, la parer ! Velours d'argent, palatine de dentelle, soie brochée, lampas, fils d'or, taffetas ivoire, taffetas paille, taffetas vert d'eau : pour lui plaire, elle devait se montrer plus élégante que les femmes de financiers qui éblouissaient Paris ; il la regardait, lui répétait qu'elle était belle, très belle... Elle se faisait peu d'illusions sur ses charmes, mais comment ne pas accepter d'entretenir dans une erreur si douce un être adoré ? Timidement pourtant, le jour du nœud rose, elle avait objecté que c'était une folie que de se ruiner ainsi, en houppes et en panaches. Il avait ri : n'étaient-ils pas riches, ne le seraient-ils pas bientôt davantage ? Il mettrait tout à ses pieds !

La modiste, flairant la bonne affaire, avait aussitôt proposé un ruché de tulle et une touffe de pompons pour parachever l'ouvrage. Henri était si candide qu'il faillit y consentir : « Voyons, Diane, puisqu'on nous assure que c'est le bon ton... » Elle avait évité les pompons de justesse, mais n'avait pu empêcher le Comte, enchanté de sa future coiffure, de lui baiser les lèvres avec fougue et de se donner une fois de plus, en public, le ridicule d'aimer sa femme...

Elle arrache les rubans, déchire la soie. Pourquoi n'a-t-elle pas tout vendu, tout jeté ? Même le vase étrusque, que l'accident vient de fracasser ! A quoi bon ces reliques ? De maille en maille, les souvenirs mènent trop loin : on tire un fil, et c'est la corde qui vient... Haletante, elle fuit ses pensées, qui sans cesse la rattrapent. Garder l'esprit vide requiert une vigilance de tous les moments. Elle s'efforce de respirer plus calmement — depuis qu'il est mort elle est toujours essoufflée —, elle s'enferme dans le présent, se mure dans l'instant : elle s'appelle Diane, comtesse de Breyves ; elle a quitté Paris ; et la voilà, posée sur le carreau d'une auberge, en jupon, un chapeau à aigrette entre les mains...

Ah, des chapeaux, elle en a ! Plus de robes, ni de

souliers. Mais les bouffettes, les plissés, les « choux », les cornettes, les « dormeuses », les mantilles et les bavolets, ne lui feront pas défaut ! Elle y voit un parfait raccourci de sa position : déshonorée mais noble, ruinée mais titrée, veuve mais vivante ; le nécessaire lui manque, le superflu l'encombre...

Un nouvel éclat de rire secoua les murs, la ramenant, malgré elle, vers la fenêtre : en bas on avait changé de « pigeon » ; la femme au capuchon avait cédé la place à un marmiton, qui vidait chope sur chope pour s'encourager. Le soleil couchant nimbait l'enfant d'un reflet doré ; tout poudré de lumière, il avait l'air d'un ange. Un ange tricheur.

Curieuse de savoir comment le filou attrapait son monde, elle entrouvrit la fenêtre pour l'entendre. Petite voix flûtée, aussi haut perchée qu'un chant d'oiseau. « Bien, mon ami, vous me gagnez encore ! disait la voix cristalline. Décidément, la chance m'abandonne... Si, si... As de cœur, croyez-vous ? Gageons que, pour ce coup, vous vous trompez... Malepeste ! » Le juron fit sursauter la Comtesse. « Le gredin est sorcier, il lit dans mon jeu ! As de cœur ! C'est pourtant vrai ! Ah, le roué ! Il va me gripper toute ma mitraille, ce gros enflé ! »

Interloquée, Madame de Breyves écoute avec plus d'attention ce discours bigarré où le langage du monde se mêle à l'argot des valets : « Pour du guignon, c'est du guignon, je vous en réponds ! Jerni de ma vie !... Mais non, mais non, mon ami, je ne quitte pas la partie : un homme de mon espèce ne fuit ni la malchance ni l'ennemi... » Il récite une leçon, c'est clair, répète comme un perroquet des boniments de foire : « As de pique, à votre avis ? Hé, hé, par la Mardi, cette fois vous en avez menti ! A moi la mise, mon compère, c'est empaumé ! »

A mesure qu'avec des prudences de chat, des allers et retours de fortune propres à étourdir les plus circonspects, l'enfant dépouille le gâte-sauce, il s'exalte ; son langage fait une place croissante aux grossièretés du Port-au-Foin : « Alors, le rouge trogne, plus de picaillons dans la fouillouse ? T'as plus de quibus ? Monseigneur, je suis votre serviteur ! » Il lance une pièce d'argent sur le vieux tonneau, la fait sonner : « Un écu, Mesdames, Messieurs, pour ce coup je gage un écu. Oui-da ! Un bon écu du Roi ! Plus de sous de cuivre ! Du bel argent, du tout blanc ! Il est à vous. Mordieu, la troupe, secouez-vous : approchez, voyez ! Je ne prétends pas vendre chat en poche ! Qui veut parier ? »

Un numéro de saltimbanque. Bien rodé. Et le public applaudissait. On se moquait des perdants, leur déconfiture transportait, leur défaite enivrait : belle vengeance, n'est-ce pas, que de voir des fiers-à-bras roulés par un enfant ! Quant aux ivrognes et aux simplets, Dieu ne les a créés, c'est sûr, que pour amuser les autres de leurs mésaventures ! On se tenait les côtes, on se tordait... Le monde est cruel, le monde est mauvais.

La Comtesse soupira et, pensant en avoir assez entendu, referma la fenêtre. Et ce fut à cet instant, à cet instant seulement, qu'elle s'aperçut que, dans cette foule ruisselante, aux blouses encore trempées par l'averse, l'enfant était le seul à avoir gardé des habits secs.

Elle ne se demanda pas comment ; elle se sentit soulagée : si, comme eux tous, il avait été mouillé de la tête aux pieds, n'aurait-elle pas dû, malgré sa lassitude, s'empresser, se démener ? Le faire déshabiller, frictionner, bouchonner, et lui trouver en hâte — et dans quelles malles ? — des vêtements propres ? C'est ce qu'on attendait d'une mère en tout cas, et le fripon à figure d'ange était son fils.

II

« *Dois-je oublier Hector privé de funérailles*
Et traîné sans honneur autour de nos murailles ? »

(Andromaque, III, 8)

6

« Madame, Madame ! Monsieur Alexis... »

Le cri résonna à travers les salles vides de La Commanderie avant que l'ample silhouette de Babet
n'apparût au fond du miroir que Madame de Breyves,
un torchon à la main, débarrassait de ses toiles d'araignée. Lâchant son chiffon, la Comtesse se tourna vers
la porte de la bibliothèque : sur le seuil, Babet avait
porté les deux mains à son cœur ; peut-être parce
qu'elle avait couru et cherchait son souffle, mais, plus
sûrement, pour souligner — comme au théâtre —
l'intensité de son émotion. La Comtesse en fut agacée : elle se sentait trop lasse désormais pour goûter
ces mises en scène qui l'auraient amusée à Paris.

« Eh bien, Babet ? fit-elle, plus irritée qu'alarmée.

— Monsieur Alexis, Madame... » La servante
reprit haleine pour mieux lancer sa réplique : « Il a
disparu ! »

Madame de Breyves haussa les épaules ; elle s'était
attendue à pire : question d'habitude. Elle n'eut pas
de peine à rester calme ; si son fils avait disparu, c'est
qu'il n'était pas mort — pas encore...

Elle fit deux pas vers Babet pour la réconforter,
mais l'odeur de la grosse servante l'arrêta. Dès qu'elle
s'agitait, s'émouvait, Babet répandait un tel fumet
que les élans s'y brisaient. « Maman », avait un jour
protesté Alexis, que l'affectueuse chambrière écrasait
sur son giron, « je n'aime pas quand Babet me serre
fort : elle a un goût... » Ce soir-là, dans la bibliothè-

que, le « goût » de Babet était à la mesure de son trouble : si puissant qu'il couvrait l'odeur des vieilles pommes posées sur les étagères (depuis vingt-cinq ans que la maison était inhabitée, le fermier utilisait les rayons vides comme des claies, pour y faire sécher les fruits).

Tout en se maintenant prudemment à la lisière des deux parfums — pommes pourries d'un côté, jupons émus de l'autre —, la Comtesse pressa sa servante de questions ; et peu à peu elle en tira de quoi s'inquiéter.

Alexis, comme chaque après-midi, avait refusé de rentrer dans sa chambre : « Madame sait qu'il n'est pas d'un naturel obéissant » ; c'était le moins qu'on pût dire, en effet ! Babet l'avait donc enfermé à clé : depuis que Julie, Blaise, et la gouvernante, trop rats-des-villes pour la boue des champs, avaient reçu leur congé, elle restait seule pour le service avec le petit laquais, et elle avait trop à faire, « n'est-ce pas, Madame ? », pour passer son temps à distraire l'enfant. Quand, deux heures plus tard, elle avait rouvert la porte, elle avait constaté que « l'oiseau s'était envolé ». Comme tous les oiseaux : par la fenêtre. Jusque-là, rien d'effrayant : la chambre était au rez-de-chaussée...

Aidée par le jeune Léveillé, Babet avait fouillé les caves et les greniers, persuadée que l'enfant s'était caché dans une malle, un panier ; mais elle n'avait débusqué qu'un ou deux loirs casaniers. Quant au tour des « salles de compagnie », il était vite fait : à part quelques vieux coffres et des fauteuils en tapisserie à l'ancienne mode, il restait peu de meubles ; pas moyen non plus de s'embusquer derrière les rideaux : tombés en lambeaux, ils avaient été décrochés la veille. Inquiets, la suivante et le laquais avaient étendu leurs recherches au parc, appelé dans les allées, crié dans les bosquets. Les fils du fermier et la femme du meunier s'étaient joints aux domestiques : on avait visité les granges, la bergerie, les étables, le pressoir, le cellier, les écuries. En vain. Il fallait se rendre à l'évidence : l'enfant avait dû s'éloigner, passer d'un pré dans l'autre, suivre la route ou les chemins. Parisien juste arrivé de la ville, il s'était égaré dans une campagne dont il ne connaissait même pas la langue. Mais tôt ou tard, bien sûr, quelqu'un le retrouverait... « Bien sûr », dit Madame de Breyves en regardant par la fenêtre vers le grand étang qui s'étendait au pied du château.

La Commanderie, demeure mi-seigneuriale, mi-paysanne (un seul corps de bâtiment sans tour, sans avant-cour, et sans portail), avait été construite par l'arrière-grand-père maternel de Madame de Breyves sur une petite colline qu'entouraient, au sud, au nord et à l'ouest, trois étangs. De loin, quand les fenêtres étaient éclairées, on aurait dit un vaisseau posé sur les eaux.

Tous les enfants aiment les ruisseaux, les bassins, les lavoirs, tous les enfants aiment les mares et les flaques : comment Alexis aurait-il résisté à l'appel des étangs, brillant au moindre vent de toutes leurs écailles d'argent, immenses poissons blancs jetés parmi les joncs ? Il suffisait de quelques enjambées pour passer de la terrasse du petit manoir à la chaussée du « Lac », rond comme une carpe mais profond d'une dizaine de toises ; et, du perron de la façade nord, on atteignait en deux minutes l'étang du moulin, étiré en forme de brochet, son museau vorace pointé vers le « château ».

Babet crut prévenir la pensée de sa maîtresse : « Il n'a pas pu tomber à l'eau, Madame la Comtesse : les gamins de la ferme ont battu tous les bords jusqu'à la grille du bief ! »

Le soleil, déjà, rasait la cime de la hêtraie : dans une heure la nuit serait tombée. En un moment, la Comtesse fut sur la terrasse. Elle rassembla tous les hommes qu'on put trouver. Sans élever la voix, elle organisa les opérations aussi méthodiquement qu'un général vaincu ordonne la retraite de son armée : pressant les traînards, dépêchant des éclaireurs, formant des équipes pour quadriller les fourrés. Serrant les poings, serrant les rangs.

Elle-même courut jusqu'au lac, fit déverrouiller le pilon et lever la pelle meunière ; le meunier lui jeta un regard apitoyé : il fallait huit jours pour vider l'étang... Elle s'enfonça, farouche, dans les tourbières, faucha les roseaux, sonda les berges du bout d'un bâton. Le cœur battant, mais les gestes précis. Partagée entre deux sentiments contraires : la certitude (raisonnable) qu'il était trop tard, que son fils s'était noyé, et l'impression (moins raisonnable, mais d'autant plus vive) qu'il existe une limite au malheur : la vraisemblance. Avoir perdu en deux mois sa fortune, son honneur et son mari, c'était beaucoup ; mais perdre son fils en plus, c'était trop...

Elle se répétait : « C'est impossible ! », et elle parvenait à s'en persuader suffisamment pour donner des ordres pertinents. Le jour baissant, elle fit allumer des torches pour fouiller la hêtraie tandis qu'elle retournait au grand étang. Sur ses talons trottinait Babet. « On l'aurait vu, Madame, on l'aurait vu ! » martelait la servante pour se rassurer. « Il a son costume jaune. Du jaune sur l'eau, pensez si ça se verrait ! » Apparemment, la grosse rouquine s'y entendait mieux en roués qu'en noyés : elle ne savait pas que les enfants qui se penchent au-dessus des puits et des étangs sont happés par la bête, le monstre tapi dans l'abîme, qui les avale d'un coup et ne les rend que plusieurs jours après, vidés de leur chair, légers, si légers qu'ils flottent enfin sur les eaux, leurs vêtements d'or étalés à la surface comme de grands nénuphars...

Pour semer la bourrique, et couper au plus court entre la chaussée du lac et le bief, Madame de Breyves dévala une chênaie un peu raide par où l'on ne passait jamais. A l'instant où elle se glissait entre deux arbres, un gland la frappa au bras. L'instinct du chasseur : elle leva la tête pour repérer l'écureuil. Ce qu'elle aperçut alors dans l'ombre épaisse, tout au sommet du chêne, la pétrifia : deux jambes pendaient dans le vide, immobiles. Elle hurla. Les jambes mortes remuèrent faiblement. Comme un ultime tressaillement, convulsif...

Un observateur plus flegmatique aurait pu distinguer, assez nettement, les culottes jaunes, les jarretières, les bas blancs, et, tout au bout des bas, les souliers — des souliers vernis qui se balançaient mollement. Mais ces souliers noirs à boucles d'argent, ces petits souliers qu'elle fixe en hurlant, la Comtesse, elle, ne les voit pas. Pas vraiment.

Car ce ne sont plus des culottes jaunes ni des souliers d'enfant qu'elle cherche maintenant ; c'est une pantoufle : en renversant la chaise qui lui avait servi à accrocher sa corde à la poutre du grenier, le comte de Breyves avait perdu une pantoufle. Détail que le vieux valet lui avait donné le mois dernier, avant que Julie ne le fît taire. Henri était mort en robe de chambre, avec ses pantoufles aux pieds. Il ne s'était même pas habillé pour mourir... Pendu à l'aube. Si elle s'était levée plus tôt, si elle l'avait appelé...

Elle hurle pour le pendu d'hier (sans remarquer que le pendu d'aujourd'hui gigote trop pour un mort), elle hurle. Pour qu'on lui rende la pantoufle, qu'on lui rende son mari. Elle lui aurait fait sa dernière toilette, elle lui aurait mis ses plus beaux habits...

L'odeur des jupes de Babet, plus efficace qu'une bonbonne d'ammoniaque, la ramène brusquement à elle : elle est assise par terre, ses paysans rangés en cercle ; ils ont apporté les torches. « Remettez-vous, Madame ! Il est sauvé ! Notre Léveillé a réussi à grimper là-haut, comme un chat, et il l'a décroché, votre fripounet... Ah, cet apôtre, en a-t-il des idées ! Vouloir dénicher une pie, quand on est comte, et qu'on vient de Paris ! Le pied lui a glissé, pour sûr ! Petit malheureux ! Il se serait fracassé en bas — raide comme balle, sauf votre respect — si la branche ne l'avait pas arrêté ! Mais il s'est trouvé rattrapé par la veste de son habit. Tenu par quoi, Seigneur ? Par un accroc ! Voyez donc, Madame : trois pouces de tissu déchiré... Un miracle ! Y a pas à dire, mais cet enfant-là, il est né coiffé ! »

Dans l'ombre s'éleva la voix câline d'Alexis : « Je n'osais pas vous appeler, Maman chérie, ni répondre. Parce que, dès que je bougeais, ma veste craquait. Même pour respirer, valait mieux que j'y aille à petites gorgées... Heureusement que je suis courageux ! »

Une vague de colère submergea Madame de Breyves : elle tenait encore à la main le bâton dont elle s'était servie pour sonder l'étang ; elle se précipita sur l'enfant et lui assena une volée de coups sur les épaules, les mollets. A peine eut-il le temps de se mettre en boule pour se protéger. Elle frappait à coups redoublés. Les métayers s'étaient écartés, moins étonnés par cette violence qu'ébahis de voir une « dame » s'y laisser aller : les yeux écarquillés, l'air goguenard, ils regardaient la Comtesse battre son fils comme on s'amuse d'une fille de ferme qui rosse un pochard.

Madame de Breyves s'aperçut brusquement qu'on la jaugeait. Les paysans, qui calculent vite, sont d'admirables peseurs d'âmes : encore une seconde de vulgarité, une seconde de familiarité, et on la volerait sur tout — le four, le moulin, le cens, la corvée... Elle se reprit : « Tenez, Père Jean, dit-elle en lançant son bâton au meunier, fouettez-le. C'est un ordre. Jusqu'à ce qu'il en ait les fesses pelées ! » Et elle s'éloigna aussi rapidement que le lui permettait un pas mal assuré. Devant elle, le chemin s'étirait jusqu'à la barrière du parc comme un long couloir sans murs : sur quoi s'appuyer ?

« Eh bien, méchant, êtes-vous content d'avoir fait une peur pareille à votre Maman ? grondait au loin Babet, restée dans la chênaie. Ah, elle vous aime, la pauvre dame, et vous ne le méritez guère ! Sans compter que vous avez déchiré votre habit... Allons, Monsieur, baissez votre culotte. Et le caleçon aussi, oui. Baissez ! »

Maintenant, Madame de Breyves était à la barrière, hors de leur vue : elle s'adossa à la palissade, ferma les yeux. Elle revit les jambes ballantes, le corps suspendu comme une poupée de son, et elle réentendit son cri : elle n'avait pas appelé au secours ; elle n'avait pas crié « A l'aide ! », « A moi ! », ni « Hâtez-vous » ; elle n'avait même pas crié « Alexis ! » ; elle avait crié « Henri ! »

7

Le coussin entra en se dandinant.

C'était un coussin de tapisserie gros comme un édredon, qui eut de la peine à passer la porte à double battant qu'on n'avait ouverte qu'à moitié : taillé à la mode des champs, pour des derrières de matrones et des croupes de percherons, il débordait sur l'huisserie ; les mains minuscules qui le soutenaient eurent beau se crisper sur les ganses et jouer des phalanges, elles s'écorchèrent au passage... Trop large pour la porte, le coussin était aussi trop haut pour son « pilote ». L'attelage allait à l'aveuglette. Traversant de biais la salle où l'on dînait, il n'atteignit qu'en zigzaguant le grand fauteuil de paille qui faisait face à celui de la Comtesse, au bout de la table.

Son fardeau posé (avec quel soupir de soulagement !), l'enfant s'employa à bien le placer : il cala soigneusement le coussin sur le siège, en tapota la plume, la regonfla ; enfin, se hissant au sommet de l'édifice, il y installa son postérieur avec des précautions d'écorché et des grimaces de douleur franchement redondantes. Pour être muet, le reproche n'était pas voilé ! L'insolence de ce « commentaire » frappa Madame de Breyves ; d'autant qu'en châtiment de son escapade le vaurien venait de passer deux jours au pain sec ! Pareille aptitude à l'effronterie ne laissait rien présager de bon, même si, comme la Comtesse, on éprouvait de la sympathie pour l'audace, surtout l'audace des faibles. Et faible, Dieu sait si face à elle Alexis l'était ! Elle se sentait invulnérable désormais ; indestructible parce que brisée — tout en angles, en arêtes vives, tranchantes : si l'impertinent la prenait de front, il s'y blesserait.

Pour cette fois, cependant, elle ne sévirait pas. Elle feindrait même d'ignorer l'offense : on ne gronde pas un enfant, on le punit ; or, le bon état du « cuir » exige qu'on maintienne un intervalle entre deux fessées...

Marie apporta la soupière. Veuve d'un métayer, sans ressources et sans famille, la vieille femme venait d'être engagée par la Comtesse, avec des appointements modestes, pour décharger Babet des soins du repas. Ainsi qu'elle n'avait pas manqué de le souligner, Babet n'était pas cuisinière... Marie non plus, il est vrai. Tous les jours, et bien qu'on fût au cœur de l'été, elle préparait une soupe aux pois. Avec l'omelette et la compote, c'était l'alpha et l'oméga de son art culinaire ; sa science n'allait même pas jusqu'au bouilli !

A dire vrai, Madame de Breyves s'en moquait puisqu'elle ne mangeait pas : elle se donnait beaucoup de mal pour nettoyer la maison, réparer la toiture et curer les fossés, pourtant elle n'avait pas encore décidé si elle vivrait. Alexis, lui, avait pris son parti : il avalait le potage de bon appétit. Mais s'il ne mangeait pas du bout des lèvres, il dînait du bout des fesses ; avec des mines dolentes, des trémoussements. Madame de Breyves, excédée, songea que si l'arrière-train de l'impudent était tanné, la peau de ses joues n'était pas encore usée...

C'est alors qu'en se tortillant sur le coussin l'enfant poussa un long gémissement. Encore moins convaincant que les précédents : on gémit mal la bouche pleine... Le cabotin ! Le charlatan ! Décidément, il était à gifler !

Mais il était à croquer, aussi ; et la Comtesse s'étonnait de le trouver si joli. Elle ne l'avait guère aperçu ces derniers mois ; à la réflexion d'ailleurs, elle ne l'avait jamais beaucoup vu. Il était né alors qu'elle était mariée depuis de longues années et qu'elle s'était presque persuadée de sa stérilité. Aussi avait-elle été comblée quand elle avait pu poser entre les bras du Comte ce fils plein de santé. Un fils ! Un Breyves ! Henri avait beau affecter, pour la rassurer, de ne pas attacher d'importance au nom, à la lignée, elle se serait jugée coupable de ne pas perpétuer une famille dont tant d'aïeux s'étaient illustrés. De la naissance d'Alexis, elle avait été follement heureuse. Pour Henri.

Après, elle avait cru qu'elle aurait d'autres enfants, toute une armée d'enfants, qui porteraient plus loin le nom d'Henri, la gloire d'Henri, son esprit, sa tendresse, sa fantaisie, et même sa mélancolie. Mais, tandis qu'Alexis passait de nourrice en gouvernante, toujours gai et vigoureux, elle avait perdu deux ou trois fois ses espérances. Et, maintenant, il n'y avait plus rien à espérer...

Alexis, comte de Breyves, sept ans depuis le printemps dernier, nourri de soupe aux pois dans un manoir ruiné, était l'unique rejeton de cette noble lignée : un connétable sous Charles VII, un ambassadeur auprès du Sultan, un maréchal sous Henri II, et, sous Louis XIII, le gouverneur de Gaston d'Orléans, frère du Roi. Un vers de Racine lui revint à la mémoire pendant qu'elle regardait l'enfant : « Il est du sang d'Hector, mais il en est le reste »... Pour le « sang d'Hector », elle s'en portait garante ! Mais en était-il bien « le reste » ? Qu'y avait-il de commun entre Henri et lui ? En apparence, rien.

Il était aussi blond que son père était brun, aussi lumineux qu'Henri semblait ténébreux. Elle l'observait, pensive, à la lueur des chandeliers... Bien qu'il fît encore jour, Marie, désolée qu'en été le soir tarde à tomber, précipitait sa chute ; pressée d'aller se coucher, dès six heures elle fermait les volets ; si l'on n'y mettait bon ordre, elle ruinerait ses maîtres en bougies ; c'est du moins ce que la Comtesse supposait, car, pour être tout à fait franc, elle ne savait pas encore le prix des petites choses nécessaires à la vie : à combien lui revenait au juste cet éclairage à la fois maigre (quatre bougies...) et dispendieux (quatre bougies !) ? Devrait-elle bientôt se contenter de chandelles ? Elle détestait leur mèche charbonneuse — suif, graillon, pauvreté.

En attendant le retour à la clarté du jour (ou une plongée sans recours dans les ténèbres de la misère noire), la lumière des candélabres rehaussait la beauté de l'enfant : la flamme lui donnait un teint d'abricot. Parfois, entre deux lampées de potage, il relevait un peu la tête et laissait filer entre ses cils un regard pointu, étincelant et vif comme une truite qui fuit. A propos, de quelle couleur étaient ses yeux ? Gris ? Verts ? Bleus ? Il avait les yeux changeants (Henri, noirs et ardents) ; le nez effacé (Henri l'avait aquilin) ; le menton rond (chez Henri il était carré) ; et, pour son âge, il restait fluet quand son père avait brillé par sa prestance. En somme, Alexis offrait moins de prise au vent...

A défaut d'évoquer, fût-ce vaguement, les traits de son père, le visage et la silhouette du fils auraient-ils pu rappeler des parents plus lointains ? Même en cherchant bien, la Comtesse trouvait peu de ressemblances entre les vastes Messieurs emperruqués, encuirassés (qu'elle avait dû, comme les meubles, livrer aux marchands), et l'enfant-roseau qui se balançait au bout de la table. Quant à prétendre qu'il tenait d'elle, seul un aveugle l'aurait osé ! A l'évidence, son fils et elle n'avaient pas été peints avec la même palette. La nature avait traité l'une dans les tons d'ocre et de bistre — à la sanguine, à la sépia —, tandis qu'elle déclinait chez l'autre toute la gamme des ors et des gris, l'enluminant comme un chevalier de livre d'Heures. Ainsi Alexis paraissait-il aussi étranger à sa propre famille que s'il était tombé d'une autre planète...

Différence qu'il confirma sur-le-champ en apostrophant vulgairement la servante ; une fois de plus, elle avait oublié d'apporter de l'eau (elle paraissait brouillée avec les cruches et les carafes ; le premier jour, elle avait carrément posé le seau sur la table) : « Alors, Marie ? » fit-il en tendant son verre vide,

« comme dit Léveillé, "on boit de bons coups ici, mais ils sont rares" ! » Encore ce langage de fiacre qui avait choqué la Comtesse dans la cour de l'auberge. Elle se demandait pourquoi, pendant deux ans, elle avait payé une gouvernante, et même un maître à danser... A la diction près, qu'il avait angélique et presque affectée, on aurait cru cet enfant élevé par un charretier !

Mais, comme pour les persiennes tout à l'heure, elle remit sa remontrance à plus tard. Marie, Babet, Alexis, Léveillé, les fermiers, l'intendant, les bergers — elle était fatiguée de gronder !

D'ailleurs, Marie et sa manie de l'obscurité ne la désolaient pas tant qu'elles auraient dû. Autrefois, à Paris ou à Versailles, elle interdisait de fermer volets ou rideaux avant qu'il fît nuit noire ; non par mesure d'économie, mais parce qu'elle avait l'impression qu'on l'enterrait vive. Maintenant, elle était presque contente de s'asseoir dans une salle aux allures de tombeau. Avec ses murs de torchis jaune (La Commanderie, restée rustique, ne comptait que deux pièces lambrissées) et le reflet dansant des bougies, la salle à manger lui rappelait les tombes d'Etrurie et l'époque heureuse où elle accompagnait Henri dans ses fouilles d'archéologue — « d'antiquaire » comme on disait alors. Elle avait passé plusieurs saisons en Toscane au début de leur mariage, à Tarquinia, à Caere, apprenant avec son aide à reconnaître, à la lueur des torches, les scènes représentées sur les fresques, à distinguer dans la pénombre les vases de terre cuite des céramiques grecques, et à goûter le sourire serein qui orne le visage sculpté des défunts : chez les Etrusques la mort était une fête ; c'est ce qu'assurait le marquis Maffei qui avait pris la direction des fouilles. Chaque matin en tout cas, Diane s'éveillait ravie de descendre dans la tombe avec Henri...

Plus tard, son mari l'avait conduite à Naples, où son ami Winckelmann dégageait une ville enfouie. Impossible de pénétrer dans les tranchées et de grimper aux échelles avec une robe « à la française » et un chapeau-calèche ! Henri lui avait fait confectionner un costume pareil à celui des paysannes napolitaines qui, le panier sur la tête, s'employaient à sortir les cendres des villas ensevelies : jupon court, souliers plats. Un jour même, il l'avait déguisée en garçonnet — avec des culottes et un gilet... Il lui apprenait l'histoire romaine et des rudiments de latin, s'amusait à lui faire réciter ses déclinaisons comme à un écolier. L'éducation de Madame de Breyves, commencée sur le tard, en était restée aux prémices : en dehors du solfège, des fables de La Fontaine, et du tir au fusil, elle ne savait à peu près rien ; mais, avec un maître qui coupe la leçon de baisers, on progresse vite...

C'est ensemble, l'année d'après, qu'ils avaient découvert à Veies le collier de cornaline à motifs de scarabée qu'elle portait encore aujourd'hui, puis l'urne cinéraire qui s'était brisée le mois dernier. Les autres « curiosités » avaient toutes été vendues du vivant d'Henri, quand il espérait encore, comme un joueur malchanceux, pouvoir « se refaire ». Et sans doute, en se séparant ainsi des trésors accumulés en vingt ans de rêves acharnés, avait-il déjà commencé à se dépouiller de ce qui — par-delà son nom, son titre, sa position — le protégeait du froid ; ce n'était plus son manteau, mais sa peau même qu'il livrait ; déjà, la chair était à vif.

Elle chassa cette pensée, qui la ramenait vers ce qu'elle fuyait ; elle voulut s'accrocher aux souvenirs d'avant, plus joyeux : le jupon court, la culotte serrée, les caresses qu'ils permettaient. C'est alors que son esprit fut brusquement traversé par une idée, une image, qui ne l'avait pas encore effleurée, une phrase cent fois entendue — il y avait tant de gibets ! —, une plaisanterie affreuse sur le sexe des pendus et « l'ultime volupté » qu'ils sont censés éprouver...

Secouée de nausées, elle se retrouva penchée sur la fontaine du vestibule. Peu à peu elle se ressaisit, s'obligea à inspirer profondément, à mouiller son mouchoir, humecta son front, ses lèvres. Après quoi elle prit son bougeoir, ne parvint pas à l'allumer (elle tremblait), et, à tâtons, sans bien savoir ce qu'elle faisait, commença lentement à monter l'escalier.

Dès la troisième marche elle se rappela l'enfant, resté seul dans la grande salle. Elle le revit, assis tout petit sur son coussin trop haut, entre les murs nus de la pièce sombre, silencieuse et fermée. Elle faillit rebrousser chemin — pour reprendre sa place, faire mine de manger, prononcer quelques banalités (ils n'avaient pas échangé un seul mot pendant le sou-per) ; puis, elle se dit que l'impertinence d'Alexis la dispensait de ce sacrifice. Elle lui fut reconnaissante de s'être mal conduit. De toute façon, elle n'avait plus assez de forces pour aimer.

8

Chaque matin, Madame de Breyves apprenait la mort d'Henri.

Pendant la nuit ses rêves l'emmenaient aux Iles, à Naples, en Etrurie, et dans ces pays du songe où l'attendaient des villes aux rues vides et des palais déserts que le sommeil lui présentait en vue cavalière, déroulés comme le grand plan de Turgot ou comme ces tapis à labyrinthes qu'Henri avait rapportés d'Orient. La tête sur l'oreiller, elle voyageait. Mais, à mesure que les heures passaient, l'émerveillement faisait place à l'inquiétude ; elle se recroquevillait sous sa courtepointe : levée bien avant elle, son angoisse veillait ; et peu à peu ses rêves se coloraient non pas du souvenir, mais du pressentiment, de la catastrophe. Elle avait peur. Tout, soudain, l'avertis-sait d'une menace obscure, sans qu'elle pût se rappe-ler d'où viendrait le coup.

Il arrivait par exemple que, dans ces pays irréels que la nuit lui découvrait, elle croisât deux personnes de connaissance dont elle cherchait à s'approcher ; et voici que ces gens la fuyaient, ou qu'ils échangeaient quelques mots à voix basse. Enfoncée dans son sommeil, elle comprenait qu'ils parlaient d'elle et qu'elle dérangeait, elle se sentait confusément objet de scandale ou de pitié ; mais la terreur, la honte qu'elle éprouvait, elle n'en savait plus la cause.

Car aussitôt ses pensées s'égaraient ; elles changeaient de décor en hâte, prenaient des petits chemins, visitaient des écarts, musardaient ; et c'est plus tard que, par un brusque détour, elles retombaient sur la grand-route : Henri s'est pendu. Henri s'est pendu ! La Comtesse se dressait sur son lit, le cœur battant. Elle ouvrait les yeux. Il faisait jour.

Un autre jour. A gravir sans lui. Comme une montagne, si haute qu'au petit matin elle ne pouvait l'envisager d'un seul regard. Il lui faudrait toute la journée pour remonter cette pente pas à pas, gagner une minute, puis une autre, un refuge, puis un autre, pour atteindre enfin le sommet — ce moment béni où, pour quelques heures, il lui serait de nouveau permis d'oublier.

Au-dehors on ne devinait rien, bien sûr, de ces ascensions héroïques, et du combat que Madame de Breyves livrait au désespoir, pied à pied. De l'aube au crépuscule on la voyait, affairée, courir dans la maison et dans les champs, ranger, frotter, charrier, compter. On l'avait même aperçue avec une faucille dégageant de jeunes fruitiers que les ronces étouffaient. Ses mains écorchées n'étaient plus celles d'une dame de condition, mais elle ne semblait pas s'en soucier. Sans cesse elle travaillait ; comme la dernière des servantes. Déjà les chambres du château étaient meublées — de bric et de broc (on avait vidé les greniers), mais meublées —, les dallages cirés et les allées dégagées ; déjà la moisson était rentrée, le regain fauché, les confitures alignées ; déjà on semait la féverole d'hiver, la scarole, la chicorée, le chou de Pâques. Dans quinze jours, s'il pleuvait, on ramasserait les premiers cèpes, et dans trois semaines les châtaignes. Au moins son fils ne mourrait-il pas de faim avant l'été prochain !

Les paysans que cette débauche d'activité étourdissait s'étonnaient de la trouver si dure à la peine (ses métayers, qui s'épuisaient à la suivre, étaient moins enthousiastes) : « Elle abat son ouvrage comme un homme ! » disaient-ils. Quand elle les entendait, elle rougissait : elle volait leur estime puisque, de toute la journée, elle n'avait rien fait. Rien d'autre que s'occuper, perdre du temps pour tenter d'en gagner. Vaille que vaille, parvenir jusqu'au soir, et, abrutie de fatigue, dormir, dormir enfin, jusqu'à la dégringolade du lendemain.

Parfois, d'ailleurs, le répit était plus bref ; à peine avait-elle déposé son chagrin qu'elle devait s'en recharger : ses cauchemars avaient pris un raccourci, et la nouvelle de la mort d'Henri l'atteignait en pleine nuit. D'abord, elle essayait de fuir, de se rendormir : comme on s'enroule dans une couverture trouée, un drap élimé dans l'espoir de se réchauffer, elle rassemblait autour d'elle des lambeaux de songes plus anciens, de ces rêves qui, un instant plus tôt, tournaient encore autour de la vérité en tâchant de lui cacher qu'elle était veuve. Mais ces mensonges déchiquetés ne pouvaient plus la protéger : elle était parfaitement réveillée, et Henri parfaitement mort. Il était mort vingt-quatre heures sur vingt-quatre, il était mort sans trêve.

Alors, elle se levait, allumait une bougie, ouvrait un livre, ne comprenait rien à ce qu'elle lisait, soufflait la bougie, marchait un peu, poussait les volets, regardait la lune, buvait un verre d'eau, contemplait l'heure à la pendule. « Ah, Madame, pauvre Madame ! » s'exclamait Babet quand elle la trouvait dès l'aurore occupée à raccommoder une jupe ou rapiécer une nappe (un utile enseignement du couvent, le seul à dire vrai), « Madame, vous en faites trop. A la fin, la lame use le fourreau ! Voyez vos yeux battus, votre mine de papier mâché. Pour sûr, vous y laisserez votre santé ! »

« Et toi, ta place ! » pensait Madame de Breyves avant de se reprocher cette défiance à l'égard d'une servante qu'elle savait dévouée.

Pour expier ces mauvaises pensées, elle avait donc décidé ce jour-là d'écouter Babet, de lui donner au moins la satisfaction de se croire obéie : elle accepta de passer l'après-midi étendue sur une longue chaise cannée que Léveillé lui installa sur la terrasse, avec une ombrelle et des coussins. Elle aurait enfin l'air de ce qu'elle était : une vraie créole !

Ravie de son autorité toute neuve, la rouquine lui avait même ôté des mains la tapisserie qu'elle venait de commencer (« Il faut vous reposer, Madame la Comtesse ! Vous re-po-ser ! »). Vaincue, elle avait songé à se faire apporter un livre, mais les mots, tous les mots, lui soulevaient le cœur — même ceux de son psautier, qui lui rappelaient le Grand Vicaire de l'Archevêché ; elle revoyait le visage sévère de cet ecclésiastique à bonnes fortunes, d'ordinaire plus patelin, lorsque, du haut de sa mitre, il avait refusé à Henri des funérailles chrétiennes : « Se détruire est un crime, avait-il grondé, et se détruire par pendaison, une ignominie ! A-t-on jamais rien vu d'aussi impie : un gentilhomme, choisir la corde ? Comme un paysan, comme un brigand ! » Il aurait pardonné le péché contre l'esprit s'il n'y avait eu péché contre l'usage : l'épée de Vatel, à la rigueur ; mais le nœud coulant !...

Le comte de Breyves était mort comme un paysan, on l'avait enterré comme un chien. De nuit, dans une fosse hâtivement creusée au-delà des faubourgs, sans croix ni prière. Encore heureux qu'on ne l'eût pas exposé sur un fumier et brûlé parmi les ordures comme on venait de le faire à Saint-Denis pour un officier qui s'était supprimé !... Jamais, à l'inverse de ces épouses étrusques qu'il lui avait appris à admirer, elle ne s'unirait à son mari dans la tombe et pour l'éternité.

Luttant contre les larmes, elle s'efforça de ramener son attention vers le paysage à ses pieds. La Commanderie occupait une situation curieuse : à la fois dans un creux et sur un sommet — sur le sommet d'un creux ; surplombant la rivière et les villages nichés dans les fonds, elle était elle-même dominée par de plus hautes cimes — les contreforts des monts d'Auvergne. Au premier plan, des prairies, des bois, des landes déjà tachés par l'automne, un immense parterre de verts et de roux ; puis, tout autour, comme un rempart, l'ombre bleutée des montagnes. Une fois de plus ce pays clos, replié sur lui-même, lui parut beau. Elle l'avait aimé passionnément pendant les dix années qu'elle y avait vécues auprès de son grand-père, depuis son retour des Iles, à l'âge de six ans, jusqu'à son entrée au couvent. Elle se dit qu'elle aurait eu plaisir aussi à le faire découvrir à Henri si elle n'avait été si longtemps occupée du plaisir de découvrir Henri... Au printemps dernier, quand son mari sentait le piège se refermer sur lui, qu'il n'essuyait partout que des refus et des mépris, elle aurait dû l'emmener de force à La Commanderie, l'arracher à la ville, lui prouver que ce qui comptait là-bas n'avait plus d'importance ici, et qu'ils pouvaient encore vivre heureux puisqu'ils étaient deux.

Maintenant il était trop tard, et la splendeur de ces grands arbres, de ces eaux, de cette Nature impérieuse et sereine, la blessait, autant qu'une conversation futile ou une plaisanterie. Non qu'elle ne fût plus sensible à la beauté. Au contraire : elle en était plus touchée que jamais. Mais, loin de l'apaiser, la beauté lui causait une souffrance de plus. Entre son cœur et l'harmonie du monde s'interposait désormais le voile léger du malheur. Léger puisque les images riantes, les sons mélodieux, les joies mêmes le traversaient ; mais au passage ils se chargeaient d'un suc empoisonné : la conscience qu'elle aurait pu en jouir pleinement « avant », tandis qu'aucun bonheur désormais ne serait entier puisqu'aucun ne serait partagé. Dès lors, tout s'inversait : la bonté la heurtait (comme elle aurait été heureuse qu'on fût bon avec eux six mois plus tôt !) ; la gaieté l'attristait (comme elle aurait ri, elle aussi, du temps qu'ils étaient insouciants !) ; la beauté la désespérait (comme il aurait su goûter la courbe des collines, la lumière des étangs, lui qui ne vivait que pour la douceur des formes et des coloris). Il lui semblait qu'elle se serait sentie moins mal dans un pays plus laid...

De derrière l'ombrelle monta une voix douce, aux inflexions chantantes : « Maman, est-il vrai que vous m'ayez demandé ?

— Oui, Alexis. Approchez. Je vous ai fait chercher parce qu'on m'apprend sur vous des choses qui me fâchent. »

La veille, Marie, dans son langage moitié patois, moitié français, avait naïvement confié à la Comtesse qu'elle pouvait se vanter d'avoir mis au monde un enfant chanceux. Quand « le jeune Monsieur » jouait à l'écarté avec les gars du village (« les grands gars, hein, pas les gamins ! »), il avait rarement besoin de rendre une carte pour en tirer une autre : « Il a toujours les mains pleines de rois, Madame la Comtesse ! Le Bon Dieu est avec lui ! » Sur les intentions du Bon Dieu, Madame de Breyves n'avait pas d'informations ; mais sur ces « mains pleines de rois », depuis la scène de l'auberge elle savait à quoi s'en tenir.

« Qui vous a appris à tricher de la sorte ? » demanda-t-elle à l'enfant.

Il ne fit pas plus de difficultés pour répondre que si elle lui avait demandé l'heure : « Beauchamp », dit-il (c'était leur cocher de Paris, un coquin qui trafiquait sur l'avoine et qu'Henri gardait par faiblesse). « Et Picard aussi » (c'était leur ancien cuisinier). « Mais surtout Jambe d'Argent. Un ami à eux qui fait des jeux de gobelets sur le Pont-Neuf. Oh, je l'aime, ce fripon-là ! "Oui-da, ma commère, je gage un bon écu du Roi", c'est comme ça qu'il dit. Il dit aussi : "Parguié, ma mie, mais c'est qu'il m'empaumerait, le drôle ! La peste soit du paltoquet ! Que le diable lui crache au cul !" Il est malin, mon Jambe d'Argent, Maman : il prend les sous au pipeau... Picard, Beau-

champ, Jambe d'Argent, en voilà du gentil monde ! »
Il soupira : « Je m'ennuie d'eux... Quand est-ce qu'on
rentre à Paris ? Moi, j'aime Paris : il y a du bruit, des
gens dans les rues, les cochers se battent, les dames
sentent bon... Et la marchande de coco, avec sa fontaine sur le dos ? Elle m'en donne toujours un verre
quand elle va retrouver notre suisse dans les écuries...
On s'amuse bien, à Paris !

— Ne détournez pas la conversation, Alexis. Je
vous parle du village. Que jouez-vous contre ces pauvres gens ? Pas d'argent, j'espère ?

— Oh, pour l'argent, n'ayez crainte : ils n'aiment
pas le sortir ! Sont-ils rats, les gueux ! C'est comme ça
qu'il dit, Jambe d'Argent, quand les jean-foutre du
Pont-Neuf ne misent qu'un liard : "Sont-ils rats, les
gueux !" » Il répéta la formule deux ou trois fois, avec
délectation. Puis, hochant la tête : « Ici, on ne gage
qu'une chopine.

— Une chopine, Seigneur ! Et qu'en faites-vous
quand vous la gagnez ?

— Holà ! Je ne la bois pas ! Je ne suis pas un
biberon ! Je l'échange...

— Contre quoi ?

— C'est selon. Quelquefois, une assiette de crème
avec des mûres... Ou une flûte en sureau. Ou, d'autres
fois, un petit panier de roseaux. Ou un joli bâton... »

Bon, cet apprenti bandit n'était encore qu'un
enfant, il en avait les goûts et l'ingénuité. Il ignorait
qu'on ne doit pas tricher.

« Savez-vous, Alexis, que tricher — même pour une
assiette de crème — est très malhonnête ? C'est interdit. Comme de voler. Le savez-vous ?

— Oui, fit l'enfant (et cette fois Madame de
Breyves se demanda s'il n'entrait pas dans sa franchise plus de défi que de candeur). Mais c'est très
amusant ! N'avez-vous jamais volé, vous, Maman ?
Non ? Tout le monde vole, pourtant ! »

La Comtesse protesta : où était-il allé pêcher des
idées pareilles ? Mais l'enfant lui répliqua calmement
que le père Jean, par exemple, son meunier... Eh bien,

son meunier la volait : il avait un second grenier, bien caché, au-dessus du teil à cochons, et il y entreposait des sacs de grains qu'il traitait à « prix d'ami », en franchise des droits seigneuriaux ; d'accord avec les paysans, il la trompait sur toutes les quantités. « Si le père Jean vous vole, est-ce mal de voler le père Jean ? »

Choquée par la révélation des turpitudes de son meunier (choquée mais pas surprise : elle comprenait mieux maintenant certaines anomalies dans les comptes de la propriété — son intendant était de mèche !), la Comtesse ne sut que dire. D'un côté, elle aurait dû reprocher à son fils d'ajouter la délation à la tricherie ; d'un autre, elle n'était pas mécontente de découvrir ce qui se passait chez elle.

Ballottée entre les exigences de la morale et les nécessités de la comptabilité, elle n'eut pas le temps de se replacer sur le terrain des principes : « Je ne songeais pas au père Jean en vous parlant. Mais vous avez aussi trompé Annet, qui n'est qu'un simple d'esprit...

— Annet ? Ah, oui ! Un bazaud, tabaza, tout beurda », chantonna-t-il, fier de montrer qu'il avait le don des langues et connaissait déjà celle du pays, quand Babet, restée Parisienne en dépit de son côté rustaud, persistait à croire que tous les paysans parlaient comme dans Molière : elle disait « l'iau » pour l'eau (« Marie, apportez-nous de l'iau ! ») alors que, dans ce pays d'oc, on disait « l'aigue » évidemment. Si bien que la pauvre Marie, dans son désir de plaire à ses nouveaux maîtres, en était réduite à pratiquer trois langues : le marchois, le français, et le Babet.

« Ne m'interrompez pas sans cesse, Alexis ! Il n'y a pas qu'Annet. Vous avez gagné plusieurs "chopines", comme vous dites, contre Pierre Landry, qui est le plus brave homme de la terre. Vous n'êtes pas qu'un tricheur, vous êtes un ingrat : Pierre ne vous avait-il pas fabriqué une jolie carriole pour y atteler votre ânon ? Me direz-vous que ces gens-là nous volent, eux aussi ?

« — Oh non, Maman ! Et je les aime beaucoup. Seulement... Seulement, on ne triche bien les méchants que si l'on a d'abord triché les gentils. C'est plus facile pour commencer. Il faut bien s'entraîner ! »

Le raisonnement était d'une logique imparable et d'une immoralité non moins confondante... La Comtesse regarda son fils comme un entomologiste observe un insecte d'une espèce inconnue : était-il dangereux ? Fallait-il le détruire ? Ou devait-on céder à la curiosité et l'étudier ?

Bien qu'intriguée, elle amorça une réprimande : « Ce que vous me contez là est indigne d'un gentilhomme ! » Elle rougit : elle croyait entendre le Grand Vicaire. Pourtant, elle poursuivit : « J'ai honte de vous et honte pour vous : vous faites rien moins que l'apologie de l'escroquerie ! » Des grands mots, songea-t-elle, auxquels, sûrement, il ne comprenait pas grand-chose, mais, du moins, le ton y était.

Au ton, en effet, l'enfant devina qu'il risquait la fessée : « Pardon, Maman, fit-il bouleversé, en cachant brusquement son visage contre l'épaule de sa mère dans un élan de tendresse comme il en osait peu. Je promets que je ne le ferai plus ! Plus jamais... Mais une "pologie", ce n'est pas tellement grave, quand même ? » Il hésitait, reprenait ses distances, et soudain, la tête penchée, l'œil interrogateur, mais déjà le sourire aux lèvres : « Et la "croquerie", Maman chérie ? C'était une si petite "croquerie" ! » Il rapprocha le pouce de l'index jusqu'à ce qu'ils se touchent : « Toute petite comme ça ! » Maintenant, il souriait largement, de toutes ses dents de lait, de toutes ses fossettes, sûr de séduire.

Pendant les quelques secondes où il était resté blotti entre son épaule et son cou, elle avait senti le parfum d'Alexis, sa peau douce, ses cheveux soyeux, son haleine légère. Elle résista difficilement à l'envie de le ramener contre elle, de le serrer : « Jurez-moi, dit-elle, que vous ne jouerez plus aux cartes qu'en ma compagnie. Vous me montrerez vos tours, si vous voulez. Je vous enseignerai des jeux honnêtes : la bataille, le piquet. Si je suis contente de vous, je vous donnerai du bonbon... Et puis — ajouta-t-elle en se rappelant la visite récente du curé de la paroisse qui pleurait sur la minceur de sa "portion congrue" et l'ennui de prêcher des croquants — Monsieur le Curé viendra deux fois la semaine vous apprendre votre catéchisme : si vous retenez bien ses leçons, vous aurez encore du bonbon. Est-ce convenu ?

— Tope-là », fit l'enfant, en joignant le geste à la parole.

Et aussitôt, courant à travers le parc, bondissant, sautillant, il alla rejoindre les fils du fermier qui l'attendaient sur la chaussée du lac avec des appeaux. Après son départ, elle resta perplexe : finalement, elle avait passé un marché... Il faut dire que, la grâce exceptée, Alexis avait tout du maquignon. N'avait-il pas été élevé comme tous les grands seigneurs : par les valets ?

III

« *Ma flamme par Hector fut jadis allumée*
Avec lui dans la tombe elle s'est renfermée.
Mais il me reste un fils... »

(Andromaque, III, 4)

9

Octobre fut froid et pluvieux. Le granit épais qui formait les murs de La Commanderie s'imprégnait d'humidité et soufflait dans la maison un air glacé. A l'aube, on trouvait des loirs endormis entre les fenêtres et les persiennes : comme les hirondelles annoncent le printemps, ils annonçaient un hiver précoce et rigoureux. Dès la deuxième semaine, il fallut allumer les cheminées.

Le premier geste de Madame de Breyves en se levant était de ranimer le feu de sa chambre et celui de la salle de compagnie. Elle ne laissait ce soin à personne, se bornant à attendre que « Torchon » eût ramassé dans un seau les cendres de la veille et nettoyé le foyer autour des braises endormies.

« Torchon » était la dernière acquisition domestique de la Comtesse : sourde-muette, réputée idiote, elle ne pouvait rendre d'autres services que les plus rebutants — laver par terre, vider les pots, ramasser les cendres, décrotter les sabots, transporter les bûches, tirer l'eau du puits. C'est Marie qui avait conseillé de l'employer. Sans gages, cela va de soi : pour « Torchon » (personne dans le village ne lui connaissait d'autre nom), est-ce que ce ne serait pas beau, déjà, d'avoir une écuelle et un toit ? La Comtesse s'était laissé persuader : si peu qu'il lui restât de personnel, elle savait bien qu'elle devait consentir à rétablir une hiérarchie. À Paris, la gouvernante avait sa femme de chambre, et la femme de chambre sa servante ; chaque valet exigeait son laquais, chaque palefrenier voulait son garçon d'écurie.

Ici, Babet régentait Marie, qui tourmentait « Torchon ». Par chance, on ne voyait guère comment la sourde-muette pourrait donner un ordre ou gourmander ! La Comtesse espérait donc que la cascade des charges et des préséances s'arrêterait là... « Tous seigneurs ! » disait autrefois Henri en considérant avec amusement la manière dont les gens de maison singeaient leurs maîtres et le subtil réseau de privilèges et d'allégeances qu'ils établissaient entre eux.

Dès que « Torchon » en avait fini avec sa pelle et son balai, Madame de Breyves s'accroupissait devant l'âtre. Elle disposait autour des dernières braises quelques-unes des pommes de pin accumulées dans le grenier pendant l'été et jetait, par-dessus, trois poignées de brindilles glanées dans la hêtraie. Puis elle s'agenouillait et, le visage au ras du foyer, soufflait doucement sur les braises mourantes, soufflait comme on donne un baiser, pour ramener le sang dans la cendre.

Sitôt que les pommes de pin commençaient à brasiller, Madame de Breyves dressait les rondins ; craignant d'étouffer le feu naissant, elle les montait comme ces huttes qu'on voit sur les gravures exotiques : avec une large base et des sommets croisés. Et c'est seulement quand des flammèches moins timides venaient lécher l'échafaudage, qu'avec précaution elle posait sur les chenets une première bûche, taillée en biseau et couchée sur l'arête pour ne pas peser. Les rondins qui pliaient quand même, qui roulaient jusqu'au chambranle, elle les rattrapait avec le tisonnier : un feu qui naît doit rester ramassé sur lui-même comme un chaton dans son panier. Elle le sermonnait avec tendresse : « On est trop petit, Monsieur, pour courir le monde ; il faut d'abord manger, s'il vous plaît. » Et, s'emparant du soufflet de cuir, elle attisait la flamme patiemment, obstinément, pour aiguiser l'appétit du jeune fauve.

Lorsque la mince bûche de crête était prise à son

tour, que les flammes s'élançaient vers le conduit, elle chargeait l'édifice d'une bûche plus épaisse, puis d'un vrai tronc. Cette architecture manquait parfois de stabilité : une bûche s'effondrait, un rondin, de nouveau, s'écartait ; et de nouveau elle tâchait, en souriant, de ramener les égarés. Mais souvent ils glissaient encore, se brisaient, et finissaient par s'arrêter où ils voulaient. Alors elle n'insistait plus, reposait le tisonnier, et contemplait son œuvre : le feu était assez large désormais pour occuper tout le foyer, assez vigoureux pour que la place de tel ou tel élément devînt indifférente. Il avait choisi sa forme, il vivait.

Un moment encore elle admirait cette splendeur à laquelle elle n'avait plus de part : ces flammes dorées qui s'élançaient vers le ciel, ces pétillements joyeux comme des éclats de rire, et cette chaleur qui, par ondes successives, gagnait la pièce, la maison, l'univers. Cette chaleur qui envahissait son corps... Puis, d'un geste décidé, elle plaçait entre le feu et elle la grille du pare-étincelles, comme un rideau qu'on tire ; et elle s'éloignait, abandonnant à « Torchon » le soin d'entretenir la flamme née de son souffle, de sa ferveur et de sa science.

Ainsi, chaque matin, transformait-elle une corvée en cérémonial amoureux. Naissance du désir, montée du plaisir. Chacun de ses gestes, chacune de ses pensées, étaient ceux d'une amante. Exclusivement. Car pas une seconde, pendant ce rituel, il ne lui serait venu à l'esprit de comparer le feu naissant à un enfant ! Cette vie, si fragile qu'il faut d'abord la nourrir de plus d'amour que d'aliments, ne lui rappelait alors en rien les premiers jours d'un nouveau-né. Quant aux préceptes qu'elle appliquait naturellement à la construction d'un feu — se garder de rien étouffer, nourrir sans gaver, attiser sans éparpiller, obliger toujours la flamme à monter, « l'élever » en somme, puis, à mesure que le feu grandit, respecter la forme qu'il s'est donnée, savoir enfin tirer la grille et s'éloigner —, ces préceptes, elle ne songeait pas encore à les transposer à l'instruction d'un enfant.

L'éducation en général n'était pas sa marotte ; et l'éducation d'Alexis restait le cadet de ses soucis. Après les alertes de l'été, elle s'était bornée à parer au plus pressé : elle avait chargé Léveillé d'apprendre à nager à l'intrépide dénicheur de pies — et maintenant Alexis nageait, mal sans doute, avec des mouvements étriqués, mais il ne risquait plus de se noyer. Il se romprait plutôt le cou... ! Avec le curé l'enfant apprenait poliment son catéchisme ; il répétait, d'un ton monocorde, des phrases qu'il ne cherchait pas à comprendre : « Qu'est-ce que Dieu ? Dieu est un pur esprit, infiniment bon, infiniment aimable », etc. Le curé se disait satisfait : il n'en avait jamais obtenu autant de ses ouailles. Sans compter — mais cela compte ! — qu'il dînait « au château » après chaque leçon...

Le corps sauf, l'âme en sûreté, que manquait-il à Alexis pour devenir un homme digne de ce nom ? Des manières ? Elle s'en chargeait. Une demi-heure chaque soir. C'était l'objet (caché) de la partie de bataille ou de piquet qu'ils disputaient avant d'aller se coucher. Là aussi, elle pouvait être contente : elle s'ennuyait, il s'ennuyait, mais tous deux avec une discrétion de bon ton — les bâillements qu'Alexis ravalait, elle ne les devinait qu'à une certaine façon qu'il avait d'écarquiller brusquement les yeux et de hausser le sourcil... C'était parfait. De temps en temps, l'enfant cachait bien encore une carte dans sa manche (la force de l'habitude), mais, respectant leurs conventions, il la lui montrait aussitôt : la filouterie n'était plus qu'un escamotage, presque un art : il trichait comme d'autres font du dessin ou de la broderie — parce qu'ils ont un joli tour de main. Tout allait bien.

En vérité non, rien n'allait, et elle le savait. Cet enfant, il aurait fallu le surveiller de près, former son goût, cultiver son esprit. Elle le laissait en jachère... Mais il n'avait pas encore huit ans ! Et la jachère, n'est-ce pas le gage d'une meilleure récolte ?

D'ailleurs elle avait d'autres choses à faire : pour

ceux qui, comme elle, en étaient restés à « labourage et pâturage » quand agiotage et filoutage étaient devenus « les deux mamelles de la France », le temps manquait toujours. À La Commanderie, la charrue marchait derrière la faucille — on avait à peine mis la moisson en gerbiers qu'il fallait déjà surveiller les labours et les semailles. Dès novembre, quand les premiers maçons seraient rentrés de Paris pour passer au pays la mauvaise saison, on embaucherait du monde pour battre le blé dans les granges ; mais, d'ici là, ne serait-elle pas obligée, à cause des pluies, de protéger chaque meule par un « toiton » de paille ? Elle n'avait pas le premier sou de ce beau projet ! Heureux encore si elle parvenait à trouver de quoi faire recouvrir, avant les grands froids, l'habitation du métayer de la Roche dont le chaume venait de brûler. Voilà pour la part champêtre de ses travaux, cette « vie pastorale qui, affirmait un philosophe à la mode, conserve toujours quelque chose qui touche et attendrit »...

Le reste, c'était la part noble : elle devait remettre au clair les comptes obscurs de l'intendant qu'elle avait renvoyé ; elle ressortait des placards ses vieux « terriers », les titres poussiéreux qui établissaient les droits qu'elle tenait sur le pays, non plus comme propriétaire des maigres arpents de La Commanderie, mais comme « dame de Malval, Chéniers, Fresselines, et autres lieux ». Qu'ils viennent, les laboureurs des hameaux éloignés, soutenir que leur fonds ne relevait pas de son fief, qu'ils ne lui devaient pas le cens, le champart, les lods ou les banalités ; qu'ils viennent, et ils trouveraient à qui parler !

Ce qui dans l'immédiat lui donnait le plus de tracas, car ses affaires semblaient très embrouillées, c'étaient justement ses procès. Tout petit seigneur entretenait au chef-lieu une armée de procureurs et d'avocats. En héritant cette terre de Jean de Malval, son grand-père, elle avait aussi hérité les procès : un litige avec le marquis de Nouziers (une procédure qui traînait depuis trente ans !) pour je ne sais quelle histoire de ruisseau détourné ; un autre avec la baronne de Raguenet qui lui contestait la possession du bois de La Planche et l'attaquait encore, sur deux ou trois frontières, en prétextant des bornages mal faits ; sans compter une demi-douzaine de moindres causes, pour des servitudes de passage, des droits de puisage, des usufruits d'abreuvage, des coutumes de glanage. Henri ne s'était jamais occupé de ces chicanes-là, bonnes pour des campagnards, qui n'ont pas tant d'occasions de s'amuser ! Elle aussi, elle s'en serait moquée si elle avait eu seulement le centième de sa fortune passée !

Mais voilà cette veuve éplorée qui, à Paris, n'avait pas voulu plaider, n'avait discuté aucune dette, aucune créance, la voilà, bon gré mal gré, réduite à se battre pour chaque pouce de terrain, chaque source, chaque chemin. Elle répondait aux mémoires, dépêchait des huissiers, signifiait, citait, notifiait, rendant coup pour coup, et se désespérant à chaque fois qu'elle marquait un point : sauver dix boisselées de landes quand le sol s'est dérobé sous vos pieds !

Mais ainsi va la vie : les grands malheurs ne dispensent pas des petits ennuis... Heureusement, pour commencer les journées — ces journées brutales, qu'il fallait en rusant pousser jusqu'à leur terme — il y avait le feu. Le feu, c'était sa prière à elle.

Souvent, dans son désarroi, elle aurait voulu prier. Prier pour de bon. Mais qui ? Dieu ? Lui dire « Mon père, aidez-moi », à Lui qui avait envoyé au martyre son fils unique, Lui qui avait voulu le calvaire et la croix ? Certes, pas un clou, pas une épine, qui n'aient été plantés avec les meilleures intentions. Il paraît même que le sacrifice Lui avait coûté. Pas tant sans doute qu'au sacrifié... N'importe, finalement tout tournait bien puisqu'en appel on arrangeait l'affaire ; c'est du moins ce que les prêtres assuraient : son fils mort, le Père l'avait ressuscité.

Cette histoire de résurrection, Madame de Breyves avait toujours eu peine à y croire. Bien qu'elle ne fût ni « philosophe » ni « éclairée » (elle n'était même pas ce qu'on appelle un « bel esprit »), il lui semblait qu'on avait arrangé le récit pour lui donner une fin heureuse, rassurer le lecteur.

Malgré tout, en se forçant un peu, elle voulait bien reconnaître dans le témoignage des pèlerins d'Emmaüs un air de vérité, une confiance qui la touchait. Va pour la résurrection : le fils souffre, le fils appelle (« Eloignez de moi ce calice »), le fils attend, le fils supplie (« Pourquoi m'as-tu abandonné ? »), le fils succombe ; après quoi, le Père efface tout. Voilà la mort biffée. Fort bien. Mais l'agonie ? Combien d'heures d'agonie ?... Allons, on pourrait lui raconter ce qu'on voudrait ; pour elle, l'histoire était claire : qu'il l'eût ou non ressuscité, Dieu avait d'abord désespéré son enfant. De propos délibéré. Désespérer un enfant... Seul un monstre pouvait oser ! Autant prier Baal ou Mammon !

« Aidez-moi, protégez-moi » : c'étaient des mots qu'elle pouvait dire à la rigueur, mais à Marie seulement. Celle-là était une vraie mère : d'abord surprise, éblouie ; puis impuissante, effarée ; résignée enfin, mais toujours présente. « Marie, aimez-moi. » Evidemment, la Comtesse n'ignorait pas ce qu'Henri, historien des mœurs antiques, aurait objecté à sa piété : les religions ont besoin d'une déesse-mère, « voyez comme les premières Vierges à l'enfant ressemblent à Isis allaitant » ; le christianisme avait dû sacrifier aux « mystères » de la fécondité en fabriquant une autre Déméter, une seconde Cybèle. Et la fabriquer à partir d'un personnage si secondaire que l'Evangile lui-même l'expédiait en quelques lignes !

Madame de Breyves savait tout cela ; mais, bien que faisant leur part à l'Histoire et à la raison, elle ne se trouvait nullement ébranlée dans sa dévotion. Parce qu'elle aimait Marie.

Peut-être Henri aurait-il attribué cet attachement puéril aux souvenirs de sa petite enfance ? (Elle ne pouvait s'empêcher de discuter encore avec Henri mort comme elle discutait avec Henri vivant, elle lui racontait ses journées, lui faisait des confidences.)

Donc Henri lui aurait appris — il était précisément en train de lui apprendre — qu'elle adorait Marie parce que c'était la première « divinité » qu'on lui eût fait prier. Elle n'avait jamais eu de mère (elle avait tué la sienne en naissant) ; et la nourrice noire qu'on lui avait donnée, là-bas à Saint-Domingue, la « doudou » qui l'avait élevée jusqu'à l'âge de six ans — « tit caramel, tit ortolan » —, lui avait appris très tôt, en effet, à joindre les mains pour prier la mère de ceux qui n'en ont plus.

Dans sa chambre à La Commanderie, elle n'avait pas voulu de crucifix : faut-il encore avoir un supplicié sous les yeux quand on a déjà un pendu dans la tête ? Elle n'éprouvait pas le besoin de stimuler son imagination... Mais elle avait accroché deux gravures pieuses retrouvées dans le grenier : au-dessus de son prie-Dieu une « Madone aux raisins »(l'enfant Jésus, espiègle, croquait les grains), et au pied de son lit une Annonciation. Pas de Pietà. Elle voulait des Vierges étonnées, ou des Mères épanouies. Pas de mères douloureuses. Pour la douleur, elle avait tout ce qu'il fallait dans le cœur.

De toute façon, elle ne s'agenouillait jamais sur le prie-Dieu ; pas plus qu'elle ne parlait le soir à sa « Madone aux raisins ». Elle se contentait, au hasard de la journée, de messages très brefs. Pas même des prières. Des appels au secours. Des cris. Ceux qu'elle ne pouvait retenir. Car, quant à être exaucée... Sur la puissance de Marie, elle n'avait guère d'illusions : son rôle, selon l'Eglise, c'était « l'intercession ». Et auprès de qui ? Du Dieu qui l'avait elle-même torturée au pied de la croix ! Terrible juge pour ce doux avocat...

Aussi ne la chargeait-elle que de minuscules commissions, formulées en termes concrets : « Marie, par pitié, pas d'assignation dans mon procès », « De grâce, Marie, évitez-nous la saisie ! », « Marie, s'il vous plaît, arrêtez la pluie », « Oh, Marie, protégez mon Alexis ! », « Marie, je n'en puis plus », « Aimez-moi, Marie, aimez-moi »... C'était court, égoïste, enfantin ; elle sentait toute la misère de ces invocations qu'on ne pouvait qualifier d'« oraisons » ; mais peut-être justement, parce qu'elles étaient si pitoyables, sa « bonne mère » les prendrait-elle en pitié ?

La seule prière un peu longue de la journée, du moins sa seule action de grâces, elle la disait chaque matin dans sa cheminée. Avec des braises et des brindilles. En ranimant la flamme. C'était le culte que, vestale inutile, elle rendait à la mémoire de son mari.

Car si elle n'avait jamais pensé qu'un enfant se construit comme un bon feu, elle savait comment on bâtit un amour : en soufflant dessus prudemment pour commencer, puis en l'alimentant de menus copeaux, en le chargeant de petits fagots, en y posant enfin ces arbres qui vous tiennent longtemps un foyer pourvu qu'on donne assez d'élan à la flambée. Du rêve au sourire, du sourire aux confidences, des confidences aux étreintes, des étreintes aux aveux, et des aveux aux œuvres — les maisons, les enfants, les travaux partagés —, chaque geste lui rappelait un moment de sa passion pour le comte de Breyves ; elle faisait le feu comme on dit son chapelet.

Et quand enfin, son bûcher monté, elle voyait au fond du foyer le rouge et l'or s'enlacer, les flammes se tordre et s'embrasser, elle croyait voir au loin leur couple briller, de ce feu splendide où toute la Cour, toute la Ville, auraient pu se réchauffer.

Et c'est sur ce brasier qu'on avait brusquement jeté un seau d'eau ! Et, parce que leur bonheur fumait encore, deux seaux, trois seaux, dix seaux ! Le comte de Breyves avait été assassiné. On l'avait éteint, on l'avait noyé...

Elle haussa les épaules : trop de mensonges dans les métaphores ! Même les plus communes sont à fuir, elles déguisent pour consoler : son mari n'avait pas été noyé. C'est Alexis qu'on avait cru au fond des eaux, submergé, englouti. Henri, lui, c'était le pendu.

10

Ce matin-là, le feu partait mal. « Torchon » ne l'avait pas assez couvert la veille au soir, et la Comtesse avait beau souffler, les braises retournaient à la cendre dès qu'elle s'interrompait.

Madame de Breyves ne détestait pas ces commencements difficiles. Ils lui donnaient l'occasion de s'étendre indéfiniment sur les débuts de son amour pour Henri. D'où était venu le premier souffle ? Quand avait jailli la première étincelle ? Elle croyait autrefois que c'était quelques semaines avant leur mariage, au parloir du couvent, quand, avec la permission de son père, elle avait enfin rencontré ce comte de Breyves qu'on lui destinait. Mais, en vérité, c'était plus tôt, bien plus tôt, qu'elle avait commencé à l'aimer.

L'origine de sa passion, elle la faisait remonter maintenant à la lettre qu'Angélique de Nueil, sa meilleure amie d'alors, avait envoyée à son cousin, le duc de Norsan : « Mon cousin connaît ton prétendant, j'en suis sûre ! Je l'ai entendu le nommer. Ils ont dû courir les mêmes filles ou les mêmes soupers... Je vais l'interroger », — « Mais le faut-il déjà ? L'affaire n'est pas faite... Ce ne serait pas la première fois que mon père changerait de parti ! D'ailleurs, tant pis : j'aime mieux rester fille que de coucher avec quelqu'un que je ne connais pas ! », — « Rester fille ? Eh bien, ma chère, avec ta fortune, n'espère pas avoir cette chance-là ! »

Depuis quatre ans qu'elle était pensionnaire à l'Abbaye-aux-Bois, Diane Frécourt de Gersac (« de Gersac » depuis une génération, et, si l'on ose dire, une « génération spontanée ») avait pourtant déjà vu échouer plusieurs projets. Il est vrai qu'officiellement son père ne l'avait pas mise là pour la marier, mais seulement pour qu'on lui enseignât ces « arts d'agrément » inconnus à La Commanderie : le clavecin, la révérence, le point de feston et la tapisserie.

Sans doute la conclusion du mariage traînait-elle parce que les liaisons entre Paris et Saint-Domingue n'étaient pas des plus faciles. L'abbesse, Madame de Chabrillant, s'était engagée à proposer au père un échantillonnage de candidats : parents ou amis désargentés désireux d'épouser des roturières pour « fumer leurs terres » comme on disait. Mais la noble dame était constamment gênée par la lenteur des courriers : pour peu que Frécourt demandât des précisions, le prétendant avait déjà convolé avec la fille d'un fermier général ou d'un banquier genevois. L'abbesse avait bien suggéré au riche planteur de lui désigner un correspondant en France avec qui elle pourrait traiter ; en vain : Frécourt n'était pas homme à déléguer une affaire de cette importance ; il négociait le mariage de sa fille unique ! Une dot de cinq cent mille livres pour commencer, et plus de deux millions d'« espérances »... Quant au grand-père maternel de la demoiselle, un Monsieur de Malval (de la noblesse crottée, mais de la noblesse tout de même), impossible de lui demander un avis : il venait de mourir au fond de sa province. Du reste, le gendre et le beau-père ne semblaient pas avoir entretenu les meilleures relations...

Cela, Diane le savait : pendant toutes les années qu'elle avait passées à La Commanderie, elle n'avait jamais entendu son grand-père appeler Frécourt autrement que « le flibustier ». Et Frécourt, quand en 1750 il était venu reprendre sa fille (après la mort subite du fils aîné qu'il avait si bien préparé à reprendre toutes les plantations, les sucreries, les moulins à indigo, et les gros vaisseaux), Frécourt avait reproché au vieux campagnard d'avoir élevé la demoiselle « en paysanne, ou pire : en garçon manqué !

— Manqué peut-être, mais vivant, ce garçon-là ! avait rétorqué le vieux. Et je ne sais pas si c'était une fille très réussie quand, il y a dix ans, je l'ai tirée moribonde du couvent de Nantes où vous l'aviez expédiée !

— Pardonnez-moi, mon père, avait repris Frécourt, contrit. Je sais que le bon air de vos montagnes l'a sauvée. Mais vous savez, de votre côté, qu'il n'a pas dépendu de moi de m'en séparer : après ce qui s'était passé... »

De ce qui s'était passé, ils ne parlaient qu'à mots couverts. Comme si Diane devait l'avoir oublié ! Mais de « ce qui s'était passé » elle rêvait alors chaque nuit, tout comme aujourd'hui, chaque nuit, elle revivait la mort d'Henri.

« Eh bien, je vous la rends, votre fille, avait soupiré le grand-père. Plus rose et plus gaie que je ne l'ai prise ! » Il faillit s'apitoyer : « Je perds un bon petit compagnon... » Mais il se reprit : « Tâchez au moins de la bien marier ! Dans la noblesse, pas dans la flibuste ! »

Frécourt n'avait pas relevé — par égard pour les cheveux blancs, sans doute. Mais dans le carrosse qui les ramenait à Paris, il s'était rattrapé : « Ils me font rire, ces Malval, avec leur noblesse ! Ah, la jolie noblesse où l'on voit le seigneur battre lui-même son blé, la dame occupée à faire des augées pour les cochons, Messieurs les fils conduire la charrue et Mesdemoiselles les filles garder les troupeaux !... Gueux, oui, gueux comme gentilshommes de Beauce qui se tiennent au lit quand on reprise leurs chausses ! » A Bourges où l'on s'était arrêté six jours, il avait fait faire à sa fille une garde-robe de princesse : « Je ne veux pas vous déposer en guenilles chez les mijaurées de l'Abbaye. »

Quelques heures après, tandis qu'ils roulaient, il était sorti soudain d'un profond silence : « Ma fille, savez-vous à quel point vous êtes riche ? », — « Non, mon père », — « Tant mieux... Mais ne vous privez jamais de chocolat ! Vous avez de quoi. »

Plus tard encore : « Si votre frère avait vécu, je n'aurais pas traité votre mariage au prix que j'y mettrai... J'aurais préféré racheter des parts dans un ou deux bateaux négriers, ou replacer des fonds dans la Société de Guinée — du denier quatre, un excellent rapport... Quelle pitié, tout de même : un si beau garçon, et qui promettait tant... Emporté par les fièvres ! C'est le sang des Malval : du sang de Marchois, du sang de pauvre ; pas moyen de l'acclimater à la chaleur des Iles ; il réclame de la châtaigne, ce sang-là, pas du cacao ! Déjà, votre pauvre mère... Remarquez, les Iles... On imagine toujours la mer bleue, les flamboyants rouges, les jacarandas violets — le tableau ne manque pas de couleurs —, mais on omet de préciser qu'il faut une solide santé pour survivre. Et des nerfs d'acier : une colonie à esclaves, c'est une ville menacée d'assaut, on y marche sur des barils de poudre !

— Je sais, mon père.

— Comment, vous savez ? Est-ce que vous vous souvenez ?

— Oui.

— Eh bien, oubliez, ma fille, oubliez : c'est ce que vous avez de mieux à faire ! Quant à moi, puisque je n'ai plus d'héritier, j'abandonne. Je voulais monter deux nouvelles sucreries et reconstruire mes entrepôts du Cap-Français... Mais tant pis ! Tant pis !... Ah, ce n'est pas un mince sacrifice que je vous fais ! Surtout pour un homme de ma trempe, qui n'est pas entêté de blasons ! Mais, enfin, nous ferons comme tout le monde : je vous achèterai un nom, et le nom se paiera mon magot. Et ma tête, par-dessus le marché ! J'espère au moins que vous serez heureuse. Vous aimez les aventures banales ?

— Oui, mon père.

— Vous avez raison. Les survivants ne sont jamais trop prudents. Les miracles n'arrivent pas deux fois. Je vous choisirai donc un gentil garçon, et vous me ferez des petits-fils dorés sur tranche qui danseront le menuet... »

A propos du « gentil garçon » promis, le duc de Norsan donna bientôt des nouvelles à sa cousine Angélique. Il l'entretenait d'abord des rumeurs de la Cour (« Savez-vous pour qui Madame de Selve vient de quitter Dillon ? Pour le petit Beauvais ! Vous connaissez la Selve ? Une grande dégingandée, aux grands bras, aux grands pieds, à la tignasse déployée... Lui, qui n'est pas épais, on croirait une mouche tombée dans une toile d'araignée ! Mais ce Beauvais n'est qu'un enfant, me direz-vous, que peut-elle en espérer ? Je ne sais, c'est peut-être pour se délasser des hommes faits... Dillon, en tout cas, n'a pas traîné : sur l'heure il s'est emparé de Madame de Neuville. Quoi ? Madame de Neuville ? Une femme qui, de notoriété publique, n'adorait que Lormel ? Eh oui, Mademoiselle : ce ne sera pas la première fois que nous verrons la notoriété changer de côté ! »).

Après ces bagatelles, il entrait dans le vif du sujet : « ...Quant à votre amie, ma chère cousine, dites-lui qu'elle pourrait plus mal tomber (quoique, avec sa dot, elle dispose d'un matelas assez épais pour amortir le choc !) Faut-il préciser, pour commencer, que le comte de Breyves est très bien né ? Non, n'est-ce pas ? Cela va de soi : si les espérances de "la future" sont ce qu'on prétend, elle pourrait s'offrir un Rohan ! Alors, un Breyves... Je trouve même son père, le planteur, bien timide dans ses ambitions. Car enfin ces Breyves sont d'excellente maison, mais, pour l'illustration, ils ont beaucoup baissé depuis Charles VII... Inutile aussi, je présume, de vous confirmer que le prétendant n'a pas un sou vaillant. Il vit à crédit dans un vieil hôtel du Marais, ce qui n'est plus à la mode (le Marais, pas le crédit !). Il doit bien lui rester aussi dans le Soissonnais deux ou trois châteaux couronnés de créneaux, peuplés de chauves-souris, et grevés d'hypothèques... Mais je gage que vous vous souciez de ces détails-là comme d'une guigne, vous n'êtes pas notaires ! Ce qui vous importe à vous, petites friponnes, c'est "Comment ce jeune seigneur est-il tourné ? Est-il beau ? Est-il aimable ? Pourra-t-il, voudra-t-il, voudrai-je, enfin..." Eh bien, ma cousine, je serai franc : il me semble que, pour un mari, on fait pire ! Certes, celui-là est plus âgé que la fiancée (il va sur ses trente-cinq ans), mais il ne sent pas trop le barbon. Il a le cheveu châtain et bien fourni, le visage agréable quoique légèrement marqué de petite vérole, le sourire rare mais doux, le regard profond, et la taille bien prise — dans les cinq pieds sept pouces, il me semble. C'est vous dire qu'il porte la toilette avec panache. Mieux que l'uniforme, assurément : au grand désespoir de son soudard de père (le Diable ait son âme !), il n'est resté dans l'armée qu'un an ou deux. Il a préféré les voyages aux cantonnements, et la pelle à l'épée : il fouille. Il creuse — pacifiquement — des sapes et des tranchées pour en tirer des tessons de bouteilles ou des poteries cassées ; il assiège des tombeaux, il prend des sarcophages d'assaut, il viole des momies... Bref, un original ! Il avait à peine vingt ans quand il s'est lié d'amitié avec le comte de Caylus, le fameux antiquaire. Ils se sont mis à fouiller de conserve à Constantinople, en Grèce, à Venise, en Sicile, je ne sais. Ces fouilles ont fait jaser : Caylus, à tort ou à raison, passe pour ne pas aimer les femmes ; Breyves avait trente ans de moins que son "maître à fouiller", un joli minois, et il semblait fort ingénu : les dames l'ont cru perdu. Mais deux ou trois amourettes ont rassuré nos jupons ; et la liaison de deux années (deux années !) qu'il vient d'avoir avec la baronne de Villemontey, aussi ravissante que légère, a établi votre antiquaire sur le pied d'un grand séducteur : il n'en aimait qu'une, il a paru désirable à toutes les autres... Bien qu'il ait vaillamment résisté à cette popularité, sa fidélité ne s'est pas trouvée récompensée : un soir, il va au bal de l'Opéra ; il entre avec la belle à son bras ; elle sort au bras du marquis de Boufflers... Le coup de foudre ! Elle y était sujette — un mal congénital chez elle, et récurrent. Breyves ne savait pas qu'il profitait d'une rémission. On dit que, de sa rechute à elle, lui ne s'est pas guéri : ce doit être pour cela qu'il se marie... Au demeurant je le crois honnête homme, excellent ami, d'une loyauté à toute épreuve et d'une droiture touchant à la naïveté (à preuve, sa stupeur dans l'affaire Villemontey : l'innocent avait cru ce que les chansons disent de la constance !). Peut-être a-t-il l'esprit plus solide que délié ? Il n'est pas brillant dans la conversation, c'est un fait :

il ne parle que s'il a quelque chose à dire... Il se pourrait aussi qu'il ne soit pas fort gai : avec un cœur en écharpe, on ne danse pas la gigue ! D'ailleurs je le soupçonne d'avoir gardé quelque chose de la gravité de ses aïeux protestants. Vous savez que les Breyves ne se sont convertis qu'avec le roi Henri ; et mal convertis : le Comte doit prendre la Bible à sa source... et au pied de la lettre, qui pis est ! C'est une lecture dangereuse parce qu'elle rend maussade. En tout cas, sur le mariage, ma belle cousine, tranquillisez votre amie : pourvu qu'elle ne dérange ni ses collections ni sa bibliothèque, Breyves ne la battra jamais, la grondera peu, lui fera des enfants de temps en temps (quand il aura lu les amours de David et de Bethsabée), et il lui laissera sûrement avoir autant d'amants qu'il creusera lui-même de tranchées dans les pays étrangers... Si le mot est à double sens, je crois que vous m'entendrez ! "Epouser Breyves n'est pas un mauvais marché, c'est même un marché à prime", me souffle ma maîtresse qui lit par-dessus mon épaule : un bel homme, ténébreux à souhait, un inconsolable qu'il faut consoler, il y a là, paraît-il, comme un défi à relever. Qui sait ce qu'on y pourrait gagner ? »

« Bon, dit Angélique pensive en reposant la lettre, c'est un savant » (elle avait l'air navrée). « Et un calviniste. Mal repenti... Mais il est bel homme. Cinq pieds sept pouces !

— Comme tu t'emballes, Angélique ! Il s'agit de sa taille en général, fit Diane qui avait pris le ton libertin du couvent, et de rien d'autre en particulier... »

Angélique pouffa : il y avait longtemps qu'un propos scabreux ne faisait plus rougir une pensionnaire. Sous prétexte d'attraper l'air de la Cour, elles en sortaient d'assez vertes... À vingt ans, Diane n'était pas plus bégueule que ses compagnes : elle en rajoutait même un peu, par timidité. Elle disait des horreurs, ce qui ne l'empêchait pas d'être très ignorante et, dans le fond, très effrayée.

« Tu sais, reprit Angélique, mon cousin Norsan

aime à dénigrer, c'est sa manière de faire le plaisant. Pour qu'il n'en dise pas plus de mal, il faut que ton prétendant soit très séduisant. La seule chose que je craindrais, d'après cette lettre, c'est qu'il soit triste.

— Tant mieux ! Je n'aime pas les hommes trop gais. Dans la vie il n'y a pas de quoi rire.

— Pas non plus de quoi pleurer !

— Non, juste de quoi trembler...

— Vraiment, Diane, tu exagères ! Tu ne crains ni les souris ni les saignées, tu n'as pas peur de la Mère abbesse, les punitions t'amusent, et tu te plais dans le noir ; de plus, tu es fille unique, plutôt jolie, riche à millions, et bientôt fiancée à un homme bien né, bien fait, et bien élevé. Que peux-tu redouter ? À t'entendre, on croirait toujours que l'Enfer va s'ouvrir sous tes pieds ! C'est ridicule ! »

Angélique n'était pas de ces confidentes de tragédie à qui l'on peut murmurer : « Songe, songe, Céphise, à cette nuit cruelle. Songe aux cris des vainqueurs, songe aux cris des mourants, par la flamme étouffés, sous le fer expirants. » D'« Andromaque », qu'elles avaient joué ensemble (les religieuses, toutes grandes dames, n'étaient pas si prudes ici qu'à Saint-Cyr), Angélique n'avait retenu ni la ruine de Troie, ni le massacre, ni l'esclavage, ni l'enfant menacé de mort, ni la vengeance, ni la haine. Rien que les galanteries de Pyrrhus... Aussi Diane s'empressa-t-elle de remettre la conversation à sa portée : « Je ne m'inquiète, ma chère, qu'à propos de cette Villemontey... Penses-tu qu'une ignorante comme moi lui fera oublier une femme comme elle ? Surtout que je n'ai guère... enfin, guère d'embonpoint », — « Cela te viendra, sois-en sûre ! Avec les enfants ! Et, en attendant, tu as des cheveux, mais des cheveux ! Comme aucune fille du couvent. Longs jusqu'aux pieds, épais, doux, bouclés. On dirait une rivière, une forêt. J'adore te coiffer ! Oh, Diane, quand il dénouera tes cheveux... », — « Tu crois ? Tu crois vraiment ? »

Et il est vrai que, dès ce moment-là, elle commença à s'interroger, à supputer ses chances, à se faire une

certaine idée du Comte, et à nourrir ce fantôme de
scènes inventées et de répliques supposées. Bref, le
beau « calviniste » remplit bientôt les nombreuses
heures de rêverie que laissait l'emploi du temps du
couvent : la prière, le dessin, la broderie, faisaient
bon ménage avec la songerie. Le Comte l'accompagnait partout : dans la salle de musique, à l'ouvroir,
au réfectoire, et même à la chapelle ; il lui ôtait sa
coiffe, il défaisait sa natte ; nue, elle s'enveloppait
dans ses cheveux comme dans un manteau...

Quelques semaines plus tard, les négociations avec
Saint-Domingue ayant beaucoup avancé, Monsieur
de Breyves fut autorisé à se rendre au parloir de
l'Abbaye. Dès le début du marchandage, il avait reçu
de Frécourt un portrait en miniature de la dot à
marier. Elle, en revanche, n'avait jamais rien possédé
d'aussi matériel : relire cent fois la lettre de Norsan,
en presser chaque mot, en tirer tout le jus, rejeter les
déchets, filtrer l'élixir, tout cela, au bout du compte,
lui laissait peu de matière ; elle avait dû y ajouter
beaucoup de son cru.

Quand elle vit à l'autre extrémité du parloir se
déplier un grand homme brun vêtu de sombre, elle en
resta saisie : il était franchement beau ! Non pas « il y
en a de pires » (version Norsan), mais « il n'y a rien de
mieux ». Une bouche mélancolique, un peu dédai-
gneuse, des yeux de miel, et de longues mains subtiles, caressantes... Quant à la prestance ! Un demi-
dieu, un héros ! Comme elle ne pouvait articuler un
mot, il se méprit et crut qu'il déplaisait, qu'à tout le
moins il surprenait : « Je comprends, Mademoiselle,
qu'il faille que vous vous accoutumiez... Pour moi,
j'avais déjà le bonheur de vous connaître, grâce à
votre portrait. » Elle rougit : « Oh, Monsieur, ce portrait est si flatté ! »

Il est vrai que le peintre, en homme qui connaît son
métier, avait traité son modèle selon les canons à la
mode : il lui avait fait le nez plus court, le teint plus
clair, et la gorge plus ronde. Ce n'était plus un portrait, c'était une réclame ! Elle en était gênée.

« Mais non, je vous assure, repartit le Comte qui avait des usages. Il me semble même que ce portrait ne vous rend pas justice... Il y manque l'essentiel : la vie. Vous êtes extrêmement vivante, Mademoiselle de Gersac, vous l'a-t-on déjà dit ? Il y a deux minutes que je vous vois, mais je sais déjà que le couvent ne vous a pas figée, que les douairières, les corsets, les guimpes, n'ont pas réussi à vous empeser... Vous êtes belle parce que votre visage, votre corps, sont toujours en mouvement. Tenez, à l'instant vous rougissez : c'est la vie. Vos yeux étincellent : la vie. Vous me souriez : la vie. Vous vous tordez les mains : la vie. Vous vous tortillez sur votre chaise : la vie...

— Oh, Monsieur, je vous demande bien pardon : je sais que je me tiens mal, que je n'ai pas de manières...

— Non, je vous intimide, voilà tout. Et, en même temps, je vous intrigue, n'est-ce pas ? Eh bien, toutes ces émotions-là, si contradictoires, passent ensemble sur votre visage : de seconde en seconde vous changez, comme un beau ciel... Convenez qu'un ciel donne plus à voir qu'une statue ! Je vous regarderai toujours sans ennui. »

Ce n'était pas une déclaration, mais, pour un début, c'était encourageant.

Elle se souvenait aussi que, dès ce premier entretien, il lui avait dit, avec honnêteté : « Je ne vous apporterai pas de grands biens. » La réplique avait fusé : « Je ne vous apporterai pas de grand nom. » A son tour il avait trouvé le propos honnête et (lui dit-il par la suite) plus noble que les rapports avec son futur beau-père ne le lui avaient laissé espérer.

Elle se rappelait encore que, vers la fin de l'entretien, il avait ajouté, feignant la générosité : « Bien entendu, je ne vous demanderai pas de m'aimer... » Ce qui signifiait en clair : « Je ne puis m'engager moi-même. » Elle en fut triste (déjà), mais pas choquée : que pouvait-elle attendre de mieux ? Au reste, il avait aussitôt corrigé ce que la phrase avait de trop dur par quelques considérations habiles sur l'estime réciproque et l'amitié. Du bout de son tisonnier, elle

cherchait — parmi les braises rosissantes et les brindilles éparpillées — les mots exacts qu'il avait
employés...

« Sans vouloir vous déranger, Madame la Comtesse, est-ce que je peux vous prendre trois grosses
bûches ? C'est pour la cheminée de la cuisine... »
Babet se tenait devant elle avec son panier à bois : elle
ne l'avait pas entendue venir, mais le fantôme
d'Henri, si fragile, s'était enfui.... À la fin, c'était
odieux ! Pourquoi ne pouvait-on jamais les laisser
tranquilles ? Toujours des domestiques, des procureurs, des fermiers, et ces enfants, ces enfants qui
courent, ces enfants qui rient !

« Dites-moi, Babet, vous ne frappez jamais avant
d'entrer ?

— Faites excuse, Madame la Comtesse, mais j'ai
cru... Comme vous étiez toute seule...

— Eh bien, je vous prie de frapper dorénavant.
Vous le faisiez bien à Paris... Et pour ce bois, je ne
comprends pas. "Torchon" n'était-elle pas chargée de
remplir le coffre de la cuisine ?

— "Torchon" est au lavoir, Madame la Comtesse.

— Au lavoir, par ce temps ? Mais vous voulez sa
mort ! » Ah, les valets n'étaient pas tendres quand ils
devenaient les maîtres ! « Et Marie ? C'est bien Marie
qui entretient le feu de la cuisine ?

— Marie prend sa leçon de lecture, Madame la
Comtesse. » Air pincé de Babet, pas mécontente de
cafarder.

« Une leçon de lecture ? Vous vous moquez !

— Non, Madame : chaque matin, pendant une
heure, Monsieur Alexis lui montre ses lettres.

— Ses lettres ? Et pourquoi diable s'est-elle mise
en tête d'apprendre ses lettres ?

— Elle veut lire l'almanach, Madame la Comtesse. »

Pour le coup, la Comtesse sourit : « Je me doutais
que j'habitais une maison de fous, mais à ce point-là !
L'almanach ! Ma cuisinière étudie l'astrologie !
J'aimerais mieux lui voir déchiffrer "Le Cuisinier

français". Nous y gagnerions peut-être des rôts passables et des ragoûts mangeables !

— Si Madame la Comtesse pouvait demander à Monsieur Alexis de changer l'heure de ses leçons... Marie n'a qu'à en prendre le temps sur son sommeil, après tout ! Parce que, comme Madame s'en aperçoit, c'est malcommode pour le service. »

Quand Babet qui n'avait jamais été une femme de chambre stylée (pas le genre de Julie ou Lisette) se lançait dans un discours à la troisième personne, c'est que l'enjeu était grave. Comme les puissances diplomatiques, plus elle y mettait de formes, plus le fond risquait d'être sanglant. Pas moyen d'en douter : à la cuisine, la guerre était imminente ; cette « troisième personne » tenait de l'ultimatum ! « J'aviserai », dit prudemment la Comtesse.

Si elle se souciait peu d'avoir une cuisinière instruite des phases de la lune, Madame de Breyves n'était pas mécontente au fond de voir Alexis s'employer à des occupations aussi raisonnables que charitables. Peut-être d'ailleurs n'était-il pas inapte à la tâche qu'il avait entreprise ? Quand il voulait, il parlait comme un livre, et lisait comme on parle. Aussi vite qu'un homme de vingt ans. Dommage qu'il écrivît plus maladroitement ! Car cet enfant, si habile lorsqu'il s'agissait de jongler avec des cartes, des noix, des dés ou des bouchons, n'était plus capable de rien avec un crayon dans les mains : il griffonnait comme un chat. Si Marie apprenait à lire avec lui, en tout cas elle n'apprendrait pas à écrire !

La Comtesse profita d'une partie de « reversi » pour aborder le sujet. Elle avait, depuis peu, substitué ce jeu à celui du piquet qui n'amusait guère Alexis. A la vérité, elle n'attendait pas de miracles du « reversi » : c'est un jeu qui, comme son nom l'indique, se joue à l'envers ; le gagnant est celui qui fait le moins de plis. D'ordinaire, les enfants n'aiment pas ces jeux-là : ils veulent gagner pour de bon, que leur gain soit visible — entasser le plus de cartes, manger le plus de pions, renverser le plus de quilles.

Mais, au grand étonnement de la Comtesse, Alexis avait aussitôt montré un vif intérêt pour le « reversi ». A chaque carte qu'il perdait, il feignait un violent dépit — comédie que le jeu rendait inutile dès qu'on avait admis le principe du « qui-perd-gagne » ; mais lui n'osait s'applaudir qu'en fin de partie, lorsqu'il avait épuisé son paquet : « Je suis malin, hein ? Je fais semblant de perdre pour mieux gagner ! Vous avez vu, Maman, comme je sais faire semblant ? On croit que je suis triste, on ne se méfie pas de moi, et, pour de vrai, je gagne ! C'est du mensonge, mais il n'est pas défendu... » En riant, il jetait ses cartes en l'air, les éparpillait comme une brassée de fleurs : « Mille égale zéro ! J'aime, moi, quand on peut jouer dans les deux sens. Mais je ne serai pas puni pour cette "croquerie"-ci, n'est-ce pas, Maman ? Puisque c'est le jeu. » Curieux enfant, qui tirait de tout — même du « reversi »— des leçons d'immoralité !

Heureusement, il avait ses bons côtés :

« Il paraît que vous apprenez ses lettres à Marie. Cela ne doit pas être facile...

— Oh, pour ça, non ! Il y faut de la patience ! À mon avis, au train que nous avons pris, nous y serons encore à Pâques !

— Croyez-vous pouvoir tenir jusque-là ? Vous savez que l'on ne doit rien entreprendre sans être sûr d'aller au bout. C'est une question d'honneur : si vous vous engagez, il faut mener l'affaire à son terme.

— Ah, pour l'honneur, n'ayez crainte : je ne lâcherai pas mon marché. À Pâques, elle lira l'almanach, parole d'homme ! Mais guère avant. Tant pis : comme dit mon vieux Picard, "je me consolerai de la rudesse de l'ouvrage par la grosseur de la rente" !

— Quelle rente ?

— Mon salaire, si vous l'aimez mieux.

— Un salaire ? Alexis ! Ne me dites pas que vous faites payer vos leçons ?

— Et pourquoi non ? Marie ne vous fait-elle pas payer son ouvrage ? Elle touchera ses premiers gages à la Saint-Martin, elle me l'a dit. Et je sais même qu'elle recevra cinquante livres pour l'année. Je ne l'écorche pas. Je ne lui prends qu'un sol de la leçon. » Il compta rapidement sur ses doigts : « Cela me fait quoi ? Une misère ! A peine plus d'une livre au bout du mois ! Et, à Pâques, j'aurai gagné... » De nouveau, il fit jouer ses petits doigts : « J'aurai gagné deux écus, tout au plus ! Qu'est-ce que deux écus pour devenir savant ? »

Madame de Breyves était atterrée. Comment expliquer les couleurs à un aveugle, entrer assez avant dans la pensée de cet étranger pour lui parler sa langue ? Elle s'efforça au calme : « Mon enfant, ce n'est pas une question de proportions, c'est une question de principes. Dépouiller une pauvre femme qui peut se retrouver à la rue demain, sans toit ni pain !... Envers votre prochain, surtout s'il est malheureux, vous devez, Alexis, faire preuve de générosité. N'avez-vous pas appris dans votre catéchisme que Dieu nous demande de donner ? Et qu'il nous rendra au centuple le bien que nous aurons fait ? »(Bon, voilà qu'elle-même s'embrouillait : si elle continuait dans cette voie, elle allait lui faire découvrir le prêt à intérêt !) « Mais, surtout, Marie n'est qu'une servante, et vous êtes un gentilhomme : un gentilhomme ne fait pas payer ses services. Il ne commerce pas. C'est une faute terrible ! Cela s'appelle "déroger". Un crime que le Roi punit ! »

Alexis parut troublé : « Le Roi défend qu'un gentilhomme gagne son pain ?

— Assurément. Il trouverait cela bas.

— Mais alors... De quoi vit un gentilhomme ?

— Eh bien... Par exemple, un gentilhomme vit de la solde que le Roi lui verse dans ses armées.

— Pour faire l'officier ?

— Oui.

— Etes-vous officier, vous, Maman ?

— Mais non, voyons, puisque je suis une femme !

— Et moi, suis-je officier ?

— Ne dites pas de sottises !

— Donc, point de solde pour nous... Et de quoi d'autre vit un gentilhomme ?

— D'une pension du Roi. Beaucoup de courtisans reçoivent une pension du Roi.

— Sommes-nous courtisans ?

— Non, nous ne le sommes pas. Pas en ce moment.

— Est-ce que le Roi nous donne quand même une pension ?

— Non. Au reste, je ne m'abaisserai jamais à le lui demander.

— Donc, nous n'avons pas de pension... » Il resta rêveur, taquinant du bout de l'index une dent de lait qui branlait. « Et de quoi vit un gentilhomme qui n'a pas de solde ni de pension ? reprit-il brusquement.

— De ses rentes.

— C'est quoi, des rentes ? Des gages, des salaires ?

— Bien sûr que non ! Vous avez employé le mot vous-même tout à l'heure et, si vous n'en connaissiez pas le sens, vous feriez mieux de ne pas l'utiliser ! Des rentes, c'est... c'est un droit que des particuliers ont acheté. Moyennant le versement au Roi, à la Poste, ou aux Etats, d'une grosse somme d'argent, ils reçoivent ensuite, chaque année leur vie durant, de plus petits montants. Qui, à la fin, peuvent faire beaucoup tout de même s'ils jouissent d'une bonne santé... Comprenez-vous ?

— Pas trop bien... Est-ce une sorte de pari ? Avons-nous parié, nous, Maman ? Touchons-nous des rentes ?

— Nous n'en avons plus.

— Ah, dommage... » De plus en plus songeur, presque grave, il suçotait son pouce : « De quoi peut vivre un gentilhomme qui n'a pas de rentes, pas de solde, pas de pension ?

— De ses terres. Du produit de ses terres. Les poissons de ses étangs, le gibier de ses forêts. Et de ce que ses fiefs et sa "réserve" lui rapportent quand il a vendu le grain, les moutons, que les fermiers lui ont versé leur loyer, les laboureurs leur impôt...

— Oh, la belle récolte ! Qu'elle me plaît ! Avons-nous beaucoup de terres ?

— Malheureusement non. Pas beaucoup.

— Assez quand même pour vivre en gentilshommes ? »

Elle regarda sa robe de futaine noire, le petit costume de droguet (tellement plus commode, d'ailleurs, que le satin) qu'elle avait fait tailler à l'enfant pour courir les champs, et les sabots qu'il portait aux pieds — avec de bons gros bas de laine cependant, et puis ce n'était pas des sabots de pauvre, mais des « socques » de bois verni, avec une batte de cuir pour protéger le cou-de-pied... « Peut-être n'avons-nous pas assez d'argent pour vivre en gentilshommes. Mais vous connaissez le proverbe "Habit de velours et ventre de son" ? Eh bien, vous n'aurez plus d'habits de velours, mais votre ventre sera toujours de bon pain blanc !

— Et de crème aussi ? Et de dragées ?... Mais, Maman, nous étions riches à Paris ! Pourquoi ne pas nous en retourner tout bonnement dans notre maison de là-bas ? Picard nous fera du blanc de poulet, de la brioche, de la limonade, des massepains...

— Alexis, nous n'avons plus de maison à Paris... Ce n'est pas parce que nous habitons La Commanderie que nous sommes pauvres, c'est parce que nous sommes pauvres que nous habitons La Commanderie. »

Le raisonnement parut spécieux à l'enfant : « Bon », dit-il, désireux de réconforter gentiment une mère qui semblait si peu au fait des réalités de la vie telles qu'on les voit du côté de l'office et de l'écurie, « peut-être que nous n'avons plus d'écus, mais vous n'avez qu'à signer des billets. Jambe d'Argent disait toujours que la signature d'un gentilhomme vaut de l'or. Si vous ne pouvez payer mes bonbons ou vos robes, vous signez, et cela suffit ! Vous payez avec du papier !

— A la rigueur, les riches peuvent vivre ainsi. Mais nous ne sommes plus riches, Alexis. »

Cette fois, il se fâcha : « Nous ne sommes plus

riches ? Et le Roi me défend de faire payer Marie ? Je n'y entends rien, moi, à cette affaire-là ! Mais, bon, j'obéis. Marie me donnait un sol chaque matin, je ne le prendrai plus... J'écrirai seulement dans un grand cahier ce qu'elle devrait me payer si mon Papa n'était pas aussi bien né. Elle ne sait pas lire, Marie, mais elle peut signer... Non, attendez, Maman, ne me grondez pas déjà : si, à la Saint-Jean, mon Papa est revenu avec son bateau plein de perles, je brûlerai le papier de Marie : je suis bon gentilhomme. Mais si, à la Saint-Jean, nous sommes encore à La Commanderie, sans mon Papa » (sa voix se couvrit d'une taie légère), « alors là, Marie me paiera ! Et avec ces petits sous, je vous achèterai un manchon. Pour que vous n'ayez plus froid. Le Roi ne le saura pas, je vous jure ! Il est trop loin d'ici, le Roi... Et, plus tard, quand mon Papa reviendra, si... si son bateau ne coule pas, il sera fier de moi. »

Madame de Breyves se tut, accablée : Alexis venait de réinventer le crédit, et elle, de découvrir qu'il ignorait encore la mort d'Henri.

11

Ne rien lui dire : voilà ce qu'elle avait décidé. Remettre au lendemain. Alexis était encore si petit : que lui importait d'apprendre la mort de son père dans trois mois ou dans un an ? Elle prolongerait cette innocence, lui garderait un coin d'enfance. On n'attendait pas d'elle, tout de même, qu'elle le jetât dans la vie comme on jette une écrevisse dans l'eau bouillante ! S'il fallait l'échauder, que ce fût par degrés !

Ainsi raisonna-t-elle — avec une grande véhémence intérieure — tout au long du mois de décembre, allant même, pour se prouver sa bonne foi, jusqu'à examiner la manière dont, peu à peu, elle préparerait l'enfant à la terrible nouvelle.

Cependant, elle ne parvint pas à se mentir long-temps sur ses motifs véritables : par son silence, c'est elle qu'elle protégeait. Car tant qu'un être sur la terre attendrait Henri, elle pourrait l'attendre aussi... Et peut-être voguait-il vers elle, en effet ? Peut-être allait-il rentrer, chargé d'or et de baisers ? Non sûrement, il n'était pas mort, on lui avait menti : ses ennemis, par exemple, avaient pu l'enlever, pour mieux achever sa ruine, mieux la désespérer. Mais un jour il s'échapperait, un jour elle le délivrerait... Une certitude en tout cas : elle n'avait pas vu son corps ; ni même son cercueil. Au nom de quoi, dès lors, assènerait-elle à son fils une vérité cruelle dont on pouvait douter ?

Aussi longtemps qu'Henri restait en vie pour Alexis, ils étaient trois — trois à s'aimer, comme sur le seul tableau qu'elle eût transporté de Paris à La Com-manderie : un Boucher dont les marchands lui avaient pourtant proposé un bon prix. Le peintre était à la mode et la scène touchante, il est vrai : le Comte, debout derrière la chaise de sa femme, la couvait d'un regard amoureux tandis qu'elle n'avait d'yeux que pour leur enfant, angelot doré à demi nu, qui, dressé sur les genoux de sa mère, tâchait d'attra-per, d'une main potelée, la plume du grand chapeau qu'elle portait.

Quand, six ans plus tôt, ils avaient suspendu cette « Sainte Trinité » dans leur antichambre, Henri avait remarqué que l'Alexis du peintre, absorbé dans la contemplation d'un plumet, lui rappelait une scène de l'« Iliade » — ce moment où Hector, prêt à partir au combat, se penche vers son enfant, qui se met à hur-ler, effrayé par le panache en crins qui s'agite au sommet du casque : « Aussitôt, riant, Hector ôta le casque de sa tête, le posa par terre, et embrassa son fils... »

« Voyez, dit Henri, notre Alexis n'est pas si couard qu'un fils de prince !

— C'est aussi, mon ami, que nos rubans et nos plumets sont moins terribles que le cimier d'un guerrier ! Affaire d'époque : "Le bon temps que ce siècle de fer !" »

Ils étaient trois alors — le père, la mère, l'enfant, serrés les uns contre les autres ; ils croyaient vivre un règne aimable où, si tout n'était pas parfait, tout était « en progrès » ; et c'est par jeu, sans y croire vraiment, qu'Henri, en riant, avait adressé aux cieux cette prière d'Hector que tout collégien savait par cœur : « Zeus et autres dieux, accordez-moi que cet enfant, mon fils, devienne illustre parmi les Troyens. Qu'on dise un jour, quand il reviendra du combat : "Il est bien supérieur à son père !" Qu'il rapporte les dépouilles sanglantes de l'ennemi tué par lui et réjouisse l'âme de sa mère ! »

Maintenant, chaque fois qu'elle passait devant leur triple portrait accroché dans le grand salon (au milieu des Malval dépareillés qu'elle avait sortis des greniers), elle se répétait la fin de l'invocation : « Qu'il rapporte les dépouilles sanglantes de l'ennemi »... Mais pourrait-elle jamais charger Alexis de sa vengeance, elle qui n'osait même pas l'encombrer du deuil de son père ?

Une discrétion dont elle continuait d'ailleurs à se féliciter : Alexis, quoique chétif, échappait à toutes les maladies qui ravageaient le village — croup, variole, teigne. Il passait entre les épidémies comme un soldat chanceux court entre les balles. Et cette bonne santé, il la devait à sa gaieté : à longueur de journée il étourdissait le monde de son babil et de ses facéties !

L'excellence du parti qu'elle avait pris, elle n'en voulait d'autre preuve que ce second portrait, tout récent, qu'elle avait de l'enfant : au début de l'hiver, un pastelliste ambulant, qui allait avec sa boîte de château en château, s'était arrêté à La Commanderie pour offrir ses services. Il ne demandait pas cher : le quart d'un « toîton » de meule. Bien qu'à court d'argent, Madame de Breyves n'avait pu résister au plaisir d'immortaliser son fils avant qu'il grandît ; elle savait que le temps viendrait où il perdrait ses dents de lait, où son visage se déferait — la bouche plus large, le nez plus épais, les yeux moins grands.

Le portrait — gris et or sur fond bleu — rendait bien la grâce frêle de l'enfant : minois si fin qu'on l'aurait cru pointu, sourire taquin, regard câlin, boucles légères autour du front... Si aucun chant n'est plus doux aux oreilles d'une mère que la respiration d'un enfant, rien, à ses yeux, ne paraît moins lassant que la contemplation de ces linéaments fragiles et changeants : les traits de son fils, bornes d'un royaume dont elle se plaît sans cesse à reconnaître l'étendue. Chaque nuit, à la lueur de sa bougie, la Comtesse, qui avait gardé le pastel dans sa chambre, se repaissait de ce spectacle : son enfant, son enfant heureux.

On ne voit que ce qu'on veut bien voir. Il fallut à Madame de Breyves plusieurs années de tête-à-tête avec le portrait pour que les écailles lui tombent des yeux. Ce qui la frappa d'abord (Alexis devait tout de même avoir dix ans), c'est que, sans y songer, elle avait placé le pastel juste sous sa « Madone aux raisins » — au-dessus du prie-Dieu. De mauvais esprits en auraient sûrement conclu qu'en s'agenouillant elle priait moins souvent la Vierge qu'Alexis ! Tant pis, elle ne changerait pas pour si peu la place du portrait.

Mais quelque temps plus tard, un soir qu'elle jetait distraitement les yeux sur ce « crayon » qu'elle croyait savoir par cœur, nouvelle découverte : l'enfant croqué par le pastelliste n'avait rien du charmant polisson qu'elle y avait toujours vu ! Avec stupeur, elle s'aperçut que l'orphelin avait présenté au portraitiste de passage un visage tragique : ses traits n'étaient pas fins, mais élimés ; le sourire non pas effronté, mais forcé ; et le regard moins tendre qu'effaré, tourné vers l'intérieur avec une rare intensité. Un acide qui dévorait la chair... Aveugle à tout ce qui n'était pas son chagrin, elle avait cru préserver l'insouciance d'un enfant que le malheur avait déjà

labouré, bouleversé comme une terre meuble !
« Retourné », disent les braves gens...

N'aurait-il pas été plus honnête de s'avouer, dès le premier instant, qu'elle était incapable d'aborder avec son fils la disparition d'Henri : par où commencer ? Alexis savait si peu de choses de son père : avant de lui révéler sa mort, elle aurait tant aimé lui découvrir sa vie !

Son enfance par exemple, comme dans les romans de chevalerie. Mais Henri n'avait pas eu d'enfance : « Mon père ne m'aimait pas, lui avait-il confié sans façon, et j'ignore pourquoi puisque nous ne nous connaissions pas... » Jusqu'à l'âge de raison, mal vêtu, mal nourri, le futur comte n'avait attiré l'attention, intermittente ou intéressée, que des servantes et des valets ; ensuite, on l'avait livré aux régents de collège — discours latin, férule, vêpres et soupe aux choux ; et s'il s'était montré meilleur élève que la plupart de ses condisciples, c'est seulement qu'il n'avait d'autre ami que Virgile, d'autres jouets que ses livres, d'autres distractions que la salle d'armes et l'académie d'équitation. Sa rhétorique achevée, son père l'avait appelé à l'armée. Et peut-être, même s'il se sentait déjà plus homme de plume qu'homme d'épée, aurait-il pris plaisir à conduire une charge ou enlever une redoute ? Mais on vivait alors, entre deux guerres de Succession, une période de paix. De garnison en cantonnement, il n'avait trouvé dans la vie militaire que brimades et brouilles. Ni combat, ni parade : la revue de détail... Son premier acte d'héroïsme, il l'accomplit en abandonnant sa charge d'officier et en essuyant sans trembler la colère du Colonel son père qui, emporté par l'élan, maudit sa descendance jusqu'à la septième génération ! Voilà pourquoi il n'y avait rien, dans la jeunesse d'Henri, d'assez éclatant pour qu'elle pût le raconter à Alexis.

Le deuxième chapitre de sa vie — ses voyages en Italie, ses fouilles d'Etrurie, sa collection d'antiques, ses traductions de Sénèque et d'Origène — ne semblait pas davantage à la portée d'un enfant ; surtout d'un enfant comme Alexis qui ne manifestait aucun intérêt pour l'histoire, et bien peu pour le latin. Elle avait prié le curé du village de prolonger ses leçons de catéchisme par une initiation à la langue des Romains (tous les gentilshommes en recevaient une légère teinture dès qu'ils savaient lire et compter), mais les progrès d'Alexis étaient désespérants de lenteur : impossible de lui faire saisir la différence entre un génitif et un datif, ni de le persuader qu'il fallait d'abord chercher le verbe pour trouver le sujet. Du reste, il ne cherchait rien puisqu'il ne voulait rien trouver. Et quand il était bien en train d'imbécillité, l'œil vague, la lippe pendante et le front buté, il en rajoutait : un verbe ? Mais on ne lui avait jamais parlé de cet animal-là ! Non, vraiment. Un verbe, dites-vous ? Et à quoi, grands dieux, peut bien servir une pareille espèce ? Pas à prendre des poissons sûrement ! Ni à piéger les renards ! En ce cas... Au plus fort de l'hiver, le pauvre curé en suait ! Quant à elle, elle devait remettre à plus tard le moment de lui dévoiler, dans toute son étendue, la science de son père.

Dès qu'il en serait temps, cependant, elle lui dirait l'œuvre admirable qu'Henri avait accomplie, et ne lui cacherait rien des quolibets que sa vocation d'historien avait d'abord suscités, ni de la force d'âme qu'il lui avait fallu pour vaincre ces préjugés. Les fouilles, surtout, choquaient la société : un homme de bonne race ne touche pas la terre de ses mains ; et lorsqu'il ordonne aux autres d'y toucher, ce ne peut être que pour fortifier une place, enterrer les morts, ou repiquer des salades. Mais jamais, au grand jamais, pour raccommoder de la vaisselle cassée !

Les traductions surprenaient moins : il y avait longtemps que les bibliothécaires et les abbés y avaient habitué les gens du monde, mais qu'un grand seigneur pût y consacrer une partie de sa vie, voilà qui passait aussi pour une bizarrerie : « Vous verrez, disait un de ses cousins, que nous serons tous maréchaux, et Henri, de l'Académie ! » Ce n'était pas un compliment...

Seule sa collection avait fini par imposer le respect. Au début, devant les pichets, les terres cuites, on fronçait le nez : à qui ferait-on croire que ces choses présentaient le moindre intérêt ? Puis Henri avait trouvé des monnaies — les gentilshommes raffolaient de médailles, ils avaient été impressionnés. Plus heureux encore, Breyves avait extrait des tombes quelques bijoux d'or : l'or est d'une éloquence universelle, il persuada la Cour que le Comte était peut-être moins fou qu'on ne croyait. Et quand enfin, avec la dot de sa femme, au lieu de réparer ses donjons de famille, Henri avait acheté des marbres grecs, des bronzes romains, des Vénus, des éphèbes, des empereurs, la haute noblesse qui se piquait d'art (mais d'art estampillé) avait rendu les armes, donnant à « l'amateur » l'estime qu'elle refusait à « l'antiquaire ».

Cet homme voué au culte du Beau, et fidèle à son idéal au point de braver ses pairs et ses aïeux, Madame de Breyves le peindrait à son fils tel qu'il était : généreux, hardi, magnifique. Mais avant que l'enfant fût à même de comprendre le deuxième chapitre de cette vie lumineuse, il faudrait patienter...

Quant au troisième chapitre — celui de l'amour qui les avait unis, Henri et elle —, oserait-elle jamais l'aborder ? Une mère peut-elle dire à son fils que son mari lui a donné, dès la première nuit, tous les plaisirs qu'une femme peut espérer dans les bras d'un amant ? Le fait était d'ailleurs si rare qu'ils en avaient été tous les deux surpris ! Certes, Henri avait pour lui l'expérience, la patience, la délicatesse des manières et des sentiments, mais elle — qui avait toujours vécu loin du monde, qui dansait mal, qui n'était pas belle, à peine jolie —, d'où lui venait un pareil talent pour l'amour ? Qu'elle fût capable de tant d'abandon, d'impudeur, d'invention, relevait, à proprement parler, d'un don des fées : elle y avait aussi peu de part qu'à la couleur de ses cheveux !

A son fils, si elle parlait de leur union, elle prétendrait qu'elle avait admiré Henri pour son courage et son esprit, et qu'il l'avait appréciée pour sa sagesse, sa modestie... Sottises ! Elle l'avait adoré avant de savoir qu'elle l'estimait ; et c'est pour la volupté qu'il lui révélait qu'il l'avait aimée. L'amour charnel est d'un rendement sûr : plus on donne, plus on reçoit. Mieux même (car tout est profit dans cet amour-là), plus on prend de plaisir, plus on en donne : entre les mains de son mari, Madame de Breyves était comme une lyre dont il tirait d'assez beaux sons pour s'enivrer lui-même de la musique qu'il jouait. Attendri, ébloui, il l'appelait : « Ma belle créole », croyant ramener dans les limites de la convention une passion dont la violence l'étonnait.

Jamais, en quinze ans, ils ne s'étaient fâchés, sauf lorsqu'elle lui reprochait de faire trop éclater aux yeux du monde cet amour insolite : aimer sa femme semblait alors du dernier bourgeois, et elle craignait — sotte vanité — d'être accusée de cette trivialité parce que moins bien née qu'Henri et mal « décrassée »... Elle aurait préféré qu'en public il ne lui prît pas la taille ou la main, qu'il se gardât de l'embrasser, de lui parler à l'oreille, de la caresser des yeux. Pour détromper les indiscrets, elle affectait un air sévère : la bagatelle, très peu pour elle !

Et maintenant qu'il était mort, entraînant avec lui la Diane des nuits, libre, innocente, heureuse, comment la Diane des jours, « captive, toujours triste, importune à soi-même », pourrait-elle expliquer des sortilèges dont elle avait à peine partagé le secret ? Ce n'était pas seulement par pudeur, mais presque par ignorance, que ce troisième chapitre de la vie d'Henri, elle ne l'ouvrirait jamais pour Alexis. Si elle devait conter son père à l'enfant, il ne lui restait donc qu'à commencer par la fin. Ou par le commencement de la fin : la libération des esclaves.

C'était en 1764. Alexis avait un an, Boucher venait de le peindre entre ses deux parents. Un courrier leur apprit la mort, au Cap-Français, de Monsieur Frécourt de Gersac : la Comtesse prit le deuil, mais avec sobriété ; devait-elle faire plus, pour un homme dont elle gardait si peu de souvenirs ?

Pas une image de lui avant l'âge de six ans (de ses six premières années tout d'ailleurs s'était effacé, à part les râles, les pleurs, le rouge des flammes, le rouge du sang, et le poids des jupons de Madeleine Yalombo). Ensuite quoi ? À seize ans, trois semaines passées en sa compagnie lorsque, d'autorité, il l'avait retirée à un grand-père qu'elle aimait pour la confier aux religieuses de l'Abbaye. Puis, quatre ans plus tard, au moment de son mariage, un mois ou deux pendant lesquels ils ne s'étaient vus qu'une douzaine de fois — et généralement dans des fêtes et des cérémonies : Frécourt avait prétendu ne pas vouloir embarrasser les jeunes époux en logeant chez eux, et il avait couru les théâtres, les cafés et les sociétés de banque, plutôt que les salons du noble Faubourg où, du reste, il aurait eu quelque peine à entrer...

Sa vie était où l'appelaient ses affaires : à Saint-Domingue, à La Martinique, à Nantes, à Bordeaux, à Saint-Malo — jamais à La Commanderie, et bien peu à Paris. Certes, le père et la fille s'étaient écrit de temps en temps : elle tâchait, par politesse, de donner à ses lettres un ton enjoué, d'y glisser quelques traits d'intimité ; lui n'y mettait que des nouvelles brèves, essentielles — la plupart de ses missives ressemblaient à des bons de commande... Et maintenant, après une vie bien remplie, ayant atteint l'âge (vénérable pour un « flibustier ») de soixante et onze ans, il venait de mourir d'apoplexie au milieu de ses mulâtresses. Voilà tout ce qu'elle savait, et elle n'était pas curieuse d'en savoir plus.

Même si, à l'égard de ce fantôme de père, elle n'éprouvait aucune rancœur : dans les rares circonstances où ils s'étaient croisés, il lui avait montré un semblant d'affection, une bonhomie sans phrases qui ne lui avait pas déplu. Parfois même, en se rappelant leurs dernières conversations (qui remontaient à plus de dix ans !), elle se demandait s'il ne s'était pas effacé volontairement : pour lui donner une meilleure chance d'avancer. Mais à mieux y songer (et, malgré tout, sa fille y songeait), l'éloignement de Frécourt pour sa famille semblait relever davantage d'un égoïsme à courte vue — vivre à sa guise, sans se gêner — que de stratégies mondaines à longue visée. Si bien qu'ayant tout pesé la Comtesse n'aurait rien trouvé de mieux, en guise d'épitaphe, qu'un modeste « Jamais il ne m'a dérangée ».

Elle hérita donc. Le Comte s'enferma quelques semaines avec des notaires et des financiers ; il fit, à son tour, le voyage de Nantes et de Saint-Malo. Après quoi il l'appela dans son cabinet : « Votre père vous laisse encore plus de biens qu'il ne nous en avait promis. Trois millions ! Ce n'est pas la fortune d'un prince. Mais c'est celle d'un honnête fermier général.

— Parce qu'il y en a d'honnêtes ?

— Disons qu'il y en a de plus timides que d'autres... Vous n'êtes pas, Madame la Comtesse, moitié si riche que Madame Laborde ou Mademoiselle Crozat, cela va de soi, mais, parmi ces dames de finance, votre avoir et vos rentes vous situent dans une bonne moyenne.

— Vous m'en voyez ravie. Comme me répétait mon père : "Ne vous privez de rien !" Maintenant c'est à moi de vous le dire : Henri, ne vous privez de rien. Achetez des déesses, visitez la Chine, creusez une tranchée jusqu'à Alexandrie, couvrez-moi de chapeaux : je ne m'en défendrai pas ! Je ne vous demande qu'une chose : ne m'entretenez d'aucun détail financier, laissez-moi tout ignorer. Je n'aime pas l'argent. »

Elle n'osa dire : « Je n'aime pas cet argent-là. » Elle n'osait même pas le penser. Du reste, si l'origine de cette fortune exotique la mettait mal à l'aise, il ne faut se méprendre ni sur les causes ni sur l'ampleur de cet embarras : Madame de Breyves était l'héritière d'un planteur, d'un négrier, pas la fille d'un hors-la-loi. Nul besoin de « blanchir » la sueur des noirs ; le commerce en était légal, codifié, absous par l'Eglise et prudemment ignoré des philosophes. Tout au plus pouvait-on soutenir que cet argent vite gagné (du vingt-cinq pour cent l'an) n'avait pas la noblesse de celui qu'on extorquait péniblement au paysan français. La rente foncière, si vantée des physiocrates, ne dépassait pas trois pour cent ; mais elle rapportait tant de considération ! Adossée au foncier, la richesse devenait morale, l'opulence distinguée.

On aura remarqué cependant que, pas plus que son père, la Comtesse ne cherchait à singer les vieilles familles : son orgueil la mettait à l'abri de ces niaiseries. Aussi la gêne qu'elle ressentait face à la fortune qui venait de lui échoir ne procédait-elle pas d'une analyse objective des inconvénients mondains (légers, du reste) qu'elle risquait d'éprouver. Son malaise, plus simple, était aussi plus violent : elle ne supportait pas de penser aux Iles. Il suffisait de les nommer, ou d'en évoquer, même d'assez loin, l'idée (prononcer par exemple le mot « corail » ou « palmier »), pour la voir aussitôt rougir, blêmir, suffoquer. Des images atroces se formaient devant ses yeux, le sang l'étouffait. C'est au point que, pendant des années, elle n'avait pu avaler une gorgée de chocolat, et qu'elle sucrait son lait avec du miel...

Lorsqu'après des années de mariage, oppressée de cauchemars et de visions, elle finit tout de même par raconter à son mari ce qu'elle savait des Iles, il lui sembla soudain que, d'être partagée, sa souffrance s'atténuait ; son cœur se desserrait. Du moins s'efforça-t-elle de donner à son dégoût des fondements rationnels. Ainsi, elle s'interrogeait volontiers sur Madeleine Yalombo : puisque Madeleine l'avait allaitée, c'est qu'elle avait eu des enfants — qu'étaient-ils devenus après sa mort ? Et la jolie Thisbé ? Thisbé avait certainement été la maîtresse de son père, voilà pourquoi Sans-Nom l'avait sacrifiée ; et sans doute, avant elle, après elle, le planteur avait-il eu d'autres « favorites » : combien de demifrères couleur safran comptait-elle aujourd'hui en Amérique, combien de frères peinant sous le fouet ?

Tant que son père avait vécu, tout se passait comme

s'il portait seul la charge du péché : elle pouvait feindre d'ignorer d'où venait l'argent, un argent qu'elle ne gardait pas assez longtemps pour qu'il lui brûlât les doigts. Car, suivant le conseil de Frécourt, elle mangeait sa dot avec allégresse. Henri, qui n'était pas économe (il pouvait vivre dans la misère, pas dans la mesquinerie), l'y aidait de son mieux : les cinq cent mille francs, ils les avaient gaspillés en voyages, en aumônes, en robes, en fêtes, en fouilles, en « curiosités ». Ils n'avaient rien placé, rien entretenu, rien réparé — sauf leur vieil hôtel du Marais qu'elle s'était plu à orner de chinoiseries et à meubler en bois de rose et en marqueterie. Et au moment où, à cet ameublement, elle apportait la touche finale — le « trio » de Boucher —, voilà que la fortune sanglante des Frécourt lui tombait sur le dos ! Que faire ? Elle n'allait tout de même pas ruiner Henri pour se mettre en paix avec son passé !

Le comte de Breyves, de son côté, éprouvait les mêmes scrupules : grand lecteur d'Epictète et de Marc-Aurèle, il avait depuis longtemps jugé qu'un esclave valait un empereur ; plus idéologue que sa femme, il était d'ailleurs capable de poser les problèmes en termes généraux et d'y chercher des solutions de principe. Sans se soucier de l'Eglise (il se croyait moins chrétien que stoïcien) ni des Lumières (il n'estimait pas les gens de lettres), Breyves avait découvert tout seul, en catimini, qu'il condamnait la traite ; mais il aimait trop sa femme pour l'obliger à désavouer son père. Tant que Frécourt vécut, il se tut. Après sa mort il hésita encore plusieurs semaines : avait-il le droit de priver sa femme et son fils des plaisirs du luxe au bénéfice de sa conscience ? Puis, resongeant au soir où, tout en larmes, Diane lui avait confié quelle sorte de souvenir elle gardait des îles, il trouva enfin le courage de parler :

« Mon cœur, reprit-il après lui avoir annoncé le chiffre de son héritage, je ne vous demande qu'un petit quart d'heure d'attention. Ensuite, je vous jure qu'il ne sera plus question de votre argent. » Elle se raidit, il l'attira contre lui, la prit sur ses genoux ; elle remarqua, en bordure de son front, quelques cheveux blancs, qu'on ne pouvait voir que de très près puisque, ne portant pas de perruque, il poudrait sa chevelure ; elle fut attendrie de cette découverte, et, comme on trace un pointillé, elle posa à la racine de ses cheveux de petits baisers pressés. Il la serra plus fort ; elle songea que, même dans cet austère cabinet, il y avait un sofa... Mais il ne se laissa pas distraire : « Un quart d'heure d'effort, Diane, rien qu'un quart d'heure ! Trente secondes même : ne croyez-vous pas que, nous trouvant plus riches que prévu, nous pourrions nous montrer bienfaisants ? Quelque charité...

— Oh si ! Bien sûr ! Que voulez-vous que nous fassions ? Un hôpital ? Une fondation ? Un hospice pour les pauvres honteux ? Un asile pour les enfants trouvés ? Je souscris à tout ce que vous voudrez !

— Je sais que vous êtes généreuse... » Il lui embrassa les mains, puis chaque doigt de chaque main. « Mais j'ai peut-être une meilleure idée. Voyons d'abord en quoi consiste votre héritage. Il se compose de trois parts, assez inégales. La première — d'un million et demi environ — est constituée de cinq plantations à Saint-Domingue et La Martinique — trois mille carreaux de terre et près de huit cents esclaves. La seconde part est faite d'intérêts que votre père détenait dans des bateaux négriers — un quart du Fortuné, la moitié de La Moresse, un sixième de L'Africain, j'en passe... Quant à la troisième partie, la plus mince en vérité, elle est formée d'actions de la Compagnie des Indes. Mais je dois vous préciser...

— Oh, Henri, le faut-il vraiment ? Je sens déjà que cela m'ennuie !

— Il le faut, puisque c'est vous qui déciderez. Laissez-moi vous expliquer que, d'ordinaire, dans la valeur des "habitations", les terres et les machines entrent pour une plus grande part que les nègres. Mais, depuis la mort de votre frère, votre père avait négligé l'entretien de ses bâtisses. En revanche, il a bien nourri ses serviteurs et il les a peu renouvelés ; la plupart de ses "ateliers" sont formés de créoles, ce qui augmente leur valeur : on préfère le nègre ancien, acclimaté, au nègre neuf. Si les plantations de votre père sont estimées à un million et demi, "le bois d'ébène" entre dans ce total pour davantage que la moitié. »

Plus on descendait dans le détail, plus Madame de Breyves se sentait gênée. Elle ne songeait plus au sofa, elle avait mal au cœur. De nouveau, il la serra contre lui ; elle cacha sa honte sur son épaule ; elle aurait voulu s'enfuir, s'enfuir, se blottir sous des jupons épais... « Vos "Africains" valent huit cent mille livres, murmura Henri. Ce sont ces huit cent mille livres que je vous prie de me sacrifier : affranchissez-les ! »

Ce fut comme un trait de lumière : « Ah oui, dit-elle dans un souffle, libérons-les !

— Mais avez-vous bien saisi, Madame la Comtesse, que vous perdez huit cent mille livres ?

— Et que vaudrait une bonne action qui ne nous coûterait rien ? Henri, vous me rendez la vie : imaginez le bonheur de ces pauvres gens, songez qu'ils vous béniront, qu'ils béniront Alexis !

— Attendez, ce n'est pas tout. Je crains que vous n'ayez pas encore pris la mesure de ma folie, ni des pertes que je prétends vous infliger ! Sitôt vos esclaves libérés, je vendrai vos terres ; sur ce point-là nous ne perdrons rien, c'est entendu. Mais pouvez-vous m'imaginer ensuite coiffé d'un bandeau de corsaire ou d'un bicorne d'amiral ? Je n'ai pas le pied marin, je ne me vois guère faire l'armateur »(il avait l'élégance de ne pas dire : « Je ne puis jouer les négriers »). « J'envisage donc, si vous n'y voyez pas d'objections, de vendre aussi les parts de bateaux que possédait votre père. On m'assure qu'il y en a pour neuf cent mille, mais ces Messieurs de Saint-Malo ne m'en offrent que sept cents... Ils me croient pressé ! Et sot... Je ne le suis pas au point d'ignorer que nous gagnerions plus à vendre par petits paquets ! Mais il y faudrait de la constance...

— Et de la connivence !

— Et de la connivence, en effet. Je n'ai pas assez goûté la conversation des directeurs de la Société de Guinée pour souhaiter rester plus longtemps en commerce avec eux... Sacrifions-nous le tout ?

— Sacrifions !

— En voilà encore pour trois cent mille livres ! Ne suis-je pas un mandataire excellent ? Des trois millions dont vous héritez je viens de vous dérober le tiers en dix minutes !

— Songez plutôt à toutes les statues, toutes les médailles, que vous auriez pu vous offrir avec cet argent-là ! Mon pauvre ami, si vous continuez à ce train vous finirez par m'avoir épousée pour rien !

— C'est que je t'aime sans dot... »

Et sur ces mots de finance et d'amour, ils essayèrent le sofa, puis le tapis... Après quoi, Madame de Breyves (en qui la « Diane de jour » reprenait vite le contrôle de la situation) demanda au Comte s'il avait également l'intention de vendre les actions de la Compagnie des Indes : « Sûrement pas, dit-il, ce sont des activités plus qu'honorables — nécessaires au pays. La Compagnie n'a plus de part à la traite des nègres ; elle fait du commerce noble, elle importe de la beauté, porcelaine de Chine, mousseline des Indes. On m'assure d'ailleurs que, si elle a beaucoup perdu dans la dernière guerre avec les Anglais, elle devrait faire d'excellents profits maintenant que la paix est signée. Le Roi a renouvelé son privilège, et nous avons quatre nouveaux vaisseaux en chantier. Attendez la prochaine campagne : de Lorient à Paris vous verrez couler un pactole d'or, de soie, de rubis ! »

Et les liquidités qu'allait leur rapporter la vente des bateaux-négriers et des plantations, que comptait-il en faire ? Acheter des terres pour Alexis ? Reconstruire ses châteaux ?

« Je n'en suis pas certain, dit-il en fronçant le sourcil. J'ai reçu de meilleurs avis. Il me semble même que j'ai là-dessus quelques idées neuves, très profitables au bien de l'Etat et de ses industries... Je vais vous confier un secret : le million que je vous ai fait perdre en un quart d'heure, je compte vous le regagner en quatre ans. Mais oui ! Pour toucher du denier quatre, plus besoin aujourd'hui de transporter des hommes enchaînés ! Je n'aurais pas voulu d'ailleurs que notre fils et vous-même pâtissiez de mes scrupules... Seulement, je crains de vous ennuyer avec l'exposé de ces projets : me donnez-vous un blanc-seing ?

— Des deux mains ! »

Aujourd'hui, la Comtesse discernait mieux la faiblesse morale de l'attitude d'Henri : quand saint Martin donne la moitié de son manteau, il n'espère pas que l'autre moitié se garnira de fourrure... Son mari n'était, malgré ses premiers cheveux blancs, qu'un enfant qui croyait aux fées. Ou (n'est-ce pas la même chose ?) à la vertu, à la bonté. Au châtiment des méchants, à la récompense des gentils... Il n'empêche : le soir de ce « quart d'heure financier », elle s'était couchée très fière d'un homme qui n'avait pas deux paroles, deux amours, deux fidélités. Un homme qui mettait ses actes en accord avec ses idées. Et dès ce moment, comme par miracle, « la nuit rouge » de Saint-Domingue avait cessé de la hanter.

Elle ignorait, la malheureuse, que déjà, contre son bonheur, de plus cruels s'armaient ; et, rompus aux façons de Paris, ils allaient se montrer autrement dangereux que les colons à nerf de bœuf et les rebelles à machette ! Son geste d'humanité venait de jeter Henri dans leurs filets...

« Souffrez que loin des Grecs j'aille cacher mon fils et pleurer mon époux » : au cœur de décembre, La Commanderie, cernée par la neige et l'eau grise des étangs, environnée d'absence, écrasée de silence, avait l'air d'une île. Jamais « les Grecs » n'iraient les chercher si loin des villes, loin des routes. Au creux des montagnes, au milieu des eaux, Alexis était en sûreté.

Souvent, elle s'était demandé comment, parvenue dans le désert dont elle rêvait, délivrée de Pyrrhus et

sauvée de ses ennemis, Andromaque élèverait Astyanax. Comment élève-t-on le fils d'un héros mort ?
Pour qu'il soit un héros ? Ou pour qu'il ne soit pas
mort ? Certains jours, elle croyait deviner : c'est
comme Ulysse qu'il fallait élever le fils d'Hector.

IV

« Je prolongeais pour lui ma vie et ma misère... »
                                    (Andromaque, I, 4)

12

Tant que l'hiver dura, Madame de Breyves gagna du temps. Quand tout est pris par les glaces, à quoi bon s'agiter ?

L'hiver figeait les eaux, figeait les âmes. La vie s'arrêtait — même au moulin, dont la cascade gelée pendait au bord du bief comme un drap mouillé. Des murs de neige coupaient la route, bloquaient les portes ; bêtes et gens se terraient ; plus un bruit. Dévorée de silence, la nature rétrécissait — les formes des arbres et des haies épurées jusqu'au trait, les couleurs réduites à l'essentiel : le noir, le gris, le blanc. Mais toute la palette des blancs : incandescence de la neige, ivoire de la pierre, nacre du givre, lait des brouillards traînants. Toutes les nuances du gris : de l'argent terni des étangs à la cendre des ciels. Tous les degrés du noir : léger dans les hêtraies, épais sous les sapins, vif aux ailes des corbeaux. Ultime luxe de l'extrême pauvreté...

Dépouillé, engourdi, le pays s'enroulait sur lui-même ; la terre fuyait, le sol manquait. Sous l'œil émerveillé de Madame de Breyves, La Commanderie dérivait tel un vaisseau fantôme, routes effacées, amarres larguées, rejoignant, vers l'infini, le point de fuite de ses rêves.

A dix ans, Diane avait aimé la neige comme on aime un cocon : son duvet la protégeait — il n'y a pas d'hiver aux Îles... Aujourd'hui elle s'enfonçait dans la morte saison comme elle s'avançait vers la vieillesse :

avec gratitude. Pas menus, mouvements réduits, sons assourdis, horizons bornés : cette inertie forcée la réjouissait. De sa fenêtre elle assistait au lent grignotage du paysage avec la même joie cruelle qu'elle prenait à observer dans son miroir les progrès de l'âge.

Contempler les ravages du chagrin, du temps, de la maladie, peut encore, il est vrai, passer pour une coquetterie. Mais c'était bien la seule qu'elle se permît, curieuse seulement de constater qu'elle avait pris, avec un peu d'avance, le virage que prennent toutes les femmes à quarante ans : brusquement, qu'elles frisent leurs cheveux ou les relèvent en « pouf », mettent du rouge, se constellent de mouches ou se tartinent de blanc, elles endossent leur allure de vieilles ; de loin, on dirait leurs mères. Figées désormais jusqu'à la chute finale, cette dernière marche qu'on n'aborde pas sans tuteurs — la canne, les besicles, le râtelier — et qu'on rate pourtant.

Les hommes s'usent comme la pierre : régulièrement ; ils se fendillent, se creusent, se patinent. Les femmes vieillissent en une nuit, comme les plantes gèlent. On les croit mûres, elles sont glacées. Encore debout, encore vertes si l'on veut, mais la feuille rabattue, la tige cassante : la sève n'y circule plus.

La comtesse de Breyves, femme gelée, regardait avec sympathie le pays enseveli : le monde extérieur avait cessé d'exister... Mais sa peur se réveillait quand la bourrasque balayait la vallée. Dans les bois derrière la maison, les rafales roulaient comme des chars. Elle écoutait, le cœur battant : la cavalcade allait-elle s'arrêter au bas de la pente, au bout du parc, des roues tourner soudain sur le chemin du moulin, monter vers le château ? Elle craignait les cavaliers, les courriers, les attelages, les carrosses ; elle redoutait les lettres, les huissiers, les visites. Et si quelqu'un, à Paris, avait retrouvé son adresse ?

L'hiver, à cause de la neige et du vent, impossible de calmer ces angoisses : la neige étouffait les pas jusqu'à l'ultime moment, permettant des approches subtiles, des attaques foudroyantes ; le vent qui secouait les volets lui donnait l'illusion qu'elle était cernée. À chaque grondement elle s'attendait à voir surgir au pied du perron, trop tard pour fuir, l'armée des « Grecs » venue les assassiner... Les soirs de tempête, scrutant vainement le noir et le blanc qui se battaient derrière les vitres, elle restait aux aguets, heureuse seulement les jours sans vent, les jours sans vie.

À cet égard, février la combla : il ne se passa rien. Pas une rencontre, pas une nouvelle, pas un cri, pas un nuage, pas un souffle. Un temps clair et glacé. Une neige parfaitement lisse, linceul bien tendu. Un pays immobile, qu'elle dominait du regard à la manière des grands busards qui survolaient les étangs gelés. Elle crut que l'air froid la portait, et, s'abandonnant, elle aussi, au bonheur de planer, relâcha sa vigilance : il lui arriva de lire par plaisir (un vieux Corneille dépareillé retrouvé dans un coin du bûcher) ; elle se permit de respirer plus lentement, de se carrer dans un fauteuil, de rêver... Mais, à la fin, le dégel vint, et le printemps avec lui. Retour des pluies. Retour du brun : la terre, les troncs, les premiers bourgeons. Retour des hommes. Elle tomba malade : on dit qu'elle avait pris froid. Froid, quand tout se réchauffait ?

Elle resta longtemps alitée ; la fièvre la minait. Cependant, le travail pressait : en novembre, se prévalant d'un édit récent qui permettait aux nobles d'exploiter eux-mêmes, sans déroger, un « labourage de quatre charrues », elle avait congédié son plus gros fermier et engagé des ouvriers pour cultiver directement cent arpents de sa « réserve ». Or, il était temps de semer l'avoine, les pois ; temps de visiter les toitures des fenils et des granges pendant qu'ils se trouvaient vides de fourrage ; temps de vendre les agneaux car la provision de racines s'épuisait. La chambre de la Comtesse devint le cœur de la maison : les bergers, les servantes s'y succédèrent au milieu des draps souillés, potions, plats à saignée, pots de chambre, et miettes de pain. Entre deux rechutes, deux accès, Madame de Breyves leur ouvrait son « bureau des pleurs » : tous se plaignaient — des ruisseaux qui débordaient, des raves qui manquaient, de l'herbe qui poussait dans les labours, des renards qui attaquaient le poulailler, des loirs qui dévastaient le fruitier, de la négligence des uns, de la paresse des autres, et d'Alexis.

Lui, du moins, faisait l'unanimité ; depuis que le temps s'était radouci et sa mère couchée, il avait, paraît-il, le diable au corps : il tendait des ficelles en travers des seuils, plaçait des seaux d'eau sur les portes, versait sur les meubles la cire des bougies, salait les compotes, ouvrait les ratières, tirait la queue des chats, pissait dans les cheminées et se douchait sous les gouttières. Le reste du temps, au lieu d'aller jouer dehors avec ses compagnons du dernier été ou de suivre Léveillé dans ses courses, il traînait comme une âme en peine dans le corridor de l'étage et bourdonnait pendant des heures autour de la chambre de sa mère, questionnant ceux qui passaient, conseillant, proposant, ordonnant, et se mêlant sans cesse d'affaires qui, de l'avis général, ne le regardaient pas. « A-t-on prévenu mon Papa que ma Maman est malade ? » demandait-il au barbier, qui, gêné, s'esquivait aussitôt pour ranger ses clystères et ses lancettes. « A propos du cheval boiteux, tu devrais écrire à mon Papa, suggérait-il à Babet. Il te dira quoi faire, il le sait », — « Et vous, mon petit Monsieur, vous feriez mieux de ne pas écouter aux portes, grondait Babet. Et de nettoyer vos manches, poissées de bougie fondue ! Ah, vous voilà joliment fait ! Ouste, filez ! », — « Méchante ! Quand mon Papa reviendra, il te renverra ! »

Dans son lit la Comtesse s'agitait : elle entendait l'enfant interroger, se fâcher, s'inquiéter. Et elle entendait les domestiques se lamenter, menacer, gronder, mentir, se défiler. Débordés, ils étaient débordés. Et elle, si fatiguée...

Un soir le petit, profitant de la pénombre, se glissa dans la chambre de sa mère au moment où Marie et Babet la changeaient de linge. « Madame, s'excusait Babet, nous voilà obligées de vous passer une chemise bien râpée ! Mais vous n'en avez plus que trois de bonnes, et je préfère vous les garder pour les jours où le barbier... » La Comtesse allait approuver, quand du fond de la pièce l'enfant intervint d'une voix pointue : « Non, Babet, point de ces ladreries chez nous ! Mets du linge neuf à ma Maman : mon père sera là pour la Saint-Jean, et il rapportera assez de soie pour habiller un régiment ! »

Cette fois, Madame de Breyves explosa : « Mais enfin, cria-t-elle, cela ne peut pas durer ! Il faudra bien que quelqu'un lui parle, à cet enfant ! Il faudra bien... » Et sans attendre qu'un autre eût ce courage, sans même se rappeler les précautions qu'elle avait envisagées : « Alexis, lâcha-t-elle tout à trac, ton père est mort. »

Il y eut un silence, assez long : le temps qu'il faut à une flèche pour atteindre sa cible. Les servantes se taisaient.

« Ah, fit l'enfant dans un souffle, c'est comme dans la chanson du roi Renaud... » Rien d'autre. Il ne demanda pas comment son père était mort, ni quand, ni pourquoi. Il dit seulement : « C'est comme dans la chanson du roi Renaud », et pensif, traînant les pieds, il sortit sur les pas de Babet tandis que Marie, d'un geste gauche, rajustait la cornette froissée de sa maîtresse.

Dès qu'elle fut seule, Madame de Breyves laissa couler ses larmes : comment avait-elle pu parler à un si petit garçon avec tant de dureté ? Pas la moindre périphrase, et aucune consolation... Etait-ce la maladie, l'épuisement ? Ou est-ce qu'elle souffrait trop encore pour amortir la souffrance des autres, se modérer, ralentir ? Le malheur est une voiture sans freins. Embarqué, on écrase tout.

Sa migraine reprenait, la fièvre montait ; pour ne pas augmenter la douleur, elle aurait dû garder la nuque raide, immobile, mais elle pleurait, se tordant sur ses oreillers. Car elle voyait la vérité en face : elle disposait de trop peu de mots pour parler d'Henri avant d'éclater en sanglots. « Ton père est mort. » Quatre mots. Elle n'aurait pu en dire un de plus sans trébucher. Quatre mots. Même pas : quatre syllabes ! Et déjà elle se sentait exténuée. Au-delà, le souffle, la voix lui auraient manqué. Si, avec un demi-siècle d'avance, elle avait connu le langage télégraphique, nul doute qu'elle s'en serait tenue à « Père mort », et que l'effort aurait suffi à l'épuiser. Alors, les paraboles, les commentaires, le réconfort, la glose, les leurres, les « Papa est au ciel », les « il nous regarde », « nous le reverrons »... ! Pourtant elle aurait voulu rappeler Alexis, le prendre dans ses bras, le coucher contre elle, pleurer avec lui... Au fait, il n'avait même pas pleuré. Qu'avait-il dit au moment où elle l'assassinait ? « C'est comme dans la chanson du roi Renaud. »

La phrase, énigmatique, commençait à réveiller chez la Comtesse des souvenirs précis. Elle se rappelait cette complainte triste qu'elle chantait parfois à Alexis en le berçant, quand il était tout petit. Jusqu'à quel âge ? Deux ou trois ans peut-être (leurs dernières années d'insouciance). D'interminables couplets qu'elle avait appris à la nourrice et la gouvernante pour endormir l'enfant lorsqu'elle s'éloignait. Ensuite, Alexis avait grandi, et elle n'avait plus eu beaucoup d'occasions de chanter, même des romances mélancoliques : « Le roi Renaud de guerre revint, portant ses tripes dans ses mains. Sa mère était sur le créneau, qui vit venir son fils Renaud. » L'histoire est simple : Renaud va mourir, mais à sa femme qui vient d'accoucher il veut qu'on taise son retour et sa mort. Qu'on l'enterre en secret ! Seulement, la mort, même cachée, fait du bruit : l'accouchée entend le choc du marteau sur le bois du cercueil, et les chants, les prières, les sanglots. Elle interroge : « Qu'est-ce que j'entends clouer ici ? Qu'est-ce que j'entends chanter ainsi ? » On lui ment : c'est le charpentier, c'est la femme du berger... Mais elle insiste ; jusqu'à ce qu'une larme, enfin, glisse sur un visage. « Qui vous fait pleurer ainsi ? », — « Ma fille, ne puis vous le celer : Renaud est mort et enterré... »

« C'est comme dans la chanson du roi Renaud » : Alexis savait déjà ce qu'on tardait à lui avouer. Mais le silence des autres faisait barrage ; les douleurs qui ne peuvent s'écouler creusent dans l'âme d'immenses cavités. Pour que la vie reprenne son cours, il faut ouvrir les vannes. Remise dans le courant, la « reine Renaud » sombrait pourtant : « Ma mère, dites au fossoyeux qu'il creuse la fosse pour deux. Et que le trou soit assez grand pour qu'on y mette aussi l'enfant... » Grands dieux ! Alexis avait-il cru que sa mère souhaitait disparaître ? Et l'entraîner avec elle ?

La Comtesse guérit ; on laboura les jachères, on échardonna les blés, on faucha les prés, on tondit les moutons ; et des deux phrases échangées ce printemps-là dans la pénombre de la chambre, il ne resta d'autre trace que le tutoiement. Elle avait dit « Ton père est mort » et ne reprit pas ses distances : maintenant qu'ils avaient partagé le pain amer, ils étaient assez intimes pour s'autoriser cette familiarité, inhabituelle dans la bonne société. Par chance Alexis, si peu porté au respect, n'abusa pas de la faiblesse de sa mère, et il s'en tint, pour sa part, aux formes ordinaires de la civilité. Avec l'été, il se calma : il fut, cette année-là, un enfant non certes exemplaire, mais plutôt facile. Personne d'ailleurs ne s'apitoyait : les orphelins de huit ans n'étaient pas rares alors ! Seule, la pendaison de son père faisait du jeune Comte un être d'exception, mais de cette pendaison il ne fut pas question.

Dans les mois qui suivirent, l'enfant ne fit qu'une allusion — très indirecte — à la mort de son père. Un matin de juin qu'ils déjeunaient ensemble sur la terrasse (on approchait de cette Saint-Jean qu'il avait tant espérée), il annonça à sa mère que Marie lirait avant la fin du mois : « Vous voyez que j'ai respecté mon contrat ! Pourtant, je ne lui demanderai pas un sou. » Tout son deuil tenait dans ce « pourtant »...

« Demain, j'aurai deux élèves de plus. Gratis aussi. Madeleine et Jeannette. » C'étaient deux petites filles d'une dizaine d'années, plutôt dégourdies. Madeleine surtout, la fille du charron. Jeannette, qui gardait les brebis de son père, un riche laboureur, était moins vive, mais si désireuse d'apprendre qu'elle en devenait touchante.

« Excellent choix, dit Madame de Breyves. Je suis bien aise de te voir employer ton temps si utilement. »

Rien ne s'oppose plus à l'intérêt des hommes que leur égoïsme : ils mangent leur blé en herbe. Alexis n'était pas de cette espèce ; contraint de ne pas mécontenter sa mère, il plaçait à long terme et s'en expliqua volontiers : « Jeannette et Madeleine connaîtront leurs lettres avant deux semaines. Elles liront à la fin de la moisson. Bonne réclame pour moi ! Encore deux ou trois apprentis dans ce genre-là, et vous verrez la pratique accourir !... Enfin, Maman, s'il me vient de riches pratiques, pour le paiement on s'arrangera, n'est-ce pas ? »

La Comtesse sourit : « Dois-je en conclure qu'une fois grand tu songes à t'installer comme régent d'école à Fresselines ?

— Non, sans doute... Mais on gagne toujours à être connu : voyez les rebouteux ! »

Madeleine sut lire pour l'Assomption ; Jeannette peinait davantage, mais aux champs, au lieu d'emporter sa quenouille, elle mettait dans son panier « Le Parfait Maréchal », un de ces ouvrages utiles qui avaient constitué la bibliothèque de Jean de Malval et qu'Alexis prêtait à son élève, faute d'avoir rien de plus gai à proposer : au moins, les caractères étaient bien larges, et le livre agrémenté de quelques croquis de fers à cheval — une image comme une autre quand on n'a pas mieux. Toute la journée, assise sous la haie entre ses moutons et son chien, Jeannette s'acharnait sur des mots qui la fuyaient : c'est un par un qu'elle s'emparait d'eux, un par un qu'elle en forçait le sens, déclamant ensuite sur tous les tons ceux qu'elle avait attrapés et rangés dans sa mémoire : des plus simples — « soc », « fer » — aux plus complexes — « enclume », « brochoir », « plate-longe », ou « trousse-pied »... Mais le soir, quand elle avait rentré ses bêtes, qu'elle avait trait les vaches et la chèvre, fait téter le veau, puisé l'eau, « fermé » les poules, sorti le fumier, et mérité de rejoindre la grande cuisine du château, c'était une autre chanson : à la lueur du « cantou », elle ânonnait, fatiguée, butant sur une consonne double, trébuchant sur les diphtongues ; elle s'obstinait pourtant, reprenait encore, les paupières lourdes mais le doigt pointé sous les lignes, petite bergère entêtée à découvrir en même temps l'imprimerie et le français. « Notre jeune Monsieur est bien patient, commentait Marie, mais la Jeannette est bien jolie... »

Encore trois semaines d'efforts du maître et de l'élève, et Jeannette lut à son tour. Les deux enfants se précipitèrent dans le salon où Madame de Breyves cousait pour Alexis un pantin de chiffon : un Polichinelle bleu et rouge, comme ces marionnettes qu'on montrait à la foire de Bonnat. Abandonnant dans l'entrée leurs sabots crottés, les deux petits s'avancèrent, l'un en bas de laine, l'autre nu-pieds, en brandissant fièrement « Le Parfait Maréchal » : « Elle peut tout lire, Maman, tout ! » Madame de Breyves applaudit à la démonstration, caressa les têtes rondes, distribua du bonbon, et promit d'acheter au premier colporteur qui passerait l'histoire des « Quatre Fils Aymon », plus amusante qu'un traité de ferrage.

C'était fin septembre ; quinze jours après, il y eut une tempête, des pluies froides, de grandes rafales. Et le vent d'octobre emporta Jeannette : elle fut malade dix jours et mourut.

Dès qu'on l'eut mise en terre, le beau temps revint : un bel été de la Saint-Martin... Un matin, en se levant, la Comtesse trouva Alexis assis sur les marches du perron. Les coudes sur les genoux, le menton dans les mains, il semblait regarder le lac, le reflet dans l'eau des arbres jaunes, des arbres rouges, et les premières feuilles détachées qui volaient comme des papillons... Mais il se retourna brusquement ; elle vit qu'il avait le visage baigné de larmes : « A quoi ça lui a servi, à Jeannette, d'apprendre à lire ? lança-t-il avec rage. A quoi ça lui a servi de se donner tout ce mal ? »

Madame de Breyves sentit sa gorge se nouer : les enfants qu'emporte le vent ne laissent pas plus de traces qu'un oiseau dans le ciel. Mais Henri, Henri lui-même... Si « tout homme qui meurt est une bibliothèque qui brûle », avec Henri la Sorbonne entière venait de partir en fumée : jamais on ne déchiffrerait cette écriture étrusque dont il espérait percer le secret ; jamais on ne saurait ce qu'il avait à dire de neuf, d'unique, sur Sénèque et Epictète ; quant aux connaissances qu'il avait accumulées — les pays qu'il avait visités, les statues qu'il avait vues, les hommes qu'il avait connus, les livres qu'il avait lus —, tout avait disparu puisqu'il n'en avait rien transmis. « A quoi ça lui a servi ? »

Assis face au lac, aux landes, et aux bois dépouillés d'un pays perdu, Alexis pleurait, versant sur la mort de Jeannette les larmes qu'il n'avait pu verser sur son père.

Puis, les mois passant, il se consola, ou fit semblant : après tout, à cette époque les morts de dix ans n'étaient pas plus rares que les orphelins de huit ! Il ferma boutique, ne donna plus de leçons, mais parut se faire une raison.

Etrange raison que sa mère ne découvrit qu'au fil des années : ce matin d'octobre, il avait résolu de n'apprendre ni le latin, ni le catéchisme, ni la géométrie. Il avait décidé d'être heureux.

13

On n'aurait pas étonné Madame de Breyves en lui disant qu'elle n'était guère aimée. Comment gagner sur tous les terrains ? Femme, pauvre et noble, la Comtesse n'avait pas choisi le sien ; mais à ses deux cents arpents de misère, son chartrier, et son fils unique, elle s'accrochait bec et ongles — on n'entamerait rien de ce qui lui restait. Qu'on la déteste, pourvu qu'on la redoute !

Une règle de conduite qu'elle s'était fixée tôt. Car quoi que pût dire son miroir, elle avait été vieille très jeune : à six ans, précisément. Un mari trop aimant avait bien pu lui donner, pendant quelques années, l'illusion qu'elle rajeunissait, dans l'épreuve l'âge l'avait rattrapée. On ne vit pas deux tremblements de terre sans apprendre quelque chose : par exemple, que la plupart des gens sont moins attentifs au bien qu'on leur fait qu'au mal qu'on pourrait leur faire, et qu'il vaut mieux être craint qu'aimé.

Sur ce point, si Madame de Breyves avait pu lire dans les âmes, elle aurait été comblée ! On avait vite compris à Malval, Fresselines, et Chéniers, qu'on devrait compter avec elle, et compter juste... Les paysans de la région avaient « la charrue longue »— quelque chose qui les empêchait de tourner exactement au bout de leur champ, qui les forçait à empiéter un peu sur celui du voisin. De trois fois rien : un pied par-ci, un pied par-là... Mais, de pied en pied, on fait le tour de la terre ! Madame de Breyves arrêta ces voyageurs : elle se clôtura. Le geste fit sensation. On protesta : plus de « vaine pâture » ? C'était donc chacun pour soi ! Non, dit-elle, mais chacun chez soi.

Puis elle plaida, appuyée sur ses terriers et ses archives, et récupéra des prés classés comme « communaux » depuis la mort de son grand-père. A la saison des loyers, au moment des impôts, on la vit, de ferme en ferme, aller réclamer son dû : aucun paysan ne paye à échéance, il attend, « des fois qu'on oublierait ». Elle n'oubliait jamais. Une tête ! Et une poigne... On la respecta d'autant plus qu'elle ne jouait pas les mijaurées : ni poudre aux cheveux, ni poudre aux yeux. Chez elle, elle portait une coiffe blanche comme les femmes du pays, ou une dentelle noire nouée sous le menton ; dehors, des chapeaux de paille l'été, et l'hiver un capuchon de laine. Ses robes étaient simples, parfois reprisées. Elle ne se permettait qu'un luxe : des bottes de cuir fin, qu'elle mettait avec ses culottes. Car elle portait des culottes. L'idée lui en était venue quand le notaire de Bonnat, qu'elle consultait pour un acte, lui avait dit qu'il n'en remettrait la minute qu'à « un homme réfléchi ».

« Je suis un homme réfléchi », avait-elle répliqué. Et elle s'était mise en état de le prouver — par un moyen propre à frapper les imaginations. Se rappelant l'habit de garçonnet qu'Henri lui avait offert pour visiter Pompéi, elle s'était fait tailler deux costumes de chasseur. Au moins pourrait-elle monter son cheval autrement qu'en amazone, cette posture ridicule.

A ces tenues, qui lui permettaient d'abandonner pour quelques heures le corset et les paniers, elle prit bientôt un goût si vif qu'elle les porta même pour aller à pied — traverser des tourbières, sauter des barrières, se faufiler à travers les haies. Pour ses domestiques, elle invoqua la nécessité de se refaire une santé : le docteur Tronchin à Paris recommandait aux dames de la bonne société de s'aérer, de se donner du mouvement — c'est-à-dire d'aller au bout du jardin ; comment seraient-elles allées plus loin, en effet, perchées sur leurs mules de satin aux talons de six pouces, encombrées de paniers si larges qu'il fallait les replier pour passer les portes, et écrasées sous des coiffures de deux pieds dans lesquelles on glissait des fleurs avec leur vase ou des oiseaux avec leur cage. Les malheureuses avaient bien de la peine, ainsi attifées, à dépasser le coin de leur maison ! On appelait ce périlleux exercice « tronchiner ». Madame de Breyves expliqua qu'il lui fallait « tronchiner »...

A force de « tronchiner » déguisée en chasseur, elle

eut envie de chasser. Jean de Malval, son grand-père, avait été le meilleur fusil de sa province. Elevant sa petite-fille en « garçon manqué » (comme son gendre le lui reprochait), il lui avait enseigné l'observation patiente des bêtes, de leurs gîtes, de leurs passées, puis l'affût, la visée, le tir. Elle avait le coup d'œil sûr et ratait rarement sa cible.

Malval cherchait-il seulement un compagnon ? Ou avait-il senti que l'enfant apeurée avait besoin d'une arme pour guérir ? Quand on a failli mourir, il faut apprendre à tuer... En tout cas, la rescapée du massacre prit à la chasse davantage que du plaisir : elle se figura qu'en tirant bien elle pourrait se défendre. Aussi appréciait-elle par-dessus tout la chasse aux nuisibles : le loup, le sanglier, le renard, les fouines. Puis, le temps passant, elle avait laissé les bêtes en paix : à Versailles elle résistait — « Non, Madame la Duchesse, aucune envie de courre le cerf sur les brisées du Roi, allongée dans un phaéton ! »

A La Commanderie, elle retrouva les fusils de son grand-père et ses propres pistolets ; elle les nettoya. Elle avait décidé qu'Alexis avait l'âge d'apprendre à combattre : puisqu'il refusait les deux armes du gentilhomme — le violon et l'épée —, il manierait le fusil ! Sous prétexte de l'éduquer elle reprit avec lui le chemin des forêts.

Mauvais professeur de grammaire, elle se révéla bon maître un mousqueton en mains. A la chasse noble elle avait toujours préféré la « chasse aux armes ». Non qu'elle méprisât la vénerie, mais elle n'aimait ni le bruit ni la foule — rien ne l'agaçait plus qu'une battue ! Trop fière, d'ailleurs, pour courir derrière la meute des autres. Aussi refusa-t-elle toutes les invitations des riches châtelains des environs : lorsqu'on sut qu'elle recommençait à chasser, les vieux se souvinrent qu'à seize ans la petite Frécourt était déjà un fin limier, qui ne lâchait pas la bête depuis le lancer jusqu'à l'hallali. Les « gentillâtres » qui l'avaient fuie à son arrivée — le malheur, cela s'attrape — voulaient bien, s'il s'agissait de s'amuser, oublier son pendu...

Mais elle ne l'oubliait pas. Elle repoussa leurs avances, ne fit de politesses à personne : elle ne se sentait pas d'humeur à mettre de l'eau dans son vinaigre... D'ailleurs, elle détestait « châtelainiser » : « Ce n'est pas, expliquait-elle à Alexis, parce que ces Messieurs ont des châteaux et que nous avons tous des pigeonniers, que nous sommes obligés de nous fréquenter ! Comme disait mon grand-père, "eux chez eux et nous chez nous" ! Nous chasserons sur nos terres. »

« La chasse endurcit les corps aussi bien que les cœurs, elle accoutume à la cruauté », avait écrit Rousseau dans son « Emile », en déconseillant aux parents d'y entraîner leur enfant. Quand elle avait lu le chapitre, peu avant la naissance d'Alexis, la Comtesse avait bien ri : « Le bon apôtre ! dit-elle à son mari. Et que croit-il qu'il se passe dans les fourrés ? Les renards mangent les belettes, et les furets saignent les lapins ! Et sous la surface lisse des étangs, tandis que le philosophe admire les nénuphars ? Les truites avalent les têtards, les perches s'empiffrent de goujons, les brochets dévorent les écrevisses, les carpillons, les gardons — quel cimetière que l'estomac d'un brochet ! "Le calme de la nature" ! Vraiment ce Jean-Jacques est impayable ! »

Endurcir son corps et son cœur, quel meilleur programme proposer à un enfant délicat et parisien ? Parisien, d'ailleurs, Alexis ne l'était déjà plus tant que cela. Il se gardait, par exemple, de toute sensiblerie à l'égard des massacres d'animaux, spectacle habituel des campagnes. Le cochon qu'on égorge, le pigeon qu'on étouffe, la carpe qu'on assomme, le canard qu'on décapite, le lapin qu'on dépouille, avaient cessé de le bouleverser. Il ne recherchait pas la vue du sang (ce que Madame de Breyves aurait trouvé malsain), mais il n'y faisait plus attention : il jouait aux dés à deux pas du cochon qui hurlait, de l'oie qu'on saignait. Aussi peu ému que s'il s'était agi d'écraser un moustique. Le sacrifice du cochon n'est-il pas d'ailleurs plus nécessaire, donc plus moral, que celui de l'insecte ? En juger autrement, c'est avouer un faible pour les mammifères : affaire de cousinage peut-être...

Comme sa mère, et les paysans autour d'eux, Alexis classait les animaux en trois catégories : les nuisibles (qu'on tue), les comestibles (qu'on tue), et les autres (qu'on épargne). Ces autres — chiens, chats, chevaux —, on pouvait même les estimer s'ils faisaient bien leur travail. La Comtesse, par exemple, estimait Sultan et Cadet, qui gardaient ses moutons ; elle estimait Pistolet, qui chassait et rapportait ; elle estimait Isabelle, sa jument, docile et solide ; elle estimait ses chats, qui prenaient des souris. Alexis, plus citadin, cédait davantage au sentiment : ses chats, ses chiens, il les aimait, même voleurs, même paresseux. Il rêvait de ce monstre qu'est, aux yeux d'un campagnard, un animal de compagnie. Une bouche inutile, un animal qui n'aurait d'autre rôle que de divertir et d'aimer. La mère finit par transiger avec son budget et lui offrit un chiot qu'elle lui permit de faire dormir sur son lit. Mais elle choisit un barbet : adulte, il pourrait rendre quelques services sur le domaine, attraper du gibier d'eau. Alexis baptisa son chien « Fanfaron » : il y voyait déjà son double...

Il voulut emmener Fanfaron à la chasse au chevreuil. La Comtesse s'y opposa : ce n'était pas un limier. L'enfant n'insista pas : il commençait à aimer la chasse pour elle-même ; même si à l'inverse de sa mère il y préférait la ruse à la violence. Guetter, s'embusquer, appâter, voilà ce qui l'amusait. Pourtant, il tirait bien — l'œil perçant, la détente prompte. Et s'il manquait parfois son coup, c'est qu'au dernier moment il avait des scrupules d'esthète : « Je le trouve si beau, Maman ! » soupirait-il en ajustant un lapin, — « Mais vous le trouverez si bon dans la marmite », murmurait-elle.

Le fait est que le gibier améliorait leur ordinaire. Des espèces comestibles, ils ne tuaient d'ailleurs que ce qu'ils pouvaient manger. Rien à voir avec ces chasses royales où des courtisans, repus de viandes domestiques, abattent de la viande sauvage, histoire de se désennuyer ! Pour les nuisibles seuls, Madame de Breyves faisait parfois passer le plaisir avant la nécessité : elle exterminait les renards avec délices et les fouines avec volupté ; mais les rapaces, elle ne les exécutait qu'à regret. Elle admirait la noblesse de leur vol, la franchise de leur attaque. Loin là-haut dans les cieux, ils lui semblaient d'une autre espèce que les culs-terreux qui cherchaient à les leurrer, les empaler, et clouaient des chouettes vivantes sur les portes des granges. Faute de distraction, les gens du pays étaient un peu cérémonieux ; la mort est une affaire simple pourtant, même celle des hommes et des oiseaux de proie — pourquoi la compliquer de cruauté ?

Elle, en tout cas, achevait toujours les bêtes blessées — sauf si elle décidait brusquement de les sauver, comme ce grand duc aux oreilles de chat qu'elle avait trouvé au bord d'un de ses étangs, la patte cassée : vivant mais sans défense, effrayé mais solide, apte donc à bien souffrir — une aubaine pour les amateurs de crucifixions ! Elle l'avait caché dans une remise, et nourri trois semaines au jambon cru et au lait. Pour immobiliser ses ailes, elle le plaçait entre ses jambes comme une oie qu'on gave ; elle lui tenait la tête de la main gauche, et de la droite, gantée pour éviter les morsures, enfournait alternativement dans son bec crochu lamelles de viande et lait caillé. Pour le faire boire, elle mouillait son plumage. Malgré tout, elle jugeait la cause perdue : ces oiseaux ne survivent pas en captivité. Bref, un enfantillage ! Auquel elle n'avait même pas l'excuse d'avoir associé Alexis. Trop bavard. Qu'il commît une indiscrétion et on pleurerait deux cadavres : l'oiseau et sa réputation ; car c'était le genre de faiblesse que ses paysans ne lui pardonneraient pas volontiers.

Elle mit l'enfant dans la confidence quand le grand duc fut guéri : avant de libérer l'oiseau, elle voulait obliger Alexis à l'affronter en champ clos. Ce chasseur sans reproche, ce Nemrod, continuait en effet à trembler devant les frelons et les chauves-souris ; et il ne s'aventurait près des ruches qu'encadré de Madeleine et d'Hélène — « mon escorte », disait-il sans gêne. Deux filles ! Pour lui faire honte, elle lui avait donné à copier une pensée de Boileau : « L'honneur est comme une île escarpée et sans bords, on n'y peut plus rentrer dès qu'on en est dehors. » Il ne vit pas le rapport...

Puisqu'il lui était plus facile d'expédier un renard de loin que d'écraser une guêpe entre le pouce et l'index, elle allait lui enseigner le « courage de près ». Du courage il en fallait, maintenant que dans sa remise au plafond bas le grand duc volait... L'unique lucarne était trop étroite pour que l'oiseau pût y passer ailes déployées ; elle dit à son fils qu'elle avait besoin de son aide pour attraper le rapace et le jeter dehors.

Affolé, se cognant aux poutres, battant furieusement des ailes, l'oiseau passait au ras de leurs têtes, le bec ouvert, les serres crispées : il n'avait pas l'air reconnaissant... Fanfaron, blotti dans un coin, jappait comme un perdu ; Alexis, terrifié, rouvrit la porte pour s'enfuir ; mais sa mère restait : il n'eut pas le front de l'abandonner. Accroupi contre le mur, il l'injuria : « En voilà des folies, ramener dans une maison des bêtes de cette sorte ! Mais vous êtes insensée ! Bonne à mettre aux Petites-Maisons ! » Elle ne releva pas l'insolence : la colère est un bon remède à la peur. « Il faut lui saisir les pattes », dit-elle simplement. Et elle ouvrit la lucarne.

« Lui saisir les pattes ! Comme vous y allez ! Mais il me crèvera les yeux, mordieu ! Il me mangera les mains !... Oh, Maman, Maman, le revoilà ! Au secours ! Il va me prendre aux cheveux, il va m'emporter...

— Attrapez-lui les pattes, vous dis-je. Je lui bloquerai les ailes.

— Le beau discours ! Et pourquoi pas l'inverse ?

— Parce que vous n'aurez pas la force de lui replier les ailes.

— Mais je fais dans mes chausses, moi ! J'ai peur ! J'en crève ! Jerni de ma vie, on veut ma mort ! Ouille ! Ouille, ouille, il me griffe maintenant... »

Ils en vinrent quand même à bout — Alexis blême, les cheveux en désordre, les mains écorchées... Sans perdre de temps à le féliciter, elle testa son aptitude à garder le secret : « Ne parlez de cela à personne. Nos gens détestent ces oiseaux...

— Je ne leur donne pas tort !

— Ne comprenez-vous pas pourquoi je l'ai sauvé ?

— Du tout ! Qu'il aille au diable !

— Peu importe... Si nos paysans me croyaient capable de pitié...

— Surtout pour un hibou !

— ...je n'y gagnerais pas en crédit.

— Cela s'entend !

— Puis-je compter sur votre silence ?

— Parbleu ! Pour qui me prenez-vous ? ! »

Il se tut, en effet ; et rien ne vint diminuer la considération que valait à Madame de Breyves sa réputation de dureté.

Une réputation que son habileté à la chasse avait accrue autant que sa fureur au travail et son âpreté au gain. Car, traquant le gibier, elle traquait aussi les braconniers. Pendant les vingt-cinq années où le domaine avait été abandonné, ils en avaient pris à leur aise : ils ne se bornaient plus à poser des collets ; la plupart cachaient de vieilles pétoires sous leur paillasse, et certains jours, à la tombée de la nuit, on entendait des coups de feu près des étangs... La Comtesse commença par désamorcer leurs pièges et couper leurs lacets. Ils pestèrent contre son astuce, mais ils avaient des fusils. Avec un fusil, seigneur ou paysan, « tous égaux ! » Elle n'avait pas les moyens de se payer un garde... On verrait bien !

On vit : elle s'embusqua dans les sous-bois, et des balles — pas tout à fait perdues — emportèrent des chapeaux et frisèrent des moustaches... Elle ne voulait chasser que sur les terres où elle en avait le droit (six cents arpents autour du château), mais elle voulait y chasser seule. Elle y arriva. Naturellement, elle paya la crainte qu'elle inspirait : une de ses granges brûla.

Au village on désigna le coupable sans hésiter : Alexis. On l'aimait bien ce petit, pour sûr, mais enfin, cette manie qu'il avait de jouer avec les bougies... L'accident devait arriver ! Madame de Breyves, si prompte d'habitude à soupçonner son fils, ne songea même pas à l'accuser. Pour elle, le crime était signé : elle avait reçu la réponse des braconniers... Ce n'était pas de bonne guerre ; mais il n'y a pas de bonne guerre. C'était la guerre ; et elle la gagnerait. En attendant elle chassait : une balle pour Necker, une balle pour Panchaud, une pour Beauvais, une pour Foullon, une pour Terray...

Elle entretenait sa haine, puisque l'amour la fuyait : déjà elle ne se rappelait plus la voix d'Henri ; même ses traits s'estompaient, et le portrait, trop mièvre, de Boucher ne l'aidait pas à les retrouver. Elle ne lui parlait plus que rarement ; puisqu'elle ne faisait rien aujourd'hui de ce qui aurait intéressé son mari, qu'elle n'entendait ni musique ni belles phrases, qu'elle ignorait tout des rumeurs de la Cour, elle craignait de l'ennuyer.

Henri, de son côté, n'avait jamais été mêlé au genre de vie qui était le sien désormais : agriculture, chasse, forêts, procès. Aussi pensait-elle de moins en moins à l'y associer : qu'aurait-il pu lui en dire ? Lorsque, seule dans la campagne, elle s'imaginait racontant ses soucis à d'autres, c'était plutôt à son grand-père qu'elle s'adressait, ou à Alexis... Sa manière même de sentir, de raisonner, tournait peu à peu, elle le constatait, à « l'esprit paysan » : chaque jour moins spéculative, plus pratique. Henri en aurait été peiné. Le moment viendrait où, comme dans un mauvais couple, son mari et elle n'auraient plus rien à échanger. Il est difficile de vivre avec un mort : son amour pour lui s'éloignait, aussi vague que le souvenir d'un pays étranger.

Heureusement, la haine lui restait. Une haine pure,

violente. Un élixir, une quintessence, qui se trouvait sans cesse renforcé par le constat de sa misère, les difficultés qu'elle affrontait, les malveillances dont elle faisait l'objet. Pour être sûre cependant de ne rien oublier, ne rien perdre des mauvais sentiments qu'elle éprouvait, elle avait écrit les noms des assassins d'Henri sur un carnet, qu'elle gardait dans sa poche et relisait de temps en temps en se demandant si ces coquins étaient encore en vie. Car nos ennemis meurent aussi. Pas assez vite, sans doute, mais ils meurent. Nos ennemis souffrent aussi. Pas assez souvent certes, mais ils souffrent. Considérer cette mort prochaine, ces souffrances probables, est une consolation dont on ne devrait pas se priver. Mais ce bonheur était refusé à la Comtesse : quatre de ceux qui figuraient sur la liste étaient les cadets d'Henri ; ils lui survivraient longtemps ; quant au cinquième, l'abbé Terray, s'il n'était plus jeune, il occupait des fonctions qui protègent de la décrépitude : ministre des Finances !

Voilà pourquoi, n'espérant pas que le sort se chargerait de ses intérêts, elle cultivait sa colère. Sans songer à se venger : comment l'aurait-elle pu ? Mais haïr constamment, régulièrement, était sa manière de rester fidèle à Henri. Gardienne d'une haine impuissante, elle ne s'accorderait pas de répit tant que ses ennemis respireraient. Et si elle avait recommencé à lire la Bible, c'étaient plutôt les Psaumes, ces poèmes guerriers, que l'Evangile du pardon... Une balle pour Necker, une balle pour Foullon, une balle pour Terray.

Dans cette lutte contre l'oubli, l'hostilité des imbéciles la soutenait. De ce point de vue-là, à La Commanderie, elle était servie ! Quoi qu'elle fît, les gens du pays ricanaient. Décidait-elle de planter des pommes de terre pour nourrir ses cochons ? On riait : chacun sait que rien ne vaut une bonne glandée ! Mais quand elle tirait de sa porcherie deux fois plus de viande que les voisins, on lui en voulait. Suggérait-elle à ses métayers de substituer la faux à la faucille ?

On s'esclaffait : elle allait égrener ses épis, la Parisienne ! Mais quand elle eut rentré son blé avant tout le monde et qu'il plut sur la moisson des autres, on la maudit...

Le comble de l'hilarité fut atteint lorsqu'elle prétendit transformer certaines terres en prés : semer de la luzerne, en voilà une idée ! L'opinion publique trouva là — enfin ! — l'occasion de triompher : une des vaches de la Comtesse s'égara dans cette luzerne discutée, en mangea trop, gonfla, s'asphyxia. La belle perte, et comme elle fit plaisir ! Mais la Comtesse ne renonça pas : le champ de luzerne resta « enluzerné » ; on garda mieux les vaches, c'est tout, et elle apprit à se servir d'un trocart en cas de besoin.

L'adversité la stimulait. En habit d'homme avec ses pistolets, en habit de femme avec ses trousseaux de clés, elle « maintiendrait ». Ses droits, ses terres, son gibier. Pour Alexis. Ni cessions, ni concessions.

Ainsi participait-elle sans le savoir à ce que nos historiens appellent « la réaction nobiliaire » : une classe ruinée, aux valeurs effritées, se raccroche à des privilèges chancelants et se réclame du passé quand elle sent l'avenir lui échapper. Dans le cas de Madame de Breyves, ce retour en arrière parut d'autant plus frappant que, pendant vingt-cinq ans, ses « gens » s'étaient passés de maître... On l'aurait indignée, cependant, en lui parlant de « réaction » et de « nobiliaire ». « Réactionnaire », elle qui ne souhaitait rien tant qu'apporter le progrès à des paysans routiniers, qui prêchait d'exemple, et ne rencontrait qu'antipathie et quolibets ! Et « nobiliaire » ? Qu'est-ce que « nobiliaire » venait faire dans son destin ? L'avait-on jamais vue affolée de titres, entichée d'alliances ? Vêtue en paysanne, parlant le patois depuis l'enfance, qu'avait-elle de commun avec la Cour qu'elle fuyait ? Ou avec ces nobliaux, ses voisins, qu'elle saluait à peine et ne pratiquait jamais ? Qu'on interroge ses métayers, ses ouvriers, ses servantes ! Ils diraient tous qu'elle n'était « pas fière » et que son fils, qui apprenait à lire aux bergères, n'était pas davantage imbu de préjugés ! Quant à Henri... Henri était mort de son idéalisme : il n'avait pas voulu vivre de la chair humaine — dont, en secret, Monsieur de Voltaire trafiquait. Henri croyait au commerce honnête, à l'industrie, à la science : où était le « nobiliaire » là-dedans ?

Nous ne faisons pas l'histoire. Nous sommes faits par elle. Et souvent « refaits ». Elle nous roule, nous embarque. Tout occupés de nos tragédies individuelles, nous ne voyons pas le drame collectif se jouer. A notre insu, il nous enrôle : dans la distribution, plus de « malgré-nous » que de « grâce-à-moi »... C'est contre nos intentions que se créent les sociétés, œuvres anonymes comme les concrétions marines, les dunes, les fjords, et les pièces de Shakespeare. Acteurs involontaires, auteurs inconnus, spectateurs impuissants : ainsi progressent les raz de marée, les glissements de terrain, les révolutions, et l'éducation des enfants — isolé dans son désert, Alexis n'était-il pas déjà, quoi que sa mère pût faire, moins son fils que celui des Lumières ?

14

L'amour des mères est un labyrinthe : Alexis s'y perdait. Mais comment la Comtesse n'aurait-elle pas été touchée des efforts qu'il faisait ? Il apprenait sa mère comme on apprend une langue étrangère. Avec maladresse et timidité. Trébuchant sur les mots, les actes, et cherchant sans cesse la tournure qui lui permettrait de s'exprimer sans offenser les principes de la grammaire maternelle. Pourtant, il les choquait : sa conduite n'échappait au contresens que pour tomber dans le solécisme...

Par exemple il jouait avec les garçons du village. Madame de Breyves l'apercevait dans le parc, attelé à une brouette ; il se laissait mener à coups d'aiguillon. Elle l'interpellait : « A quoi jouez-vous ?

— Je fais le bœuf, répliquait-il tout fier, je tire la charrue !

— Allin, Camaud ! Voué t'en, feignant ! Allin, vieux ! » coupait le gros Sylvain, le fils du meunier, en piquant durement son « bœu ».

La Comtesse prenait son fils à part et lui expliquait qu'un jour il serait le maître de Sylvain et des autres, et qu'il s'y préparait bien mal en se laissant conduire au fouet ; elle n'ajoutait pas que le fils du père Jean, ce Sylvain qui allait sur ses douze ans, était sûrement très conscient, lui, de l'incongruité de la situation et qu'il n'avait pas ainsi partagé les rôles sans un brin de malice. « Ah bon, disait Alexis, rêveur. Alors quand je fais le bœuf, je déroge ? »

Il s'égarait un peu dans ces affaires de préséances, de privilèges et de hiérarchie. Mais il montrait de la bonne volonté : quelques jours plus tard on voyait bien, à l'observer de loin, qu'il était devenu le chef des garnements ; les autres marchaient à quatre pattes et il leur donnait à manger des poignées d'herbe qu'il arrachait ; ou bien, répartis en deux bandes, ils se pourchassaient à travers les buissons en se tirant dessus avec des bâtons, et Alexis, qui menait l'une des troupes, l'emportait nettement.

« A quel jeu vous amusiez-vous cet après-midi ? demandait Madame de Breyves au souper.

— On jouait au maquignon. Je suis le maître maintenant. Je dope mes chevaux : je leur lime les dents, et je leur enfourne un setier d'avoine bien arrosé d'eau-de-vie. Après ça, elle est fringante, ma bête, je vous le dis ! Sacredieu ! Faut voir comme elle piaffe ! Je peux la vendre bougrement cher !

— Et hier ? » poursuivait la Comtesse (prête à tout entendre — au point où on en était !). « Hier, ce jeu où vous vous battiez, qu'est-ce que c'était ?

— Les gabelous. Les gabelous et les faux-sauniers.

— Ah ? C'est un jeu, cela ?

— Oui, faisait Alexis évasif, un jeu d'ici... »

Il faut dire que La Commanderie se trouvait en pays rédimé — le sel y était détaxé — à trois lieues seulement d'un pays de grande gabelle où l'impôt culminait. Les agents de la Ferme — « gableux », « gabelous », « chiens fols » — avaient beau interdire, dans une zone de cinq lieues en avant de la frontière, tout commerce et transport du sel, y contrôler la consommation des familles, et monter la garde le long de la rivière pour empêcher les Marchois « rédimés » d'aller saluer les Berrichons taxés, ils n'arrivaient pas à empêcher la contrebande : quand l'écart est de un à douze entre le prix normal du sel et le prix imposé, il y a trop de profit à passer le gué !

« Et tu gagnais, à ce qu'il me semble... Combien de faux-sauniers as-tu capturés ? », — « Mais aucun, Maman, vous n'avez rien compris : j'étais le chef des contrebandiers ! Ce n'est pas pour ça que j'ai tué tous les gabelous, allez ! On n'est pas obligé de les tuer, ces jean-foutre, on peut les acheter. Vingt sols pour une charge à pied, cinq livres pour une charge à cheval. Vous voyez que je suis un bon chef : je connais le tarif ».

« Parfait, songeait Madame de Breyves accablée, quand mon fils ne déroge pas, il truande ! »

Il insistait, persuadé de plaire enfin à cette mère exigeante, et lui offrant ses péchés comme on tend un bouquet d'œillets : « Vous êtes contente, hein, Maman, que je sois leur chef maintenant ? Et vous savez ce qui arrive : comme chef, ils m'obéissent encore plus qu'avant ! » Ainsi allait leur amour : cahin-caha, de méprise en malentendu. Le fils croyait combler sa mère ; la mère n'osait peiner son fils...

Pour ce qui est des quiproquos, leur visite annuelle à « l'homme noir » de Guéret n'était pas mal non plus. Chaque année, au printemps, Madame de Breyves faisait préparer la calèche ; Léveillé prenait les guides, et ils partaient tous trois pour « la ville », avec un petit bagage car on couchait en route : à l'aller comme au retour, on dormait à mi-côte, à l'auberge de Tirelangue. Ce voyage — son unique aventure de l'année ! — mettait Alexis en joie.

La période, d'abord, était propice à la gaieté. La veille, le village entier avait participé à la plus grande fête religieuse de l'année : les Rameaux. Les Marchois ne croient guère en Dieu ; au diable, un peu plus, mais sans trop... Par prudence, toutefois, ils faisaient de grandes provisions de « buis bénit » : ils arrivaient à l'église après avoir plumé les haies. Ce jour-là tout devenait « buis », même l'aubépine, sans quoi on en aurait manqué ; car il en fallait des fagots, des brassées ; et quand les familles au complet quittaient leurs villages, chargées de branchages, on croyait voir, le long des routes, glisser les forêts.

La messe dite, on passait la journée à sanctifier les terres et les étables ; pour la maison et les enfants, on verrait après, s'il restait du feuillage... Un brin dans chaque pré, un bouquet dans chaque champ, une botte dans l'écurie, et, dans l'étable, une gerbe pour chaque bestiau, solidement fixée à sa place attitrée, au-dessus de la mangeoire... Madame de Breyves avait beau ne connaître du christianisme que ce que le couvent lui avait enseigné — la grimace —, elle se doutait que ces pratiques n'auraient pas reçu l'aval d'un tribunal d'inquisition ! La Marche n'était pas déchristianisée, on ne l'avait jamais convertie. « Pays de païens, fort dégoûtant », maugréait le pauvre curé en empochant sa seule grosse quête de l'année.

La Comtesse laissait à ses domestiques et à Alexis, ravi, le soin de « planter le rameau » sur chaque pièce de terre et de décorer la bouverie, la porcherie, le colombier. Pendant ce temps, enfermée dans la maison, elle succombait aussi à la superstition, mais plus discrètement : après avoir, comme il convenait, honoré la Vierge (un rameau sur la gravure « aux raisins »), elle en cachait un brin derrière le portrait d'Alexis, puis — vite, vite, avant qu'on ne la surprît — un brin encore sous le matelas du petit, et des poignées fourrées en hâte dans son armoire, parmi ses vêtements, comme on y mettrait de la lavande.

Aujourd'hui ce sont les odeurs qu'il faut chasser ; à cette époque c'était le malheur.

La chose faite, Madame de Breyves ne se sentait pas fière : Henri se serait bien moqué de ces puérilités ! Mais c'est qu'elle avait besoin de se rassurer avant d'affronter « l'homme noir », hideux vestige de leur passé...

A l'aller, encore sous le charme des Rameaux, Alexis babillait. Il s'amusait de tout, faisait le singe, la pie, parfois l'âne, bref toute la ménagerie ; il s'étonnait du paysage, trouvait le monde grand dès qu'ils avaient passé le carrefour, et saluait avec cérémonie chaque attelage, chaque passant (« Dis bonjour à ceux que tu croises », lui avait recommandé sa mère sitôt qu'ils avaient débarqué de Paris, « ôte ton chapeau pour les femmes et les vieux », — « Même si je ne les connais pas ? », — « Ils te connaissent, eux. Un seigneur est partout connu. Si tu ne les salues pas, ils te prendront pour un fat, un étourdi, ou un Parisien : trois bonnes raisons de te duper ! »). L'enfant, feignant l'obéissance, en rajoutait : pendant le trajet il faisait des politesses infinies à la moindre gardeuse d'oies, engageait la conversation avec les vagabonds des fossés... La Comtesse se taisait ; Alexis devait penser qu'elle boudait, que peut-être, encore une fois, il l'avait blessée... Oh non, le pauvre, ce n'était pas sa faute si elle souffrait ! Simplement, ce voyage l'humiliait au-delà du supportable. Chaque année, elle se disait qu'elle allait mentir, écrire qu'il n'y avait plus d'Alexis ! Mais elle ne savait pas tricher ; d'ailleurs la force lui aurait manqué s'il avait fallu écrire qu'Alexis...

Au retour, les rôles s'inversaient : l'enfant devenait taciturne, la mine assombrie — finis le voyage, l'aventure, la grand'ville (une « capitale » de huit cents feux !) ; elle au contraire, soulagée, parlait de plus en plus volontiers à mesure qu'on s'éloignait de Guéret. Pour un peu elle aurait chanté : encore une année de gagnée ! Au second « Tirelangue », elle offrait à son fils et son laquais — c'était rituel — des cerises à l'eau-de-vie. Et devant la figure maussade d'Alexis, son silence têtu, elle se disait qu'elle avait dû le fâcher, que décidément ils ne pouvaient passer ensemble deux jours entiers sans se heurter... Le petit ne finissait même pas ses cerises. Il réclamait une oublie, « bien sucrée » ; elle s'empressait ; mais il émiettait son gâteau sur la table sans y goûter. Dieu ! Qu'il était capricieux ! Nourriture, science, principes : il repoussait tout ce qu'elle aurait aimé lui donner. Et soudain, alors qu'un moment plus tôt elle gazouillait, elle se sentait triste, triste à pleurer.

Encore un malentendu. Entre les deux volets de ce petit drame, il y avait « l'homme noir » et son bureau moisi.

Dans les premières années Alexis, tout au ravissement du voyage, ne s'était guère interrogé : il avait dû croire qu'il s'agissait d'un médecin. Puisqu'il s'occupait de sa santé... A chaque visite, en effet, « l'homme noir » le passait à la toise et reportait soigneusement les mesures sur un papier. Il lui regardait les dents aussi, comme à un cheval. Mais le pouls, non ; le pouls ne semblait pas l'intéresser. « Bien, disait-il à la fin de l'examen, nous avons affaire au même. Evidemment, il a grandi. Et il change de dents. Mais ses pieds... Ses pieds, en tout cas, n'ont pas rapetissé. Un détail qu'on oublie souvent lorsqu'on veut substituer un...

— Monsieur !

— Oh, Madame, on voit de tout dans mon métier ! Il est vrai que vous n'êtes pas les bénéficiaires de la rente, ce qui diminue votre intérêt à...

— Monsieur !

— Mais, même dans ce cas, vous pourriez vous être entendus avec le rentier pour... L'Hôtel de Ville et les Etats sont obligés d'être circonspects, Madame. Surtout dans nos campagnes où il est si facile de... Ajoutez qu'il s'appelle Alexis : c'est trop beau ! Quand on a constitué sa rente sur un Alexis, qui vaut même mieux qu'un André, déjà très recherché... Oui, quand on a la chance de tenir un Alexis, on fait l'impossible pour le garder ! L'impossible, croyez-moi, Madame...

— Monsieur, je vous en prie !

— Pardonnez-moi : le métier... »

« Il est vrai, avait-il ajouté à leur quatrième visite, qu'en l'espèce le propriétaire de la rente constituée sur votre enfant semble au-dessus du soupçon — le plus honnête homme du royaume ! Les premières fois que vous êtes venus, je ne savais rien de lui. Alors, la routine... Dame, on me paye pour contrôler ! Mais aujourd'hui ce crédirentier, Madame la Comtesse, est un homme célèbre. Avez-vous lu son "Eloge de Colbert" ?

— Non, Monsieur.

— Il a été couronné par l'Académie. Eh bien, c'est une cervelle, croyez-moi, une grande cervelle que votre Monsieur Necker ! "Le luxe des tableaux, écrit-il, vaut mieux que celui de la musique, et le luxe de la vaisselle que celui des feux d'artifice." N'est-ce pas bien vu ? Ah, nous irions loin si nos ministres avaient l'esprit d'économie de cet homme-là ! Il paraît qu'il nous prépare un ouvrage sur le commerce des grains. Un beau sujet ! Il ne vous en a pas parlé ? J'espère qu'il va nous assaisonner le gouvernement ! Le drame, voyez-vous, c'est qu'on nous ment... Des probités comme Monsieur Necker, il faudrait les pousser vers les sommets ! "Le nouveau Colbert", voilà comme nous l'avons baptisé, nous autres économistes, à Guéret ! Je vous félicite d'être l'amie d'un si grand esprit... Et vous, petit », avait-il ajouté en se tournant vers Alexis et en lui tapotant affectueusement la joue, « gardez-vous en bonne santé pour un si fameux rentier. Ne le privez pas, par des imprudences, d'un bien que le pauvre homme a mérité. »

Sur le pas de la porte, il avait encore ajouté en s'inclinant devant Madame de Breyves : « Permettez-moi, Madame la Comtesse, de vous recommander votre beau garçon : veillez sur lui ! Le climat est rude par chez nous : un chaud et froid est vite attrapé. Couvrez-le, surtout couvrez-le ! Pour Monsieur Necker... » Quand elle sortait de là, Madame de Breyves avait envie de tuer son propre enfant !

Elle se souvenait du moment où Henri avait constitué cette rente — à l'origine, au profit d'Alexis. Il n'avait que trois ans. Le Comte lui avait donné des explications qu'elle n'exigeait pas : « Comme certains de mes placements risquent de n'être pas tout de suite fructueux, j'ai décidé de mettre une part de votre fortune en valeurs sûres. J'achète deux rentes viagères que je place sur ma tête et celle d'Alexis. Savez-vous que, pour un banquier, Alexis serait une bonne affaire ? Le hasard de son baptême ! Les arrérages ne sont pas réglés à date fixe, mais dans l'ordre des prénoms, les A premiers servis. C'est un défaut d'organisation qui fait que chaque année les Adeline et les Aimé gagnent plusieurs mois d'intérêts sur les Pierre et les Thomas.... Il va de soi que les gros rentiers ont trouvé la parade : ils engagent des prête-noms — on se vend très cher quand on s'appelle Abel ! Notre Alexis n'aura pas besoin, Dieu merci, de recourir à ces fourberies... »

La paresse et la routine des bureaux n'avaient d'égales, en effet, que l'ingéniosité des prêteurs. Le roi de France, royaume catholique, renâclait-il devant le prêt à intérêt ? On lui inventait la rente viagère qui est sans péché. La rente n'est plus du prêt, pas davantage une retraite ni une assurance-vie : c'est de la vente mâtinée de loterie. Une bonne âme offre sa fortune au Trésor royal ; en contrepartie le Roi ou ses représentants ordinaires sur le marché, Hôtel de Ville, Etats provinciaux, s'engagent à servir à l'acheteur, sa vie durant, une petite pension dont le montant est fixé par contrat, sans référence coupable à un amortissement ou un intérêt. Si le bénéficiaire vit longtemps il a gagné, s'il meurt tôt il a perdu.

C'est simple, mais on peut compliquer : en pariant, par exemple, sur la tête d'un autre — celle de sa femme, de ses enfants, d'une personne célèbre. Ainsi « constituée » sur un tiers, la rente devient négociable : on la lègue, on la revend, à charge pour le nouvel acquéreur de prouver au débiteur que « la tête » d'origine est toujours sur ses épaules... On pouvait même — le progrès ! — faire un cocktail de têtes. Très à la mode au début des années quatre-vingt, le cocktail de têtes royales : qui pouvait, mieux qu'un jeune prince, être protégé de l'accident et de la maladie ? Qui, sinon trois ou quatre princes ? Le risque est divisé d'autant... Le fin du fin dans le genre, c'était de gager sa rente sur le Roi, la Reine, et le duc d'Orléans. Le sort se plaît à déjouer nos calculs les plus subtils : quand en 93 les trois « têtes » tombèrent, l'Etat éteignit d'un coup huit cent cinquante mille livres de rentes annuelles — le ministre des Finances venait de trouver le moyen de couper court...

Mais à l'époque où le comte de Breyves délaissait ses Etrusques pour les banquiers, on n'en était encore qu'à la rente familiale. Et à la tontine, viager à prime : on attribuait aux survivants les rentes éteintes par le décès des autres participants. Comme aux cartes, pour rafler la mise, il suffisait d'éliminer ses concurrents ! Tontines de grands vieillards, tontines sur les enfants à naître — votre enfant est mort-né, vous avez perdu ; votre femme accouche de jumeaux, vous avez droit à une action gratuite ! Les Suisses, déjà, étaient les plus forts à ce jeu-là : aux paris sur la durée de la vie ou la proximité de la mort, les dignes citoyens de Genève « prêtaient qui sa tête blanchie, qui le ventre béni de son épouse, et tous leurs petites-filles »...

Et nous voilà ramenés à Monsieur Necker, banquier genevois. Ne l'accablons pas : ce n'est pas lui qui avait suggéré au comte de Breyves de placer une partie de son capital sur la tête de son fils — un vrai placement « de père de famille », peu dans le genre des financiers... Necker s'était borné à racheter — à bas prix — cette rente au comte de Breyves à l'heure de l'hallali. C'est donc pour lui assurer un profit que la Comtesse devait, chaque année, faire constater l'existence d'Alexis. Elle avait parfois l'impression de n'élever son fils que pour engraisser la banque Necker et Cie. Et les méthodes du notaire chargé d'attester que

« la tête » tenait toujours, ces méthodes de maquignon et de mère maquerelle, n'adoucissaient pas
l'épreuve.

Bien sûr, avant l'empreinte digitale et la photogra-
phie, s'assurer d'une identité n'allait pas de soi ; a
fortiori avec un enfant qui grandit. Et, faute d'état
civil, pas moyen non plus d'éviter la formalité de « la
présentation ». Seulement, « l'homme noir » exagérait, traitant sa pratique en tas de viande : il pesait
l'innocent pour mieux prélever sa livre de chair...
Tout, d'ailleurs, chez ce domestique des puissants
dégoûtait la Comtesse : son antre sombre, son costume de croque-mort, son teint de suie, ses ongles en
deuil, et son odeur de putois. Encore un qu'elle aurait
ajusté de bon cœur !

Surtout quand il vantait la pureté, le désintéresse-
ment de Monsieur Necker... Ne retrouvait-il pas les
termes mêmes qu'employaient la clique et la claque
du banquier ? Le baron de Grimm, auteur raté, et le
long cortège des abbés athées, Morellet, Raynal,
Arnaud, Galiani, qui processionnaient chaque vendredi chez les Necker parce que, dans la banque protestante, on fait gras les jours maigres... Tous ces
clercs chantaient les mérites du banquier sur le ton
que leur donnait la banquière : « Si je me hasardais
de peindre ce qu'est ce mot "désintéressé" appliqué à
l'âme de mon époux, confiait-elle à qui voulait
l'entendre, je ne parlerais pas de la noblesse de ses
procédés, ni de ce qu'il y a de grand dans son mépris
de l'argent. Je n'en parlerais pas, car ces vertus appartiennent tellement à Monsieur Necker que je rougi-
rais d'en faire l'éloge : loue-t-on une vestale de sa
chasteté ? »

A son tour, le comte de Breyves, impressionné, y
allait de sa petite chanson. Au début de 68 encore,
quand Necker, devenu représentant de la République
de Genève auprès du Roi, avait renoncé à sa banque
pour satisfaire à la demande de Choiseul, notre
« principal ministre », il s'extasiait : « N'est-ce pas
admirable ? Du jour au lendemain il s'est séparé de la

maison qu'il avait formée ! Il a abandonné tout le fonds à son associé, ne s'y est réservé aucun intérêt. Pour mieux servir le bien public ! Le croiriez-vous ? » Non, elle ne le croirait pas, elle ne le croirait plus. Mais, à l'époque, elle le croyait puisque Henri le disait...

Lui, vertueux par nature, vertueux avec sobriété, n'en était pas encore à se défier de la vertu affichée. Vivant en grand seigneur, enrichissant ses collections, convaincu que ses affaires allaient aussi bien qu'on le lui affirmait, il n'avait, dans les premières années de son héritage, changé ni d'idées ni d'occupations. Mais peut-être, déjà, de fréquentations. Le comte de Caylus mort, plus personne ne vint parler chez eux de Louis XIV, de Fénelon, ou de la réception de l'ambassadeur de Perse — splendeurs d'un temps aussi éloigné désormais que celui d'Alexandre. Et comme si Caylus, en mourant, avait emporté la grandeur avec lui, les autres « antiquaires » se firent plus rares eux aussi. On voyait encore, lorsqu'il passait à Paris, Scipione Maffei : quand il n'écrivait pas des tragédies, le Marquis poursuivait ses recherches sur les Étrusques et avait toujours avec Henri des controverses passionnées. Mais peu à peu ses visites s'espacèrent, et aux historiens se substituèrent les hommes d'affaires.

Madame de Breyves ne s'avisa du changement que le jour où son mari lui demanda comme une grâce de recevoir Madame Necker, la femme du banquier. Pour avoir été invitée deux ou trois fois dans la somptueuse demeure que les Necker louaient rue de Cléry, la Comtesse connaissait la dame ; mais elle n'éprouvait aucun élan pour cette fille de pasteur, pimbêche, guindée, ampoulée — une « préceptrice », qui donnait aux littérateurs beaucoup d'argent et leur empruntait beaucoup d'esprit, dans l'espoir d'être un jour admise par la bonne société.

« Elle n'est pas sotte, pourtant, dit Henri.

— Peut-être. Mais c'est une machine à galimatias. Sans naturel et sans grâce. Je voudrais qu'on me la simplifiât ! Et puis je la trouve ridicule, à toujours peindre son gros mari comme un Céladon !

— Sans doute n'est-il pas Céladon, mais il est l'un des syndics, et le principal banquier, de la Compagnie des Indes...

— Et qu'est-ce que cela nous fait ? Vous avez avancé de l'argent à la Compagnie, vous en touchez les dividendes. Cela va tout seul, et rien ne vous contraint à vivre avec les facturiers et les comptables de la maison ! Vous n'êtes pas leur obligé, que je sache ! Ce seraient eux plutôt, à qui vous donnez de l'emploi, qui vous auraient de l'obligation. »

Pour la première fois depuis qu'ils étaient mariés, Henri s'était fâché : « La finance, ma chère amie, ne marche pas si simplement que vous croyez ! Monsieur Necker fait chaque jour pour la Compagnie des choses extraordinaires, dont les actionnaires doivent lui être reconnaissants. En tout cas, même si vous le trouvez de basse mine et de trop petite naissance » (c'était une pierre dans son jardin — elle fut surprise que son mari, si délicat, eût osé la jeter sur ce terrain), « l'homme mérite quelques égards. Vous recevrez sa femme. » Sans discuter davantage, la Comtesse obéit ; elle pria Madame Necker de lui rendre visite un après-midi et prit avec elle du chocolat — c'était boire deux fois le calice...

Parmi leurs nouveaux commensaux, il y avait encore Isaac Panchaud, autre banquier. Panchaud était, si l'on veut, plus drôle, moins pontifiant que le gras Necker mais, fils de drapier, arrivé depuis peu d'Angleterre, il sentait encore la boutique. Quelle rage poussait Henri à introduire ces gens chez lui ? Quel plaisir prenait-il à leur conversation ? Certes, les grands n'en étaient plus à mépriser les financiers : en quelques années les Turcaret s'étaient dégrossis ; la petite Crozat était devenue duchesse de Choiseul, la jeune Le Normant marquise de Pompadour, et la femme d'un autre fermier, Lalive d'Epinay, tenait un salon réputé. Seulement il y avait loin, dans la hiérarchie sociale, d'un financier à un banquier. Le premier — fermier général, receveur — maniait les fonds de l'Etat, prélevait les impôts, prêtait au Trésor ; il trafiquait de l'argent du Roi, ce qui lui conférait une sorte de dignité. Le second ne trafiquait que de l'argent des particuliers : on le mettait à peine au-dessus d'un marchand... Entre les deux, il y avait plus qu'un changement d'échelle : un changement de nature. Pas besoin d'être un grand politique, en effet, pour sentir combien il est plus noble de détourner les fonds publics que de voler des espèces privées...

Le comte de Breyves ignorait les préjugés, c'est une affaire entendue. Mais de là à s'aboucher avec des banquiers ! Malgré la modestie de ses propres origines, la Comtesse s'en étonnait. Comme elle s'étonna bientôt de voir son mari se lier avec le jeune vicomte de Beauvais — d'excellente naissance quant à lui, mais de bien mauvaises mœurs. Aussi spirituel que dénué de scrupules, Beauvais vivait au Palais-Royal dans l'entourage du duc de Chartres, qui ne passait pas pour un prince des vertus. « Sans doute, convint Henri, mais le Vicomte est un esprit original, audacieux : n'a-t-il pas introduit en France ces courses de chevaux qui passionnent les Anglais ? Et pour le Palais-Royal, dont l'entretien coûte cher, il a une idée : ouvrir des boutiques dans les jardins... comme à Pompéi, autour des thermes ! Lui aussi, d'ailleurs, est actionnaire de la Compagnie. Il m'a rapproché du duc de Charost qui monte à Roche-la-Molière une manufacture de minerai du plus haut intérêt : nous manquons de fonte et d'acier dans ce pays... Voyez les Anglais !

— Toujours les Anglais... Je crois que j'aimais mieux les Etrusques ! En tout cas, je trouve Beauvais plus content de lui qu'il n'est permis ! Ce n'est pas assez que d'être une canaille, il faut encore être modeste !

— Mon cher cœur, vous n'entendez rien à l'économie politique. »

Il y a deux façons d'être sage : comme un vieux philosophe revenu de tout, ou comme un enfant auquel on a dit de se tenir droit sur sa chaise. Breyves, tout stoïcien qu'il se voulût, appartenait à la deuxième catégorie. Erudit tombé dans la finance, il n'était qu'un petit garçon que la fréquentation du passé avait habitué à respecter des règles qui n'étaient plus de saison. Dans cet « Emile » tellement à la mode l'année où elle attendait Alexis, la Comtesse n'avait trouvé qu'une phrase sensée, qu'elle se répétait souvent avant de gronder son fils : « Vous voulez qu'il soit docile étant petit, c'est vouloir qu'il soit dupe étant grand... »

Elle savait que les arbres taillés gagnent en force ; mais que ce ne sont pas les branches malingres que les tempêtes abattent. Aussi, quand elle s'interrogeait sur l'éducation, se sentait-elle incapable de conclure, ni de s'élever aux généralités : de même qu'elle ne possédait pas « deux cents arpents de terre » mais le champ de la Buige, bon pour le blé, ou la lande du Repaire, à peine suffisante pour les moutons, de même hésitait-elle à parler de « l'enfance » là où elle ne voyait que « des enfants ». Autant de terrains, qu'on ne saurait cultiver à l'identique.

« Personne n'est remplaçable », avait-elle expliqué à son fils un jour qu'il lui reparlait de Jeannette et qu'elle repensait à Henri, « parce que chacun est unique. Comme si Dieu essayait toutes les clés... Toi aussi, tu es une clé. Une clé unique qui n'ouvre qu'une seule porte. Cherche la porte ! » Ce message, lancé dans le feu de la conversation, passait au-dessus de la tête de l'enfant. S'il en comprit quelque chose, ce fut à sa manière : « Je ne suis pas une clé, Maman chérie ! Je serai serrurier... Pour fabriquer des fausses clés et ouvrir plein de coffres. »

Il était comme une rivière qu'on détourne : elle retrouve toujours sa pente.

V

« *J'ai vu trancher les jours de ma famille entière*
Et mon époux sanglant traîné dans la poussière...
Mais que ne peut un fils ? »

(Andromaque, III, 6)

15

Dans les Lettres on peut ne pas aimer le style Louis XV. Abstrait jusqu'à la famine. Plus d'os que de moelle, plus de nerfs que de cœur : une cervelle sur un squelette ! Des idées sans chair, des mots sans substance. Ce n'est jamais, par exemple, un innocent qu'on assassine, mais « l'innocence » qui est persécutée. On hésiterait à tuer un innocent, mais l'innocence... L'innocence ne peut-elle céder à la raison d'Etat, à la grandeur de la Nation ? A la Vérité, à la Gloire, à la Justice, à la Liberté — bref, aux majuscules ? D'autant que « l'innocence », cela ne saigne pas, cela ne pleure pas, cela ne crie pas... Cette pureté de style devait nécessairement déboucher sur une épuration, ce décharnement sur des charniers.

Madame de Breyves, pour sa part, avait l'impression que son mari avait succombé aux majuscules : innocent à minuscule, il s'était sacrifié au Royaume, à l'Honneur, à la Fidélité, et même — comble de la candeur — au Progrès.

Quand avait-il commencé à s'alarmer ? En 66 ? « S'alarmer » est un grand mot, mais il était préoccupé ; l'obscurité des comptes de la Compagnie des Indes, le retard qu'elle mettait à verser les bénéfices promis, pouvaient troubler en effet.

Frécourt avait légué à sa fille trois cents actions de cette Compagnie, achetées vingt-cinq ans plus tôt. Mais en vingt-cinq ans, il y avait eu deux guerres avec les Anglais ; et le commerce des Indes s'était interrompu. Pour reprendre ses activités la société avait besoin d'argent frais ; Breyves, qui venait d'hériter, n'osa se dérober : comme il n'avait pas encore vendu les plantations ni touché le prix promis par les « Messieurs de Saint-Malo » sur ses parts de négriers, il dut, pour remplir ses « devoirs d'actionnaire », emprunter à un fermier général. Mais il croyait à l'avenir des Indes, et la Compagnie lui plaisait : les assemblées réunissaient la meilleure société — le marquis de Castries, le duc de Duras, le comte d'Estaing, le duc de Charost, le vicomte de Beauvais. On aurait cru un bal à la Cour ! Surtout, c'était de cette noblesse anglomane, entreprenante et sans préjugés, que Breyves aimait : puisqu'il ne leur était permis ni de faire du commerce ni de labourer, ces jeunes seigneurs engageaient bravement leur patrimoine dans « la manufacture » et les Compagnies à privilège du Roi — tout ce que l'édit de 1701 ne punissait pas de dérogeance et qui se révélait si nécessaire à une nation moderne. Aussi hardie en affaires qu'elle l'était autrefois à la guerre, cette noblesse éclairée ferait bientôt mentir le vieil adage « On ne peut avoir la main à l'épée et la main à la bourse ».

Quand, un an plus tard, Breyves toucha ce que lui devaient les armateurs, et le premier acompte sur la vente des plantations, le cours de l'action des Indes avait doublé ; de plus en plus entiché d'une affaire qui se relevait si vite, le Comte racheta sept cents titres. Et s'il fut contrarié quand la première expédition ne laissa aucun bénéfice, il ne le montra pas : « Rien de plus naturel : on a trouvé nos comptoirs détruits. Pondichéry devenu en quatre ans un repaire de serpents ! Et Chandernagor à peine accessible aux barques : du cabotage ! »

Finance ou navigation, Breyves méprisait ce qui n'était pas hauturier — il lui fallait de l'air pour ses voiles, de la mer pour ses flottes... Avec l'Inde, il avait de quoi ! Aussi parlait-il de Mysore et de Coromandel avec autant d'enthousiasme que de Rome et d'Athènes ; depuis que, par les hasards d'une succession, il s'était trouvé intéressé à cette partie du monde, il avait beaucoup lu et beaucoup rêvé. La Comtesse l'écoutait passionnément ; sauf quand il retombait dans « l'intendance » comme une mouette s'abat dans une basse-cour : « Il nous faut d'abord réparer les ports, renouveler la flotte. Ce qui demandera du temps et des fonds. Monsieur Necker s'en occupe... Quel habile homme ! Et que de scrupules : parce qu'il est le banquier de la Compagnie, il ne touche plus ses jetons de présence !... Mais si nos retours de la Chine dégagent un bénéfice et que la deuxième campagne...

— De grâce, Henri ! Ne me parlez plus de calfatage, de cargaisons, et de millions ! La tête me tourne ! Ne me dites qu'une chose : êtes-vous inquiet ?

— Non, certainement.

— Moi non plus, appuya Beauvais. Je tiens ferme sur mes actions. Et je balance mon risque par quelques bonnes sûretés : les emprunts des provinces. Oui, Comte, j'embrasse les fonds publics : le viager, c'est ma nourrice ! Tenez, le Trésor vend de la rente au denier dix, sans distinction d'âge. Pourquoi n'en prenez-vous pas ? » Voilà comment Henri avait placé sur sa tête en « Etats du Languedoc », et sur la tête d'Alexis en « Hôtel de Ville de Paris »...

Quand elle voyait son mari s'enfoncer ainsi dans des décomptes d'intérêts, la Comtesse s'étonnait : elle avait espéré s'élever jusqu'à lui, jamais qu'il pût s'abaisser jusqu'à elle. Elle se rassurait pourtant puisqu'il lui affirmait que c'était l'affaire de deux ou trois années : il voulait seulement lui faire regagner ce que son beau geste lui avait fait perdre. Le prix des esclaves et des bateaux négriers. Dès qu'il aurait restauré, par des moyens honnêtes, la fortune de sa femme, il achèterait des terres (« J'arrondirai mon fief, et cette Commanderie que vous tenez de votre grand-père »), quelques maisons aussi, et de nouvelles statues.

A force de parler bâtisses et collections, brusquement il n'y tint plus ; en 1767, il offrit à la Comtesse une « maison des champs » : à Argenteuil, dans un parc semé de pagodes chinoises et de fausses ruines... Cette « folie » serait parfaite pour Alexis : le grand air de la campagne, le lait bu au pis des vaches, le protégeraient des maladies. Chaque jour, sa vie devenait plus précieuse : Diane perdait tous les enfants qu'elle attendait.

On installerait le petit à Argenteuil six mois de l'année ; ses parents iraient l'y embrasser ; on donnerait des soupers dans la salle à manger que Vernet décorait de marines représentant l'entrée à Lorient des derniers vaisseaux de la Compagnie : le « Marquis de Castries », le « Duc de Duras », et le « Marquis de Sancé ». « Regardez », dit Henri à son fils qu'il tenait à bout de bras pour lui faire admirer sur la toile le détail des gréements, « ce sont mes navires, ils portent les noms de mes amis ; dans cinq ans nous en construirons un plus gros, qui portera mon nom, le vôtre : le "Comte de Breyves" ! »

Parce qu'il fallait que cet enfant n'eût sous les yeux que de beaux objets, le Comte, à la grande joie de sa femme, se remit à chasser les « curiosités ». Comme il s'engageait en même temps dans les affaires de Panchaud, ce banquier suisse au passeport anglais, lui-même actionnaire de la Compagnie, il emprunta à un deuxième fermier.

Qu'on n'y voie pas une preuve de légèreté : il n'est pas si facile, quand on est riche, de vivre sans emprunter ! Il faut pouvoir profiter des occasions, anticiper sur une rentrée, retarder une vente... La famille la plus riche de France, les princes de Conti, n'était-elle pas aussi la plus endettée ? La conduite du Comte, dont les rentes étaient bien choisies et les espérances solides, n'inquiétait pas ses créanciers ; même si, pour l'heure, les intérêts diminuaient son revenu. Pour garder le train de vie d'un grand seigneur — quatorze domestiques, loge à la Comédie-Française, à l'Opéra, six chevaux dans l'écurie, et quarante mille livres pour la cuisine et l'office (dix-sept bouches à nourrir !) — il se trouvait un peu plus à découvert en 67 qu'en 66, et en 68 qu'en 67. Rien d'alarmant, cependant : une seule campagne sur l'Inde au niveau d'avant-guerre aurait remboursé d'un coup toutes les dettes contractées.

Ce n'était pas par maladresse qu'Henri s'était ruiné, mais par indulgence. Non qu'il fût d'un optimisme béat sur l'humanité ; mais, quand il se voulait amer, son pessimisme tombait à faux. Il croyait les hommes infidèles en amitié, plats devant les princes, lâches au combat : tout ce qu'il avait lu dans Tacite et dans Suétone. Mais les défauts propres aux hommes de son siècle — cupidité, canaillerie —, ce Romain ne les voyait pas.

Le dix-huitième est balzacien avant la lettre : il monnaye. Derrière l'écran des amours, des intrigues et des idées, il compte. Les amants, les philosophes, les bandits, les filles galantes, tout le monde compte. Les physiocrates comptent pour la nation (un grain de blé, deux grains de blé...), les politiques comptent contre le Roi (une défaite, deux famines, trois maîtresses) et les agioteurs comptent à part. L'Ancien Régime ne meurt pas de vieillesse, il meurt d'une crise financière. Sous l'éclat des bons mots et la fantaisie des dentelles : l'argent. Une fois soulevés les falbalas, écartée l'épée des Messieurs, retroussés les jupons des dames, que trouve-t-on avant la chair promise ? Les poches. Les grandes poches accrochées à la ceinture, les poches si vastes qu'on peut y enfourner une tabatière de carton verni, un mouchoir bleu, un livre de piété, une boîte à poudre, un cœur en métal, trois rubans volés, quatre lettres d'amour, un reçu des Enfants Trouvés, six billets de loterie, dix pamphlets, et un sac d'écus. Pour comprendre les hommes de ce temps, il faut les délester du surplus pour atteindre le sac d'écus...

C'était contre les principes du comte de Breyves : « Je ne suis pas un vide-gousset ! répétait-il à d'Agincourt qui le mettait en garde. Et l'honneur là-dedans ?

— Gardez-le dans votre escarcelle : c'est une monnaie qui n'a plus cours. »

D'Agincourt était une rareté : un fermier général « antiquaire ». Double nature qui lui avait permis de rester l'intime du comte de Breyves quand celui-ci, entraîné par son héritage, vint s'échouer dans la finance.

Madame de Breyves aimait beaucoup d'Agincourt, que Caylus leur avait présenté peu avant sa mort : curieux de tout, il avait fait le pèlerinage de Ferney, herborisé avec Rousseau, étudié les sciences avec Buffon et la peinture avec Van Loo ; maintenant il ne jurait plus que par Rome et l'architecture. « Encore dix ans, disait-il, et j'abandonne ma place de fermier » (c'était sans exemple pour un homme en bonne santé !). « Je veux vivre à Rome et me donner tout entier à une grande Histoire de l'art depuis la décadence de l'Empire... » La Comtesse riait : « Vous, d'Agincourt ? Vous ne sauriez vous passer de Paris ! », — « Je m'en passerai fort bien si vous me faites connaître Winckelmann, l'homme de Pompéi. Quand partons-nous ? Ah, j'oubliais, c'est vous qui n'osez vous éloigner : la Compagnie ! Les affaires, les intrigues, la trésorerie de la Compagnie... »

D'Agincourt plaisantait Breyves sur ses placements, même s'il n'en savait rien de précis : le Comte, parce qu'il était l'aîné du fermier et son maître en matière d'antiquités, n'aurait jamais songé à lui demander des conseils financiers. L'autre, pourtant, l'avait alerté sur quelques-uns des hommes qu'il fréquentait. Necker en particulier.

La Comtesse se souvenait de cette soirée à Argenteuil où l'apprenti antiquaire avait abordé le sujet : elle était au lit (elle venait encore une fois de perdre l'espoir de donner un frère à Alexis) ; pour la distraire, Henri lui avait amené son jeune ami. Ils étaient assis dans leurs fauteuils, au bord de son alcôve, et elle voyait le profil du petit fermier se découper sur la clarté de la fenêtre : pauvre d'Agincourt, il avait le nez terriblement retroussé — il ressemblait au duc de Choiseul, et tous deux à des carlins ! Mais justement, c'est comme on aime un animal familier qu'elle l'aimait.

« Votre Monsieur Necker vendrait son âme au diable, insistait le jeune homme. Et il ferait bien : il changerait du fumier pour de l'or !

— Comment pouvez-vous dire des choses pareilles ?

— Je les dis parce que je les sais ! Et vous, savez-vous comme il a commencé sa fortune ?

— Non, je n'y étais pas...

— Eh bien, j'y étais presque ! Cet homme, qui parle à tout propos de sa vertu comme les femmes galantes parlent de leur chasteté, a débuté dans la carrière par un coup de maître — et de maître fourbe ! En achetant Sainte-Foy, premier commis aux Affaires étrangères, il a su avant tout le monde les conditions auxquelles la France vaincue allait traiter à propos du Canada : malgré l'abandon du Québec, le Roi rembourserait les billets qu'on avait signés aux commerçants de la "belle province". Quand Necker apprit cette négociation secrète, il racheta ces effets à vingt pour cent de leur valeur, et, par crainte que sa ruse fût éventée, les envoya à Londres où il les fit présenter par un compère : Bourdieu, de la banque Bourdieu-Chollet... Plus fort : ayant promis à Sainte-Foy un tiers des bénéfices pour les secrets que le coquin lui livrait, il refusa de s'exécuter ! Il prétendit avoir revendu trop tôt. Sainte-Foy prit des informations et établit que Necker avait fait deux millions de profit. Mais le Suisse ne lui lâcha pas un sou : "Je ne vous crains pas, Monsieur, dit-il. Nul ne peut, devant un juge, invoquer sa propre turpidude"... Voilà-t-il pas un grand homme ? Du reste, je ne l'ai vu que dans des friponneries : il vit du sang des blessés, achève les mourants. Tremblez de le voir à votre chevet ! »

Mais Henri ne tremblait pas : le courage est une vertu de gentilhomme... Les deux amis parlèrent d'autre chose : des frontons antiques qu'ils aimaient, du gothique qu'ils découvraient. Madame de Breyves leur fut reconnaissante de laisser la banque pour les cathédrales...

Aujourd'hui, elle ne voyait plus les choses sous le même angle : les cathédrales, elle s'en moquait ; assise sur la terrasse de La Commanderie, face aux montagnes et aux étangs, elle lisait, sans en passer une ligne, « L'Eloge de Colbert » qu'elle s'était fait envoyer par un cabinet de lecture de Guéret : il faut nourrir sa haine.

Dans l'ouvrage qu'il avait écrit — ou fait écrire —, Monsieur Necker, étudiant les qualités requises pour administrer les finances de l'Etat, les trouvait si diversifiées « qu'elles semblent, pour ainsi dire, hors de la domination de la langue » : ne fallait-il pas réunir « l'étendue à la profondeur, la rapidité à la justesse, la sagacité à la force », sans parler de la probité et d'une « vie domestique exemplaire » ? « Ici, concluait l'auteur, s'élève une clameur : quel homme, demande-t-on, peut atteindre à ces perfections, quel homme depuis Colbert en approcha jamais ? » La Comtesse croyait entendre le lecteur s'exclamer : « Mais Monsieur Necker, Monsieur Necker bien sûr ! N'a-t-il pas deviné l'âme de ce grand homme par la sienne ? »

Ainsi le bandit ne se contentait pas d'être le plus riche banquier de la place, il ne lui suffisait plus de s'offrir une bourriche de philosophes à chaque dîner ni de se loger au château de Madrid, ancienne demeure des rois de France : il lui fallait, en prime, devenir ministre des Finances — Premier ministre, qui sait ? Elle l'avait pris, jusqu'alors, pour le prince de la canaille ; maintenant elle comprenait qu'il était aussi le roi de la réclame. En joignant les deux, dans ce siècle on allait loin...

16

« Quand ton père aura fini d'être mort, est-ce qu'il reviendra te voir ? » demandait la petite Hélène, l'« escorte » qui allait sur ses sept ans. Des compagnons d'Alexis c'était la seule qui fût encore, cet été-là, assez jeune pour jouer ; les autres travaillaient dans les champs, du matin au soir. Elle insistait : « Qu'ou revindju t'vér, co se porribe, to sas !

— Non, Hélène, expliquait patiemment Alexis, quand on est mort, on ne se souvient plus de l'endroit qu'on habitait, on ne se souvient plus des enfants qu'on avait, on ne se souvient plus. Et puis, tu vois, on ne peut même plus marcher... Non, Hélène, quand on est mort, on ne revient jamais.

— Là qu'ou-z-est ? Din le cimetière ?

— Je ne crois pas. Pas dans ce cimetière-là. Ni dans notre église. Parce qu'à mon avis on n'enterre pas les nobles si près des paysans : cela les ferait déroger... Mon père est un trop grand seigneur ! »

De son balcon Madame de Breyves entendait les enfants parler : ils avaient organisé au bord de la terrasse une course d'escargots qui devait laisser sur le granit bleu le même sillage argenté que les étangs dans la vallée.

L'été, les pièces d'eau semblaient, comme ce soir, couleur de deuil : velours noir et broderies d'argent. Leur flot ne verdissait qu'au printemps. Il était rare, en tout cas, que leur surface reflétât le paysage : seulement s'il n'y avait pas de vent et que le soleil, un peu voilé, ne dispensait qu'une lumière douce — au crépuscule, en fin de saison... Madame de Breyves aimait ses étangs, miroirs d'illusions du matin au soir, de l'hiver à l'été. Les jours de grand soleil, quand le lac scintillant coulait comme une rivière, et qu'il suffisait d'un souffle pour rebrousser ses rides et inverser le sens du courant. Les jours de gel, quand il se couvrait d'une carapace écailleuse où le reflet des nuages jetait des taches violacées. Et par temps de pluie, quand la brume grignotait les berges et que l'averse, en soulevant des vagues écumeuses dans les roseaux, faisait voir la mer au bout du jardin...

Dans ces moments-là la Comtesse aurait bien remercié Dieu de sa Création. Dommage qu'il y eût ajouté la créature ! A vouloir trop en faire...

Ce soir, tout annonçait l'orage : un ciel de plomb ; sur le pré une lumière jaune, rasante ; et au premier plan, devant le grand étang, ce bouquet de bouleaux sur lequel tombait un rayon si blanc qu'on aurait cru les arbres éclairés par la lune. Feuillages inertes, air croupi, morte saison, saison des morts : l'été... Madame de Breyves, accablée de chaleur, avait envie, comme à dix ans, d'offrir son corps à la pluie qui viendrait ; envie de se baigner dans l'étang — glisser sous son couvercle de moire argentée, sentir contre sa chair la palpitation des hautes herbes, froisser, en nageant, la soie qui s'enroule autour des bras telle une caresse... Cette envie de nager dans l'étang comme lorsqu'elle était enfant la tenaillait depuis des mois ; surtout les nuits de pleine lune, quand elle voyait le lac s'offrir au loin avec des reflets d'opale. Mais elle y résistait : avec ses habits de chasse, elle passait pour bizarre ; baigneuse, on l'aurait crue sorcière !

Quelle paix, d'ailleurs, chercher au fond des eaux ? Quel repos, entre tueurs et proies ? Quelle sérénité, tissée d'agonies ? Nous nageons avec volupté, la mort nous presse de tous côtés... Ainsi en allait-il des insouciants actionnaires de la Compagnie en cette année 68 qui vit le début de leur fin.

Pourquoi se seraient-ils inquiétés, les innocents ? En mars le nouveau syndic désigné, l'abbé Terray (un parlementaire, ami de Necker chez qui il dînait tous les vendredis), avait présenté les comptes ; et ces comptes étaient bons : la dernière vente de Lorient avait, paraît-il, rapporté dix-sept millions. Sur les conseils du petit Beauvais, Breyves acheta, sans plus attendre, de la rente garantie par la Caisse des Arrérages : quoi de plus sûr que des fonds publics pour compenser les aléas du commerce indien ? Mais Panchaud, qui cherchait toujours du liquide pour ses affaires, fit observer au Comte que ce placement pourrait n'être pas si assuré que Beauvais le disait : « Je ne trouve pas de bon augure que le Roi en soit à emprunter à dix pour cent aux particuliers ! Une banqueroute publique n'est jamais à écarter...

— Monsieur, vous êtes étranger. Un Français ne saurait mettre en doute la parole de son prince. Concevez-vous un roi assez cruel pour ruiner huit cent mille rentiers ? Que faites-vous de la conscience, Monsieur ? » Panchaud n'en faisait pas grand-chose. Mais il obtint ce qu'il voulait : Breyves remit un peu d'argent dans ses affaires — forges et mines d'asphalte.

Six semaines plus tard, coup de théâtre : la Compagnie des Indes, ayant refait ses comptes, annonçait qu'elle ne verserait pas un liard ! Non seulement, en dépit des promesses faites par Terray, les actionnaires ne toucheraient rien sur les ventes de l'année, mais si l'on voulait préparer les armements de la prochaine expédition il fallait s'endetter... Cette fois, le comte de Breyves, atterré, parla de l'incident à d'Agincourt. « Je ne sais ce qu'il y a là-dessous, dit le fermier. Quelque intrigue de votre ami Necker peut-être, assisté du triste Terray... Il vous faudrait davantage d'actionnaires, une nouvelle souscription qui vous mette, une bonne fois, la tête hors de l'eau.

— Monsieur Necker s'y est toujours opposé, disant qu'on trouverait par l'emprunt autant de ressources qu'on voudrait...

— Je n'en doute pas ! Pour un banquier, le bon client est celui qu'on peut étrangler sans l'asphyxier tout à fait... Mais il y a plus singulier : pourquoi votre Monsieur Necker accepte-t-il qu'on fasse vendre à Lorient toutes vos cargaisons ? Vous ne pouvez trouver là-bas qu'un petit nombre d'adjudicataires, qui s'entendent contre vous... »

Sur-le-champ Henri se mit à un mémoire pour convaincre les directeurs de vendre les marchandises dans la capitale : armé de documents sur la liquidation des cargaisons, il compara le prix du poivre dans les épiceries de Paris au prix du poivre sur les quais de Lorient... Il empilait des bordereaux par-dessus ses médailles antiques. Absorbé par la rédaction de son placet, tout juste s'il avait le temps de saluer d'Agincourt lorsqu'il passait. Ce dernier, réduit à la seule compagnie de la Comtesse, plaisantait sur le renversement des situations : appliquant au Comte les lieux communs que débitait la vieille noblesse sur la roture financière, ceux-là mêmes dont les aristocrates le gratifiaient d'ordinaire, lui le bourgeois, le vilain mal savonné, « ne trouvez-vous pas, demandait-il en riant, que cet homme sent d'une lieue la finance ? On dirait un fermier général... Je lui trouve, comme à eux, la figure "sèche, dure, vulgaire" ! Et puis "Breyves"... "Breyves" c'est un nom de terre, n'est-ce pas, ce n'est pas un nom noble ? », — « Que voulez-vous, répliquait en souriant la Comtesse, votre grand homme vit entre Pondichéry et Lorient ! Perché dans la mâture, il ne voit plus personne, pas même son fils. »

Le petit habitait Argenteuil, mais le Comte hésitait à quitter Paris où il se trouvait en relations constantes avec les autres actionnaires ; et quand, à la mauvaise saison, Alexis regagnait l'hôtel du Marais, on l'exilait dans l'autre aile pour qu'il fît moins de bruit.

Un soir pourtant, l'enfant, malade, fit appeler ses parents : il voulait des contes, pour endormir sa fièvre. Après avoir brodé sur un récit des "Mille et une Nuits", Henri passa aux fables de La Fontaine, mises à la portée de leur auditeur. Il en vint à l'aventure du loup et de l'agneau : il montra le loup buvant au-dessus de l'agneau, mais l'accusant de troubler son breuvage « car vous êtes la perfidie incarnée ! ». Il fit, d'une voix plaintive, la réponse du jeune animal ; puis il reprit, d'une grosse voix, les accusations du loup : « N'avez-vous pas bêlé il y a deux ans pour éveiller les pasteurs quand mon grand-père, ce saint homme de loup, attaquait, fort doucement cependant, votre bergerie ? C'est votre faute, cruel, si les bergers l'ont assommé ! », — « Il y a deux ans, Monseigneur ? murmurait l'agneau tremblant, comment l'aurais-je pu, je n'ai que deux mois... »

Et voilà soudain l'enfant qui sort de son lit, les yeux brillants, se jette au cou de son père et, d'une voix entrecoupée : « Oh, Papa, crie-t-il, je vois que vous allez me dire que le loup mangea l'agneau. S'il vous plaît, dites-moi qu'il ne le mangea pas ! » Henri changea la fin de l'histoire : des chasseurs survenaient ; on massacrait le loup ; et l'agneau — qui ne serait jamais gigot — gambadait pour l'éternité dans des prairies parfumées...

On peut changer la fin des contes, pas le cours du destin. Pourtant, durant quelques semaines, le spectre de la catastrophe parut s'éloigner. Les acquéreurs des plantations réglèrent à Henri ce qu'ils lui devaient encore ; pas en liquide, il est vrai, mais en billets des fermes, payables à un an avec intérêt. Dans le public ces billets, répandus par millions, se négociaient comme une monnaie. Le Comte décida d'en attendre l'échéance.

Mais, dès mars, nouveau désastre : il fallait trouver dix-huit millions pour faire face aux échéances de la Compagnie, ou la déclarer en faillite ! L'assemblée des actionnaires, indignée, chargea Panchaud de vérifier les comptes. Il vint chaque soir souper chez les Breyves.

Rien de tel qu'un banquier pour démasquer un autre banquier : « Quel syndic désintéressé que notre Monsieur Necker ! Il refusait les jetons d'or, rappelez-vous ! Mais dans le même temps il faisait avec la Compagnie les marchés les plus malhonnêtes : loteries et billets noirs qui lui valaient tous les mois des provisions de banque, des courtages... et des remerciements ! Les piastres nécessaires à nos paiements, ne nous a-t-il pas proposé de les acheter à Cadix, plutôt qu'à Paris ? De Cadix on tire sur Londres, de Londres sur Hambourg, de là sur Amsterdam, et enfin les banquiers d'Amsterdam présentent la fac-

ture à notre caissier de Paris : voilà un an de gagné...
Mais à quel prix, Monsieur le Comte ? Cette promenade n'enrichissait que nos banquiers : cinq commissions, cinq courtages, sans compter les différences de change ! »

Panchaud portait sa perruque comme un bonnet — tantôt enfoncée jusqu'aux yeux, tantôt sur l'arrière de la tête, laissant passer un bandeau de cheveux noirs. Dès qu'il s'énervait, cette perruque mal fixée se donnait du mouvement : la seule évocation des « cinq courtages » lui fit faire un quart de tour... « En 68, il nous faut une nouvelle expédition de piastres. Et voilà notre bon génie qui, au lieu d'acheter sa monnaie en Europe, acquiert aux Indes les créances qu'y détiennent les Anglais. Et par l'entremise de qui, s'il vous plaît ? Bourdieu de Londres, bien sûr ! » La perruque, soulevée d'indignation, fit un demi-tour de plus. « Bourdieu et Necker, depuis l'affaire du Canada, c'est Castor et Pollux ! Les deux doigts de la main ! Une main qui fouille nos poches, car Monsieur Necker a réglé son ami Bourdieu sur la base d'un taux de change inouï, double du cours ordinaire ! Sur vingt millions de billets rachetés, huit millions de profit pour Bourdieu-Necker — et autant de perte pour la Compagnie ! Quel être inestimable ! » La perruque fit un tour complet...

La Comtesse suivait la discussion avec difficulté, mais elle aimait trop Henri pour ne pas éprouver, jusque dans son corps, l'inquiétude où ces nouvelles le plongeaient. « Combien nous manque-t-il pour continuer l'activité ? demanda-t-il d'une voix sans timbre.

— Trente millions...

— Trente ! Mais où les trouverons-nous ?

— Nous ne les trouverons pas.

— Monsieur, est-ce possible ? Une Compagnie avec privilège du Roi, en faillite ? Quelle honte pour la nation ! Et quelle ruine ! J'y perds une fortune !

— Hélas, à qui le dites-vous ! Ma banque est actionnaire : je n'ai pas les plumes au sec ! »

La Comtesse, qui, pour suivre son mari, vivait au rythme des échéances de la Compagnie et avait transformé sa table à ouvrage en comptoir de banque, s'inquiéta : « Mon ami, je sais que, pour donner l'exemple, vous vous êtes engagé à seconder Panchaud et Beauvais au cas où le capital de la Compagnie serait augmenté. Mais où prendrez-vous cet argent ?

— Ne vous alarmez pas, mon cœur, je le trouverai. Même si je dois vendre mes collections ! J'ai engagé ma foi à mes amis.

— Votre foi ! N'auriez-vous pu vous contenter de votre parole ?

— Mais, Diane, il y va de la grandeur de la France ! Si nous arrivons à écarter Monsieur Necker... »

Ils n'y parvinrent pas. Face à Breyves et Panchaud, « radicaux » et pessimistes, le Genevois parut si conciliant, si lénifiant ! Non, non, pas de souscription, pas d'hypothèque, pas de dissolution, pas d'amputation : c'est à pleins baquets qu'il versait l'opium aux agonisants. « Le croiriez-vous, Madame ? fulminait Henri, notre proposition a été huée, et le nouveau projet d'emprunt de Monsieur Necker adopté par acclamations ! », — « Pardonnez-moi, mon ami, mais pourquoi ne vous retirez-vous pas de cette affaire ? Vendez ! », — « Je ne puis. Nos débats ont eu trop d'éclat : sur la place, nos actions sont retombées à neuf cents livres... »

Les hommes vont chercher leur malheur bien loin : pour s'être mis en tête de faire « ravoir » à sa femme une fortune qu'elle avait déjà, celui-là se trouvait désormais partagé entre les principes contradictoires qu'on donne pour règle à l'actionnaire, « Tant qu'on n'a pas vendu, on n'a pas perdu » et « Mieux vaut se couper une main que se couper un bras »... Dans le doute il tint bon : même si on devait un jour liquider la Compagnie, ne restait-il pas aux actionnaires un bel actif à réaliser — les comptoirs, les vaisseaux, les ports, les cargaisons en route vers Lorient ?

Perspectives qui ne l'empêchaient pas de se tourmenter : l'abbé Morellet, le plus méchant des « famé-liques » que Necker nourrissait (ses commensaux l'avaient surnommé « Mords-les »), préparait, disait-on, un mémoire assassin sur la situation de la Compagnie. « Cependant, s'étonnait le Comte, je ne vois pas pourquoi Monsieur Necker, après avoir prolongé la société, paierait ce plumitif pour la tuer.

— Parce que les actionnaires commencent à se rebeller, répliqua Panchaud, et qu'il ne pourra plus saigner longtemps un animal indocile ! Mais il garde intérêt à en conduire l'autopsie : pour qu'il ne soit rien dit de ses trafics... »

Necker avait encore une meilleure raison d'atta-quer la Compagnie du dehors : sachant que les actifs de la société excédaient son passif et qu'une liquida-tion laisserait du revenant-bon, le banquier « forçait les voiles », il affolait les places pour laisser Bourdieu de Londres — le Castor du Pollux — ramasser les créances des fournisseurs à la moitié de leur valeur et les actions au tiers de leur nominal... Car, sitôt publié le réquisitoire de Morellet, les cours, pour le plus grand profit des deux compères, tombèrent encore plus bas que pendant la guerre : sans rien dire des prélèvements du « ministre de Genève », l'abbé Morellet ne démontrait-il pas que la Compagnie avait travaillé à perte depuis cinq ans ? « Mieux vaut pour les actionnaires, concluait-il, perdre leurs premières mises que d'investir de nouveaux capitaux dans la Compagnie ».

Les Bourses ne pouvaient qu'être stimulées par de pareilles analyses ! Dans les rues, des crieurs ven-daient « La pompe funèbre de feue la Compagnie des Indes ». Pour satisfaire les armateurs de Nantes et de Bordeaux qui réclamaient depuis des lustres le droit de concurrencer la société nationale, le ministre des Finances somma la Compagnie de justifier son monopole sous huitaine. Les directeurs n'avaient pas le temps de refaire les comptes. Monsieur Necker, feignant alors de parer d'une main le coup qu'il por-tait de l'autre, lut aux actionnaires, convoqués en hâte, une « Réponse » au mémoire. Ni riposte ni contre-attaque : l'éloquence convenue d'un éloge funèbre, quand rien de ce que dit l'orateur ne donne à regretter le défunt... Néanmoins, le geste parut noble, l'attitude chevaleresque : beaucoup — dans les bureaux de Nantes, de Londres et de Bordeaux — surent gré au banquier de défendre une cause perdue sans chercher à la sauver... Quant aux autres, ils remarquèrent que Monsieur Necker n'était pas seulement un beau parleur, mais un grand chrétien : il pratiquait sur-le-champ le pardon des offenses puisque, pendant toute cette période, il n'avait jamais cessé, chaque vendredi (ses « Vendredis gras »), de s'asseoir à la même table que l'abbé Morellet, fossoyeur de la Compagnie...

Le 13 août, le Roi suspendit le privilège et ordonna la liquidation. La première carte venait de glisser : elle allait entraîner le reste de l'édifice... Le 23 septembre, on annonça la faillite de la Banque Panchaud.

« Je vois bien que vous allez me dire que le loup mangea l'agneau. S'il vous plaît, dites-moi qu'il ne le mangea pas ! » Quand ses souvenirs la ramenaient là, la Comtesse avait envie, elle aussi, de supplier qu'on enveloppât l'agneau dans un rideau de fumée, qu'on l'enlevât sur un nuage. Tout arrêter, se boucher les oreilles, se voiler la face, s'enfuir.

Mais ce fut Panchaud qui s'enfuit, laissant un passif d'un million et demi. Actionnaire de la Compagnie, il avait vu l'actif de sa propre banque brutalement réduit par la chute des actions des Indes et avait englouti dans cette spéculation les forges montées avec Breyves et Charost...

Dans la grande salle de La Commanderie, la « salle de compagnie » aux boiseries rongées par les vers, Madame de Breyves soupira. Pour chasser les ombres du passé, celles qui s'infiltrent certains soirs et s'installent dans le recoin des âmes comme de mauvaises fumées, elle ne regardait plus à la dépense : pour elle seule, deux flambeaux d'argent posés sur la table à gibier, entre la vieille pendule et une bonbonne de vinaigre (la « pièce » tenait autant de la resserre que du salon noble), deux flambeaux brillant de toutes leurs bougies, deux soleils dans la nuit. Mais rien n'y faisait, ni la lumière ni la chaleur. Les ombres s'accumulaient et elle avait les mains glacées : la nouvelle de la ruine d'Henri, de la mort d'Henri, de la fuite d'Henri, n'avait pas vieilli... Alors, quittant sa bergère, la Comtesse s'agitait, s'affairait, s'étourdissait : elle rangeait sa corbeille à ouvrage, inspectait ses placards, alignait ses casseroles, calculait ses impôts, empilait des chemises, pliait des draps, et se récitait à haute voix des déclinaisons oubliées. N'importe quoi pour couper le fil de ses pensées. Car on ne peut affronter les malheurs que comme on défait les Curiaces : en ordre dispersé. Il n'est pas sage d'embrasser tous ses ennemis d'un coup d'œil ; Necker, Panchaud, c'était assez pour aujourd'hui. La trahison de Terray, la perfidie de Foullon, la désertion de Beauvais, elle les remettait à la semaine prochaine ou au mois d'après : soufflant les bougies, vidant sa mémoire, elle montait se coucher. Et affronter la nuit, qui est un autre combat. Plus rude puisqu'on n'y est pas le maître de ses armées. Mais plus doux lorsque, à l'instant d'engager la bataille, un autre sommeil, tendre et complice, vous précède dans le rêve et, apaisant vos craintes, éclaire le terrain. Depuis peu, dans ce combat des nuits, Madame de Breyves avait un allié.

17

« *Pour Maman adorée — à ouvrir vite, atez vous* » : le papier était plié en deux et, comme chaque fois, maladroitement cacheté, avec un peu de cette cire de bougie que le fripon faisait couler sur le bois des

tables et le marbre des cheminées. A l'intérieur :
« *Cher Maman adorée, je voudrais que vous regardiez sur mon cahier si n'y a pas trop de faute pour ma conjugaison du curé, à part cela je ne veus plus faire de latin, embrassez moi dans mon lit. Mille gros baiser. Alexis.* »

Maintenant qu'elle avait résolu d'envoyer son fils se coucher à des heures plus convenables, Madame de Breyves, quand elle avait fermé ses livres de comptes ou ses traités d'agriculture, trouvait presque toujours un message dans sa chambre, posé sur son oreiller : « *Pour Mamans* » (avec un « s »— la veille, au moins, il n'en mettait pas), « *billé assez mal écrie, excusez moi Maman.* » Très mal écrit même, un chat aurait fait mieux ! Mais il y avait des cœurs dessinés autour de « l'adresse » (si maigres qu'on aurait dit des asperges) et des roses (qui avaient l'air d'artichauts). Des cœurs et des roses partout... Elle décachetait. « *Cher Maman, n'oubliez pas de me réveiller a propos des souris.* » Malgré la chasse et la capture du grand duc, il restait assez poltron pour trembler devant les serpents, les araignées, les rats, les guêpes et même les moustiques : chaque matin il inspectait soigneusement ses sabots pour vérifier qu'une punaise ne s'y était pas glissée, chaque soir il débordait draps et couvertures pour s'assurer qu'aucun loir n'y était niché. « *Pour les souris la souricière en a pris une dans ma chambre, oté la s'il vous plait. Et embrassez moi.* » De nouveau un cœur, puis « *Bonne nuits* » (avec un s !), « *et surtout embrassez moi* ».

Malgré elle, elle se rappelait les petits billets qu'Henri glissait autrefois sur sa coiffeuse ou dans son manchon : en les dépliant, elle trouvait une violette séchée, un poème, ou — lorsqu'il se croyait encore la fortune d'un financier — des boucles d'oreilles, un collier de perles, des ciseaux en or, une miniature sur ivoire, une rose de soie...

Doucement elle ouvrait la porte d'Alexis, posait son bougeoir sur le coin de la cheminée, et le regardait dormir. L'été, les boucles mouillées de sueur, à demi découvert, il avait l'air d'un Cupidon peint par Fragonard : un peu voyou... Cet hiver, la tête cachée sous son bonnet, il ressemblait au Petit Poucet. Elle le rebordait, posait sur son cou un baiser léger et murmurait : « C'est ta Maman, Alexis. Je suis venue, je suis là » ; au pied du lit Fanfaron grognait, mais le petit se retournait sans même se réveiller. Elle continuait pourtant de le rassurer à mi-voix : les mots qu'on dit tout bas aux enfants endormis ressemblent aux prières qu'on adresse aux dieux : même si personne ne les entend, si personne ne les exauce, c'est toujours un peu d'amour qui passe dans l'air... Or, quand, pour un moment, elle cessait de haïr, Madame de Breyves recommençait à avoir envie d'aimer.

Ce soir-là, pour fuir ses souvenirs, elle avait travaillé tard sur un mémoire de ses paysans qui prétendaient s'exonérer du droit de « lods et ventes » qu'elle leur imposait ; en montant, elle eut la surprise de trouver sur son oreiller, à côté de l'habituel billet d'amour — « Pour Maman adorée »—, un autre genre de missive : celle-là, dépliée, portait une écriture serrée, aussi soignée que la « ronde » d'un tabellion. Elle s'approcha : c'était bien, en effet, l'écriture d'un homme de loi. Un avocat. Il parlait des témoignages à rassembler dans le procès qui l'opposait à sa voisine, la baronne de Raguenet. Mais, curieusement, il lui en parlait comme s'il s'agissait de témoigner contre ses propres intérêts. Abasourdie, elle laissa son regard remonter jusqu'à l'en-tête : « Madame la Baronne »... Elle retourna le papier : il était adressé à Madame de Raguenet ! Par quel prodige se trouvait-il ainsi sur son lit, décacheté ?

Elle parvint, en y réfléchissant, à reconstituer un bout du parcours de cet étrange billet. De novembre à mars, la malle-poste ne passait pas par le village, dont la route restait coupée par les neiges. Les lettres adressées aux châtelains du pays, la poste les déposait à l'auberge, sur la grand-route ; et des enfants, auxquels on donnait quelques sous, se chargeaient ensuite de les porter à leurs destinataires. Presque illettrés, ils avaient sans doute confondu deux paquets et laissé chez la Comtesse les missives qu'attendait Madame de Raguenet. Si à la cuisine c'était Torchon, la sourde-muette, qui avait reçu le courrier, pas de danger qu'elle s'aperçût de l'erreur ! Jusque-là tout se tenait.

Ensuite, quelque chose clochait : Torchon — s'il s'agissait d'elle — aurait posé la lettre sur le secrétaire de la Comtesse, dans le petit cabinet attenant à la chambre ; pas sur les coussins du lit ! Surtout, elle ne l'aurait pas décachetée... Une seule personne dans la maison avait l'habitude de transformer les oreillers de Madame de Breyves en écritoire et boîte à lettres : son fils. Mais il savait lire, lui ! Pourquoi aurait-il ouvert un pli qui portait une autre adresse ? Elle n'ignorait pas qu'Alexis était indiscret — écoutant aux portes, furetant dans les armoires, soulevant le couvercle des pots, et toujours le premier informé des ragots du village, le mieux renseigné sur les amours cachées et les magots enfouis. Trop curieux certes, mais pas au point de violer le secret des correspondances !

Elle soupira : quel que fût l'auteur du méfait, comment s'y prendre maintenant pour restituer à son adversaire une lettre aux cachets brisés ? Au moment où elle s'interrogeait, elle s'aperçut que le sceau n'était pas rompu : il était resté accroché à un bord de la lettre, comme s'il s'était simplement décollé de l'autre côté... Peut-être s'agissait-il d'un accident ?

Elle allait souffler sa bougie lorsqu'elle songea qu'il serait dommage de ne pas profiter d'une occasion qu'elle n'avait pas créée. Elle relut avec attention le « poulet » de l'avocat. Elle y trouva la confirmation de ce qu'elle craignait : la Baronne payait leur juge plus qu'elle... Même si elle raffolait des déserts et savait à quoi s'en tenir sur le genre humain, Madame de Breyves n'était pas Alceste : aussi bonne que fût sa cause, elle ne tenait pas à la perdre ! En matière d'épices, négligeant « la beauté de la démonstration », elle se conformait strictement aux usages.

Mais elle était dix fois moins riche que la Baronne : la lutte n'était pas égale.

Pourtant elle s'était battue ; et le juge, tout corrompu qu'il fût, demandait maintenant, puisqu'il était payé des deux côtés, à asseoir sur quelques témoignages le jugement qui condamnerait les Breyves : la forme voulait, disait-il, que, dans ces procès d'usucapion, on s'appuyât sur « les dires des sachants ». Et l'avocat de la Baronne, le meilleur de la sénéchaussée, fournissait à sa cliente la liste des paysans dont il convenait d'obtenir l'attestation.

Quel stratège n'a pas intérêt à connaître les plans de l'ennemi ? La Baronne avait les moyens d'acheter cher les juges ; la Comtesse n'avait les moyens que d'acheter bien les témoins. Il fallait profiter de l'aubaine. D'autant que, passant la première, elle les aurait à meilleur prix. Dès demain, emmitouflée, elle se mettrait en chasse, et, dans deux jours, convoquerait l'huissier. Quand passerait le prochain courrier et que la lettre, remise dans le circuit, parviendrait à sa destinataire, il serait trop tard : la Comtesse aurait coupé l'herbe sous le pied de la Raguenet ! Cela ne suffirait pas à lui faire gagner son procès, mais c'était autant de pris sur l'adversité ! Elle s'endormit, persuadée que Dieu ou le hasard lui voulaient enfin du bien...

Au matin, par acquit de conscience (la conscience lui revenait au matin, avec l'image d'Henri), elle fit appeler Alexis. Elle était encore au lit, lui en chemise ; il se roula dans les couvertures et les coussins avec des roucoulements : « Un baiser, un baiser s'il vous plaît...

— Sais-tu qu'hier, Alexis, j'ai trouvé une drôle de lettre là où tu poses les tiennes ?

— Elle venait de moi aussi... Un baiser !

— Non, elle ne venait pas de toi. Et elle ne m'était pas adressée.

— Je sais : on l'envoyait à votre ennemie, la vilaine sorcière de Raguenet !

— Et par quel mystère est-elle arrivée sur mon lit ?

— Oh, "un mystère" ! Mais ce n'est pas un mystère, Maman ! J'ai tout arrangé. Je me trouvais dans la cuisine avec Torchon quand le courrier est arrivé. L'auberge avait envoyé le vacher de La Tristerie. Pas mauvais gars, mais godiche ! Il ne sait ni A ni B ! Ou plutôt il ne sait qu'A et B, c'est ce qui m'a aidé. Torchon lui a servi le coup de l'étrier. J'ai vu que dans son sac il restait des lettres pour quatre ou cinq maisons : sur celle du château de Raguenet, j'ai reconnu l'écriture des procès. Pour vous il n'y avait que le livre de, d'abo..., comment dit-on déjà ?

— Abonnement. Le livre du cabinet de lecture ? En effet. J'avais emprunté pour toi "Robinson Crusoé"...

— Sur votre paquet le nom commençait par un B — Breyves, forcément... J'avais montré le B au benêt, je lui avais dit "Breyves", il avait fait "Pardi !" en haussant les épaules, comme un malin. Dans sa besace il y avait aussi une lettre pour Babet, de son amoureux...

— Elle a un amoureux ?

— Mais oui ! Il est en condition à Glenic. Alors il lui écrit... Au vacher j'ai montré le "B" de Babet, j'ai dit "Breyves". "Pardi !" Il répétait toujours "pardi", cet ahuri ! De "pardi" en "pardi" je suis arrivé à la baronne de Raguenet, j'ai montré le "B" de Baronne. "Pardi !" Il m'a tendu la lettre, et il a fini son verre... Voilà : il m'a donné la lettre, Maman ; je ne l'ai pas volée, vous voyez !

— Alexis, si tu n'as pas volé ce petit vacher, tu l'as trompé !

— Il s'est trompé, Maman. Il s'est trompé tout seul, je vous jure...

— Ne jure pas ! Et la lettre était décachetée ?

— Ah, non, gémit l'enfant. Non, non, malheureusement... J'ai dû me donner un mal !

— Mais d'où t'est venue une idée pareille ? Comment as-tu pu... ?

— Dame, on n'englue pas le diable comme un merle à la pipée ! C'est du travail ! J'ai eu l'idée quand

Babet m'a obligé à nettoyer les taches de cire que j'avais faites sur la cheminée en jouant avec les bougies. Si je grattais les gouttes refroidies avec un couteau, je rayais le marbre, elle se fâchait. Alors Léveillé m'a dit d'essayer avec un rasoir, en chauffant la lame au feu. J'ai fait glisser le rasoir, la cire venait toute seule... Après, j'ai pensé qu'en étant très soigneux on pourrait ramollir aussi les cachets des lettres pour les détacher. Je me suis exercé sur les billets que je vous écrivais. Vous vous souvenez ? Je les ai toujours cachetés. Pour pouvoir les décacheter, et les recacheter avant de vous les donner...

— Tes lettres, je m'en moque, Alexis ! Mais il n'est pas permis de décacheter ainsi le courrier des autres ! C'est malhonnête, c'est scandaleux ! Du vol !

— Non, Maman, pas du vol puisque le Roi le fait. Picard à Paris, Picard m'a dit que le Roi ouvre toutes les lettres. De sorte qu'il sait tout. Et personne ne le punit.

— Le Roi, c'est différent ! Les rois font ce qui leur plaît... Et puis, il y a des raisons... des raisons d'Etat. Mais nous ! As-tu fait ce, cette sorte de choses souvent ? Pour les lettres des autres, j'entends...

— Oh non, Maman, pas souvent ! Rassurez-vous ! »

Elle respira : même s'il mentait pour minimiser sa faute, c'était bon signe. Il prenait conscience d'avoir mal agi.

Par malheur, soucieux d'être complet et flatté d'être écouté, il ne s'arrêta pas là : « Je ne le fais pas souvent, précisa-t-il, parce qu'il y faut un temps... un temps énorme ! Surtout pour recacheter sans que ça se voie. Même si la difficulté dépend de la personne : Babet, par exemple, ne s'aperçoit jamais que je lis les lettres de son Jeannot. Il lui écrit des choses si drôles, Maman, vous ririez !... Mais d'ordinaire, pour que personne ne se doute de rien, l'affaire est rude ! Alors, peste, quand on y arrive, on sent... un bien-être incroyable ! »

Madame de Breyves, accablée, se laissa retomber

sur ses oreillers. Si elle n'avait pas été couchée, les bras lui en seraient tombés ! Cet enfant n'avait pas la moindre notion du bien et du mal... Comment avait-elle pu, abusée par ses larmes et ses baisers, croire à sa sensibilité ? Inconscient de l'avoir choquée, il continuait à fanfaronner : « Embrassez-moi, Maman, embrassez votre petit bandit ! »

Comme elle ne bougeait pas (elle l'aurait plutôt chassé à coups de pied), il se cacha derrière un coussin, puis réapparut en louchant : « Est-ce que je louche bien ? » Le pire, c'est qu'elle avait encore besoin de ses services pour réparer le mal : il fallait reconstituer le cachet de l'avocat de Guéret !

Elle assista à l'opération avec honte et admiration : il chauffa la lame, amollit par contact la partie du cachet qui portait à faux, jeta sur le papier une goutte de colle à poisson (« pour être sûr que le cachet reprenne, car on ne peut réchauffer la cire autant qu'on voudrait »), puis, sur le papier préencollé, il appuya — avec un chiffon — le cachet ramolli en s'efforçant de ne pas le déformer. « Il n'y a qu'un risque », conclut-il (en honnête faussaire, il ne cachait rien des aléas du métier) : « le risque qu'au moment où on voudra le briser, ce cachet ne se rompe pas. Qu'il s'arrache. Mais d'après moi, pour s'en aviser, il faudrait déjà avoir des raisons de se méfier... Maman », reprit-il, soudain inquiet, « est-ce que tout ce travail ne vous a pas servi ? N'y avait-il rien de secret dans les papiers de la vieille Raguenet ? »

Oh, si ! Et la Comtesse appliqua, point par point, le plan de campagne qu'elle avait conçu : qu'avait fait d'eux ce siècle de loups ?... Mais, pour finir, elle punit Alexis : ne devait-elle pas montrer à cet enfant que, dans un monde où tous les coups semblent permis, il reste pour un gentilhomme des bornes à ne pas passer ? Certaines « voleries » conduisent à la Cour, d'autres à la potence : il importe de les distinguer... Pour détournement de courrier, l'héritier des Breyves fut condamné à recopier cinquante Pater et cinquante Ave. En belle ronde de procès. De plus, la

Comtesse décida qu'il accorderait au curé ce que, par paresse, il avait toujours refusé : il chanterait la messe de Noël. Puisque le prêtre assurait — l'ingénu ! — qu'il avait une voix d'ange...

Le jour venu, elle mit au puni son dernier costume noble, doublure de soie, cape de velours, ceinturon, épée : si Dieu existe, rien n'est trop beau pour lui...

Il faisait froid, il faisait nuit. La petite église était glacée ; l'assistance, trop maigre pour la réchauffer : en dehors des Rameaux, seules les femmes fréquentaient la messe ; les hommes participaient au « progrès des idées » — ils attendaient la fin de l'office au cabaret, en vidant des chopines. Ce soir-là, ils trinquaient si bruyamment que leurs éclats de voix couvraient les patenôtres du curé. Madame de Breyves, assise sur le banc seigneurial, au premier rang de l'assistance, n'était elle-même capable que d'une dévotion distraite. Tout occupée d'Alexis, que le curé avait placé debout à gauche du chœur, elle tremblait qu'intimidé il ne mélangeât les paroles des cantiques ou ne fit une fausse note.

Accompagné d'un violon, il chanta d'abord le Magnificat. Sa voix avait la nonchalance des ruisseaux, l'élégance des cascades. Il chantait sans forcer ; comme on respire. Quasi sans bruit. Au point que, lorsqu'on en arriva aux cantiques a capella, la Comtesse craignit que cette voix si pure ne fût couverte par les rires du dehors, le choc des gobelets et des chopes. Mais dès qu'Alexis commença les vieux chants français — « Entre le bœuf et l'âne gris, dort, dort, dort le petit fils »—, le silence s'étendit sur le village comme une chape de neige. On entendit seulement, à la fin du premier couplet, le grincement du vantail qu'on poussait ; et les hommes, étonnés, restèrent là, massés sur le parvis. Alexis chantait « Mille chérubins, mille séraphins volent alentour de ce grand dieu d'amour », et tous, soudain, entendaient le battement des ailes, sentaient la douceur des plumes : il leur donnait les anges à toucher...

Après la communion, il se rassit au banc de sa

mère. Elle regarda, stupéfaite, cet étranger, aussi différent d'elle dans sa perfection qu'il l'était dans sa vulgarité. A la sortie, on s'empressa pour la féliciter : « Oh, Madame la Comtesse, dit la femme du charron qui exprimait le sentiment général, quand cet enfant chantait, j'ai cru que je m'envolais ! Quelle voix, quelle voix merveilleuse ! Il deviendrait un saint que ça ne m'étonnerait pas ! » Un saint ? Non sûrement, de ce côté-là on ne risquait rien ! L'aurait-elle souhaité d'ailleurs ? Les saints, on sait comment ils finissent ! Bafoués, torturés, pendus ! Un ermite à la rigueur... Oui, un ermite, elle aurait bien aimé.

Mais Alexis n'avait pas plus la vocation de la solitude que celle de la musique : il vivait encore comme les oiseaux du ciel — dans l'illusion de la fraternité et l'ignorance de son art.

18

Les saints, la vie des saints, la mort des saints, leur agonie lente et déchirante comme celle des carpes, cette agonie où, à chaque instant, l'air et l'espérance leur sont plus mesurés, à certaines heures Madame de Breyves les détestait ; parce que la détresse des justes la décourageait, parce que leur mort l'épuisait. Elle aimait mieux penser que leur martyre, ils l'avaient bien mérité. En punition de leur orgueil, de leur entêtement, de leur insolence dans la foi. Excès de confiance en Dieu ou de confiance en soi. Henri, par exemple... Pourquoi fallait-il qu'il transposât toujours à la finance les principes de la guerre ou de la science ? La bravoure, la fidélité, l'intégrité, l'exactitude.

C'est avec stupeur qu'après la faillite et la fuite de Panchaud la Comtesse avait appris que son mari avait, un an plus tôt, offert sa caution au banquier —

sous prétexte qu'ils étaient devenus frères d'armes dans le combat qui les opposait à Necker ! Quand on lui avait dit que les créanciers de l'Anglais réclamaient au Comte trois cent mille livres de garantie, elle s'était étonnée de la naïveté superbe de la vieille noblesse. Mais plus étonnée encore de son propre sang-froid. De quoi s'agissait-il ? Du quart de sa fortune ? Eh bien, on ferait un trait dessus ! Et pour ne pas manger le fonds avec le revenu, on mènerait moins grand train : on vendrait le carrosse ; plus d'Opéra, plus de Comédie, plus de Versailles, plus de « grand habit ».

Le Comte, de son côté, essaya de gagner du temps en vendant ses collections ; d'Agincourt racheta les pièces rares, et Breyves affecta de prendre l'affaire à la légère : « Je me lassais des marbres. Trop encombrants... Dans une prochaine vie, je collectionnerai plutôt les intailles et les camées ! » Aux créanciers de Panchaud et à ses propres prêteurs, il fit miroiter ses billets des fermes, qui venaient à échéance en février, et la perspective de la dernière vente de la Compagnie : les douze vaisseaux chargés de marchandises de l'Inde commençaient à rentrer. Ses prêteurs patientèrent volontiers. Mais, dans le secret, il s'avouait plus soucieux qu'eux : « Il faut du temps pour liquider une si grande Compagnie ! Des établissements en Inde ou à l'Île Bourbon, cela ne se vend pas comme du beurre de muscade ! »

Le changement de ministre des Finances lui rendit confiance. Depuis deux ans il avait dégringolé par paliers : une suite de marches, puis chaque fois une plate-forme qui lui donnait l'illusion qu'il n'irait pas plus bas ; mais la plate-forme était trop courte, l'élan trop grand — la chute continuait. Le nouveau ministre ne fit plate-forme qu'un mois : il s'agissait de l'abbé Terray, ancien syndic de la Compagnie lui aussi. Personne, selon Henri, ne pouvait se consacrer plus honnêtement à la liquidation de la société, puisque personne ne connaissait mieux la situation des actionnaires. Personne, en effet. Car un ministre moins informé n'aurait peut-être pas songé qu'il restait sur ce grand corps moribond un peu de chair à piller... Terray vit tout de suite, lui, où trouver l'argent dont la Cour était assoiffée : au port de Lorient !

Il confisqua tous les vaisseaux qui rentraient et décida que la vente des marchandises de la dernière campagne se ferait au seul profit de Sa Majesté. Les actionnaires, outrés, tentèrent de faire opposition par voie de justice. Ils nommèrent des députés : Breyves, Lauraguais, Beauvais... et Necker. Les naïfs ne le prenaient-ils pas, depuis sa réponse à Morellet, pour l'un des plus ardents défenseurs de la Compagnie ?

Foullon, intendant des Finances qui assistait Terray, reçut ces délégués : « Messieurs, dit-il froidement, il faudra que les actionnaires sacrifient une partie de leur fortune pour sauver le reste... », — « Mais, Monsieur, nous l'avons déjà fait : en 64 ! », — « Eh bien, il faudra le refaire, Messieurs ! »

Là-dessus, intervention de Necker, qui jouait les compères : « Le Roi ne peut ignorer, pourtant, que la Compagnie n'est pas une société ordinaire : quoique ses fonds soient la propriété de particuliers, c'est une société nationale, inhérente à l'Etat, et établie pour concurrencer des compagnies étrangères... »

C'est la phrase que Foullon attendait : « Vous l'avez dit, Monsieur Necker : une société inhérente à l'Etat ! L'Etat en fait donc ce qu'il lui plaît, cargaisons comprises... Mais si vous renoncez aux procédures engagées, vous n'aurez rien à regretter : nous veillerons à réparer, dès que nous le pourrons, le préjudice qui vous est causé. Pour l'heure, malheureusement, le Roi a besoin d'argent... »

Breyves avait explosé : « Et nous n'en avons pas besoin, sans doute ?

— Oh, Monsieur le Comte, quand on a la chance d'avoir une femme comme Madame la Comtesse, on n'a besoin de rien. »

A ce rappel des origines de sa fortune, Breyves s'était senti, raconta-t-il plus tard, humilié jusqu'aux

talons : « Ce Foullon a l'effronterie d'un laquais !
Diane, vous me connaissez, je ne suis pas méchant,
mais dans cet instant j'aurais voulu le voir crevé !
J'entendais Beauvais ricaner...

— Vous vous faites des idées ! »

Certainement, il s'en faisait. Depuis quelque
temps, il fuyait la chambre de sa femme ; on aurait
cru qu'il lui en voulait. Elle lui donnait raison : cette
fortune l'écrasait, causant leur malheur à tous
comme si, depuis l'assassinat de « Maman Madeleine » et les imprécations de Sans-Nom, une malé-
diction s'y attachait...

En vérité, les choses étaient encore pires qu'elle
n'imaginait : le Comte ne lui en voulait pas, il s'en
voulait. Coupable de l'avoir ruinée, de l'attrister. Incapable de la protéger. Marche après marche dans sa
dégringolade, il perdait l'estime de soi.

Foullon avait tout de même conclu l'entretien sur
une proposition : « Quant à la vente de Lorient, nous
ne pouvons dans l'immédiat envisager aucune com-
pensation. Comment dédommager les trente-sept
mille actions du public ? ! Mais s'il ne s'agissait que
de s'arranger avec quelques porteurs... »

Breyves avait retrouvé la parole : « Pour qui nous
prenez-vous, Monsieur ? », et il était sorti. Seul. Les
autres étaient restés... Peu après, ces députés —
accommodants puisqu'accommodés — persuadèrent
tous les plaignants de se désister de leurs instances :
il fallait attendre, ne rien brusquer, « la raison du plus
fort », etc.

Henri fit encore patienter ses créanciers : puisqu'il
allait toucher ses billets des fermes. « Trois cent
trente mille... Après quoi, j'ai encore deux cent mille
francs de rentes à revendre. Et la maison d'Argenteuil, qu'on finira bien par nous racheter... La pire des
solutions serait de vendre mes actions maintenant —
à sept cents livres, alors que votre père les a payées
deux mille et que je les ai achetées treize cents ! » Il y
avait beaucoup de « sauf », de « si » et de « mais »
dans ses calculs... La seule hypothèse qu'il n'eût pas

envisagée fut celle qui se réalisa : la banqueroute de l'Etat.

Du jour au lendemain Terray suspendit les versements de la Caisse des Arrérages et réduisit les rentes perpétuelles de moitié ; il obligea les villes à lui livrer les fonds destinés à l'acquittement de leur dette et déclara qu'on ne rembourserait plus les emprunts des provinces : il fallait en affecter le montant au paiement des billets des fermes. Sur quoi, il suspendit le paiement des billets...

Déclarer sans valeur, du jour au lendemain, toute une monnaie ? Jamais ni le Régent ni Fleury, pourtant grands banqueroutiers, n'avaient poussé si loin le mépris des contrats et de la probité ! Pour Henri, qui comptait régler ses créanciers avec les fonds que l'Etat lui devait, cette banqueroute fut le coup de grâce : les fermiers généraux, touchés eux-mêmes par la faillite publique, exigèrent leur dû — on lui donnait un mois pour payer. Tout le monde était, ou se disait, ruiné : on ne comptait plus les suicides, et les libellistes publiaient chaque jour le « Martyrologe de l'abbé Terray ».

Si le Comte avait été moins droit, il aurait trouvé dans la concomitance de ces ruines une situation favorable à la négociation : quel financier, le couteau sur la gorge, n'aurait accordé un rabais ? Rien de tel pour amadouer un créancier que de lui avouer franchement qu'on est ruiné. A partir de là, on peut discuter... N'est-ce pas d'ailleurs ce que faisait le ministre ? Mais les braves gens ignorent ces ruses, et Henri n'était pas homme à biaiser : il parlait toujours d'« honorer sa signature ». « Honorer » était devenu son obsession ! Est-ce que le Roi « honorait », lui ? Qui se souciait d'honneur ? On n'était plus au Moyen Age !

Pour « honorer », Breyves vendit en mars les onze cents actions de la Compagnie — à sept cents livres. La perte était telle que le produit de la vente ne couvrait plus la totalité des emprunts. En avril il céda Argenteuil — au vicomte de Beauvais, que le pot-de-vin versé par Foullon sur la vente des cargaisons avait remis « à flot » ; pas au point cependant de payer la maison plus de la moitié de ce qu'elle valait... Madame de Breyves, de son côté, réduisait sans cesse le train de vie. Mais pour congédier des domestiques, il faut payer leurs gages, et pour payer leurs gages, il faut des écus... Il manquait encore deux cent mille pour aller au bout de l'année. Les créanciers, déjà remboursés aux trois quarts, s'enhardissaient : on menaçait le Comte d'exécution forcée.

Ce qui faisait rire Paris. Rire, parce qu'on n'était pas surpris que cet original eût écorné la fortune de sa femme. Rire, parce que la ruine des autres amuse toujours. Rire surtout parce qu'on ne saisit pas un homme de qualité, et que celui-ci avait sûrement des « restes » pour plaider... On ne croyait pas à son naufrage : il buvait la tasse, tout au plus ! On savait qu'il avait vendu ses plantations, engagé des fonds dans la Compagnie, et que la banqueroute de l'Etat le gênait : la belle affaire ! Ne gênait-elle pas tout le monde ? Ruiné, Breyves l'était comme n'importe qui — Charost, Beauvais, Maillebois, ou le vieux Voltaire, tenez, qui disait en riant qu'il lui restait une dent et qu'il la gardait contre Terray !

Henri revendit la rente placée sur la tête d'Alexis. Que Necker en fût l'acheteur (mais où trouver des acquéreurs dans cette banqueroute générale ?), le Comte se garda de le préciser. D'autant que cette revente se fit à des conditions humiliantes ; le banquier, tout en assurant qu'il agissait « par charité », imposa un rabais sur le capital parce que l'enfant n'avait pas eu la petite vérole : une « tête » fragile... Manquaient encore cent soixante mille. En face : deux fermes et un donjon dans le Soissonnais ; La Commanderie ; et l'hôtel du Marais.

Breyves hésitait : on lui avait volé les Indes et les Etrusques ; il avait vendu son fils ; devait-il aussi brader ses ancêtres, avec son fief et ses maisons ? L'abbé Terray faisait régler en catimini certaines dettes du Trésor à ses amis. Le Comte décida de lui parler : ne l'avait-il pas rencontré souvent à l'époque de la Compagnie ? Il était dur, sans doute, mais pas au point de jeter à la rue une famille honorable... « C'est un monstre », dit la Comtesse qui lui trouvait une allure sinistre — figure sombre, regard sournois, rire âcre. Sous couleur de plaisanter, il exposait sans honte ses procédés les plus malhonnêtes : étaler ses turpitudes le mettait en joie ! Quant à la débauche, il la poussait jusqu'à la crapule — affichant ses maîtresses, qu'il ne payait pas mais mettait dans « les affaires », et entraînant les petites filles dans sa chambre où il leur dévoilait des « nudités »... Tel était l'Abbé.

« Mais non, ce n'est pas un monstre, soupirait Breyves, c'est un parlementaire. Opposé à ses pairs en ce qui touche les pouvoirs du Roi, mais imprégné de leurs principes pour ce qui regarde la finance ! Il ne veut pas qu'on augmente l'impôt — car comment l'augmenter sans le réformer ? Il préfère donc ruiner les rentiers : les parlementaires n'ont pas de rentes, vous savez, à part celles de l'Hôtel de Ville auxquelles Terray ne s'est pas attaqué. » Si savoir pourquoi l'on vous dépouille est une consolation, Breyves avait cette satisfaction...

« Un roi ne risque rien d'emprunter, répétait en effet Terray, car il est le maître de ne plus payer les anciennes rentes ; le Roi n'a qu'à vouloir, la nécessité justifie tout. » Mais il y avait des relâches à la nécessité : tandis qu'il tondait les rentiers, l'Abbé augmentait les pensions des courtisans influents — et d'abord, de semaine en semaine, celle de la Du Barry...

Henri demanda à sa femme de l'accompagner chez le ministre. Espérait-il l'attendrir ? Il ne pouvait ignorer que, quelques années plus tôt, lorsque l'Abbé quémandait la faveur de partager la loge des Breyves à l'Opéra, il posait un œil concupiscent sur l'opulente chevelure de la créole... Le Comte n'en était pas à prostituer sa femme, non ! Mais il ne savait plus où il en était.

La Comtesse lui pardonnait ; elle ne lui en aurait

même pas voulu de donner dans le cotillon s'il y avait trouvé du réconfort. Elle le sentait si égaré ! Perdu comme un enfant battu. Il n'avait pas toujours l'air sombre, il s'efforçait même à la gaieté, mais le rire grinçait. Quand il plaisantait, c'était en parlant de la mort — la sienne, celle des autres. Il en parlait en homme du siècle : avec légèreté ; mais Diane le savait capable aussi de la considérer en stoïcien. C'est pour en écarter la tentation qu'elle abordait franchement le sujet : « Ce n'est pas parce que votre Sénèque s'est coupé les veines dans son bain qu'il faut l'admirer ! D'ailleurs, je ne vois pas du tout Madame Du Barry en Néron... Même si la toge, dans sa simplicité, irait bien à sa conversation décolletée ! » Tout en simulant la frivolité pour chasser ses idées noires, elle restait loin, cependant, de l'imaginer abattu au point de tout envisager.

Le suicide est la rencontre d'une grande lassitude et d'une grande colère. Chez Henri, elle reconnaissait la lassitude — les traits creusés, l'insomnie —, mais elle ne voyait pas la colère. Ou alors en éclats très brefs, qui retombaient aussitôt car, en homme d'esprit, le Comte essayait toujours de comprendre le pourquoi des choses ; et quand on comprend si bien, on est à deux doigts d'excuser : après inventaire Beauvais n'était qu'un jeune fou, Foullon un commis maladroit, Necker un banquier gâché par le métier, et Panchaud un spéculateur malchanceux. Aucun n'était mauvais. Et Terray ? Mon Dieu, Terray, peut-être croyait-il bien faire ? Les finances de la Cour allaient mal : il avait provoqué la banqueroute pour l'éviter, détruit le crédit pour le sauver. A cet abbé débauché on pouvait reprocher sa cupidité, mais non son manque de capacités : « Oui, lançait la Comtesse, s'il fait le mal, c'est en parfaite connaissance de cause !

— Oh, le mal... Ce n'est pas Belzébuth ! Voyez-vous, je ne lui reproche pas de me ruiner...

— Mais si ! Mais si ! Reprochez !

— Je lui reproche seulement de me désespérer, je

lui en veux de me faire douter de mon roi, de la parole donnée. Les rentes, passe... Mais les cargaisons de la Compagnie ! Et les billets ! "C'est prendre dans la poche", lui a dit Charost. "Où voulez-vous que je prenne ?" a répliqué Terray. Peut-être a-t-il raison ? Si c'est pour la gloire du Roi... Si nous étions sûrs que ce fût pour la gloire du Roi, je serais moins coupable, n'est-ce pas ? »

Ce qui dominait dans tout cela, ce n'était pas la haine. Plutôt une grande fatigue, une indifférence triste, un mépris léger — mépris dont Henri n'exceptait personne, pas même lui, surtout pas lui : « Je suis un sot », lâchait-il souvent, ou parfois « Je ne savais pas » et « Je vous demande pardon ». C'était glissé très vite, sans insister. Du reste, il parlait de moins en moins ; il ne s'étendait ni sur sa situation financière ni sur ses démarches ; il fuyait le pathétique ; il fuyait.

« Tout est venu, expliqua plus tard d'Agincourt à la Comtesse, de ce qu'il ne connaissait pas les banquiers...

— Tout est venu de ce qu'il ne connaissait pas les hommes ! »

Terray, par exemple... Comment avait-il pu s'imaginer que Terray le traiterait avec amitié, ou seulement avec politesse ? Que pesait un Breyves, candide et ruiné, face à ce tigre au faîte de sa puissance, au mieux de son insolence ? Pour commencer, l'Abbé les fit attendre trois heures dans son antichambre. A deux reprises, Madame de Breyves, pâle de rage, voulut s'en aller. Mais Henri la retint : le ministre y verrait une offense, et il ne pouvait se permettre de l'offenser. Il fallut dévorer l'affront. Ce n'était qu'un « hors-d'œuvre »...

La conversation fut courte. Le ministre ne prit même pas le temps de jeter un œil sur la Comtesse, traînée là pour l'appâter : d'abord, elle était enceinte de six mois, et cela se voyait ; puis, il avait mieux avec la petite La Garde qui coûtait à l'Etat cent mille chaque mois, en pots-de-vin et « commissions » variées.

Le Comte tâcha d'expliquer ses difficultés, avoua qu'il allait se trouver dans la nécessité de vendre des biens de famille — son donjon, ses terres, son hôtel — pour ne pas salir son blason.

« Au fait, Monsieur ! fit le ministre impatienté.

— Monseigneur, c'est pour les billets des fermes... Si une partie pouvait m'être remboursée... Ou si au moins, pour traiter avec mes créanciers, je savais vers quel moment je puis espérer d'être payé : dans un an ? Dans deux ?

— Jamais, Monsieur ! Vous ne serez jamais payé.

— Mais... la signature du Roi !

— Ce n'est pas la mienne.

— Mais Sa Majesté...

— Allez la trouver ! Qu'elle vous paye !

— Mais...

— Sortez, Monsieur, je n'ai pas le temps d'être étourdi davantage !

— Faudra-t-il donc que j'égorge mon enfant ?

— Peut-être lui rendrez-vous service en effet... »

Au retour la Comtesse se taisait : qu'aurait-elle pu dire ? Henri avait pris son bras. Sans elle, désemparé comme un vaisseau sans gouvernail, il aurait eu peine à rejoindre le carrosse. Elle resongea à ce « Comte de Breyves », navire hauturier qui ne serait jamais lancé...

Le lendemain, Breyves céda à l'un de ses créanciers son fief du Soissonnais, avec ses deux fermes et les restes du château de famille. Le surlendemain, il mit en vente l'hôtel qu'ils habitaient, et La Commanderie. Le troisième jour, il se pendit.

Faute d'avoir pu se défendre, il s'était condamné : les bandits, c'étaient les autres ; mais la potence était pour lui.

Un cri, à l'aube, avait éveillé la Comtesse. Elle était encore couchée, un valet s'était approché : « Il vient d'arriver un grand malheur... » Un malheur ? « Henri ! » Il y avait des servantes plein l'antichambre, des laquais dans les couloirs, des voisins dans la cour. La nouvelle avait eu le temps de faire le tour du quartier avant d'arriver jusqu'à sa chambre... Mais comment tous ces gens avaient-ils pu s'agiter si longtemps sans faire de bruit ? Et pourquoi, maintenant, criaient-ils si fort, sans s'arrêter ? Jusqu'au soir, les cris lui emplirent les oreilles. Epuisée, elle s'assoupit. Au réveil, chuchotements, sanglots étouffés — on marchait sur la pointe des pieds. Alors elle comprit que c'était elle, depuis le matin, qui criait. A ceux qui l'entouraient elle dit : « Je suis devenue plus raisonnable. Je veux seulement qu'on le mette dans mon lit. S'il vous plaît, dans mon lit... »

Les valets montèrent la garde devant la chambre du Comte pour l'empêcher d'entrer. On appela un médecin ; il voulut la saigner, mais elle se débattit si bien qu'il y eut du sang plein les rideaux. Une boucherie.

La nuit suivante, elle se leva encore pour prendre le corps de son mari ; les « sentinelles » la repoussèrent... Le jour, sa chambre ne désemplissait pas, les curieux y accouraient comme à la foire : elle parlait d'Henri avec tant d'exaltation que ses visiteurs racontaient partout qu'elle délirait. Le curé de la paroisse vint la sermonner : « Pas de scandale, Madame la Comtesse, je vous en prie, nous en avons vu assez ! » Elle s'habilla pourtant — corset, paniers, mouches, plumet — pour aller implorer le Grand Vicaire de l'Archevêché, un chrétien qui parlait comme l'abbé Terray. L'enterrement à la sauvette, c'est elle qui l'avait arrangé. Il lui semblait même avoir classé des papiers, poudré ses cheveux, mis du rouge, mangé. Elle se voyait ramper dans la galerie, ramper dans les salons, s'accrocher aux meubles ; toute la maison penchait, elle glissait, glissait sans cesse. Des gens la relevaient, des gens la recouchaient.

Au cinquième jour, elle accoucha d'un enfant mort-né. Encore du sang, des draps tachés. Avec les courtines souillées par la saignée, un joli tableau ! A croire qu'on ne s'était pas pendu ici, mais massacré...

Plus tard — une semaine après ? — d'Agincourt apparut. Avec son petit nez retroussé. Peut-être était-il là depuis le début, mais elle ne l'avait pas vu. Il ne lui offrit pas de réconfort, il lui proposa ses services. Pour les comptes, les procès.

Des procès ? Oui, en apprenant le suicide, le fermier Bergeret, qu'on n'avait pas encore remboursé, avait porté plainte, sans parler de ceux — c'était banal — qui, après réflexion, se découvraient créanciers ; sur un mort intestat la fausse créance pullule ; et la créance hâtive grouille sur le suicidé, dont les biens peuvent être confisqués : « On ressort partout des billets du Comte, on a pu imiter sa signature, le procédé est courant. Je vous conseille de ne rien payer sans plaider... Du reste, quand vous vous êtes mariée, le Comte a dû vous constituer un douaire : vous êtes aussi sa créancière. » D'Agincourt se chargeait de tout : voir les prêteurs, régler la succession. Avait-elle des vœux à formuler ?

« Partir. Dès que je serai relevée. D'ici trois semaines au plus.

— Madame, c'est une folie ! Si nous plaidons...

— Nous ne plaiderons pas. Certains de ces billets peuvent être vrais » (elle savait que, les dernières années, ils vivaient au-dessus de leurs moyens, et elle ignorait jusqu'à quel point). « D'ailleurs, vrais ou faux, quelle différence aujourd'hui ? Monsieur Terray refuse les vrais, j'accepte les faux : je suis plus généreuse que le Roi, voilà tout ! Il n'honore pas ce qu'il a signé, j'honore ce que je n'ai pas signé... Je paierai, Monsieur, jusqu'au dernier sol. Douaire compris. Vendez cet hôtel, les meubles, les rentes. Cependant, si vous le pouvez, sauvez La Commanderie — une terre sans valeur, un revenu ridicule. »

Le jeune fermier revint quelques jours plus tard : il avait trouvé la succession plus mauvaise qu'il ne pensait ; il manquait deux cent trente mille livres. « Car vous vous trouvez aujourd'hui dans une situation bien pire qu'avant la mort du Comte... », — « Merci, j'avais remarqué ! », — « Pardonnez-moi, je ne parlais pas de votre deuil... En mourant, Henri a éteint un capital de cent cinquante mille placé sur sa tête : la Caisse des Arrérages, les Etats du Languedoc. »

La Comtesse éclata de rire (d'Agincourt dut la croire folle) : « Oh, l'étourdi, il n'y a pas pensé ! Voyez comme nous sommes faits dans cette famille, Monsieur : nous nous pendons sans songer au bénéfice que l'Etat va en tirer ! »

En conclusion, si elle ne voulait pas plaider (il insistait en vain), il fallait tout liquider — sauf La Commanderie, un « bien propre » qu'il soustrairait au naufrage. Pour l'hôtel et les meubles, il avait trouvé acquéreur. A soixante mille.

« Mais il en vaut cent !

— Je sais, Madame ; seulement, avec la pénurie de liquidités... Je persuade votre acheteur, un banquier, de vous reprendre aussi la plupart de vos billets. Ils n'ont plus cours, mais on les échange encore sur la place : certains croient que, d'ici deux ou trois ans, l'Etat en rétablira quelque chose... Germany, le jeune banquier qui veut mettre ses bureaux dans votre hôtel, est prêt à vous acheter, à la moitié de leur valeur, les deux tiers de ces papiers décotés. Le reste, c'est moi qui l'acquerrai. Aussi haut que je le pourrai. Partie sur-le-champ — pour dédommager vos fournisseurs, vos domestiques — et partie par cinquième. Avec intérêt, s'entend. A vingt pour cent.

— Vous auriez plus d'avantage, Monsieur, à m'acheter ces billets au comptant. Si du moins vous en avez les moyens.

— Sans doute. Mais votre fief de la Marche ne vous rapporte que quinze cents livres : avec mon semblant de rente vous aurez au moins, cinq ans durant, le revenu d'un cadet breton...

— En somme, vous me faites la charité des intérêts... On s'accoutume à mendier : pourquoi seulement cinq ans, s'il vous plaît ?

— Parce qu'après je m'en vais. Je pars à Rome, et je ne reviendrai jamais... Me croyez-vous ? »

Il lui prit la main, d'un geste presque tendre. C'était ridicule : au milieu de tout ce sang ! Elle la retira doucement : « Vous verrez Winckelmann ? », — « Il est mort, Madame », — « Ah ? Henri ne me l'avait pas dit... Ainsi ils sont tous morts, nos antiquaires ? Tous ! », — « Mais il nous reste Pompéi... Et Rome. Et Tarquinia ! »

Il était jeune. Sans illusions, mais pas sans idéal. Assez lucide pour ne rien attendre de l'avenir — tout du passé. L'Histoire appartient à ceux qui l'étudient. Elle songea qu'elle aurait aimé avoir un fils comme lui...

Avant de lui confier un pouvoir en bonne forme pour conclure ses affaires, elle s'inquiéta de ce Monsieur de Germany, son acheteur, le nouveau banquier : aurait-il les moyens de tout régler ? D'Agincourt la rassura. Nouveau, ce banquier ne l'était pas tout à fait... « Germany est un faux nom. » Il s'appelait Necker à Genève — Louis, frère de Jacques. « Quand Monsieur Necker "l'Aîné" a publié il y a deux ans qu'il se retirait des affaires pour entrer dans la diplomatie et épouser la philosophie, il a continué ses opérations sous le couvert de son associé, Thellusson. Mais Thellusson vieillit, il est malade aujourd'hui. C'est pourquoi l'on a fait venir, pour prendre le relais, "Monsieur de Germany", qui doit fonder une banque que son frère commandite en secret... Quant à vos billets, n'en soyez pas en peine : Germany peut vous les acheter, car il s'en fera rembourser par l'abbé Terray. Terray et Necker ont toujours été bien ensemble, maintenant ils sont au mieux : quand un ministre des Finances a tué les petits rentiers, à qui trouve-t-il à emprunter ? Aux gros banquiers ! La semaine dernière, Necker a avancé quatre millions au Trésor. Aussi faut-il souffrir l'agiotage effréné qu'il fait sur les papiers royaux ! Peut-être même faut-il l'y aider...

— L'opinion sait-elle cela ?

— Non, Madame. Et elle ne le saura pas : l'opinion, c'est Monsieur Necker qui la fait... A Paris, il faudrait être aveugle et sourd pour ignorer qu'il est un grand philanthrope — toujours prêt à tonner contre les "lions" et les "crocodiles" qui vivent des sueurs du peuple !

— Eh bien, Monsieur, il faut nous en aller : vous à Rome, moi dans le désert. Il faut nous en aller... »

Nantie d'une espérance de revenu de trois mille sept cents livres, elle était partie sans se retourner. Elle avait quitté Paris comme elle avait quitté les Iles — pour La Commanderie.

Mais, jusque dans son « désert », Necker la poursuivait, tâtant son enfant, s'engraissant de sa chair ; et les éloges qu'on décernait à cet ogre la rattrapaient. « Je ne sais de tout temps quelle injuste puissance laisse le crime en paix et punit l'innocence »...

Alexis poussa la porte de la chambre, tout essoufflé : « Maman, puis-je aller jusqu'à la grand-route ? Sylvain prend le chevau de son père et...

— Le cheval, Alexis. Un cheval, des chevaux. Ne parle pas comme un paysan.

— Il prend le cheval. Et si vous voulez bien que je monte votre jument... C'est pour voir les gabelous passer. Il en vient trente de Guéret qui mènent à la prison de La Châtre six faux-sauniers dans une charrette...

— En voilà un spectacle ! Et par ce temps ! Vos chevaux auront de la neige jusqu'au ventre !

— Oh, Maman, ce n'est qu'à une demi-lieue ! Je vous en prie !

— Prends garde au moins à ne pas laisser la jument s'engager dans les fossés ! Evite les fondrières... »

Enchanté de la permission, il filait déjà, poursuivi jusque dans l'escalier par les recommandations de sa mère : « Mets tes pas dans ceux de Sylvain, c'est un garçon prudent... Et n'oublie pas ta cape ! Et tes gants ! Prends un chapeau ! Veille à ne pas te rompre le cou ! » Déjà il atteignait l'entrée : « J'ai grand besoin que tu vives, Alexis ! » cria-t-elle.

L'enfant s'arrêta sur le seuil : « Et moi, alors ! » lança-t-il dans un grand rire ; et il s'enfuit — si joyeux d'être au monde.

VI

« Et qui sait ce qu'un jour ce fils peut entreprendre ? »

(Andromaque, III, 6)

19

« Est-il possible ? Est-il possible, Alexis, que Monsieur le curé dise vrai ? Tu aurais versé de l'encre dans son bénitier ?

— Oui, Maman. Mais pas par malice...

— Oh non, pas par malice ! Pense donc si j'en suis persuadée : c'était par charité ! Six mois après avoir chanté Noël !... Et quand, en se signant, la vieille Mademoiselle du Coudray s'est trouvée barbouillée d'encre bénite, tu lui as crié "A bas les bigotes" ! Mais comment fais-tu ? D'où vient que tu n'aies respect de rien ? De rien ! »

Elle avait retrouvé le fripon dans le chemin creux, remontant tranquillement du moulin, Fanfaron sur ses talons. Furieuse, elle arracha au talus une poignée d'orties et lui en frictionna les mollets.

C'était la peine la plus répandue dans les campagnes ; d'autant moins cruelle que le bourreau se piquait les doigts et que la victime s'échappait... Madame de Breyves, en général, préférait la badine de saule et l'intimité du salon. Mais on ne fait pas ce qu'on veut, et les écarts d'Alexis exigeaient des sanctions immédiates ; car il vivait dans l'instant — trois heures plus tard, on aurait châtié un innocent... Chaque fois qu'il jurait, trichait, volait, mentait, elle le corrigeait sans mollesse ; mais sans résultats.

Il aurait fallu sévir dès le premier moment, et régulièrement. Or, la Comtesse, trop occupée, ne gouvernait son fils que par bouffées — les tendresses succédaient vite aux sévérités, les gâteries aux réprimandes, et le sucre candi au pain dur. Sans compter que, pour un caractère entier comme le sien, les tours d'Alexis — généralement moins sots que l'affaire du bénitier — étaient difficiles à débrouiller. Il excellait au passe-passe, avec ou sans cartes. Ainsi quand, pour lui apprendre sa généalogie, elle lui faisait réciter les dates qu'elle lui avait données : « La bataille de Crécy, quelle année ? », — « Quelle année ? Je ne sais... », — « 1346, nigaud ! » — « Mais 1346, Maman, protestait-il, c'est la bataille de Crécy ! », — « Eh bien, que t'avais-je demandé ? »,- « "Bressy", Maman, vous m'avez dit "Bressy"... Crécy, tout le monde connaît ! Mais Bressy... », — « Je t'avais dit "Crécy" ! », — « Alors pardonnez-moi, j'ai mal entendu. Et me voilà parti à chercher cette bataille de "Bressy" ! Suis-je sot ! Alors que Crécy, 1346, vous pensez bien... »

Les premières fois, il l'avait trompée — lui resservant impudemment ce qu'elle venait de lui apprendre, lui offrant comme un cadeau ce qu'il lui avait dérobé. De même qu'au bonneteau trois ans plus tôt, il était passé maître dans l'art d'escamoter... Quand elle s'avisa du procédé — qui, avec des variantes, s'appliquait aussi bien au latin qu'à l'histoire ou la géographie — elle resta étonnée qu'un enfant de dix ans fût capable d'autant d'aplomb ! Elle lui montra qu'elle voyait clair dans son jeu. Il rit : c'était une bonne farce, non ? Il avait perdu, tant pis ! Elle le punit ; il n'en fit pas une maladie. Il prenait ses pénitences avec gaieté — un gage infligé au perdant.

« Madame, le jeune Comte n'est pas méchant », assurait le vieux curé, qui l'aimait malgré tout. « Seulement, il se laisse entraîner »(encore un qui n'avait pas compris qu'au village c'était Alexis le meneur — noblesse oblige !). « Ce qui lui manque, c'est l'autorité d'un homme : il a grandi, il lui faut un précepteur. » Un précepteur ? C'était au-dessus de ses moyens ! Mais le curé lui recommanda un petit séminariste, défroqué (défroqué ? Oh, l'honnête homme,

188

quand il était si facile d'être un abbé athée, comme Terray, Morellet, ou le Vicaire de l'Archevêché !). Pour prix de ses services, le pauvre garçon ne demandait qu'un toit et deux repas — le dîner et le souper, pas même de déjeuner.

Petit mangeur, en effet. Malheureusement, son seul avantage, car, pour le reste, il avait quelque chose de fêlé : sa tête était un fouillis, une bibliothèque renversée. Sautant de Platon à la physique, de la botanique à l'astronomie, de l'Evangile à la magie, et du coq à l'âne, ce « précepteur » avait un talent extraordinaire pour se fatiguer beaucoup sans jamais avancer... On ne pouvait compter sur lui pour inculquer à Alexis les principes de la morale et « l'esprit de géométrie » (quant à « l'esprit de finesse », son élève en avait reçu plus que sa part !). Au bout de trois mois, il fallut le renvoyer.

« Pourquoi ne pas mettre votre fils dans une école militaire ? demanda le curé. Il a plus de degrés de noblesse qu'il n'en faut ! Le Roi paierait sa pension », — « Il est trop jeune », répliqua la Comtesse, « et si petit pour son âge ! » Elle craignait la tristesse des dortoirs et la misère des réfectoires : qui, l'hiver, veillerait à lui ôter ses bas mouillés, qui lui battrait les « laits de poule » nécessaires à sa santé ? Du reste, elle se jugeait capable de reprendre en main son poulain rétif : à dix ans, tout de même, ce serait bien le diable !...

Ce fut le Diable. Et pas un bon diable. Ni un petit diable. Même s'il entrait dans ses péchés une part d'enfantillage. Par exemple, il volait des confitures en haut du placard... et oubliait son tabouret devant l'étagère !

« Pourquoi m'avoir dérobé ce pot de fraises, qu'il t'aurait suffi de me demander ?

— Vous ne me l'auriez pas donné : je ne suis pas assez sage ! » répliquait-il en riant. Puis, soudain suppliant : « Trois jours qu'on me prive de dessert ! Mais, Maman, même les méchants enfants ont faim. J'ai faim, moi ! Faim de confitures !

— As-tu songé que, sans le tabouret, j'aurais pu accuser Léveillé ou Torchon ?

— Je ne savais pas que vous en étiez à compter vos pots... Babet dit qu'on tond un œuf dans cette maison. Elle a raison !

— Mesure tes paroles, Alexis, ou tu vas tâter du bâton ! Cette friandise, en as-tu au moins donné à ceux qui n'en ont jamais ? A ton amie Hélène ? Au pauvre Annet ? As-tu partagé ?

— Foutre non ! Je me doutais bien que la fessée, elle, ne serait pas partagée ! »

Imparable. Il eut donc l'exclusivité du châtiment. Et Madame de Breyves fit bonne mesure en doublant, pour cause d'égoïsme, la ration prévue en cas de vol. L'enfant courut se faire consoler à la cuisine, tout en s'efforçant de plastronner : « Il faut passer par les baguettes, ma pauvre Marie. C'est ce qui forme un soldat ! » Il s'avouait rarement vaincu...

Elle le tenait pourtant de plus en plus serré, le gardant de longues heures à son pupitre : dictées, versions, copies. Depuis l'affaire du bénitier — où il avait eu des spectateurs et des complices —, elle ne lui permettait plus de prendre ses récréations avec les garçons du village : en compagnie, il était toujours enclin à « faire le malin »... De ses plaisirs passés il n'avait gardé que les cartes. Mais la Comtesse ne l'autorisait plus depuis longtemps à jouer au bonneteau ou à l'écarté ; même le reversi et le piquet avaient été abandonnés, il en faisait si mauvais usage ! Aussi longtemps qu'il ne comprendrait pas que tricher déshonore, il jouerait seul : Madame de Breyves lui avait appris des patiences. Elle le regardait, calme, attentif, étaler ses cartes sur la petite table du salon, les disposer en croix, les aligner ; un jour, en le surveillant du coin de l'œil, elle s'aperçut que, d'un geste vif, il avait interverti deux cartes sans respecter la règle ; une autre fois, elle vit qu'ayant retourné une carte qui ne lui convenait pas, en catimini il lui en substituait une meilleure, tirée de sa poche : faute de partenaire, il se prenait pour dupe ; il trichait contre lui-même...

Ce fut seul aussi, et sans guide, en suivant simplement son instinct, qu'il découvrit le principe de « la carte forcée ». Il se promenait dans le parc et la maison son paquet de cartes à la main ; il le déployait en éventail : « Tire une carte ! » ordonnait-il à Marie ou au garçon de charrue. Et ces braves gens de s'extasier ensuite sur sa capacité à lire dans leur tête : « Il est devin, Madame ! », — « Mais oui, Marie. Exactement comme il est un ange ! »

Enhardi par ces succès, il tenta l'expérience sur sa mère. Il ne manquait pas de toupet ! Elle voulut lui donner une leçon, ne prit pas la carte qui dépassait. « Alors ? », — « Sept de trèfle », annonça-t-il triomphant. C'était juste. Comment avait-il fait ?

Rien de plus facile. Il s'en expliqua volontiers ; créditant sa mère de plus d'esprit que la cuisinière, il avait parié sur sa méfiance et souligné l'artifice pour la piéger : sa « carte forcée », il l'avait mise tellement en évidence qu'il devenait impossible qu'elle la prît. « Le pigeon craintif, Maman, le pigeon craintif s'appâte aussi bien qu'un autre » : à condition que la Comtesse fût pressée (et il l'avait abordée exprès dans le vestibule, alors qu'elle courait), elle tomberait, croyant lui échapper, dans le piège qu'il lui tendait : la carte en retrait. « Le coup n'est pas sûr à cent pour cent, convint-il, mais il vous aurait fallu du temps pour vous défier de votre défiance. J'ai parié que dans le premier mouvement, pour fuir la carte que je vous mettais sous le nez, vous vous jetteriez dans l'autre extrémité... J'ai gagné ! »

Madame de Breyves ne fit pas de commentaires. Qu'aurait-elle pu dire ? D'un côté, elle était fière que son fils ne fût pas un idiot — ce dont il lui arrivait de douter quand elle le voyait buter sur des verbes et des dates que la petite Hélène qui ne savait pas lire récitait mieux que lui, à force de les entendre seriner. D'un autre, elle craignait sa subtilité et s'inquiétait de son aptitude à changer sans cesse de jeu, de ruse, de batterie. L'astuce d'Alexis, c'était parfois de n'en avoir aucune, et la candeur semblait chez lui l'autre face de la dissimulation. Partagée entre l'orgueil et l'effroi, l'émerveillement et le mépris, elle se tut.

Mais, par prudence, elle doubla la dose de lectures bibliques qu'elle infligeait chaque soir à son « escamoteur »... Il venait se glisser en chemise dans le lit de sa mère dès que Babet avait bassiné les draps. La Comtesse, qui n'avait pas encore passé sa toilette de nuit, s'asseyait sur la courtepointe et lui faisait la lecture. Avec émotion elle parlait du bon Samaritain, des marchands chassés du Temple, elle lui lisait le sermon sur la montagne, la parabole des talents, la résurrection de Lazare, la Passion. Aux mots du Livre elle s'exaltait ; lui bâillait : « Tu t'endors... C'est beau, pourtant ! Ne sens-tu pas ce qu'il y a de magnifique dans l'enseignement du Christ ? Même si nous, pauvres pêcheurs, avons le vertige à cette altitude, nous savons bien que c'est ainsi que nous devrions vivre... N'est-ce pas ? », — « Oui, sans doute », acquiesçait-il sans conviction.

Pour s'assurer qu'il l'écoutait, elle l'obligeait à discuter le sens de telle parabole, tel précepte : « "Que votre oui soit oui, que votre non soit non..." Tu vois ce que Jésus nous commande. Qu'en penses-tu ? », — « J'en pense... du bien. Plutôt du bien. Si c'est oui, c'est oui. Marché conclu ! Seulement » (petit sourire entendu), « Jésus ne nous défend pas de dire "peut-être"... »

Quand elle l'obligeait ainsi à prendre parti, elle découvrait qu'il était plus scandalisé par le salaire de l'ouvrier de la onzième heure (« Injuste, Maman ! Il n'a pas travaillé ! ») que par la trahison de Judas : « C'est beaucoup, trente deniers ? »

Tant pis ! Il était si gracieux ! Un amour ! Elle l'embrassait et reposait sa Bible pour rouvrir son Lesage : Alexis aimait « Gil Blas » autant que « Robinson Crusoé ». Elle lui avait déjà lu deux fois les mille pages du roman, mais il les trouvait toujours trop courtes ! Ses yeux pétillaient, il frétillait de plaisir quand elle lui annonçait le titre d'un chapitre : « Gil Blas accompagne les voleurs et fait un exploit sur les grands chemins », ou « Du bon usage qu'il fit de ses quinze cents ducats et quel profit lui en revint ». Il interrompait sans cesse le récit pour encourager son champion : « Courage, Gil Blas ! Pousse ta fortune, mon ami ! Mets du foin dans tes bottes ! Te voilà en bon chemin ! »

Elle hochait la tête, souriait un peu jaune... Elle l'aimait. Et parce qu'elle l'aimait, elle souffrait qu'il ne fût pas l'enfant qu'Henri aurait souhaité. Pourquoi si peu de goût pour l'effort et la réflexion ? Pourquoi ce manque de grandeur, ces vulgarités de bateleur ? Pourquoi surtout cette incapacité à démêler le devoir de la faute, à reconnaître le péché ? C'était son fils pourtant, et le seul bien qu'Henri lui avait laissé... Elle espérait encore l'amender, comme une terre ingrate.

« Embrassez-moi ! » Elle terminait le chapitre Douze (« Gil Blas se met dans le goût du théâtre et s'en dégoûte peu après ») et venait d'en lire la conclusion — « Je ne veux pas demeurer plus longtemps avec les sept péchés mortels ! » — quand, craignant sans doute un retour de la religion, Alexis se jeta à son cou avec la fougue d'un chiot. « S'il vous plaît, des mamours ! Des baisers, des mamours, et encore des baisers ! » En plaisantant elle le renversa dans les oreillers, le roula dans le couvre-pied, « oh, mon petit beignet fourré, voyez le joli beignet ! », fit mine de vouloir le dévorer ; il releva sa chemise : « Mangez-moi ! » Elle embrassa son cou, son torse découvert. Il riait aux éclats. « Le bon beignet, en vérité ! La farce en est fameuse !

— Plus bas », dit-il soudain comme elle feignait d'être rassasiée. Elle se figea. « Plus bas, insista-t-il. Comme fait Léveillé. » Elle sentit son cœur s'arrêter. « Etes-vous malade, Maman chérie ? Je m'en vais sonner Babet !

— Garde-t'en ! » Elle avait crié. « Je vais déjà mieux », reprit-elle doucement. Elle se releva, tira les rideaux pour se donner une contenance, raccrocha une jupe. Tout en s'affairant, elle interrogeait l'enfant, comme distraitement. Elle fut vite renseignée ; les choses étaient graves, sans être irrémédiables : des caresses... D'ailleurs, elle se jugeait plus coupable que les deux garçons : l'hiver, pour économiser le bois, ne faisait-elle pas dormir les trois servantes dans la même soupente au-dessus de la cuisine, et le laquais dans la petite chambre d'Alexis ? Quelle folie ! Léveillé n'était plus un enfant ; il allait sur ses dix-sept ans, avait du poil au menton, et ronflait comme un cochon ! Dire, pourtant, qu'elle les trouvait touchants quand, à la lueur de son bougeoir, elle les contemplait endormis tels deux frères, l'aîné et le petit...

Elle tâcha de dominer sa colère, parvint à contrôler sa voix. Pas son regard : son fils aux boucles blondes, à la peau de pêche, aux longs cils, son fils lui semblait sali. Elle se détourna... Parce qu'elle avait le cœur serré, elle crut sa tendresse flétrie. Elle ignorait encore que l'amour d'une mère meurt cent fois, pour renaître à chaque embellie.

Afin de ne pas dévisager cet inconnu qui n'était plus celui qu'elle avait mis au monde, ne pas affronter cet étranger qui, jour après jour, assassinait l'enfant dont elle avait rêvé, elle fit semblant d'arranger un vase : « Baisse ta chemise, Alexis. Et dorénavant ne te laisse plus "cajoler" de la sorte. C'est mal.

— Ah, je déroge ?

— Imbécile ! » Elle se contint encore, pour ne pas l'effrayer. « Il ne s'agit pas de noblesse. Les enfants ne doivent pas permettre aux personnes plus âgées de leur faire des cajoleries de cette espèce, voilà tout.

— Oh, mais j'adorais ça, moi ! »

Elle se fâcha : « Peu importe ! Tu ne dois pas ! As-tu compris, raisonneur ? Tu ne dois pas !

— Bon, bon. Alors, je demanderai à un plus petit que moi. Je me ferai manger par Hélène...

— Hélène ! Oh, mon Dieu ! Hélène ! Une innocente de sept ans ! Tu veux donc nous déshonorer ! Je t'interdis de toucher à cette pauvre enfant ! Tu m'entends, paquet de vices ? »

Décontenancé (il ne comprenait jamais le langage de sa mère et ne saisissait ses intentions qu'au ton, au timbre), Alexis fit le faraud, à tout hasard ; de cette voix de fausset qu'il prenait pour imiter les tout-petits, il zézayait, croyant encore la désarmer : « Moi, ze suis petit coquin ! Moi, ze suis un gros vilain ! » Il se déchaînait, sautait sur les coussins : « Vous m'aimez, hein, Maman ? Vous m'aimez ? »

Elle le fit coucher dans sa chambre, sur la courte-pointe et, dès le lendemain, congédia Léveillé. Sans hargne. Elle se souvenait que, quatre ans plus tôt dans la chênaie, il avait sauvé son maître, même si aujourd'hui il le perdait... A la brebis égarée elle remit de quoi prendre le coche de Paris et une lettre de recommandation pour la comtesse de Beauvais : les qualités du garçon ne semblaient-elles pas le destiner au service du duc d'Orléans et aux débauches du Palais-Royal ? Le petit laquais s'en alla tristement, sans revoir l'enfant. Elle fut triste aussi.

Et Alexis ne le fut guère moins, mais il ne le resta pas longtemps. Comme sa mère lui avait fait dresser un lit de camp dans sa propre alcôve afin de le garder sous ses yeux, il prit cette précaution pour une récompense : la proximité lui fournit un nouveau prétexte à passer ses journées dans les jupes de la Comtesse et ses soirées sur le grand lit, à papoter.

Elle dut parfois le pousser dehors : puisqu'à vivre cloîtré il s'échauffait le sang, mieux valait, à tout prendre, lui laisser courir la campagne avec les gar-nements du voisinage. Tant pis pour l'étude et les bonnes manières ! De deux périls il fallait choisir le moindre : une fois encore elle vira de bord, rouvrit grandes les portes de la maison. De nouveau la chasse, le cheval, les armes : les jeux nobles ; et les bâtons, les boules, les quilles, la charrue, la bourrée, la taverne : les jeux de vilains. Des jeux, rien que des jeux... L'éducation est une traversée sans boussole. Dans le cas d'Alexis c'était pire : un voyage sans port. L'enfant ne se laissait pas conduire ; elle-même ne savait plus où le mener. Elle louvoyait, changeait de cap, tantôt hissait la voile, et tantôt l'affalait. Elle serrait le vent, en espérant atteindre des eaux plus tranquilles.

Au printemps, elle s'y crut arrivée : Alexis venait tout à la fois d'attraper ses onze ans, la règle « Puer egregia indole », le principe de la division, et, à l'issue d'une battue gigantesque qui réunit les paysans du voisinage, il avait tué son premier loup. Pour un peu, le village en aurait fait un héros !

En rajustant un matin la couchette de ce saint Georges, Madame de Breyves découvrit un louis d'or caché sous le matelas. Les louis étaient rares dans le pays. La baronne de Raguenet possédait, disait-on, douze gros écus de six francs, qu'elle conservait avec autant de soin qu'en prennent « les amateurs » pour conserver les douze médailles des empereurs romains. Quant au double louis de l'abbé d'Aube-pierre, tout le voisinage venait le voir le dimanche, par curiosité !

Il ne fut pas difficile à la Comtesse d'établir que cet or ne s'était pas « égaré ». Mais Alexis ne l'avait pas volé, il l'avait gagné. Si, si, gagné ! Depuis qu'il avait repris ses courses dans la campagne, l'enfant, apprit-elle, s'était acoquiné avec son ancien précepteur, qui jouait les alchimistes dans une mansarde de Bonnat et les charlatans sur les foires : il fabriquait un onguent qui guérissait tout, brûlures, coliques, catarrhes, fluxions. Il invoquait pêle-mêle Mesmer et le magnétisme, la Faculté de Paris, saint Antoine de Padoue, Esculape, les rose-croix, et le « Journal des savants ». Avec l'autorité que lui donnait déjà sa position, Alexis écoulait cette marchandise sur leur fief : il s'en était, en somme, réservé « le privilège »...

« C'est de l'onguent miton-mitaine, avança-t-il pour sa défense. Peut-être ne fait-il pas de bien, mais je vous jure qu'il ne fait pas de mal. En tout cas, je le crois aussi bon que l'élixir du docteur Lelièvre ou "l'orme pyramidal" ! Et il sent meilleur : mon "apothicaire" y met du camphre, du corail, et de la confiture de roses. Rien que de bonnes choses. Puis, je ne le vends pas pour les grandes maladies : je n'ai jamais dit qu'il guérissait les aveugles. Ni les paralytiques... Mais, pour les autres, sacredieu, il les guérit tout aussi bien que font vos médecins, avec leurs poudres de perlimpinpin ! Pourquoi me regardez-vous de la sorte ? »

Elle le fixait en effet depuis un moment avec un étonnement croissant : à mesure qu'il s'animait en parlant, elle voyait — derrière ce menton pointu, ces yeux malicieux, ce front dégagé — apparaître le visage d'un autre. Non pas d'Henri, dont elle avait si longtemps cherché le souvenir dans ses traits, mais de Frécourt, son propre père. Brusquement, c'était lui qui se tenait devant elle, cynique et joyeux. Le flibustier ! Comment n'y avait-elle pas pensé plus tôt ? Elle s'était trompée de lignée...

« Maman chérie, pourquoi me regardez-vous ainsi ? Est-ce que le Roi défend aux gentilshommes de vendre du baume ? »

Elle soupira : « Oui, Alexis. Mais, reprit-elle, j'ai enfin compris pourquoi tu aimes à commercer, et je ne t'en veux plus. Nous allons remédier à ce travers. Pour l'heure, tu me montres où tu caches tes pots d'onguent, je fais atteler, et nous rapportons tout à ton petit abbé. Y compris ce joli louis », — « Oh non, pas mon louis ! Je l'ai mérité ! D'ailleurs, il est engagé ! », — « Engagé dans quoi, s'il te plaît ? », — « Dans une affaire... »

L'affaire, c'était une « part » de sel. Il avait traité avec des faux-sauniers. De petits faux-sauniers qui passaient leur charge à pied, faute de cheval ou de mulet. Rien à voir avec les grandes bandes qui tenaient la rivière et les forêts. De simples « coureurs de nuit », modestes mais bien honnêtes. Avec son louis, Alexis finançait l'achat en fraude de deux minots de sel à un salorgier d'Aubusson ; revendus dans le Berry, ces deux minots lui procureraient cent livres de bénéfice. Quasi sans risques ! Cent livres, à onze ans... Il en avait la tête tournée ! N'allait-il pas gagner en une fois de quoi s'acheter deux selles anglaises, une petite montre, ou une paire de harnais ? De quoi payer six mois de ses gages à un valet ?

Soyons justes : le jeune Comte connaissait exactement le prix des biens et des services. Et s'il réussissait, son coup était de nature, en effet, à lui valoir de jolis profits. Une perspective grisante pour un apprenti...

Pourquoi faut-il qu'en tout temps les mères aient si peu de goût pour les revendeurs à la sauvette ? « Ma chère Perrette, dit la Comtesse, je suis navrée de renverser ton pot au lait. Ce louis ne fera pas de petits. Je le prends et le rends au charlatan. Je ne veux pas, dans cette maison, d'argent mal gagné ni mal placé !

— Mais acheter du faux-sel, Maman, ce n'est pas déroger. Faire de la contrebande non plus. Tout le monde sait que le chef de la bande d'Eguzon, celui qu'on appelait "Joyeuse", c'était Louis de Valenciennes, le seigneur de Bournoiseau. Et "Passe-buttes", n'est-ce pas le chevalier de Méry ? Que dites-vous encore du chevalier de Ravenelle, qui va avec soixante cavaliers ? Des dérogeurs, ces gens-là ? Non, de bons seigneurs aimant leurs paysans, des paysans qui sont tout pâles, faute de sel. En Berry, les pauvres mangent leur pain trempé dans de l'eau fade, ou arrosé de leurs larmes. Voilà ! Et nous, dans la Marche, les gableux nous persécutent, ils ne font que piller les chaumières, ils fouillent les maisons dès qu'on met un petit morceau de lard sur son pain ! »

Bon, elle s'était encore trompée. Ce n'était pas Frécourt qu'elle avait sous les yeux. C'était Mandrin !

« Je ne sais pas si tu déroges en t'abouchant avec des brigands, mais ce qu'il y a de sûr, c'est que tu files ta corde ! » (Le mot se noua dans sa gorge.) « Que préfères-tu, dis-moi ? Etre décollé, ou seulement rompu ? Avoir le poing coupé, ou la langue ? A moins que les galères ne te tentent ? » Elle l'avait saisi par les épaules, et le secouait. « Quand auras-tu le sens commun ? Veux-tu traîner ton nom dans la boue, ta mère dans la honte ? Il s'agit bien de dérogeance ! Si tu fais fi du catéchisme, de la morale, de la loi, ce sont des juges que tu trouveras, Alexis. Des juges et des potences ! »

Elle pleurait d'énervement. Il la consola, passa ses petites mains fraîches sur ses joues pour essuyer les larmes qui coulaient ; il posait de légers baisers sur ses tempes. Ce soir, elle se sentait si fatiguée. Comme une corde usée. Ah non, pas de corde surtout ! Elle se cognait partout. Tout la blessait.

« Pardon, Maman, pardon. Je vais réparer. Je sais les noms des chefs des grandes bandes. Je sais qui leur fait passer la rivière en bateau, et où sont leurs gués quand ils vont à cheval. Je sais quel chemin ils prennent à la queue de notre étang, où s'embusquer pour les surprendre. Je connais même les noms des cabarets dans lesquels ils passent la nuit de l'autre côté de la frontière... Je pourrais les dénoncer, Maman. Est-ce que les gabelous me paieraient bien cher pour dénoncer les faux-sauniers ? »

Cette fois-ci, elle le frappa. A mains nues. Sur le visage, la tête, le dos. Avec une force qu'elle ne contrôlait plus. Entre deux coups, il criait : « Mais si c'est mal d'être un bandit, ce ne peut pas être mal de trahir les bandits ? Ouille, ouille, ouille ! Cet argent était pour vous ! Ouille ! Pour remplacer les brebis que le loup vous a mangées l'hiver passé ! Aïe, aïe ! Je voulais vous en faire la surprise. Vous ne m'aimez pas, vous ne m'aimez pas ! »

La belle âme ! En somme, de quoi se plaignait-on ? S'il vendait sa mère, c'était pour lui laisser la monnaie... Quelle précocité dans le mal, quelle palette dans l'infamie ! Dépassé, le grand-père flibustier ! Ecrasés, Cartouche et Mandrin ! Elle avait engendré un garçon de la trempe des Caïn, des Ganelon. Auprès de lui César Borgia n'était qu'un timide, Louis XI un enfant de chœur, Panchaud et Beauvais des écoliers !

Et, tout à coup, elle sentit que ces ressemblances méritaient qu'on s'y arrête. De cet enfant si naïvement retors, si naturellement vil, ne pourrait-on faire un Necker admirable — dix fois plus fourbe que l'original —, un Terray sans pitié — cent fois plus dur que son modèle —, un grand homme enfin ? Au monde qui l'avait brisée elle renverrait ce démon souriant, qui détruirait la société en l'enjôlant. Alexis serait son « cheval de Troie » chez les Grecs, l'Ulysse de son siècle, il entrerait dans la Ville, il la vengerait.

Il ne fallait plus pleurer. Mais se mettre au travail et « l'élever ». Elle n'avait que trop tardé ! Il s'agissait de tailler l'arbre, non de le greffer : surtout, ne pas changer la nature du fruit...

Elle lui enseignerait la prudence et l'art des apparences : elle lui apprendrait à se montrer dispendieux sans être généreux, galant sans être amoureux, à respecter le droit plus que la justice, la bienséance plus que la morale ; il saurait flatter ceux qu'on doit craindre, s'abaisser devant plus bas que lui, mentir sans risques et même mentir sans mentir ; il ne s'attendrirait sur rien et ne s'attacherait jamais ; il cultiverait la solitude, le goût du secret ; il ne commettrait pas de péchés inutiles ; il brouillerait ses traces. Sa naissance l'avait fait chasseur ? Son éducation le ferait braconnier...

Elle le tenait enfin, le but de son voyage ! Cet étranger que la Providence avait déposé dans sa maison, dans son lit, dans son cœur, elle en ferait l'instrument de sa revanche. Elle l'aiguiserait, limant ses défauts superflus, affilant ses qualités, pourvu qu'elles fussent meurtrières. Elle l'éduquerait comme on affûte un poignard.

20

Dieu a dans sa main une coupe pleine d'un vin mêlé ; il la verse ici et là, et la lie ne s'en épuise jamais...

La baronne de Raguenet venait de gagner son procès. C'était inique, mais dans l'ordre des choses : il n'y a pas de justice, il n'y a que des juges... Hissée sur le pavois de son argent, « la vieille sorcière » était venue prendre fièrement possession d'une terre qui appartenait aux Malval depuis six générations. Derrière son char elle traînait deux notaires, trois feudistes, quatre huissiers. Comme si la Comtesse allait lui opposer une résistance, faire le coup de feu au coin de son bois !... N'empêche, La Commanderie avait perdu douze arpents, et au plus mauvais moment : dans trois mois l'espèce de rente que d'Agincourt faisait aux Breyves depuis quatre ans leur serait versée pour la dernière fois. Tout rétrécissait.

Tant pis ! Pas le temps de s'attarder ! Regarder au bout du sillon, piocher, lutter. Plantée au milieu du champ, Madame de Breyves regarda les dos courbés : pour biner le blé de cette parcelle fraîchement conquise sur la lande, elle avait recruté tous les journaliers des environs. Des journalières plutôt, car à cette saison la moitié des hommes étaient déjà repartis « faire les maçons » à Paris. Quant à l'autre moitié... La proximité du Berry décourageait les pauvres de s'adonner à des travaux suivis : en se faisant passeur de sel, un manouvrier ne gagnait-il pas soixante jours de salaire en un seul voyage ?

Les soins du bétail et la culture étaient abandonnés aux femmes et aux enfants : Alexis lui-même, à l'autre bout du champ, faisait sa rangée, là où, pendant l'hiver, il avait dû aider à extirper les genêts. Il ne rechignait pas d'ailleurs. Il aimait encore mieux bêcher sa terre que bûcher « L'Histoire de France » de Le Ragois... Un jeune gentilhomme en bras de chemise, la pioche à la main : voilà qui aurait plu au doux « Jean-Jacques », chantre des arts mécaniques et des travaux manuels. A cette différence près qu'ici rien ne procédait de la doctrine, et tout de la nécessité.

Madame de Breyves s'empara d'une houe et, pour l'exemple, s'acharna sur une motte d'herbes folles :

pas de coquelicots dans son blé ! Avant-hier, dans le potager, elle avait déjà sarclé ses carottes avec fureur. Elle livrait une guerre sans merci au chiendent et aux mulots : on a les victoires qu'on peut.

Car, pour le reste, que de défaites... Elle avait ressenti comme une insulte l'avancement du Grand Vicaire de l'archevêché de Paris, nommé évêque de Limoges. C'est à la messe qu'elle avait appris cette promotion : « Oremus pro Antistite nostro. Prions pour notre évêque Petrus... », — « Quel Petrus, Monsieur le curé ? », — « Monseigneur Pierre de Civry », — « Ah, je le connais. » Elle aurait voulu ajouter : « Excellent choix », feindre, faire l'hypocrite, se cacher, comme la sèche, derrière un nuage de bile noire. Mais elle n'y parvint pas, elle n'y parvenait jamais. Trop occupée à revivre sa démarche à l'Archevêché, à raviver des insultes oubliées : « Estimez-vous bien contente que nous ne fassions pas un procès au cadavre ! Pour s'être détruit si scandaleusement, votre mari mériterait d'être traîné nu sur la claie ! Quelques-uns de nos clercs y ont songé. » Elle avait porté la main à sa poche : « Pour vos bonnes œuvres, Monseigneur... » Un langage que Pierre de Civry comprenait. Il s'était radouci ; et, tandis que les écus passaient d'une bourse à l'autre, elle croyait voir la bedaine du prélat se gonfler de chapons au beurre d'écrevisse, de pâtés de soles, de salmis de bécasses, sans oublier, pendant le carême, les saumons aux truffes... Au fait, pourquoi ce Tartuffe ne figurait-il pas sur le « carnet noir » ? Une omission à réparer... A prix d'or, elle avait sauvé le cadavre de son mari. Rien que son cadavre. Et encore ! Elle ne savait même pas précisément où il était enterré ! Léveillé parti (qui, avec le palefrenier et le vieux valet, avait mis le Comte en terre), elle ne pourrait jamais retrouver ce corps si précieux, ce corps tant aimé ! D'Henri elle avait tout perdu. Jusqu'au son de sa voix, cette voix qu'elle adorait, et qui n'était plus, elle aussi, qu'un souvenir abstrait.

« Nous cherchons notre bien dans les créatures,

qui s'évanouissent comme les ombres. » Ainsi parlait « L'Imitation de Jésus-Christ ». Elle relisait « L'Imitation », parce qu'autrefois, de temps en temps, Henri la lisait. « Soyez libre au-dedans, sans aucune attache à la créature. » Elle avait beau y mettre de la bonne volonté, elle finissait chaque fois par jeter le livre avec rage dans sa table de chevet, à côté de son pistolet : les prêtres ignoraient donc que les créatures ont des bouches très douces ? N'avaient-ils pas remarqué que les créatures ont des larmes plein les yeux ? « La ferveur sensible, les consolations, les ravissantes douceurs de l'amour nous sont données et retirées selon des desseins que nous ignorons ; elles passent, et tout ce qui passe produit le trouble si l'on s'y attache. » Très bien : Alexis ne s'attacherait à rien, elle y veillerait. Elle avait déjà commencé à lui ôter ses illusions : « Babet m'aime », assurait-il. — « Elle est payée pour t'aimer. » Voilà une vérité de nature à faire grandir un petit garçon.

Quelles autres bonnes nouvelles cette semaine ? Le vieux Roi avait succombé à la maladie : une petite vérole tardive ; on avait donc changé de roi. Mais c'était bien tout ce qu'on avait changé : pour le reste, Maman-Madeleine était toujours morte ; morts aussi les trois enfants de Vénus Bon-Secours qui suppliaient qu'on les épargnât, et Thisbé Quand-on-plaît, et Pyrrhus Janvier avec son bon sourire, mort Henri... Aucun n'avait ressuscité. On avait changé de roi, mais les négriers continuaient à prospérer, les assassins à courir, et Monsieur Necker à gonfler. On avait changé de roi, mais l'abbé Terray était toujours ministre des Finances, et le Diable toujours prince de ce monde.

Et elle, pendant ce temps ? Elle lisait « L'Imitation », elle lisait les Evangiles. La Passion, elle y croyait. Comme si elle y était. Mais la Résurrection, rien à faire. Question de patience sans doute. Plutôt que d'attendre le troisième jour, elle préférait liquider tout de suite Ponce Pilate, Anne et Caïphe, Judas, Barabbas, et les soldats romains. Elle ne serait pas « obéissante jusqu'à la Croix ». Foin de ces apologies de la douleur, de ce renoncement complaisant ! Qui protégerait les innocents si on laissait les coupables s'installer ? C'est loin, le Jugement dernier ! Contre Satan, s'il le fallait, elle s'allierait aux démons de troisième catégorie, aux Furies, aux dragons, aux harpies, aux génies, aux incubes. Contre Belzébuth, avec Astarté, Gog et Magog, Balaam et Alexis...

Elle se redressa, les reins brisés. Sous sa coiffe de paille, la sueur lui collait les yeux. Aux champs, avec ses robes noires, elle avait toujours trop chaud. Pourtant, on n'était qu'en mai... Tandis qu'elle passait son mouchoir sur son cou, son regard balaya le paysage : en haut, les landes fleuries de genêts, les clochers de bardeaux, le chaume des villages ; plus bas, le moutonnement sombre des forêts et le vert tendre des prés, herbe de mai douce comme une chevelure de nouveau-né ; et plus bas encore, les étangs aux rives bordées d'un friselis cérusé, aux lointains perdus dans un bleu laiteux. La beauté entrait si fortement par les yeux qu'elle submergeait tous les sens : on croyait la respirer, l'entendre. Une symphonie dans laquelle chaque arbre tenait sa partie : les hêtres encore bruns, secs, grinçaient comme des violes, les peupliers mettaient dans l'air la note claire des harpes, les sapins noirs dévalaient les pentes dans le roulement grave des tambours. Un coucou chanta...

La beauté désarme ; il faut se garder de la beauté. La sensibilité était à la mode ; il fallait lutter contre le charme de sentir. Pour la Comtesse, c'était facile : elle n'avait qu'à se rappeler Paris... Mais pour Alexis ? Comment détacher Alexis ? Justement il s'était relevé, lui aussi. Il regardait le lac. La beauté du lac était un piège. Vite, l'en tirer ! Maintenant, quand Madame de Breyves voyait son fils rêver sur un coucher de soleil, s'attarder au pied d'une cascade ou le long d'un torrent, observer une nichée de perdrix sans prendre son fusil, elle se hâtait d'interposer entre lui et la beauté l'écran du concret — les soucis, les rendements, l'argent. Contemplait-il une forêt ? « Il faut que nous fassions une coupe dans ce taillis l'hiver prochain, mon cher enfant. Il y a bien trois cordes de bois à récupérer. Fais-moi penser à en parler aux bûcherons. » S'il s'arrêtait, songeur, à l'orée d'un pré : « Les faucheurs m'ont fait perdre la moitié du produit ! Vois comme ils m'ont fauché ce regain — à cinq pouces du sol ! Sans compter qu'ils l'ont rentré avant qu'il soit sec ! Résultat : dix écus de perdus ! » Partout, elle lui détaillait les techniques et les quantités : « Ici, j'espère récolter l'an prochain deux setiers par boisselée... Quand on fait construire un soc neuf pour une charrue, il faut veiller que la pointe ne donne pas à gauche, ce qui ferait prendre une trop grande largeur de raie : les forgerons sont des mange-sillons ! »

« Alexis », cria-t-elle lorsque l'enfant mit sa main en visière pour mieux admirer les reflets blancs des étangs, « cours au moulin : je trouve le lac enflé, ce sont les pluies d'hier ! Il va encore m'inonder le pré, noyer les peupliers ! Cours ! Fais lever de deux crans la pelle meunière ! Qu'on ouvre aussi la vanne du bief ! Vite ! » Ravi de lâcher sa pioche un instant, l'enfant prit ses jambes à son cou. Elle le vit s'éloigner par la grande route du bourg et songea qu'il serait allé plus vite à travers champs. Il cherchait sûrement à perdre un peu de temps...

« Si vous aviez assez d'innocence, vous verriez tout sans dégoût », affirmait « L'Imitation ». « Un cœur pur pénètre le Ciel et l'Enfer. Chacun juge des choses du dehors selon ce qu'il est au-dedans de lui-même... » Et si c'était vrai ? Peut-être vivait-elle entourée de « bonnes gens » que son regard seul transformait en tricheurs et en méchants ? « Aux purs tout est pur » — elle connaissait l'antienne, parfois elle en était troublée. Elle reprit son sarclage avec des gestes bienveillants ; pendant quelques minutes, elle s'efforça de considérer la mauvaise herbe comme un don de Dieu, de trouver de la grâce aux orties et de la nécessité aux ronces.

Au bourg, la cloche tinta. L'angélus, déjà ? Non, les

coups se précipitaient. Comme si la cloche allait sauter du clocher. Le tocsin...

Tous les sarcleurs s'étaient redressés, les yeux tournés vers la vallée, le village d'où montaient des cris confus. Un enfant effrayé courut se cacher dans les jupes de sa mère. Sur les visages, la stupeur, l'incrédulité. Quelques-uns, comme la Comtesse, scrutaient le paysage à la recherche d'une flamme, d'une fumée. Rien. Que cette rumeur en bas qui s'amplifiait, et la cloche qui battait comme un cœur affolé.

Madame de Breyves aspira l'air à grandes goulées, mais elle n'y reconnut pas l'odeur de l'incendie. Des yeux elle suivit le parcours de la rivière, le chapelet des étangs, sans y trouver de chaussée rompue, de terre submergée. Si ce n'était pas l'eau, si ce n'était pas le feu... La guerre, alors ? Une vieille se pencha vers son voisin de rangée et lui glissa quelques mots à l'oreille. « Qué qu'ou sabint ? » demanda la Comtesse à son garçon de charrue. L'autre, haussant les épaules, le visage fermé : « Ou sabint rin do tout ! Ils ne savent rien... » Elle comprit : tous, maintenant, avaient saisi de quoi il retournait, mais personne ne parlerait.

Déjà, abandonnant leurs outils, certains marchaient vers l'entrée du champ. Là-bas, dans la vallée, toujours des cris ; et soudain, une détonation, dont les collines se renvoyèrent l'écho... Echo, vraiment ? Ou feu nourri ? En tout cas, au bourg on tirait. Madame de Breyves, paralysée, écoutait les hurlements, les coups de fusil, les cloches ; immobile, elle guettait l'embrasement, le ciel rouge, les torches, les couteaux — tout ce qui rattrape les endormis. Souvenir d'un matin rouge, beau comme un crépuscule. « Tit sirop, tit sucre, en nous aller loin grand'case ». Une enfant de six ans dont le cœur seul sonnait le tocsin. Toute une nuit, elle l'avait entendu battre dans ses oreilles avec son sang. « Maman ! Maman-Madeleine, protégez pitite à vous... »

Mais trente ans avaient passé ; la mère aujourd'hui c'était elle, et l'enfant Alexis. Alexis ? Justement, il venait de partir par la grand-route du bourg ! La Comtesse poussa un cri et, relevant ses jupes, s'élança comme une folle. Elle courait, volait au-dessus des ruisseaux et des fondrières. A mi-chemin elle croisa une troupe de cavaliers en déroute, elle eut juste le temps de se jeter dans un fossé pour les éviter : des gabelous, sept ou huit, qui s'enfuyaient en tiraillant. Comme ses paysans, mais pour d'autres raisons, Madame de Breyves ne les aimait pas. Elle n'approuvait ni le système de la Ferme ni l'impôt du sel : même si dans ce pays rédimé la gabelle ne faisait pas de gros bataillons d'opprimés, c'était un mauvais impôt, qui multipliait les larrons. En poussant les frontaliers dans la voie de la fraude et du mensonge, en détournant toute une population des travaux des champs, cette gabelle nuisait plus à l'agriculture que la grêle ou la gelée : le sel rendait le pays aussi stérile que si on l'avait semé dans les sillons.

Courant toujours, la Comtesse dépassa La Chaume, le dernier domaine avant le bourg. Dans la basse-cour deux chiens blessés agonisaient ; plus loin, sur le tas de fumier, un gabelou, la chemise trempée de sang, râlait. Elle ne s'arrêta pas (Alexis d'abord !), mais elle nota sans y penser que le mourant portait des souliers percés. Rien de surprenant : les commis de la Ferme étaient mal payés ; certains même allaient nu-pieds. Si l'on devait réserver son estime au peuple, dernière toquade des philosophes, les gabelous ne méritaient pas moins cette estime que les faux-sauniers puisqu'ils n'étaient pas moins peuple. Pourtant, les gueux du pays vouaient à ces autres gueux une hargne véhémente dont Marie avait donné l'explication à sa maîtresse : vieux, les commis touchaient une pension. De quoi, en effet, justifier l'envie et le ressentiment ! Et jeter des pierres à leurs enfants ! Et massacrer tout douanier assez bête pour s'avancer isolément !

A l'entrée du village la Comtesse trouva encore trois chiens morts, allongés en travers de la route. Elle dépassa les deux premières tavernes (le village en comptait cinq) ; les grandes tables semblaient vides et les cabaretiers, au visage lie-de-vin, se tenaient sur les seuils avec de vieux tromblons dont ils tiraient des coups en l'air comme pour ces « bravades » qui accompagnent les mariages. Mais les cris qui venaient de la place de l'Eglise (« Tue, tue ! Foutez-moi sur la gueule à ces bougres ! ») ne laissaient aucun doute sur la nature de la fête : ce n'était pas l'amour qu'on célébrait aujourd'hui, c'était la mort.

A l'embouchure de la place, des femmes s'empressaient autour d'un blessé étendu sur le pavé : « Heulà, mon p'tit, mon paur'petit ! » Alexis ? Son cœur se fendit... Non, c'était Chartier le tisserand, dit « Va-de-bon-cœur » dans la contrebande ; une vieille lui tendait un verre d'eau-de-vie. Un chemin de sang menait jusqu'aux marches de l'église ; une foule s'était rassemblée en bas des degrés ; par la porte grande ouverte on apercevait le sonneur de tocsin, Gros-Sylvain, le fils du meunier, qui s'accrochait joyeusement à la corde. Sur les marches, un chiffon rouge. « Tue, tue ! », « Faut porter malheur à ces bougres, étripe, étripe ! » De ceux qui s'attroupaient la Comtesse ne voyait que les dos, mais elle distinguait leurs fourches et les bâtons ferrés des faux-sauniers. On tue très bien avec une fourche. Pas proprement, mais bien. Il suffit d'en avoir envie... Sur les marches, le chiffon rouge bougeait. Madame de Breyves, épouvantée, ralentit le pas.

« Haro sur le gabelou ! » Un homme dominait la populace de la tête et de la voix : Auclère, le patron de la tuilerie, dit « Trinque-Chopine ». Ses gros bras et sa grande gueule en faisaient un chef naturel. Aussi le receveur du Roi l'avait-il choisi l'année d'avant pour répartir l'impôt entre les villageois ; fidèle à la tradition, il avait exonéré sa famille et écorché les autres... Voir aujourd'hui ce collecteur d'hier exciter les contribuables à la révolte ne manquait pas de saveur ! C'était comme un tondeur à la tête des moutons, un loup menant les chiens du berger ! Mais quoi, il se blanchissait : en trempant ses mains dans le sang, il se les lavait, et il regagnait, en attaquant la gabelle, la popularité qu'il avait perdue en profitant de la taille... A grands coups de bâton, il frappait le chiffon rouge.

Les volets du presbytère étaient fermés : si le curé ne prêchait pas, comme son confrère de Chambon, contre « ces canailles de gableux », il n'aimait pas le risque... Malgré elle, Madame de Breyves reprit sa course ; les traces de sang l'attiraient vers les marches et « le chiffon ». Le sang l'appelait... Elle avait beau mépriser les agents de la Ferme — un ramassis de fainéants —, elle ne laisserait pas ses gens les tuer à cinquante contre un ! Toujours sa haine des battues. La chasse en solitaire, le duel, l'empoignade seul à seul sur un pré, voilà des combats dignes de ce nom ! Mais ce tas d'ivrognes...

Auclère levait son bâton, Bonnel pointait sa fourche, elle se glissa brusquement entre les massacreurs et le blessé. Personne ne l'avait vue venir. « Etes-vous fous ? cria-t-elle. Tuer de la sorte un homme à terre ! » Bref moment de flottement dans la foule. Maintenant, elle voyait leurs visages. « Si votre cœur était droit, toute créature serait pour vous un miroir de vie », disait « L'Imitation ». « Car il n'est point de créature si vile qu'elle ne présente quelque image de la bonté de Dieu. » Trinque-Chopine, un miroir de vie ? Avec sa face violacée, ses yeux injectés ? On disait qu'un jour de colère, empoignant un couteau, il avait crevé les yeux à ses deux veaux...

Le blessé, profitant de l'hésitation, se traînait sur les marches, dans l'espoir d'atteindre la porte de l'église. Il était rouge de la tête aux pieds, rouge comme Pyrrhus Janvier, comme un sauvage tatoué, comme un Indien rocoué. Ridicule... D'ailleurs, on riait. Gros-Sylvain, qui avait lâché sa corde pour venir aux nouvelles, le repoussa du pied ; il dégringola. Nouveaux rires. « S'il y a des angoisses et des tribulations, elles sont d'abord le lot de la mauvaise conscience. Mais s'il est quelque joie dans le monde, seul le cœur pur la possède. » A voir la joie peinte sur le visage d'Auclère et de Gratte-Mauvais, pas de cœurs plus purs que les leurs ! Mensonges, mensonges...

« Fous ton camp, la mère Comtesse ! »

Le chef des « cœurs purs » s'était ressaisi. « Fous ton camp » : le peuple devenait d'une insolence... Madame de Breyves crut pouvoir encore amadouer quelques-uns de ces piliers de cabaret — n'y en avait-il pas plusieurs qu'elle avait connus tout petits ? Ils avaient construit des barrages ensemble sur les ruisseaux, pêché les écrevisses. « Mes amis, dit-elle, je sais le tort que vous cause la Ferme, mais...

— Vous savez rin, cria une femme, ils sont venus tuer nos chiens ! »

La Comtesse, qui commençait seulement à comprendre la raison de cette agitation, eut une seconde d'embarras, qui suffit à Trinque-Chopine pour reprendre sa troupe en main. « Par la sacre ! Vous nous arrêterez pas avec vos beaux mots ! Pas plus qu'avec vos barrières ! Tirez-vous, la clôtureuse, ou vous aurez du bâton autant que ce vilain bougre ! » Tout de même, ils n'oseraient pas... Une femme ! Mais s'ils osaient ? Ils avançaient. Elle recula jusqu'au blessé. Jolie scène, vue de loin : elle en noir, debout dans sa longue robe ; lui en rouge, couché dans sa chemise ensanglantée.

« Tue, tue ! Etripe, étripe ! »

Elle sentit leur souffle. Il y a une ivresse de l'héroïsme, comme une griserie de la lâcheté... Et soudain, à l'autre bout de la place, le cri d'un enfant : « Ensauvez-vous, ensauvez-vous vite, ils reviennent ! Lo gabelous ! Gratte-Mauvais, sauve-te ! Sauve-te, Trinque-Chopine ! Qu'est par tin ! Ou te charchint ! Ils reviennent ! Toute la brigade d'Argenton ! Ils sont à La Chaume, je vous dis ! On les a vus ! Avec des fusils, des carabines, des pistolets. Sauvez-vous ! »

Alexis ! Sain et sauf, Dieu merci... Mais pourquoi avait-il traîné du côté de La Chaume ? Et quand l'avait-elle dépassé ? Pauvre enfant, il avait l'air affolé ! Les habits en désordre, la respiration saccadée. La troupe devait lui coller aux chausses !... Aux cris poignants qu'il poussait, les émeutiers s'étaient égaillés. Quelques-uns, jetant leurs fourches, sautèrent le mur du cimetière ; de Trinque-Chopine on ne vit plus que le derrière, tandis qu'il grimpait le long de la treille d'un cabaret et rampait sur le toit pour se mettre en sûreté de l'autre côté. La Comtesse serra son fils contre elle : « Ne t'inquiète pas, Alexis. Nous n'avons rien à craindre. Ce n'est pas toi que les gabelous cherchent : j'ai sauvé l'un des leurs... »

Il releva la tête, étonné : « Oh, Maman, vous aussi vous m'avez cru ? Mais... » Il baissa la voix : « Cette troupe n'est qu'un fantôme ! J'ai voulu vous tirer d'un mauvais pas ! J'étais caché dans la grange d'Alapetite. J'ai tout vu. Ah, la belle révolte ! » Il s'enflammait : « Mes aïeux, la rossée que les gabelous se sont reçue ! Oh, la torchée ! Je n'en ai rien manqué, c'était curieux à regarder, mais il ne faut pas s'approcher surtout » (il se remit à chuchoter), « on attraperait des coups dans ces affaires-là ! »

Une fois de plus elle se sentit dépassée : incapable d'imaginer un mensonge si éhonté, un sang-froid si parfait (à onze ans !), mais incapable aussi de les condamner — toutes les ruses sont permises aux assiégés.

Il la tirait par la manche : « Filons ! Nos gars pourraient s'aviser de ma petite malice !

— Je n'abandonnerai pas ce malheureux...

— Oh, fit-il indigné, vous n'allez quand même pas sauver cette engeance ! Des bandits, qui font la guerre aux sujets du Roi, qui tuent leurs chiens ! Comme si les chiens d'ici étaient contrebandiers ! Ailleurs, oui, je ne dis pas... Mais ici ils ne pourraient pas passer la rivière, le courant va trop fort. Allez, Maman, il faut décaniller, prendre l'escampette... Tirer nos chausses, quoi ! Vite !

— Monsieur le curé, cria-t-elle en se tournant vers les volets fermés, nous laisserez-vous mourir ici ? »

Le volet s'ouvrit : « Oh, Madame la Comtesse ! Si je m'étais douté...

— Pas de cérémonies ! Sortez plutôt votre carriole de l'écurie ! Et aidez-moi à y charger ce pauvre homme. »

« Il y en a un autre à La Chaume, sur le tas de fumier des Grelet, précisa-t-elle en hissant le blessé, vous feriez bien de lui donner l'extrême-onction, ou de l'enterrer s'il est trop tard : c'est un maltôtier, ce n'est pas un chien ! A propos de chiens, si votre religion ne vous l'interdit pas, bénissez donc ceux qu'on a sacrifiés : c'étaient de braves bergers, qui ont péri victimes de l'imbécillité ! »

Alexis prit les guides et ils remontèrent vers le château dans le char à banc du curé. « Je crois que vous avez perdu l'esprit ! » maugréait-il en se retournant pour jeter des regards glacés au gabelou qui geignait. « Vous me dites d'être prudent, Maman, mais, vrai, vous ne m'en donnez guère l'exemple ! C'est comme pour votre grand duc : une folie, qui ne nous fera pas de bien ! »

Elle s'amusait de cette façon qu'il avait maintenant de la sermonner. Il avait toujours été insolent, mais, depuis qu'elle avait renoncé à l'éduquer contre sa nature, il avait pris une autorité qui allait bien au-delà de la familiarité... Qu'importe ! D'un garçon destiné à combattre les tigres elle n'allait pas faire un singe dressé ! Pourquoi en exiger les formes extérieures du respect ? Elle cherchait moins à l'intimider qu'à le convaincre ; elle y parvenait généralement car il se révélait très accessible à la raison : si la morale est insensée, qu'y a-t-il de plus raisonnable que l'intérêt ? Là où, pour le faire marcher droit, on aurait persuadé un autre enfant par des promesses et du sentiment, on prenait celui-ci par le calcul des probabilités... C'est pourquoi, toute honte bue, elle se laissait traiter d'égal à égal par ce garçon singulier ; et si leurs conversations n'étaient pas toujours sincères, elles étaient toujours lucides, et parfois délicieuses.

Ce jour-là, elle le rassura : elle n'avait pas l'intention de garder ce gabelou plus longtemps qu'il ne faudrait. Elle le ferait laver, panser, examiner par le barbier ; mais si sa vie n'était pas en danger, on demanderait à la brigade de le reprendre aussitôt.

« En attendant, Maman chérie, votre bonne action va vous faire une très mauvaise réclame dans le pays ! Ne savez-vous pas qui est derrière cette jacquerie ?

— Auclère, je suppose.

— Auclère ? Mais Auclère n'est qu'un porte-voix ! D'accord » (il se mit à rire aux éclats, en gamin qu'il était), « ah, d'accord, sa voix porte loin ! La bonne farce, on n'entend que lui ! Pourtant ce ne sont pas toujours les plus braillards qui mènent le jeu... Le chef, ici, c'est le père Jean.

— Mon meunier ? D'où tirez-vous une idée pareille ?

— De ce que votre meunier, Maman, n'est qu'un meunier moitié-moitié. Moitié farine, et moitié sel. Farine dans votre moulin de l'étang, et sel dans son moulin de la rivière... Voyons, Maman, un peu de jugeote ! » Un peu de jugeote en effet. Tout lui devenait lumineux : elle savait bien que, l'hiver, on ne pouvait plus passer la rivière à gué. Or, la Ferme interdisait les barques aux paysans... Voilà les sauniers forcés d'emprunter les bateaux des seuls riverains qui avaient la permission d'en garder : les meuniers. D'ailleurs, qui vivait nuit et jour au bord de l'eau ? Qui était à même de surveiller le passage, d'attendre les occasions sans attirer l'attention ? Les meuniers, toujours les meuniers ! Pour les empêcher de frauder, il aurait fallu mettre une brigade au pied de chaque roue ! « Votre père Jean fait comme les autres, allez ! reprenait le petit. Seulement, il lui faut des cachettes, et des bons amis... Des amis, il paraît que sur notre fief il n'en avait plus tant ! Il commençait à le trouver mauvais ! Pardi ! Je tiens ça de son fils, le Gros-Sylvain. En secret, celui-là, je l'appelle Sot-Sylvain — il ne demande qu'à se faire tirer les vers du nez ! Bavard, Maman, bavard à n'y pas croire ! Une langue à torcher Cadet ! Mais, mazette, quel sonneur de tocsin il fait ! Ah, dans le tocsin, il est brillant ! Vous l'avez entendu ? Quand je serai plus

213

grand, j'aimerais bien, moi, savoir sonner comme lui !... Bon, pour cette affaire de faux sel... » De nouveau, il se tourna vers le gabelou blessé : « Est-il bien assommé, ce paroissien-là ? Je me méfie... Donc, à mon avis, c'est le père Jean qui a manigancé cette histoire de chiens pour monter nos paysans contre la Ferme... Il aura fait un faux rapport, et ces bougres de couillons de gabelous ont donné dans le panneau ! Oh, les enflés ! Maintenant, ils ne pourront plus venir fouiner ici sans se faire étriller ! Ah, c'est un rusé, notre père Jean. Il y a des choses à apprendre d'un homme comme lui ! Je l'aime !... Mais vous, Maman, pourquoi vous être mêlée de cette affaire-ci ? Vous allez encore vous mettre mal avec tout le pays ! Si au moins vous en tiriez un profit... »

Elle sentit qu'elle ne se justifierait pas en lui disant la vérité. Sa vérité était inaccessible à Alexis, et ses émotions, trop souvent en désaccord avec les principes qu'elle tâchait de lui inculquer. Pourtant, elle ne pouvait perdre la face : son fils devait l'admirer aussi longtemps qu'il lui faudrait un guide. Pour redescendre à la hauteur de son estime, elle prétendrait avoir agi par calcul, comme chaque fois qu'elle agissait par passion. Encore une chance qu'elle ne fît rien par bonté ! A tout prendre, l'écart était moins grand, sa cause plaidable...

Elle commença par rappeler à l'enfant la fable du « Lion et du rat », qu'il avait apprise entre « L'huître et les Plaideurs » et « Les Animaux malades de la peste » (dont la morale collait à la situation après la victoire judiciaire de la Raguenet). « Selon que vous serez puissant ou misérable », « Apprenez que tout flatteur », « La raison du plus fort », « Grippeminaud le bon apôtre », Alexis savait son La Fontaine sur le bout des doigts et était aussi convaincu de l'exactitude de ces portraits qu'un courtisan blanchi sous le harnais. Toutefois il évitait de réciter à sa mère « Le loup et l'agneau » (que l'un et l'autre redoutaient), il y substituait « Les loups et les brebis » dont la chute plaisait davantage à la Comtesse : « Nous pouvons conclure de là qu'il faut faire aux méchants guerre continuelle. La paix est fort bonne de soi, j'en conviens ; mais de quoi sert-elle avec des ennemis sans foi ? »

Si Alexis lisait la Bible comme une fable, il lisait les Fables comme une Bible : il n'en faisait pas sa lecture favorite, mais il s'y référait dans tous les cas délicats. Aussi ne nia-t-il pas qu'on eût « souvent besoin d'un plus petit que soi » — parole d'Evangile ! —, mais il doutait, dit-il, que ce « petit » pût être un gabelou : dans gabelou il y a « loup », n'est-ce pas ? Toujours cette faiblesse en orthographe !... Madame de Breyves choisit d'élargir le sujet : du gabelou litigieux elle passa aux grands — les grands affaiblis, les puissants tombés, le lion malade, le gendarme rossé, l'Hercule enchaîné. A la Cour elle se souvenait d'avoir toujours été proche des pestiférés — les ministres en disgrâce, les maris trompés, les plaideurs déboutés, les femmes stériles, les éclopés, les ridicules, les abandonnés, bref tous ceux qui traversaient une mauvaise passe. Jamais on ne l'avait entendue crier « Haro sur le baudet »... Encore une fois, elle n'imputait pas ces bonnes actions à la charité, mais à l'esprit de contradiction, ou même, tranchons le mot, à l'orgueil. Entre la foule et un homme seul, elle prenait naturellement le parti de l'homme seul. Par dégoût de la cohue, mépris du vulgaire.

Et, comme elle n'était pas à une contradiction près, tout en se souhaitant un fils opportuniste, elle espérait que lui aussi serait capable de braver l'opinion. Pour l'y inciter, elle tâcha de lui montrer l'habileté d'une conduite dont il ne voyait que les dangers : « Voler au secours du succès n'est pas seulement sans mérite, Alexis, c'est d'un très petit rendement : dans la bousculade des "amis de Cour", crois-tu que tes applaudissements seraient remarqués ? Tandis que dans le désert... Dans le désert, on ne verra que toi. Et si le sort vient à changer, tu pourras tirer quelque avantage du soutien manifesté dans les moments difficiles... Tout cela, bien sûr, est à faire par politique, pas par amitié. » L'amitié, elle le souligna, serait souvent déçue : tous les vaincus du sort n'éprouvent pas de gratitude pour leurs consolateurs ! L'homme à terre était à considérer comme une valeur purement spéculative, il fallait l'acheter à la baisse, sans trop y investir : si l'on perd, on ne perd pas grand-chose ; si l'on gagne, le gain est immense. Une sorte de pari pascalien modestement ramené aux dimensions de ce monde... L'enfant écouta attentivement, et, s'il ne parut pas séduit, il cessa, du moins, de prendre sa mère pour une écervelée.

Arrivée au château, la Comtesse lava son gabelou tandis qu'on courait chercher le barbier. Le commis portait, jusque sur le visage, des plaies multiples, mais aucune ne paraissait profonde ; déjà il saignait moins et, s'il semblait avoir une jambe cassée, sa tête restait bonne puisqu'il reprit conscience pendant qu'elle le changeait de linge : « Je les ai reconnus », gémit-il. Et de ses lèvres tuméfiées il prononça leurs noms : « Bonnel, Gratte-Mauvais, et le gros... le gros, je sais qu'il est tuilier...

— Vous délirez ! » coupa Madame de Breyves embarrassée. Elle comprenait maintenant pourquoi, lorsqu'ils agissaient à visage découvert, les contrebandiers ne faisaient jamais de quartier : ils craignaient d'être reconnus par ceux qu'ils auraient graciés.

« Point du tout ! s'entêta le blessé. Et je reviendrai avec mes camarades : sacredieu, nous les ferons danser ! Au fer rouge, que je vais les marquer ! Et les chefs, précisa-t-il entre deux plaintes pendant qu'elle lui bandait le poignet, les chefs, je les ferai rouer ! Roués vifs ! Rompus menu ! » Pour une victime, il n'était pas très accessible à la miséricorde. A la reconnaissance non plus. Madame de Breyves eut beau le raisonner (« Vous n'avez aucune preuve, et je jurerai contre vous »), le supplier (« pour l'amour de moi qui ai eu pitié de vous, convenez, Monsieur, que vous n'avez reconnu personne »), il garda son air buté et ne desserra plus les dents que pour geindre et soupirer. On le porta sur la paillasse de Léveillé où le barbier lui fixerait les attelles qu'il préparait.

En passant près d'une fenêtre pour aller nettoyer sa robe souillée de sang, la Comtesse vit que la nuit était tombée : un beau soir de pleine lune, aux ombres longues, aux aplats glacés. La prairie, jusqu'à l'étang, si blanche qu'elle semblait gelée. Et les grands sapins contemplant dans cette herbe décolorée, comme dans une eau stagnante, leur reflet inversé. Un pays fantôme, enveloppé de son suaire... Le front contre la vitre, Madame de Breyves s'emplissait de cette beauté spectrale, de cette lumière noire, de ce silence : le bonheur ?

En diagonale, Torchon, vêtue de rouge, traversa le paysage : de l'étang elle ramenait deux seaux d'eau pour laver le sang qui tachait les dalles. Avec son fardeau elle avançait péniblement, le ventre en avant, enceinte jusqu'aux dents. Six mois plus tôt, elle avait été violée par des finauds ; elle était rentrée un soir de la lande du Plaix, les vêtements déchirés, secouée de cris inarticulés. Des finauds qui ne risquaient pas d'être dénoncés : c'est ce qu'il y a de bon avec les muettes... A voir le sourire malin qu'arboraient certains, Madame de Breyves en venait à soupçonner la moitié du village de complicité. En tout cas, comme pour les faux-sauniers, tout le village savait. « Eh bien, moi, j'ai honte, Madame, honte du scandale que cette catin donne à nos voisins ! Avec ce ventre qu'elle n'essaie même pas de cacher ! Madame, il faut la chasser, réclamait Babet, très morale pour les autres.

— Je vois bien, ma fille, par où votre conseil est chrétien : la mère sur les routes, l'enfant aurait de meilleures chances de naître dans une crèche... »

Le blessé, que le barbier remuait, se remit à crier, entrecoupant ses hurlements de jurons et de menaces : « Roués vifs ! Rompus menu ! » Torchon, fatiguée, s'arrêta un instant au milieu du pré, ses seaux à ses pieds. Elle posa ses mains sur son ventre, se cambra, renversa la tête en arrière — était-ce pour prier la lune ou pour s'en saouler ? Elle la buvait, s'y baignait, s'ébrouait sous ses rayons comme une bête sauvage, tapant violemment des poings sur son ventre tendu ; mais l'enfant était bien accroché. Le bonheur... « Est-ce là ce que vous cherchez dans le monde ? Il n'y est pas », disait cette « Imitation » qu'Henri aimait. « Ecoutez ce cri de détresse, cette plainte prolongée de siècle en siècle : c'est la voix du monde. »

« Votre gabelou... Le chirurgien est en train de lui passer de mon onguent partout », murmura Alexis en se glissant dans l'embrasure, près de la Comtesse.

« De l'onguent ? Mais je croyais que nous avions tout rendu !

— Oh, en effet ! Je n'en ai, pour ainsi dire, presque pas gardé... Mais puisque je le donne, Maman, vous n'allez pas vous fâcher ! Un onguent à quarante sols le pot ! C'est un beau cadeau ! »

Curieux de savoir à quoi sa mère s'occupait, il regarda par la fenêtre à son tour : Torchon s'était remise en marche, balançant son « fruit » et ses seaux. L'enfant dut avoir l'œil attiré par ce ventre, lui aussi. « C'est vous qui m'avez fait », murmura-t-il rêveur en s'appuyant contre sa mère, — « Oui », dit-elle avec un sourire triste, « et je ne sais pas si j'ai bien fait... », — « Vous avez fait un heureux ! »

21

Jamais le prix du setier de froment n'avait été si bas sur le marché de Guéret : treize livres, alors qu'on le vendait vingt-trois l'année où Madame de Breyves avait repris la direction du domaine. Pour le seigle, c'était pire : sept livres au lieu de vingt ! Les récoltes avaient été trop abondantes, le Ciel trop clément. Le peuple s'en trouvait soulagé, les petits seigneurs accablés. Pour ceux qui, comme la Comtesse, ne consommaient qu'une partie de leur produit et vendaient le surplus, la clémence du Ciel n'était pas moins fâcheuse que sa rigueur. Les Marchois avaient raison de ne pas prier : mieux valait se faire oublier — l'indifférence des dieux est leur plus grand bienfait...

Pour couronner le tout, dès la fin de l'hiver l'épidémie éclata dans les villages de la vallée. Le chirurgien de Bonnat écrivit à Madame de Breyves que la variole qui frappait tout le sud de la sénéchaussée gagnait le nord : n'était-il pas temps de faire inoculer son fils si elle y était toujours décidée ?

A douze ans, Alexis n'avait pas encore attrapé la petite vérole ; à cet âge pourtant, neuf enfants sur dix avaient déjà surmonté l'épreuve, ou succombé ; en tout cas, plus le temps passait, plus la maladie risquait de lui être fatale. S'il faut rencontrer le mal, on ne gagne rien à différer : l'âge tendre est plus favorable aux apprentissages. Vérité générale qui, pour la variole, s'appuyait de nombreux exemples particuliers ; le dernier en date était celui du vieux Roi, emporté en quelques jours pour avoir été trop longtemps épargné.

Suivant le conseil de la Faculté, les jeunes princes de la famille royale venaient, non sans panache, de se faire inoculer. En dépit des réserves de quelques théologiens (« on n'a pas le droit de se soustraire aux décrets de la Providence en se donnant soi-même la maladie »), la mode était lancée : on ne « vaccinait » pas encore, mais, en prélevant un peu de pus sur un malade atteint d'une variole bénigne, on « inoculait » avec fureur ; les Parisiennes portaient même une « coiffure à l'inoculation » qui réunissait, entre deux mèches, un serpent, une massue et un olivier.

Mais la province, où la médecine restait timide et le cheveu plat, continuait à tergiverser. Madame de Breyves se résolut à donner l'exemple : « l'homme noir » de Guéret ne lui avait-il pas chaudement recommandé de conserver son fils « pour Monsieur Necker » ? Et c'était bien pour Necker et ses pareils, en effet, qu'elle entendait garder ce mauvais sujet de si grande espérance... Pour eux, oui, mais pas à leur profit !

On peut penser que, plus attachée à Alexis, ou plus consciente de l'être, la Comtesse aurait elle aussi hésité, reculé devant les dangers d'une technique nouvelle. Mais son amour pour l'enfant évoluait comme la fièvre — par à-coups, par accès. Parfois, elle lui en voulait encore d'être ce qu'il était, elle lui en voulait même des progrès qu'il faisait dans la voie où elle le conduisait... L'inoculation intervint dans une de ces intermittences de passion, une chute de tension. Elle n'en vit que les avantages — médicaux et spirituels : contaminer son enfant pour le protéger d'un mal plus grand, n'était-ce pas l'idéal éducatif qu'elle poursuivait ?

Rien de plus formateur, d'ailleurs, que de défier la mort de temps en temps. Alexis apprendrait que ce n'est pas en fuyant le danger, mais en l'affrontant, qu'on peut en triompher.

Pour être honnête d'ailleurs, elle devait admettre que sur le chapitre de la bravoure il s'améliorait. Car, bien qu'ignorant si l'audace, l'endurance et la ténacité sont des vertus nécessaires aux filous, elle les avait maintenues dans son plan d'éducation. Par égoïsme : elle n'aurait pas pu vivre quinze jours avec un lâche ! L'enfant ne cacha pas cependant qu'il craignait l'opération ; il multipliait les questions : « Qu'est-ce donc qu'on va me donner, Maman ? La petite vérole ? Aurai-je aussi le pourpre ? Au bout de combien de jours saurez-vous si je suis guéri ?... » Bon gré mal gré, il finit par se résigner au projet. A la condition expresse qu'on lui éviterait les lavements — qu'il redoutait autant que les araignées.

La mère et son fils partirent pour Bonnat, où ils s'installèrent chez le chirurgien : l'inoculation nécessitait un régime préparatoire de dix jours ; après quoi la maladie suivrait son cours pendant dix autres jours. « Aurai-je une récompense si, pendant vingt jours, je ne pleure pas ? » Elle promit qu'on irait à la foire d'Aigurande, voir les jongleurs... Pour commencer, l'homme de l'art mit son patient au repos et à la diète, avec, chaque soir, deux cuillerées de calomel mêlées de poudre de pattes d'écrevisse, et un huitième de grain de tartre émétique. Au dixième jour, on amena dans la chambre voisine une petite bergère dont l'éruption ne semblait pas trop violente. On dévêtit Alexis, le chirurgien lui fit quatre incisions au bras, puis il posa sur ces plaies le pus qui suintait des boutons de la malade : c'était « l'insertion ». Alexis boudait un peu ; il trouvait, comme les théologiens, qu'on n'a pas besoin de devancer les décrets de la Providence...

Le lendemain, il fit encore le diable à quatre dans sa chambre mais, vers le soir, il se plaignit d'un mauvais goût dans la bouche : le chirurgien vint respirer son haleine et reconnut l'odeur de la petite vérole. Dans la nuit la fièvre monta. Trois jours après, cette fièvre n'était toujours pas tombée et les pustules tardaient à sortir. Le chirurgien, décontenancé, consulta deux médecins qui conseillèrent la saignée du pied, tout en réservant leur pronostic : les expérimentations entreprises par leur jeune confrère leur semblaient plus qu'hasardeuses. Encore, s'il s'était borné à la canaille... Mais s'exercer sur un gentilhomme !

Madame de Breyves, ne voulant pas remettre à l'épreuve le courage de son fils, s'opposa à la saignée. Elle ne quittait plus le chevet d'Alexis, lui posait sur le front des linges mouillés, tâchait de l'amuser entre les poussées, et lui caressait la main quand il sombrait dans l'inconscience.

Là-dessus, on apprit que la jeune bergère qui avait donné son pus était au plus mal : sa petite vérole avait redoublé.

La Comtesse s'efforça de dissimuler son inquiétude ; mais, quand son fils dormait, elle l'imaginait mort et pleurait... Puis, brusquement, elle se reprochait sa faiblesse, ses divagations : si elle se représentait trop bien l'agonie de son enfant, c'est pour le coup qu'il mourrait ! Ne plus penser surtout, ne plus prévoir, ne plus sentir, ne plus rêver...

Pour la distraire de ses cauchemars, il y avait, par chance, le mouvement incessant de la maison. Rien de plus agité, de moins monotone, rien de plus amusant que la demeure d'un chirurgien : on s'y trouve au cœur du monde. La grande pièce, presque aussi vaste qu'une salle d'auberge, ne désemplissait pas ; on y amenait des malades, on y pansait des blessés. C'était un charretier frappé par le sabot de son cheval, un charpentier tombé d'un toit. C'était une fluxion à percer, une dent à arracher... Alternance de malheurs et de guérisons, de messieurs « Tant pis » et de docteurs « Tant mieux », nouvelles toujours nouvelles, émotions garanties : dans ce défilé d'apothicaires et d'éclopés la Comtesse trouvait la même distraction que d'autres chercheraient plus tard dans le spectacle quotidien des guerres lointaines et des tremblements de terre. Heureuse turbulence qui préserve du danger de penser ! Chagrins altruistes, sympathies de passage, qui détournent des souffrances à demeure...

Au quatrième jour de maladie d'Alexis, ce fut un comédien blessé qui fit ainsi « l'actualité », bouleversant toute la maison, des filles de cuisine aux apprentis barbiers : un artiste, n'est-ce pas... Il jouait dans une troupe qui venait de Clermont et se rendait à Limoges par le chemin des écoliers. Alors qu'il faisait la parade sur la place du Marché pour la représentation du soir (« Une seule fois à Bonnat ! Le Théâtre des Amis, célèbre à Paris, donnera à huit heures après dînée "Les Remords d'une mère" histoire véridique d'Agrippine, mère de l'empereur Néron — une pièce en cinq actes et vingt costumes, du sieur Béjaunet de La Ribière, quatre sols seulement ! »), alors donc qu'il rameutait ainsi le chaland et la chalande, il s'était pris les pieds dans sa toge. Le chirurgien venait de diagnostiquer une épaule démise. Son aide se faisait fort de la « rebouter », si le blessé restait deux ou trois jours à portée de sa main.

La maison était pleine ; on vint demander à la Comtesse si elle laisserait le malheureux partager la chambre d'Alexis : Monsieur d'Ormoy (c'était, paraît-il, son nom) avait eu la petite vérole et ne craignait pas la contagion. Madame de Breyves n'éprouvait pas grande envie d'avoir de la compagnie, mais elle se crut obligée d'accepter.

Elle descendit chercher à l'office l'infusion d'Alexis : camomille, feuilles d'oranger, et peau de crapaud (pour aider à l'éclosion de la petite vérole « rentrée », la peau de crapaud était souveraine : il suffisait de voir les pustules de la bête pour s'en persuader !). Quand elle remonta, le comédien était là. Debout près de la fenêtre, la tête enfoncée dans une espèce de turban et le corps entortillé dans un drap bleu (la toge sans doute ?) qui lui laissait le cou et les bras découverts. Elle ne le voyait que de dos, mais elle comprit tout de suite qu'elle s'était trompée : elle avait redouté un bellâtre, un « père noble ». Par chance, c'était un enfant ! Dix ans au plus ! Alexis était plus grand que lui... Pauvre petit garçon empêtré dans cette toge trop longue, trimbalé, exhibé, maltraité sans doute, elle allait le soigner, le sauver — peut-être ferait-il, pendant quelques jours, un charmant compagnon de jeu pour Alexis, si Alexis... Mais il fallait être raisonnable et l'empêcher de donner le mauvais exemple : « Mon jeune Monsieur, dit-elle d'un ton sévère en fermant la porte, vous feriez mieux, dans votre état, de rester au lit ! »

« L'enfant de la balle » se retourna... et Madame de Breyves faillit en lâcher son pot à tisane : il avait la figure ridée comme une vieille pomme et les cheveux blancs ! Un vieillard !... Nain ? Pas exactement : il était bien proportionné, joliment fait, mais la Nature l'avait traité en miniature. « Il est bien agréable à mon âge, s'exclama-t-il en riant, de s'entendre traiter de "jeune Monsieur"... Je ne vous baise pas les mains, belle Madame, car je ne puis bouger mon bras. » Il inclina seulement la tête, son turban glissa, elle voulut le ramasser : « Laissez ! Sénèque se passera de turban. Car, tel que vous me voyez, ma bonne dame, je joue Sénèque : quousque tandem, quo non ascendam, abracadabram... Quant au turban, c'est une idée du chef de la troupe. Il a voulu remployer les costumes du "Retour d'un croisé"... Néron porte un baudrier, et Sénèque le turban de Saladin ! »

Entre deux grimaces de douleur (il avait du mal à s'empêcher de gigoter), il poursuivit : « Je ne me suis pas présenté... Mon nom de théâtre est d'Ormoy, Gérard d'Ormoy. Mais au Pré-Saint-Gervais où je suis né, on m'appelait Hyacinthe Mignon. Gentil n'est-ce pas, pour un mitron (parce qu'en ce temps-là j'étais mitron), mais ridicule pour les grands rôles ! D'Ormoy est mieux. Plus noble ! »

La Comtesse sourit : « D'apparence...

— Et alors ? L'apparence, chère Comtesse, c'est tout le fond ! Tenez, s'il faut avoir les cheveux poudrés, est-ce que les mitrons ne sont pas toujours aussi bien coiffés que les marquis ? Pourtant, jetez un mitron enfariné dans un salon et vous verrez si l'on n'aime pas mieux la poudre du "merlan" que celle du boulanger !... Quand j'ai suivi ma première troupe, on croyait que je grandirais : Gérard d'Ormoy, c'était un nom à représenter les Clitandre, les Don Juan, les Hippolyte, à la ville comme à la scène ! Mais maintenant on m'appelle "Gérard", Gérard-tout-court... Puisque court je suis ! »

Alexis gémit dans son lit. La Comtesse se précipita pour lui faire avaler quelques cuillerées de sirop. Mais il garda les lèvres closes et les yeux fermés, remuant faiblement la tête en signe de refus. Il brûlait de fièvre... Le vieux « Sénèque » avait suivi la scène ; il s'était même approché, car il n'était pas discret : « Par Esculape, vous repoussez ma potion ? » s'exclama-t-il soudain d'une voix puissante, qu'on était surpris de voir sortir d'un si petit corps. « Remettez-moi mon turban, vite, lança-t-il à la Comtesse, je vais lui faire le mamamouchi : refuserez-vous, mon jeune ami, le philtre que vous ont composé mes houris ? Par Mahomet ! Par les prophètes ! » Et d'enchaîner sur les turqueries du « Bourgeois gentilhomme », sous les yeux enfin ouverts, mais hagards, d'Alexis. La toge, le turban, les grimaces, les salamalecs : il devait prendre le comédien lilliputien pour une créature sortie de ses délires ! Madame de Breyves profita de sa surprise pour lui faire boire toute la tisane, qu'il ne songea pas à recracher : affaibli, épuisé, on aurait dit un nourrisson qu'un hochet distrait.

« Cul sec ? Bravo, mon garçon ! » reprit « Gérard » qui s'était assis au pied du lit. « Je vous applaudirais si je n'avais le bras cassé (car, fit-il en aparté, c'est clair, je ne suis pas démis, je suis cassé... Je souffre comme un damné ! Ce qui n'a rien d'étonnant, puisque je suis excommunié). Allons, jeune homme, un peu de nerf : croyez-vous mourir d'être inoculé ? Ce serait à désespérer du progrès ! On ne meurt plus sans la permission de la Faculté ! Mourir de sa propre initiative ? Que nenni ! — Que nenni ? reprit-il dubitatif. "Que nenni" ? » (il se tourna vers la Comtesse : « Ce "nenni" doit être un reliquat du "Retour d'un croisé" ! Avec l'âge, j'en viens à tout mêler... Bon, je finis ma scène en Matamore, pour amuser le parterre »). « Bigre de bougre ! Il me faut cette vérole au bout de votre nez, m'entendez-vous ! Il me faut des boutons, des tumeurs, des pustules, des vésicules ! Qu'elle paraisse, la coquine ! Qu'elle se montre, la catin ! Pour que nous la jetions dehors, que nous la taillions en pièces ! Je le veux, scrogneugneu, je le veux !

— Mais, murmura soudain Alexis enfoncé dans ses oreillers, je le veux bien aussi, Monsieur... Etes-vous un lutin ? »

Et, le soir même, l'éruption se déclara. Peu de boutons, mais significatifs — au front, aux poignets, à la poitrine. La fièvre commença à tomber dans la nuit. Deux jours après, le malade était frais comme un gardon, les pustules, d'abord violacées, blanchissaient déjà, tandis que les quatre plaies de son bras suppuraient de manière à satisfaire pleinement le chirurgien. Celui-ci, mal remis de ses inquiétudes, hésita pourtant à s'attribuer le mérite de la guérison : « Remerciez Dieu, dit-il. Avant-hier je n'aurais pas gagé un sol sur cette heureuse évolution. La médecine propose, Dieu dispose...

— Dieu, Dieu... Comme vous y allez ! coupa "Sénéque" qui se mêlait de tout, je vous assure que Dieu n'y est pour rien non plus : à ce que j'en ai vu jusqu'à présent, c'est un père qui fait grand cas de ses pommes, mais fort peu de ses enfants ! » On fit taire l'excommunié — on n'était pas encore à l'abri d'une rechute, d'une complication : ménager le Ciel huit jours de plus semblait une sage précaution... Mais le plus dur serait de tenir aussi longtemps enfermé un miraculé qui se croyait déjà bien portant et se donnait un mouvement d'enfer pour un convalescent.

De nouveau, le comédien miniature fut d'un grand secours. Lui aussi se trouvait condamné à garder la chambre, car, sur sa blessure, il ne s'était pas trompé : il ne s'agissait pas d'une foulure ou d'un déboîtement comme le chirurgien l'avait cru d'abord, mais bien d'une fracture — et double, encore ! On avait bandé le membre brisé, on l'avait immobilisé entre des planchettes, mais son propriétaire ne pourrait courir les routes de si tôt ! La troupe qui l'avait attendu repartit avec les chariots : on se retrouverait à Limoges, ou à Bordeaux... « Monsieur, dit la Comtesse, nous sommes encore là pour la semaine, j'ai payé la chambre, vous pouvez y rester à mes frais aussi longtemps que mon fils y demeurera. » Mais elle voyait bien que c'était la suite de l'affaire qui inquiétait l'acteur : avec son maigre pécule, il ne savait ni où loger ni comment se nourrir. Quant à rejoindre Limoges à pied, même lorsqu'il serait guéri, l'épreuve avait de quoi effrayer un homme de son âge.

Pour le distraire de ces soucis la Comtesse lui fit raconter sa vie. Les méchancetés sont parfois à double tranchant, certaines bontés à double rendement : en amusant le vieillard esseulé, Madame de Breyves amusa son fils.

Il écouta bouche bée les aventures de son compagnon de chambrée : à l'âge d'Alexis, Monsieur Mignon (c'est ainsi que l'appelait la Comtesse, qui ne

pouvait se résoudre à lui donner du « D'Ormoy »,
trop noble, ni du « Gérard », trop familier), Monsieur
Mignon donc, apprenti mitron, avait fui un patron
qui le battait. Les comédiens, leurs décors, leurs costumes, leurs ors, leur caravane, le fascinaient
(« J'aimais tout ce qui brille et tout ce qui bouge ! »).
Il avait suivi une troupe qui partait pour la Norman-
die ; de là, il en avait rejoint une autre qui déménageait pour le Midi ; enfin, de troupe en troupe, de ville
en ville, pratiquant trente-six métiers, terrassant
trente-six misères, il avait vécu. Et joué. « Joué en
m'amusant. Le plus vieux des comédiens ne passe
jamais douze ans ! A preuve : une fois entré dans le
métier, je n'ai plus grandi ! » Il donnait la liste de ses
succès : « Zéphir et Fleurette », « Les Fêtes sincères », « La Courtisane, ou le danger du premier
choix » — « J'y jouais à la fois le jeune valet et la
vieille maman : je portais une livrée au premier acte,
du rouge et une coiffe au deuxième... Et dans "Le
Prisonnier" ? Vous m'auriez vu, avec ma barbe et mes
chaînes ! Et "Les Exilés du Kamtchatka" ?

— Mais le grand répertoire », demandait Madame
de Breyves à qui tous ces chefs-d'œuvre ne disaient
rien, « le grand répertoire, l'avez-vous joué ? »

Oui, mais toujours cantonné, à cause de sa taille,
dans les emplois de valet ou de vieille dame : il avait
joué Scapin et Frontin, il avait joué Madame Pernelle. Et même, tiens, il avait joué Joas dans « Atha-
lie », et la petite Louison dans « Le Malade imaginaire » : « A vingt ans j'étais imberbe et ravissant,
j'avais l'air d'une infante — "Mon Papa, ne vous
fâchez pas..." Quelle carrière j'aurais faite si on nous
écrivait des rôles d'enfants ! Mais à part Joas et Louison, bernique ! Par chance, je me tirais bien des rôles
de valet... Tout mon malheur est venu de ce qu'un
jour il m'a fallu jouer les rois : à la mort de "l'Empereur"... »

« L'Empereur » était le plus vieil acteur de la
troupe, spécialisé dans les monarques, les prêtres, les
pères nobles. Quand il mourut, le directeur décida

que Mignon-d'Ormoy avait l'âge de reprendre son emploi. L'âge peut-être, mais pas le gabarit... « J'ai dû jouer Auguste avec des cothurnes montés sur pilotis ! Et un coussin sous les fesses quand le prince était assis... Jupiter Minimus ! Mais pour Sénèque, ils m'ont fait pire : des brodequins avec un talon de huit pouces qui disparaissait sous la toge ! Je marchais sur la pointe du pied, et sans voir le bout de ma chaussure ! Allez donc, avec cet attirail-là, descendre un escalier ! Dès la première marche, exit Sénèque... Dommage ! Je n'aimais pas jouer les rois, mais je me serais accommodé des précepteurs. »

Effet de cette vocation tardive ? Deux jours plus tard, quand Madame de Breyves, pour occuper son fils, lui fit réciter ses fables, Monsieur Mignon donna des conseils de diction. Et même d'interprétation : « Pourquoi chantonnez-vous ainsi, mon jeune ami ? Croyez-vous endormir vos ennemis parce que vous vous bercez ? Je veux un vrai renard, moi, cauteleux, narquois, plaisant... Et votre belette, mon ami : trop plate, votre belette ! Soyez aigre, soyez perfide et venimeux... Ah, vraiment, c'est un lion, ça ? Une antilope le mangerait ! Et une très petite antilope... Il faut apprendre à rugir. Rugissez, et répétez après moi : "Même il m'est arrivé quelquefois de manger le berger !" »

Le lendemain, parce qu'Alexis, fatigué, prétendait ne plus savoir un seul vers, le précepteur d'occasion lui inventa un nouveau jeu ; rien d'éreintant, une seule phrase à retenir et répéter : « Le petit chat est mort. » Seuls variaient les circonstances et le ton ; « "Le petit chat est mort", c'était votre favori, vous êtes affligé, jouez la tristesse sincère... "Le petit chat est mort", seulement c'est vous, traître, qui l'avez empoisonné : chagrin d'assassin, larmes de crocodile... "Le petit chat est mort", mensonge de précaution, vous cherchez à m'abuser pour mieux sauver le minet... "Le petit chat est mort", vous voilà notaire, pas fâché d'annoncer l'ouverture de la succession... "Le petit chat est mort", rien de moins certain, mon voisin, vous venez aux nouvelles, prêchant le faux pour savoir le vrai... »

Une semaine durant, les deux malades se donnèrent ainsi la réplique avec fougue. Tant et si bien que, dans l'esprit de leur public — Madame de Breyves —, une idée commença à germer : héberger Mignon. Aussi longtemps, du moins, qu'il ne pourrait reprendre sa vie d'errance. Avec le nombre de textes qu'il savait (en huit jours il lui avait récité des dizaines de scènes, sans compter les poèmes et les préfaces), cet homme était une bibliothèque vivante, une librairie ambulante ! Pour Alexis qui n'aimait pas s'aventurer seul entre les pages, ne serait-il pas un bon guide ? A défaut de connaître ses classiques, l'enfant apprendrait les modernes. Il détestait l'étude ? Il s'instruirait à son insu.

Outre son répertoire, Hyacinthe Mignon possédait un petit brin de plume : il écrivait. Des extravagances, dans un style entortillé mais respectueux des règles académiques. Il avait ainsi montré à la Comtesse l'exemplaire d'un ouvrage qu'il avait publié à Toulouse vingt ans plus tôt : « Sur l'espérance de se survivre ». Il promenait aussi dans son baluchon le manuscrit d'un essai : « Le catéchisme de l'homme social »... Fort bien, Alexis s'habituerait au jargon de la philosophie : c'est la langue qu'on parle à Paris. Et il s'y habituerait non pas avec un Sénèque authentique, mais, ce qui vaut mieux, avec un Sénèque de comédie...

Car là était précisément le dernier, et le plus décisif, des atouts d'Hyacinthe Mignon, sa supériorité sur les cuistres et les savants, les sorbonnards et les régents : il savait l'art de feindre et de persuader. Si Alexis devait un jour tenir son rôle sur le théâtre du monde, ne fallait-il pas lui apprendre à émouvoir, à entraîner, et surtout à dissimuler — cacher les sentiments qu'il éprouvait, mimer ceux qu'il n'éprouvait pas ? Utile apprentissage, que les collèges sabotent... L'accord fut conclu en quelques minutes, à la satisfaction des deux parties : Alexis aurait un professeur, Mignon aurait un toit. On remit des draps sur la paillasse de Léveillé.

Pour célébrer la « résurrection » d'Alexis, héros de la science, toute la maisonnée s'était réunie : Marie avait préparé un gâteau, et Babet une chanson, que son amoureux, vielleux à ses heures, accompagna d'un air de sa façon ; même Torchon — que la Providence venait de délivrer (l'enfant n'avait pas vécu) — y alla de sa larme et de son hoquet. Mignon, ému par le spectacle de toutes ces gentillesses, déclama « Les Deux Amis » ; on applaudit, on dansa, on but, on rit ; bref, ce fut une de ces scènes édifiantes, bucoliques et puériles, que l'époque adorait.

Le soir, en mettant au lit son héritier convalescent, Madame de Breyves elle-même s'attendrit. Elle le serra longuement dans ses bras. Du péril qu'il venait de traverser il n'avait gardé que deux marques au front, assez légères. Sur ces marques elle posa deux baisers.

Elle aurait voulu tirer la leçon de l'aventure, et, pour l'instruire, souligner une fois de plus que le courage paye, qu'il ne s'agit que d'en prendre l'habitude : dans les entreprises les plus risquées, on n'a généralement rien à affronter que sa peur, rien à vaincre que soi.

Mais les mots, la force, lui manquèrent : pour elle aussi, l'épreuve avait été rude. Elle le regarda, l'embrassa, dit seulement : « Maintenant, tu es invincible », et pleura.

22

« Suis-je pas beau ? Cupidon soi-même ! » Mignon paradait à la porte de la salle à manger, vêtu d'un habit de ratine bleue devenu trop petit pour Alexis. Enchanté de la garde-robe qui lui tombait du grenier

— chemises de garçonnet, bottes d'enfant et béguin de poupée —, ravi surtout de paraître le frère cadet de son élève, le vieil acteur tournait sur lui-même comme un toton, il esquissait un pas de menuet, et, s'il ne battait pas des mains, c'est qu'il n'avait pas encore complètement recouvré l'usage de son bras. On venait de le libérer de l'écharpe qu'il portait depuis deux mois, mais, à son âge, il n'y avait pas de miracle à espérer : « Je peux encore cueillir les fraises, constata-t-il après quelques jours d'efforts, mais je ne cueillerai plus les cerises...

— Nous les cueillerons pour vous, Monsieur Mignon », dit la Comtesse.

Il se fâcha : pas de « Monsieur Mignon » — « trop long pour moi. Dites seulement Mignon, comme Alexis ». Va pour Mignon ! C'était un nom d'animal familier ou de nourrisson. Et il est vrai que, depuis l'arrivée du vieil homme à La Commanderie, Madame de Breyves s'était habituée à le soigner, le laver, le mignoter, le dorloter comme un enfant.

Lui aussi s'y était habitué : guéri, il craignait d'être chassé du Paradis. La Comtesse avait recueilli un blessé, mais elle n'avait jamais parlé d'adopter un comédien en bonne santé. Du reste, « Gérard d'Ormoy » avait rendez-vous avec sa troupe à Bordeaux... Seulement « Gérard d'Ormoy » était mort, et Hyacinthe Mignon, précepteur, ne savait comment l'enterrer. Il tâchait de gagner du temps : si sa troupe quittait Bordeaux sans lui, pour une destination dont il n'avait aucune idée, son hôtesse aurait-elle la cruauté de remettre sur les routes un vieillard abandonné ?

Il prenait donc un air dolent, geignait et grimaçait au moindre mouvement. Du moins quand il y pensait — car il lui arrivait d'oublier et, s'emparant du filet à papillons qu'il avait arrangé avec un morceau de gaze et un cerceau, de courir avec Alexis derrière une piéride ou un machaon. Etourderie que Madame de Breyves se faisait un malin plaisir de souligner. Mignon, aussitôt, changeait de figure : la mine renversée, l'œil battu, l'oreille basse, il en venait même, par excès de scrupules, à traîner la patte... Et des soupirs ! Des soupirs à fendre l'âme ! Ce n'était plus son bras, mais son cœur tout entier qu'il portait en écharpe... La Comtesse s'amusait à le retourner sur le gril : « Avez-vous bien dormi, Mignon ? Je vous trouve la mine reposée, ce matin.

— Oh, non, Madame la Comtesse, je n'ai pas fermé l'œil de la nuit ! Je souffre le martyre...

— Vous y gagnerez des indulgences... Allons, ne désespérez pas ! Sursum corda ! Je gage qu'avant un mois le public bordelais applaudira un Auguste requinqué, un Sénèque fringant comme un jeune homme ! »

Perplexité de l'intéressé : que retenir d'un tel propos ? La menace (avant un mois il faudrait déguerpir), ou la promesse (c'était encore quinze jours d'assurés) ? Décontenancé, « le précepteur » adoptait un maintien mi-figue mi-raisin : dans cette division de son visage par moitié (profil-qui-rit, profil-qui-pleure) il excellait, et Madame de Breyves se félicitait d'avoir confié son fils à un si bon comédien...

Pour autant, elle n'envisageait pas sérieusement de le garder : il n'en avait jamais été question et, au cours actuel du blé, elle ne pouvait nourrir une bouche de plus. Même une petite bouche... D'ailleurs, Alexis avait tiré de la rencontre tout le profit qu'on pouvait espérer : il récitait La Fontaine avec flamme, jouait Sganarelle avec esprit, et avait, livret en mains, donné un Tartuffe mieux que passable (Mignon, fourré sous une coiffe de la Comtesse, faisait une Elmire délicieuse). Aucune raison, par conséquent, de poursuivre un échange qui avait déjà produit, pour les deux parties, le meilleur de ses fruits. Et puis qu'aurait dit le curé si sa châtelaine avait élevé au rang de précepteur attitré un comédien excommunié ?

Tout cela, que Madame de Breyves se répétait, Mignon le savait aussi. C'est pourquoi, dévoré d'angoisses, il multipliait les offrandes propitiatoires ; la Comtesse trouvait, semés partout où elle passait, des cadeaux minuscules et maladroits qui lui rappelaient ceux des souris dans les contes de fées : sur un coin du buffet des pommes de pin qui, en séchant, s'ouvraient comme des fleurs ; sur sa table à ouvrage des clochettes ou des pissenlits, coupés trop court et disposés dans un verre mal lavé ; dans les armoires, dans les tiroirs, sur les cheminées, une plume de paon, un nid vide, un bout de ruban, un brin de muguet.

Comme un écureuil qui prévoit un long hiver, le vieillard-enfant faisait aussi pour son compte de discrètes provisions de route : Madame de Breyves découvrait des petits tas derrière les meubles — vieux chiffons, morceaux de papiers, bouts de ficelle, épingles rouillées, bobines, brindilles... « C'est à moi ! » hurlait-il quand elle voulait les balayer, « jeter des choses comme cela, vous n'y songez pas ! », — « Mais qu'en ferez-vous ? », — « Je sais très bien ce que j'en ferai », et, offusqué, il se précipitait pour serrer le tout dans son balluchon.

Sans être complètement dupe d'un misérabilisme qui confinait à la sénilité, Madame de Breyves s'apitoyait... Bon, ces atermoiements ne pouvaient durer, il fallait trancher : « Vous partirez à la Toussaint », dit-elle à Mignon, « après la pêche de l'étang. » Elle avait décidé de pêcher « l'Etang borgne » — un étang rond comme un œil, qui se déversait en aval du moulin. Les taillis l'envahissaient ; on le nettoierait pour « faire du bois » : bûches et fagots seraient les bienvenus après la perte des douze arpents de forêt conquis par la Joliet. Pas question de vider complètement la pièce d'eau, il suffisait d'assécher les bords sur deux toises de large pour permettre aux bûcherons de travailler : en ouvrant le pilon on ne pêcherait que des gardons emportés par le courant, et les anguilles, qui perçoivent aussitôt le danger et tentent, dès la première nuit de traque, de s'échapper.

La plupart ne parviendraient pas à éviter les épuisettes qui les guettaient ; mais toutes, à défaut de gagner le large, avaient gagné, pêche après pêche, l'estime de la Comtesse. Elle non plus n'était pas encline à croire que « les choses vont s'arranger » ; la prudence des anguilles la confortait dans l'idée qu'il faut pouvoir, à chaque instant, tout quitter : « Vous n'avez point ici de demeure permanente... » Ne pas s'attarder, ne pas s'attacher : seuls ceux qui fuient gardent une chance de s'en tirer.

Sauf, bien sûr, quand, comme cette fois, on ne pêchait l'étang qu'à moitié : par crainte de manquer d'eau les anguilles se jetteraient dans les filets, alors que, pour avoir méconnu le danger, les carpes, mollement enfoncées dans la vase, leur survivraient... Ce qui donnait raison aux Jansénistes : les œuvres ne suffisent pas, ni la foi ; pour se sauver il faut la grâce ; ces anguilles si résolues, si méritantes, Dieu ne les aimait pas.

Plaire aux dieux, voilà le secret du succès ! Mais l'art de charmer le destin, de suborner la Providence, d'enjôler la fortune, Madame de Breyves en ignorait tout. Une infirmité dont elle avait fini par s'arranger parce que la tare n'était pas transmissible : son fils était « chanceux », tout le monde le disait. Il est vrai qu'il « aidait la chance » ; mais la chance le lui rendait bien...

La pêche fut une fête ; et les villageois, bien qu'ils aient dû laisser leurs champs pour manier la cognée, bûcheronnèrent de leur mieux. Certes, ils travaillaient pour « le roi de Prusse », mais « le roi de Prusse » se montrait bon prince : la Comtesse, si elle ne payait pas ses corvéables, leur abandonnait la friture — pendant vingt-quatre heures le village se gaverait de gardons ramassés à pleins seaux sur les berges, ou cueillis entre les barreaux des grilles que les alevins venaient, par intervalles, boucher comme des feuilles mortes, faisant déborder le ruisseau. Quant aux anguilles, assommées à mesure qu'elles sortaient, Madame de Breyves les gardait pour le château ; elle les salerait, les sécherait, et l'on s'en nourrirait longtemps : du ruisseau barré Alexis et ses amis du pays n'avaient-ils pas sorti trente pièces magnifiques pendant la nuit, et quarante au petit jour ? Les pieds nus, les culottes retroussées, les enfants luttaient contre les monstres gluants qui tournoyaient au fond des bassins, se faufilaient entre leurs jambes et sautaient des filets. A l'aube, le fond de son épuisette ayant lâché, Alexis parvint même à rattraper à la main une bête énorme qui s'enfuyait ; avec un grand rire, enfonçant ses doigts dans les ouïes, il la tint quelques secondes à bout de bras au-dessus de sa tête ; elle se tordait comme un serpent. Portrait d'Hercule enfant...

Seul de toute la maisonnée, Mignon n'avait pas l'air à la noce. Il tournait tristement autour des bassins et, prétextant sa blessure, refusa d'aider à dépouiller les prises. Il fallait pourtant faire vite : on ne pourrait souffler que lorsque toute la pêche, nettoyée et salée, serait en sûreté dans des tonnelets.

Alors qu'on festoyait au village, et qu'au château servantes et maîtres s'occupaient à retourner les peaux et laver les chairs, la pluie se mit à tomber. Un orage d'une violence rare pour la saison : trois heures après, il pleuvait toujours. La Comtesse commença à s'inquiéter : pour ne pas nuire aux carpes et aux brochets, on avait refermé le pilon de « l'Etang borgne » avant d'avoir ramassé les fagots empilés sur les rives. Les vieux n'assuraient-ils pas qu'on avait deux ou trois jours devant soi ? Le niveau n'atteindrait pas de sitôt les tas de bois ! Oui, les vieux étaient formels ; et ils avaient de l'expérience. Mais c'était l'expérience du temps sec... Bien sûr, on pouvait, en cas de besoin, rouvrir les vannes. Seulement, on avait eu du mal tout à l'heure à resserrer l'énorme vis du pilon : une anguille engagée dans le chenal, sous la chaussée, bloquait le mécanisme ; si l'on rouvrait maintenant, on risquait de ne pas pouvoir refermer. Partagée entre la crainte de perdre son bois et celle de perdre son poisson, Madame de Breyves fit, contre sa nature, un pari de carpe : elle attendit l'éclaircie.

Mais le soir tomba sans que la pluie eût cessé.

Alors, la Comtesse commit une imprudence : sans rien dire à personne, au moment où tout le monde montait se coucher elle enfila ses bottes sous sa chemise de nuit, jeta un capuchon sur ses épaules, et, sous la pluie battante, descendit jusqu'à l'étang. Les chemins creux, transformés en rigoles, grossissaient les ruisseaux ; et les ruisseaux bouillonnants déversaient leur flot dans l'étang : déjà, l'eau rattrapait les premiers fagots, cernait les grosses bûches. Pas le temps de rameuter les hommes du village : dans une heure il ferait nuit noire. Elle entreprit de tirer sur la berge le bois mouillé. Il fallait le décoller de la vase, puis s'atteler à sa charge comme une bête de somme ; quand on avait réussi à ramener un fagot sur le sable, on pouvait le rouler jusqu'à la lisière du pré.

Enfoncée dans la vase jusqu'aux chevilles, sa chemise trempée de boue, le visage maculé, les mains écorchées, Madame de Breyves abattait son ouvrage avec des ahans de bûcheron. Seule contre les éléments déchaînés... Pour s'emparer du dernier fagot, elle s'avança plus profondément dans la vasière, et, d'un coup, le sol céda sous ses pieds. Avant d'avoir compris ce qui lui arrivait, elle se retrouva avec de la boue au-dessus des genoux et de l'eau plein ses bottes. Prise au piège, elle se débattit, s'agrippa du bout des ongles à une terre qui fuyait, se tourna à droite, à gauche, moulina des bras, se balança, s'inclina, se redressa. En vain : plus elle s'agitait, plus elle s'enfonçait. La vase lui montait à mi-cuisse. Le trou l'avalait. Si, au moins, elle avait pu enlever ses bottes ! Mais pas la peine d'y songer : on aurait dit qu'on lui avait saisi les jambes dans du mortier frais.

Pire : même immobile, du seul fait de son poids, elle continuait à s'enfoncer. Lentement, certes ; mais l'eau montait... Oh, pas à la vitesse d'un cheval au galop ! Pourtant, inutile d'espérer du secours avant le lendemain — personne ne savait qu'il y avait un lit vide à La Commanderie. Calmement, elle s'efforça de distinguer la marque que la pleine-eau avait laissée de l'autre côté, sur les pierres de la digue. Ce qu'elle en aperçut la rassura : à l'allure où l'étang se remplissait, demain la nappe ne lui arriverait qu'à la poitrine. Mais si elle ne périssait pas noyée, elle mourrait congelée : l'eau était glacée. Ce ne serait pas une fin tragique, non : seulement ridicule ! Et puis, elle ne supportait pas de moisir ainsi, prisonnière, résignée ; elle avait envie de crier, de mordre, de pleurer ! Alors, elle recommença à se démener, se remuer, se battre... et s'enfoncer !

« Tst, tst », un sifflement sur la rive, puis une voix : « Le sage attend la mort, l'enthousiaste y court...

— Qui va là ?

— Qui voulez-vous que ce soit ? Le pauvre Sénèque ! Ah, vous vous êtes mise dans une jolie situation : vous n'êtes pas enthousiaste à demi...

— Si vous aviez connu mon mari !...

— Je sais, fit Mignon, gêné. On m'en a parlé...

— Qui ? N'en répétez rien à Alexis surtout ! Il croit son père mort d'une apoplexie !

— Allons, ne vous affolez pas ! Je pars demain... Et nous devons nous en féliciter car si l'envie ne m'avait pris de faire un dernier tour de jardin, je ne vous aurais pas vue vous éloigner... et vous seriez noyée !

— Une promenade sous la pluie, vous, Mignon ? A d'autres ! »

Le « précepteur » était frileux comme un chat : sitôt que le temps se gâtait, il ne quittait plus le coin du feu, les deux pieds sur une chaufferette et la tête sous une couverture. S'il avait pu s'asseoir sur un poêle, il l'aurait fait ! En tout cas, aucune dryade, aucune nymphe, n'aurait réussi à l'entraîner dans l'herbe mouillée... Alors, une « vieille » comme la Comtesse ! Mais peu importait ; l'essentiel était qu'il la tirât de ce mauvais pas. Il le fit assez gaiement, courant chercher de l'aide, puis dirigeant le sauvetage avec efficacité. On le vit même, trempé jusqu'aux os, s'accrocher à la corde avec les autres pour extraire Madame de Breyves de sa prison.

« Grand merci, fit-elle en regagnant la rive, je commençais à prendre racine ! J'ai l'impression d'avoir deux boulets aux pieds ! Je crois, mes bons amis, que vous devrez me porter... Mignon, je ne vous embrasse pas car je vous salirais, mais je vous félicite : j'ai vu avec plaisir que votre bras va mieux...

— Il le faut bien !

— Bah, le faut-il à ce point ? Vous pourriez, je ne sais pas, moi... Ecrire à Bordeaux. Dire à vos amis que votre bras, si secourable aux enlisés, ne vous permet pas encore de faire la claque... Vous donneriez notre adresse, ils vous reprendraient en repassant dans la région. L'an prochain, ou celui d'après... »

C'est ainsi qu'Hyacinthe Mignon prit ses quartiers d'hiver à La Commanderie, et que, d'envol différé en migration retardée, il en fit son nid pour les quatre saisons.

Madame de Breyves regretta seulement de ne pas lui avoir imposé de dîner à l'office. Car il mangeait comme un cochon. Bon, il ne se mouchait pas dans la nappe, mais il lapait sa soupe, sauçait dans son assiette, ôtait son râtelier, se curait les dents, et entretenait volontiers ses hôtes de son processus digestif : « Je prendrais bien des cornichons. Par malheur, je ne les digère pas : j'en mâcherais toute la nuit... » A son âge, il était trop tard pour l'éduquer.

Mais l'exemple pouvait se révéler désastreux pour Alexis, qui, lui non plus, n'était jamais en retard d'une vulgarité. D'un autre côté, à condition d'en souligner le ridicule, le comportement — ô combien peu aristocratique ! — de Mignon était de nature à empêcher un attachement excessif de l'enfant pour son maître. Il l'aimerait, soit : Mignon l'amusait ; mais il l'aimerait sans le respecter, ni le parer de qualités qu'il n'avait pas. Il suffisait qu'il le prît pour ce qu'il était : un voyageur, qui lui apprendrait la géographie par ses récits ; un grand lecteur, qui lui raconterait des livres que personne ne lisait ; un comédien, qui lui enseignerait l'art de se masquer. Quant aux bonnes manières, peut-être Alexis brûlerait-il de les acquérir par contraste ? On montre bien des ours aux enfants pour les convaincre d'apprendre à danser !

Mignon continua donc de transmettre sa science au jeune Comte tout en le distrayant : un peu de magie, beaucoup de théâtre, de mauvais calembours, une belle collection de papillons, le nom des étoiles, les règles de la versification et les articles de son « Catéchisme social »— progrès et liberté.

Quand la Comtesse voyait le vieil homme habillé des défroques d'Alexis courir avec son élève à travers la prairie, rapporter des grillons et cueillir des bouquets, il lui semblait qu'elle avait deux enfants : un de douze ans, et un de soixante-douze. En alternance elle tançait et cajolait ce « fils aîné » qui avait encore moins de bon sens que son cadet. « Mignon, vous commencez à puer ! Vous sentez le beurre rance : changez de chemise... », « Mignon, si vous vous gavez de mûres, vous serez malade ! », « Soyez raisonnable, Mignon : ôtez votre vieux turban et rendez-moi mon édredon, la chaleur va vous étouffer ! », « Mon petit Mignon, je voudrais bien que vous ne vous disputiez pas toujours avec Hélène ! Elle n'a que dix ans, vous êtes l'aîné... »

Pendant les repas, sous prétexte d'initier Mignon au « grand monde », dont il ignorait les mœurs autant que les usages, Madame de Breyves complétait discrètement l'instruction d'Alexis : des anecdotes, des portraits, des noms. Ravie de désespérer Mignon, que sa naïveté portait à attendre beaucoup de l'humanité, elle forçait le trait : pas un de ces grands, insinuait-elle, pour racheter les autres — elle démontait leurs complots et ne laissait aucune de leurs noirceurs dans l'ombre. Tout cela, d'ailleurs, lâché comme une vérité d'évidence, raconté sans émotion. Rien, non plus, de trop personnel ; il s'agissait de préparer Alexis à la vengeance, mais pas encore de l'en charger.

« Mignon, il y a près de six mois que vous êtes ici... Que pensez-vous de mon fils ?

— Un garçon remarquable, qui ferait une carrière

au théâtre... Ne l'avez-vous pas admiré, hier au soir, dans "Turcaret" ? Et vous serez surprise par les dialogues que nous tirons des "Mille et une nuits" : Alexis y compose un Ali Baba digne des Comédiens italiens !

— Ali Baba ? Je l'aurais plutôt vu jouer les quarante voleurs !... Mais je ne vous parlais pas de ses talents d'acteur : que pensez-vous de sa nature, de son caractère ?

— Je le trouve charmant, Madame la Comtesse, gai, drôle, gourmand de la vie, gourmand des autres. Tendre et affectueux, par-dessus le marché ! En outre, capable de secret, et dépourvu de préjugés... Que vous dire de plus ? Il me semble malin, souple, ingénieux...

— Mais encore ? Vous y êtes presque, Mignon !

— Je ne sais... Peut-être certains jugeraient-ils son tempérament trop, disons, ondoyant... En un sens, vous étiez peu faits pour vous rencontrer !

— Bien vu, Monsieur le précepteur ! Il y a longtemps que je me le dis aussi. Ce sont les hasards de la maternité... D'ailleurs, vous vous trompez : mon fils n'est pas sans préjugés, il est sans principes. Ce qui est certainement à mettre au nombre de ses qualités. Puisqu'en précepteur prudent vous ne m'avez parlé que de ses qualités !... C'est donc moi qui vous parlerai de ses défauts : sachez, si vous ne l'avez remarqué, qu'Alexis est insolent, chapardeur, tricheur, cupide et indiscret. Sachez aussi que je n'entends pas l'en corriger. Je pare au plus pressé et ne m'attaque qu'à ses vices les plus dangereux. L'un surtout m'effraie : Alexis est confiant ! Oui, oui : optimiste, indulgent. Deux péchés inexpiables ! Ne roulez pas ces yeux effarés, ou je vous croirai fort conformiste pour un comédien ambulant ! Songez que si j'avais voulu d'un précepteur orthodoxe, je ne vous aurais pas choisi : sur le marché on trouve quantité de docteurs et de bacheliers, tant bien-pensants qu'"éclairés". N'importe lequel ferait meilleure figure que vous... Bon, Mignon, vous n'allez pas pleurer ? Nous vous garderons, Mignon, mais il faut m'aider ! Voyez à quelles sottises l'insouciance peut entraîner cet enfant : l'avez-vous vu avec Fanfaron, son chien ? C'est la troisième fois en quinze jours que ce barbet m'assassine un poulet. Et, comme il n'a pas l'instinct de propriété, hier il s'est attaqué au coq d'un voisin... Je dis à Alexis de tenir son égorgeur, de le corriger, je le menace de m'en charger moi-même. Autant parler à un sourd ! "Bah, il n'est pas cruel, mon Fanfaron, il veut jouer." Mieux : ce matin, cette bête du diable m'a jappé aux mollets. Peut-être m'aurait-elle mordu si je ne m'étais dérobée ? Mon fils ne s'en est pas ému : "Ma chère Maman, vous grossissez tout. Aucun chien n'est méchant volontairement. En tout cas, je ne le crains pas : il m'aime, jamais il ne me mordra." Voilà mon fils : confiant dans ses charmes, dans la sottise des autres, et dans la bénignité du monde ! J'ai beau lui répéter qu'un chien qui a mordu mordra — sauf à le battre d'une manière à lui en ôter l'envie —, chansons ! Tout cela finira mal... Vous devez m'aider, Mignon : Alexis s'attache trop, il ne faut pas s'attacher. Je veux que cet enfant soit libre, je veux qu'il soit léger...

— Léger ?

— Oui, léger, comme votre Sénèque l'entendait. »

Le précepteur rougit : « Pour Sénèque, Madame, j'ai joué le personnage mais je n'ai jamais lu l'auteur...

— Ah ? Tant pis... D'ailleurs, n'en soyez pas honteux : à la Cour on joue l'Evangile sans l'avoir feuilleté ; à Paris on joue l'honneur sans le consulter... Et puis Sénèque, moi non plus je ne l'ai pas lu. » Elle détestait Sénèque à dire vrai, parce que les vaincus l'adorent. On se sent impuissant : on se croit sage. On a le suicide facile, le mépris aisé, la lâcheté arrogante ; le stoïcisme enveloppe le tout avec une faveur rose. Henri n'avait pas échappé à la fascination commune. « Non, Sénèque, je ne l'ai pas lu. Mais quelqu'un autrefois... » Sa voix s'étrangla ; elle la raffermit : « Quelqu'un m'en a beaucoup parlé. L'homme léger, selon Sénèque, il paraît que c'est "un oiseau, que vous ne tenez que par l'aile ; au premier instant il s'échappe, ne vous laissant dans la main qu'une plume". Voilà ce que j'espère : qu'entre les mains de ses ennemis Alexis ne laisse qu'une plume, et que nul ne puisse l'encager. »

23

« Qui me donnera des ailes, comme la colombe ? » En soupirant, la Comtesse enfouit la Bible dans sa corbeille à ouvrage, sous les pelotons de laine, et reprit son aiguille. Assis par terre dans un coin de la pièce, Alexis désœuvré jouait avec le rouet. Il appuyait des deux mains sur la pédale pour actionner la broche, qui tournait à vide avec un grincement de poulie rouillée... Les ailes de la colombe, ou bien celles du faucon : qu'importe, son fils volerait. Si haut qu'aucune flèche ne l'atteindrait. Si vite qu'il fondrait sur ses ennemis.

« Mon bien-aimé est à moi, et je suis à lui », disait le livre, caché comme une tentation sous les pelotes et les écheveaux. Mais son bien-aimé l'avait abandonnée, et si Dieu, dans les Ecritures, assurait qu'il ne laisserait « personne orphelin », il ne parlait pas des veuves...

Aux veuves l'été est une saison cruelle ; elles ont beau travailler toute la journée comme des damnées, il y a les soirs. De longues soirées paradisiaques, des soirées d'avant le péché... Madame de Breyves craignait le retour de l'été. Elle craignait la douceur des nuits, l'arôme des fleurs, la lenteur des gestes, la légèreté des linons. Elle craignait la tiédeur du drap sous sa peau nue, le rire des filles énervées, l'exubérance des fougères, le parfum du foin, la saveur des fruits, et la lumière du lac. L'été, son corps retrouvait la mémoire.

Jusque dans son sommeil, sa bouche, ses bras se souvenaient... Alors, elle retardait le moment d'aller se coucher. Elle traînait sur le perron, s'asseyait sur la pierre chaude, laissant les lézards s'approcher. Elle regardait le lac, et le lac l'appelait. Comme un plaisir interdit, l'odeur de l'eau montait. S'y baigner, s'y rouler, perdre pied, s'y noyer...

Pour résister, cette année-là elle décida de se passer un caprice : un salon, un vrai, bien clos, bien protégé. Avec des tentures aux murs, et des rideaux de perse bleue. Les lentes soirées de juillet, elle les occuperait à coudre ; une fois achevés, ses rideaux lui cacheraient le paysage, ce paysage qui répétait, sur tous les tons, par tous les temps, que le monde n'est pas si mauvais puisque les eaux sont claires et les feuillages légers.

Hymne à la beauté, contrechant menteur qu'Alexis, Dieu merci, ne songeait guère à écouter : la veille, elle l'avait surpris allongé au bout du parc, les yeux fixés sur La Commanderie qui apparaissait entre deux bouquets de châtaigniers ; il semblait admirer la haute silhouette de granit bleu, les portes-fenêtres ouvertes sur la terrasse, le tapis d'ombelles... « A quoi penses-tu ? » avait-elle demandé, à la fois inquiète de s'entendre dire qu'il aimait cette maison, ces bois, et désireuse qu'il les aimât. Et, comme d'habitude, elle fut, en même temps, rassurée et déçue : « Je trouve, dit-il en suçant un brin d'herbe, que notre château est bien situé. On parle d'élargir la route de Bonnat, nous serons sur le passage des voituriers : en abattant la cloison derrière la salle à manger on aurait une belle salle de cabaret. A quel prix croyez-vous qu'on pourrait louer les chambres ? »

Les anges ont des ailes, Mercure aussi. Etranger, marchand, voyageur, Alexis ne s'attacherait jamais...

Toujours bercée par le couinement du rouet, Madame de Breyves ourlait sa deuxième paire de rideaux quand on lui annonça le curé. Alexis, peu soucieux d'essuyer une homélie, s'esquiva par la porte du potager. Le vieux prêtre s'assit, parla pour ne rien dire, tourna autour du pot, tendit à la Comtesse son dé, ses ciseaux, et tomba enfin sur la Bible dissimulée parmi les écheveaux : « Tiens, vous lisez les Ecritures ?

— Et pourquoi pas, Monsieur le curé ? Je me confesse peu, il est vrai, mais j'ai de bonnes lectures.

— Ce ne sont pas vos confessions qui m'inquiètent, Madame la Comtesse, c'est le saltimbanque que vous avez pris à demeure. Choisir pour précepteur un vieil excommunié ! » Timidement, elle fit valoir que, retiré du théâtre, Mignon s'était aussi retiré du péché, et qu'en apprenant de beaux textes l'enfant affinait sa sensibilité. « Vous auriez dû lui voir jouer Oreste, Monsieur le curé : "Mais quelle épaisse nuit tout à coup m'environne ? De quel côté partir ? Dieux ! Quels ruisseaux de sang coulent autour de moi !..." Lui si peu tragique, il était bouleversant ! »

Mais le curé se moquait bien de donner à la France un autre Lekain ; campé sur les mandements de son évêque, il n'en démordait pas : en lui enseignant la comédie, la Comtesse compromettait le salut de son enfant, rien de moins ! Tout le voisinage en était scandalisé... Agacée, elle recourut à l'argument massue : « Croit-on que je voudrais pervertir mon fils ? Un fils que j'ai nourri moi-même ! » L'allaitement était à la mode, on en faisait l'alpha et l'oméga de la maternité : ébranlé, le curé battit en retraite. La Comtesse lui mit sur les bras un écheveau à dévider, il se laissa faire sans protester. Tout en roulant sa laine, Madame de Breyves souriait. Car elle avait menti, bien sûr. Mais elle en avait tant vu à Paris, de ces marquises qui, cédant aux exhortations des philosophes, sortaient le sein à tout bout de champ ! Sous prétexte de nourrir leur dernier-né (quand elles ignoraient jusqu'au nom des aînés !), elles amadouaient l'opinion et attendrissaient leurs amants... Même le bas clergé cédait au goût du jour : le curé ne venait-il pas d'admettre qu'on désobéît à son évêque pourvu qu'on obéît à Monsieur Rousseau ?

Bourdonnement des mouches. Battement de l'horloge. Menus propos. Fanfaron dérangea ce ronron en apparaissant brusquement à la porte du salon, un poussin dans la gueule. La Comtesse cria, bondit, mais il avait déguerpi. « Encore le chien du Comte ? demanda le curé. Il paraît que c'est lui, la semaine dernière, qui a tué mon chat...

— Votre chat ?

— On l'a retrouvé dans la grange les reins brisés. Ma servante jure qu'elle a vu s'enfuir votre barbet. » L'un des matous de La Commanderie, gros comme un lièvre, avait été, lui aussi, trouvé, deux jours plus tôt, égorgé près du colombier : on avait accusé les renards...

« Tiens ton chien, Alexis ! Je ne veux plus le voir courir ! Attache-le, tu m'entends, ou je vais l'assommer ! Il est fou ! Marie dit qu'elle l'a vu baver... Je ne veux plus qu'il entre dans la maison, qu'il couche sur ton lit : il finira par t'attaquer ! » Alexis haussa les épaules : que d'histoires pour un malheureux poussin !

Mais le lendemain, nouveau drame : Fanfaron avait mordu Mignon à la main, alors qu'il portait de l'herbe aux lapins. Quand on le coucha sur sa paillasse, « le précepteur » était au bord de la syncope : la plaie semblait profonde, la chair de la paume arrachée. La Comtesse déversa sur la blessure une demi-pinte d'eau-de-vie. Ce qui eut pour effet de ramener le « mourant » à lui : il glapit. Pour le calmer, on lui fit boire le reste de la bouteille. Tandis qu'on lui mettait de la charpie, il geignait, les yeux révulsés : « Ah, je meurs, cette maudite bête est enragée... Mais pourquoi ai-je quitté le théâtre ? Pourquoi ? », — « Parce que vous vous y étiez blessé aussi ! Cessez d'extravaguer, dit la Comtesse. C'est une morsure, ce n'est pas la mort ! Il y a cinq ans qu'on n'a pas vu de rage dans le pays... » Mais elle donna l'ordre de lier le chien au pied d'une table. Il grondait.

Toute la nuit, Mignon appela Madame de Breyves : il haletait, voyait double, et, quand elle croyait l'avoir rassuré, il la réveillait par ses plaintes : « Je sens des fourmillements partout !... Il me semble que je respire moins bien... J'ai envie de mordre maintenant. Envie de mâcher. C'est le spasme des mâchoires : ne me cachez pas la vérité ! » Dans son alcôve Alexis ne dormait pas mieux : « Est-il mort, Maman ?

— Oui, mort de peur ! Pour le reste, nous ne saurons rien avant quinze jours... Peut-être Fanfaron n'est-il pas enragé ? S'il l'était, il craindrait l'eau, je crois... Mais c'est une bête dangereuse : il a tué des poules ; tu l'as laissé faire, alors il a tué des chats ; tu n'as rien dit, et à présent il mord des hommes... A quand ses maîtres ?

— Mais je l'aime, moi, mon Fanfaron, avec sa petite truffe fraîche... »

Elle ne voulait pas qu'Alexis s'attachât, et il s'était attaché — précisément à ce qui le menaçait ! L'éducation est un interminable accouchement : elle était dans les douleurs depuis treize ans...

Toute la nuit, Mignon gémit et le chien aboya ; au matin, quand Alexis voulut détacher son barbet pour lui donner sa pâtée, l'animal se jeta sur lui comme un fou et lui planta ses crocs dans l'épaule. Clameurs, panique. Madame de Breyves se précipita : Fanfaron avait arraché la manche, mais apparemment sans entamer le bras. Elle déshabilla l'enfant, l'examina sous toutes les coutures, puis se laissa tomber sur une chaise, les jambes coupées. Un valet avait rattrapé le chien, et l'avait enchaîné à un arbre, au bas du perron : « Allez me chercher mon pistolet !

— Non, Maman, non ! »

Elle sentit la colère monter : « Comment ? Ton chien te mord, un chien qui dormait dans ton lit, un chien que tu nourrissais de ta main ? Et toi tu cries "grâce", tu cries "pitié" ! Mais tu bénirais ceux qui t'égorgent ! » Elle lui avait empoigné les cheveux et le secouait : « On te désarme à peu de frais, hein ? Avec une fricassée de museaux ! Le comte de Breyves fait du sentiment ! Au péril de sa vie et de celle des autres ! Mais si tu t'engages dans cette voie-là, mon

246

garçon, tu n'as pas fini : tu iras de reculade en reculade — quand tu auras mangé ta chemise, on te fera manger ton chapeau ! Et si tu enlèves ta culotte, tu baisseras ton caleçon ! Puis à la fin ils te tueront ! Ils te tueront !... Mais je vais t'apprendre à te défendre, moi : Babet, apportez le fusil de Monsieur Alexis !

— Oh non ! Maman, s'il vous plaît...

— Si, c'est toi qui vas l'abattre. Pour que tu saches ce qu'il en coûte de différer ! Quand on n'a pas châtié à temps, mon petit ami, il faut tuer. Et nous en sommes là ! Par ta faute !

— Madame la Comtesse a raison, intervint Babet qui mettait son grain de sel partout.

— Toi, tu es jalouse ! explosa l'enfant. Jalouse de Fanfaron ! Et celle-là l'est aussi ! fit-il en désignant sa mère.

— "Celle-là" punira tes insolences tout à l'heure... Mais il y a plus pressé ! » Et le tirant par les cheveux sans même le rhabiller, hors d'elle, Madame de Breyves l'entraîna jusqu'au perron.

Les bergers, les valets, ameutés par les cris, s'étaient rassemblés dans la cour pour l'exécution : les supplices et les processions sont les divertissements du peuple... Personne, d'ailleurs, ne plaignait le condamné. On en avait assez, de ses larcins et de ses crimes ! Même si les métayers se sortaient bien d'affaire en rapportant à la Comtesse, pour s'en faire rembourser, tous leurs poulets crevés (Fanfaron avait bon dos), la révolte couvait : que cette bête d'enfer vînt à mordre un seul enfant du village, et on verrait ! Pourquoi toujours souffrir les abus des seigneurs, leurs chasses dans les blés, leurs chevaux, leurs meutes, et leurs chiens enragés ? Pourquoi ? Fanfaron, symbole de l'oppression nobiliaire, n'était plus défendable.

Toujours attaché, il grognait en tirant sur sa chaîne. Madame de Breyves tendit le fusil à son fils et chargea son propre pistolet : « Tu peux tuer un moineau à cinquante pas. A dix, tu dois pouvoir abattre un chien.

— Je ne tirerai pas !

— Ah, il t'émeut, n'est-ce pas ? Ligotés, les méchants sont toujours émouvants ! Mais lui, souviens-toi : il n'était pas ému quand il tuait les chats ! Et ta fidélité ne l'a pas touché non plus !... Oh, Alexis, Alexis ! Je t'ai dit cent fois que tu devais maîtriser ton chien, le dresser, l'éduquer... Maintenant il est trop tard : tu l'as gâté, perdu, il a pris le goût du sang... On ne "ramène" pas une bête qui a goûté au sang de son maître. Tue-le, Alexis, tue-le ou il te tuera ! »

Le petit se tenait en haut des marches, la crosse de son fusil posée sur la pierre ; la Comtesse descendit près du chien ; sa colère s'était calmée, mais il ne fallait pas faiblir, elle donnait à son fils une leçon de survie : « Epaule ! » Machinalement, comme à la chasse, l'enfant épaula, puis il laissa retomber son bras : « Je ne peux pas !

— Il est enragé, M'sieur le Comte ! lança le garçon de charrue. Si vous détruisez pas c'te vermine, c'est moi qui vas la crever à coups de pierre ! », et il ramassa un caillou.

On entendit le cliquetis du pistolet qu'on armait ; Madame de Breyves visait la main et la pierre : « Martial, pour protéger mes gens, je n'ai besoin de personne ! Lâche cette pierre. Voir souffrir te ferait plaisir, mais ce chien ne souffrira pas... »

Fanfaron jappait ; Martial bougonnait ; et la foule, derrière lui, montrait les dents — aussi résolue à faire justice des chiens méchants que des gabelous enragés, toujours prête à la violence. « Epaule, Alexis ! »

De nouveau, le petit releva son arme, il épaula. Des larmes coulaient sur son visage. Il dut reposer son fusil pour les essuyer : « Je n'y vois plus clair...

— Libère au moins le percuteur, imbécile ! Hâte-toi ! »

Une fois de plus il avait remis l'arme au pied. Il pleurait. Comme il était difficile de détacher cet enfant, et difficile de s'en détacher ! Soudain elle eut pitié : l'épreuve avait assez duré, celle qu'elle lui imposait, celle qu'elle s'infligeait. « Mouche-toi, lui cria-t-elle, tu verras mieux après ! » Il ne pourrait sortir son mouchoir sans devoir, un instant, détourner les yeux : près d'elle, le chien grondait ; profitant de la seconde d'inattention de l'enfant, elle tira. Fanfaron tomba.

Déjà elle remontait les marches en courant. Adossé au muret de l'escalier, Alexis sanglotait. Madame de Breyves trouva encore la force de le tancer : « Poltron ! Lâche ! Incapable de regarder en face les conséquences de tes fautes ! » Puis, soudain radoucie, « Alexis », dit-elle en se penchant vers lui, en appuyant son visage contre celui de l'enfant, en pressant sa joue contre la sienne, « je ne pourrais pas toujours faire à ta place les choses pénibles, tu as treize ans, il est temps que tu comprennes, que tu apprennes...

— Je vous hais ! cria l'enfant, roulé en boule sur son chagrin.

— Voilà qui m'est bien égal », répliqua la Comtesse en se redressant. Elle affecta la sérénité : « Je ne suis pas chargée de te plaire, je suis chargée de t'élever. »

Et pourtant, s'il la détestait ?... S'il ne venait plus dans ses bras, s'il renonçait à se blottir dans son lit... Elle ramassa le fusil. Tant pis, qu'il la haïsse ! Qu'il la haïsse pourvu qu'il vive !

Elle n'était pas au bout de ses peines — à peine rentrée dans la maison, elle dut subir d'autres reproches : ceux de Mignon, qui se lamentait sur sa paillasse en exhibant sa main bandée. « Il paraît que vous avez tué le chien ? Mais vous n'avez donc pas de cœur : est-il possible que vous n'ayez pas pensé à moi, qui vais me ronger maintenant avant de savoir si je suis enragé ! Votre barbet avait de l'avance : il fallait guetter les symptômes sur lui, et ne le tuer qu'après ! Oh, misère, misère ! Pauvre de moi ! Qui se soucie de ma vie ? Personne ! »

Irritée par tant d'égoïsme, Madame de Breyves fouilla ses poches et en sortit un écu qu'elle jeta sur le lit du vieillard : « Vos gages, Sganarelle, vos gages ! »

Il se tourna vers le mur en maugréant : « On ne s'améliore pas au fond des bois, avec le caractère qui vous y a conduit ! »

L'attaque porta ; un instant elle s'interrogea : aigrie, elle ? Non. Il y a quelque chose de mesquin dans l'aigreur. Elle taillait plutôt ses sentiments dans l'ampleur.

VII

« ...Vous saurez quelque jour,
Madame, pour un fils jusqu'où va notre amour,
En quel trouble mortel son intérêt nous jette... »

(Andromaque, III, 4)

24

Madame de Breyves posait la pâtée des cochons sur son trépied quand le chaudron faillit lui échapper : « Dites-moi, ma brave femme, demandait une voix suave, est-ce ici que demeure la comtesse de Breyves ? »

Elle se retourna et se trouva face à une gravure de mode : une robe « retroussée dans les poches », avec une polonaise en « soucis d'hanneton » ; des engageantes de dentelle ; des choux de ruban sur les souliers ; et une perruque si haute, surmontée d'une telle aigrette, que, pour tenir dans un carrosse, sa propriétaire passait sans doute la tête à la portière... Pour ne pas tacher ces beaux atours, l'élégante se tenait les jambes écartées de part et d'autre du ruisseau de purin : ainsi écarquillée, elle battait des bras, comme un petit poulet, pour garder son équilibre.

La Comtesse se pencha sur le chaudron ; ramassant un bâton, elle se mit à remuer le petit-lait. Par la faute de cette volaille enrubannée, elle en avait renversé jusque dans ses socques, tout le bas de sa jupe était souillé : Cendrillon soi-même. « Qu'est-ce que vous lui voulez, à la Comtesse ? » finit-elle par lâcher d'un ton rogue.

« Je suis de ses amies. Je viens de Paris »(inutile de le préciser : même la Raguenet n'avait pas de robe « retroussée dans les poches » !). « Je me rends à Vichy pour prendre les eaux, j'ai laissé ma berline à l'entrée, je voulais saluer votre maîtresse... » La Comtesse cessa de brasser sa soupe à cochons, et, s'essuyant le front du revers de la main, observa les traits de sa visiteuse à la dérobée : mon Dieu, si l'on enlevait les faux cheveux, le rouge, les dentelles, et les années, ce carnaval ambulant avait assez l'air de la marquise de Meillant... Ainsi, ce qu'elle craignait était arrivé : on avait découvert sa retraite ; Paris la rattrapait !

« La Comtesse est morte », dit-elle en déguisant sa voix. Seulement, elle en fit trop : en tirant son fichu sur son front pour mieux se cacher, elle déplaça l'épingle qui tenait son chignon, et ses cheveux lui tombèrent jusqu'aux reins. Des cheveux grisonnants, mais qui gardaient l'épaisseur, la longueur, la souplesse qu'avaient enviées les Parisiennes. « Seigneur ! s'exclama la robe "à la polonaise", on dirait... Vous ressemblez... à la Comtesse...

— Accoutrée comme vous me voyez ? Voilà qui n'est guère obligeant ! Allons, Madame de Meillant, j'avoue tout : passons dans la maison. »

L'autre la suivit en battant des ailes au-dessus du fumier. Comme Madame de Breyves n'entendait rien lui épargner, elle la fit entrer dans la cuisine où Torchon, assise dans l'âtre, poussa quelques grognements enthousiastes en voyant paraître une si jolie dame. Quant à Marie, qui ramassait négligemment, du bout d'un balai de genêts, épluchures et crottes de poules, cette vision de paradis la foudroya : plantée dans le passage, elle n'osait plus bouger. Sans se presser, la Comtesse se dirigea vers le seau d'eau posé sur la pierre à évier ; elle y plongea la couade, cette louche en bois dont le manche percé servait de robinet, et se mit à boire goulûment. Coutume locale. Les Berrichons appelaient les Marchois des « baise-couade ».

« Avez-vous soif ? demanda-t-elle soudain en tendant la louche à la Marquise. C'est sans façons... » Comme l'autre reculait, « voyons, Madame, reprit la Comtesse, point de manières entre nous, mettez-vous à l'aise : asseyez-vous. Sur ce banc. Ou sur ce tabouret, tenez : les tabourets sont plus douillets... Et souffrez que je vous abandonne : je dois me changer — n'avez-vous pas remarqué que je sens le lait caillé ? »

Si la Marquise résistait à ce traitement, il serait temps de la confesser... Madame de Breyves ne se hâta pas : montée dans sa chambre, elle passa une robe de coutil noir et un tablier, qu'elle maria à un fichu de mousseline et des manchettes de soie, restes de ses splendeurs passées ; puis, elle cacha ses cheveux sous une coiffe ronde et attacha à son cou son seul bijou : le collier de cornaline, vestige de son époque étrusque. Ainsi vêtue, moitié ville moitié campagne (les bigarrures de la misère !), elle redescendit à la cuisine. La Marquise y était toujours ; elle avait même réussi à engager la conversation avec Marie : un bon point.

Du coup, Madame de Breyves l'emmena au salon. Pas si fâchée, au fond, d'ouvrir au public son jardin secret... A eux seuls, Mignon et le curé n'useraient jamais ses coussins bleus, ni le plaisir qu'elle prenait à les montrer. Certains soirs, quand tout dormait, il lui arrivait de tirer les rideaux, d'allumer les candélabres, d'arranger les fauteuils, puis d'entrouvrir la porte sur un visiteur fantôme : « Passez donc au salon ! »... La Marquise, évidemment, ne fut pas éblouie : à Paris, ces merveilles auraient à peine semblé dignes d'un boutiquier ! Cependant, ayant relevé sa « polonaise » et ses « soucis d'hanneton », « Sa Grandesse » posa volontiers son derrière sur un sofa : « Ma bonne amie, à l'accueil que vous m'avez réservé, j'ai cru que vous aviez l'esprit dérangé... Mais je vois bien que c'était la surprise. Et la pudeur de la pauvreté...

— Puis-je savoir, Madame, qui vous a poussée à me visiter après toutes ces années ?

— Qui ? Mais... l'amitié ! »

Sornettes ! La Marquise et elle n'avaient jamais été amies. Ou bien c'était une amie selon le monde : de ces « proches » auxquels nous sommes tout étrangers. Certes, dix ans plus tôt, Madame de Meillant n'achetait jamais une étoffe sans que Diane l'eût approuvée ; et Diane n'allait pas chez son bijoutier sans que Madame de Meillant ne l'y suivît. Et après ? Qu'avaient-elles partagé ? En fait d'amitié, Madame de Breyves professait maintenant l'idéal de son grand-père : à La Commanderie, Jean de Malval n'avait eu qu'un seul ami — un voisin, vieil atrabilaire comme lui, qui vivait en haut d'un donjon qu'on apercevait l'hiver depuis le terre-plein du manoir. Avec cet ermite, Malval ne communiquait qu'à la trompe de chasse : l'un jouait l'air de « L'Attaque » pour signifier qu'il ferait bien une petite virée à Aigurande ou à Guéret, l'autre répondait par « La Retraite manquée » s'il n'en avait pas envie. Ainsi ne s'étaient-ils jamais gênés... Mais même cette amitié discrète, commode pour les deux parties, s'était révélée empoisonnée ; Malval avait accordé à son ami quelques facilités (passage dans ses bois, chasse sur ses terres), cadeaux dont aujourd'hui les juges tiraient argument contre les droits de sa petite-fille : l'anachorète était le père de la Raguenet... Il n'y a pas d'amis « jusqu'à la septième génération » ; il y en a même peu qui aillent au bout de la première.

Le motif qui avait détourné la Marquise de sa route n'était donc pas l'amitié. Mais pourquoi imaginer le pire ? C'était peut-être, simplement, la curiosité ? Voir comment on survit, dans « la petite Sibérie », avec deux mille livres de rentes... Hélas ! Alors que la Comtesse se reprenait à espérer, Madame de Meillant la détrompa : « A vrai dire, je pensais rencontrer votre fils. N'est-il pas déjà grandet ? »

Que voulaient-ils à Alexis ? Elle l'avait emporté, caché, élevé loin de leurs regards... Et pourtant ils le poursuivaient, pourtant ils le rattrapaient !

« C'est Madame Necker, la femme du philosophe, qui me parlait l'autre jour de votre garçon, reprit la Marquise. Pour moi, je l'avoue, j'avais oublié que vous aviez cet enfant... Mais Madame Necker s'en souvenait. » Certes, la banquière avait les moyens de se rafraîchir la mémoire : chaque année, Alexis lui assurait, par sa survie, plus que la Comtesse ne gagnait en un an de travail acharné ! « Madame Necker est excellente mère, comme vous savez. Elle a une fille, à peine plus jeune que votre fils, une fille qu'elle a nourrie de sa tendresse et de son lait, un prodige qui raisonne déjà comme d'Alembert ! Tandis que nous admirions cette petite merveille à son clavecin, voilà que Madame Necker s'est brusquement demandé — nous nous sommes tous demandé — ce que vous faisiez de votre enfant, à quels emplois vous le destiniez... La Cour ? L'armée ? Avec le nom qu'il porte, rien ne lui serait fermé...

— Madame, dit doucement la Comtesse, "Toutes ces grandeurs ne nous touchent plus guère, je les lui promettais tant qu'a vécu son père"... » La Marquise rougit. Elle n'avait pas reconnu la citation, mais fort bien saisi l'allusion. « A la Cour tout le monde est intelligent, disait Beauvais. Même la marquise de Meillant... »

« Que certaines charges soient désormais hors de votre portée, nous nous en doutons, convint "Sa Grandesse". Mais il y a pour un gentilhomme d'autres manières de faire son chemin : le tout est d'être bien élevé, et de se trouver à même d'être distingué par le Roi. Occasion qu'on ne rencontre plus sur les champs de bataille, mais dans l'intérieur du palais : page, Madame, page ! C'est le moyen d'assurer à un enfant sans fortune les meilleurs maîtres et les liaisons les plus utiles. Vous serez déchargée de tout : habillement, nourriture, leçons. Votre fils apprendra la voltige avec les plus fameux écuyers d'Europe ! Pour ne rien dire du latin et des mathématiques dont on lui farcira la tête ! Tout cela en échange d'un service des plus réduits : se trouver au grand lever du Roi, l'accompagner à la messe, l'éclairer au retour de la chasse, et l'assister au coucher en lui donnant ses pantoufles. »

Madame de Breyves se rappelait en effet ces garçons d'une douzaine d'années vêtus de velours cramoisi, qui marchaient gravement derrière le Roi et supportaient, dans une immobilité parfaite, la foule, la chaleur et le bruit. Souvent la Comtesse s'était attendrie en voyant, sous leur chapeau à plumet, ces anges rieurs qui s'efforçaient à l'impassibilité, le sourcil froncé tandis qu'au-dessus de leur lèvre une goutte de sueur perlait...

La Marquise continuait de vanter sa marchandise : tout page sortant avait le droit de choisir une sous-lieutenance ; les « premiers pages » recevaient même une compagnie de cavalerie. Et en échange de tous ces avantages, que demandait-on ? Seulement deux cents ans de noblesse et une petite pension.

« Combien ?

— Six cents livres. Mais la duchesse de Luxeuil, qui était un peu parente de votre mari, est disposée à s'engager pour votre fils... Et Madame Necker, de son côté... »

Ainsi le complot était parfaitement monté. Les conjurés, qui se targuaient de l'appui de la Reine, avaient tout prévu, tout organisé. L'adresse des Breyves par exemple, ils l'avaient obtenue de Léveillé, devenu, chez le duc d'Orléans, premier valet de pied — « un garçon de mérite, qui ne parle jamais de votre enfant qu'avec des larmes dans les yeux... » Il ne s'agissait, en somme, que d'enlever Alexis à sa mère et de le pervertir de manière à lui ôter l'envie — ou la force — de venger son père : « Et qui sait ce qu'un jour ce fils peut entreprendre ? » Madame de Breyves voyait se dessiner le plan dans tous ses détails. Elle se souvenait, par exemple, que les pages avaient mauvaise réputation. « Je conviens, dit la Marquise en riant, qu'être élevé en page est bon pour l'instruction, mais nul pour l'éducation. Savez-vous qui les gouverne ?

— Le premier gentilhomme de la Chambre...

— Oui, le maréchal de Richelieu. C'est tout dire ! »

En effet : ce qu'il y avait à la Cour de plus libertin et de plus corrompu, un vieillard cynique, vénal, dépravé, une momie desséchée, entremetteur à toutes mains qui avait servi successivement les plaisirs du Régent, de la duchesse de Châteauroux, de Louis XV, de la Du Barry, et n'aspirait qu'à servir ceux de la jeune Reine si elle le voulait...

Mieux vaut s'habituer de bonne heure aux scélérats, c'est un fait. Mais jeter un petit page de treize ans, sans famille, sans amis, entre les pattes d'un Richelieu ! « Cependant, reprit la Marquise, pour un courtisan le Maréchal n'est pas un si mauvais modèle... Et quelle mère serait assez cruelle pour priver son fils d'une fortune inespérée ? Il n'y a que huit pages de la Chambre, et c'est une de ces huit places qui vous serait donnée.

— Je vous remercie, Marquise, mais je suis bien résolue à en frustrer mon fils... Je le trouve, voyez-vous, d'un caractère ductile : comme bien des enfants, apte à tous les forfaits mais propre aussi à quelques beaux traits. Je ne prétends pas le redresser au point d'en faire un François de Sales, ni un Du Guesclin. Mais même pour faire un Alcibiade, il faut asseoir les vices sur quelques vertus... Sous votre ami Richelieu, Alexis glisserait au ruisseau. Si c'est la mode je consens qu'il y patauge, mais je ne veux pas qu'il y tombe... Tenez, vous ne le connaissez pas, je crois ? Regardez par la fenêtre : le voilà qui court dans le jardin.

— Oh, fit la Marquise, mais j'en vois deux ! »

La Comtesse sourit : « J'avoue que ce serait pour Paris un conte délicieux : non seulement Madame de Breyves vit dans sa porcherie, mais elle fait des enfants avec son fermier ! Navrée de vous détromper : seul le plus grand est à moi. L'autre...

— Est son compagnon de jeux ?

— Non, Madame : son précepteur.

— Son... ? Vous vous moquez ! »

Madame de Breyves sentit que, dans l'extravagance, elle passait la mesure ; il fallait rentrer dans le rang, permettre aux salons parisiens de rattacher sa folie à des bizarreries répertoriées : elle rabota le minuscule précepteur pour le faire passer sous la toise et fit l'éloge de sa science et de ses vertus. Pas un mot sur son passé d'acteur. « Il a voyagé par toute la France pour cueillir des plantes. C'est un botaniste. Il herborise avec mon fils... » Ah ? Un herbier ? L'herbier était, avec le lait maternel, le nec plus ultra de l'éducation moderne. « Et des bains froids ? Votre Alexis prend-il des bains froids ? » interrogea Madame de Meillant, ravie de pouvoir décrire à son retour une pédagogie vraiment philosophique.

Mais naturellement, Alexis prenait des bains froids, il couchait à la dure, lisait « Robinson Crusoé », travaillait le bois, et ne savait ni baiser la main des dames ni dire des fadeurs. « Admirable, oh cela est admirable ! s'écria la Marquise. Je vois maintenant pourquoi il porte des sabots — ce sont des sabots éducatifs ! Savez-vous que le prince de Wurtemberg élève ainsi sa fille, et le comte Golovkine ses deux enfants ? Madame d'Estissac, ma cousine, en a aussi commencé l'épreuve sur son fils : il a neuf ans et ne se nourrit que de baies sauvages. C'est très élégant. Si j'avais moi-même des enfants... Je comprends mieux qu'ayant entrepris une pareille expérience vous ne vouliez pas jeter votre "homme nouveau" chez les pages : ce serait du gâchis ! Madame Necker et la Duchesse ne pourront qu'être du même avis... Ah, je l'avoue, de prime abord vous m'aviez inquiétée avec votre histoire d'Alcibiade et de ruisseau. Mais Rousseau ! Mais la Nature !... »

« Ma chère amie, je vous envie », dit-elle le lendemain (car la Comtesse ne put faire moins que de lui céder sa chambre et de l'héberger quelques jours). « Vous habitez un lieu divin ! » Madame de Breyves, amusée, renchérit : « Permettez-moi de vous reprendre, Madame : si ailleurs on habite, ici l'on vit... » Elles étaient assises dans la prairie, où la Comtesse avait fait porter des fauteuils. Le premier souffle de l'automne, passant sur les bois, les avait enflammés, mais le lac, couleur de bronze, qui s'étendait à leurs pieds gardait la patine d'un miroir antique. Un banc de colverts passa au-dessus des eaux en criant. Madame de Breyves, la tête renversée contre son dossier, regardait les nuages blancs chassés par le vent qui fuyaient comme des rafales de neige.

Elle écoutait la Marquise qui, le visage enveloppé de tulle comme une motte de beurre frais (par crainte de « noircir » au soleil), lui donnait les dernières nouvelles de Paris : toujours l'Opéra, toujours les amours, toujours les intrigues, les places, les spéculations, et les héritages. Mais la politique devenait furieusement à la mode : on attendait beaucoup du jeune Roi, qui, malheureusement, attendait peu de lui-même... Par chance, il savait s'entourer : Monsieur Turgot venait de remplacer aux Finances l'abbé Terray, et Monsieur Necker guignait déjà dans l'ombre la place de Monsieur Turgot... Et la Bastille ? Mon Dieu, la Bastille amusait toujours — brevet de chevalerie pour les cadets frondeurs, et, pour les auteurs débutants, antichambre de l'Académie —, mais c'étaient les grains qui donnaient à moudre aux bons esprits : « Vous qui vivez du revenu de vos terres, êtes-vous favorable, Comtesse, au libre commerce des farines ? » La Comtesse s'avoua incapable d'exprimer un avis éclairé ; des opinions, c'était plutôt Henri qui en avait... Vraiment ? La Marquise fut très désappointée : à Paris, toutes les duchesses se passionnaient pour la circulation des blés — à cinq heures elles défaisaient le gouvernement, à six elles mettaient l'Europe en révolution, à huit elles se poudraient, et à neuf elles sortaient souper...

Alexis, assis par terre, ne perdait pas une miette de la conversation. Madame de Breyves avait prudemment éloigné Mignon, et chapitré son fils pour qu'il jouât un Emile convaincant — un peu bourru, un peu niais, mais sensible et de bonne volonté ; elle lui avait même appris en hâte quelques noms de fleurs pour faire plus vrai, et interdit de citer La Fontaine... Il tenait à merveille son rôle, qui n'était pas que de composition : l'habit rustique, les façons champêtres, l'ignorance même, tout cela était authentique. Comme l'étaient le décor, et la vie simple qu'on y menait. Entre Emile et Alexis, il n'y avait d'opposés que le tempérament et le projet...

Un observateur avisé aurait aussi remarqué, dans l'attitude du jeune Comte, une nostalgie de la ville qu'on ne trouvait pas chez l'enfant de Rousseau, retiré du monde dès le berceau ; brodant sur les souvenirs qu'il avait gardés de la capitale, Alexis s'était bâti un Paris mythique, et il pressait la Marquise de questions : « Les fiacres, y a-t-il encore des fiacres ? Et des ramoneurs ? Et des sergents ? Connaissez-vous Jambe d'Argent ? Et la marchande de coco ? Avez-vous vu de nouvelles enseignes ? Sont-elles drôles ? Et les armoiries, peint-on toujours des armoiries sur les carrosses ? En avez-vous remarqué de jolies ? » C'était beaucoup de sympathie pour les vanités urbaines de la part d'un sauvage comblé... Par bonheur, Madame de Meillant ne releva pas cette petite erreur. Elle était trop occupée à bêtifier : « Comme on est bien ici ! Que c'est joli : les fleurs, les ombrages !... Que vos gens ont l'air doux ! Savez-vous que je ne sens plus mes vapeurs ? Les eaux de ce puits m'ont rendu l'appétit... Voyez d'ailleurs comme le climat profite à cet enfant : il est beau comme un paysan ! Bien entendu, il ne mange pas de viande ?

— Bien entendu ! Que du laitage et des fruits. Un peu d'herbes aussi... » Malgré sa passion pour le gibier en sauce, Alexis garda son sérieux et sa mère y vit la preuve que les leçons de Mignon avaient porté.

« De l'herbe ? Oh, Madame, cela se voit ! Il semble si fort malgré sa petite taille ! Le teint frais, rosé... Dans quelques années, avec cette mine-là, il prendra tous les cœurs sans appeaux ! Car tout de même, vous le destinez au monde, n'est-ce pas ?

— Pas au cloître en tout cas !

— Donc, il faudra le présenter... Et vous viendrez à Paris ! Quelle joie pour moi, ma chère amie ! Voir votre grand garçon découvrir la société, les usages, les villes, les lois, nos dames... Il voyagera. Comme Emile ! Eh bien, Comtesse, quand cela sera, je réclame le privilège de vous loger, et d'introduire moi-même ce jeune "sauvage" dans les...

— Paris, nous irons à Paris ? » interrompit Alexis, au comble de l'excitation. Il sortait tout à fait de son rôle : « Quand serai-je grand ? Quand partons-nous ? » D'un sourire la Comtesse ramena cette exaltation aux dimensions d'un caprice : « Depuis que vous nous parlez de la Cour, Marquise, Alexis est persuadé que le Paradis est à Paris...

— Oh non, protesta l'enfant, insolent comme à l'ordinaire. Pas du tout ! Pour moi, le Paradis est... » Il parut buter sur un rêve, que brusquement il enjamba : « Le Paradis est où je suis ! »

Belle réplique, lancée avec un naturel parfait. Pour rattraper son précédent discours, on ne pouvait trouver mieux : il revenait dans son personnage. C'était même si bien dit, avec tant de conviction et, sur son visage, une telle expression de bonheur, que Madame de Breyves se demanda jusqu'à quel point c'était joué : cet enfant était si doué pour le plaisir, si enclin à absorber la vie par tous les pores ! Oubliés l'exécution de Fanfaron, la mort de Jeannette, les fessées, « l'homme noir », la variole, les révoltes, l'exil, la misère, et même les amuseurs du Pont-Neuf : « Le Paradis est où je suis... » Si le propos n'était dicté que par la nécessité de tromper, eh bien, la Comtesse devait s'avouer la première abusée !

A y regarder de près, il y avait quelque chose de plus curieux dans cette profession de foi (mais Madame de Breyves, indifférente aux modes de son temps, ne s'en aperçut pas) : c'est qu'élevé en homme des bois, l'enfant était arrivé, à quelques mots près, aux conclusions du « Mondain » ; déguisé par Rousseau, il parlait comme Voltaire... Jusque dans ses contradictions, parfait raccourci de son siècle !

Après s'être gorgée, trois jours durant, de soleils d'automne, de feuillages en berceau, de cidre doux et de fromage frais, la Marquise finit par remonter dans sa berline. Elle fit ses derniers compliments à la Comtesse sur son ameublement : « Je n'aime guère votre salon bleu. Mais j'adore votre salle à manger : ces murs nus, sans lambris, sans tableaux, ce pur torchis... Pour mon nouvel hôtel, vous m'avez donné une idée : un salon rustique ! Avec de la terre brute aux murs et, au sol, un marbre rouge. Du porphyre avec le torchis, ne serait-ce pas assez romain ? Cincinnatus, Cornélie... A propos, savez-vous qu'à Chantilly la princesse de Condé va se faire bâtir une chaumière ? Une vraie chaumière ! Avec du chaume ! »

Elle donna à Alexis un dernier baiser et une lanterne magique qu'elle lui avait apportée (« Les méfaits de la civilisation ! En venant, je ne pouvais me douter... »). Comme Madame de Breyves, gênée par la splendeur du cadeau, s'excusait de ne pouvoir rivaliser de générosité, Alexis, de plus en plus à l'aise dans la pastorale, sortit de derrière son dos un gros bouquet de fleurs des champs noué d'un ruban... Trouvaille de mise en scène que personne ne lui avait soufflée ! « Pardonnez-moi, fit la Marquise en essuyant une larme après l'avoir encore embrassé, je suis si émue que je ne sais comment... Si au moins je pouvais remporter d'ici une petite chose que... Tenez, par exemple, cette espèce d'écuelle, ou de cuiller, dans laquelle vous buviez le jour où je suis arrivée.

— La couade ?

— C'est cela ! Comme souvenir. Le peuple a tant d'ingéniosité : avec une louche pareille, dans un seau de chocolat, je vais étonner Paris ! Nos amies en pâliront d'envie ! » On courut chercher la couade de secours à la laiterie, et on l'emmaillota comme un trésor. Puis, la voiture s'éloigna sur la route de Bonnat dans le poudroiement du soleil. Jusqu'à ce qu'elle eût tourné au bout de l'étang, Alexis agita un grand mouchoir blanc. Après quoi, il s'épongea le front avec un soupir de soulagement...

On changerait plus aisément le plomb en or qu'un Alcibiade en Caton, et l'éducateur modeste ne devrait jamais s'applaudir de ses succès avant d'avoir rendu à la nature ce qui ne revient pas à ses leçons... Madame de Breyves avait cette honnêteté : aucun enfant, croyait-elle, n'est une cire vierge, et Alexis était né moins cire et moins vierge que tout autre ! Mais, bien qu'elle ne sût, entre l'inné et l'acquis, à quoi attribuer la performance de son fils, elle ne put cacher sa joie : face à l'avant-garde de « l'Ennemi », Alexis venait de passer de la théorie à la pratique avec tant d'habileté qu'elle en restait éblouie ! Le bouquet, le mouchoir, c'étaient les inventions d'un accessoiriste de génie ! Et quand ce jeune machiniste sortirait des coulisses, beau comme le jour aux feux de la rampe, les loges n'auraient qu'à bien se tenir !

Oui, il progressait... Encore quelques années, et il serait sauvé ! Elle le serra contre son cœur, mais il avait trop chaud et se dégagea.

25

Pour quel temps éduquons-nous nos enfants ? L'avenir ? Allons donc ! Nous les élevons pour le passé.

En leur révélant nos erreurs, en les entourant de nos conseils, à quoi les préparons-nous ? A gagner une partie déjà jouée, lutter contre des ombres, se battre pour des fantômes. Car ceux que nous avons haïs, ceux que nous avons aimés, les règles à suivre, les fautes à éviter, nos recettes, nos sciences, nos maîtres, nos lois, nos mœurs, quand nos fils paraîtront sur la scène du monde tout sera mort.

Comme nous, Madame de Breyves élevait son enfant à reculons : elle le disposait à faire son chemin à Versailles et au Palais-Royal, à triompher des duchesses et des prébendiers, à damer le pion aux fermiers, aux négriers, à séduire les courtisans, à acheter les juges ; elle le voyait ami des pages et des présidents à mortier, capable d'expédier Necker à la Bastille et de s'enrichir sans déroger... Comment se serait-elle douté qu'Alexis, formé par ses soins aux détours obscurs des palais, vivrait son âge d'homme dans un monde où il n'y aurait plus ni seigneurs, ni gabelous, ni dérogeance, ni privilège ? Un monde sans Bastille et sans Parlements, sans Cour, sans pages, et sans Roi.

Elle n'ignorait pas, pourtant, les changements qui se produisaient autour d'elle ; mais elle n'en saisissait ni la cohérence ni la portée. Et puis, la mécanique des saisons — récoltes, labours, gelées — écrasait le mouvement des années. Le nez sur l'événement, le dos courbé, la perspective lui manquait ; cette société malade, elle ne la voyait pas mourant de mort violente, mais de langueur : elle « s'en irait » doucement, elle « s'éteindrait »...

Nous élevons nos enfants pour le passé. Au moins la Comtesse le faisait-elle sans naïveté. Rendue lucide par les épreuves qu'elle avait traversées, elle sentait confusément que certaines idées ne valaient plus la peine d'être enseignées. Quand un principe lui tenait à cœur, elle le déguisait en usage : la forme dure plus que le fond. Entre la vie et le néant il y a place, un temps, pour la coquille vide — la dépouille, la carcasse, le cadavre, le sépulcre : à son fils elle présentait ses convictions comme des convenances, espérant qu'il ferait par décence ce qu'il n'aurait pas fait par vertu. A la manière de ces grandes dames, amies des philosophes, qui allaient encore à la messe par égard pour leurs valets...

Ce fut dans cet esprit que, peu avant ses quatorze ans, la Comtesse mit Alexis au collège. Elle ne lui dit pas que, sorti du théâtre, de l'arithmétique et des papillons, il était d'une ignorance crasse ; après tout, la culture n'avait jamais été nécessaire pour faire carrière à la Cour... Elle lui dit qu'il devait apprendre à vivre avec ses égaux : élevé par un bateleur parmi les paysans, il ne manquait pas seulement de manières, il risquait de manquer de jugement — manœuvrait-on les fils de bourgeois et d'aristocrates comme on manœuvrait Gros-Sylvain et Babet ? Certes, même à Paris, surtout à Paris, on pouvait jouer les Emile avec succès, mais l'acteur devait être assez souple pour changer de rôle dès que la mode en serait passée. A cet égard, la visite de la Marquise avait ouvert des horizons à la Comtesse ; la vogue des Huron, des Candide, et des Héloïse, les ravages qu'elle provoquait dans la société, lui semblèrent prometteurs : ainsi, les loups élevaient leurs fils comme des moutons ? Au son du flûtiau, dans des ruisseaux de larmes, de thym et de serpolet... Sans espérer que ces louveteaux se laisseraient tondre, on était fondé à penser qu'il serait bien tard, à vingt ans, pour leur aiguiser les dents ! Bon sang pourrait mentir, Alexis l'emporter...

Le collège fut vite choisi. Depuis que le Roi, pressé par l'opinion, avait chassé de France les Jésuites, l'élite se rabattait sur ce qu'elle trouvait : dans la Haute-Marche pas grand-chose — des Barnabites, à Guéret, qui ne menaient même pas leurs élèves jusqu'à la philosophie et les envoyaient terminer leurs classes chez les Jacobins de Limoges. C'était d'ailleurs sans importance, Madame de Breyves n'avait pas l'intention de pousser Alexis si loin : la philosophie, pensez ! Rien — à part la poésie ! — ne pouvait être plus étranger à son marchand d'orviétan... Guéret suffirait.

En recevant ce nouvel élève dont le nom tenait plus de place que le trousseau, le préfet des études interrogea la mère sur les mérites de son fils. Elle ne lui dora pas la pilule : « Il est inapte au grec et au latin, nul en histoire. Il ne sait pas danser, ne s'intéresse ni à la physique, ni à la botanique. Il ignore tout de la sphère, ne connaît rien à la cosmographie. Il n'a jamais manié l'épée, et... », — « Dites-moi plutôt à quoi il est bon, ce sera plus tôt fait... », — « Il est excellent cavalier, excellent tireur. Chante comme un ange, tourne bien ses discours. Avec cela, plus doué pour les mathématiques qu'aucun de sa génération ! Il n'a pas son pareil pour calculer un intérêt composé... »

A tout hasard, le trouvant un peu gringalet, le préfet le mit en quatrième. Accompagné du père portier, Alexis revint embrasser sa mère ; il lui dit seulement « Au revoir, Madame » (« Maman » était proscrit dans l'établissement) et ce fut le cœur serré qu'elle abandonna son fils dans cette prison grise, qui sentait la soupe froide et le renfermé. Six mois, elle ne le reverrait pas avant six mois : à Pâques, quand les classes vaqueraient... La veille, à l'auberge de Tirelangue, elle lui avait fait ses dernières recommandations. Car elle ne l'envoyait pas seulement affronter ses pairs, mais traiter avec des supérieurs : premier dans son village, il n'y était pas préparé. Ménager l'autorité, s'arranger d'un règlement, tourner la discipline en feignant de s'y plier, trouver sa place et garder son rang, aucun de ces exercices ne lui était familier. Aussi, avant la séparation, la Comtesse avait-elle multiplié les conseils : « Représente-toi le père préfet comme une espèce de roi, disait-elle, ou de ministre...

— Bah, un roi... Vous le payez !

— Oublie cela : dans ses murs, il a tout pouvoir sur toi. Tâche de lui plaire. Et pour lui plaire, ne te montre pas seulement docile et diligent : n'hésite pas à demander, à solliciter. Des avis et des avantages. Avec admiration, avec humilité...

— Demander ? Même des choses qu'on me refuserait ?

— Surtout celles-là ! Et pour qu'on te les refuse ! Il faut demander aux puissants pour leur donner le plaisir de dire non. Autrement, comment sauraient-ils qu'ils sont puissants ? Entraîne-toi : pour commencer, ne mendie que des services ou des passe-droits auxquels, en vérité, tu ne tiens pas. Use le refus des princes sur l'accessoire. Ils te céderont sur l'essentiel... »

Elle revint à plusieurs reprises sur ce sujet, toujours obsédée par cette entrevue avec Terray qui avait acculé Henri au suicide — comment le ministre aurait-il résisté au bonheur d'humilier un homme qui, jusque-là, n'avait jamais quémandé, jamais imploré ? « A Paris, à la Cour, solliciter est un jeu, tu comprends, comme de flatter. D'ailleurs c'est encore flatter, mais plus habilement que le renard ne flatte le corbeau. Les hyperboles, les compliments, garde-les pour tes inférieurs ou tes égaux ; aux supérieurs montre seulement ton impuissance, ta dépendance... Fais allégeance, Alexis. Il sera temps de trahir après. »

Depuis deux ou trois ans l'adolescent s'était habitué à ces leçons d'immoralité, qu'il écoutait aussi distraitement qu'un autre les leçons de morale de ses parents : il savait déjà tout cela, n'est-ce pas ? D'ailleurs, il n'y croyait guère... La Comtesse sentit que ses avertissements ne portaient pas et que, trop sûr de lui, son fils n'échapperait ni aux brimades des « anciens » ni aux punitions des régents. Mais, après tout, c'était bien pour qu'il fît par lui-même l'expérience de la société qu'elle avait décidé de s'en séparer. En ne l'exposant qu'aux mauvaises notes et aux coups de fouet, elle lui rendait seulement l'expérience aussi douce que possible : elle le « vaccinait ». Un petit mal pour le préserver d'un plus grand...

D'ailleurs elle souffrait plus que lui. Lorsqu'elle revint à La Commanderie, bouleversée de l'avoir laissé, elle trouva sous son oreiller un petit « billet d'amour » qu'il y avait glissé, et, posée dans un petit vase à son chevet, une poignée de myosotis des marais — les derniers de la saison ; quand ces fleurs commencèrent à faner, elle les mit sur sa coiffeuse, derrière une bonbonne de parfum pour les cacher. Chaque matin, elle les regardait se racornir, se recroqueviller ; le bleu vira au blanc ; les feuilles séchèrent ; mais pas un pétale ne tomba. Alors elle garda le bouquet, tout sec, décoloré, que la poussière commençait à recouvrir. Dix fois par jour, elle passait lui jeter un coup d'œil, discrètement. C'était sa manière d'embrasser son fils, de prier pour lui. Sa manière de se prouver qu'elle l'aimait, de s'assurer qu'il l'aimait aussi. Peu à peu, ce bouquet jauni en vint, dans son esprit, à représenter l'enfant lui-même. Comme quand il dormait sur la couchette de son alcôve et qu'elle vérifiait qu'il vivait encore, qu'il vivait toujours, oui, de même qu'autrefois elle se penchait pour l'écouter respirer, elle n'en finissait plus maintenant de contrôler la présence du bouquet... Les dames de jadis faisaient vœu de ne plus quitter tel objet que leur seigneur avait porté ; elle jura de ne pas se séparer des myosotis jusqu'au retour de son chevalier.

Le départ de son fils l'avait plongée dans une tristesse noire, voilà la vérité. Bien sûr, elle se raisonnait, elle savait qu'il reviendrait... Rien de comparable au vertige où l'avait plongée la mort d'Henri. Pourtant, si la douleur qu'elle éprouvait aujourd'hui pouvait sembler plus légère, elle était plus lancinante aussi. Car elle avait quitté Paris, alors que tout ici lui rappelait Alexis. Elle le cherchait à travers les pièces, le poursuivait à travers les champs, s'étendait sur son petit lit, et faisait des patiences à la table où il s'asseyait. Puis, il y avait toutes ces fois où, croyant reconnaître au fond du parc sa petite silhouette de drap bleu ou son tricorne gris, elle se disait, le cœur battant : « C'est lui ! » pour s'apercevoir que c'était seulement Mignon, vêtu des dépouilles de l'enfant...

Heureusement, elle avait la consolation de n'être pas la seule à pleurer son feu follet : les « regrets » affluaient. Toute la maison, tout le village avaient pris le deuil. Ce qui la surprenait un peu. Car enfin, voilà un enfant qui trichait, bonimentait, volait, fouinait, furetait, filoutait, jurait comme un crocheteur, ouvrait les lettres qui ne lui étaient pas destinées, monnayait ses services, défiait Dieu et « Monsieur le Curé », et dérogeait autant qu'il est possible de déroger ! Eh bien, avec tout cela, malgré cela ou à cause de cela, universellement adulé — des honnêtes gens comme de la canaille... Parce qu'il était gai, déluré, constamment occupé des affaires des autres, toujours prêt à s'en mêler, à aider, à aimer. Chiche de ses deniers, mais généreux de son attention, prodigue de son temps, et distribuant sa joie sans compter. Incapable de rien prendre au tragique, il faisait rire la veuve et l'orphelin... Bref, il était si naturel et si heureux que l'air qu'on respirait avec lui semblait plus léger.

Depuis son départ la vie s'épaississait, faisait de la mauvaise graisse ; les odeurs se traînaient, trop lourdes entre leurs quatre murs ; et les journées attachaient au fond des casseroles. Mignon se donnait pourtant du mal pour détendre l'atmosphère : il chantait à tue-tête dans les escaliers, déclamait, badinait, et affectait de lutiner la vieille Marie ou la grosse Babet... En vérité, il était inquiet : l'éloignement d'Alexis ne l'avait pas seulement chagriné ; il se voyait menacé dans le petit bonheur qu'il s'était arrangé — pourquoi la Comtesse, qui se saignait aux quatre veines pour payer la pension de son fils, aurait-elle continué à nourrir une bouche inutile ? Aussi le précepteur désaffecté s'efforçait-il de se rendre indispensable : il avait repris son ancien travail de mitron et boulangeait pour toute la maisonnée. Le reste du temps, il s'occupait à de menus travaux, menuisait, clouait, rabotait.

Chaque matin en s'éveillant, la Comtesse craignait de découvrir une nouvelle étagère. Car, de sa propre initiative, Mignon, levé avant l'aurore, dotait toutes les armoires, tous les placards, toutes les bibliothèques de planches supplémentaires. Après quoi, il s'attaqua aux parois vierges et les pourvut, à toutes les hauteurs (mais surtout à la sienne), de tablettes et de patères dont il aimait faire la surprise à la maîtresse des lieux. Quand elle descendait pour déjeuner, il l'attendait au pied de l'escalier, lui prenait la main comme un enfant, et la menait, toutes affaires cessantes, admirer son dernier chef-d'œuvre : il était si content ! Elle applaudissait puisque le mal était fait... Ensuite, il entreprit de truffer la cuisine de pitons sous prétexte d'y suspendre les poêles et les écumoires qui tenaient déjà plus qu'au large dans des placards où chaque étagère était dédoublée !

Mignon creusait, il creusait comme un rongeur ;

sans cesse Madame de Breyves découvrait de nouveaux trous, des petites logettes, des alvéoles pareilles à celles des insectes. Avant qu'il n'eût transformé les murs en passoires, elle décida d'employer son comédien à des ouvrages plus anodins — elle lui fit réparer de vieilles brouettes, repeindre des chaises branlantes. Chaque jour, elle devait imaginer quelques travaux inutiles pour l'empêcher d'en inventer de nuisibles. Mais même s'il ne causait plus de dégâts, il créait un désordre dont servantes et bergers se plaignaient : il ne fermait pas ses portes, perdait les outils...

Elle l'aurait volontiers payé pour qu'il se reposât ! Mais elle ménageait sa fierté... Rassuré sur son avenir par les services qu'il croyait rendre, Mignon redoubla de grimaces, de facéties et d'esprit pour la distraire. Maintenant qu'ils dînaient en tête à tête il soutenait seul la conversation, exagérant cet accent parisien, ces tournures populaires qui la faisaient parfois sourire : « Oh, oh, des vol-au-vent ? Et qui volent par paires ? Mais ça en coûte, des argents, ces petites bêtes-là ! », « Malepeste, la soubrette, vous voilà bien émerillonnée : un vrai ragoût ? Le mettrons-nous à l'abri du naufrage ? », « A boire, Marie ! Madame la Comtesse lève le coude tout comme une autre ! », « Et encore un dîner de torché ! Tant tenu, tant payé, et attrape qui peut ! »

Madame de Breyves l'écoutait distraitement ; elle ne s'animait que lorsqu'on parlait d'Alexis. Dans ses lettres l'enfant lui avouait qu'il souffrait de « vague à larmes », ce qui était bien dans son orthographe, n'est-ce pas ?, mais guère dans son caractère. Il est vrai, le pauvre, qu'on lui entonnait de l'histoire de l'Eglise à pleins baquets ! Mignon compatissait... Ses notes restaient exécrables ; et les récréations n'étaient pas meilleures car, petit pour son âge, le malheureux se faisait régulièrement rosser. Les moines n'auraient-ils pas dû protéger les plus faibles ? C'était une honte ! Mignon approuvait...

Mais, après deux ou trois mois, l'écolier reprit du

poil de la bête : il informa sa mère que les Barnabites avaient décidé de former un conseil d'élèves pour la distribution des prix ; chaque classe élirait son « général », comme les cardinaux leur pape ; en prévision de ce conclave, il demandait qu'on lui ouvrît un crédit de quelques pistoles « car, expliquait-il, je pourrais ainsi offrir des billes ou des gaufres à ceux qui hésitent à me donner leur voix... » Madame de Breyves lui répondit qu'acheter les votes était en effet, dans les chambres de justice et les assemblées du clergé, une vieille technique, d'une efficacité éprouvée ; elle le félicita d'en avoir retrouvé le principe sans les leçons d'aucun maître — comme Pascal retrouvant seul les premières propositions d'Euclide... Mais l'emploi du procédé exigeait, souligna-t-elle, beaucoup de doigté ; aussi n'y recourait-on pas dès le premier essai.

Privé des moyens ordinaires de la guerre, Alexis se démena comme un beau diable... et fut élu ! La Comtesse se demanda à quel expédient il devait ce succès ; peut-être à ce qu'il fallait appeler sa « popularité » — un mot nouveau, une vertu neuve, qu'Alexis se révélait posséder au plus haut degré. Ne le voyait-elle pas maintenant, quand elle venait le chercher, animer la conversation, déchaîner les rires, distribuer les rôles, lancer les mots d'ordre ? Très vite aussi, il s'était lié avec les domestiques de la pension, les surveillants, les frères convers — tous les parias, les réprouvés ; par eux il était au courant des menus trafics de la maison : pas une fripouillerie dont il ne connût les tenants et les aboutissants ! La Comtesse n'était pas certaine que cette connaissance fût désintéressée. Quand il revenait en vacances et racontait ses découvertes à sa mère, il ajoutait parfois d'un air entendu : « J'ai accepté de fermer les yeux, mais pas de me les laisser bander... » Elle aimait mieux ne pas approfondir !

En deux ans de collège, il avait peu progressé dans ses études : jamais de lauriers, sauf en rédaction française où il ne manquait pas de facilité ; autrement, les armes étaient la seule discipline où il promettait — il s'était enfin mis à l'épée où son maître le trouvait rapide, nerveux, et capable d'exceller. « Mais si j'ai un duel », expliquait-il à sa mère (le duel alimentait bien des conversations de collège, les jeunes aristocrates rêvant du moment où ils pourraient enfin s'embrocher !), « oui, si j'ai un duel, je choisis le pistolet : c'est plus tôt joué !... Allez, Maman, ne vous inquiétez pas, je plaisantais : je ne me battrai jamais, je trouve cela trop sot ! »

Madame de Breyves protesta : comment, « sot » ? Elle qui aurait tant voulu être un homme, pour pouvoir amener ses adversaires sur le pré !

« Eh bien, moi, poursuivit Alexis, je préfère traiter. Faites-moi confiance pour trouver toujours un terrain d'entente, je suis le roi du compromis !

— Du compromis ou de la compromission ? Quelle distinction fais-tu entre les deux ?

— Holà ! Où allez-vous à ce train ? Nous voilà dans les nuées ! Je ne vous entends même pas ! » Il manquait parfois de vocabulaire... « Diable, c'est de la philosophie ! Je ne me pose jamais des questions comme ça ! »

Le père préfet, lui, se les posa, et assez vite. A la fin de la première année, il reçut la Comtesse pour lui confier les inquiétudes qu'il éprouvait à propos d'Alexis. Le jeune Comte ne travaillait que les disciplines, malheureusement peu nombreuses, qui l'intéressaient. Cette attitude constituait la négation même de l'école, dont la vocation est d'encourager le travail désintéressé, et même le travail sans intérêt. Un bon élève ne doit-il pas savoir se mortifier ? De longues journées consacrées au vain détail de sciences inutiles disposent à recevoir patiemment les peines que Dieu nous envoie : « Seigneur, vous visitez l'homme dès le matin, dit Job, et aussitôt vous l'éprouvez » — les épreuves que, « dès le matin », on infligeait aux écoliers étaient bien légères auprès de celles qui les attendaient... Mais passe : le jeune Alexis n'était pas le seul collégien à manquer d'appétit ! Et après tout, on avait quand même fini par lui enfourner les litanies de la Vierge, le « traité des fortifications », et les vers historiques du père Griffet : « Les Francs pour premier roi choisirent Pharamond / Il règne sur ce prince un silence profond... »

Plus que ce défaut d'application, somme toute banal, ce qui inquiétait les maîtres d'Alexis c'étaient ses fréquentations : à part le petit Saint-Germain-Beaupré, d'excellente lignée mais d'un caractère faible, le jeune Breyves ne choisissait ses amis que chez les bourgeois, et de la petite espèce encore — des fils de boutiquiers, quand ce n'étaient pas des boursiers ! Pire : il s'abouchait, dans la maison, avec les frotteurs et les marmitons. Ces gens de peu subissaient son emprise ; et comme il n'était pas lui-même enclin au respect et à l'obéissance, pour un oui pour un non il échauffait leurs têtes faibles. Sans aller jusqu'à fomenter des révoltes, il entretenait dans les cuisines et les dortoirs un climat malsain d'intrigues et de revendications. « Enfin, Madame », conclut le préfet (il s'appelait le père Sobon et Alexis, qu'agaçait la rudesse bornée du personnage, l'avait surnommé « Une-syllabe-de-trop »), « votre fils se plaît à jouer les esprits forts. Nous n'en ferons pas sans mal un sujet soumis, cela est certain. Tristement certain. » Il parlait d'une voix sifflante, et, comme la vipère, redressant sa petite taille, jetant la tête en arrière. « Mais nous viendrons à bout de ses insolences, je vous le certifie ! Même s'il nous donne du fil à retordre... »

Fallait-il le « retordre » ? C'était toute la question. Madame de Breyves en doutait quand, de passage à Guéret, elle faisait un détour par le cabinet de lecture et prenait connaissance, à travers « Le Mercure » ou « La Correspondance littéraire », des dernières nouvelles de Paris : « Juin 1777 — Voilà donc plusieurs pertes cruelles que la philosophie vient d'éprouver dans l'espace de peu de mois : la mort de Mademoiselle de Lespinasse, la disgrâce de Monsieur Turgot et l'apoplexie de Madame Geoffrin. Il n'y a que l'élévation de Monsieur Necker qui puisse nous consoler de tous ces malheurs »...

Turgot avait succombé aux suites de « la guerre des farines », ourdie, assurait-on, par son ancien rival, l'abbé Terray, lui-même appuyé sur les vertueux écrits de son ami Necker. Pour défendre ce couple démoniaque leurs amis se bornaient à alléguer qu'il « ne faut pas confondre ceux qui attisent un incendie avec ceux qui l'allument » (Madame de Breyves releva la formule dans le journal : Alexis pourrait en faire son profit). Turgot s'en était allé, et ses projets de Constitution avec lui. La Cour, qui ne souhaitait rien réformer, et les salons, qui changeaient de réforme comme de pampilles ou de tapis, avaient versé des larmes de crocodile sur le ministre sortant et applaudi à l'arrivée de « l'honnête Necker » qui l'avait renversé : philosophe pour philosophe, celui-ci avait autrement d'entregent, d'éclat, de richesses, et d'amis.

Le célèbre Lavater, qui faisait de la voyance à rebours, déclarait au « Mercure », après avoir étudié la physionomie du promu, qu'il « était, dans l'âme, prédestiné ministre ». Prédestiné à la sainteté aussi car selon le baron de Grimm, rédacteur de « La Correspondance » et vieux complice des « Vendredis gras », le nouveau responsable des Finances avait déclaré : « Si en acceptant cette place j'ai troublé mon repos, je suis sûr de ne jamais troubler ma conscience... » De son côté, Madame Necker s'adressait aux dames : « Je suis persuadée que Monsieur Necker a la tête la plus administrative qui ait jamais existé. J'ai vu à côté de lui les premiers génies de l'Europe subjugués par son ascendant : il tient les deux bouts de la chaîne de toutes les idées de finance. »

C'est par une idée qui relevait moins de la finance que de la réclame, mais qui touchait au génie, en effet, que le banquier avait inauguré son ministère : refuser les émoluments attachés à sa charge. Quoi, il abandonnait à l'Etat deux cent mille francs ? Les naïfs s'étonnèrent, les gazettes publièrent, les salons vantèrent : en feuilletant les numéros des deux dernières années gardés dans le cabinet de lecture, Madame de Breyves constata qu'en éloges et en échos Monsieur Necker en avait eu largement pour ses deux cent mille francs ! Nul doute, d'ailleurs, que ce frugal financier (qui, d'après ses thuriféraires, se nourrissait « uniquement de mets préparés de la main même de sa vertueuse épouse ») saurait se rembourser de ses générosités « sur la bête » : du temps où il était syndic de la Compagnie des Indes, n'avait-il pas, déjà, refusé hautement les jetons de présence tandis qu'en secret il s'emparait de la caisse ?

En pariant que l'Etat serait sa nouvelle vache à lait, la Comtesse ne se trompait pas. En même temps qu'il abandonnait deux cent mille francs au Trésor royal, Monsieur Necker lui en soutirait deux millions, au profit de ses amis : dix jours après sa prise de fonctions, il prorogea, par une décision discrète, un emprunt de son compère Terray, clos depuis dix-huit mois ; les acquéreurs, banquiers genevois, purent se faire payer sur-le-champ dix-huit mois d'intérêts fictifs, gagnant ainsi en un jour dix pour cent de capital, pendant que la France en perdait autant... Un détail que les journaux turent : certaines de ces feuilles avaient été créées par Monsieur Necker lui-même et ne vivaient que de ses subsides ; quant aux autres, leurs directeurs et leurs feuilletonistes dînaient chaque semaine chez l'économiste.

Silencieux sur les affaires de l'homme d'argent, les gazetiers parlaient en revanche beaucoup des idées de l'homme d'Etat. Et ces idées étaient si simples que Madame de Breyves les reconnut tout de suite ; elles avaient déjà servi, dix ans plus tôt, à le rendre populaire contre Breyves et Panchaud et à ruiner la Compagnie : pas de réformes (Necker rétablit la corvée et les corporations supprimées par son prédécesseur), pas d'impôts, pas d'efforts, pas de vagues, pas de larmes — de l'emprunt ! En lisant « Le Journal de Paris », la Comtesse vit que le grand financier avait commencé à appliquer son programme en lançant un de ces petits emprunts-loteries dont il avait le secret. Et qu'importe si les conditions trop onéreuses pour l'Etat rendaient cet emprunt ruineux : il avait été si bien accueilli par les banquiers que toute la place célébrait l'avènement de Monsieur Necker comme « l'aube du plus beau jour ». On s'extasiait : ne faut-il pas bien de l'esprit pour emprunter ? Cela n'est pas d'un homme commun ! Necker savait plumer la poule en la faisant chanter : une loterie en janvier, bravo !, un petit viager en février, vivat !, un troisième emprunt dès novembre, parfait !, et ainsi de suite... Pourquoi, d'ailleurs, s'en tenir aux dépenses ordinaires ? La France prenait-elle envie d'aller taquiner les Anglais en Amérique ? On n'allait quand même pas se mettre à dos la coterie philosophique sous prétexte que les militaires coûtent cher ! Pour plaire à une opinion va-t'en-guerre, un emprunt ! Est-ce que la liberté ne méritait pas quelque crédit ? Et notre belle marine ? Un emprunt ! L'infanterie ? Encore un ! Et des canons, et des courtages ; et des courtages, et des canons... Puis, un jour, on mettrait le royaume en liquidation, comme on avait fait pour la Compagnie.

Madame de Breyves n'avait pas la tête politique ; si, en parcourant deux fois par an les journaux du cabinet de Guéret, elle voyait plus loin que les penseurs parisiens, c'est que l'Histoire se répétait : Necker et ses amis recommençaient en grand tout ce qu'elle leur avait vu faire en petit... Dans ces pages jaunies, ce n'était plus seulement au triomphe de son ennemi qu'elle assistait, c'est à la perte de son pays. Elle aurait voulu crier, dénoncer, mettre en garde ; mais, comme au bord de l'étang, elle devait regarder, impuissante, l'eau monter...

Et l'on aurait voulu que, dans cette situation, elle fît la morale à Alexis ? Mais tant mieux s'il savait nager ! Tant mieux si, dans ce naufrage, il s'en tirait !

C'est alors, brusquement, qu'elle comprit qu'elle ne le chargerait jamais de sa vengeance ; la vengeance, c'est une paire de bottes aux pieds, avec de la boue dedans : la vengeance alourdit, tire vers le fond, le passé. Même sur la terre ferme — et Dieu sait que cette société n'était plus ferme ! —, les bottes retardent la course : Alexis irait nu-pieds. Libre, libre... Jamais elle ne lui nommerait les ennemis de son père, ceux qui l'avaient assassiné. Aujourd'hui plus rien n'importait que sa survie à lui : « Dis-lui que de mon fils l'amour est assez fort... » Assez fort pour effacer ce qu'elle devait à la mémoire du mort. Qu'il y eût au moins, dans la faillite universelle, un rescapé : Alexis, la chair de sa chair, sa joie, son trésor, « le seul bien qui me reste et d'Hector et de Troie ».

Mais si l'éducation qu'elle donnait à l'enfant changeait ainsi d'objet, elle ne vit aucune raison pour changer de méthode : son Astyanax pourrait bien choisir ses cibles à son gré, encore fallait-il qu'il fût armé.

Après l'entretien avec le père préfet elle sermonna donc l'écolier. Non parce qu'il ignorait l'optatif — dont ni la Cour ni les banquiers de Genève ne se souciaient —, mais parce qu'il avait été incapable de se concilier l'autorité : « Des amis, tu t'en fais partout, et j'applaudis... Mais la hiérarchie, Alexis ? Partout aussi il y a des chefs, des censeurs, des tuteurs, des maîtres. Il faudra bien t'en accommoder ! Je t'ai vu comédien avec les comédiens, paysan avec les paysans : sois Barnabite avec les Barnabites, je ne te demande rien de plus ! » Il répondit négligemment, en garçon de quinze ans et en fils des Lumières : « Bah, ils m'embêtent, vos derviches ! »

Mais sa deuxième année d'études se passa moins mal. A l'école, il continua de n'apprendre que ce que l'école n'enseigne pas : les rivalités, les factions, les osselets, la faveur, les trafics, la paume, les clans... Ses vrais maîtres étaient les pensionnaires, les laveuses, les gâte-sauce et les fournisseurs. Mais il cessa de défier le préfet.

La Comtesse voulut connaître les amis dont, dans ses lettres, il lui parlait le plus souvent. Aux vacances François de Saint-Germain-Beaupré vint passer quelques jours à La Commanderie : il parut à Madame de Breyves très beau dans son habit de basin gris à gilet croisé, mais aussi très niais. Elle en fit la remarque à son fils : « Il m'est dévoué, répliqua le garçon, je le ferais passer dans un trou de souris ! » Alexis était roué, il n'était pas sceptique : son assurance l'aveuglait. On aurait dit que la trahison de Fanfaron ne lui avait pas servi de leçon. Il appartenait donc à sa mère de l'éclairer, de lui montrer ses amis tels qu'ils étaient, et de ne rien lui cacher des dangers qu'il courait. Pour Saint-Germain-Beaupré, elle se borna à lui lire « L'ours et l'amateur de jardins » ; à lui de juger si, avec son imbécile « dévoué », il risquait ou non le pavé...

Avec Claude Vallantin, autre « grand ami » d'Alexis, le problème était différent. D'abord, comme le préfet l'avait souligné, l'enfant, fils du notaire de Lourdoueix et neveu du curé de Chambon, n'était pas de bonne maison. Mais dès qu'elle en toucha un mot à son fils, celui-ci objecta que Claude montait à cheval comme un dieu : « Le cul sur la selle, chacun est compagnon ! » C'était un point de vue très médiéval, dans l'intention comme dans l'expression, et, après tout, elle ne se croyait pas assez bien née pour y trouver à redire ! Plus inquiétant, toutefois : Claude Vallantin avait, dans les manières, dans le regard, quelque chose de flagorneur, de sournois. Elle avait eu de nombreuses occasions de l'observer quand, aux vacances d'automne, il chevauchait en voisin jusqu'au château ; rien à faire : elle ne l'aimait pas.

« Vous confondez fausseté et timidité, rétorqua Alexis. Claude n'est pas comte, lui !

— Mais il est plus riche que toi !

— Raison de plus. Il a de l'argent, il est premier de la division, et il méprise les titres. Alors, il aimerait bien me désarçonner... Mais, pour l'heure, c'est moi qui le démonte ! Et son étonnement me plaît : quand il écarquille les yeux, je l'adore !

— Adorez-le tant que vous voudrez, mais restez

le plus fort : c'est la faiblesse qui a mis la tête de Charles Ier sur le billot...

— N'ayez crainte, Maman, j'aime Vallantin, mais sans excès. Nous ne communions que par l'esprit. Ce qui est agréable aussi... Je ne puis quand même pas passer ma vie avec Saint-Germain-Beaupré ! Alors je balance l'un par l'autre, je fais jouer la concurrence ! »

Un soir de 1779, alors qu'Alexis venait d'entamer à Guéret sa troisième année d'études, d'aborder les « Offices » de Cicéron, et les comédies du père du Cerceau, « Le point d'honneur », « L'homme d'honneur », et « L'école de l'honneur »(rien que de l'honneur — ce collège était décidément tourné vers les antiquités), Madame de Breyves eut la surprise de trouver son bouquet envolé ! Le vase était bien là — mais vide. Babet et Marie n'étant guère portées sur le ménage, pendant deux ans la Comtesse avait réussi à dissimuler son « nid à poussières » derrière ses pots et ses fioles, mais enfin une servante, dévouée à la manière de Saint-Germain-Beaupré, avait fini par faire du zèle et jeter ces fleurs fanées. La Comtesse restait là, plantée devant son vase vide comme devant un cercueil, le cœur battant, les mains moites. Elle eut la vision d'un ornement noir, de larmes d'argent, elle entendit des Dies Irae, elle pleura. Mais au dîner elle ravala sa peine : comment expliquer sa passion pour des squelettes de fleurs ? Rassasiée d'angoisses, elle ne parvint pas à manger ; juste un peu de lait, comme après la mort d'Henri ; qu'allait-il arriver ?

Une lettre. Au troisième jour, il arriva une lettre. Du père préfet. « Lisez, Mignon, je n'en ai pas le courage ! » Mignon, qui ignorait tout de l'affaire du bouquet, lâcha son vilebrequin et décacheta de bon cœur ; mais il blêmit aux premiers mots. « Non, hurla la Comtesse qui lisait sur son visage décomposé, non ! »

D'abord déconcerté, Mignon comprit brusquement qu'elle imaginait le pire : « Mais notre jeune Monsieur n'est pas mort, Madame la Comtesse ! Il vit, il est en bonne santé, il est seulement déshonoré... »

Déshonoré ? Oui, plus ou moins. C'était en tout cas ce que disait le père Sobon — « a trompé notre confiance, manquement grave à l'honnêteté », et cœtera. Il demandait qu'on vînt chercher le jeune Comte dans le meilleur délai.

Tout au long de la route, Madame de Breyves s'interrogea : qu'avait-il fait pour être ainsi renvoyé ? Triché ? Volé ? Ou de ces choses que Léveillé... On prétendait que dans les pensionnats... Et dire qu'elle avait cru Alexis assagi ! Qu'elle lui avait parlé comme à un homme ! On désire un appui, on se laisse bercer par l'espérance de l'avoir trouvé ; c'est un songe, on s'éveille...

Froid comme un serpent, mais son petit œil luisant de contentement (il avait enfin trouvé un bon motif pour se débarrasser d'un mauvais élément), le père Sobon fit asseoir la Comtesse dans son meilleur fauteuil, comme quelqu'un qu'on veut ménager — tout juste s'il ne lui tendit pas son mouchoir par précaution... Enfin, après force circonlocutions qui la mirent au supplice, il lui découvrit l'objet du délit : un livre, posé sur le coin de son bureau. « On a surpris le Comte votre fils lisant après l'extinction des feux. Et quoi, s'il vous plaît ? Saint Augustin ? Du Cerceau ? Griffet ? Vous n'y êtes pas : Voltaire, Madame... Voltaire ! »

Elle ne dut pas paraître aussi accablée qu'il fallait, car c'est à elle que le vipéreau fit la morale avant de conclure, menaçant : « Malheur au siècle où tout n'est que formes et plaisanteries ! » Cet anathème ne déplut pas à Madame de Breyves qui, rassurée sur le « déshonneur » de son fils, prenait tout maintenant avec bonne humeur. Oui, le père préfet avait raison de maudire son temps, il en avait bien vu les faiblesses ; finalement Alexis s'était trompé : ce père Sobon n'était pas plus sot qu'il n'était bon — « Deux-syllabes-de-trop » !

Le coupable attendait sa mère dans l'antichambre

avec son paquet ; il n'en menait pas large. Elle le laissa mijoter en silence jusqu'à la sortie de Guéret. Puis, quand la calèche aborda la descente de Glénic, elle soupira, histoire d'introduire le sujet : « Voltaire ! Pourquoi Voltaire ? Toi qui ne lis jamais ! Voltaire, et chez des religieux !

— N'exagérons rien : c'était un conte persan. "Zadig", une histoire de vizir... Rien qu'un conte, Maman, une bagatelle ! Depuis, Voltaire a écrit bien pis, à ce qu'on dit.

— Sans doute ! Et sais-tu ce qu'il est advenu, il y a treize ans, d'un jeune gentilhomme chez qui l'on avait trouvé le "Dictionnaire philosophique" ? Eh bien, il a été roué ! Pour crime d'impiété !

— Oui, mais c'était il y a treize ans... »

« Il y a treize ans » : pour un garçon de seize, une éternité en effet ! Après la mercuriale du père Sobon et ce renvoi ignominieux, elle aurait dû le gronder, mais, chaque fois qu'il disait une gaminerie dans le genre d'« il y a treize ans », elle se sentait attendrie, et ses réprimandes viraient à l'absolution. Surtout depuis qu'il avait grandi : il la dépassait maintenant d'une demi-tête... D'ailleurs, punir pour « Zadig » ! Elle n'aimait pas Voltaire, mais « Zadig »... Elle comprenait qu'on en préférât la lecture aux œuvres complètes du père du Cerceau ! Rien de pendable là-dedans, si ce n'est cette propension à toujours « tirer les moustaches du chat » : le collège n'en avait pas corrigé son fils.

« Mais, demanda-t-elle tout à coup, ce volume était fort beau, il devait coûter... dans les huit livres !

— Au moins, oui.

— Et où en as-tu pris l'argent ? Dis, où ? »

Déjà elle avait retourné son fouet, prête à frapper : ce qu'il y avait de terrible avec cet enfant, c'est qu'une sottise cachait toujours une friponnerie, et la friponnerie une infamie. Déjà elle était sûre d'avoir été trompée, d'avoir pardonné trop tôt, d'avoir aimé à tort... « Hé, Maman ! Ne criez pas ! Ce volume n'était pas à moi ! », — « Et à qui ? », — « A Claude Vallantin », — « Bravo ! Le neveu d'un curé... », — « Justement : c'est son oncle qui le lui a donné. »

Alexis avait raison : treize ans, c'est long. Le monde changeait plus vite encore qu'elle ne croyait. Bientôt elle n'aurait plus rien à apprendre à son fils, c'est lui qui l'instruirait ! A moins que... A moins qu'il ne lui ait menti ? Chaque fois qu'elle cédait à l'amour, à l'indulgence, elle craignait d'être piégée — à peine écarté, le soupçon revenait :

« Et pourquoi n'as-tu rien dit au père préfet ? Hein, pourquoi ?

— Mais parce que Vallantin risquait plus que moi ! Il n'est pas gentilhomme. Il faudra bien qu'il prenne un état. Il veut être avocat. Donc, bachelier. Si on l'avait chassé du collège, qu'aurait-il fait ? Une catastrophe pour sa famille ! Tandis que moi...

— Toi, tu n'es pas mécontent de voir tes études terminées...

— Peut-être, mais je ne l'ai pas cherché ! Si vos Barnabites étaient moins bornés... Sacredieu, vous auriez dû voir mon Vallantin quand l'affaire a éclaté : on le sentait dans ses petits souliers... Bon, le livre est à lui, mais, foutre, c'est moi qui le lisais ! Et puis, entre nous le pacte est clair : il me doit fidélité, je lui dois protection. Donc, je l'ai protégé. »

Décidément, ce flibustier tournait au féodal : il s'attachait des vassaux. Mais d'ailleurs qu'étaient les premiers seigneurs, sinon les premiers brigands ?

Tous comptes faits, la Comtesse ne put s'empêcher de trouver son fils généreux. Et même, peut-être, imprudent : « Eh bien, j'espère que tu ne seras pas déçu et que Vallantin se montrera reconnaissant », — « Certainement. Je ne lui ai pas laissé le choix ». Elle le regarda, effarée. Le cheval fit un écart ; d'un geste prompt, Alexis reprit les guides : « Alors, vous ne savez plus mener ? Morbleu, Maman, autant vous le dire tout de suite : je n'aime pas tuer, sauf pour manger ! Fanfaron... » Sa voix se brisa. « Pour vous plaire, je me garde des morsures ! J'ai échangé mon silence contre un papier. Vallantin est fils de notaire : il m'a signé un petit contrat par lequel il reconnaît être le propriétaire du "Zadig" et l'avoir introduit dans le collège. D'un même élan, il confesse (car, dans certaines circonstances, c'est un garçon franc) qu'il a mieux aimé me laisser condamner que de se dénoncer...

— Et ce papier... tu peux me le montrer ?

— Ah, ah, la confiance règne ! Non, je ne peux pas : c'est Saint-Germain-Beaupré qui l'a. Vous pensez bien que je n'allais pas garder cette confession sur moi : j'étais sûr que les Barnabites me fouilleraient. Au cas où j'aurais caché un Rousseau dans mes bottes ! Saint-Germain-Beaupré a mis le poulet en sûreté, d'ailleurs il a été témoin de tout, il a même contresigné le traité. Parole ! Sans compter que "Zadig", il l'avait lu, lui aussi. Seulement, il ne l'avait pas compris... En tout cas, voilà Vallantin très attaché à ma personne — au moins jusqu'à ce qu'il soit bachelier ! Après... Oh, après, il sera tellement habitué qu'on ne pourra plus le décramponner ! Je le nommerai mon féal, je l'adouberai ! Vous allez voir quelle équipe nous ferons : à nous le saint Graal, la Toison ! Et le louis d'or d'Aubepierre, le magot des Barnabites, les trésors de la Ferme, la vertu des filles ! »

Madame de Breyves se dit que, quand ils parlaient de la chevalerie, les historiens embellissaient le tableau...

26

Drôle d'époque que celle où la lecture de Voltaire peut conduire un provincial à l'échafaud, mais où ce même Voltaire, ami des ministres, reçoit à Paris les honneurs d'un chef d'Etat ! Curieux monde que celui où l'« Emile », condamné par le Parlement, est brûlé de la main du bourreau, mais où l'ouvrage interdit figure, au vu de tous, dans la bibliothèque du Roi ! Etrange société que celle où la censure s'oppose aux pièces de Beaumarchais, mais où la Reine elle-même joue devant la Cour l'auteur censuré !

Sous prétexte de grâce, de subtilité, le siècle s'écartèle, se dédouble, s'oublie jusqu'à la folie. Insensée, l'élite qui se croit douée d'ubiquité, prétend être à la fois ici et là-bas — conservatrice avec les conservateurs, et frondeuse avec les frondeurs. « Tu respecteras la loi que tu édictes » : vieil adage qu'aucun dirigeant ne gagne à mépriser. Car les sociétés se gouvernent dans la simplicité : quand la règle et le modèle divergent, il faut changer la loi ou changer d'élites. Parfois, sur son élan, le peuple change les deux...

Naturellement, ces réflexions passaient les compétences de Madame de Breyves. L'état de confusion, de mensonge où vivaient ses contemporains, elle en souffrait jusqu'au malaise, mais ne pouvait ni remonter aux causes ni considérer les effets. Dans ce labyrinthe au dessin mouvant, ce maquis d'épines où tout l'écorchait, elle croyait guider de son mieux un enfant qui grandissait et dont elle sentait bien qu'il ne se laisserait plus longtemps mener. A son Petit Poucet elle donnait d'ultimes repères. A peine des principes : des jalons. Les points cardinaux : la mousse sur un tronc, ou l'ombre des arbres à midi, marquent le nord... A l'enfant sans bagages, vagabond sans boussole, elle apprenait à s'orienter, pour qu'il survive sans elle aussi longtemps qu'il le faudrait.

Inlassablement elle lui montrait les pièges, lui dénonçait les poisons, lui apprenait à se faufiler dans les ronciers, à charmer les orties, à se méfier des bêtes sauvages : « C'est tuer pour rien, Alexis, que de ne pas tuer assez » ; « il ne faut pas marcher sur la queue du serpent, ni couper la retraite d'un ennemi puissant » ; « les blaireaux s'accommodent de la supériorité du renard parce qu'il pue autant qu'eux » ; « c'est le sang qui fait le fauve : beaucoup égorgent parce qu'ils avaient griffé » ; « affiche deux ou trois vices : comme la mûre sur la ronce, ils rassureront ».

Mais le temps lui manquait désormais pour enseigner : déjà, dans la forêt du monde, Alexis s'éloignait... Sa mère, son précepteur, la vieille Marie, la grosse Babet, tout le monde s'essoufflait à le suivre : il ne tenait plus en place, arpentait le domaine à grandes enjambées, galopait d'une traite jusqu'à Bonnat, filait chez Saint-Germain-Beaupré, courait les collines avec Vallantin, nageait comme un perdu et chassait comme un damné. On le croyait ici, il était déjà là, se chargeant d'ailleurs de mille petits services — lettres à porter, ordres à donner, emplettes à faire. « Mercure-Alexis, messager des dieux ! » : voilà comment il se présentait, entre deux éclats de rire. « Mercure, Maman, avez-vous remarqué que j'ai cité Mercure ? Votre petit bandit est *très* érudit ! » Et, de nouveau, il riait, si semblable à l'enfant qu'il avait été et pourtant si différent, avec ses épaules carrées, sa voix presque grave ; il était grand maintenant, et même très grand, mais comme ceux qui sont restés petits longtemps : grand en catimini, sans tirer avantage de sa taille ni jouer de sa force, grand comme à regret.

Il s'éloignait. Lorsqu'il était encore au collège, elle lui avait fait arranger la chambre de son aïeul, Jean de Malval, cousant elle-même, avec amour et mélancolie, les rideaux de son lit : il était trop vieux pour dormir plus longtemps dans l'alcôve de sa mère. Quand, le soir, il refermait sa porte, Madame de Breyves n'osait même pas le suivre pour l'embrasser. Mais au matin, dès qu'il avait quitté la maison, elle prenait plaisir à devancer Babet pour rajuster sa couverture, ajouter un édredon, poser à son chevet une fleur nouvelle, et redresser les oreillers qui portaient encore l'empreinte de son visage et l'odeur de ses cheveux. Elle songeait à la fermière, qui venait de perdre son fils cadet : « Ce matin, Madame la Comtesse, j'ai refait son lit. Je sais qu'il ne reviendra plus, mais j'ai refait son lit... »

Un jour, en tapotant ainsi la couchette d'Alexis, Madame de Breyves fit tomber un livre, glissé entre le sommier et le bois du lit. Une de ces brochures mal cousues, bon marché, que promenaient les colporteurs, entre deux images pieuses et trois rubans : Voltaire, encore ? L'ouvrage s'ouvrait naturellement aux pages souvent feuilletées, et la lecture des têtes de chapitres était éclairante : « Eradice met ses fesses à découvert pour recevoir la discipline du père Dirrag », « Il est embarrassé sur le choix des deux embouchures qu'Eradice lui présente », « Il l'enfile, description exacte de ses mouvements et de ses attitudes ». Le tout, agrémenté de gravures, s'intitulait « Thérèse philosophe ». Décidément, la philosophie avait bon dos... et un devant charmant ! La Comtesse était trop de son siècle pour s'offusquer de ces bêtises. D'ailleurs, après les craintes que lui avait causées Léveillé, elle se sentit plutôt rassurée par l'intérêt qu'Alexis portait aux débordants appas de la blonde « Eradice ». Simplement, elle se dit, non sans nostalgie, que son fils avait rompu une amarre de plus... Il s'éloignait.

Parfois encore elle tâchait de l'entraîner vers la morale commune, mais c'était toujours par des chemins de traverse : elle lui vantait la commodité de la franchise, l'utilité de l'honnêteté, elle soulignait les difficultés de la fraude.

En pure perte : le feu qu'elle avait allumé, nourri, protégé, se donnait maintenant sa propre forme, il vivait de sa propre vie, et elle voyait bien qu'avant peu elle devrait renoncer à ramener sous la bûche les rondins écartés...

Mignon, lui, n'abdiquait pas : s'il n'avait plus la force de courir derrière son élève, il s'efforçait, vaille que vaille, de le retenir à la maison. Certes, les belles-lettres, l'histoire romaine, l'astronomie, tout cela, qui n'amusait guère Alexis, le précepteur l'avait définitivement mis dans sa poche, avec son mouchoir par-dessus. Mais où le mentor avait renoncé, le compagnon de jeux s'obstinait : avec les « grandes personnes » Mignon s'ennuyait, il lui fallait la complicité d'un gamin de son âge — des fous rires, des bouderies, des confidences, des taquineries. De sa besace le vieillard-enfant ressortit donc ce « Catéchisme de l'Homme social » qu'il songeait, dit-il, à faire imprimer : gravement, sur chacun des articles, il consulta les adolescents, Alexis, Vallantin, et Saint-Germain-Beaupré.

Il y eut d'interminables conciliabules dans le salon bleu où le comité siégea sans désemparer. Les Insurgés américains fascinaient les écoliers : c'est avec l'ingénuité d'une troupe de Hurons que ces jeunes Marchois remirent le monde en chantier... Mais, brusquement, Alexis renversa le château de cartes que Mignon et Vallantin prenaient plaisir à édifier (Saint-Germain-Beaupré, lui, dormait) : il décréta que la philosophie lui donnait des fourmis dans les mollets ; les bréviaires, les constitutions l'embêtaient ; et puis, il ne se souciait pas de réformer la société, qu'il trouvait très amusante comme elle était. D'ailleurs, n'était-il pas noble ? Pauvre aussi sans doute, mais c'est un défaut qu'on peut corriger... Et entraînant ses lieutenants avec lui, il reprit, d'un galop décidé, le chemin des rivières, des landes et des forêts.

Mignon, dépité, contempla sur le plancher les feuillets épars de son « Catéchisme » inachevé : « Trop tard, Monsieur le précepteur, dit la Comtesse. Trop tard ! Pour les catéchismes et les herbiers, l'heure est passée... Finis, les traductions, les abrégés, les pense-bête et les versions expurgées : votre élève lit la vie dans l'original ! », — « Mais il me restait tant de choses à lui apprendre », gémit le précepteur.

Il semblait si déçu, si vieux soudain, si perclus, qu'elle tapota sa joue fripée, le câlinant comme un enfant : « Ne pleurez pas, Mignon, ne pleurez pas. Aucun chien ne brise son attache quand son maître lui laisse la chaîne longue ! »

Une phrase qu'elle eut tout le temps de remâcher quelques semaines plus tard lorsqu'Alexis, pour la première fois, n'apparut pas à l'heure du repas. Le matin, Madame de Breyves ne l'avait pas vu quitter la maison ; mais elle avait trouvé son lit défait, et en avait conclu qu'il était parti surveiller leur terre de la Buige comme elle l'en avait chargé. Elle ne voulait pas laisser les glaneurs lui voler autant de blé que l'année passée : si l'on n'y prenait garde, ces gens-là s'abattaient sur les champs comme des corbeaux, sans même attendre qu'on eût lié les javelles ! Des bons à rien, qui mangeaient la besogne des autres !

A midi Alexis n'était pas rentré. Elle venait de lui préparer une surprise : les premiers raisins de la saison, cueillis pour lui dans la vieille serre. Des grains minuscules, mais — malgré les carreaux crevés, les vents coulis et les pluies — sucrés à souhait. Elle avait défendu à Mignon d'y toucher : Alexis les adorerait... Précaution inutile : Alexis n'était pas rentré. Et les guêpes seules mangeaient le dessert... Elle s'inquiéta : un adolescent est-il de taille à s'opposer à une bande de glaneurs armés ? Car les pilleurs de blé venaient parfois de villages éloignés, avec des couteaux et des bâtons. Elle envoya son bouvier aux nouvelles. Il revint une heure après : dans le champ de la Buige les moissonneurs enlevaient les gerbes ; mais pas de glaneurs à l'œuvre ; et personne n'avait aperçu le jeune Comte.

La chaîne longue... Trop longue, peut-être ? Où était-il passé ? Jamais, depuis qu'il était rentré du collège, il n'avait manqué un seul repas sans y avoir été autorisé : il méprisait les usages du monde, mais respectait les habitudes de sa mère. Mieux : il l'aimait, et savait qu'elle se tourmentait au moindre retard.

Il est vrai que, lorsqu'il s'agissait de se représenter la mort de son fils, Madame de Breyves était d'une imagination exubérante : la chute de cheval, l'accident de chasse, l'attaque de frelons, les voleurs, les loups, les bohémiens, l'insolation, tout était bon pour nourrir ses appréhensions. Seule l'hypothèse de la noyade lui semblait écartée (il nageait maintenant comme un poisson), encore que... Il suffit d'un remous après tout, un courant trop rapide, une eau trop froide : combien en a-t-on vu couler, parce qu'ils s'étaient baignés trop tôt après le dîner ? Oui, quand il fallait se figurer son fils expirant, son fils abandonné, son fils assassiné, se le peindre sanglant, suffoquant, brisé, les couleurs ne lui manquaient jamais. Il l'appelait, et elle n'accourait pas ; il souffrait, et elle ne le soignait pas ; il mourait, et elle ne l'embrassait pas.

Coupable de n'avoir pas su le protéger, et plus coupable encore de donner corps à ses terreurs en l'imaginant étendu dans un fossé, le visage exsangue, les yeux révulsés, la chair broyée — mort enfin, mort ! —, elle le pleurait par anticipation et se saignait le cœur par provision.

Ce jour-là elle se mordit les lèvres, déchira son mouchoir, cassa une cruche, renversa la crème, sermonna Mignon, battit un berger ; mais jusqu'à six heures, elle attendit. Bravement, sans s'affoler. Elle ne voulait pas sombrer dans le ridicule, ni gêner le travail de la maisonnée.

Auprès des domestiques, son enquête n'avait rien donné : personne ne savait à quelle heure le Comte était parti, ni dans quelle direction. Son cheval n'était plus à l'écurie, voilà tout ce qu'on pouvait dire. Elle était sûre, en tout cas, qu'il n'avait pas rejoint Saint-Germain-Beaupré : en août l'écolier se trouvait encore chez les Barnabites. Quant à Claude Vallantin, s'il était bien rentré quelques jours plus tôt de Guéret, c'est que son oncle, le curé, était au plus mal : à peine si le pauvre voltairien avait eu le temps de bénir sa famille avant de « passer » ! On l'enterrait aujourd'hui, et Marie qui revenait de la cérémonie (les enterrements, elle en était friande, et les enterrements de curés, avec tout ce glas, tout cet encens qu'on y mettait, c'était le régal du gourmet !), Marie donc assura que si Claude menait le deuil, le « jeune Monsieur » ne l'accompagnait pas.

« Et l'amour ? suggéra Mignon, intimidé par sa

propre audace. Peut-être notre Alexis a-t-il découché, et puis... Et puis, dame, il n'a pas vu le jour se lever ! » L'idée n'était pas sotte, même si Madame de Breyves en fut choquée : passe de caresser « Eradice » en pensée, mais... Alexis n'était qu'un enfant, reprocha-t-elle au précepteur, confus de son impertinence ; un enfant qui n'avait pas de poil au menton, un enfant qui gardait sur ses joues la peau tendre d'un nouveau-né ! Vraiment, qu'allait-il chercher !

Par acquit de conscience cependant, elle descendit jusqu'à la chaumière d'Hélène : Hélène avait grandi, elle aussi. Elle était propre, plutôt jolie, et rougissait chaque fois qu'elle croisait Alexis...

Hélène était à la maison, avec sa mère. A peine une maison, d'ailleurs : un trou à rats. Sans fenêtre, sans lumière, sans air. Le père, manouvrier, chômait les trois quarts de l'année : les bossus manquent de vigueur, on hésitait à l'employer. Dans la pièce, ni matelas ni paillasse : la mère, malade, était couchée à même la balle d'avoine. Assise sur la huche (l'unique chaise était dépaillée), Hélène la veillait. Le père, expliqua-t-elle, était à la moisson pour la journée, du côté de Puy-Guillon. Elle ? Non, elle n'avait pas bougé, occupée à tresser les paniers d'osier qu'elle vendait au marché. Du Comte, les deux femmes ne savaient rien. Dans l'âtre leur marmite bouillait, répandant une affreuse odeur de sang chaud. Madame de Breyves souleva le couvercle : c'était de la tête de mouton ! Elle se promit de faire porter à ces deux malheureuses une grosse tranche de lard : la petite était bien pâlotte quand sa route ne croisait pas celle du châtelain...

La Comtesse revint à La Commanderie, monta dans sa chambre, compta les heures. Il ne rentrait pas. Pas de message, pas de nouvelles, rien. Elle s'installa sur le balcon, comme on monte à la plus haute tour. Du balcon, on voyait loin. L'hiver, du moins. Car l'été... Elle détestait l'été. Pas seulement parce que le travail pressait, et que les journées la laissaient harassée ; mais parce que c'était la saison du deuil : celle où était mort Henri, et où, sous le soleil, la nature entière virait au noir. Le chevauchement des frondaisons, la superposition des couches de verdure assombrissaient le paysage ; les arbres semblaient se rapprocher de la maison ; la végétation menaçait. Au cœur de l'été, La Commanderie n'était plus qu'une petite clairière dans une grande forêt. Cernée d'ombres denses et de feuillages épais.

« Feuillages », d'ailleurs, n'était pas le bon mot ; « feuillages » donnait une impression de légèreté, de transparence, de dégradé. Rien de plus faux : ici, tout était opaque. Ni dentelures, ni perspectives. Un horizon bouché : à gauche, le lac n'apparaissait plus que par une mince trouée — minuscule triangle d'eau coincé entre la masse des chênes et le rempart de la hêtraie ; à droite on ne voyait plus le moulin, ni les montagnes. A peine si l'on entendait encore la cascade, dont des arbres énormes étouffaient le murmure, buvaient les rires. Un pays sourd et muet, muré dans sa sauvagerie.

Accoudée à la rambarde, Madame de Breyves contemplait à ses pieds la grande prairie immobile, flaque de soleil que grignotait peu à peu l'ombre allongée des grands arbres. Au loin, les bois restaient impénétrables. Plus d'arrière-plans. Tout était silencieux, uniforme, oppressant.

Elle attendit : à six heures, les ombres avaient mangé tout le pré. Elle sella sa jument, passa dans les villages à l'heure où l'on rentrait les troupeaux : « N'auriez-vous pas vu mon fils, par hasard ? » Mais, même « par hasard », ils n'avaient rien vu. Vraiment ? A qui ferait-on croire que, dans un pays où tout se sait, où chacun épie son voisin, on peut s'évanouir de la sorte ? Elle rentra encore plus furieuse que fourbue. La nuit était tombée. Les domestiques se rassemblèrent dans la salle à manger, comme pour une veillée funèbre. On fuyait son regard. Marie pleurnichait. A minuit, Mignon monta se coucher : tout cela le rendait malade, expliqua-t-il, à son âge il devait se ménager... La Comtesse renvoya les servantes. Personne n'osa souffler les bougies.

Le petit était mort sans doute. Il était mort. Mais son cheval... N'aurait-on pas dû retrouver son cheval ? Madame de Breyves marcha jusqu'à son prie-Dieu. Au-dessus, le pastel si poignant d'Alexis enfant... Elle hésita à s'agenouiller, à implorer « la bonne Mère » ; en silence elle pria l'enfant. Dix fois, cent fois : « Reviens. »

Il ne revint pas. Ce fut Babet qui entra. Il devait être trois ou quatre heures du matin. Elle était en camisole, et suait à grosses gouttes. Madame de Breyves aussi transpirait. Il faisait une chaleur accablante ; un peu après minuit il y avait eu un mieux — une accalmie, un souffle de vent léger ; mais, déjà, la rémission cédait : en plein cœur de la nuit, la température remontait. La Comtesse se rappelait les longues heures passées au chevet d'Alexis malade, ces alternances d'espoir — quand le front de l'enfant tiédissait, que sa fièvre se relâchait — et d'abattement lorsqu'impuissante elle sentait de nouveau la fièvre monter et qu'elle le regardait brûler, rouge comme si on l'avait oublié au soleil...

Babet suait. Madame de Breyves avait mal au cœur, elle faillit la chasser. Mais la femme de chambre avait quelque chose à dire, même si elle prenait son temps, à la mode des campagnes. « Voilà, Madame, lâcha-t-elle enfin, ça me fait deuil que vous vous rongiez ! Faut pas vous tourner les sangs : Monsieur Alexis n'est pas perdu, il est avec mon Jeannot... »

Jeannot, son éternel amoureux. Mais que faisait Alexis avec Jeannot ? « Ils sont "au sel", Madame, avec la bande à Brisefer, des gars de Glénic. "Les Roux" qu'on les nomme. » La Comtesse avait entendu parler d'une bande dont tous les membres portaient une perruque rousse, en effet. « Ils se sont retrouvés la nuit dernière, dans le bois de Villard. Comme la rivière est basse ces temps-ci, ils avaient décidé de passer à gué, au bas de Champeau. Ils ne veulent plus traiter avec les meuniers d'ici : des grigous, qui les étrillent. Et le pire du lot, Madame, c'est votre "père Jean". Ce qu'il lui faut comme or à ce chrétien-là, c'est émerveillable, ma parole ! A croire qu'il le boit ! Alors Monsieur Alexis, qui connaît bien le passage de Champeau, a dit à mon Jeannot qu'il pourrait y mener sa bande. Par exemple, il n'était pas question qu'il accompagne "les Roux" jusqu'en Berry, ah non ! Un monsieur comme lui, pensez ! Je n'aurais pas permis !... Il leur faisait juste passer le gué. Il comptait d'être rentré avant le matin. Vous ne vous seriez aperçue de rien... Seulement, nos hommes ont dû se trouver coincés par une ronde de gabelous... Ah, ces maudits ! Toujours à fureter ! Paraît qu'hier, dans la vallée, on a vu traîner la brigade de Fresselines. Nos "Roux" se seront rencognés dans le bois. Mais si tout va bien, ils passeront cette nuit. Le père Jean est un fin merle, mais les Roux sont merles itou ! D'une façon comme de l'autre, moi, je dors sur mes oreilles : notre Monsieur ne va plus tarder... Madame peut me croire : en sel, je m'y connais ! »

Et, fière de pouvoir en remontrer à sa maîtresse, Babet retourna se coucher d'un pas décidé. Péremptoire, impériale et imbécile. La reine du gros sel !

Pâle de rage, morte d'inquiétude, Madame de Breyves descendit, tira une chaise sur le perron et s'installa devant la porte comme un chien qui guette. Alexis n'allait pas tarder, avait assuré Babet ; la Comtesse ne savait pas comment elle l'accueillerait — avec des baisers ? Avec des coups ? Les Barnabites avaient raison : le vaurien était toujours prêt à s'acoquiner avec la pègre, à s'associer avec la racaille ! Et menteur, en prime, menteur ! Dans la dissimulation il était passé maître ! Grâce à Mignon, grâce à elle...

Elle ne put rester assise, marcha de long en large. Avec les premières lueurs de l'aube une brume de chaleur montait des prés et des ruisseaux, noyant le contour des collines et des forêts. Tout, autour d'elle, devenait flou ; et flou en elle. Elle ne distinguait plus la forme de ses sentiments — partagée entre les craintes qu'elle éprouvait pour la vie de son fils, et cette envie de le frapper, de le détruire. Toujours cette impression qu'ils n'étaient pas faits pour se rencontrer, et que, si elle avait pu choisir, elle ne l'aurait pas choisi. Toujours cette souffrance, ces élans contraires : désir de le retenir et de le chasser, de le protéger et de le punir, de l'aider et de le renier.

Même dans leurs moments de tendresse, lorsque près d'elle, contre elle, Alexis faisait l'enfant, s'accrochant à sa taille, la prenant par le menton, « Maman, Maman chérie, Maman cœur », lorsqu'il jouait au chiot fou, feignant de lui téter l'épaule, de lui lécher les bras, de la laper, de brouter son vêtement, son visage, même dans ces moments-là elle se sentait mal à l'aise, agacée ; elle le repoussait : « Tiens-toi donc tranquille ! »

« Ce qu'il y a, disait autrefois Marie en riant, c'est que ce petit veau-là est un peu trop chaud de sa mère ! » Trop chaud, trop froid. Tantôt envahissant, et tantôt fuyant. Divisé, fluctuant. Comme elle. A cause d'elle...

Qu'il rentre, mon Dieu, qu'il rentre ! Qu'il trompe les gabelous ou trahisse les sauniers, qu'il viole la loi, brave l'honnêteté, manque à l'honneur, mais qu'il rentre !

Entre ses principes et son enfant, elle avait choisi : la vie contre la règle, la chair contre l'esprit. L'enfant. L'enfant sans balancer. Mais non pas sans souffrir. Il faut que les mères meurent pour que leurs enfants vivent, elle le savait. Pourtant le sacrifice d'Andromaque en faveur d'un nourrisson lui semblait facile aujourd'hui. Car, à mesure que les années passaient, elle découvrait que mourir pour Alexis ne serait pas assez. En grandissant, les fils demandaient davantage : que leurs mères se damnent...

Soit ! Pour le sauver elle se serait humiliée, parjurée, prostituée, elle aurait truqué, falsifié, volé, assassiné. Mais, par pitié, qu'il rentre ! Tout de suite ! Qu'il rentre en sifflotant. Dédaigneux de ses angoisses et de ses remontrances. Qu'il rentre avec sa brassée de mensonges et ses haussements d'épaules. Qu'il rentre insolent, moqueur, badin, traître et charmant : tout ce que le Diable voudrait, elle le paierait pour qu'on lui rende le rire de son enfant, ses cheveux blonds, sa silhouette débraillée, et ses bouquets de myosotis, ses billets glissés sous l'oreiller, ses « Maman cœur », ses « Maman chérie »... Qu'il rentre : elle n'avait plus d'âme que lui.

Roucoulement des pigeons, bourdonnement des abeilles ; le soleil se levait dans un brouillard d'or ; mais Alexis ne poussait toujours pas la porte du jardin...

Mignon fit son apparition, perdu dans une veste si longue qu'elle lui servait de robe de chambre : les vêtements devenus trop petits pour Alexis étaient maintenant trop grands pour lui... Le précepteur, confus d'avoir dormi si longtemps, affichait une mine de circonstance : « A-t-on des nouvelles ? » demanda-t-il d'une voix caverneuse qui devait faire merveille dans le vieil Horace. « Des nouvelles de qui ? » fit la Comtesse en feignant d'arracher quelques herbes poussées entre les marches du perron. « Ah oui : Alexis... Je suis désolée de vous avoir alarmé : il m'avait laissé un billet que je n'ai trouvé qu'en me couchant. Figurez-vous qu'il est à Saint-Germain-Beaupré : il brûlait de voir le nouveau chenil que les parents de son ami François ont fait bâtir pour leur meute. Il n'a pas eu la patience d'attendre le retour de François et la fin des moissons. Le drôle savait bien qu'en ce moment, avec tout le travail qui nous presse, je lui refuserais la permission ! Aussi est-il parti en catimini... Mais à son retour, il verra de quel bois je me chauffe ! »

« Ah, fit Mignon ironique, je crois bien qu'avec lui vous ne vous chaufferez jamais que de petit fagot ! Mais n'importe : me voilà diablement soulagé ! » Il sourit : « Je puis bien vous l'avouer maintenant : j'ai eu peur... Mais je me raisonnais : un héros ne peut disparaître au deuxième acte, ce serait contre toutes les règles de la tragédie ! » Et quelques minutes plus tard la Comtesse entendit le précepteur fredonner ;

puis, toujours en chantant, il répara son filet à papillons et s'en fut dans la prairie tâcher d'attraper pour son élève un grand paon de jour ou quelques flambés.

A onze heures, Madame de Breyves mit son habit d'homme et enfourcha sa jument ; elle devait, dit-elle, passer au Repaire où les bergers avaient relevé la trace d'un sanglier — une belle chasse en perspective ; de là, puisqu'elle serait tout près, elle pousserait jusqu'au moulin de Piot pour voir en action cette nouvelle roue dont parlait toute la vallée. Elle ne précisa pas que du moulin neuf on jouissait d'une bonne vue sur le bois de Villard... Parvenue en haut du coteau, elle s'arrêta : dressée sur ses étriers, elle s'efforçait de distinguer, en contrebas, la lisière du bois. Et ce qu'elle en aperçut la pétrifia : du bleu ! Des taches bleues partout dans le vert des prés — les soldats ! Contre la bande des Roux on n'avait pas seulement mobilisé les « guenillous » de la brigade, mais la troupe !

Tout en expliquant à la Comtesse les avantages de sa nouvelle roue — des palettes plus larges d'un demi-pied, conformes aux prescriptions de l'« Encyclopédie »—, le meunier de Piot, un vieil ami du père Jean, commenta les événements : ce matin, deux escadrons de cavalerie en garnison à Guéret avaient rejoint les gabelous de Fresselines et d'Aigurande. Le bois était quasi cerné. On n'attendait plus que le renfort de la brigade d'Argenton pour tenir aussi la lande de Jappeloup. Après quoi, tire à hue, tire à dia, bats-toi, rends-toi, ou gare-toi, les quatrevingts gars de la bande à Brisefer seraient faits comme des rats ! Ce qui causerait bien du deuil dans les villages, pour sûr... Le meunier soupira.

Quand il parlait de la battue gigantesque qui se préparait, le Crésus de la farine ressemblait aux raisins de la vieille serre : vert au dehors, tout sucre en dedans. Car comme complice habituel des fauxsauniers il devait avoir l'air navré, mais comme concurrent des Roux il était ravi...

Quatre-vingts « bandits » ! Il faut dire aussi que c'était une folie ! La Ferme pouvait, bon gré mal gré, s'accommoder du petit trafic, voir ici et là des villages échapper à son autorité, mais le Roi ne pouvait laisser toute une province s'enfoncer dans l'insurrection. Passe pour le vol et la fraude — qui sont manières de Cour — mais la force ouverte, les grandes bandes, l'émeute franche, holà !

On l'avait bien vu autrefois avec cette « révolte de Chéniers » que Madame de Breyves, dans son enfance, entendait évoquer avec effroi et admiration. Une jacquerie qui avait pris tout le monde de court à l'époque où, entre la rivière et la frontière, on avait établi cette zone de cinq lieues si controversée : craignant de voir tarir leur seule source de profit, huit mille Marchois s'étaient rassemblés le jour de Noël sur la place de Lourdoueix ; puis mille d'entre eux, emmanchant leurs faux à l'envers, s'étaient portés au pont de Chéniers avant de marcher sur le poste de garde de Fresselines. On avait brûlé le dépôt de sel, assommé les gabelous, jeté des corps dans la rivière, et salé les autres : oui, on leur avait farci le ventre de ce bon sel qu'ils étaient censés garder ; « on les a désentripaillés et salés comme des cochons », insistaient les vieux, goguenards, « mais c'était pas pour les conserver ! » La répression n'avait pas été moins rapide que l'émeute : en deux jours des troupes ramenées de Guéret et d'Issoudun avaient renversé les barricades, repris les villages, et arrêté les émeutiers trouvés les armes à la main. Les moins coupables avaient été condamnés aux galères, ou battus de verges et marqués au fer chaud ; les meneurs, pendus au grand orme de Fresselines face au bureau des contrôles, ou rompus vifs et mis sur la roue devant l'église d'Aigurande. Pour l'exemple on avait ensuite laissé pourrir les corps des suppliciés, certains au pont de Chéniers, d'autres sur le grand chemin de Fresselines à Aigurande — à deux pas de La Commanderie. Le grand-père de Madame de Breyves assurait même que deux des meneurs avaient nourri les corbeaux de la hêtraie avant d'alimenter les poissons de l'étang, où l'on avait, paraît-il, jeté leurs derniers restes : « Et c'est pour cela, concluait-il avec malice, que nos vieux brochets sont si gras ! »

La plaisanterie n'amusait qu'à moitié sa petite-fille qui gardait de certains massacres, et des cadavres qui les accompagnaient, des souvenirs plus réalistes... Ce récit l'avait même un moment dégoûtée des eaux du lac : l'étang n'était plus pur, l'étang n'était plus vierge. Les feuilles de chênes décomposées traînaient à la surface comme des lambeaux de chair humaine ; dans l'obscurité des fonds elle croyait voir des chapelets de caillots gelés. Son eau lustrale, sa source fraîche, sentait la mort... Elle avait pourtant fini par surmonter sa répugnance. Qui sait d'ailleurs si les contes macabres de son grand-père n'avaient pas ajouté à la fascination qu'exerçaient sur elle ces flots couleur de deuil ? Les gens, les choses, il arrive que nous les aimions pour les mêmes raisons qui nous les ont fait haïr : à quinze ans, guérie de ses terreurs, elle s'avançait au milieu des roseaux en narguant les brochets comme on défie des requins ; le sang, elle s'y baignait avec volupté...

De cet épisode elle avait seulement gardé l'idée — longtemps enfouie, recouverte par les petits bonheurs de la vie — que tout est mensonge ici-bas. La terre et le silence aussi. Ce soir, debout sur le balcon de sa chambre où elle avait repris sa faction, contemplant sans illusions le pays endormi à ses pieds elle retrouvait ses écœurements d'enfant : en face d'elle les bois faisaient le gros dos, calmes et doux, ronronnants, moutonnants. Mensonge ! Au plus profond de ces taillis, des hommes, cette nuit, étaient traqués, battus, abattus, forcés... A droite, elle apercevait le moulin du père Jean — chaume moussu, pots de fleurs aux fenêtres, un ânon gris devant la porte, et une chandelle qui brillait dans la chambre comme une confidence, la douce lueur d'un tabernacle. Mensonge ! Le père Jean était un brigand, le roi du vol sans risques et le prince des délateurs : c'est lui, sûrement, qui avait vendu les Roux aux gabelous... A gauche, le lac, son miroir clair sous la lune, les saules où nichaient les poules d'eau, le murmure du ruisseau. Mensonge ! Sous la nappe étale reposaient des corps torturés, des chairs putréfiées.

Depuis l'enfance on ne lui parlait que de pauvres villages, de paysans méritants, d'honnêtes journaliers, de braves maçons qui s'exilaient pour gagner leur pain à la sueur de leur front. Depuis l'enfance on lui parlait de la loi et de l'Evangile, de la sainteté des prêtres et de la justice du Roi. Mensonges ! Mensonges ! Mensonges ! Tous des Caïn, des Judas, qui s'entr'égorgeaient sans trêve ni merci. On planquait le sel jusque derrière les autels, l'or dans les berceaux. Il y avait, sous le pays avoué, un pays caché. Des fausses notes dans la pastorale. Toute cette campagne qu'elle embrassait du regard, avec ses chaumières paisibles, ses collines bleues et ses blés dorés, ses rivières limpides, ses aubépines et ses haies de noisetiers, elle sentait qu'elle pourrait la tirer à elle comme une couverture et, d'un coup, dévoiler les tombes ouvertes, les pieux, les trappes, les trous, les caches, les terriers, les charniers. Des cœurs noirs et des cœurs désespérés.

Et tandis qu'autour d'elle montaient le parfum des prés, le chant des grillons, elle n'entendait que cette plainte lamentable qui s'élève de tous les points de la terre : « la voix du monde »...

Mais Alexis était dans le monde. Alexis était du monde... Elle avait bien songé, quand le meunier de Piot lui avait dévoilé les batteries de l'ennemi, à rejoindre les Roux dans la forêt. Par la lande de Jappeloup. Pour les presser de sortir avant que tout ne soit bouclé. Mais elle n'avait pas pu : Jappeloup était impénétrable à qui n'en connaissait pas les secrets — des genêts plus hauts que des maisons, des ravines profondes dissimulées sous la broussaille. Il avait fallu rebrousser chemin.

Peut-être les Roux se rendraient-ils sans combat ? Envoyait-on les nobles aux galères ? Louis de Valen-

ciennes, le chef de la bande d'Eguzon, le fameux
« Joyeuse », n'était pas allé plus loin que la prison de
La Châtre... Mais brusquement il lui revint à l'esprit
qu'on rasait la maison des condamnés. Et le fer
rouge ? N'y avait-il pas eu des seigneurs marqués au
fer ? Elle frissonna.

« Vous êtes pâle comme la mort », avait remarqué
Mignon lorsqu'elle était rentrée de sa « promenade ».
Elle avait feint l'insouciance : « Mais non ! Je suis
seulement blanche de poussière et de farine. » Inutile
d'inquiéter Babet, si fière de ses ignorances.

« A chevaucher de la sorte vous finirez par attraper
la mort ! » avait repris sévèrement le précepteur, toujours prêt à lui faire la leçon faute de pouvoir encore
la faire à son élève. « A-t-on idée de courir les routes
par une chaleur pareille ! Tout cela pour un sanglier !
Et votre Alexis qui déserte à cause d'un chenil ! Vous
autres, nobles, la chasse vous perdra ! » Et pour la
punir de sa légèreté, il avait déversé sur elle tous les
soucis de la journée : pendant qu'elle baguenaudait,
on avait cassé deux houes en binant les navets, et
Martial s'était fait mordre par un serpent en levant les
javelles d'avoine du Plan-Champ. Il enflait à vue d'œil.
C'était lui, Mignon, apprenti mitron, qui avait dû
poser un garrot ! Même s'il ne périssait pas, Martial
serait incapable de travailler avant une bonne
semaine, et « qui mènera le chantier des moissonneurs, hein, dites-moi ? » Alors qu'il restait à couper
près de cent boisselées ! Madame de Breyves caressa
le front ridé de son vieil enfant : « Je suis lasse,
Mignon. Lasse de labourer ma vie... Demain...
Demain. »

Elle s'engagea dans l'escalier : « Que Madame, en
se couchant, n'oublie pas que le Bon Dieu récompense toujours ceux qui agissent pour le bien du
prochain ! » Babet, aux anges, jouait la connivence...

Dieu, en effet. Le sort d'Alexis se trouvait entre ses
mains, mais ce n'étaient pas de bonnes mains : Dieu
n'aimait pas les fils.

De son balcon elle écouta l'ombre, scruta le silence.

La nuit, dans les fourrés, la vie sauvage couvait comme un feu. Elle en attrapait des étincelles : une pomme de pin qui tombe, des feuilles séchées qui craquent. Chaque fois elle espérait... Il faisait si chaud que la rambarde de fer la brûlait, si lourd que l'horizon fondait. Tout dégoulinait : le ciel sur les bois, les bois sur les prés. La vallée, grise d'un bord à l'autre, s'étalait comme une immense moisissure. On n'y voyait rien. Mais elle ne devait pas fermer les yeux, pas se relâcher : elle guidait Alexis par la pensée. « Laisse ton cheval, lui soufflait-elle, prends par Jappeloup. A pied. Là, c'est bien ! Enfile la ravine, grimpe le rocher. Attention ! Ne fais pas rouler les pierres, les soldats t'entendraient. Maintenant les genêts. Droit devant ! Prends garde aux pièges ! » Elle le suivait pas à pas. C'était comme un fil tendu, qui les reliait l'un à l'autre. Un fil qui ne devait pas casser. « Tourne à main droite, évite le gué. Glisse sous le couvert. Vois-tu le Moulin-aux-Monts ? Passe au bout du bief, à la nage. Oui, repose-toi dans l'île, oui, tu peux souffler. Allez, mon fils, la rivière est sautée, plus que deux heures de marche. Coule-toi le long des haies. Tu y es presque, allez ! » C'était comme un fil qu'elle rembobinait lentement pour le ramener jusqu'à elle.

Et soudain — alors qu'elle sentait sous ses pieds tous les cailloux du chemin, sur ses mains toutes les ronces des buissons, alors que depuis des heures elle portait son enfant à bout de bras, le souffle court et les muscles raidis — une petite voile blanche apparut au-dessus du moulin : la nuit levait l'ancre. Un coq chanta dans les huniers. Bientôt il y eut des trois-mâts partout, dans un ciel bleu qui s'élargissait comme un océan. Quand l'azur eut tout englouti, étoiles et ténèbres, nuages et vaisseaux, la Comtesse referma ses fenêtres, et, comme la veille, descendit sur le perron.

Au loin, les coups sourds d'une cognée, les trémolos aigres d'un agneau... Et tout à coup, derrière le château, trois coups de feu : cela venait de la chaussée du lac ! En une seconde elle traversa le vestibule, le salon bleu, poussa les persiennes... Une ombre lui tomba dans les bras.

« Ah, les fumiers ! Ils nous ont tiré comme des lapins ! Fermez les volets ! » Il sortait de sa poche une perruque rousse, qu'il jetait dans le coffre à bûches, puis s'emparait d'un bout de nappe et s'essuyait le visage, qu'il avait tout noirci de charbon de bois. Les Roux, elle s'en souvenait maintenant, se noircissaient le visage pour se « déguiser » : ils comptaient dans leurs rangs, lui avait assuré le meunier de Piot, la fine fleur des charbonniers, rien que des hommes de la forêt. « Pour ce que cela m'a servi, de me peindre en homme des bois ! Il m'a reconnu quand même, l'autre assassin... Dans cinq minutes ils seront là : tirez-moi mes bottes !... A pied j'ai pu couper à travers le taillis. Eux, avec leurs vieilles carnes, bien obligés de faire le tour par la route ! » Il jetait la nappe dans le coffre à bois, sa chemise aussi. « Allons, aidez-moi : tirez cette botte, le temps presse ! Et pas de bourde, surtout : depuis trois jours je n'ai pas bougé de mon lit, hein, je suis malade, les fièvres...

— Ainsi », disait la Comtesse épuisée, étourdie, « tu as pu t'enfuir par Jappeloup...

— Par Jappeloup ? Bougre non ! Le beau piège qu'ils nous tendaient ! Ce sont vos principes, Maman chérie, qui m'ont sauvé : souvenez-vous — "ce qui perd le lièvre c'est sa ruse, s'il courait droit devant lui il serait invincible"... J'ai suivi votre conseil : donc pas de Jappeloup ; une sortie en force, à la fraîche, quand les militaires s'apprêtaient à bivouaquer. Notre escouade n'a pas laissé sur le terrain plus de dix blessés. Et nous avions gardé les chevaux. Et le sel ! Après ça, hardi petit : Rochetaillade, le gué de Champeau, et barre à tribord — Ranciat, la rigole du moulin Gaudron, celle de la Fayolle. Aux "quatre-routes", hésitations : il y en a qui veulent rentrer chez eux, trop d'émotions, la frontière leur fait peur, ils passeront plus tard. Brisefer s'indigne. On se divise. Qui suivre ? Pour moi c'est simple : vos principes ! Dans le doute je suis vos principes : "Il faut toujours aller au bout de ce qu'on entreprend..." Me voilà donc qui attrape le sel des autres, charge deux sacs de plus sur mon cheval, et fouette cocher ! En avant pour le Berry ! Avec Brisefer, Jeannot, et douze gars qui marchent bon train. Dame, ce n'était pas le moment de muser : on avait du retard à rattraper ! Et soudain, patatras : dans le bois de Fonteny, qui nous tombe sur le poil ? La brigade d'Argenton ! Tout ébaubie de voir ces Roux, qu'elle croyait encore à Villard, lui déboucher sous le nez ! Plus moyen de s'éviter, vaille que vaille faut canarder ! Ces bougres m'abattent mon cheval, je roule au fossé, je suis déjà en train de m'escamper quand, dans le sous-bois, je vois un de ces guenillous, raide comme la Justice, qui me tient au bout de son fusil. J'ai mon pistolet, la partie peut se jouer... Pas la peine : "Foutredieu, c'est le petit Comte", fait le gableux, et il écarte son mousquet. Ce maraud, Maman, c'était votre gabelou ! Celui que vous aviez si bien ravigoté voilà cinq ans !... Le gredin me laisse filer, je décanille sans demander mon reste. Je suis à cent lieues, vous pensez bien, de me croire ferré, d'imaginer que cet apôtre ne fait que donner du mou à sa ligne... »

Tout en parlant Alexis était monté à sa chambre, avait bouleversé son lit, enfilé une vieille liquette, un bonnet de nuit, entassé des oreillers, sorti un pot de chambre, et il s'était glissé sous l'édredon en essayant des poses de pesteux, des mines de variolique, des grimaces de dysentérique, des ululements de diphtérique. Le tout, dans le mouvement : « allegro con spirito », disait Mignon... La Comtesse, abasourdie, dépassée, suivait comme elle pouvait ces déshabillages, rhabillages, récits, facéties. « Mon gabelou, murmura-t-elle seulement. C'est la reconnaissance... »

À ces mots le moribond jaillit de son lit : « Oh, pour de la reconnaissance, le coquin a de la reconnaissance, assurément ! C'est-à-dire qu'il m'a très bien reconnu... Car, pour le reste, c'est lui qui m'attendait au bout de l'étang avec deux officiers de cavalerie et leurs foutus tromblons ! Ils avaient eu tout le temps de me guetter, les bougres ! Avec leurs bidets, le chemin est vite fait. Tandis que moi, à pied... Encore heureux qu'en route j'avais ramassé le Bossu...

— Le père d'Hélène ? Mais il est à Puy-Guillon, aux moissons !

— Oh, Maman ! » Alexis hocha la tête, affligé de tant de candeur. « Le Bossu montait en croupe du mulet de Jeannot. Dans l'escarmouche il est tombé ; et le voilà qui me raconte qu'il a vu aussi le Jeannot glisser, que les autres lui ont mis la main au collet, que notre "promis" est bon pour les galères... Rien de gai ! Mais à la queue de l'étang, changement de sujet, pour me consoler le Bossu me parle d'Hélène : c'est beau comme l'aurore... Et justement, oui, là c'est son toit qu'on voit. Plus que le ruisseau à enjamber... Misère de nous, derrière les vergnes un éclair : paf, paf ! Ah, les bourriques : mon Bossu étendu raide ! Moi, c'est clair, ils me veulent vivant : on ne tue pas la poule aux œufs d'or ! Aussitôt j' "enfile la venelle", ils sautent en selle, ils me tiennent au cul, ils me tiennent aux chausses, tran-tran-tran, le taillis, la petite combe, le saut-de-loup, je les sème... Mais de peu : entendez donc, entendez ! Les voici qui tapent à notre porte ! C'est qu'ils défonceraient tout, ces maroufles ! Ouvrez-leur. Mais n'oubliez pas : je suis mourant, gravement mourant... »

Le reste se joua prestissimo, dans un tourbillon : le capitaine de cavalerie qui s'excuse — une famille de haute noblesse, ces Breyves, tout de même —, la Comtesse qui proteste — la maladie de son enfant —, le gabelou qui propose de monter voir — au cas où, après tout, il se serait trompé...

Au salon, sur les fameux coussins bleus, on laisse le capitaine et son lieutenant, qui n'avancent dans cette histoire que sur la pointe des pieds et ne s'asseyent que de la pointe des fesses. Dans la chambre Alexis, les yeux mi-clos, la bouche ouverte, se met au large, lui, dans le rôle de l'agonisant. Il y prend ses aises.

Comédie qui n'empêche pas le gabelou « reconnaissant » de « reconnaître » formellement son brigand.

« Mais Monsieur, proteste la Comtesse, mon fils n'a pas bougé d'ici ! » Ululements persuasifs du diphtérique dans son lit. « Ne pouvez-vous me croire, moi qui vous ai autrefois sauvé la vie ? » La corde sensible, celle qui, jamais, au grand jamais, n'a vibré dans un porte-monnaie...

« Trois cents livres ! lâche brutalement le gabelou. Pour trois cents livres je me tais.

— Trois cents livres ! Y songez-vous, Monsieur ? Où les prendrais-je ? Il me faudra vendre une paire de bœufs ! »

Elle a dit : « Il faudra. » Un futur ! Alexis a beau ignorer la grammaire, il a saisi la nuance : il fusille sa mère du regard, et, furieux, se redresse sur ses oreillers, rejette l'édredon. Inutile de feindre davantage, en acceptant de discuter la Comtesse vient de lui couper l'herbe sous le pied : « Ville qui parlemente est à moitié rendue... » Elle le sent, le sait, tente de se rattraper, patauge — une misère ! Heureusement, son mourant a déjà repris la direction des opérations : « Cent livres, coquin ! dit-il au commis. Pas un sou de plus : à l'heure où tu traînais au bois de Fonteny, dix témoins m'ont vu dans mon lit. A commencer par le fils du notaire de Lourdoueix, neveu du défunt curé...

— J'ai dit trois cents livres », s'entête le maltôtier, qui pense, le niais, que c'est une conversation de maquignons : on finira par couper la poire en deux. Mais c'est là qu'Alexis l'étonne : il ne joue pas le jeu. Ou plutôt il le joue à l'envers : Alexis fait une partie de reversi !

« Cinquante livres, lance le gamin en sautant sur ses pieds. Attention : mon prix baisse ! C'est que je suis un très grand seigneur, Gueule-en-biais. La parole d'un gueux contre celle d'un gentilhomme, laquelle crois-tu que le bailli choisira ?

— Bon, cent livres », consent le guenillou, qui, en fait de cartes, ne connaît guère que la bataille.

« Ah, trop tard ! Mon prix vient encore de baisser ! Trente livres : ma mère t'a sauvé la vie, Face-de-rat, as-tu pensé que tout le pays le sait ? Le village, le curé, même ta brigade témoigneront qu'on adore la Ferme dans ce château-ci !... Trente livres ! » Il frappe dans ses mains : « Hâte-toi, maraud. Dans une minute, je ne te donne plus un liard. Je commence à compter : un, deux, trois...

— Dans ce cas... Va pour cinquante », bredouille le gabelou, que ces enchères renversées ont mis sens dessus dessous.

« Comptez-lui ses cinquante livres, Maman, et qu'il tire ses chausses avant que je lui botte le cul !

— Mais, Alexis, je n'ai jamais autant d'espèces à la fois ! » Elle ouvre l'armoire, sort sa bourse d'entre les piles de draps, la tend au gabelou : « Voyez, Monsieur : il ne doit pas y en avoir pour plus de six écus... Cependant, je puis m'engager sur le solde : je vendrai quatre ou cinq moutons au marché de Bonnat...

— Eh bien, voilà qui est réglé, grogne Alexis en se recouchant : vous vous reverrez dans deux semaines, le temps de vendre les bêtes. » Il se tourne vers le gabelou : « La Comtesse s'engage, abruti ! Cela te va-t-il ? »

Oui, bien sûr, si la Comtesse s'engage... Il empoche la bourse, redescend au salon, affirme aux officiers qu'il s'est trompé — la nuit, les perruques, le charbon de bois... Départ des trois uniformes.

Là-haut, sous le bonnet de nuit, explosion de joie, fou rire : « Suis-je pas un homme rare ? ! » Alexis exultait. La Comtesse, brisée de fatigue, s'effondra à son chevet : « Oh, mon enfant, pourquoi ? Toujours la canaille, les voleurs, les bandits ! Pourquoi ? » Elle n'avait plus la force de le gronder, de le punir, de le sermonner... Elle pleurait. Alexis lui prit la main, l'embrassa : « Pardon, Maman. Je n'irai plus au sel, je vous le promets. Mais, mon père... Mon père était un grand brigand, pourtant... » Stupeur de la Comtesse. « Enfin, Maman », reprit l'enfant (car soudain il semblait redevenu tout petit, les yeux immenses, la voix perchée), « Maman, quand même vous savez bien que... qu'on l'a pendu. » (Il hésitait, craignant de lui apprendre quelque chose.) « Pendu avec les brigands de la forêt d'Orléans... »

Ainsi, dans sa tête, tout s'était mêlé ! Demi-aveux, fausses confidences, souvenirs d'enfance. Depuis des années, il vivait dans un monde aux valeurs inversées — il révérait un condamné ! Alors, serrant dans ses mains les mains de son fils, accrochée à lui comme à une bouée, Madame de Breyves parla. Sans détails, sans noms, car chaque mot lui coûtait, elle raconta à grands traits les banquiers, les fermiers, les négriers, le Roi qui ruine ses sujets, les signatures qu'on n'honore pas, les signatures qu'on contrefait, les amis qui trahissent, les amis qui rient, les fourbes qui mangent les doux, les forts et les faibles, les loups, les moutons, et la fin du conte telle qu'elle est, telle qu'on ne peut la changer : la pureté d'Henri, l'agonie d'Henri...

« Mais il fallait attendre ! » cria Alexis, les yeux pleins de larmes. « Attendre avant de se pendre ! Oh, quel enfant, quel enfant ! Si j'avais été là, je l'aurais sauvé ! »

Touchée par tant d'ingénuité, à son tour elle lui baisa les mains, lui caressa les cheveux : « Le sauver ! Mon pauvre petit, n'est-ce pas présumer de tes capacités ? Rien qu'aujourd'hui, vois-tu, tu m'as coûté par tes folies six écus, un cheval, et quatre moutons. Perdu, en un jour, le bénéfice d'une demi-année...

— Pour les moutons, en tout cas, j'espère bien que vous ne les vendrez pas !

— Et comment l'éviter ?

— Le plus aisément du monde : avez-vous signé un billet ? Non, n'est-ce pas ?

— C'est tout comme : je me suis engagée.

— Engagée devant qui ? Devant moi ? Je n'ai rien entendu !

— Alexis ! Cet homme a confiance en moi !

— La belle affaire ! Et le joli homme ! Vous aviez cru à sa reconnaissance, il a cru à votre bonne foi :

vous voilà quittes ! Et croyez-moi, Maman chérie, si vous ne lui payez pas les douze livres qu'il espère encore, il n'ira pas s'en plaindre : le voyez-vous dire au bailli qu'il se laisse acheter ? Et que ses complaisances ne sont pas assez cher payées ? »

Elle avait déjà entendu cette phrase-là. Oui, c'était à peu près celle que Necker avait lancée au commis des Affaires étrangères, ce Sainte-Foy qu'il avait acheté dans l'affaire du Canada et « oublié » de payer : « Je ne vous crains pas, Monsieur : nul ne peut devant un juge invoquer sa propre turpitude... » La similitude du propos aurait dû la réjouir : c'était signe que son fils progressait ! L'enfant des Troyens retournait contre les Grecs leurs propres armes.

Car grec, le gabelou l'était comme Beauvais ou Terray. Grecs encore, les faux-sauniers... Et dire qu'autrefois elle avait cru trouver ici un abri, qu'elle avait pensé laisser le Mal derrière elle — aux Iles, à Paris ! Il n'y avait plus de paradis, plus d'innocence. Mais si maintenant elle déchantait, c'était pour être, elle aussi, tombée dans le piège que le siècle leur tendait : les Troyens, les Grecs, le Bien, le Mal... Capitales et majuscules ! Quand la vie s'écrit confusément, en pattes de mouche. Bas de casse, lettres bâtardes, caractères liés : des minuscules, rien que des minuscules — des bons et des méchants dans les mêmes mots, dans les mêmes camps. Il ne s'agissait pas de prendre ses villes à l'Ennemi, de renverser ses murailles, mais de faire le tri chez les fourmis, de tronçonner des mille-pattes, de dissocier le gris du gris... Comme à cette heure trouble du petit matin où le ciel bavait sur l'étang, où la vase dégorgeait sur le ciel, où la nuit blêmissait, où le jour vacillait.

Heureux de voir sa mère si absorbée dans ses pensées qu'elle en oubliait de le contredire, Alexis poursuivait tranquillement l'exposé de ses projets : « Quant à mon cheval, Maman cœur, et à vos six écus, n'en soyez pas en peine : vous serez dédommagée. Jeannot sera défendu par un avocat, l'amende des prisonniers réglée, et la petite Hélène dotée. » Elle tâcha de sourire : « Je vois que tu changes encore la fin de l'histoire... Par quel moyen s'il te plaît ?

— Par le moyen du père Jean.

— Oh ! Quand même ! Tu ne vas pas le menacer ! »

Elle savait qu'entre bandes on n'était pas regardant sur les méthodes : avec la sécheresse du mois d'août, il pouvait en brûler, des granges et des paillers ! Des tuileries aussi, comme celle d'Auclère, ce « Trinque-Chopine » qui avait saoulé le simplet de la bande des Roux pour le confesser, puis vendu la mèche au père Jean, lequel l'avait revendue aux douaniers : pour protéger leur monopole ces deux coquins marchaient tantôt avec la Ferme et tantôt contre elle. Ils mangeaient à tous les râteliers... Comme Necker encore ! Quand, syndic de la Compagnie, ce doux Jésus prenait en secret des parts chez les armateurs de Nantes qui en réclamaient la dissolution ! Quand il jouait en même temps le défenseur et le liquidateur, l'assiégeant et l'assiégé, le ministre et le banquier... Ah, pouvoir tuer Necker par Auclère interposé !

« Pour Trinque-Chopine, reprit Alexis, je gage qu'à cette heure-ci il est bien marri qu'on n'ait pu attraper le "charbonnier", notre fameux Brisefer. Surtout qu'au bois de Villard, pendant que nos Roux se languissaient, le Brisefer a parfaitement éclairci l'affaire... La suite n'est pas de mon ressort : tout ce que je sais, c'est qu'une tuilerie, avec ses fours, cela flambe comme de l'étoupe ! Il n'y a point de sorcellerie là-dedans... Pour les moulins, c'est différent : ils sont au bord de l'eau... Certains meuniers gagneraient pourtant à être plus prudents : ce n'est pas le tout que d'avoir du "blé", il faut pouvoir l'abriter des rats ! Quelques-uns font comme tout le monde : c'est l'armoire, c'est la paillasse — qui oserait visiter ces endroits-là sous le nez de la meunière ? » Il est vrai qu'en ce temps-là, si la vie ne valait rien, les maisons étaient sacrées : on dépouillait, on détroussait, mais on ne cambriolait jamais. « D'autres, qui n'ont pas la conscience en repos, changent sans arrêt leur magot de cachette, ils imaginent, ils échafaudent, ils déménagent, ils supputent, ils soupirent, ils soupèsent. Comme le lièvre, Maman, comme le lièvre : c'est par leurs ruses qu'ils se perdent ! Les voilà qui tâtent du chêne creux — mais un chêne creux, Maman chérie, combien d'enfants sont tentés d'y passer la main ? Alors ils bêchent, ils bûchent, ils enterrent — mais ce n'est point toujours le temps des labours, et hors saison, on a beau faire, cette terre retournée, cela tire l'œil... Tenez, j'en connais un, de ces cerveaux fertiles, qui, ayant fait le tour du monde, vient d'essayer de son cellier : un tonneau d'or derrière les tonneaux de vin, n'est-ce pas une bonne idée ? Très bonne, en effet, pour les voisins assoiffés : pourquoi, si j'ai le gosier sec, n'irais-je pas lui mettre sa barrique en perce, lui traire un peu de son vin ?

— Ce serait du vol pur !

— Ah, du vol pur, certainement... Mais lui, du pur assassinat ! D'où venait le coup qui a emporté le Bossu ? Et les camarades tombés dans le traquenard du bois de Villard ou dans la bagarre de Fonteny, faut-il les passer par pertes et profits ? Les Roux sont morts peut-être, mais, moi, je ne me pends pas !... N'ayez crainte, Maman : nous sommes entre gens d'esprit ; votre meunier n'appellera pas la maréchaussée ! Du reste, d'où saurait-il qui l'a volé ? Le défaut de cet argent mal gagné, c'est qu'il court comme le furet — "Il a passé par ici, il repassera par là"... Maintenant laissez-moi dormir, Maman cœur, ou je vais tomber malade pour de bon ! »

Il s'enfonça dans son lit, elle referma les volets. L'orage avait enfin crevé, il pleuvait. Elle revint vers son « drôle d'oiseau » : dans l'aventure il n'avait laissé ni patte ni plume... Elle posa un baiser sur son front, borda sa couverture. « Je crois, dit-elle, que tu n'as plus rien à apprendre ici : l'hiver prochain, nous irons à Paris. »

VIII

« Il m'aurait tenu lieu d'un père et d'un époux... »

(Andromaque, I, 4)

27

Le porteur d'eau de la rue Vauvert eut l'air bien étonné : qui était le grand dadais qui levait son feutre pour le saluer ? La gargotière de « L'Ecu d'or » ne fut pas moins surprise : d'où connaissait-elle ce paysan qui lui disait aimablement bonjour ? Et le faux aveugle du carrefour en resta tout écarquillé : il n'était pas habitué à voir la pratique mettre ainsi chapeau bas devant ses « infirmités »... Et des « Dieu vous garde » aux bouquetières, des « adieu » aux sergents, des « jusqu'au revoir » aux archers, des sourires aux charretiers, des inclinaisons de tête, des courbettes : Alexis ne savait plus où donner de la civilité ! La chaise de poste avait à peine passé la barrière d'Enfer que, dans un encombrement de carrosses, un gros cocher, éberlué de se trouver gratifié d'un « Monsieur, je suis votre serviteur », se vissa grossièrement l'index sur le front : « Morgué, mon gars, t'es-t-y pas un peu fêlé ? T'as de la mine, mais le dedans vaut pas le dehors ! »

La Comtesse, que ce retour à Paris avait d'abord plongée dans une profonde rêverie, se ressaisit : « Alexis, il ne faut pas saluer ainsi les inconnus que tu croises !

— Pourtant, chez nous, sur les routes, vous m'avez toujours recommandé...

— Il est vrai. Mais ce qui est une politesse en province passe ici pour une extravagance. A Paris personne ne connaît personne. Pas même son voisin...

Pour les manières, oublie ce que tu as appris à La Commanderie : je t'enseignerai les coutumes de ce pays-ci.

— Il n'y a donc point, pour la civilité, de règle universelle ? Je veux dire : point de catéchisme ? »

Elle rit : « Il n'y a que des climats ! Il n'empêche que, dans cette ville, les indigènes attachent une importance extrême à leurs façons. C'est même la seule chose à laquelle ils tiennent. A Paris, manques-tu de mœurs, on te le pardonne. Manques-tu d'usages, tu es noyé ! Mais n'aie crainte, je te guiderai : je te donne une saison pour apprendre à nager. Pour commencer, ne m'appelle plus " Maman ". A ton âge, on nous jugerait ridicules.

— Faut-il vous dire "Madame", comme chez les Barnabites ?

— Pour un comte de Breyves ce serait convenable, en effet. Mais je n'en demande pas tant ! Dis "ma mère", qui fait bourgeois, mais peut passer. Pour moi, je ne te nommerai plus "Alexis", je dirai "mon enfant". "Mon cher enfant" si je suis satisfaite, "mon pauvre enfant" quand tu m'auras fâchée...

— Oh, Maman chérie, je ne vous fâcherai jamais !

— Justement, nigaud, vous me fâchez : plus de "Maman", vous dis-je ! Et dorénavant je vous vouvoierai... Allons, ne vous affligez pas : c'est une comédie que nous leur donnons. Rien de plus. Vous verrez comme nous nous amuserons ! »

La chaise de poste les avait posés devant « Le Plat d'Etain » ; la Comtesse y laissa leur bagage, d'ailleurs léger ; ils hélèrent un fiacre aussitôt et prirent le chemin de la friperie de la Halle. Dans sa « petite Sibérie » elle avait eu tout le temps d'arrêter une stratégie : d'abord habiller Alexis pour qu'il n'eût pas trop l'air de ce qu'il était — un campagnard mal dégrossi. Quant à elle, elle avait trouvé son personnage ; le moins coûteux pour la parure : la dévote pauvre. Certes, les pauvres étaient passés de mode ; les dévots aussi ; mais les deux à la fois sembleraient moins ridicules qu'une provinciale : à Paris, rien n'enfonce plus que de jouer les « comtesse d'Escarbagnas » ! Et puis, le trousseau de la dévote était vite monté : deux robes noires, une écharpe de gros taffetas, un manchon, et des cornettes de dentelle tuyautée qui lui éviteraient les frais de perruquier. Avec cela, elle exciterait le mépris ou la pitié, mais pas les rires.

Pour son fils, c'était différent : il devait plaire. Aussi fallait-il recourir au baigneur, au friseur, au fripier — le tailleur et le bottier restaient au-dessus de leurs moyens. On trouva, chez des revendeuses à la toilette, deux habits presque neufs, de cette couleur ardoise qui tirait les yeux d'Alexis vers le bleu. On y ajouta quelques chemises à jabot, un chapeau galonné d'argent, des bas, des souliers ; la marchande proposa même une épée : « Il n'y a rien qui relève tant la taille. Avec cet outil-là, mon garçon, chacun se fait noble à peu de frais !

— C'est, Madame, que j'ai déjà l'épée de mon père...

— Oh vraiment ? » La fripière n'en croyait rien, mais elle lui donna aussitôt du « Monsieur » long comme le bras : heureuse d'avoir placé le reste de sa marchandise à bon prix, elle ravalait l'épée — à vouloir trop gagner, on pourrait tout perdre ! Bien qu'en vérité la Comtesse ne fût pas une cliente difficile : si elle tâtait les étoffes en connaisseuse, elle discutait peu les tarifs ; elle n'avait jamais, cela se sentait, habillé personne à la friperie... L'attitude d'Alexis contrariait davantage les vendeurs ; d'abord parce qu'il n'était pas coquet et se souciait peu de ces fanfreluches — une cravate, pour quoi faire ? Du satin, y songez-vous ? Surtout il marchandait : à peine avançait-on un chiffre que, machinalement, il le rabattait de moitié. Madame de Breyves se rappelait l'époque où il négociait même les dates de l'histoire de France : « 1515, dites-vous ? Et j'avais écrit 1450 ? La belle affaire ! Soixante-cinq ans sur quinze siècles ! Ne pourriez-vous me faire cadeau de la différence ? »

A la Halle il finit pourtant par laisser conclure le

marché à l'avantage du fripier : pas besoin de se montrer chiche puisque le père Jean réglait la dépense. A la barrique du riche meunier il avait en effet « emprunté » plus que le prix du cheval tué et du gabelou acheté : quand le vin est tiré, n'est-ce pas... L'autre n'en avait pas paru fâché : de deux choses l'une, soit il n'avait pas recompté l'or de son cellier, soit il n'osait soupçonner l'héritier d'un si grand nom ; en tout cas, il avait trinqué avec son voleur la veille du départ : « J'espère, Monsieur le Comte, que, pour la bagatelle, vous montrerez aux mignonnes de Paris qu'un gars de la Marche vaut dix chevaliers du pavé ! »

« J'ai préféré me raccommoder avec lui, avait expliqué Alexis à sa mère, car à la réflexion les Roux sont frits : après ce qu'ils ont perdu en hommes et en sel au bois de Fonteny, les voilà condamnés à traiter. D'ailleurs, Brisefer n'a pas brûlé la tuilerie : c'est signe que le père Jean et lui ne vont pas tarder à s'allier. Autant les devancer... Au reste, maintenant que j'ai repris dans sa bourse tout ce qu'il nous devait, nous sommes quittes, avec votre meunier. Savez-vous que ce coquin goûte ma compagnie ? Rappelez-vous vos conseils, Maman : "La corruption commence par la flatterie." J'achète cette canaille au meilleur prix : compliments sur sa farine, sur ses habits, sur sa bonne mine, sur ses enfants, sur son esprit. Sourires à ses meubles, génuflexions à ses sacs : "Hé bonjour, Monsieur du Froment, que vous êtes joli, que vous me semblez beau !" Rien ne rend aimable comme de se croire aimé : le bougre me cajole, débouche son eau-de-vie, débonde son cœur... Moyennant quoi, j'entame son fromage ! »

C'est en traversant la forêt de Châteauroux qu'Alexis avait raconté à sa mère tous les détails de sa réconciliation avec le meunier : quand il avait conclu « nous ne sommes plus brouillés », elle n'avait pu s'empêcher de lui lancer : « Mais le Bossu est toujours mort, lui !

— Ah oui, le Bossu... Pas de chance. Mais j'ai pris

au père Jean de quoi dédommager sa famille... Que faire de plus ? »

Puis ils avaient traversé la forêt d'Orléans. Mais en dix ans tout avait changé : brigands, pendus, elle ne craignait plus personne, elle était accompagnée. La mère et le fils passèrent entre deux haies de périls, épaule contre épaule, le sourire aux lèvres, et la main sur le pistolet.

Pour leur séjour à Paris, Madame de Breyves avait accepté l'invitation, déjà ancienne, de Madame de Meillant : ils logeraient chez la Marquise. Mais elle avait trompé son hôtesse sur la date de leur arrivée ; trois semaines d'auberge lui étaient nécessaires : le temps, au théâtre, d'une série de répétitions. Alexis ne paraîtrait sur la scène du monde que dûment costumé, familier du décor, et tous repérages faits.

Quand elle le vit sortir de chez le baigneur, magnifique dans son habit bleu, le teint blanc (ils n'avaient quitté La Commanderie qu'en janvier pour que l'hiver eût effacé le hâle de l'été), sa chevelure blonde retenue dans un catogan de velours noir, sa cape sur l'épaule et son épée au côté, elle fut saisie de la même admiration, du même frisson, que lorsqu'elle avait aperçu Henri au parloir du couvent : ça, son fils ? Bandit ? Pêcheur ? Mortel ? Un paladin plutôt ! Son champion !... Convaincue qu'elle avait bien fait de ne pas le lancer dans les salons avant de l'y avoir préparé, elle appliqua sans mollesse le reste de son programme : visite rapide de quelques quartiers de la ville, mise en garde contre les tire-laine et les filles de joie, cours de chant chez un maître de musique, cours de maintien chez un maître à danser — « On voit bien, Madame, que ce garçon-là a pratiqué la bourrée, il ne saisira jamais les finesses du menuet... Mais en quinze leçons je me fais fort de lui apprendre à s'asseoir et à marcher. »

La bourse de la Comtesse diminuait à vue d'œil. Même si Alexis s'employait de son mieux à la regarnir : un soir qu'il était allé sans elle jusqu'au Pont-Neuf, il en revint avec deux écus. Il y avait trouvé un joueur de bonneteau, feint la naïveté, mais, comme il connaissait le métier, il avait empoché la mise trois fois de suite ! « S'attarder davantage eût été dangereux : entre filous, on a tôt fait de s'égorger ! D'ailleurs, je ne voulais pas lui gâter le métier... Je lui ai dit tout bas : "Trois pistoles, confrère, et je m'en vais." Il me les a comptées derrière son tonneau, "et va te faire pendre ailleurs !" Quel beau pays, ma mère, que celui où l'on vous paye pour ne pas jouer !

— Vous avez sagement fait de ne pas insister... Mais je vous en conjure, mon enfant : pas de bonneteau chez Madame de Meillant !

— Du bonneteau, pour quoi faire ? Ils ont bien d'autres jeux ici dans les maisons nobles, à ce qu'on m'a dit dans les cabarets : le trois-dés, le passe-dix, le quinquenove, la hoca, la bassette, le pharaon, le lansquenet, la dupe, le biribi, la roulette, le petit paquet... » En trois semaines il avait considérablement enrichi son vocabulaire : il connaissait déjà les mots clés de la Cour !

Ceux de la ville aussi : quand, fatiguée, elle s'étendait un moment sur son lit, il en profitait pour courir les rues, engageant la conversation avec les maçons (« Seriez-vous pas Limousin, par hasard ? »), avec les décrotteurs, les porteurs d'eau, les déserteurs, les charlatans, les chiffonniers, et tous les suisses des portes. De ces tournées il ramenait d'utiles informations (« d'ici au Temple, la course vaut six sous, le fiacre d'hier vous a trompée »), des jurons à la mode (« jean-fesse », « véroleuse », « cul-du-diable »), et de grandes brassées de mots, neufs pour lui puisque aucun Marchois n'en avait l'usage : manufactures, hypothèques, escompte, valeurs, assurances, agio, intérêt. Comme il étalait naïvement devant elle ces trésors du pavé, « je parie, dit Madame de Breyves, que cette fois tu viens de la rue Vivienne ! » C'était là, face aux écuries du duc d'Orléans, qu'on trouvait les boutiques de changeurs et la vieille Bourse établie après la banqueroute de Law. « Non, ma mère : ces nouveaux mots courent tout Paris ! J'en ai ramassé depuis la barrière des Gobelins jusqu'au pont Saint-Michel... Et en fin de compte je me demande ceux que je préfère : si c'est plutôt "pharaon" et " lansquenet", ou "banque" et "marché à prime". »

Il s'extasiait devant le mouvement de la ville, sa gaieté, son bagout : « Tout le monde parle, chante, crie... » La ville était bavarde en effet. Violente aussi. Une violence qui affleurait à tout moment sous la familiarité des promeneurs et des marchands, et qui, au moindre prétexte, explosait : bourrades, injures, bagarres, duels, supplices, émeutes, assassinats. Tout était bon pour frapper : les bouteilles comme les serpettes, les poêlons comme les tabourets.

Le peuple de Paris était gaillard, il était enjoué, il était pleurard, tout ce qu'on veut, sauf doux et posé. Sans cesse il passait d'une sensiblerie débridée à la cruauté la plus féroce. Tantôt bon enfant, et tantôt bête fauve. Mais, dans les deux cas, Alexis semblait s'en accommoder.

Avec sa mère il s'attardait, enchanté, aux échoppes des parfumeurs : suavité de l'eau de Cologne, senteurs sucrées de l'héliotrope ; il flânait chez les herboristes, baguenaudait chez les drapiers : fraîcheur de la menthe, velouté des soies, griserie, volupté ; au hasard des rues, quand ils rentraient à leur auberge, il s'abandonnait à l'allégresse d'un marché, d'une messe carillonnée, d'un bal improvisé, d'une mascarade ; puis soudain, à un carrefour — la place Maubert ou la Croix-du-Trahoir —, il tombait, ébahi, sur le spectacle d'un parricide auquel on coupait le poing, d'une voleuse qu'on marquait du « V » de l'infamie, à la joie des voyeurs grimpés sur des tabourets, et jusque sur les toits, pour ne rien perdre de la fête. Chacun, ici, appartenait à tous : on vivait dans la rue, on vivait de la rue. C'est là que les ivrognes battaient leur femme, là qu'accouchaient les pauvresses, là que mouraient les mendiants, là qu'avec ou sans éventaire, étalant leur pacotille dans un mouchoir, dans un drap, ou sur le pavé, debout, assis, ou accroupis, dans les venelles, au fond des cours, sur les ponts et sous les ponts, prospéraient les camelots. Car à Paris tout se vendait, même les miettes, même les ordures, et même — précieux porte-bonheur — les os des condamnés : un louis seulement pour l'orteil d'un brûlé vif... Une ville de sang et d'argent.

Badauds et coupe-bourses, bouquetières et bourreaux, bordels et piloris, tel était le visage ordinaire de Paris, et dans cette foule truculente et sauvage Alexis se trouvait comme un poisson dans l'eau. Il s'y trouvait même déjà si bien que, brusquement, sa mère prit peur : pour l'arracher aux charmes des bonimenteurs, des poissardes et des agioteurs, elle l'entraîna vers les quartiers nobles, lui fit visiter des « cabinets de curiosités », l'obligea à s'attarder à la devanture des marchands d'art : ne devait-il pas, d'ailleurs, voir quelques tableaux, des statues ? On s'attendrait, dans les salons, que, même élevé à la campagne, le fils d'un « amateur éclairé » eût du goût pour l'Art... En hâte, elle lui parla des Italiens et des Flamands, brossa à grands traits l'évolution de la peinture, y mêla les Egyptiens, les Etrusques, l'architecture, la sculpture, bref condensa sa science de son mieux.

Il l'écouta distraitement. Si distraitement qu'elle s'en voulut : croyant lui donner la becquée, elle le gavait. Puis elle lui en voulut aussi : même une cuillerée, une toute petite cuillerée de culture, cet enfant la rejetait ! Devant les Rubens et les Rembrandt, il sifflotait ou regardait de biais. A la fin tout de même, espérant lui faire plaisir, il convint que, s'il préférait le spectacle de la rue aux retables et aux marines, il ne détestait pas « les gravelures et les peintures mortes ». Il voulait dire « gravures » et « natures mortes »... Le remède était pire que le mal : dans le monde, mieux valait encore passer pour un sauvage que pour un butor ! La Comtesse renonça.

Il sentit qu'il l'avait déçue, et s'en vexa : « Je vois que vous me trouvez trop ignorant, que ma sottise vous rebute ! Oh, ne le niez pas : je sais comme vous me jugez... Mais vous, ma mère, savez-vous seulement ce que c'est que... qu'un "greluchon mangeant" par exemple ?

— Un grelu... Non, certainement.

— Eh bien, c'est un jeune monsieur qui vit aux dépens de sa maîtresse, un monsieur qui prélève sa dîme sur ce que le "milord pot-au-feu" donne à sa belle... Peut-être ignorez-vous aussi ce qu'est un "milord pot-au-feu" ? Un entreteneur, tout simplement. Alors vous voyez : à chacun sa science ! Il faut vivre avec son temps ! Je suis jeune, Maman !... N'aimez-vous plus votre petit enfant ? »

Madame de Breyves comprit qu'il ne fallait pas rester davantage au « Plat d'Etain ». A trop tarder elle s'exposait au risque qu'Alexis découvrît par lui-même tout ce qu'elle voulait laisser aux grandes dames de Paris le plaisir de lui enseigner : l'Opéra, la Comédie... et l'amour. Aux yeux des marquises et des duchesses ce petit paysan n'aurait de prix, elle le savait, qu'autant qu'on pourrait se disputer l'honneur de le « déniaiser », de le décrasser. C'est pourquoi, si elle lui avait montré Notre-Dame, la Bastille, et les faubourgs populaires, elle s'était gardée de l'emmener jusqu'à la place Louis-XV, trop magnifique : ravies de découvrir qu'il ne la connaissait pas, certaines se feraient une joie de la lui présenter... De même, tout en le laissant admirer les jongleurs du Pont-Neuf, lui avait-elle refusé la Comédie Italienne et le Théâtre-Français : le jour venu, d'autres jouiraient de sa surprise et de son éblouissement. Quant aux filles, il allait de soi qu'elles ne devaient pas dérober aux dames la primeur de ce bel adolescent...

Pour réussir à Paris, il fallait qu'Alexis fût naïf sans être sot, enfant sans être ignorant, paysan sans être grossier, et qu'en tout il parût « émerveillable ». Le fruit vert qui régalerait les palais blasés... Mais encore un mois de promenades à ce train-là, et le « fruit vert » serait blet : plus rien ne l'étonnerait ! La Comtesse mit fin aux excursions, aux leçons de menuet, et refit ses malles.

Cependant, avant de s'installer chez Madame de Meillant, elle voulut accomplir, seule avec son fils, un dernier pèlerinage : lui montrer, derrière la place Royale, la maison où il avait vécu ses sept premières années, où son père était mort ; et peut-être en même temps lui prouver qu'ils avaient été riches, glorieux, splendides : « Haut et puissant seigneur », écrivaient alors les notaires quand dans leurs actes ils citaient le comte de Breyves...

Comment cet enfant qui prenait le meunier de son village pour un maître aurait-il pu imaginer la grandeur de ses aïeux ? Il était là, plus âpre qu'un épicier, à discuter le prix du fiacre avec le cocher : « Huit sous pour vous poser à la place Royale », disait l'autre, « Quatre », rétorquait Alexis, qui montrait sa mère avec sa robe sans galon et sa coiffe simple : « Ma marraine n'est pas riche, expliquait-il ; voyez, elle arrive juste de la campagne, et nous n'avons que quatre sous pour la course. » Pour emporter le morceau, il n'hésitait jamais à exciper de la misère de sa mère, requalifiée de « marraine » pour épargner sa fierté ; il exhibait volontiers leurs plaies ; ou bien il inventait des histoires de lettres de change à tirer auprès d'un banquier absent de Paris jusqu'au lendemain : pour ce soir ils ne disposaient que de quatre sous, voilà — à prendre ou à laisser !

Tandis qu'il parlementait, Madame de Breyves, confuse, se tenait en retrait. Il est vrai qu'après avoir payé l'aubergiste, le musicien et le danseur, il ne lui restait plus grand-chose du petit capital distrait de ses revenus et du trésor du père Jean ; n'empêche, elle pouvait encore payer les huit sous demandés et s'épargner le sordide de ces tractations ! Mais Alexis avait raison sans doute, puisqu'au bout du marchandage, après avoir menti, plaisanté, fraternisé, et bataillé, il obtenait toujours gain de cause : « quatre sous ». « Et voilà, triomphait-il lorsqu'ils étaient dans la voiture, vous vous seriez encore laissé voler ! Mais n'oubliez pas, quand vous arriverez sur la place Royale, de paraître dépaysée : vous venez de la campagne, faites la bête, parlez patois... » Il jouait ; Mignon aurait été content de son élève ; elle-même, conquise par sa rouerie, finissait par trouver drôle de lui donner la réplique.

« Dépaysée » d'ailleurs, elle le fut sincèrement en arrivant devant la banque « Germany » : on avait martelé le blason, redoré les balcons, construit une marquise au-dessus du perron et, par la porte cochère large ouverte, entraient sans cesse des commis porteurs de plis, des notaires, des procureurs dans leur habit noir. Dans la cour, des chaises et leurs porteurs stationnaient, toutes livrées mêlées. Elle se dit que, pour faire des bureaux, on avait sans doute cloisonné les salons, arraché les lambris en bois de rose, les marqueteries qu'elle avait fait poser. Qu'était devenue la chambre d'Henri ? Antichambre, cabinet, salle du coffre ? Necker Cadet ne manquait pas de clients apparemment : Necker Aîné ne dirigeait-il pas depuis cinq ans les finances de la France ?

Alexis s'avoua impressionné : ce fronton, ces pilastres, et toute cette agitation — la maison lui parut belle, vraiment. Mais il n'en reconnaissait rien. Du doigt elle lui désigna la chambre qu'il avait occupée. Non, il ne s'en souvenait pas. Pour réveiller sa mémoire elle évoqua Picard, leur suisse, la marchande de coco... Il ne se rappelait aucun d'eux. Il répétait seulement : « Pour une banque, c'est une belle banque ! »

« A cinq ans, insista-t-elle, tu passais ta vie à l'écurie. Avec le palefrenier qui te montait sur le dos des chevaux. Les écuries, Alexis, tu dois bien te souvenir des écuries ? » Et elle l'entraîna dans la cour pour lui montrer les grandes remises peintes de gris, réveiller quelque chose en lui... Mais le portier les rattrapa : avec qui Madame avait-elle rendez-vous ? La Comtesse bredouilla ; sans y mettre plus de formes, le laquais les chassa.

A pied, la mère et son fils remontèrent la rue Saint-Antoine. Elle se taisait. Alexis la prit par la taille, posa un petit baiser sur sa joue : « On va nous prendre pour des amoureux », plaisanta-t-il. Il cherchait à la distraire, croyant sans doute que l'intervention du laquais l'avait humiliée, ou que la vue de son hôtel avait ravivé en elle des douleurs anciennes... Touchée de ses efforts, elle prit gentiment son bras, mais, à la vérité, elle ne se sentait pas triste. Elle était venue là comme on va au cimetière — puisque après tout c'était le seul tombeau qu'elle connût à Henri... Mais, à sa grande surprise, cette maison ne lui avait rien dit. Rien de plus qu'à Alexis. Rien du moins qui pût encore la bouleverser. Elle l'avait reconnue comme une leçon apprise, mais la page était tournée. A dix ans de distance, elle se trouvait aussi étrangère à elle-même que si elle ne s'était jamais rencontrée...

Plus de chagrin, plus d'amour. Entre la jeune femme qui avait fui cet hôtel un soir de juillet et la provinciale au cuir tanné, aux mains calleuses, qui regardait sa maison d'hier sans la retrouver, il n'y avait plus de commun qu'un immense dégoût — mépris de Paris, de la finance, des intrigues, des « amis » — et, plus vague, incertain mais sensible, le désir intermittent de la vengeance.

Evangile selon saint Luc : « Aimez vos ennemis, faites du bien à ceux qui vous haïssent, bénissez ceux qui vous maudissent, priez pour ceux qui vous maltraitent. » Combien de fois l'avait-elle lu, cet évangile ? Mais il ne « passait » jamais. Elle revoyait ce jour où Alexis, âgé de sept ou huit ans, était sorti rêveur de sa leçon avec le curé : « Est-ce vrai, Maman, qu'il faut se laisser battre, et tendre la joue gauche à son ennemi ? », — « Oui, mon fils : tends-lui la joue... et profites-en pour lui décocher un grand coup dans l'estomac ! »

Mais peut-être, parce que tout s'efface et qu'elle vieillissait, aurait-elle fini par laisser mourir cette flamme-là aussi ; que lui importait dans son désert la prospérité des Necker ? Oui, peut-être, si elle n'avait cru, en oubliant le passé, trahir d'autres qu'elle, déserter le camp des faibles : n'est-ce pas nuire aux bons que de pardonner aux méchants ? On le voit,

Paris l'avait fait retomber dans ses ornières : le Bien, le Mal, les coupables et les victimes...

En tout cas, il y avait Alexis. Qui devait vivre. Vivre pour lui. Mais vivre un jour dans cette société qu'elle avait quittée. Alexis à qui elle devait apprendre à triompher d'espèces autrement dangereuses que les gabelous et les cochers de fiacre. Madame de Meillant croyait qu'en revenant à Paris, en renouant avec les grands, la Comtesse voulait présenter Alexis au monde. Erreur : elle voulait présenter le monde à Alexis.

D'ailleurs, quand, en rangeant son bagage, son fils s'inquiéta de la durée de leur séjour chez la Marquise, elle lui exposa franchement son projet : « Nous n'y resterons que le temps de rencontrer le "Prince de ce monde".

— Ah, fit Alexis étonné, je vais donc voir le Roi ?

— Le Roi, mon enfant, n'est pas le Prince de ce monde... »

Et elle lui expliqua que le Prince dont elle parlait était autrement malin, et que ce « Malin » avait plusieurs têtes, plusieurs noms, plusieurs adresses. Elle espérait lui découvrir tous ses visages, lui enseigner ses habitudes, ses petits secrets — bref, lui donner le moyen d'entrer dans ses bonnes grâces sans tomber dans ses filets...

Madame de Meillant accueillit « ses voyageurs » à bras ouverts : enfin une distraction ! Elle s'ennuyait avec son mari (« un ours »), il s'ennuyait avec elle (« une sotte »), mais pas assez pour que cela leur fît, à tous deux, une occupation suivie... Or, la Marquise ne jouissait pas d'une position mondaine telle qu'elle pût trouver au dehors ce qu'elle avait renoncé à chercher chez elle : certes, elle était riche, elle avait été jolie ; mais elle ne brillait pas par l'intelligence, et elle n'avait, comme on disait alors, que « des entours peu considérables et des parents de mauvais ton ». Pour se faufiler chez de plus grands qu'elle sans l'aide du Marquis, elle devait se mettre à la remorque de personnes illustres et se dévouer corps et âme aux dames en faveur (la Comtesse avait été de celles-là, autrefois) ; quant aux invitations qu'elle lançait, il lui fallait toujours les accompagner d'une « attraction » ou les couvrir d'une autorité : elle ne parvenait dans le monde que sous pavillon de contrebande ou en graissant la patte aux douaniers. Mais la méthode était bonne : prenant prétexte de toutes les fêtes à souhaiter aux autres pour en donner chez elle, la Marquise, finalement, recevait beaucoup.

Alexis, ce pur produit d'une éducation « à la Jean-Jacques », serait chez elle comme le rhinocéros du Jardin des Plantes : elle allait l'exhiber, et, sous couleur de le montrer, se faire voir à toute la Cour... Du reste, dès l'arrivée de ses visiteurs, elle examina soigneusement « le colis » pour s'assurer qu'il n'y avait pas méprise sur la fourniture et que la Poste ne lui avait pas gâché la marchandise. Elle tordit le nez sur le costume du fripier — trop citadin, démodé, du dernier commun... Pourtant, dans l'ensemble, l'examen la laissa satisfaite et elle se décida à « réceptionner » : « Il a tellement grandi, forci, embelli, mais on sent qu'il reste simple, ingénu... Et très enfant, n'est-ce pas ? » La Comtesse la rassura. Enchantée, elle offrit à ses hôtes une tasse de café.

Dès la première gorgée, Alexis fit la grimace : le goût le surprenait, il n'en avait jamais bu. La Marquise fut aux anges : « Dieu ! Où avais-je la tête ? Du café, dans ces contrées reculées, comment en auriez-vous trouvé ? Oh, quelle merveille qu'un jeune homme qui ne connaît pas le goût du café ! Nous allons lui en apprendre, des choses ! Mais au fait, que buviez-vous là-bas pour vous soutenir ? »

« De la farine de glands dans du caillé, Madame, comme les cochons », faillit lâcher la Comtesse agacée. A la vérité, il y avait à Guéret tout le café qu'on voulait et ils auraient pu en boire à leur guise si le breuvage ne revenait à six sous la tasse... La pauvreté aussi est un exotisme.

« J'ai vanté votre fils à nos amies, poursuivait la Marquise. Toutes brûlent de rencontrer ce jeune sauvage ! » Le « jeune sauvage », pour l'heure, hésitait sur la conduite à tenir : finir, par politesse, cette boisson qui lui semblait amère, ou tout recracher sur le tapis pour paraître encore plus sauvage ? Ayant consulté sa mère du regard, il repoussa simplement sa tasse. De toute façon, la Marquise ne le voyait déjà plus, elle était tout à ses plans de campagne : « On attend cet enfant-là comme le Messie... Ou, plutôt, comme saint Jean Baptiste ! Mais ce fils du désert, il nous faut d'abord le rhabiller. »

Allait-elle le vêtir de peaux de bêtes pour faire plus vrai ? La référence à Jean Baptiste pouvait inquiéter... Mais il apparut vite qu'elle avait déjà une idée précise de l'habit du parfait « Emile » : un col rond, une veste longue, une chemise sans gilet, des guêtres, quelque chose qui tenait le milieu entre les laboureurs d'Oudry et le « Gilles » de Watteau — l'innocence même... « Pas que du blanc quand même ? risqua la Comtesse.

— Oh non ! Le bleu lui va à ravir. Seulement, nous ferons couper ses costumes dans des flanelles d'Angleterre, des velours épais, des calmandes d'écarlate. »

« Je refuse ! » protesta Alexis entre deux portes, tandis qu'un valet les menait à leurs chambres. « De quoi aurai-je l'air dans cette tenue ? D'un parfait nigaud !

— Pas forcément, murmura sa mère. Elle va vous choisir le meilleur tailleur, les plus beaux tissus... Vous paraîtrez singulier, mais elle a raison : vous ferez époque, tout Paris en parlera. Peut-être même lancerez-vous une mode ? Allez, mon enfant, faites-lui confiance : sur les vogues, Madame de Meillant en connaît long. Rappelez-vous ma "couade" ! Et puis elle ne peut prendre le risque de vous couvrir de ridicule sans s'en trouver elle-même éclaboussée : ne serez-vous pas son poisson pilote, son passeur ? Quant au déguisement qu'elle vous prépare, considérez-le comme votre costume de scène... »

Que la Marquise entendît traiter son hôte en

vedette, Madame de Breyves en eut la confirmation en voyant l'appartement qu'elle lui avait réservé : une suite à l'étage noble, avec trumeaux, tapisseries des Gobelins et drapés en gros de Tours. Comme cette suite communiquait avec la chambre du Marquis, on n'avait pu, leur expliqua-t-on, y loger la Comtesse ; or l'autre aile de la maison se trouvait en travaux, ce qui fait que, mon Dieu, par la force des choses, « Madame » logerait à l'étage au-dessus. Mais dans une chambre bien propre, toute tendue de toile de Jouy... Quand il vit sa mère ainsi reléguée sous les combles, Alexis s'indigna. Madame de Breyves sourit, lui mit un doigt sur les lèvres : « Oubliez-vous que je suis dévote ? Cette chambre modeste va bien avec la robe noire d'une personne qui a renoncé aux vanités pour les plaisirs solides de la messe et du psautier... »

La chose que le monde pardonne le moins, c'est qu'on se passe de lui : Madame de Meillant faisait très naturellement, et presque sans y songer, payer à la Comtesse son exil, sa survie, et ses mépris ; regrettant que le « campagnard » ne fût pas orphelin, elle écartait la mère autant qu'elle pouvait. Ce qui arrangeait Madame de Breyves ; elle avait craint que le rappel de son ancienne position, et donc de sa chute, nuisît au succès d'Alexis ; si son sort n'intéressait plus, tous les espoirs étaient permis : Alexis n'apparaîtrait pas dans le monde comme le fils du comte de Breyves, ruiné et suicidé, mais seulement comme un jeune seigneur élevé selon les canons à la mode. Un homme neuf. Pendant deux siècles on avait élevé l'élite de la société hors de son temps — au milieu des Hébreux, des Grecs et des Romains ; on prétendait maintenant l'élever hors de son lieu — chez les bergers, les menuisiers, les serruriers... Ce fils pour lequel la Comtesse avait redouté, à Paris, le poids du passé, voilà que, par la grâce de l'évangile selon Jean-Jacques, il devenait le vivant symbole du renouveau. Un exemple.

Non, certainement, elle n'allait pas rechigner à s'effacer. Elle vivrait dans son ombre, et n'y resterait que le temps de faire entrer Alexis dans son personnage. Un personnage de paysan mais, ce qui rendait l'exercice difficile, de faux paysan. Pas de ces grossiers qui puent, marchent en se dandinant, et roulent les « r » en parlant. Un paysan de « fabrique », qui serait à la paysannerie ce que la chaumière de la princesse de Condé — où l'on soupait aux lampions dans de la vaisselle d'or — était à l'habitat rural...

En deux jours Alexis apprit le bon usage des cordons, la manière de gratter aux portes, il perfectionna ses révérences et parvint à peu près à contourner les « bougre » et les « foutre » qui émaillaient d'ordinaire son langage. Grâce à sa mère, et surtout à Mignon, sa prononciation s'avérait excellente : il était parfaitement bilingue, parlant marchois avec l'accent d'un laboureur et français avec l'accent de Paris.

Les premiers « amis » conviés par Madame de Meillant — des femmes de robins, des abbés poètes, un fournisseur aux armées, enfin du menu fretin — n'eurent pas de peine à trouver cet enfant charmant : il se tenait en retrait (on ne l'avait pas encore costumé), observait, souriait, intervenait peu et simplement. On comprenait tout ce qu'il disait, souligna l'une des dames, étonnée apparemment qu'il ne parlât pas patagon. Lui, en revanche, avait du mal à suivre ces « beaux esprits ». Quand la femme d'un conseiller se lança, pour éblouir les deux provinciaux, dans le récit de l'ultime visite de « l'Ermite de Ferney » et conclut qu'elle avait vu, de ses yeux vu, après la représentation d'« Irène », « le Génie, assis entre l'Amitié et la Reconnaissance, se faire couronner par la Beauté », Madame de Breyves dut traduire pour Alexis que « peu avant sa mort Monsieur de Voltaire, coincé entre sa vieille maîtresse et sa fille adoptive, avait été coiffé d'un chapeau de lauriers par une actrice... »

Elle-même, à la vérité, éprouvait des difficultés à se mêler avec naturel à la conversation. A La Commanderie elle avait perdu l'habitude du papotage. Ici, les mots allaient trop vite, à peine avait-on abordé un sujet que déjà on sautait sur un autre ; tout filait sans qu'elle pût rien retenir, rien attraper. Mais elle le regrettait peu : ce n'était, le plus souvent, que persiflage et dénigrement — « l'esprit français », qui toujours nie. Elle s'enferma dans le silence en se disant que si les carpes vivent plus que les hommes, c'est qu'elles ne s'épuisent pas en propos de salon...

Mais ce dégoût du monde réveilla sur-le-champ ses passions ; elle respira l'air du temps comme on respire des sels : elle se croyait morte ; tirée de son sommeil par la répulsion, elle vit qu'elle avait encore du sentiment : la nuit qui suivit le premier souper offert par la Marquise en l'honneur d'Alexis, elle rêva d'Henri.

Curieusement, dans ce rêve il n'était pas son mari ; rien qu'un ami. Blessé : son habit était déchiré, sa joue saignait — comme un mendiant qu'on aurait lapidé. C'est pour le soustraire aux pierres et aux insultes qu'elle l'accueillait à La Commanderie : personne ne l'y trouverait. Ensemble ils traversaient le jardin ; mais il restait muet, distrait. Si loin d'elle... Il n'avançait pas. Alors, machinalement, sans s'arrêter, elle avait tendu la main pour l'entraîner, effleuré de la paume le poing de cet étranger. Un geste qu'aussitôt elle regrettait : trop audacieux, trop indiscret. Elle allait s'écarter quand brusquement, étonnée, elle avait senti ce poing s'ouvrir sous sa main, et les doigts d'Henri se glisser avec lenteur entre les siens, forcer le passage entre les siens. Il n'y avait eu ni mots ni regards. Juste cette main qui s'emparait de la sienne, et leurs doigts qui s'enlaçaient. Elle marchait en avant, elle ne s'était pas retournée, elle n'avait rien vu, il n'avait rien dit. Mais leurs doigts se nouaient, s'épousaient, il s'accrochait à elle, elle s'amarrait à lui...

Elle s'était réveillée à Paris, entre ses quatre rideaux de toile de Jouy.

Toute la journée elle avait recherché le souvenir de ces doigts glissés entre les siens, comme on cherche un parfum perdu. Parfois, pendant que les Meillant et leurs amis parlaient, elle regardait ses mains, les croisait lentement pour sentir le mouvement des doigts sur sa peau, puis elle les pressait l'une contre l'autre, les serrait, les posait contre sa bouche, et fermait les yeux. On devait croire qu'elle priait...

Au début, fugitive, la sensation renaissait : elle traînait Henri derrière elle, le tirait des Enfers ; dans l'ombre elle le devinait, il s'accrochait... Mais au fil des heures il lui devint plus difficile de s'abuser. Le parfum s'évaporait. Au soir, elle ne sentit plus rien : Eurydice avait perdu Orphée.

28

Deux jours chez Madame de Meillant, deux jours dans la société des courtisans — les grands et les demi-grands —, avaient suffi pour rendre à Madame de Breyves son goût pour La Commanderie. De nouveau, sa terre lui apparut comme un paradis : le Paradis avec la sœur d'Adam, certes, et avec le serpent. Mais elle préférait la morsure des vipères de ses champs aux langues d'aspic de Paris : Martial, son moissonneur, n'avait-il pas guéri de sa blessure, tandis qu'Henri... ?

Cependant, puisque Alexis avait encore besoin de trois mois à la ville pour se former, elle fit l'effort de s'acclimater et tâcha de tirer de chaque rencontre un enseignement pour l'enfant. Parfois ses commentaires étaient superflus : il voyait par lui-même, et trouvait d'ailleurs toutes naturelles des choses qui la frappaient, elle, parce qu'elles avaient changé.

En dix ans les paniers, par exemple, avaient doublé d'ampleur pendant que les coiffures — provisoirement — dégonflaient : la Reine, enceinte, avait perdu quelques cheveux et lancé la coiffure « à l'enfant », plus plate et moins ornée ; dans quelques mois et pour les mêmes raisons, tous les Parisiens s'enticheraient de la couleur « caca Dauphin »... Dans le vêtement la famille royale donnait le ton, mais c'était bien le seul domaine où l'on suivait encore les princes de la branche aînée.

Pour le reste, ils étaient tombés dans un discrédit que Madame de Breyves, dans sa campagne, était loin de soupçonner : les plus révoltés de ses paysans n'auraient pas osé penser, seulement penser, le centième de ce qu'on disait ici ! On n'y parlait que de « l'imbécillité » d'un Roi que les pamphlétaires opposaient à son ancêtre en l'appelant « le Roi Sommeil » ; on colportait qu'ivrogne, et indolent, le Roi n'avait jamais pu consommer son mariage (« Gémis, Louis, ta vigueur inactive / Outrage ici ta femme trop lascive »), mais puisque, depuis deux ans, la Reine avait enfin des enfants, on en attribuait la paternité tantôt au comte d'Artois (on vendait sous le manteau « Les Amours de Charlot et Toinette »), tantôt au duc de Coigny, à Vaudreuil, à Rohan, ou à Fersen : de « royal débandé » le Roi était devenu « cocu royal ».

La marquise de Meillant assura très sérieusement à la Comtesse que rien n'était plus vrai ; à son tour le Marquis, pourtant moins cancanier et moins crédule que sa femme, confirma les faits avec une autorité qui ébranla Madame de Breyves ; il alla jusqu'à confier à son invitée quelques pages d'un « Essai historique sur la vie de Marie-Antoinette d'Autriche, reine de France » qu'un philosophe de ses amis s'apprêtait à faire imprimer après avoir enquêté : cette fois, il ne s'agissait plus de chansons ni de vers, mais d'anecdotes précises, en apparence bien étayées — « l'initiation » de l'Archiduchesse par Rohan, « l'attouchement » de Dilon à Marie-Antoinette au bal, le premier baiser avec un jeune commis de la guerre, la Reine engrossée par Coigny dans une loge de l'Opéra... Tout cela avait de quoi troubler, en effet ; la Comtesse en convint. « Mais quand cela serait, s'étonna-t-elle, faut-il que la noblesse elle-même donne une pareille publicité à l'inconduite de la Reine et aux faiblesses du monarque ? Ne craignez-vous pas de désespérer la société ? Et de scier le tronc dont vous tenez la branche ? »

Elle n'avait pas beaucoup aimé l'ancien Roi, dont les Breyves n'avaient jamais reçu de faveurs ; elle avait méprisé Madame Du Barry ; enfin elle en voulait à Louis XV des ministres qu'il avait choisis, de ses dépenses, de sa banqueroute, de son manque de parole, de son cynisme : un monarque, croyait-elle, doit à la nation le même exemple qu'un seigneur sur ses terres. Quant à celui qui n'était encore que le Dauphin lorsqu'elle avait quitté le monde, elle s'était toujours sentie glacée par sa froideur quand elle l'avait croisé. Mais tout cela, à ses yeux, ne constituait pas une raison suffisante pour renverser la société : les personnes passent, et l'Etat reste. Elle n'aimait aucun roi, mais révérait le Roi — l'idée du roi, « le Roi dormant », l'Empereur noyé, l'Imam caché : « N'est-ce pas, insista-t-elle, notre métier à nous que d'être royalistes ? »

Le Marquis sourit ; il était ému malgré lui par la passion que cette femme mettait en toute chose, par sa gravité, par ses scrupules : « Si j'étais en Amérique, je crois bien, Madame, que je serais républicain avec les Américains... Mais quant à la France, j'imagine que nous pourrons toujours, si nous lâchons la branche aînée, nous raccrocher à la branche cadette... »

Une fois encore, l'inconséquence des gens d'esprit surprit la Comtesse : en voilà un qui, après avoir flétri les débauches de la Reine, se rangeait sous la bannière des princes d'Orléans dont l'inconduite, depuis un siècle, défrayait la chronique ! Branche pour branche, en choisissant la plus pourrie des deux, combien de temps le Marquis espérait-il pouvoir se « raccrocher » en sûreté ? La légèreté de son hôte laissa Madame de Breyves plus décontenancée que ne l'aurait fait une apologie un peu musclée du régicide, un éloge soutenu de la « démocratie ».

L'engouement du Marquis pour les républicains de Benjamin Franklin l'étonna moins : depuis qu'elle était à Paris, la Comtesse voyait bien que les Américains — avec leurs Insurgents — avaient supplanté les Anglais dans l'estime du public lettré. Voltaire avait été le dernier à célébrer le Parlement de Westminster, le thé, et la noblesse éclairée ; mais il était mort depuis trois ans — une éternité ! Seuls quelques gandins osaient encore se déclarer adeptes du roast-beef et du frac : tout cela était furieusement passé ! Shakespeare seul continuait à faire son chemin : un peu lavé, un peu peigné, assaisonné au goût français, quasi naturalisé, il monopolisait les tréteaux, où l'on ne jouait plus Corneille, ni même, déjà, Voltaire. Trois ans après le triomphe d'« Irène » on avait parcouru plus d'un siècle...

De ces coups de théâtre, qui détrônaient Pierre pour couronner Paul, on n'en voyait pas qu'à la scène. Dans tous les domaines les modes se démodaient avec frénésie, on vivait dans l'urgence : « Qui sait si le monde durera encore trois semaines ? » Enterrés, Boucher et Fragonard avec leurs dames galantes, leurs valets fripons, les peignoirs, les rubans, les jarretières, les tétons vainqueurs et les derrières aimables ; on ne jurait plus que par Greuze et ses peintures édifiantes. Autre surprise : le retour de Dieu, que Madame de Breyves avait connu autrefois bien décati. Il revenait de loin ! Mais Rousseau, mais Voltaire avaient plaidé sa cause — enfin, la cause d'un Dieu abstrait, grand Horloger, et pas chrétien pour deux sous. Car Jésus était terriblement « tombé » — désuet à un point ! « Dieu tout-puissant, je crois en toi », répétait-on après les philosophes, « mais quant à Monsieur le fils et Madame la mère, c'est une autre affaire... »

Le neuf se périmait si vite, le vieux rajeunissait si brusquement que, par crainte d'être dépassés, la plupart des gens menaient des vies parallèles : jamais on n'avait tant célébré la Vertu (Madame Le Reboul vendait par milliers son « Avis aux mères qui veulent allaiter »), et jamais on n'avait tant pratiqué la licence. Le libertinage n'était plus un principe, la débauche restait la première des sciences. De ces contradictions chacun s'arrangeait comme il pouvait :

« Madame de Meillant est comme la Reine, annonça fièrement Alexis à sa mère, elle a un amant ! »

Chaque soir, il venait dans sa chambre lui raconter sa journée, comme elle, autrefois, venait à son chevet lui lire la Bible ou « Robinson Crusoé ». Elle profitait de cette visite (l'unique moment où ils se trouvaient seuls tous les deux) pour lui donner des conseils, des explications, des informations, elle modifiait sa mise en scène, corrigeait son jeu. Mais parfois il n'était pas fâché de lui montrer qu'il en savait plus qu'elle.

« Oui, ma mère, parfaitement : un amant !

— Ragots ! Ne vous fiez pas à ce qu'on raconte : les Parisiens médisent comme ils respirent ! De qui tenez-vous que la Marquise soit infidèle à son mari ?

— De personne. Enfin, d'une lettre... Mais non, ce n'est pas ce que vous croyez : une lettre qui traînait...

— Je vois ! Et qui serait l'heureux élu, selon vous ?

— Un abbé. Celui qui fait des vers rustiques. Mais si, l'assommant qui nous a lu l'autre jour le début de son poème sur les jardins : premier chant, l'eau, les fleurs, les gazons, les ombrages ; deuxième chant, les fleurs, l'eau, les ombrages, les gazons ; troisième chant, les ombrages, les...

— L'abbé Delille, oui, je vois. Il a de beaux yeux... Mais je serais bien étonnée que Madame de Meillant... Un amant, bon, mais un amant abbé...

— Oh, il n'est abbé que comme on l'est ici : le quart de l'âme, la moitié de l'habit, et la totalité du prieuré...

— Sans doute... Mais un très petit prieuré ! Donc un abbé désargenté... Non décidément, Madame de Meillant craindrait le ridicule... Et l'Enfer !

— L'Enfer ? L'Enfer est loin, ma mère, et la tentation proche... Vos Parisiens s'ennuient : Paris est si petit !

— D'ordinaire, les provinciaux le trouvent grand !

— Oui, mais vous oubliez, Maman, que je suis un

faux paysan... Allez, ne craignez rien : je dirai à vos amis que je trouve leur ville immense, je sais mon rôle. »

Il le connaissait à merveille, en effet, mais l'interprétait à sa façon. Depuis qu'il avait endossé ses habits d'« Emile », la Marquise le produisait dans des sociétés de plus en plus huppées ; elle se faisait passer pour sa marraine (la vraie, morte depuis quinze ans, avait été une lointaine parente du Marquis, ce qui permettait à Madame de Meillant d'exercer la survivance de la charge) ; en l'honneur de son « filleul » elle recevait des ducs, des présidents, leur offrait du chocolat chaud et du chocolat à la glace, et servait les confessions de « l'enfant sauvage » avec les petits gâteaux. Ce moment-là mettait Madame de Breyves au supplice car Alexis, qui avait d'abord répondu avec politesse et sobriété, était de plus en plus tenté, à mesure que la curiosité croissait, d'en rajouter. Il exagérait la rigueur de son éducation (« en hiver, pour m'endurcir, mon précepteur m'obligeait à sortir dans la neige sans chemise ni souliers ; grâce à quoi, Madame, je ne sais pas ce que c'est qu'un rhume ! »), il exagérait la barbarie du pays (décrivant les conditions de survie dans « la petite Sibérie », il transposait sans vergogne des pages entières de « Robinson Crusoé », que la Comtesse seule reconnaissait), enfin il exagérait en tout les misères, les mérites et les travers des « indigènes ».

Certes, c'est avec verve et naturel qu'il plaidait contre la gabelle ; il le faisait avec d'autant plus de sincérité qu'une lettre de Mignon venait de leur apprendre qu'en dépit des efforts du notaire Vallantin, et de l'avocat qu'Alexis avait payé, Jeannot avait été condamné aux galères : il était parti avec « la chaîne ». L'émotion du jeune Comte, quand il racontait cette péripétie, n'était pas feinte mais, parce qu'elle était communicative et que les dames tiraient leur mouchoir, il fit mousser l'aventure et, au fil des représentations, en transforma les circonstances au point que Jeannot devenait tout à fait innocent des délits pour lesquels on l'avait puni, les juges étaient des tigres altérés de sang, les gabelous des profiteurs qui égorgeaient impunément de pauvres gens, plus doux que des agneaux, qui ne demandaient qu'à payer l'impôt... Dès la troisième « séance », il osa même, pour augmenter l'intérêt, rajeunir Jeannot de vingt ans : c'est un enfant de quatorze printemps, orphelin qui plus est, qu'on avait expédié de La Châtre à Marseille, enchaîné... Ces mensonges, il n'hésitait jamais à les renforcer du crédit de sa mère, modestement reléguée dans un coin de la pièce ; il la prenait à témoin ; d'un hochement de tête elle acquiesçait...

Passe encore d'être obligée à cette complaisance lorsqu'il s'agissait de la gabelle et de Jeannot : la Ferme n'était plus défendable. Mais où le malaise de Madame de Breyves augmentait, c'est quand son fils peignait avec cynisme et brio des paysans de fantaisie : « Chez nous, assurait-il, les plus riches ne mangent que du pain noir » (« Avec du beurre et du jambon ! » brûlait d'ajouter la Comtesse), « et savez-vous avec quelles herbes les malheureux sont contraints de tremper leur soupe ? Avec des orties, Monsieur le Duc, et des fanes de radis ! » On se récriait, on s'indignait. Madame de Breyves mourait d'envie de leur lâcher que, chez elle aussi, « au château », on mangeait de la soupe d'orties : c'était un plat local, et, d'ailleurs, le meilleur des potages, à la fois onctueux et aigrelet — bien supérieur à l'oseille ou aux pois. Mais Alexis poursuivait sur sa lancée : « Et je vous donne en mille ce que, faute de viande et faute de blé, pressurés par la Ferme, tondus par le clergé, nos indigents en sont réduits à avaler depuis quelques années : de la galette de pommes de terre ! Mais oui, Marquise, des pommes de terre ! Comme les bêtes ! » Bouleversée (Parmentier n'était pas encore passé par là), une petite baronne s'évanouissait... Pour la Comtesse, la mesure était comble : c'est Turgot, quand il était intendant du Limousin, qui avait encouragé la culture et la consommation de ces tubercules, et rien n'était plus délicieux à manger, avec une salade croquante, que ce « pâté aux pommes de terre » où, sous une croûte dorée, les « racines » baignaient dans la crème fraîche, le persil et l'oignon. Pourquoi Alexis présentait-il comme un épouvantail aux Parisiens un plat dont, à la maison, il reprenait plusieurs fois ?

Mais voilà déjà qu'après avoir horrifié son public, il l'amusait : les mêmes paysans qui lui avaient servi à faire pleurer lui donnaient un prétexte pour faire rire. Il montrait leurs sottises, leurs façons de rustauds, racontait Marie et son seau posé sur la table en guise de pichet, racontait Annet, le simplet, qui construisait une maison à l'intérieur de sa chaumière en assurant que la seconde serait plus grande que la première ; il racontait « Torchon » se mouchant dans ses doigts ; il racontait les bossus soignant leur bosse avec de la confiture de roses (l'onguent même qu'à douze ans le polisson leur vendait !) ; il racontait Hélène (Hélène qu'il aimait !) convaincue que la Vierge, après son Assomption, était montée dans la lune et y habitait depuis... Bref, pour sacrifier au pittoresque — un mot nouveau, là aussi —, il faisait de ses amis des personnages de comédie, jouant en alternance « Le Devin du village » et « George Dandin », et balançant impudemment les paysans de Rousseau par ceux de Molière. Le public en redemandait.

Madame de Breyves était effondrée : « Comment osez-vous, mon fils, comment osez-vous ?... » s'exclama-t-elle un soir que, ravi de ses succès de la journée, il venait dans sa chambre recevoir les compliments qu'il avait cru mériter.

« Mais quoi ? Quel mal ai-je fait ? Je leur sers le peuple qu'ils demandent : touchant, mais différent... Ils aiment le peuple en effet, mais comme la princesse de Condé aime les vaches de sa laiterie... »

En tout cas, assura-t-il à sa mère, il n'était pas un histrion grisé par les bravos, il contrôlait ce qu'il disait, « ce n'est pas pour cela, je vous assure, que j'ai moins d'amitié pour Hélène ou pour Annet — que leur importe à eux que je les tourne en ridicule ici, où personne ne sait qui ils sont, l'essentiel n'est-il pas que je les protège là où on les connaît ? Et puis n'oubliez pas que c'est vous qui m'avez poussé à cette mascarade ! Je quitterai ma défroque quand vous voudrez, Paris m'amuse mais je peux m'en passer. Partons ! »

C'était trop tôt : il n'avait aperçu le démon que de dos. Sans doute n'avait-il même pas remarqué le nom du comte de Beauvais, qui passait quelquefois dans la conversation ; quant à ce Necker dont il entendait parler dans tous les salons, il avait seulement fait le rapprochement avec leur « fameux crédirentier », le patron de l'homme noir de Guéret, et n'avait pas caché à sa mère qu'il mourait d'envie de le rencontrer... Il fallait finir les « présentations » avant de rentrer, et, pour cela, attendre qu'au-dessus de Madame de Meillant, dans l'entourage des princes et les allées du pouvoir, quelqu'un morde à l'hameçon. Jusque-là la Comtesse supporterait les pantalonnades de son fils et les âneries des Parisiens.

Quelle souffrance, pourtant, quand elle entendait, une fois encore, vanter l'intelligence et la probité du « Directeur général des Finances » ! Il occupait, plus que jamais, le devant de la scène : ne venait-il pas, le 19 février, de publier un « Compte rendu au Roi » dont on avait vendu trente mille exemplaires en deux semaines ? On disait que, si les ventes continuaient à ce rythme-là, on aurait dépassé dans un mois le plus fort tirage jamais atteint, la Bible exceptée.

Il est vrai que, entre son propre éloge et celui de sa femme, présentée en Notre-Dame des Hôpitaux (« une personne dont le nom est invoqué dans les asiles les plus obscurs de l'humanité souffrante »), le ministre y attaquait le Roi et flattait l'opinion : il avait compris, avant tout le monde, que la source du pouvoir avait changé, que l'équilibre des forces se modifiait ; on le croyait courageux parce qu'il ébranlait le Trône, mais déjà il se jetait aux pieds du nouveau souverain, « cette opinion publique que les méchants cherchent en vain d'arrêter et sur laquelle j'ai compté pour faire triompher la Justice et la Vérité ».

Caressée dans le sens du poil, l'opinion lui rendait au centuple les compliments qu'il lui décernait. Les gazetiers stipendiés célébraient ses lecteurs comme de « vrais patriotes » et traitaient tout détracteur d'« esclave enchaîné au pied d'un despote ». La coterie philosophique y allait à son tour de ses petits couplets ; on se citait Buffon (« Monsieur Necker, dieu tutélaire, amant de l'humanité »), on se citait Diderot — auquel le ministre avait fait obtenir pour son gendre, Monsieur de Vandeul, le bénéfice des forges de Châteauroux et l'inspection du duché de Nevers : associant dans un même dithyrambe le « Compte Rendu » et l'« Hospice de Charité », œuvrette de Madame Necker, le philosophe comblé assurait qu'il s'agissait là « des deux ouvrages les plus intéressants » qu'il eût jamais lus « car le "Compte Rendu" apprend aux souverains et aux ministres à justifier aux peuples leur gestion, l'"Hospice" enseigne leurs devoirs à tous les directeurs d'hôpitaux... Leurs auteurs mériteront de leur vivant, ou après leur mort, un monument commun où l'on nous montrerait l'un instruisant les maîtres du monde, et l'autre relevant le peuple abattu ». Diderot n'était pourtant pas le plus vénal du lot ; Madame de Breyves, qui l'avait un peu connu autrefois, le croyait assez honnête, mais enfin il était homme de lettres et père de famille...

La Comtesse voulut se rendre compte par elle-même du style et de la pertinence de l'ouvrage : Alexis ne lui avait-il pas confié, tout exalté, qu'on y dénonçait la gabelle, et que c'était un bien grand homme, décidément, qu'un ministre sensible au « cri universel » ? Du reste, le livre traînait sur toutes les toilettes, tous les chevets, et jusque sous les oreillers : il se formait en sa faveur un « parti des dames », que conduisait la duchesse de Grammont, assistée par la princesse de Beauvau et la marquise de Montesson, maîtresse du duc d'Orléans. Dans les boudoirs, les brochures d'économie avaient, depuis longtemps, remplacé les livres de messe : quoi de plus normal dans une époque qui adorait le veau d'or ?

Madame de Breyves n'aimait pas les idoles ; qui plus est, elle détestait par avance tout ce que Necker écrirait ; mais elle n'était pas assez instruite, assez compétente, pour réfuter l'argumentation du « Compte Rendu ».

C'est alors qu'elle trouva un appui inattendu : le Marquis. Habitué à diriger ses affaires avec rigueur, il osait, en secret, trouver ce « Compte Rendu » bien léger ; tandis que la Marquise conduisait son « filleul » à la Comédie, dans la loge de la comtesse de Brienne, il fit la critique de l'ouvrage, pour la dévote aux grands yeux qui l'écoutait religieusement : certes, expliqua-t-il, le « Compte Rendu » établissait que la Cour coûtait cher à la nation en pensions et en largesses (« rien d'étonnant, avec la Reine que nous avons ! »), mais le bilan que Necker présentait de sa gestion était délibérément truqué pour faire apparaître de l'excédent là où il y avait du déficit — ne prenait-il pas, pour les rapporter aux seules dépenses de l'année 1780, des revenus à échoir jusqu'en 85 ? « Drôle de budget, où l'on pipe les dés ! »

Le Marquis se resservit un petit verre de madère : « Or, ce déficit, quelle en est la cause sinon la politique d'emprunts inconsidérée que le Ministre mène depuis cinq ans ? La charge de la dette publique absorbe la moitié du budget ! Mais notre grand financier endort l'opinion en la persuadant qu'on pourra continuer la guerre sans alourdir l'impôt, il la berce en lui répétant qu'on n'a qu'à retirer à la Reine ses plumes et ses papillotes pour sortir des embarras financiers : son "Compte Rendu" n'est qu'un conte à dormir debout... »

Encore un verre de madère : le Marquis plaçait ses fonds en Hollande, mais il buvait en suisse, noyant son ennui dans le « Malvoisie » dès que la Marquise avait le dos tourné. « Evidemment, reprit-il, comme on a fait trop de bruit autour de ce "conte bleu" et qu'il n'est pas d'usage qu'un ministre en exercice critique la Cour, notre auteur y perdra sa place... Je crois d'ailleurs qu'il le sait. Mieux : je crois qu'il l'a cherché. Pourquoi ? Peut-être parce qu'il préfère laisser la facture à d'autres... Lui sortira du ministère en grand homme et, même, en victime.

— Cependant, quand toutes ces dames qui dînent chez vous, tous ces gazetiers, tous ces poètes, vous cornent aux oreilles les louanges du "Compte Rendu", vous ne dites rien de vos réserves...

— Comtesse, on ne fait pas de bonne finance entre deux tasses de chocolat. Et puis quoi ? Monsieur Necker est l'ami de mes amis ! Il est aussi un intrigant ? La belle affaire... Si l'on chassait de Paris tous ceux qui y vivent d'intrigues, l'herbe y pousserait »

Très juste : il faudrait recommander à Alexis de consacrer, quand il serait plus vieux, deux heures par jour à l'intrigue. Comme la gymnastique, l'intrigue exige de la méthode et de la persévérance. Deux heures par jour pour les lettres de compliment, les courbettes aux ministres, les visites de condoléances, les stations au « Café Procope » et au « Manoury », les articles de complaisance, le trictrac avec les douairières, la médisance et la fausse amitié, les flèches et les fleurs — enfin tout ce qui n'est ni du plaisir ni du travail, rien qu'une discipline, astreignante au commencement, mais susceptible, à terme, de produire de beaux fruits. « Deux heures par jour, Alexis. Moins, c'est se couper la route ; plus, c'est se couper de soi-même. » Deux heures par jour comme, passé la trentaine, on joue à la paume sans joie — pour garder le poignet souple et le ventre plat...

Ainsi tout avait changé, sauf l'essentiel : les lois du monde, et ses maîtres — Necker, égal à lui-même dans la fourberie et le double jeu ; Beauvais, porté au pinacle pour sa petite maison d'Argenteuil, transformée en « vide-bouteille » et livrée aux ruffians ; Panchaud, créateur, après deux ou trois faillites, de la nouvelle « Caisse d'Escompte » installée rue Neuve-des-Petits-Champs, dans l'ancien hôtel de la Compagnie ; et Foullon, plus « grand commis » que jamais, tout de noir vêtu, mais d'un noir riche — broderies de velours, jarretières d'argent, et, entre le gilet et la veste, un peu caché sans l'être tout à fait, le cordon rouge de l'ordre royal de Saint-Louis, celui de la chevalerie...

On célébrait toujours de mauvaises gens, de méchants livres ; parfois même, comme Madame de Meillant, on le faisait sans public et sans nécessité : combien se laissent duper par la mode, dans la crainte d'être dupes de leur cœur ! Mais le pire, aux yeux de la Comtesse, ce n'étaient pas ces adorations abusives, c'étaient les assassinats : on poignardait à la légère — libelles, épigrammes, chansons, satires. Quelques-uns, il est vrai, en faisaient leur métier et en tiraient un profit : on achetait le silence de certains auteurs, de même que l'escamoteur du Pont-Neuf avait payé Alexis pour qu'il cessât de parier...

Monsieur de Meillant racontait qu'il avait vu ainsi, un beau matin, arriver un jeune homme avec un manuscrit ; il se recommandait d'une amie commune et priait le Marquis de bien vouloir lire ses « Réflexions » et porter ses observations dans la marge. Le Marquis lit... et tombe des nues : c'était une satire sur sa personne, son mariage, ses affaires ! « Monsieur, dit Meillant, je ne vous connais point, pourriez-vous m'apprendre le motif qui vous a déterminé à me faire lire une satire contre moi-même, un de ces ouvrages qu'on jette d'habitude dans son seau ? », — « Je meurs de faim, j'ai espéré que vous me donneriez quelques écus pour ne pas l'imprimer... », — « Vous pouvez tirer un meilleur parti de ces petits couplets ! Le duc de V... me hait : dédiez-lui votre satire, faites-la relier avec ses armes, portez-la-lui, et vous en obtiendrez du secours », — « Mais je ne connais pas ce duc, Monsieur, et la dédicace m'embarrasse », — « Asseyez-vous là, je vais vous la faire ». Et le Marquis de trousser sur-le-champ une « épître dédicatoire » ! L'auteur l'emporte, va chez le duc, en reçoit vingt-cinq louis, et revient quelques jours après remercier Monsieur de Meillant ; lequel tirait de ce remerciement l'idée qu'il avait eu affaire à un « bien honnête homme » que seule, en effet, la nécessité devait avoir poussé...

On n'aurait pu en dire autant de la plupart de ceux qui colportaient rumeurs et ragots : ils ne manquaient pas de pain... ni d'imagination ! Un jour, c'était la princesse de Lamballe qui couchait avec son magnétiseur ; un autre jour, elle couchait avec la Reine. Parfois, le comte d'Artois, frère du Roi, avait attrapé la vérole, et même il l'avait passée à sa belle-sœur. D'autres fois, la vérole venait de la Du Barry, elle suivait des voies plus détournées — le duc d'Aiguillon, Mademoiselle Beaufort, un Fermier général, une fille d'opéra, Fersen —, mais, enfin, elle arrivait au même point... A ces récits pimentés on ajoutait une pincée de passion incestueuse (d'un baron pour sa fille, d'un duc pour sa sœur) ; un peu de scatologie (Voltaire mourant pour avoir mangé ses excréments) ; quelques confidences médicales (« Savez-vous que la princesse de B... meurt empoisonnée ? Du sublimé donné par son fils, qui veut hériter ») ; des conseils juridiques (« la femme du juge-rapporteur de la deuxième chambre n'exige des plaideurs que cent louis pour ses "épingles", c'est la justice à portée de tous ! ») ; des avis financiers (« avec la faculté de constituer sa rente à 8 % sur quatre têtes, rien ne sera jamais si avantageux que le dernier emprunt de Monsieur Necker, et tant pis pour l'Etat ! »). La boucle des vices ainsi bouclée, on revenait à la faiblesse de « Louis », l'outrance de la Reine, le cocufiage royal. Le démon de la calomnie ne dort jamais et trouve toujours quelqu'un à dévorer. Surtout quand on passe à table...

Depuis un quart d'heure on tournait donc autour d'un veau aux herbes et de la paternité de Marie-Thérèse, la fille « présumée » du Roi, âgée de deux ans. Cinq ou six personnes se disputaient le plaisir de la mettre en pièces : son nez n'avait décidément rien du nez Bourbon ; ses yeux n'étaient pas si bleus que ceux du Roi, jusqu'au fond de l'iris on distinguait la touche brune des Vaudreuil ; « mais non, c'est de Coigny qu'elle tient ses pieds plats », « pour moi, je lui trouve la bouche si petite qu'elle me rappelle Biron ». On aurait cru le festin de Thyeste : on découpait un enfant... Madame de Breyves en eut la nausée. « Je voudrais souvent ne m'être point trouvé dans la compagnie des hommes ; d'où vient que nous aimons tant à parler, lorsqu'il arrive si rarement que nous rentrions dans le silence avec une conscience qui ne soit point blessée ? » : un passage de « L'Imitation » qu'Henri se plaisait à citer...

Et voilà que, pour achever le dépeçage, donner plus de piquant à la curée, l'un de ces « fripiers de nouvelles » sortit une chanson qui courait les rues : « Chacun se demande tout bas : le Roi peut-il ? ne peut-il pas ? La triste Reine en désespère. L'un dit qu'il ne peut ériger, l'autre qu'il ne peut s'y nicher, qu'il est flûte traversière. Ce n'est pas là que le mal gît, dit gravement Maman Mouchy, mais il n'en vient que de l'eau claire ! » Et de rire ! Jamais de quartier : des mortels déchirant, sans cause et sans merci, d'autres mortels... Ne savaient-ils pas qu'ils allaient mourir ? Et que ceux dont ils parlaient mourraient aussi ?

« Vous allez mourir... » Madame de Breyves, au bout de la table, n'avait pu se contenir davantage : à peine plus qu'un soupir sans doute, mais ce rappel de la condition commune jeta un froid. Les rires s'étranglèrent dans les gorges : cette vieille veuve était décidément d'un rabat-joie ! Elle-même sentit qu'elle avait passé la mesure — on ne met pas les morts à table. Confuse, elle se leva : « Je vous demande pardon », et s'enfuit.

Dehors, elle se jeta dans la première église venue, le premier confessionnal. « Mon père, j'ai grand besoin que Dieu existe... », — « Moi aussi, ma fille, en doutez-vous ? C'est une chance sur laquelle j'ai misé gros... », — « Mais qu'il se montre alors ! Qu'on l'entende ! », — « Rentrez en vous-même et vous l'entendrez... Allez donc, pour commencer, me réciter trois dizaines de chapelets ».

Elle se planta devant la statue de la Vierge, et si c'est prier que de vouloir prier, elle pria...

En remontant à pas lents vers l'hôtel de Meillant, elle croisa Alexis qui la cherchait : « Quelle mouche vous a piquée ? Tout le monde s'amusait : "Le Roi est flûte traversière, tralalalère", voilà bien de quoi nous faire une pareille sortie ! La conséquence est qu'ils vous prennent pour une vraie dévote, une de ces bégueules que les mots choquent. » Il la prit tendrement par la taille et lui piqua un petit baiser dans le cou : « Je sais bien, moi, qu'aucune bêtise ne vous scandalise. Que c'est plutôt une ombre, un souvenir qui, tout à coup... N'empêche, j'étais mort d'inquiétude : je vous ai cherchée partout. »

Elle soupira : « Vous parti, je gage qu'ils ont dû joliment m'arranger !

— Soyez-en sûre ! Lancés sur le prochain comme ils l'étaient ! Mais n'importe, mon succès s'affirme et votre stratégie triomphe : tout à l'heure le Marquis m'a glissé que Madame de Genlis voulait me rencontrer. Il paraît que c'est une dame d'importance, qui a écrit sur l'éducation et rêve de voir enfin un "seigneur-paysan"... N'êtes-vous pas contente des progrès de votre petit fripon ? »

Maîtresse attitrée du duc de Chartres, Félicité de Genlis était aussi la gouvernante de ses filles jumelles, Mesdemoiselles d'Orléans. Elle vivait avec les princesses rue de Bellechasse, dans un petit pavillon construit à l'intérieur du couvent des Dames du Saint-Sépulcre : sauf le duc de Chartres, qui venait tous les soirs pour voir ses filles et sa maîtresse, aucun homme ne franchissait la clôture. Mais Alexis n'était pas un homme, c'était un enfant — ainsi, du moins, en décidèrent toutes les dames. Il est vrai qu'en ce temps-là l'adolescence n'existait pas ; on tombait directement de l'enfance dans l'âge adulte ; seul variait le moment du passage : dans le peuple on était adulte à dix ans, dans la bourgeoisie des filles de dix-huit jouaient encore à la poupée.

Alexis, accompagné seulement de Madame de Meillant, se présenta donc chez la célèbre gouvernante, auteur à succès d'un « Théâtre à l'usage des jeunes personnes ». Une femme étrange, raconta-t-il plus tard à sa mère, « elle ne se poudre pas, ne se farde pas, bien qu'elle ne soit ni vieille ni veuve ».

Madame de Genlis avait accroché des cordes et des échelles au plafond du pavillon pour entraîner les princesses aux exercices du corps, et, pour les endurcir, elle leur faisait descendre et monter sans fin les escaliers... La chambre des fillettes était tapissée de médaillons représentant les empereurs romains et d'abrégés chronologiques déroulés sur les murs. Au jeune « Ingénu », dont Paris commençait à s'enticher, la gouvernante fit visiter toute la maison avant de l'interroger : elle voulut savoir avec précision de quelle manière on l'avait nourri, vêtu, occupé, dans sa lointaine campagne. Elle vérifia ses connaissances en histoire naturelle, il lui cacha qu'il avait appris le latin (sa mère lui avait recommandé de ne jamais parler du collège, trop banal), il raconta avec passion ses pêches d'étangs et ses chasses aux papillons. « Savez-vous grimper aux arbres ? » demanda-t-elle.

« En somme, je lui ai joué une espèce de Joas, un Eliacin — le grand rôle de Mignon ! —, mais un Eliacin qui aurait rencontré Robinson », expliqua ensuite Alexis à la Comtesse. « Il m'a semblé que cette figure ne lui déplaisait pas... » Sans doute passa-t-il l'examen avec succès en effet, car Madame de Genlis le retint près d'elle jusqu'au moment où le duc de Chartres entra dans la maison : « Je vous présente le jeune comte de Breyves, Monseigneur, que son précepteur a élevé comme je voudrais que tous nos princes le fussent. »

Alexis ne se doutait pas que la gouvernante rêvait d'être gouverneur, et qu'elle aspirait à se voir confier l'éducation des fils du Duc, héritiers de cette branche cadette qu'admirait tant Monsieur de Meillant. Il n'imaginait pas non plus que sa visite à Bellechasse fournirait le prétexte à l'offensive victorieuse que l'austère Félicité allait mener contre le marquis de Bonnard qui avait encore, à ce moment-là, la charge des trois princes. En revanche, il s'aperçut bien que les liens entre la dame et le cousin du Roi n'étaient pas tout à fait ceux d'employeur à employée : le « prince de la débauche » avait trouvé son maître dans sa maîtresse...

Flatté d'avoir été présenté au Duc (un grand seigneur, et un seigneur qui sentait le soufre !), Alexis tournait dans la chambre en toile de Jouy, très excité : « N'ai-je pas vu, cette fois, le "Prince de ce monde" ? », — « Oh, n'exagérons rien, mon enfant : le duc de Chartres n'est pas le Diable, juste un petit démon, un démon "de secours"... Nous en verrons d'autres ! »

Après avoir fait trente-six folies — bataillé contre les oreillers de sa mère, tiré sur sa « dormeuse », vidé son aumônière, et mis son manchon sur sa tête —, Alexis dit soudain : « Au fait, pendant que Madame de Meillant causait avec la supérieure du couvent, Madame de Genlis m'a demandé comment nous étions logés chez la Marquise. J'ai répondu que, pour moi, je l'étais fort bien ; mais, quant à vous, je ne lui ai pas dissimulé qu'on vous avait indignement traitée, exilée sous les toits...

— Tant pis ! fit la comtesse fâchée.

— Pourquoi "Tant pis" ? Craignez-vous que la chose ne revienne aux oreilles de la Marquise ? Tant pis pour elle, oui !

— Non, tant pis pour moi. En avouant cette mansarde, ce n'est pas à elle que vous nuisez, c'est à nous. Voyez-vous, mon fils, il ne faut jamais dire qu'on est maltraité : vous croyez qu'on va vous plaindre ? On va vous lâcher ! Pire : on va vous attaquer. Vous êtes à terre ? Il faut vous piétiner !... Cachez vos malheurs, mon enfant, cachez vos blessures, toujours, car le sang attire les fauves et fait fuir les faibles. Portez beau, à l'avenir portez beau, quoi qu'il vous arrive. »

Alexis, d'autant plus dépité qu'il sentait le bien-fondé de la leçon, se leva brusquement du lit où il s'était étendu près de sa mère : « Il n'est pas faux que vous soyez rabat-joie !

— N'en croyez rien. Seulement, je n'ai pas, moi, de souverain à flatter, d' "opinion" à ménager, je ne cherche ni à être nommée ni à être élue. Mon pouvoir est sans partage, et ma mission toute tracée : vous élever, aussi cher qu'il nous en coûte parfois, à vous comme à moi. Vous êtes là pour apprendre, je suis là pour vous enseigner. Il ne s'agit pas de "droit divin", mais d'une loi de la Nature. Non susceptible d'amendement... Allez vous coucher. »

Quand, quelques jours après, on les invita chez les Necker — parce que leur fille était curieuse, à son tour, de connaître le jeune « sauvage » dont les cols ronds commençaient à faire fureur dans les beaux quartiers — la Comtesse chapitra longuement son fils, réglant par avance ses attitudes et ses répliques : dans cette société-là ils ne pouvaient se permettre le moindre faux pas. Mais, pour finir, ce fut elle qui s'égara...

L'ancien ministre (comme Meillant l'avait prédit, il avait vendu cent mille exemplaires de son « Compte Rendu » et perdu son poste) reçut ses hôtes dans sa « résidence des champs », ce château de Saint-Ouen qui avait appartenu, avant lui, à Madame de Pompadour. Transporté par ses succès — au nombre desquels il fallait, à coup sûr, compter cette « disgrâce » qui consternait l'opinion —, Monsieur Necker accueillit ses anciennes victimes avec beaucoup d'amitié. Il considéra, avec une sympathie toute calviniste, le vêtement modeste et sombre de la Comtesse (elle y avait compté, refusant la robe de moire et les perles que Madame de Meillant insistait pour lui prêter), et, tandis que les dames s'emparaient d'Alexis, il fit lui-même à Madame de Breyves les honneurs de ses salons ; dans un instant d'effusion, il alla même, l'imprudent, jusqu'à lui dire : « J'espère que vous viendrez souvent nous visiter, et que vous considérerez cette maison comme la vôtre.

— C'est plutôt ma maison, je crois, qui est la vôtre. » La réplique avait fusé, cinglante, et déjà la Comtesse s'en mordait la langue. Heureusement, quatre mois de séjour à Paris lui avaient rendu l'habitude du monde ; elle se rattrapa : « J'éprouve d'ailleurs pour Monsieur de Germany, qui a racheté notre hôtel de Paris, une reconnaissance infinie. Grâce à sa générosité, nous vivons très à l'aise à la campagne, mon fils et moi. Dans ce même luxe champêtre, si délicieux, qui caractérise votre charmante demeure. Les loisirs dont on jouit dans ce genre de vie m'ont permis de consacrer tout mon temps à l'éducation de mon enfant, que j'ai choisi d'élever en vrai chrétien et en vrai philosophe. Tout ce bonheur, je le dois à votre famille, Monsieur, et je ne l'oublie pas... »

Parfait. Le ministre, d'abord saisi, buvait maintenant du petit-lait.

Ils retrouvèrent Madame Necker dans une longue pièce dorée où siégeaient un synode de littérateurs en habits de cour et une rangée de douairières en corsages jaunes. Aux pieds de la banquière, assise sur un tabouret, une petite jeune fille plate et maigre, tout en lèvres : l'enfant prodige du couple. A onze ans elle avait publié des « Eloges » (l'éloge était le genre favori de la famille...) ; à douze, elle avait fait représenter une pièce en deux actes, « Les Inconvénients de la vie de Paris » ; persuadée de ces « inconvénients », elle ne pouvait, à quinze, que désirer rencontrer Alexis... Du reste, il s'était assis près d'elle, mais, par galanterie, plus bas qu'elle ; c'est-à-dire sur le parquet, à la persane — « Comment peut-on être Marchois ? » Et, pendant que les personnes sages s'entretenaient des malheurs de l'Etat, et que Madame Necker assurait que « tout dans l'instant » et « chacun pour soi » étaient devenues « les devises du siècle », les deux enfants, n'ayant d'yeux chacun que pour l'autre, se parlaient à mi-voix, mais avec une grande animation. Que pouvaient-ils bien se raconter ? Madame de Breyves aurait voulu s'assurer qu'Alexis ne sortait pas de son rôle, que ses propos sonnaient juste, mais Monsieur Necker, enchanté de l'attention que lui prêtait la Comtesse, lui faisait cadeau de ses méditations sur l'administration du royaume ; et il avait beau mettre de longs silences entre les mots (on aurait dit qu'il pondait chacune de ses paroles), ces intervalles ne suffisaient pas à Madame de Breyves pour saisir les chuchotements de son fils et comprendre la raison des rires qui secouaient sans cesse, à côté de lui, la philosophe en herbe.

Monsieur Necker, assis comme sur un trône au milieu du salon, la lippe gourmande et l'air avantageux, gémissait sur l'impuissance des gouvernements : il se souvenait fort bien, disait-il, que le comte de Breyves l'avait entretenu, il y a quinze ans déjà, de la nécessité des réformes ; mais voilà, même placé où il l'avait été, il n'avait rien pu faire d'utile, rien... Il semblait presque sincère, et peut-être l'était-il : le pouvoir est un mirage, qui recule à mesure qu'on en approche. Souvent on attribue à l'ambition ce qu'il faudrait imputer à la timidité : c'est parce qu'il rêve de changer l'administration, et n'y parvient pas, que le commis veut être ministre ; et c'est parce qu'il se sent impuissant que le ministre veut être le Premier, que le Premier aspire à être roi, et que le Roi regrette de n'être pas Dieu... A supposer que Necker eût parfois voulu le Bien (après tout, pourquoi pas, on avait bien dit à la Comtesse que l'abbé Terray était mort en homme d'Etat), à le supposer, il était clair qu'il avait baissé les bras. En cherchant à lui témoigner quelque compréhension (dans l'espoir, toujours, de mieux servir Alexis, de cacher sous l'encens la progression de son « cheval de Troie »), la Comtesse commit alors un nouvel impair : « Le royaume, murmura-t-elle, est comme un grand corps paralysé. Et s'il donne parfois l'apparence du mouvement, et même de l'agitation, c'est qu'il court dessus beaucoup de vermine... »

C'était dit sans penser à mal ; mais qui se sent morveux se mouche : Monsieur Necker le prit pour lui. A sa mine offusquée, Madame de Breyves comprit qu'elle avait « gaffé », mais la sottise ne lui parut pas réparable : argumenter davantage l'enfoncerait ; déjà, d'ailleurs, le banquier se détournait, et c'est pour Grimm (dont la « Correspondance littéraire » assurait sa publicité dans les pays étrangers) qu'il se remit à pondre.

Rien pourtant, pas même les maladresses de sa mère, ne semblait pouvoir arrêter « l'ascension » d'Alexis : il avait plu à Mademoiselle Necker, qui consentit à quitter un moment pour lui sa petite chaise de singe dressé, et l'ombre étouffante de ses parents. Après avoir chanté pour l'assistance un extrait du « Didon » de Piccinni (depuis que la Reine se déclarait « gluckiste », les Necker soutenaient les Italiens), la vierge sage emmena son « bon sauvage » dans le jardin et se laissa pousser sur l'escarpolette. Leurs éclats de rire, leurs cris (la petite avait délicieusement peur) venaient, par intermittence, troubler l'ennui du salon. Même Madame Necker souriait, d'un air un peu guindé.

Alexis était à la mode ; il fallait en profiter : dans deux mois il serait usé ; sa « nouveauté » serait passée, son charme éventé. Aussi, quand le duc d'Orléans — informé par son fils, le duc de Chartres, de l'existence de cet « Emile » — l'invita à la collation qu'il donnait tous les après-midi au Palais-Royal, Madame de Breyves s'empressa d'accepter. Il fut convenu que Madame de Meillant l'y emmènerait — ou, plutôt, qu'Alexis y remorquerait Madame de Meillant : il fallait bien la récompenser du toit qu'elle leur offrait. Du reste, elle serait pour lui une meilleure accompagnatrice que Madame de Breyves : son malaise à la table des Meillant, ses fautes réitérées chez les Necker, enfin la difficulté qu'elle éprouvait encore à déguiser sa pensée, avaient achevé de convaincre la Comtesse qu'elle ne devait plus sortir des coulisses. « Ne souhaitez d'être familier qu'avec Dieu et les anges, et évitez d'être connu des hommes » : elle appliquerait au moins la deuxième partie du conseil, ce qui ferait toujours une moitié de sagesse...

Alexis découvrit donc, sans sa mère, le Palais-Royal. Il y vit le vieux duc d'Orléans, « puant comme un bouc et gros comme un tonneau », raconta-t-il, « et, auprès de lui, une assez vieille dame qui avait l'air d'être sa femme, ou sa maîtresse » (c'était la marquise de Montesson, épouse morganatique du Duc), « un comte assez sautillant, qui pétrissait les bras d'une actrice, et qu'un chacun applaudissait pour avoir libéré la scène du Théâtre-Français des spectateurs qui l'encombraient » (c'était Beauvais), « un petit bonhomme qui écrit sur le produit de l'argent et qui, ôtant sa perruque, l'a portée sur son poing toute l'après-dînée » (c'était Panchaud), « un grand escogriffe avec une figure en zigzag, fier comme Artaban, mais qu'on m'a dit n'être que le fils d'un horloger » (c'était Beaumarchais). « Pour appuyer cet horloger, il est aussi venu un duc, fort décrépit, qu'on prétend être le fils d'un maréchal encore plus décrépit, et tout le monde paraît admirer ces décrépitudes en série » (c'était Fronsac, fils du presque centenaire maréchal de Richelieu), « le décrépit voulait que le gros tonneau écoutât lire l'horloger, lequel a fini par sortir de son portefeuille des feuillets retenus par une faveur rose. Et il a lu. Il a lu... Oh, Maman, c'était merveilleux ! »

Beaumarchais donc avait lu des extraits de sa pièce « La Folle Journée », que les Comédiens-Français venaient de recevoir par acclamations sans savoir encore qu'ils ne la joueraient pas avant longtemps... Puis Panchaud et Beaumarchais s'étaient mis dans un coin pour parler de dettes, d'escompte, et de vente d'armes aux Américains. Panchaud avait ensuite expliqué à quelques dames, parmi lesquelles Alexis et sa « marraine » s'étaient glissés, ce qu'était la « vente à terme » ; le jeune « berger » n'avait pas perdu un mot du discours : « Ecoutez bien, ma mère : vous vous engagez à fournir des marchandises dans six mois, mais à un prix fixé maintenant ; vous ne les avez pas encore achetées vous-même, car, en secret, vous pariez que le prix en aura baissé quand il vous faudra les livrer ; et, s'il baisse en effet, le gros lot ! Vous empochez la différence sans avoir bourse délié ! N'est-ce pas beau, n'est-ce pas admirable que de vendre ainsi ce que l'on n'a pas ? » Il y avait une attraction naturelle entre cet enfant et la canaille...

Chez le duc d'Orléans, Alexis avait trouvé tout admirable, ou amusant : admirables, les bras de l'actrice, Beaumarchais et sa pièce, Panchaud et sa « vente à terme » ; amusant le duc de Chartres, qui se laissait appeler « Philippe » par l'actrice aux épaules décolletées ; amusant, Beauvais, qui avait appris à l'assemblée une nouvelle chanson contre le Roi.

Mais le clou de la journée, le triomphe du « berger », celui qu'il était si fier de pouvoir annoncer à sa mère, était encore à venir. Ce triomphe, Alexis le devait à la marquise de Montesson, assez folle de théâtre pour en écrire elle-même (« dans cette famille, remarquait Alexis, de père en fils les hommes n'aiment que les femmes à plume ! ») ; la Marquise avait proposé qu'on fît chez elle, la semaine d'après, une lecture plus complète de « La Folle Journée » ; une lecture collective : elle ferait établir des copies du manuscrit, et des personnes de qualité tiendraient les rôles principaux aux côtés de l'auteur, auquel elle consentait tout de même à abandonner le personnage du valet, ce Figaro aux amours contrariées. Elle s'imposa dans le rôle de la Comtesse, bien qu'elle eût plutôt l'âge et la tournure de Marceline ; Chartres serait Almaviva, Madame de Genlis sortirait de son couvent pour lire les répliques de Suzanne, Beauvais ferait Brid'oison, Fronsac hérita de Basile et d'Antonio ; et Chérubin, qui ferait Chérubin ? « Ce rôle, dit Beaumarchais, ne peut être joué que par une jeune et jolie femme, nous n'avons point dans nos théâtres de très jeune homme assez formé pour en bien sentir les finesses...

— Dans vos théâtres peut-être, répliqua la marquise de Montesson, mais dans le monde ? Quelque enfant à la fois naïf et déluré, comme ce jeune Breyves qui nous a peint tout à l'heure en termes si vifs les charmes rustiques de son Hélène... Breyves, venez çà : savez-vous lire ?

— Oui, Madame.

— Vous m'en trouvez charmée ! A force de voir les parents faire manger de l'herbe à leurs enfants, je me demandais si la prochaine génération saurait encore l'alphabet ! Craignez-vous, mon jeune ami, de lire devant des personnes de qualité ?

— Non, Madame.

— Eh bien, nous allons en faire l'épreuve sur-le-champ ! Beaumarchais, donnez-lui donc votre manuscrit, deux ou trois conseils, et la réplique s'il vous plaît...

— Pour le faire court, Monsieur le Comte, je vous dirai que ce Chérubin est un jeune homme timide devant sa marraine, mais, de reste, un charmant polisson. Il s'élance sans projet, sans connaissances, mais tout entier à chaque événement. Enfin, il est ce que toute mère, au fond du cœur, voudrait que fût son fils, quoiqu'elle dût beaucoup en souffrir... Vous croyez-vous capable de tenir un pareil emploi ?

— Oui, Monsieur.

— Alors, essayons-le. Dans la scène du ruban, voulez-vous ? Et peut-être dans celle de la romance aussi : il y est question d'une jeune Hélène, "que mon cœur, que mon cœur a de peine", vous n'y serez pas dépaysé... »

« Oh, Maman, Maman, qu'ils m'ennuyaient avec leurs préliminaires ! Je brûlais d'y être ! Ils venaient sur mon terrain, comprenez-vous : ils me croyaient berger, et j'étais acteur depuis longtemps ! "Le petit chat est mort, le petit chat est mort"... »

Ce jour-là fut le jour de gloire de Mignon : son élève transporta le public ; même le vieux duc d'Orléans, un moment tiré de son sommeil, applaudit.

« Vous voyez bien, Beaumarchais, que vous aviez des préjugés », conclut sèchement Madame de Montesson. « Chez un homme de qualité la valeur n'attend jamais les années. Mieux : elle ne se forme ni par l'observation ni par l'imitation, et ne doit rien à l'éducation — elle est innée. Un enfant noble élevé au milieu des moutons en sait aussi long sur les finesses du sentiment qu'un vieux gentilhomme de la Cour : notre petit berger vient de vous en administrer la preuve ! Et quelle preuve ! »

« Maman, dès demain je vais lire tout le rôle avec Monsieur de Beaumarchais, il me fait répéter. Et la semaine prochaine, je jouerai chez la Marquise devant un parterre de princes... Ils me font même faire un habit : les autres liront en costume de ville, mais, moi, j'aurai un costume de scène, la Marquise l'a exigé. Elle me déguise en page espagnol : suivant les indications de Monsieur de Beaumarchais, un vêtement blanc brodé d'argent, manteau bleu et chapeau de plumes. Ne serai-je pas joli ? Je ne sais pourquoi, fit-il rêveur, mais les dames adorent m'habiller et me déshabiller comme une poupée... Après cela, en tout cas, plus question du costume d' "Emile", n'est-ce pas ? Je sens que je vais me prendre de passion pour les broderies d'argent !... »

La lecture à plusieurs voix donnée chez Madame de Montesson eut un vif succès ; d'autant plus vif que, la censure n'en ayant pas encore autorisé la représentation publique, on humait déjà autour de cette pièce l'exquis parfum du scandale... Parmi les invités de la Marquise, il y avait ce soir-là une grande dame anglaise, Lady Marlborough, dont on disait qu'elle était, cette saison, la maîtresse du comte d'Artois (lequel, justement, avait été le Figaro du « Barbier » quand la Reine jouait Rosine à Versailles). Oubliant son Figaro, Lady Marlborough n'eut d'yeux que pour Chérubin. « Elle a voulu, ma mère, me faire goûter, du bout de sa cuillère, tout ce qu'elle mangeait, c'est moi qui ai avalé les trois quarts de son sorbet... Elle me caresse la joue, rajuste ma cravate, enfin mille petites agaceries. Si elle n'était pas la maîtresse du frère du Roi, cela me donnerait à penser qu'elle veut faire de moi son... son "greluchon mangeant"! Comme elle m'appelait sans cesse "Chérubin", et me croyait encore très enfant, je lui ai dit que je n'étais "Chérubin" qu'à la scène : "Breyves" à la ville. Elle en a paru frappée : "Breyves ? Seriez-vous parent de la comtesse Diane ? — Sans doute, puisque c'est ma mère. — Votre mère !" Très frappée, pour ce coup, très frappée... Je n'osai insister, me disant que, peut-être, vous aviez eu ensemble quelque démêlé, mais je me trouvais bien désolé que cette si belle dame m'en voulût d'être votre fils ! Elle sent enfin mon inquiétude, elle veut me rassurer : "J'aime beaucoup votre mère, que j'ai connue autrefois. Dans sa jeunesse. Enfin, je veux dire : dans *ma* jeunesse. Car j'ai plusieurs années de moins qu'elle, je crois..."

— Lady Marlborough, dites-vous ? D'où ai-je bien pu connaître une Lady Marlborough ? »

Monsieur de Meillant accepta d'éclairer la Comtesse : « Lady Marlborough est veuve de son Lord depuis dix-huit mois. Elle l'avait épousé il y a sept ou huit ans. Elle se trouvait alors veuve d'un Allemand, parent du duc de Hanovre. Et avant cela... Avant cela, je crois qu'on l'avait mariée à un marquis des Baux...

— Elle collectionne les veuvages, apparemment ! Empoisonne-t-elle ses maris ?

— Non, elle les épuise ! Un tempérament de feu, paraît-il ! Il est vrai qu'elle a toujours choisi des époux assez avancés dans l'âge et la fortune... Au départ elle n'était pas très riche, mais de bonne naissance. Je ne me rappelle plus son nom, je sais seulement qu'elle était nièce ou cousine du duc de Norsan...

— Cousine du duc de Norsan ? Ne s'appellerait-elle pas Angélique ? Angélique de Nueil ?

— C'est cela même !

— Angélique ! J'étais en pension avec elle, chez les Dames de l'Abbaye ! Il y a de cela, ô mon Dieu, près de vingt-cinq ans... » Et brusquement, au visage du Marquis, Madame de Breyves comprit qu'il allait falloir sacrifier l'amitié à la coquetterie — la coquetterie d'Angélique bien sûr, car, pour elle, elle y avait renoncé. « Evidemment, nous n'étions pas dans la même classe, reprit-elle, Mademoiselle de Nueil était plus jeune que moi... »

De son côté aussi, Angélique balançait entre la coquetterie et l'amitié. Non sans héroïsme, elle choisit l'amitié : ayant revu Alexis dans le monde, où on le promenait maintenant dans son costume de Chérubin, elle lui remit une lettre pour sa mère. Elle venait d'apprendre, écrivait-elle, que, malgré ses cinq siècles de noblesse prouvée, malgré tous ses « quartiers » et ses « degrés », ce beau garçon n'avait pas encore été présenté à la Cour ; amie du comte d'Artois, elle pouvait se charger de cette formalité avant de regagner l'Angleterre ; pour entretenir du projet son ancienne compagne elle offrait de la rencontrer — « et nous reparlerons de Madame de Chabrillant, de Mère Marie-de-l'Assomption, de Sœur Elisabeth, et de la grosse tourière, avec son trousseau de clés... » C'était, pour Alexis, une chance inespérée : le hasard, jusque-là, l'avait plutôt poussé du côté de « l'opposition de Sa Majesté » : les Meillant, les Necker, le duc de Chartres, le duc d'Orléans, le Palais-Royal enfin. Ce n'était pas le chemin le plus court pour parvenir jusqu'au Roi.

Non qu'une « présentation » fût une véritable introduction auprès du souverain et des grands — on présentait par fournées —, mais, enfin, c'était pour la suite un passeport indispensable, une cérémonie sans laquelle on ne pouvait rien espérer, quelque chose comme un baptême : être baptisé ne suffit pas pour être évêque, mais on ne saurait être évêque sans avoir été baptisé...

La Comtesse interrogea son fils : « Quel âge crois-tu que puisse avoir cette Lady Marlborough ? », — « Oh, elle n'est plus toute jeune : trente ans peut-être... Mais elle reste bien appétissante. Une gorge de déesse ! »

Elle s'en doutait. Il faudrait donc savoir tirer parti de la protection d'Angélique sans l'humilier, même indirectement, par le rappel inopportun d'un âge que chacun avait oublié. La première faute à éviter était de la rencontrer : la belle « Anglaise » lirait sur le visage de son amie d'enfance toutes les années qu'on ne voyait pas encore sur le sien...

Madame de Breyves écrivit qu'elle donnait son accord à tout ce que Milady entreprendrait pour Alexis (et même — quoiqu'elle ne le dît pas — sur Alexis) ; en revanche, elle regrettait de ne pouvoir célébrer leurs retrouvailles avant longtemps, elle était souffrante et, depuis quelques semaines, ne se montrait plus à personne « en raison d'une maladie de peau qui mortifie ma vanité »... Elle mit Alexis et Madame de Meillant au courant de cette maladie diplomatique, sans donner le motif de sa conduite. Elle poussa même la prudence jusqu'à raconter à son fils qu'elle serait incapable de reconnaître Lady Marlborough si elle la voyait car, lorsqu'elle avait quitté le couvent pour se marier, Angélique était encore tout enfant : « Elle préparait sa première communion, je crois. » Si le propos lui revenait, Milady serait charmée de ce défaut de mémoire...

La manœuvre réussit aussi bien que la Comtesse l'espérait. Lady Marlborough se chargea de tout : le parrainage, les démarches, et même les costumes nécessaires à la cérémonie — habit de cour et habit de chasse.

Alexis découvrit Versailles et sa pompe. Il entendit dans « L'Œil-de-Bœuf » des courtisans demander qui il était ; il assista au lever du Roi et, au moment où le monarque partait pour la messe, le comte d'Artois fit avancer le « débutant » : « Sire, le comte de Breyves. » Révérence, hochements de tête : intimidé comme à l'ordinaire, le souverain poursuivait déjà sa route sans un mot... Pour parachever cet adoubement, il fallut attendre encore « la journée des carrosses » : la chasse royale. Lady Marlborough avait fourni à son protégé l'habit gris d'uniforme, avec veste et culotte rouges, bottes à l'écuyère et chapeau à galon d'or. Alexis s'étonnait : « Je parie qu'elle a dépensé pour cet habit autant que nos terres nous rapportent en une année ! Un habit si particulier qu'on ne peut le porter qu'une fois ! Quel gâchis ! »

A propos de terres et de revenus, la Comtesse, obligée de rester à Paris plus longtemps qu'elle ne l'avait prévu, s'inquiétait de ce qu'il advenait de sa Commanderie : elle entretenait avec Mignon une correspondance suivie. Elle dut le charger de la moisson. Dopé par les succès que son élève remportait sur le théâtre du monde (même s'il regrettait un peu que ce fût avec une de ces pièces « modernes » qui ne valaient pas Scarron et Quinault), le « précepteur » se surpassait : « Tantôt monté sur un escabeau, et tantôt grimpé sur un tabouret, je me montre en tout à la hauteur de ma tâche ! » écrivait-il. « Vos blés sont rentrés, vos comptes faits, et le produit sera presque aussi bon que celui de l'an passé. Seule l'impatience de vous revoir me gâte le plaisir de vous attendre. Dites-moi donc quand vous rentrez et comment s'est achevée votre "Journée des carrosses" : notre enfant se tint-il bien en selle ? »

« Le cerf se fit courir trois heures, répondit la Comtesse, et forcer dans la tête de l'étang, suivi de toute la meute. "Notre enfant" galopa toujours à franc étrier ; depuis ses séjours chez Saint-Germain-Beaupré, la chasse à courre n'a pas plus de secrets pour lui que la chasse aux armes : jugez par là s'il ne mériterait pas l'attention du Roi, au cas que le Roi fût capable d'attention... Quant au reste, il a de l'esprit autant qu'on peut en avoir, un talent incroyable pour saisir toutes les surfaces, grappiller partout, et, au lieu d'âme, un miroir qui prend passagèrement toutes les images qu'on lui présente et n'en conserve aucune marque... Il ne s'applique à rien, mais il saisit tout, et il affirme avec une sécurité et une chaleur qui en imposent. Avec cela de la fougue, du goût, la parole dorée, et l'apparence de même (nous ne l'habillons plus en campagnard). Enfin, c'est tout vous dire, Mignon, que de vous dire que nos dames en sont folles ! »

Ce « nos dames » visait bien sûr Lady Marlborough, mais aussi la marquise de Meillant. Depuis qu'Angélique avait jeté les yeux sur Alexis, Madame de Meillant, que la concurrence stimulait, le regardait elle-même d'un autre œil : si elle avait pu être un moment trompée par le rôle de niais qu'elle lui faisait jouer, depuis qu'il avait été présenté à la Cour et qu'il s'habillait en homme elle regrettait de ne pas en avoir, plus tôt, « cueilli la fleur ». Et elle se dépêchait : « Vraiment, ce n'est plus pour ma marraine qu'elle se prend, mais pour celle de Chérubin, protestait Alexis ; et cependant, ma mère, je ne lui vole point de ruban ! Elle me place parfois dans des situations... A croire qu'elle aussi me verrait assez bien en "greluchon mangeant" !

— Elle a déjà l'abbé Delille...

— Eh bien, elle en aurait deux !

— Mais qui préférez-vous ? La Marquise ou Milady ?

— Angélique...

— Oh, vous en êtes déjà à la nommer "Angélique" ? Vos affaires avancent, dites-moi... »

Mais comme on est tiré brutalement d'un rêve trop doux, La Commanderie se rappela sans ménagement au souvenir des deux rêveurs : la Comtesse était assignée dans un nouveau procès par le marquis de Nouziers, son voisin ; on lui demandait de produire d'urgence ; faute de quoi, comme d'habitude, amendes, confiscations, condamnations et saisies... Une fois de plus, quand elle croyait toucher au but, Madame de Breyves devait retourner au combat. Essuyer le premier tir sans pouvoir riposter, et marcher sous le feu des batteries sans autre espérance que de voir, un jour, son fils passer derrière les lignes ennemies.

Sa vie, quand elle la considérait, ressemblait à ces batailles où les régiments d'infanterie affrontent à l'arme blanche les balles et les boulets : les fantassins avancent sous la mitraille, au pas ; à chaque salve, leurs rangs s'éclaircissent ; « serrez les rangs », répètent les sergents ; et ils avancent, sans se retourner sur leurs morts, sans fuir, sans courir, mais sans s'arrêter ; machinaux, méthodiques, les survivants prennent la place de ceux qui sont tombés, et ils avancent ; ils savent qu'il faut du temps aux fusilleurs pour recharger leurs mousquets, et que si, par miracle, eux parviennent intacts jusqu'à la ligne de front, ils pourront enfin dégainer leurs armes et « finir » leurs assassins au sabre, à la baïonnette, au couteau de chasse, et au poignard... Comme les fantassins, si vulnérables au tir mais si dangereux quand on les a manqués, Madame de Breyves allait, « chair à canon » impuissante et résignée, lourde et obstinée. Mais son fils... son fils, Dieu merci, ne serait ni « piéton » ni fusilleur : il était né cavalier. Charges, mouvements, coups de main, volte-face. Hussard et chevau-léger : souple, rapide, effronté — aussi vite parti qu'arrivé !

Elle, son courage têtu, sa raideur, sa petite robe noire. Lui, mince et souriant dans son habit blanc brodé d'argent... N'ont-ils pas, dans leur malheur, la consolation de se compléter assez bien ?

Lorsque Lady Marlborough apprit que les Breyves se préparaient à regagner en hâte leur « Sibérie », elle écrivit à la Comtesse : « Pourquoi ne pas me confier votre fils pour quelques mois ? Je m'en retourne à Londres dès l'automne, je l'y mènerai, il ne s'y polira pas plus mal que dans votre campagne. De votre côté, n'en étant plus embarrassée, vous pourrez vous donner complètement à vos procès. Confiez-le-moi, Diane, je vous en conjure en souvenir de notre amitié : je me charge de tout ; il sera nourri, ganté, désaltéré, coiffé, et je veillerai, en mère aimante, sur son instruction... » Informé de la proposition, Alexis s'enthousiasma : « Oui, Londres, Maman ! Je veux voir le roi de là-bas... Et dire "Goddam", comme Figaro ! » Madame de Meillant, elle, s'indigna : « A Londres, Milady n'aura plus à sa disposition le comte d'Artois. Or, elle a grand appétit...

— Tant pis. Je me soucie moins de ce qu'Alexis y perdra que de ce qu'il peut y gagner.

— Madame, vous me surprenez : c'est prostituer son enfant !

— Je le prostitue peut-être en effet. Mais pas pour mon compte : pour le sien. »

Alexis partit pour l'Angleterre dans les bagages de Lady Marlborough, et Madame de Breyves reprit la diligence de Guéret avec, pour tout viatique, les dix louis gagnés un soir par son fils au jeu du duc de Chartres (« aux innocents les mains pleines ! » s'étaient exclamées, naïves, les dames qui lui avaient fourni la monnaie pour miser). Elle n'emportait d'autre « souvenir de Paris » qu'un semoir à cinq tuyaux, chef-d'œuvre agricole introuvable en province.

29

Pour fêter le retour des voyageurs Mignon avait cuit un pain en forme de cœur.

Quand il vit Madame de Breyves descendre seule du cabriolet, il ne put cacher sa déception ; ni sa colère lorsqu'il apprit qu'Alexis avait passé la mer : « Se peut-il qu'à Paris vous ayez perdu l'esprit ? Lui faire risquer des tempêtes, des naufrages, et pour quoi donc ? Pas pour apprendre une langue de sauvages quand toute l'Europe parle français ! Patois pour patois, il avait déjà le marchois ! Quant à fricoter avec des ladies au moment où, pour libérer l'Amérique, nous sommes en guerre avec leurs maris, alors là, mes compliments : c'est de la trahison, rien de moins !

— Lady Marlborough est veuve, et elle est française.

— Ah, parce qu'elle s'appelle Malbrouk en plus ?

Malbrouk, le pire de nos ennemis !... Oh, le pauvre, pauvre enfant ! Livré à Malbrouk, pieds et poings liés !

— Calmez-vous, Mignon : comme dans la chanson, "Monsieur de Malbrouk est mort, est mort et enterré" — mon amie Angélique est veuve, faut-il vous le répéter ?

— Amie, dites-vous ? La jolie amie que vous avez là, en vérité, et le bon chaperon pour Alexis ! Une Française qui épouse un Malbrouk ! C'est à croire que la noblesse n'a plus le sens de la patrie...

— A la fin en voilà assez ! Vous vous oubliez, je crois ! Je suis revenue à La Commanderie pour me battre, mais pas contre mes domestiques : retirez-vous dans votre chambre, et profitez-en pour prendre un bain de pieds — vous puez ! »

Le précepteur s'éloigna la tête basse et l'œil mauvais : il boudait. Madame de Breyves resta seule avec son cœur de pâte tandis que les valets de ferme déchargeaient ses bagages. Dans sa chambre, il lui fallut encore essuyer les jérémiades de Babet, qui avait compté sur Alexis pour délivrer son Jeannot des galères. Et voilà que Madame avait expédié Monsieur Alexis au-delà des mers ! Dans six mois, dans un an, sûr que les coups des gardes-chiourmes seraient venus à bout de son pauvre saunier !

« Voyons, Babet, mon fils a beau être plein de ressources, il ne peut passer la Méditerranée et s'allier aux Barbaresques pour attaquer les galères du Roi !

— Madame peut dire ce qu'elle veut : je sais, moi, de quoi notre Monsieur est capable ! Cet enfant-là, c'est un enfant du Bon Dieu, un petit père La Chance : il glisse entre les balles... Et puis quoi ? Mer pour mer, celle des Barbaresques n'est peut-être pas plus dure à passer que celle des Anglais ! Si dans cette affaire-là Madame avait eu autre chose en vue que les façons du monde et l'amitié des grands, si elle n'avait pas tant seulement pensé qu'à elle... »

Suffoquée par l'injustice du propos, Madame de Breyves se retourna d'un bloc, les larmes aux yeux :

« Croit-on vraiment, dans cette maison, que je me serais séparée de mon fils sans de bonnes raisons ? Croit-on que je ne craigne pas pour lui les tempêtes, les pirates, les étrangers ? Croit-on que je ne souffre pas de ses douleurs, que je n'en gémisse pas, que je n'en tremble pas, que je n'en meure pas ? Oh, Babet, croit-on que je puisse vivre sans lui ? » Et les larmes coulèrent sur ses joues.

« Ben non, Madame, balbutia la servante, je ne dis pas ça... » Et, plongeant jusqu'à mi-corps dans les malles de la Comtesse, elle se tut. Mais son odeur, à elle seule, était un reproche, et des plus éloquents ! Si elle s'était tenue propre quand elle avait eu un galant, Babet, depuis l'arrestation de Jeannot, était retombée dans ses anciens errements. Peut-être, comme autrefois la reine Isabelle, avait-elle fait vœu de ne pas changer de linge tant que le sort ne lui aurait pas rendu son roi ? L'entourage prendrait sa part de la pénitence... Madame de Breyves, qui, en six mois de Paris, avait repris goût aux délicatesses, se sentit soudain si écœurée par cette chair chaude et croulante, si lasse d'ailleurs du voyage et des remontrances, si seule enfin, si triste, si fatiguée, qu'elle se crut au bord du malaise. De l'air, vite ! Elle marcha vers les portes-fenêtres du balcon, poussa les persiennes... et la beauté du monde lui sauta à la figure.

A gauche le lac, rose des reflets du couchant, et — comme une tache d'encre — le bois de sapins ; puis un bouquet de frênes, aussi dépouillé qu'un idéogramme, et, déployée le long des viviers, la dentelle rousse des châtaigniers. Plus bas, le moulin, le bief, la cascade, et au bord du ruisseau la chevelure d'or des peupliers. A droite les rochers, la lande tachetée de mauves ; au sommet de la pente un arbre nu, ses branches découpées comme des nervures ; et, dans le creux, l'étang des Aulnes, posé tel un œil pâle parmi les joncs. Tout autour enfin, d'un bord à l'autre, la crête des puys qui percent de leurs cornes le soleil rouge, plaie ouverte d'où s'échappe un vol d'hirondelles.

Ivresse des automnes lents, des ciels lourds, des longues agonies, des fins du monde. Arrière-saisons au goût de sucre et de sang : tout semble mûr, et rien n'est mort. Rien encore...

Bonheur de posséder le paysage tout entier — du lac à l'étang, des collines aux marais —, et bonheur d'en être possédé : Madame de Breyves s'abandonne enfin à la joie des retrouvailles, elle a reconnu « celui que son cœur aime » et ce n'est pas un être, c'est un lieu. Plaisir de respirer cet air tiède, sirupeux comme un baiser ; elle s'y baigne, s'y dissout, et croit, fantôme éparpillé, sentir en même temps sous ses pieds la bogue des châtaigniers, le froissement des feuilles sèches, et le sol spongieux des joncheraies.

Cinq heures du soir. La lumière lutte avec l'ombre. Rumeurs d'une guerre perdue chaque soir et, tous les matins, gagnée ; coups secs et sourds d'un combat qui s'achève dans des ahans de bûcheron ; on met les bouchées doubles avant la nuit : c'est Torchon, au fond de la cour, qui pile l'orge dans une auge de pierre ; c'est Marie, assise sur les marches, qui bat la crème dans sa baratte en grès ; c'est, dans la grange ouverte, le claquement régulier des fléaux que les batteurs lancent en rythme ; c'est, au village, le maréchal-ferrant qui tape sur son enclume comme s'il affûtait une dernière épée... Vite, vite : l'ombre gagne du terrain, inonde les vallées, boit les eaux, mange les prés. La cime d'un châtaignier flamboie ; le clocher, là-haut sur la colline, ondule, comme incendié ; vite : le soleil éventré, empalé, meurt déjà sur la flèche des puys...

Debout à la proue de La Commanderie, Madame de Breyves se gorge de sons et de couleurs, de naufrage, de mort, de silence et de nuit. Quand enfin elle frissonne et se résigne à rentrer, elle a trouvé comment se distraire d'Alexis : elle va prendre Hélène à son service.

C'est une folie, bien sûr : embaucher une servante supplémentaire au moment où le marquis de Nouziers, adossé à ses « terriers », lui fait un procès pour récupérer le droit de pêcher l'étang des Aulnes ! Un étang dont les Breyves tirent vingt quintaux de poisson par an, le dixième de leur revenu... Lambeau après lambeau, les « gentillâtres » et leurs juges grignotent sa terre ; encore une fois elle va lutter, et encore une fois elle perdra. Pourtant elle se bat, elle se bat toujours, mais autrement, ailleurs, jamais comme il faudrait : ce n'est plus contre les abus de droit, la corruption, le mensonge, les faux témoins qu'elle se bat, c'est tous azimuts, contre les forces du Mal au complet ; elle est engagée dans une guerre universelle, dans un conflit cosmique — peut-on gagner une bataille quand on ne la livre pas sur le même terrain que l'adversaire ? Qu'importe, la gaieté d'Hélène la soutiendra. Elle est jeune, la petite orpheline, et joyeuse dans son malheur : elle chante comme un pinson, elle enchantera la maison. Mignon, que les fillettes émoustillent, retrouvera sa bonne humeur, et Babet, occupée à tourmenter une victime toute neuve, en oubliera de pleurer.

La petite est sans parents, sans le sou, mais la Comtesse ne jouera pas les dames d'œuvres, pas les châtelaines charitables : elle va s'offrir Hélène comme Monsieur de Meillant s'offre de temps en temps un verre de madère : le sourire de l'enfant, elle le prendra comme on se prend un « remontant » — pour tromper l'attente et le chagrin.

De même qu'on collectionne les photos des « disparus », elle rassemble autour d'elle tous les êtres qui ont rencontré son fils, l'ont aimé, l'ont élevé. Elle s'en fait une pelote, un nid. Hélène ? Comme Babet et comme Mignon, une brindille du nid : enfant, Alexis n'enseignait-il pas à la petite bergère les comptines qu'on lui avait chantées ? Avec des mots qu'aucun d'eux ne connaissait — « nez cancan, bouche manière » —, ils s'étaient appris à peindre, du bout des doigts, le visage de l'autre. Hélène, furtif reflet d'Alexis...

Les feuilles arrachées par le vent passaient maintenant devant les carreaux en rangs serrés, petites et noires comme des essaims d'abeilles. Mais Hélène avait ramené le printemps dans la maison : tout riait. Un rien émerveillait la jeune fille, et ses babillages, ses puérilités, rajeunissaient les vieux serviteurs et leur maîtresse fatiguée. La pauvre enfant, plus habituée aux cotillons de chanvre qu'au lin blanc, s'extasiait sur le jupon de finette que Madame de Breyves lui avait donné, elle tournait devant le miroir : « Savez-vous, Madame, ce que je ferais pour agrémenter ce bel habit si j'étais riche ? Eh bien, si j'étais très riche, je m'achèterai un tablier ! Bleu et rouge, avec une frange, comme on en vend à la foire de Bonnat. »

Nourrie depuis quinze ans de hérissons et de corbeaux, elle se jetait avec un appétit de loup sur tout ce qu'on lui laissait à manger, les restes de Mignon, les rogatons de Babet, et surtout ce pain bis que Madame de Breyves venait d'imposer à toute la maisonnée par mesure d'économie (il fallait bien financer le procès) : « Que j'aime ce bon pain de son ! » s'exclamait Hélène. « C'est autre chose que le pain noir ! Si j'étais princesse, je ne mangerais plus que du pain bis. Jusqu'à la fin de ma vie », — « Et le pain blanc, Hélène ? », — « Oh, le pain blanc, c'est pour les reines ! » Et si elle était reine ? Eh bien, là alors, il n'y aurait rien de trop beau : non seulement, dans sa soupe, elle ne couperait que du pain de froment, mais elle s'achèterait deux écuelles, « ou même trois, et un petit canif à manche de nacre... »

Elle ne montait jamais se coucher avant la Comtesse car elle avait des terreurs d'enfant : elle craignait le bruit du vent dans le grenier (« Oh, Madame, je l'entends japper ! »), elle craignait l'orage, la grêle... mais après la pluie le beau temps : elle voulait passer sous tous les arcs-en-ciel, et personne ne pouvait la convaincre que le pilier de l'arche céleste, qu'elle voyait disparaître derrière la ligne des puys, n'était pas tout bêtement enfoncé dans un pré de Saint-Vaury...

Puisque Alexis, effrayé par la mort de son amie

Jeannette, n'avait jamais voulu apprendre à lire à la fille du Bossu, ce fut Mignon qui s'en chargea. La petite, intimidée, fixait son livre avec la même intensité qu'autrefois les traits du jeune Comte, « nez cancan, bouche manière » ; et Mignon, qui attrapait par ricochet quelques-uns de ces regards éblouis, redoublait d'enthousiasme. Il jouissait par réverbération ; et la Comtesse tirait de l'opération le bénéfice escompté : reconnaissant, le précepteur la ménageait. Mieux, il la bichonnait : chaque matin, en descendant, elle trouvait la table joliment dressée pour son déjeuner ; premier levé, il lui préparait un friand (et comme le four était chaud, tiens, il en cuisait deux : un petit pour Hélène, avec le reste de pâte...). Il entreprit même, pour le confort de la maîtresse de maison, d'aménager un cabinet de travail derrière le salon bleu ; sous prétexte d'habiller le torchis, il gâcha du plâtre. « Gâcher » est le mot...

La Comtesse était l'avenir de Mignon ; Mignon le passé d'Alexis ; ils ne pouvaient rester longtemps brouillés. Après les querelles ils se réconciliaient sans manières, comme un vieux couple. N'avait-il pas, le soir où elle l'avait envoyé se laver les pieds, brusquement poussé la complaisance jusqu'à se laver les cheveux ? Quand elle l'avait vu réapparaître le poil bien blanc, des vagues neigeuses tombant sur ses épaules, elle avait eu, sans y songer, le geste qu'ont les femmes avec leur mari, les mères avec leur petit : passant ses doigts dans les boucles, elle l'avait ébouriffé ; puis elle avait achevé elle-même de le coiffer, nouant sa chevelure dans un ruban de son fils. Après quoi, comme on encourage un enfant, elle l'avait félicité : « Mignon, je vous trouve magnifique. Vous avez des cheveux d'une épaisseur !

— Bah, si je verdoie encore par le chef, c'est à la façon du gui sur un arbre mort...

— Chansons ! Paré de la sorte, vous valez cent sous de mieux ! Et si, en plus, vous consentiez parfois à brosser le col de votre habit, on vous prendrait pour un milord ! » Il minaudait, ravi.

Après le « cabinet de travail », dont il abandonna bientôt le chantier (« Décidément, je ne suis pas plâtrier »), il s'attaqua à la bibliothèque. La Comtesse, occupée par le ramassage du bois mort et la corvée des chemins, le laissa faire. Seulement, « Sénèque » n'était pas non plus menuisier : ses portes, montées de guingois, ne fermaient pas. Pour excuser sa maladresse, il invoqua son ancienne blessure : « Aïe, mon bras ! » gémit-il dix fois par jour. Mais un matin où Hélène partait pour le lavoir avec son grand panier, la Comtesse le surprit en train d'agiter ce bras bien haut, en signe d'adieu ; se voyant vu, il soupira : « Faut-il que je l'aime, hein, pour remuer ainsi ma pauvre main mutilée... » Grimaces d'histrion !

Peut-être, néanmoins, souffrait-il de temps en temps ? Des rhumatismes, comme tous les vieillards. Mais il s'entêtait à faire passer ces « vieilles douleurs » pour des séquelles de son accident, et ne parlait de l'âge que comme d'une maladie qui l'aurait frappé en pleine jeunesse...

Cependant, il vieillissait. Moins souvent dehors ; encore plus frileux. Après sa tentative avortée de transformation de la bibliothèque, il abandonna les grands travaux. Même dans la maison son territoire rétrécissait : le four à pain et celui de la cuisine, le poêle de la salle à manger, le coin de la cheminée, la chaufferette du salon — tous ces endroits qu'adorent les grillons.

Renonçant au marteau pour la plume (plus légère à sa « main mutilée »), il écrivit. Non plus des catalogues philosophiques, mais des épîtres, aussi volumineuses que des romans : si on l'avait écouté, chaque semaine il en serait parti un paquet pour l'Angleterre. Mais Madame de Breyves, si elle ne pouvait ralentir cette production, en freinait l'expédition : à l'époque les lettres voyageaient en port dû ; par une pudeur de pauvre, elle hésitait à mettre cet excès d'épanchements à la charge d'Angélique. Alexis éprouvait — en sens inverse — le même scrupule ; du moins la Comtesse préférait-elle penser que, s'il écrivait si rarement, c'était pour ménager la bourse de sa mère. Hypothèse dans laquelle elle feignit d'être confortée lorsqu'elle découvrit, par une confidence de Saint-Germain-Beaupré, que son fils écrivait à ses amis plus souvent qu'à sa famille : Beaupré et Vallantin étaient riches, n'est-ce pas ?

Dieu merci, Lady Marlborough, que sa fortune mettait au-dessus de ces détails d'intendance, adressait à son amie Diane une multitude de petits billets (à deux écus le pli !) : ces nouvelles, doublement chères à leur destinataire, complétaient les lettres du principal intéressé ; en rapprochant les unes des autres, et en confessant Beaupré, Madame de Breyves parvint à se faire, petit à petit, une idée de la situation d'Alexis ; comme elle s'y attendait, Lady Marlborough lui avait appris l'amour, mais, poussant la conscience plus loin, elle lui avait aussi appris le chagrin... Après deux mois de passion, elle avait en effet lâché son « Chérubin » pour un pensionnaire d'Eton. Le « greluchon mangeant » n'était plus greluchon ; au moins restait-il « mangeant », Angélique se montrant plus généreuse encore de ses deniers que prodigue de ses faveurs.

Mais à dix-huit ans l'abondance de la table ne console pas d'avoir été chassé du lit : pour ne pas sombrer dans le dépit Alexis dut se rappeler l'une de ces fortes pensées que sa mère tirait de l'Ecriture, « Ceux qui sont aujourd'hui pour vous seront demain contre vous ; et réciproquement, car les hommes changent comme le vent ». Il écrivit à Saint-Germain-Beaupré qu'à l'avenir il observerait attentivement « les girouettes d'Angleterre » pour serrer le vent et les dames de plus près. Badinage qui prouva à la Comtesse qu'il suivait au moins le conseil maternel : « porter beau » ; malgré tout elle le devinait amer, et vaguement langoureux.

Ces langueurs le rendirent intéressant ; assez pour qu'il pût les reporter simultanément sur la femme d'un baronnet et la fille d'un pasteur ; après quoi, regroupant ses mises, il plaça le tout sur l'épouse d'un amiral, plus âgée que les précédentes mais plus « lancée ». Si Angélique avait regardé avec indifférence les deux premières conquêtes — « ces dames » n'étaient pas de sa société —, elle fut piquée lorsqu'Alexis mit la troisième dans son lit : elles étaient amies, et amies proches. Madame de Breyves crut déceler, dans les billets qu'elle recevait, de l'aigreur, et même de la jalousie quand Milady fit allusion à « Roméo et Baucis »... Retour de flamme qui bénéficierait sans doute à Alexis, mais dont il ne se vanterait à personne : il n'avait pas l'âme d'un Lovelace.

A le lire, on voyait bien que l'amour n'était pas son premier souci : dans une longue missive adressée à son ami François il avouait ne consacrer au bonheur des dames que deux heures par jour « ni plus ni moins qu'à l'intrigue, expliquait-il, et dans les deux cas par hygiène et discipline » (amusant comme, à l'extérieur, il aimait à se parer des mots de sa mère !). Tout au plus profita-t-il de son retour en grâce pour obtenir quelques services de « Milady » : « Que ne faut-il faire pour plaire à cet enfant gâté, écrivait la belle Anglaise, songez qu'il m'a priée d'intercéder auprès du comte d'Artois en faveur d'un galérien de ses amis ! Décidément, ma chère, votre fils vous ressemble : il croit qu'il y a toujours quelque chose à sauver dans les causes perdues... »

« Il a bon fond, Monsieur Alexis ! » assura Babet lors de la lecture publique que la Comtesse fit de ce billet d'Angleterre. « Notre Chérubin fait mal le bien, constatait de son côté Milady, mais il fait le bien quand même. »

Voire. Il semblait passer le plus clair de son temps à jouer aux cartes. Il pratiquait maintenant tous ces jeux qu'à Paris il ne connaissait que de nom. Madame de Breyves trembla : et s'il faisait des dettes... ? Crainte superflue : dans l'un de ses billets Milady lui apprit, non sans fierté, que leur enfant bien-aimé « touchait les cartes avec des doigts d'or », au jeu il était presque toujours vainqueur... La Comtesse changea de peur. Affolée, elle écrivit à son fils pour le rappeler à la prudence et même, elle s'y résigna, à l'honneur. Mais cette semonce ne lui parviendrait que dans un mois, et qui sait ce que d'ici là... ? Elle vécut soixante jours d'angoisse — jusqu'à réception de la réponse : « Je manque d'honneur, dites-vous. Oui, mais c'est parce que je manque d'argent. Que je devienne riche et vous verrez comme il sera difficile de me déshonorer !... Quant à vos citations bibliques, vous devriez bien me les épargner : qu'est-ce que ce "Voilà que tu seras traîné aux Enfers, dans la profondeur du lac, on se baissera pour te voir" ? Auriez-vous oublié, s'il vous plaît, que vous m'avez fait apprendre à nager dès l'âge de sept ans, et que c'est votre prévoyance qui m'a mis en état de ne jamais redouter "les profondeurs du lac" ! »

Avait-il pris au pied de la lettre cette admonestation symbolique, ou poursuivait-il la métaphore dans un style qui ne lui était pas familier ? N'importe, elle était rassurée puisqu'il promettait de ne plus toucher aux cartes à moins d'y être expressément invité par Lady Marlborough, et par elle seule.

Suivaient trois pages assez gaies sur George III, la démission de Lord North, et les courses d'Epsom ; il écrivait de mieux en mieux ; à croire qu'en Angleterre il apprenait le français. D'ailleurs, épistolier dans l'âme : du décousu, du naturel, des raccourcis. On aurait cru lire certaines de ces « nouvelles à la main » que les journalistes vendaient sous les arbres des Tuileries. Et soudain, alors qu'elle s'abandonnait à la joie d'admirer : « J'ai revu Monsieur Panchaud, que j'avais rencontré, rappelez-vous, au Palais-Royal ; saviez-vous qu'il est Anglais ? Il paraît que Monsieur Necker l'a évincé de la Caisse d'Escompte qu'il avait créée ; mordieu il enrage, sa perruque en saute : assurément, il va se venger. Il a pour Londres de nouveaux projets, très ingénieux, ma foi. Il m'a fait visiter la Bourse, m'a présenté à des banquiers, je suis fort avant dans sa confiance et tout à fait dans ses confidences. Il paraît qu'il aimait beaucoup mon père.

N'êtes-vous pas fière, Maman, de me voir, si jeune, associé aux desseins d'un grand financier ? »

Seigneur ! Pourquoi cet enfant ne se tirait-il jamais d'un péril que pour se jeter dans un autre ? Madame de Breyves en perdait le sommeil : en supposant que son fils n'avait plus besoin de guide, ou qu'elle pourrait le piloter à distance, elle avait trop présumé de leurs forces à tous les deux... Mais, deux lettres plus tard, alors qu'elle n'avait pas encore eu le temps de le mettre en garde, Alexis semblait avoir fait le tour du personnage : « Je vois toujours Monsieur Panchaud, qui est bien habile décidément. Il m'a appris quantité de tours. Enfin, il fait l'aimable... Mais il peut jouer les chattemites tant qu'il lui plaît, il m'amuse sans m'abuser : j'ai pris mes informations, je n'ignore plus que ce beau parleur a dupé tout le monde, et je devine, à son enthousiasme, qu'il commence à se duper lui-même... »

Rémission. Elle en profita pour rentrer les foins et rencontrer son avocat — citations à comparaître, exploits d'huissier, ces derniers temps la justice ne l'avait pas épargnée ! Et, par-dessus le marché, Mignon pleurnichait : « Demain la Saint-Jean. Voici dix-sept mois — dix-sept, m'entendez-vous ! — que je n'ai vu notre petit » (au séjour en Angleterre il ajoutait le voyage à Paris). « Et si je mourais ? Si je mourais sans le revoir ? Ne pouvez-vous demander à cette Malbrouk de relâcher son prisonnier ?

— Mourir, allons donc ! Y songez-vous ! Un enfant de votre âge ! Vous m'enterrerez...

— Peut-être... » (Il osait dire « peut-être » !) « Mais je ne reverrai pas notre enfant pour autant, car il ne reviendra pas. Il restera en Angleterre, je le sens.

— En voilà une extravagance ! Et que deviendrait-il à Londres : hâteur de rot ? Vendeur de pains d'épice ? »

Eh bien, elle y était presque : une lettre à Saint-Germain-Beaupré lui apprit qu'il s'était fait vendeur de carrick ! « Sais-tu, mon petit François, ce que c'est qu'un carrick ? Je gage que non ! C'est tout nouveau, fort rare, et hors de prix. Jusqu'à la semaine dernière que j'en ai vendu un, j'ignorais tout moi-même de cette bête-là. Plus beau : je l'ignorais encore en le vendant ! Voici comme l'affaire se fit : je rencontre un seigneur anglais qui m'apprend, très satisfait, qu'il vient de trouver un "carrick" pour vingt-trois pounds seulement. Moi, pas contrariant : "Vingt-trois pounds, un carrick ? C'est une affaire en effet...", — "N'est-ce pas ? On n'en trouve guère à moins de trente...", — "Sans doute. Mais si j'étais vous, je me méfierais : à vingt-trois, le prix me semble trop bas pour ne pas cacher un coup fourré... Où l'avez-vous trouvé, ce carrick ?", — "Dans le Kent, chez le duc de Westminster. Bien sûr, il n'est pas neuf, mais on m'assure qu'il est encore en excellent état...", — "Oh, on vous assure, on vous assure... Il faudrait le voir, Mylord, et le voir de près : les gens du duc de Westminster ne sont pas toujours, enfin vous me comprenez...", — "Ah, vous croyez ?", — "Si je crois ? Je sais ! Non, à franchement parler, je ne pense pas qu'on puisse aller jusqu'à trente pour cent de remise sur un honnête carrick. Un de mes amis m'a justement chargé de revendre le sien. Il l'avait acheté trente pounds, il en veut encore vingt-sept, mais son carrick est fort bien. Un carrick qui se tient...", — "Tout de même ! A vingt-sept je le trouve cher", — "Un peu cher. Mais à vous, Mylord, il le laisserait à vingt-cinq. Si je l'en priais... En tout cas, pour un carrick, celui de mon ami est de première qualité ; le carrick d'un homme de goût..." Bref, je fais si bien qu'à vingt-cinq, j'emporte le marché. Mais un marché de quoi ? Je n'en avais pas la moindre idée ! Pourtant, je n'étais pas inquiet, puisque, au pire, je savais trouver un carrick à vingt-trois pounds chez le duc de Westminster. En le revendant à mon client, l'opération me laisserait encore deux grosses pounds de bénéfice, soit quarante-six livres de France, huit moutons de chez nous ! Et avec un peu de chance, je parviendrais même à dénicher un carrick moins cher : s'il existe des carricks à vingt-cinq pounds, pourquoi n'y en aurait-il pas à vingt ? Restait à savoir ce qu'est un carrick. Je me figurais une espèce de tabatière ou de coffret, mais très riche, très orné — à ce prix-là, n'est-ce pas ? Je rentre chez Lady Marlborough, j'interroge son butler : "Un carrick, Sir, est une voiture légère que nos *fashionables* conduisent eux-mêmes, sans cocher." Une voiture ? Diable, c'est plus encombrant qu'un coffret ! Mais, au contraire d'un coffret, cela se repeint — ce qui, tout bien pesé, constitue une sécurité... Va donc pour le carrick du duc de Westminster, avec, par acquit de conscience, une petite couche de vernis-Martin sur les portières : mon acheteur est ravi, je suis enchanté, on me demande des carricks de partout. Mais je songe plutôt à revendre des sleighs, qu'en dis-tu ? Ah, tu te demandes ce que c'est ? Moi aussi ! Mais il y a ici un Russe prêt à mettre quarante pounds sur un beau sleigh : à ce prix-là, je crois que j'en ai ! »

Et voilà ! Mieux que la vente à terme ! « Bravo, mon fils : à Paris vous rêviez de vendre ce que vous ne possédiez pas, à Londres vous vendez ce que vous ne connaissez pas, bientôt vous vendrez ce qui n'existe pas ! » Et toute à son indignation, se jetant dans le reproche comme elle s'était jetée autrefois dans la vasière — sans se soucier des conséquences —, Madame de Breyves adressa au coupable une longue épître sur la malhonnêteté de ses procédés.

Quand, deux mois et six cents lieues plus tard, elle reçut la réponse cinglante d'Alexis, elle avait déjà presque oublié sa colère ; la sécheresse de son fils la frappa en plein cœur : « J'ai vendu deux sleighs, ma mère (ce sont des traîneaux finalement), mais, soyez tranquille, je n'en vendrai plus. Et je ne saurai jamais ce que sont ces "trilobites" qu'un riche amateur était disposé à m'acheter. Pour vous satisfaire je ne vendrai plus rien, je renonce à vous enrichir — car cet argent, figurez-vous, je le gardais pour vous, pour nous, pour La Commanderie... N'en parlons plus. Venons-en à l'essentiel : ne m'aviez-vous pas dit qu'il ne faut jamais lire les lettres qui ne nous sont pas adressées ?

En me reprochant mes carricks et mes sleighs, que souhaitiez-vous me démontrer ? Que la nature avait fait la linotte, et la société Saint-Germain-Beaupré ? En tout cas, si vous aviez décidé·de me fâcher avec François, vous ne pouviez mieux vous y prendre ! Il y a cinq ans que vous me mettez en garde contre lui : soyez contente, vous avez gagné, je ne le verrai plus. Mais, si dans l'affaire je perds un ami, vous perdez un mouchard : n'est-il pas touchant de vous voir ainsi sacrifier, pour l'instruction de votre enfant, vos plus belles pièces ? Etes-vous sûre pourtant d'être prête à entendre l'adversaire crier "Echec à la Reine" ? Oh, je sais : nous n'en sommes pas là, il vous reste de beaux coups à jouer. N'attendez pas cependant que je démente, dans cette partie, les rares principes que je me suis formés : dans la vie soit on manœuvre, soit on est manœuvré, il n'y a pas de milieu. J'ai choisi mon camp. Qu'il ne soit pas le vôtre ne saurait m'empêcher, Madame, de demeurer, pour l'heure, votre serviteur. »

Quand elle replia la lettre, elle pleurait. A travers ses larmes elle voyait le ciel bleu, et, tout en haut de sa fenêtre, quelques rares nuages accrochés comme ces flocons de laine que les moutons laissent aux barrières. Beau temps persistant, ciel tranquille. Pourtant, comme elle gardait les yeux fixés sur la bordure de la fenêtre, il lui sembla que les nuages bougeaient. Ils dérivaient en effet ; mais si lentement qu'à moins de garder les yeux attachés à un point fixe on ne le remarquait pas : immobile, elle se sentit entraînée dans un courant rapide, elle avait peur, mal au cœur, elle perdait pied. Elle ferma les yeux.

C'est ainsi qu'autour d'elle depuis des années tout se dérobait, tout glissait ; le monde bougeait mais on ne pouvait s'en rendre compte qu'en restant soi-même amarré. Or, à quoi se tenir ? Quel repère garder ? Dieu ? Le Roi ? La Cour ? Les juges ? La vertu des puissants ? Celle des gabelous ? La soumission des domestiques, des enfants, des fermiers ? L'honneur ? La force ? La loyauté ? Tout fuyait. Et même —

son seul point d'ancrage jusqu'ici — l'amour d'Alexis...

La lettre de son fils claquait comme une porte qu'on vous ferme au nez. Les hommes se font contre leur mère, elle le savait ; et ceux qui laissent passer l'heure se défont. Elle tenta de se raisonner : si elle perdait Alexis maintenant, c'est qu'il pouvait enfin vivre sans elle. Mais elle ne pouvait vivre sans lui... Au moment où il s'éloignait, prise de vertige elle réclamait encore une minute d'illusion ! Elle se jeta sur sa plume pour implorer le pardon du fils prodigue, plaider la cause de Saint-Germain-Beaupré, jurer qu'elle regrettait : le monde à l'envers !... Dérive des nuages, déroute des sentiments. Elle invoqua sa fatigue, ses soucis, ses procès, expliqua, sobrement, que « son petit » lui manquait, qu'il devrait songer à rentrer.

Tout de même elle lui cacha que depuis son départ, à part les jours, elle ne savait plus compter : elle posait trois assiettes sur la table. Elle ne lui dit pas que les horloges retardaient : il n'était plus là pour remonter les poids ou tourner la clé ; chaque fois qu'une pendule sonnait le déjeuner à l'heure de l'Angélus, qu'un cœur mécanique s'arrêtait, elle croyait toucher du doigt la trace de son absence : le silence des horloges donnait du corps au vide de son cœur ; elle laissait mourir les pendules pour ressusciter son fils.

Elle ne lui avoua pas non plus qu'elle avait changé de chambre : l'hiver il faisait plus chaud dans la chambre d'Alexis, avec son baldaquin et ses gros rideaux neufs, que dans sa chambre à elle, mal meublée. Elle s'était glissée ingénument dans le lit de son enfant et y avait si bien dormi qu'elle s'était félicitée de la qualité du matelas, de la légèreté de l'édredon, du tirage de la cheminée. Elle ne comprit ce qu'elle faisait qu'en voyant l'une de ses vaches brouter la paille qui avait gardé l'odeur du veau qu'on venait de lui arracher... Mais elle ne changea rien : couchée, sans naïveté désormais, entre les draps de son fils, elle mit près d'elle le pantin de chiffon dépenaillé qu'elle avait cousu pour lui dix ans plus tôt ; elle se chanta tout bas « Le Roi Renaud » ou « Les trois navires de Bordeaux », en les rythmant comme on balance un berceau ; puis, abandonnant toute réserve, elle relut « Gil Blas »...

Sa lettre d'excuses avait croisé une nouvelle lettre d'Alexis : de décalages en déphasages (chaque lettre, vieillie pour l'un, était neuve pour l'autre), ils tissaient par-dessus les mers un riche réseau de malentendus. Alexis pourtant semblait, lui aussi, reculer devant la rupture : de même qu'autrefois, pour se faire pardonner ses bêtises, il courait à travers les pièces, chantait à tue-tête, hennissait, bramait et lançait en l'air les oreillers, il adressait à sa mère une conversation de dix pages où, pour amuser le lecteur, il batifolait à travers la vie publique des Anglais et la vie privée des Anglaises : « Maman, Maman chérie, n'aimez-vous plus votre gentil bandit ? »

Oh si ! Toute la journée, rassérénée, elle arpenta ses terres, admira ses labours, caressa ses clôtures, goûta ses fruits : elle anticipait sur la joie qu'Alexis réconcilié aurait à les voir, les sentir, les manger... Mais, quelques jours plus tard, changement de ton. Alexis avait reçu la lettre où, non sans maladresse, elle demandait la grâce de Saint-Germain-Beaupré : « Vraiment ? Avez-vous oublié Fanfaron ? A votre avis, que devrais-je faire avec Beaupré ? Attendre qu'il m'ait encore trahi pour avoir ensuite la joie de l'assassiner ? » Pour excuser la sévérité — et peut-être l'injustice — de sa réprimande, elle avait aussi plaidé la lassitude que lui causait son procès : « Et moi, pensez-vous donc que je ne sois pas las de vous entendre toujours parler chicane, épices et pots-de-vin ? Je crois parfois que, pour vous émouvoir, il faudra que je me fasse notaire ou avocat ! » Ainsi allait, toujours boitant, l'amour du fils et de la mère. Elle se battait pour lui, il trichait pour elle. Mais chaque preuve d'amour était une méprise de plus.

Alarmée par les sinistres prévisions de Mignon (« Nous ne le reverrons jamais, vous dis-je ! Il a

381

tourné la page. Elevez donc des enfants ! »), elle finit par demander fermement à Angélique de lui renvoyer son voyageur, « sinon je crois qu'il sera trop amateur de bière pour goûter encore nos vins français ! » D'ailleurs le printemps approchait, et ce moment où, pour la rente que l'Hôtel de Ville servait à Monsieur Necker, elle devrait présenter son fils dans un bureau de Guéret : Angélique se souciait-elle vraiment de devoir, comme l'an passé, déranger l'ambassadeur et la cour de Saint-James pour cette formalité ?

La lettre à peine partie, déjà Madame de Breyves la regrettait : elle allait faire voyager Alexis à la plus mauvaise saison, l'exposer au froid sur la route, aux tempêtes sur la mer. Dans sa hâte à imaginer le pire elle hésitait encore entre le naufrage et la pleurésie (sèche, ou purulente, ou les deux) lorsqu'elle reçut d'Alexis un billet désinvolte où il annonçait son intention de ne rentrer qu'à l'été. D'abord elle se sentit soulagée, puis irritée : il avait l'audace de signer « votre fils très obéissant » ! Qui sait, d'ailleurs, si à l'été il n'exigerait pas de rester jusqu'à l'automne ? Mignon avait raison : il les oubliait. Le lendemain, elle apprit que, pour l'étang des Aulnes, les juges de Limoges donnaient le privilège de la pêche aux Nouziers. Tout lui échappait.

Elle descendit jusqu'au bord du lac.

Jardin éteint. Tristesse bleue. Des corbeaux s'envolent. C'est l'heure où la nuit gagne, où le pays s'enfonce, où l'on baisse les bras.

Le lac seul comme une braise, un soleil renversé : c'est son bien, sa lumière, sa maison. Est-ce qu'ils lui prendront le lac aussi ? Descendre dans l'eau rose. Se cacher sous l'eau, glisser dans l'hiver...

Et soudain, là-haut, devant le château, de grands cris : Hélène est sortie sur la terrasse, elle agite les bras, elle court — « Madame ! Madame ! » Quoi ? Que dit-elle ? Quelle catastrophe encore ?

Hélène court vers le lac, ses sabots claquent sur la terre gelée, les brides de son bonnet voltigent autour de son visage, elle perd son fichu.

Un homme, à son tour, paraît sur la terrasse. Dans le demi-jour il semble immense ; il porte une redingote verte à collets superposés. Et voici qu'il se lance aussi dans la pente. Il ouvre ses bras comme deux ailes, son habit se déploie derrière lui : il descend vers le lac en volant.

Il dépasse Hélène, court, plane. Et tout à coup une odeur de pluie, de tabac : elle est dans ses bras, il la serre, la couvre, l'enveloppe, l'emporte. « Maman chérie, Maman, j'ai menti. Pour vous rassurer. J'avais peur que vous ne vous inquiétiez de me savoir sur la mer... J'ai menti. Mais me voilà, je suis rentré, Maman, je suis rentré ! » Il la serre dans ses bras, il a grandi, encore grandi. Lui si petit, il est plus grand que son père désormais. Et il sent le cuir, le vent, les tempêtes.

De son ombre jaillit Mignon, qui tourne autour d'eux en gémissant : « Si j'avais su... Si j'avais su, je lui aurais préparé un cœur de pain. On ne me dit rien à moi, rien, rien. » En riant Alexis soulève le petit vieillard comme un enfant, le hisse sur ses épaules. Enée portant Anchise. La Comtesse pleure, la Comtesse rit. Mignon glapit : « Arrête, barbare, songe que j'ai soixante-quinze ans ! » Hélène applaudit.

Le bonheur, une éclaircie entre deux averses.

30

Alexis avait la taille et la voix de son père, cette voix chaude et ferme qu'elle avait cru oublier, mais qu'elle reconnaissait maintenant quand la distance effaçait les visages. Si elle entendait son fils, au bout du jardin ou de l'autre côté de la cloison, causer doucement avec Hélène ou Mignon, elle se laissait bercer par la chanson sans écouter les paroles et y prenait un plaisir si vif qu'il devait bien être coupable.

Mais l'illusion durait peu : il suffisait d'attraper trois mots pour que s'enfuie le fantôme d'Henri. Alexis ne parlait ni de religion, ni d'histoire, ni d'art. Il parlait de chasse (en Angleterre il s'était pris de passion pour la chasse au renard) ; il parlait de « pâté aux poires » ou de « confiture de châtaignes » (il restait gourmand, et, à la joie de Marie, pouvait s'attarder longuement sur les menus) ; il parlait de semis, de récoltes, de fumure et d'emblavures. En revenant à La Commanderie il semblait avoir opté pour la vie tranquille et bornée d'un gentilhomme campagnard. S'il regrettait la ville ou Lady Marlborough, il n'en montrait rien. Et comme Madame de Breyves, qui s'en étonnait, lui demandait s'il ne craignait pas de s'ennuyer, il haussa les épaules : « Vous savez bien que je suis heureux partout... » Sur quoi, passant sa gibecière en bandoulière, il partit chasser avec Vallantin.

Elle ne les accompagnait pas : elle avait grossi, étouffait dans son habit d'homme ; et puis les trop longues marches, l'affût même, la fatiguaient — depuis un an ou deux, elle ne vivait plus sur sa rente mais sur le capital de ses forces. Déjà elle abordait l'autre versant de la vieillesse : après le renoncement à l'amour, à la beauté, à l'élégance, le renoncement à la santé.

Heureusement, Alexis la déchargeait des tâches trop lourdes : tandis qu'Hélène chantait, que Marie suivait les enterrements, que Mignon bricolait des pièges à loirs et relisait, pour la dixième fois, son propre essai « Sur l'espérance de se survivre », le jeune maître se battait pour nourrir la nichée. Plus trace en lui du flibustier. Occupé, comme un noble de basse-cour, à surveiller les vêlages et le bûcheronnage, réparer ses toitures, engranger, exiger, vendre, punir, payer, il rappelait son aïeul, Jean de Malval. Son rôle de hobereau, il le prenait très au sérieux. Jusqu'à quel point s'agissait-il d'un rôle de composition ?

Madame de Breyves aimait mieux ne pas s'interroger, trop heureuse de pouvoir enfin se reposer sur quelqu'un : « Alexis, le toit de la grange fuit », « pense à dégager le chemin du Plaix ». Parfois elle avait, en prime, la joie de retrouver un moment le petit garçon de jadis, quand, après sa journée de travail, son catogan dénoué, ses bas tombant sur ses souliers, il bêtifiait pour amuser Hélène ou Mignon : « Avez-vous vu comme j'ai rabattu son caquet au procureur de la Raguenet ? C'est moi qui suis le petit mari de Maman ! Son avocat très zentil, très courazeux : interdit de voler ma maman, et interdit de me la voler ! Je suis zaloux : bas les pattes, sale Mignon, j'ai percé tes manœuvres ! » Et il tournait autour de sa mère, arrachait son bonnet, tirait son casaquin, la bousculait en l'embrassant : « Arrête donc, grand fou, arrête ! Je suis vieille ! »

Comme il la soulageait peu à peu des travaux des champs, elle put recommencer à lire. Elle retrouva un vieux livre de contes qui avait appartenu à sa propre mère. « Oh, oh, "Le Cabinet des Fées" ? Est-ce que vous retombez en enfance, petite Maman ? » Elle sourit : « J'ai toujours aimé les fées... Je ne suis pas sûre qu'elles me l'aient rendu ! », — « Mais si, Maman », fit-il en hochant la tête et en secouant ses bras, comme une marionnette au bout de son fil, « si, puisqu'elles vous ont donné un petit lutin ! »

Il eut vingt ans. Les journées s'écoulaient, longues et lentes, dans une tendre complicité. Les blés furent abondants. On célébra le mariage d'une fille du père Jean : elle ressemblait à cette « Accordée de village » que Greuze avait immortalisée. Hélène pleura en ramassant dans son tablier les morceaux d'un pichet qu'elle avait laissé tomber : on aurait dit « La Cruche cassée ». La vie soudain se mettait à imiter ces tableaux villageois dont raffolaient les Parisiens : « La laitière », « Le donneur de chapelets », « Le retour de l'ivrogne »... Même les vieilles courbées sous leurs fagots de bois mort et les mendiants auxquels on offrait pour une nuit l'abri des granges n'avaient pas l'air vrai ; comme si l'on avait passé sur la misère une couche de vernis.

Il eut vingt et un ans. Il n'avait jamais revu les sauniers ; tout au plus commentait-il, en se moquant, l'alliance des meuniers et des charbonniers : « Drôle de ménage ! Les charbonniers tout noirs, et les meuniers tout blancs... Etonnez-vous, après cela, si dans ce pays les chats sont gris ! » Avec ses défroques anglaises — le justaucorps à basque qu'il portait pour aller à cheval, le gilet court, les culottes de cuir —, il passait pour un modèle d'élégance auprès de la jeune noblesse des environs qui avait lu Clarisse Harlowe. On l'invitait partout ; mais à la fréquentation des nobliaux il préférait celle de ses paysans. Auprès d'eux il gardait sa popularité d'enfant ; quand, vers le soir, il visitait les chaumières pour toucher ses impôts et ses fermages, il ne s'attardait pas sur le seuil : les vieux l'invitaient aussitôt à « finir d'entrer » et priaient la vieille de « faire sauter l'omelette ». De ces affections, de cette félicité rustique Madame de Breyves se réjouissait. Pourtant, elle savait bien qu'elle n'avait pas élevé son fils pour cette vie-là. Resongeant aux enfants égorgés de Vénus Bon-Secours, à Henri mort sans sépulture, elle se reprochait sa mollesse, ses contradictions. Mais pourquoi exiger d'une éducation qu'elle soit cohérente ? L'amour l'est-il ?

Pour être sues les leçons doivent avoir été oubliées : voilà ce qu'elle se répétait quand elle voyait Alexis mener une vie en apparence si éloignée des fins qu'elle lui avait données, des moyens qu'elle lui avait enseignés.

Pendant que tous deux musardaient — court détour par le bonheur —, la graine qu'elle avait semée germait en secret. Le jour venu, son fils saurait, pour se défendre, retrouver les réflexes lentement acquis, les principes enfouis. Ici bien sûr, entre une mère trop aimante et des fillettes trop aimables, il ne se sentait pas attaqué. L'amour d'Hélène surtout le désarmait. De même qu'il s'était cru aimé de Babet, de Léveillé, de Fanfaron, de Saint-Germain-Beaupré, toutes illusions que sa mère avait balayées, il se croyait adoré d'Hélène ; et cette fois il ne se trompait pas. Alarmée par la tournure que prenaient les choses, Madame de Breyves le mit en garde : il ne s'agissait pas de leurrer cette petite ; un seigneur honnête se devait de décourager de tels sentiments.

Alexis fit mine d'acquiescer, mais, quinze jours après, la Comtesse les surprit tous deux sortant du salon, les joues en feu. L'amour est la rencontre d'une occasion et d'une tentation, mais quand la tentation y est, l'occasion manque rarement... Madame de Breyves sermonna son fils : « A force de t'y frotter tu finiras par engrosser cette fille. Et ensuite ? Tu l'abandonneras ? Un déshonneur qu'elle n'a pas mérité. Jure-moi de ne jamais faire d'elle ta maîtresse, ou je la renvoie. » Alexis haussa les épaules : « Jurer, toujours jurer... Qui peut répondre de ces choses-là ? Mais certainement je ne l'engrosserai pas.

— Ah, te voilà bien content de toi, et plus malin que les autres ! Si l'on connaissait le moyen de faire l'amour sans faire d'enfant, la moitié de la terre en userait !

— Pour la moitié de la terre, je ne sais... Mais quant à l'Angleterre, ma mère, je puis vous assurer qu'on l'y connaît et qu'on en use. Et les plus délurés de vos Marchois en savent eux-mêmes presque aussi long sur ce sujet qu'un gentilhomme de Londres !

— Sottises ! Il n'existe aucun moyen de cette sorte ! A moins de... »

Elle rougit ; il rougit aussi ; puis il rit franchement : « Allons, ma mère, je ne songeais pas au vilain moyen dont usent les curés ! Ni à ce que les filles de Paris nomment des "redingotes d'Angleterre" ! Mais il se trouve qu'on peut aussi... de manière plus naturelle... ne rien risquer... Enfin, vous m'entendez ! » Elle battit en retraite. Brusquement, aussi ignorante et désarmée que devant Henri le soir de ses noces. Quel secret savait donc son fils que son mari ne lui avait pas enseigné ?

Le monde changeait, il semblait s'agrandir et elle diminuait : comment gouverner Alexis quand elle avait tant à apprendre de lui ? Parfois, elle n'essayait plus de sauver la face : ainsi pour le colombier. Menés par Auclère le tuilier (qui n'avait jamais possédé que deux champs mais se voulait plus paysan que les paysans), ses voisins et métayers vinrent un jour en délégation protester contre les pigeons du château qui dévoraient leur grain. Evidemment, remarqua-t-elle acide, les pigeons ne connaissaient pas les limites de propriété, « et pourtant, Messieurs, je ne peux les enchaîner ! » Ces gens étaient stupides, et insolents qui plus est : le colombier n'était-il pas, depuis des siècles, l'un des privilèges du seigneur, le symbole même de sa noblesse ?

Alexis, très urbain, fit servir à boire à ces « délégués » échauffés, il plaisanta avec l'un, tapa sur l'épaule de l'autre, et donna au père Auclère (« Sacré Trinque-Chopine, toujours la tête près du bonnet ! ») deux beaux lièvres qu'il venait de tuer. Les protestataires s'en retournèrent charmés. Mais Alexis ne crut pas la partie gagnée : « Ma mère, dit-il, il faut fermer le colombier. » Et, comme elle se récriait, il lui rappela qu'elle venait de se faire attribuer la moitié des communaux de la paroisse — trente arpents d'un coup, que bien des laboureurs avaient guignés. « Primam partem tollo quia nominor leo : voyez comme votre petit est érudit ! » fanfaronna Alexis. « Mais il est surtout très sage : le lion, ma mère, doit se faire pardonner sa couronne, la racheter aux singes en monnaie de singe — trente pigeons valent moins que trente arpents ! Le pigeon, c'est du gagne-petit ! Sacrifions le pigeon ! » Du reste, si l'on n'avait pas la prudence de transiger là-dessus, c'est au droit de chasse que demain les têtes chaudes s'en prendraient : les paysans ne se plaignaient-ils pas déjà des ravages que les chevreuils causaient dans leurs vergers et dans leurs champs ?

Rien n'était plus opposé au caractère de la Comtesse que la prudence et le compromis, mais elle céda aux arguments d'Alexis. A Marie, bouleversée, elle donna l'ordre de détruire les œufs des pigeonnes, et au dehors elle fit savoir qu'elle ne remplacerait plus les pigeons qu'elle allait manger. « D'ailleurs, conclut Alexis toujours pratique, les tuiles du colombier commençaient à "couler", cela nous fera un toit de moins à réparer... » Le pigeonnier s'écroulerait donc. Un château sans colombier, on aurait tout vu ! Les Raguenet, les Nouziers, même les Saint-Germain-Beaupré, s'esclafferaient : un château décapité...

Mais elle céda. Elle céda aussi sur la jachère : pendant quinze ans elle avait soutenu, comme les anciens, que trois années de genêts améliorent les terres à blé ; le trèfle au contraire épuise le sol. Mais Alexis, fort de l'exemple anglais, voulut essayer le trèfle ; et, doutant de ses croyances, de son savoir, de son autorité, elle capitula. Elle plia encore à propos des moutons. Avant la vente ou la tonte mieux valait, assura son fils, les garder un ou deux mois enfermés à la bergerie : leur toison se chargeait alors de débris, d'acide, de suint ; au marché elle pesait plus lourd, le vendeur y gagnait. Devant tant d'habileté Madame de Breyves, qui produisait mieux qu'elle ne vendait, s'inclina.

Mais, tout à coup, elle se ressaisit : ce fut — par hasard — Hélène qui lui fournit l'occasion de ce sursaut. Un jour qu'elle s'était levée avant l'aube (elle venait de rêver qu'elle découvrait une tombe au bout du jardin, elle descendait dans le caveau, y trouvait un cercueil ouvert), elle vit Alexis sortir sans bruit de la chambre de la jolie lingère. Sur l'heure elle écrivit à une bourgeoise de La Châtre pour lui recommander les services de la petite. Huit jours plus tard, Hélène, engagée comme femme de chambre à la ville, faisait ses paquets.

Des larmes, Mignon seul en versa. La mère, le fils, la maîtresse, parvinrent à garder les yeux secs. Mais tandis que la carriole qui emportait la jeune fille disparaissait au tournant de l'étang, Alexis, resté auprès de la Comtesse sur les marches de la maison, soupira : « Et voilà ! Envolée, Hélène ! Comme Léveillé... » Après quoi, pendant trois jours, il ne bougea plus du salon. Il avait ressorti sa pipe d'Angleterre, son reste de tabac, et il fumait. Flegmatique, buté. Pas un mot pendant les repas. Le regard vide. Ce fut Madame de Breyves qui craqua ; un soir elle vint s'asseoir à côté de lui sur le sofa : « J'ai cru bien faire, Alexis », — « Je ne doute pas que vous l'ayez cru », — « Madame Chapotot lui assure là-bas un salaire mieux que convenable... », — « Une fortune, en effet ! Enfin, une fortune de femme de chambre, restons modestes », — « Elle est seule, elle doit penser à son avenir... », — « Sûrement. Voyons, ma mère : l'avenir d'Hélène, ses gages, est-ce bien le sujet ? »

Il y eut un long silence. Il tirait sur sa pipe. Aucun d'eux ne regardait l'autre. « Je vous ai connue moins Tartuffe, finit-il par lâcher entre deux bouffées.

— Il est vrai, Alexis, que je n'ai pas pensé à elle, quoique je l'aime beaucoup. Je n'ai songé qu'à vous... »

Ils se turent. Les bougies fondaient dans les chandeliers, déjà la flamme caressait les bobèches. Alexis se leva, prit le bougeoir, l'alluma, moucha les flambeaux, ils montèrent ; sur le palier, il l'embrassa : « Il se peut que vous ayez raison... »

Et la vie reprit son cours, un peu moins gaie qu'avant, mais paisible. En voyant son fils parlementer bruyamment avec les maquignons ou plaisanter avec Mignon, Madame de Breyves, soulagée, se rappela qu'il ne s'attachait jamais... Mais elle l'attachait ; elle l'emprisonnait dans son amour, dans ses jupes. Et le remords recommença à la ronger : elle se redisait les vers d'Andromaque, « Et mon fils avec moi n'apprendra qu'à pleurer », et elle rougissait de honte. Car jamais elle n'avait élevé son enfant pour les larmes ; elle l'avait élevé pour le combat, et voilà que, faible, timide elle aussi, pour finir elle le gardait à l'arrière... La guerre, pourtant, est un art simple : ne suffit-il pas, pour gagner, d'une bonne carte d'état-major et de positions élevées ? Tenir les routes, occuper les collines. Cette carte, pour Alexis elle avait passé quinze ans de sa vie à la dresser ; elle avait reconnu, éclairé le terrain pour lui. Restait à conquérir les hauteurs ; et, au moment de lancer son soldat à l'assaut, elle flanchait !

Juin fut sec, la récolte s'annonçait bonne, surtout pour le seigle. Alexis parlait déjà de nourrir les bœufs, cet hiver, de farine de seigle macérée dans l'eau : « Les Anglais assurent que les bêtes aiment encore mieux cette pâtée que les raves que nous leur donnons. » Sa mère écoutait le docte agronome, partagée entre la tendresse et le regret.

Début juillet, il se mit à pleuvoir. Les matins étaient brumeux. Au bout d'une semaine la chaleur s'installa, sans faire reculer l'humidité : dès l'aube le thermomètre marquait vingt-huit degrés, mais le lac disparaissait dans le brouillard. La nuit on étouffait. Un matin pourtant, la Comtesse frissonna en se levant : une brise de nord-ouest venait de faire chuter la température de quinze degrés. Elle enfila une camisole par-dessus sa robe de chambre et passa sur la terrasse pour regarder le ciel — la crête des puys se découpait en bleu foncé sur un ciel plombé. Au loin on entendait rouler le tonnerre.

« Nous aurons de l'orage, dit-elle à Alexis en avalant debout sa tasse de bouillon, nous aurons de l'orage et les blés seront gâtés. » Alexis, toujours prêt d'ordinaire à la rassurer, ne répondit pas ; du doigt il désigna un nuage plus sombre qui venait de passer la ligne de crête, là-bas, à l'ouest, au-dessus de Saint-Vaury. Madame de Breyves et Babet se hâtèrent de ramasser le linge qui séchait dans le pré ; en rentrant les bannes d'osier, la Comtesse vit que le nuage s'élevait et s'étalait ; il s'assombrissait, son fond était très noir mais au sommet il semblait presque vert, couleur de moisissure, de pourriture. Le tonnerre, sourd et continuel, roulait d'un bord à l'autre. A huit heures, le nuage barrait tout l'horizon, on ne voyait plus les « Trois Cornes » de Saint-Vaury ni aucun des puys. Il faisait froid et chaud à la fois ; les grondements redoublèrent, interrompus de claquements brefs. Puis il y eut deux ou trois éclairs en serpenteau.

Quand elle passa devant le baromètre qu'Alexis avait rapporté d'Angleterre, Madame de Breyves s'aperçut que la colonne de mercure était tombée, plus bas que jamais. A neuf heures le ciel était d'un noir si plein, si uni qu'on n'y apercevait aucun nuage ; seulement de grandes bandes jaunes étendues d'ouest en est comme des coulures de soufre. Sur tout le pays la nuit était retombée et l'on ne distinguait plus le parc et les étangs qu'à la lueur des éclairs : dans l'obscurité les bergers peinaient à rentrer les bêtes qu'ils venaient de sortir ; derrière les communs la basse-cour s'emplissait de piétinements aveugles, de bêlements confus.

C'est alors que, brusquement, le vent vira. Sur le moment la Comtesse crut qu'il passait à l'ouest, mais bientôt les courants semblèrent tourner sur eux-mêmes : on avait l'impression d'un vent vertical, qui ne parcourait plus le pays mais l'aspirait. Les peupliers ne se courbaient pas, ils se tordaient comme des torches ; les sapins se mettaient en vrille ; la maison elle-même, portes et fenêtres ouvertes, parut s'enfler comme une montgolfière. Pas un bruit — ni rafales ni mugissements. Une valse lente. Avant même d'avoir conscience de ce qu'elle disait, de savoir qu'elle se souvenait, Madame de Breyves avait reconnu ce tourbillon muet : « Un cyclone, c'est un cyclone ! Vite ! Alexis, Babet, les portes, les fenêtres ! »

Et tandis qu'elle se jetait sur les persiennes, se battait vainement contre les vantaux, Alexis courait de la cave au grenier, et, s'arc-boutant aux chambranles, luttant avec les crémones, parvenait à barricader une à une toutes les issues. A peine eut-il accroché le dernier volet que la tempête (un cyclone, en effet, mais à la mode marchoise) se déchaîna. Un vrai bombardement d'artillerie : la grêle rebondissait sur les marches, sur les carreaux, sur les toits, sur les planchers. Babet, qui gardait le nez collé au volet de la cuisine et entrevoyait le jardin à la lumière des éclairs, gémit que tout était « blanc, blanc comme s'il neigeait ». Elle décrivit des grêlons gros « comme des œufs de pigeon », puis « comme des œufs de dindon » ; mais, parce qu'elle n'avait jamais vu d'œufs d'autruche, les derniers projectiles la laissèrent sans voix... Tornade et grêle durèrent six minutes. Un grand silence suivit le déchaînement des éléments. On rouvrit la porte : en six minutes l'orage avait brisé toutes les vitres, arraché les cheminées, fauché les arbres, emporté les toitures, soufflé les meules, assommé le bétail, estourbi le gibier. Mais le pire c'était, à perte de vue, les belles moissons, les moissons blondes, hachées, pilonnées, saccagées, les moissons d'or dont il ne restait plus un grain à sauver.

Comme un général, au soir d'une défaite, parcourt le champ de bataille pour compter ses morts et ses blessés, Madame de Breyves parcourut le domaine avec son fils. Blés perdus, bêtes crevées, bâtiments détruits : sans s'attarder à redresser, nettoyer, ou enterrer, sans gémir ni compatir, l'œil sec et la parole courte, ils firent leurs calculs — « la Providence » venait de leur manger en six minutes trois ans de revenus. « Et je ne te parle pas des errants », dit simplement la Comtesse en marchant sur les ardoises brisées qui tapissaient maintenant le perron du château, « les errants que nous allons voir s'abattre sur le pays et qu'il faudra secourir, que cela nous plaise ou non. » La tempête, on le savait déjà en effet, avait dévasté la campagne sur quatre lieues de large et vingt de long ; avant un mois on verrait passer les vagabonds : pauvres métayers chassés par la misère, manouvriers privés d'ouvrage, tous ceux qui d'ordinaire avaient déjà tant de peine à « faire la soudure » entre deux moissons et qui ne trouveraient pas à emprunter pour tenir toute une année... Ils viendraient par les routes et sentiers, menaçants ou désespérés, « pauvres de jour » qui volent les fruits, plument les poules, et agonisent dans les fossés,

« pauvres de nuit » qui forcent les étables, se glissent dans les maisons, pillent la huche et « chauffent les pieds ». Il faudrait donner, donner encore, par crainte ou par pitié.

« Il ne me reste que deux choses à vendre, dit-elle. Mon collier de cornaline » (c'était ce bijou étrusque qu'elle avait trouvé vingt-cinq ans plus tôt avec Henri) « et la peinture qui est au-dessus de mon lit...

— Oh, non ! Pas le portrait ! C'est le seul qui vous reste de mon père ! »

Elle soupira : « Il faut savoir sacrifier les morts aux vivants... J'ai ici vingt bouches à nourrir. Sans compter tous ceux qui viendront demain me demander leur soupe ! Nous n'avons plus les moyens de faire du sentiment... » Alexis, chargé du collier et du portrait, partirait pour Paris ; au père de Vallantin, notaire dont les affaires prospéraient, la Comtesse emprunta quinze louis pour le voyage : « J'ignore ce que peuvent valoir ce bijou, qui n'intéressera que les "amateurs", et cette peinture, que je crois passée de mode. Mais je compte sur toi pour en tirer le meilleur prix. Puisque tu as vendu des "sleighs" et des "carricks", tu dois pouvoir vendre mes derniers trésors... Si tu n'y parviens pas, je céderai des terres. Après quoi nous n'aurons plus, nous aussi, dans trois ans ou dans dix, qu'à mendier notre pain sur les chemins... »

C'était sans compter sur l'habileté d'Alexis. Il n'était que depuis un mois à Paris lorsqu'il envoya à sa mère une première lettre de change d'un montant de deux mille livres ; le signataire, le vicomte de Beauvais, invitait à tirer la somme sur la banque Germany-Girardot : « Vous endosserez cette traite, ma mère, et vous vous rendrez à Guéret, chez notre ami "l'homme noir" qui vous comptera les deux mille livres en espèces sonnantes. Considérez cette manne comme un premier acompte sur la vente de votre collier. Car il nous en reviendra d'autres profits, même si je ne puis encore vous dire jusqu'où cela ira. Pour l'heure parez au plus pressé : payez vos impôts — ce "vingtième" qui vient de tripler, cette dîme qui nous écorche, toutes ces taxes enfin qui ne cessent de croître et nous écrasent autant que les paysans, nous autres "privilégiés" ! Avec le reste achetez du blé pour nourrir votre monde, et nous verrons avant l'hiver à faire raccommoder vos toits si je tire un bon parti du portrait. »

En octobre, deuxième lettre de change, payable au porteur : mille cinq cents livres, prix de la vente du tableau. Touchée du caractère familial et édifiant du sujet (bien rare chez un peintre aussi licencieux !), et plus émue encore des malheurs de son « Emile » (qui n'avait pas dû se priver d'en rajouter), Madame de Genlis s'était entremise pour trouver un acheteur. Et elle l'avait découvert en la personne de Léonard, le perruquier de l'élite. Moins sensible à la facture qu'aux factures, ce boutiquier jugeait qu'au prix qu'atteignaient maintenant les Greuze et les Vigée-Lebrun c'était une bonne affaire que d'acquérir en bloc un père de famille aimant, une mère de famille souriante, et un très bel enfant, le tout certifié d'excellente noblesse. D'ailleurs, décor pour décor, Léonard aimait autant la peinture faite que la peinture à faire et, sentiment pour sentiment, le bonheur des autres que le sien.

Six semaines plus tard, troisième lettre de change : quinze cents livres encore, qu'Alexis présentait comme un deuxième acompte sur le collier : cette fois le billet était signé d'un certain Brissot de Warville ; il était tiré sur un Monsieur Clavière ; et il fallait l'escompter à La Châtre. Le même courrier annonçait d'autres acomptes à venir ; mais combien, quand, et pour quel montant, Alexis ne pouvait le préciser. Ce mystère intrigua Madame de Breyves. D'abord, elle n'avait jamais espéré autant d'argent de sa brocante étrusque : l'objet, croyait-elle, n'était cher qu'à son cœur. Ensuite, si elle n'était pas surprise de voir l'acheteur s'acquitter de sa dette en plusieurs versements, elle trouvait curieux que l'ensemble du marché n'eût pas été traité à un prix convenu : depuis quand pratiquait-on le marchandage à rallonges ?

Enfin, comme elle n'imaginait pas Alexis tronçonnant le collier, elle s'étonnait de voir apparaître tant de débiteurs. Autant de noms que de traites ! Un quatrième billet, de cinq cents livres (troisième acompte supposé), ne portait-il pas la signature d'un Monsieur Du Pont de Nemours ?

Elle sollicita des explications. Alexis répondit évasivement : il touchait, dit-il, « les dividendes » de leur premier séjour à Paris ; tout le monde s'employait en sa faveur ; Monsieur de Beaumarchais surtout, qui n'avait pas oublié son premier Chérubin. Quel rapport, se demanda la Comtesse, entre cet auteur à scandales et les étranges tractations auxquelles semblait avoir donné lieu la vente du collier ? Mais Alexis ne s'attardait pas sur ce point et, tout en promettant un ultime versement, et son retour avant les labours de printemps, il détournait l'attention de sa mère vers des sujets plus légers : il avait revu Mademoiselle Necker, qui rentrait de Montpellier auréolée de la gloire du dernier ouvrage de son père, « L'Administration des Finances ». Décidément laide, cette jeune « Minette », mais fine, espiègle, et plutôt dessalée. Ensemble ils avaient joué au trictrac « qui est, vous le savez, ma mère, le jeu des amoureux car, outre qu'on n'y joue qu'à deux, il n'y a qu'un gobelet — ce qui oblige, à chaque coup de dés, à se repasser l'objet, en se frôlant la main. Cette petite Necker ne rougit jamais, et elle a la main trop douce pour rester "une fille bien gardée". » Il ajoutait que, « quant au reste » (quel reste ?), il logeait toujours chez Madame de Meillant, « ce qui m'interdit d'ailleurs de prolonger davantage mon séjour car je ne veux pas devenir importun. Or un comte de Breyves ne saurait loger à l'auberge ; et quant à louer un appartement meublé, cela reviendrait si cher qu'il me faudrait dérober les plus belles "perles" de votre collier... » La Comtesse ne douta pas, en effet, que son fils n'eût été très économe des deniers de sa famille : il avait toujours été plus enclin à l'avarice qu'au gaspillage. « Si au moins je ne me privais que pour vous, Maman chérie, la privation me serait légère ! Mais songer que cet agrément d'un chez-moi où je pourrais traiter des grisettes, je me le refuse pour que vous engraissiez des pauvres !... »

Le fait est qu'après avoir réparé ses bâtiments, remplacé son bétail, et rempli ses greniers de blé et de paille achetés aux Berrichons, Madame de Breyves avait employé le surplus à secourir la misère. Comme elle l'avait prédit, la grêle avait jeté des centaines de vagabonds sur les routes. Une première vague, dès août, avait lancé vers le nord des malheureux qui n'avaient même pas de quoi attendre la récolte des châtaignes : c'étaient des femmes de maçons dont les hommes, travaillant à Paris, ne rentreraient pas avant l'hiver, c'étaient des moissonneurs à la journée qui ne trouvaient rien à moissonner, des batteurs en grange qui ne trouvaient rien à battre. La Comtesse aida ceux-là comme elle put, mais elle n'avait pas encore touché le prix de ses souvenirs et ne pouvait offrir qu'un peu de foin pour dormir ; elle ne trempait la soupe que pour les enfants solitaires et les femmes chargées de nourrissons : le soir, ces passants s'asseyaient sur les marches de la cuisine et dévoraient sans un mot, vite comme si on allait leur retirer l'écuelle, le brouet de pain noir et de raves que Marie cuisait dans la marmite des cochons.

En septembre et en octobre la misère parut plus calme : on attendait les châtaignes — avec un seul boisseau de châtaignes, pour le prix d'un pain de quatre livres qui ne tenait le corps qu'une journée, un homme ne se nourrissait-il pas pendant trois jours ?

C'est début novembre que la deuxième vague de malheur, plus ample, plus âpre, déferla sur le pays. Car si la récolte de châtaignes fut passable à La Commanderie, elle se révéla désastreuse dans la plupart des villages touchés par la grêle : l'orage n'avait pas seulement haché menu les feuilles des châtaigniers, il avait gaulé une partie des bogues naissantes et gâté les autres. On ramassa deux fois moins de fruits qu'à l'ordinaire et ceux qu'on ramassait, lorsqu'on les épluchait, on les découvrait noirs, piqués, pourris avant l'heure. De huit sous le boisseau, la châtaigne, sur les marchés, monta à vingt-cinq. Même malheur pour les noix : dans toute la région on ne trouvait plus de quoi graisser la soupe. Alors, ce furent les enfants de métayers et les petits propriétaires sans bétail qui prirent la route.

Madame de Breyves, mieux en fonds, les accueillit plus généreusement, mais, quand on sut qu'elle aidait tous les mendiants, il vint tant de malheureux qu'ils devinrent dangereux : la châtelaine avait beau leur confisquer briquets et couteaux, Mignon tremblait. Et elle aussi prit peur quand, un matin, on s'aperçut que Torchon avait disparu : des valets dirent que la sourde-muette avait suivi un chemineau qu'on avait déjà vu demander l'aumône l'été passé ; elle l'avait sans doute rejoint « par amitié », parce qu'il était caressant et qu'il lui souriait... Mais Madame de Breyves ne put s'empêcher de penser qu'un des misérables qui encombraient la cour et infestaient la hêtraie avait assassiné la pauvre fille après en avoir abusé. Pendant quelques semaines on crut pourtant que la sourde-muette reviendrait, on s'attendait à la voir réapparaître des seaux à la main, des bûches dans son panier. Puis on se résigna à sa perte comme à celle de ces chiens galeux et faméliques sortis d'on ne sait où, qu'on nourrit par charité, qui s'apprivoisent, s'installent, et puis s'en vont un beau matin mourir ailleurs.

La Comtesse, en tout cas, tira la leçon de l'événement : rendue prudente, elle fit dispenser ses bontés par d'autres. Quelques années plus tôt un couvent de Visitandines s'était établi à l'abri de l'abbaye d'Aubepierre, au Maupuy, à une lieue de La Commanderie. Ces religieuses n'avaient pas vocation à soulager les pauvres et les malades, mais, devant le malheur général, elles consentirent à redescendre sur terre : convertissant leur réfectoire en hôpital, elles recueillirent des vieillards, des enfants au berceau, des éclopés, enfin les plus démunis. Madame de Breyves s'entendit avec elles : elle leur remit régulièrement de petites sommes d'argent, leur fit porter de la farine de châtaignes et du bois. En échange, elle leur envoyait ses pauvres les plus patibulaires ou les plus abandonnés. Quand elle eut moins de travail au château, elle prit même l'habitude d'aller les aider. Elle arrivait juste après midi, conduisant elle-même sa calèche, et restait jusqu'au soir. Souvent, elle ne rentrait qu'après avoir entendu chanter complies à la chapelle, et quand elle reprenait la route il faisait nuit.

Un jour en la débarrassant de son manteau couvert de neige, Babet, qui l'avait attendue au coin du feu, grommela que, décidément, Madame était trop bonne. « Bonne, moi ? » Elle rit. « Oh non, Babet, je ne le suis pas ! Et tu le sais.

— Alors, reprit l'autre en haussant les épaules, me direz-vous pourquoi vous faites toutes ces sottises ? Par intérêt ?

— Certainement. Le spectacle de la misère me dérange. Je fais donc en sorte de n'être plus dérangée, il n'y a aucun mérite là-dedans. »

Bien sûr, elle mentait : ce n'est pas l'intérêt qui la poussait ; mais, ce qui aurait été plus difficile à expliquer, une espèce de plaisir. Un plaisir qu'elle ne puisait pas dans la reconnaissance des pauvres (ils étaient en deçà, ou au-delà, de la reconnaissance), mais dans l'indifférence sereine des religieuses. Chacune au couvent agissait avec calme et sans jamais prendre plus de responsabilités qu'elle ne pouvait en porter. Comme Madame de Breyves les religieuses soignaient, réconfortaient, mais sans hâte, sans révolte, sans émotion. Des gestes mesurés, des propos raisonnables, des sourires éthérés. Donnés à tous et à personne. Ces femmes-là ne luttaient pas : elles obéissaient avec exactitude, mais en se désintéressant de l'issue du combat. Comme si rien ici-bas ne dépendait d'elles... Cette résignation, qui indignait Madame de Breyves dix ans plus tôt, la reposait maintenant, comme l'apaisaient les chants indéfiniment psalmodiés et la monotonie des textes sacrés, lus à la chapelle d'une voix monocorde, sans esprit ni passion. Le plaisir qu'elle prenait soir après soir au Maupuy, c'était celui de l'ordre et du vide, de la discipline et du dépouillement, un dénuement si bien réglé et si absolu qu'il permettait d'économiser un battement de cœur sur deux.

Et puis il y avait l'autre plaisir, opposé et encore moins avouable, celui qu'elle prenait à l'aube lorsque le mauvais temps l'avait obligée à passer la nuit dans l'appartement de la Prieure, et qu'après avoir entendu chanter les laudes elle redescendait le coteau dans sa calèche. Voyant la vallée endormie à ses pieds, elle levait les yeux vers la colline de La Commanderie ; lentement, prudemment, comme on va, timide, à un premier rendez-vous. Et soudain coup de foudre, bonheur du cœur qui bat double : émergeant du brouillard et de la gelée blanche, la maison était là, la maison l'attendait. Avec ses hauts toits refaits à neuf, ses murs de granit, ses portes épaisses, ses grandes fenêtres. Nouvelle et surprenante parce qu'elle la voyait du dehors, qu'elle la considérait sous un angle inhabituel, mais toujours solide dans les tempêtes et toujours sienne. Elle ne s'en était éloignée que pour mieux sentir son étreinte, et déjà elle imaginait leurs retrouvailles : le salon de perse bleu, la chambre d'Alexis avec ses rideaux fleuris, la vieille bibliothèque, le feu qui flambe dans les cheminées, le blé dans les greniers, la paille dans la grange, la soupe dans la marmite. Les femmes ne connaissent pas la solitude tant qu'elles font l'amour à leurs maisons...

Aussi Madame de Breyves éprouvait-elle plus de pitié pour les vagabondes que pour les vagabonds. Toutes ces paysannes que la misère avait chassées de leur foyer et qui ne reverraient jamais le vieux puits, l'âtre où pend la crémaillère, l'édredon rouge, et l'« arche-banc » où l'on range les cuillères d'étain et la jatte ébréchée. Ces femmes ouvertes à tous les vents, légères comme des fétus de paille, vacantes comme des femmes violées, elle ne les conduisait pas immédiatement dans le réfectoire des Visitandines ; elle leur rendait d'abord un coin d'intimité, les laissait entrer dans sa cuisine, s'asseoir dans l'ombre, et rêver en se chauffant au « cantou »...

Pour ce qui est de se chauffer, heureusement cet hiver-là on avait de quoi : avec tous les arbres que la tornade avait abattus, on ne manquait pas de bois ! La Comtesse, aidée de Martial, venait justement de décharger des bûches dans la cour du couvent, et elle tentait de s'arracher du doigt une longue écharde de peuplier lorsqu'un cavalier passa le portail au grand galop : « Comte de Breyves, Madame, pour vous servir ! Alors c'est donc bien vrai que vous passez votre vie chez les bonnes sœurs ? Vallantin ne me trompait pas ! Allons, ma mère, quittez là vos miserere et sautez en croupe de mon cheval, je vous enlève : j'ai rapporté de Paris de si bonnes surprises que vous en serez émerveillée, l'heure n'est plus aux patenôtres, elle est à la gaieté ! » Elle protesta qu'elle était en jupes, et trop vieille d'ailleurs pour monter à califourchon ; mais il insista, jeta sa selle dans la carriole pour monter à cru, et elle, vaincue, finit par s'asseoir sur l'encolure, entre les rênes ; il avait promis d'aller au pas : « Ne vous effrayez pas, Maman chérie, mes bras vous maintiennent aussi sûrement que des ridelles, et je vous mènerai comme une jeune mariée ! »

Chemin faisant, il lui raconta quelques-uns de ses exploits, comment il avait embobeliné les dames et séduit son monde en jouant de sa noblesse, de ses relations, de son nom (« qui n'est qu'un petit capital, mais un capital tout de même, et de plus d'éclat que je n'imaginais ; oui, un vrai capital », — « Eh bien, tâchez de l'épargner ! »). Sortant de sa poche une dernière traite de mille livres signée d'un comte de Mirabeau (« Cela ne fait jamais que le quatrième acheteur de mon collier ! » soupira la Comtesse), il finit par lui livrer le secret de cette succession d'effets. S'il avait bien vendu le tableau au coiffeur Léonard et le bijou au vicomte de Beauvais, tout le reste provenait d'heureuses spéculations : il avait fréquenté la Bourse et la vente à terme, et les avait fréquentées avec succès, « grâce à Monsieur de Beaumarchais qui, depuis qu'il a vendu des armes aux Américains, est merveilleusement introduit auprès des ministres et des banquiers. Sur son avis j'ai acheté deux petites actions de la Compagnie des Eaux de Paris, qu'on vient de créer. Emises à mille deux cents livres chaque, elles étaient déjà à quinze cents quand je les ai prises. Enfin, quand je dis que je les ai prises, c'est façon de parler : comme je n'en avais pas le premier sou, c'est avec règlement à trois mois que je les ai achetées : mon vendeur était un Monsieur Brissot, qui ne possédait pas davantage les titres qu'il me vendait, mais, d'ici l'échéance, il comptait les acquérir s'ils venaient à baisser. Moi, j'étais sûr qu'ils allaient monter, comprenez-vous, et monter vite. En les revendant au terme de mon marché, je pourrais en régler l'achat au Brissot et empocher le surplus sans avoir rien déboursé... A la vérité, Maman, je simplifie l'opération pour ne pas vous embrouiller. Car, la plupart du temps, d'un commun accord, vendeur et acheteur évitent d'acheter ou de vendre ces titres pour de bon : ne suffit-il pas au perdant de payer au gagnant l'écart entre les valeurs ?

— J'entends », dit la Comtesse, faussement calme. « Votre marché est une espèce de pari : vous agiotez, les uns et les autres, avec un capital que vous ne possédez pas sur des titres que vous ne verrez jamais...

— Cela même ! N'est-ce pas une chance inouïe, pour des garçons sans fortune, qu'il existe des métiers comme celui-là ? Oh, le bon temps, ma mère, le bon temps que nous vivons ! »

Pour garder l'équilibre elle se serra davantage contre lui, appuya un moment la tête sur son épaule : elle avait le vertige. « Mais, reprit-elle comme si rien ne la troublait, tu aurais pu te tromper. Que serait-il arrivé si tes valeurs avaient baissé ? Car enfin ce n'est pas parce qu'un malheureux vaudevilliste t'assurait que...

— Quant à cela, n'ayez crainte : je ne m'étais pas

déterminé sur son seul avis ! Avant de m'engager j'avais fait le tour de la place. En commençant par mon ami anglais : Panchaud.

— Panchaud !

— Attendez. Sur ce roi de la perruque à ressorts, je sais à quoi m'en tenir : beau parleur et grand faiseur de projets, mais toutes ses entreprises, toutes, ce bateleur les mène à la faillite ! Ce qui n'a d'ailleurs pas diminué le crédit dont il jouit auprès des financiers : on lui prête des vues profondes, des desseins cachés... Il y a des gens dont toutes les âneries passent pour des stratégies ! Pour moi, ma religion est faite : je ne crois pas Panchaud malhonnête — enfin pas plus malhonnête qu'il ne sied dans une assemblée de voleurs — mais c'est un chimérique. Pire : un malchanceux. Je ne prends son conseil que pour faire le contraire de ce qu'il recommande. Dans l'affaire de la Compagnie des Eaux il était baissier : j'ai décidé d'être haussier... Du reste, ce brave homme voit tout à la baisse : la Caisse d'Escompte (qu'il abomine depuis que Monsieur Necker l'en a écarté), la Banque de Saint-Charles, la nouvelle Compagnie des Indes, autant dire la Bourse entière ! Votre enfant, certain, lui, que notre nouveau contrôleur des Finances, Monsieur de Calonne, ne hait pas les haussiers, a donc pris à rebours tous les avis du fameux Panchaud. Et voyez comme nous nous en sommes bien trouvés !

— Tous ses avis, dites-vous ? Auriez-vous joué sur d'autres valeurs que celles de la Compagnie des Eaux ?

— Sans doute ! Il faut diviser ses risques : un saunier enterre-t-il tout son sel au même endroit ? Autre maxime : ne jamais rester immobile. J'ai fait quelques allers et retours assez vifs contre le syndicat des baissiers. Car ces gens-là marchent en bande, sous la conduite d'un banquier genevois, Monsieur Clavière. Brissot, Du Pont, Mirabeau, tous ceux dont aujourd'hui vous encaissez les traites appartiennent à cette clique. Mais, avec l'aide de Dieu, votre petit garçon si fragile, si innocent, votre agneau bêlant les a tous défaits ! » Et, aussi fier de lui que s'il avait remporté un tournoi de chevalerie, il posa, dans les cheveux de sa « dame », un baiser léger.

« Belle victoire », convint la Comtesse qui se répétait que rien n'est plus inutile qu'une frayeur rétrospective. « Mais, fit-elle d'un ton léger, ces hommes-là n'étaient peut-être pas des adversaires dignes d'un chevalier tel que vous : rien que des bourgeois...

— Oh, je n'ai pas de ces préjugés-là ! Certes Brissot "de Warville", Du Pont "de Nemours", et Caron "de Beaumarchais" ont trouvé leur titre là où ils ont trouvé leur épée : chez le fripier ! Mais le comte de Seneffe, haussier comme moi, est d'excellente maison. Et que dites-vous de notre dernier débiteur, le comte de Mirabeau ? C'est le propre fils du grand philosophe, "l'Ami des hommes" ! Lui serait plutôt l'ami de l'argent... mais il n'en est pas moins bien né ! Allez, tranquillisez-vous, Maman, en m'aventurant pour sauver notre Commanderie je n'ai pas dérogé. Au contraire ! C'est le principe des vases communicants : un grand nom rehausse les petites habiletés, et les petites habiletés redorent le nom... »

Ils étaient arrivés en vue du château : Alexis complimenta sa mère sur les réparations qu'elle avait faites. « Maintenant que vous avez remédié aux dégâts et engrangé assez de vivres pour aller jusqu'à l'été, à quoi emploierons-nous les mille francs du comte de Mirabeau ? Ne pourrions-nous acheter une belle paire de bœufs, des bêtes jeunes au dos bien plat, à la mâchoire propre ? On en trouve à six cents livres, sept cents au plus. Avec un pareil attelage et une charrue de plus, nous gagnerions du temps sur les labours : dans les jachères nous pourrions aller jusqu'à quatre labours au lieu de trois, et éviter que, le dernier labourage ayant trop tardé, la terre ne se trouve infestée de mauvaises herbes ! Ainsi obtiendrions-nous de meilleurs rendements. Un gain qui pourrait aller jusqu'à quatre ou cinq cents francs par an... Qu'en dites-vous ? »

Elle n'en disait rien. Elle avait honte, honte de la précarité de leur vie. Leur domaine était si petit qu'ils gardaient à peine la tête hors de l'eau. Tous les efforts d'Alexis, les risques qu'il avait pris n'avaient servi à rien, qu'à les maintenir en survie. Encore une année de gagnée, mais après ? Une dernière fois elle tenta de se persuader qu'ils n'avaient pas le choix : « Et si tes beaux calculs avaient échoué, hein ? Si les "baissiers" l'avaient emporté, avec quoi aurais-tu payé les dédits ?

— En agiotant sur plusieurs valeurs à la fois et pour de si petits montants, je ne m'exposais guère à perdre gros. Mais si tout de même j'étais resté endetté, j'aurais emprunté cinquante louis à Madame de Meillant en comptant d'en regagner trois fois plus au pharaon ou à la bassette.

— Tu te crois donc bien heureux au jeu ? Il est vrai que lorsqu'on sait aider la chance...

— Pour qui me prenez-vous ? Je ne triche pas ! Je ne triche plus... J'ai trouvé mieux pour tromper : laisser croire aux autres qu'ils pourront me duper. Ne suis-je pas jeune, provincial, ignorant ? Le pigeon rêvé ! Je mise sur l'envie qu'ils ont de me plumer, et, croyez-moi, je suis rarement déçu ! Je joue dans des sociétés où je ne suis pas connu, chez des filles d'opéra, des faiseurs d'horoscopes, dans les cafés du Palais-Royal, les sociétés d'hommes de lettres. Au commencement, je multiplie les maladresses ; encouragés, mes adversaires grossissent la banque, je les suis et je perds encore ; je ponte et je reponte, je sacre en berrichon, je peste en marchois ; les autres se découvrent de plus en plus, ils s'amusent, ont des distractions, et brusquement, quand je vois assez de louis réunis sur la table, je joue la partie comme je sais la jouer : Dieu étant neutre, je ne peux que gagner. En deux tailles, je fais sauter la banque ! Et, prétextant d'une diligence à prendre, je pars aussitôt, sans accorder de revanche. » En somme, escamotage en moins, il jouait au pharaon comme on joue au bonneteau : en spéculant sur l'âpreté d'autrui. « Rien de bien coupable, vous le voyez. Mon seul péché — tout petit, vraiment — c'est de pousser les autres à pécher. Car, en me voyant si sot, les joueurs de profession, qui grouillent à Paris, sont tentés de tricher. C'est alors que, connaissant leurs tours, je les pince sans ménagement. Pris la main dans le sac, ils n'ont d'autre choix que de m'affronter au pistolet (j'ai toujours dans mes poches deux pistolets) ou d'acheter mon silence pour garder leur honneur. Mais on n'a pas souvent, Dieu merci, besoin de ses armes quand chacun sait qu'on s'en servirait ! Le silence est d'or, ma mère, et tout ce qui est d'or se vend : l'affaire se traite donc à l'amiable et dans la bonne humeur ! »

Comme ils s'arrêtaient devant la maison, il attrapa la Comtesse par la taille pour l'aider à sauter de leur monture et, la tenant un moment enlacée, l'embrassa sur le front avant de conclure en grand seigneur cette conversation d'aigrefins : « Vous m'avez appris, ma chère Maman, à faire des armes non pas pour tuer, mais pour empêcher qu'on ne me tue : ne puis-je porter une botte à un adversaire qui se couvre mal ? » Il n'avait plus besoin de guide, plus besoin d'abri. Pourquoi était-il rentré ? Tout à l'heure il lui avait dit avoir lâché ses actions à deux mille livres alors qu'il était sûr qu'elles atteindraient les quatre mille dans l'année. De quelle fortune elle le privait ! Car enfin les choses devenaient claires : s'il revenait encore, s'il revenait toujours dans cette « petite Sibérie » où il végétait, c'était pour elle, et elle seule.

En riant, il déballa les petits cadeaux qu'il lui avait rapportés, les surprises promises, rangées dans une jolie cassette : une pièce de taffetas violet, « pour vous tailler une robe de bal », une cornette en dentelle d'Angleterre, deux paires de gants fins, une boîte à mouches...

« Etes-vous fou, mon fils ? Que ferais-je de mouches à mon âge ? Je suis vieille... », — « Pas si vieille ! », — « Et une robe de bal ! ici ! Avec qui voulez-vous que je danse ? », — « Mais avec moi, bien sûr ! » Et aussitôt il l'entraîna, en chantonnant, dans une contredanse endiablée.

Maintenant, elle voyait clair dans leur double jeu : elle l'avait trempé tout petit dans le Styx, mais en le retenant par le cœur. L'amour qu'il lui portait était son talon d'Achille. Elle l'avait détaché de tout, sauf d'elle. Et c'est par elle que le monde le blesserait, à travers elle qu'on l'atteindrait.

Déjà La Commanderie, ses grêles et ses procès, ses domestiques et ses fermiers, le tirait en arrière, le tirait vers le fond. Pour qu'il se sauve, elle devait l'en libérer.

Ils dansaient ou faisaient semblant de danser : Alexis prétendait distraire sa mère, la Comtesse prétendait s'amuser. Mais déjà elle songeait à ces fins d'après-midi à Argenteuil quand son fils avait trois ou quatre ans, et qu'elle l'abandonnait à sa gouvernante pour regagner Paris. Elle lui faisait promettre d'être sage, jurait qu'elle reviendrait vite ; mais, au moment où elle passait la porte, l'enfant courait derrière elle et s'accrochait à sa jupe en poussant des cris désespérés. Des deux mains il se cramponnait au satin, s'agrippait aux dentelles. En vain, elle tâchait de le raisonner ; dans le carrosse Henri s'impatientait. D'un pas résolu elle continuait à avancer, mais l'enfant se laissait traîner, arrimé aux plis de la robe, à sa ceinture, aux franges, aux manchettes, à n'importe quoi. Le visage sévère, elle se retournait ; d'une main ferme, elle détachait un à un les doigts minuscules. « Non, Maman, non, je vous en prie ! Maman ! » Mais quand, tenant rudement le petit poignet, elle avait réussi à décrocher le dixième doigt, le dixième ongle, voilà que déjà l'enfant, bleu de chagrin, réempoignait la jupe de l'autre main. Impossible de le détacher tout à fait, de s'en séparer proprement. Henri s'énervait. Alors, des deux bras, avec violence, elle repoussait le tout-petit, il perdait l'équilibre, et avant qu'il fût relevé elle s'enfuyait. Ce n'était plus un départ, c'était un assassinat...

Et voilà que, vingt ans après, elle allait devoir

recommencer. Couper les derniers liens, l'arracher à elle, et pour jamais.

Son devoir était tout tracé : renvoyer Alexis à Paris, le renvoyer vers la vie. Et le renvoyer d'une manière telle qu'il n'eût jamais le remords de l'avoir quittée. Le renvoyer fâché, le renvoyer meurtri... Elle avait cru l'éducation de son enfant terminée : il lui restait à s'en faire haïr.

IX

« O mon fils, que tes jours coûtent cher à ta mère ! »

(Andromaque, III, 8)

31

De même qu'une troupe de nains vient à bout d'un géant, il faut, contre une passion, mobiliser les goûts, les aversions, les habitudes, les manies même — tout ce qu'il y a de petit. Pour détruire l'amour immense que lui portait son enfant, Madame de Breyves jouerait sur les plus mesquins de ses sentiments : la présomption propre à la jeunesse, l'engouement pour la nouveauté, ou, plus médiocre encore mais plus sûr, l'appétit d'argent... Car si elle n'aimait pas moins son fils que son fils ne l'aimait, elle avait sur lui, dans l'étrange combat qu'elle engageait, l'avantage de l'expérience et de la lucidité. Il l'idéalisait, elle le voyait tel qu'il était. Tous les forts ont leurs faibles : pour l'éloigner elle le prendrait par ses mauvais côtés — la vanité, l'intérêt. Les Visitandines et leurs pauvres allaient l'y aider.

Mais, pour réussir, il lui fallait du temps. Du temps pour convaincre Alexis, rompu à déjouer toutes les comédies, que sa mère était sincère quand brusquement elle ne jurait plus que par l'Eglise et ses œuvres. Du temps pour laisser avec vraisemblance leur complicité s'altérer, leur tendresse s'abîmer. Du temps enfin pour s'habituer elle-même à l'idée de le perdre pour le sauver...

Leurs premières disputes, elle en trouva le prétexte dans les opinions qu'il avait rapportées de Paris. Il était rentré la tête farcie de liberté à l'américaine, de progrès, d'égalité. Il en entretenait complaisamment

Mignon, lui-même très agité, et Claude Vallantin qui, cet été-là, ne bougea pas de La Commanderie.

Bachelier depuis quelques années, Vallantin avait passé sa licence en un tournemain ; une semaine d'« études », pas un jour de plus, et on l'avait déclaré avocat ; l'université de Reims vendait degrés, thèses et arguments : pour six cents francs, de sévères docteurs lui avaient délivré la totalité des grades après lui avoir, pour la forme, posé une seule question, « Les eunuques peuvent-ils contracter mariage ? ». Il en riait encore, en disant que c'est le genre de sujet où le fait prime le droit ! Cependant, avant d'être inscrit au tableau de l'Ordre et de pouvoir plaider, il devait faire un « noviciat » de quatre ans, un stage qu'il effectuait alors chez un avocat de Bourges, ami de son père. Ce stage lui laissait assez de loisirs pour se croire persécuté et venir philosopher chez les « aristocrates ».

« Banques, bordels, tripots ! » s'indignait la Comtesse dès que le juriste-philosophe avait le dos tourné, « aujourd'hui tout se vend, tout s'achète. Ton Vallantin, qui n'a que le mot "vertu" à la bouche et veut tant de bien à mes paysans malgré moi, ce Vallantin fraude l'Université et s'apprête à tromper ses clients sur sa qualité ! Quant au "vertueux" Auclère, ce défenseur du peuple qui excite mes métayers contre mes droits, mes bornes, mon pigeonnier et mes chevreuils, n'a-t-il pas été, comme collecteur d'impôts, le premier écorcheur de ces malheureux et, comme mouchard des gabelous, leur assassin ? Ah, l'opinion veut de la "vertu" ! Eh bien, on lui en donnera ! À la louche, et de l'espèce la plus frelatée !

— Croyez-vous donc, lançait Alexis piqué, que les curés que vous fréquentez soient plus dignes d'admiration ? »

Elle ne le croyait pas, mais donnait le change pour suivre son plan ; elle ne manquait plus une messe, plus une bénédiction, et se montrait si généreuse avec les Frères de la Merci et autres quêteurs ensoutanés qu'Alexis en avait les yeux exorbités : « Quand je pense que je me suis donné tant de mal pour vous gagner ces beaux écus blancs et que votre prêtraille me les dévore ! », — « C'est, disait-elle, que je suis plus égalitaire que toi : tu as pitié du "Tiers", avocats, procureurs, meuniers, notaires ; moi, j'ai pitié des pauvres. Et je crois que nous n'avons rien fait pour eux si nous n'avons pas tout fait. »

Il haussait les épaules, agacé par ce prêchi-prêcha évangélique qui semblait répondre, sottement, à ses sermons philosophiques. À l'évidence, l'attitude de sa mère le déconcertait : elle ne perdait plus une occasion de le provoquer. Et si, depuis l'enfance, il était habitué avec elle aux conflits ouverts, aux affrontements en règle, s'il ne craignait ni son fouet, ni ses orties, ni son pistolet, il ne comprenait rien à cette « petite guerre » qui couvait et reprenait sans cesse, à ces escarmouches sans raison ni conclusion. Par exemple, elle rentrait fatiguée de chez ses Visitandines ; dans le salon bleu elle trouvait Vallantin trônant comme un roi sur le sofa, Alexis à ses côtés, et Mignon à leurs pieds, assis sur ses talons, les épaules enveloppées d'une couverture, tel un Iroquois en réduction qui chercherait sous le parquet son calumet de la paix ; tous trois commentaient les gazettes ou tiraient des plans sur la comète ; bon, elle aurait pu s'emporter, se plaindre de ce qu'ils passaient leurs journées à bavarder tandis qu'elle travaillait ; elle aurait pu aussi sourire avec mépris, et laisser dire ; mais non : elle chargeait, ne reculant devant rien, pas même devant la cruauté. « Encore vos chimères, Mignon ? L'égalité, toujours l'égalité ! Mais quand mon fils ne serait plus comte, ou quand vous le seriez tous les deux, il reste qu'il ferait toujours six pieds de haut, et vous quatre à peine, mon petit Poucet ! Alors que suggérez-vous ? De le raboter ? Allons, Monsieur le précepteur, revenez au bon sens : les dés de la Nature sont pipés ! Restez peuple, ou soyez Dieu ! »

Même « sortie » quand les trois complices en vinrent, devant elle, à parler du « Progrès ». Elle soupçonna la majuscule : « Quel Progrès ? » fit-elle en lâchant soudain son fuseau. « Où, dans ce siècle, voyez-vous le progrès ? Déclin de l'honneur privé, dédain des vertus publiques, exténuation de la langue, affadissement de la sensibilité... Sans parler du triomphe de l'agiotage ! L'agiotage, cette plaie ! » Alexis, surpris par la brutalité de l'attaque, en resta bouche bée... À son air, à son visage, elle voyait qu'il avait maintenant du mal à se contenir ; mais au premier mouvement de colère succédait toujours, dans son âme et sur ses traits, un élan de pitié : il devait encore attribuer la mauvaise humeur de sa mère à la fatigue, aux soucis, et, bien sûr, à la mauvaise influence des sœurs du Maupuy. Tout cela ne l'empêchait pas de l'aimer, et même, dans la mesure de ses moyens, de la respecter.

Elle dut redoubler d'efforts. Nouvelle charge quand elle entendit les trois compères se gargariser des « réformes » possibles ou souhaitables — liberté de ceci, liberté de cela. En fait de réforme, la seule à laquelle elle aurait volontiers souscrit, c'est celle qui lui aurait permis de ressusciter Henri. Quant à la liberté, elle n'en réclamait pas d'autre que de pouvoir tuer ses ennemis... Mais là où, deux ans plus tôt, en entendant « la jeunesse » vaticiner elle aurait ri, elle saisit cette fois l'occasion d'irriter Alexis : « Pour ce qui est des réformes, mes petits Messieurs, commencez donc par vous réformer vous-mêmes ! Car pour vivre comme vous le voulez, sans freins ni garde-fou, il faut une âme d'airain. Et je doute de la fermeté de la vôtre quand je vous vois plus entichés de vos droits que de vos devoirs, et de liberté que d'honnêteté ! »

Bonne leçon, bien dans le goût du personnage qu'elle s'imposait, mais, alors qu'elle espérait une empoignade, ses « réformateurs » se turent, médusés. Pour détendre l'atmosphère sans perdre la face, Alexis glissa du débat de fond à des anecdotes ecclésiastiques un peu graveleuses : « A Paris, chez les Meillant, il y avait une chanoinesse charmante. D'une modestie, malgré ses seize quartiers ! Elle accroche sa croix très bas, m'a-t-elle confié simplement, parce que ses robes ne montent pas très haut... Elle a pour amant un jeune chevalier de Malte qui, courant d'un couvent à l'autre, porte assez gaiement son vœu de célibat... »

Raté ! Il lui avait, une fois de plus, dérobé sa querelle : elle ne pouvait attaquer sur la chanoinesse, ç'aurait été pousser la pudibonderie trop loin. Mais, quelques jours plus tard, elle parvint à en découdre quand Mignon, imprudent, aborda la question des biens du clergé : il fallait, soutenait-il, abolir la « main-morte », confisquer les propriétés de l'Eglise, les répartir (entre les comédiens, peut-être ?), et salarier les curés. Sur un tel sujet, Madame de Breyves, supposée coiffée de ses bonnes sœurs et de ses abbés, ne pouvait faire moins que de monter à l'assaut. Elle protesta donc. Vallantin, dont le père lorgnait depuis longtemps certaines terres de l'abbaye d'Aubepierre, prit la mouche à son tour. Puis, se souvenant tout de même qu'il était l'hôte de la Comtesse, il quitta brusquement, mais insolemment, la partie : « Mon pauvre ami, dit-il à Alexis, je vois bien que ta mère ne partage pas nos idées. » L'idiot ! Elle n'avait pas d'idées, elle n'avait que des souvenirs. « J'en connais beaucoup, poursuivit le robin, qui sont ainsi fort aises de laisser aller le monde comme il va, car ils y ont leur lit bien fait et craignent de le remuer !

— Est-ce pour moi que vous dites cela, Monsieur l'avocat ? riposta la Comtesse. Qu'ai-je amassé, dites-moi, que je n'aie gagné par un travail acharné ? Qu'ai-je dérobé à la sueur du peuple ? S'il s'agit de lits, je crois votre édredon de meilleure plume que le mien et votre matelas mieux garni ! »

Il y eut des invectives, des portes claquées, et Vallantin décida de ne plus remettre les pieds à La Commanderie. Dorénavant ce fut Alexis qui, heureux d'échapper de temps en temps aux aigreurs de sa mère, alla passer ses soirées à Lourdoueix : il y jouait bourgeoisement au nain jaune, au brelan (à un liard la fiche), et au billard. Circonstance que Madame de Breyves commenta avec acrimonie : « Au billard, mazette ! Ces bourgeois ont un billard quand tous les pauvres du pays meurent de faim ! » Alexis ne releva pas ; mais le lendemain, il rapporta de chez le notaire « L'Histoire de Dom Bougre, portier des Chartreux » et « La Vénus du cloître », qu'il lut ostensiblement à la veillée, ou même à ces heures de la journée où sa mère aurait préféré le savoir aux champs, occupé à la moisson. Car, si l'on ne voulait pas perdre tout le grain, comme l'année d'avant, il fallait se dépêcher.

L'été de 1785 bascula en effet précocement dans l'automne : au 15 août, guêpes et libellules disparurent des fleurs et des roseaux, on n'y trouva plus que des passagers de la pluie — escargots, limaces, sangsues, perce-oreilles. Tout semblait mouillé, gluant, pourri. Et comme le reste, la passion d'Alexis et de sa mère... Cependant, la Comtesse était loin encore d'avoir obtenu la rupture espérée. La tension avait beau devenir de plus en plus sensible — Mignon boudait, Alexis fuyait —, l'irréparable tardait à s'accomplir. Son fils reculait devant l'épreuve, comme dix ans plus tôt quand il avait fallu abattre Fanfaron... Elle devait donc, sans se lasser, continuer seule le travail de sape. Tout gâcher. Tout détruire de leur amour, par amour.

Vallantin s'étant retiré du jeu et Mignon optant prudemment pour un silence lourd de sous-entendus, Madame de Breyves et son fils ne s'affrontaient plus désormais qu'en combat singulier. Les blessures n'en furent que plus profondes. Il y eut ainsi une bataille sanglante à propos d'un droit ancien qu'un feudiste de Guéret conseillait à la Comtesse de remettre en usage sur ses terres. La mode alors, pour la noblesse pauvre, c'était de rechercher dans des grimoires du Moyen Age des redevances seigneuriales tombées en désuétude et de leur redonner vie au détriment des tenanciers. Si la Comtesse avait, comme tant d'autres, accaparé les communaux, clôturé ses terres, lutté contre le glanage et la « vaine pâture », exercé son droit de chasse, et toujours fermement exigé son cens et ses « lods », elle n'était pourtant jamais tombée dans ce « médiévisme fiscal ». Quinze ans plus tôt elle avait même renoncé à exiger un poulet de chaque maison le jour de l'Epiphanie... Et voilà qu'à la stupéfaction d'Alexis elle envisageait aujourd'hui de rétablir un « droit de première pinte » que son feudiste avait retrouvé dans un chartrier de 1476 ! Ce droit, applicable à chaque poinçon de vin vendu au cabaret, était d'ailleurs d'un rapport si faible qu'il ne produirait, chaque mois, que la valeur d'une miche de pain : à quoi bon, demanda Alexis, tracasser pour si peu les cabaretiers et leurs clients ? Il insista : en campant sur ses chartriers, sa mère allait se rendre impopulaire. « Vous qui avez toujours, Maman, favorisé l'éducation du peuple, soulagé les malheureux, comment pouvez-vous prendre, pour un si mince objet, le risque de jeter vos paysans dans la révolte ?

— Dans la révolte, vraiment ? Je ne le crois pas : le paysan est comme un cheval rétif, il faut bien le rosser d'abord et après on en fait ce qu'on veut.

— Est-ce vous qui parlez ainsi ? Vous ! Il faut que vous ayez perdu la raison !

— Et vous le respect, je crois ! » Depuis quelques semaines, pour mieux marquer sa froideur et la distance qui se creusait entre eux, elle s'était mise à le vouvoyer. Entre deux prières et deux génuflexions, elle le chapitrait comme Madame Pernelle son Orgon. Une radoteuse, entêtée de privilèges et d'indulgences plénières : c'était le personnage ridicule auquel elle s'obligeait ; pourtant son fils ne renonçait pas encore à la raisonner, gentiment, comme on parle à un enfant : « Ma mère, je vous en conjure, pas de droit de pinte ! Vous me connaissez : je ne suis pas un doctrinaire. Je me soucie comme d'une guigne de la philosophie ! Et si vous me voyez parfois élucubrer sur ces sujets, c'est pour flatter Mignon et Vallantin qui sont deux idéologues enragés... Néanmoins, je sais, je sens qu'il va nous falloir sacrifier l'accessoire pour sauver l'essentiel : vous m'avez écouté pour le colombier, écoutez-moi pour le cabaret.

— Est-ce votre ami Trinque-Chopine qui vous inspire aujourd'hui ? Ou est-ce vous qui l'agitez ? Car la liberté de vos propos, mon fils, en excite plus d'un au village à l'heure qu'il est !

— Ma mère, je ne marche à leur tête que pour les empêcher de me dépasser, je ne les guide que pour les brider... Ne me rendez pas l'exercice plus difficile en tombant dans l'excès. Sachons rester modérés. Les temps changent...

— Les temps changent, mais pas les hommes ! Quant à rester modérée... Il y a vingt ans que je souffre patiemment les outrages, les manœuvres, les artifices, les friponneries de toute sorte — à commencer par les vôtres ! —, et j'ai vu qu'il n'y avait rien à gagner à être "modérée" : c'est une duperie ! »

Une fois de plus, ils se quittèrent brouillés. Alexis passa dorénavant les trois quarts de ses journées chez les Vallantin. Il est vrai que, dès qu'il se mêlait d'intervenir sur le domaine, de donner un ordre, elle s'ingéniait à le contrarier ; souvent même elle le ridiculisait. Le soir, entre eux, plus de longues conversations : il prenait son « Portier des Chartreux », elle prenait sa Bible...

Rentrée dans sa chambre, elle posait son masque et pleurait. Dieu, qu'il est difficile de détacher celui auquel on s'attache ! Et cruel de se frapper soi-même... Devant le visage triste de son « petit », ses silences amers, elle ne tiendrait plus longtemps ; elle finirait par se jeter dans ses bras et tout lui avouer ; alors il capitulerait ; il capitulerait devant elle, puis il capitulerait devant le monde entier — naïf, sensible, désarmé... Non, c'est maintenant qu'il fallait porter l'estocade, tout briser avant de se retrouver sans forces et sans courage... Un jour qu'Alexis l'avait accompagnée au pré de la Petite Combe pour soigner une brebis, il dit, sans penser à mal : « Quel dommage de laisser à des moutons d'aussi belles prairies ! On pourrait y élever des chevaux. Les Saint-Germain-Beaupré, qui en ont fait l'essai, en tirent un grand profit. Le pays s'y prête bien. Plus tard, je mettrai là quelques poulinières...

— Plus tard ? "Plus tard" quand ? Quand je serai morte ?

— Je n'ai pas dit cela...

— Vous avez bien fait. Car, à ma mort, mon pauvre enfant, vous ne mettrez pas plus de poulinières ici qu'ailleurs : j'ai l'intention — et je voulais depuis longtemps vous en faire part — de léguer ma Commanderie à "Notre-Dame du Maupuy".

— C'est une plaisanterie ?

— Non, une décision mûrement réfléchie. J'ai rendez-vous le mois prochain avec un notaire de Guéret pour mettre ordre à mes affaires... Je sais que vous n'êtes pas insensible à la misère et que vous approuverez la fondation que je veux faire : la dixième partie de mes biens affectée à des messes pour le repos de l'âme de votre père, et tout le reste à la création, dans les murs du couvent, d'une salle d'hôpital pour les orphelins et les malades.

— Mais moi ? Moi dans tout cela ? Y avez-vous songé ?

— Je vous sais capable, mon fils, de vous soutenir par vous-même. Vous me l'avez encore prouvé en gagnant en six mois de Paris plus que nos terres ne produisent en deux ans.

— Ah, je comprends... C'est pour avoir été un agioteur que vous me punissez ? Mais je ne le ferai plus, Maman, je vous le promets !... A moins que ce ne soient mes idées qui vous scandalisent parce qu'elles choquent le clergé ? Oh, tant pis, je changerai d'idées ! Tenez, je souscris même au "droit de pinte" et à toutes les folies que vous voudrez... Mais ne me chassez pas, Maman, ne me chassez pas ! »

C'était le moment de détacher un à un les doigts accrochés à la jupe et d'avancer bravement, comme si l'on avait vraiment envie d'aller où l'on va : « Voyons, mon cher enfant, je ne vous punis pas ! Qu'allez-vous chercher là ? Je veux seulement le bonheur des pauvres, mon salut, et le vôtre par-dessus le marché.

Rappelez-vous l'Ecriture : "Délivrez-moi, Seigneur, des soins de cette vie de peur qu'ils ne retardent ma course, délivrez-moi de mes nécessités." Je vous délivre du souci de La Commanderie, qui vous détournerait d'objets plus solides : on est possédé par ce que l'on possède, je vous veux libre, Alexis, car le Maître est là, il nous appelle...

— Qu'est-ce que c'est que ce charabia ? Il faut que la grêle vous ait fêlé la tête ! "Amstramgram, le Maître est là." Eh bien, je ne l'entends pas, moi ! Je vois seulement que vous m'ôtez mon seul bien, que vous m'ôtez mon fief ! En quoi ai-je mérité un pareil traitement ? En quoi ? »

Huit jours durant il tempêta, supplia. Parfois, quand à ses plaintes elle avait opposé trop de « Cessez de gémir, mon fils, considérez plutôt les souffrances du Christ et des saints », quand, à son refus de quitter une maison qu'il adorait, d'abandonner les projets qu'il avait faits, elle répondait que « l'homme est en exil et ne doit mettre son espérance en aucune chose du monde », elle voyait, dans les yeux de son fils, passer, un court instant, la lueur du doute : elle allait trop loin... A une ou deux reprises, il crut même pouvoir prendre la situation à la plaisanterie : « Allons, Maman, je vois bien que vous vous moquez ! C'est une gageure : contre qui avez-vous parié ? Mignon ? Babet ? Vous voulez m'éprouver, voilà tout ! »

Ainsi font, avec leur mère, les chatons qui grandissent : quand, pour les séparer d'elle, la chatte les griffe, les mord, les tape, quand elle les traite en étrangers, en ennemis même, eux, croyant encore qu'elle veut jouer, bondissent, esquivent, lui mordillent la patte, lui attrapent la queue, se roulent contre son ventre. Sous la pluie des coups ils cherchent encore le câlin, la tétine. Il faut que leur mère les batte jusqu'au sang pour que, surpris, vaincus, ils se résignent enfin à s'éloigner...

Dix fois, vingt fois, Alexis, entre deux accès de colère, tenta ainsi de revenir aux jeux de la tendresse, aux badinages de leur ancienne complicité. Mais Madame de Breyves, quoi qu'il lui en coûtât, parvint à ne pas fléchir. Veillant à ne plus « charger » son personnage, elle éloignait son enfant en simulant l'indifférence, une indifférence sans aigreur ; elle affectait même d'entrer de temps en temps dans les vues de son fils pour mieux le raisonner : « Si, en léguant mon bien aux pauvres par l'entremise des saintes femmes du Maupuy, je n'assure pas votre salut — puisque vous prétendez ne pas vouloir être sauvé ! —, j'assure au moins votre réussite...

— En me privant de ressources !

— Un homme sans attaches va loin...

— Je n'ai pas d'ambition !

— Pourtant, vous portez un grand nom, vous avez eu "les honneurs de la Cour", il faut songer à votre avenir...

— L'avenir, c'est demain ! Je ne me soucie que d'aujourd'hui !

— Voilà une désinvolture que votre père n'aurait pas goûtée ! »

Elle faisait mine de vouloir le rassurer ; elle lui avait rendu les mille francs de Mirabeau : « Je n'ai pas touché à cet argent, il est à vous, vous en userez comme vous voudrez, mais, d'ailleurs, tant que je vivrai, je serai heureuse de vous garder à mes côtés... », — « Pour que nous nous disputions sans cesse ? »

Elle lui montrait qu'en mère aimante et prévoyante elle avait songé à tout : « Même après ma mort, en cas de nécessité vous aurez toujours un toit. Chez les Visitandines. C'est une des conditions que je mettrai à ma fondation », — « Bonne idée ! Je me ferai moine et prierai pour votre salut ! »

Le soir, après ces joutes, elle s'asseyait épuisée sur son prie-Dieu, la tête dans les mains. Derrière elle, sur le mur gris, sa « Madone aux raisins » et le pastel d'Alexis... « Oh Marie, murmurait-elle, retirez-moi de cette boue de peur que j'y demeure enfoncée ! » C'était comme si elle s'était jetée dans la vasière tête baissée. Mais elle ne s'y était lancée que pour en tirer son fils, elle lui sacrifiait son bonheur et sa vie. Pourquoi lui résistait-il encore ? Qu'attendait-il pour l'abandonner ? « Oublie tes maîtres, Alexis, oublie les leçons, oublie-moi. Tourne la page, jette le livre. Fuis, fuis. Vite ! »

Pour s'encourager, se persuader qu'en le poussant dehors elle avait raison, elle se rappelait le récit de sièges héroïques : quand leur forteresse est sur le point de tomber, les assiégés, avant de se rendre, tentent une ultime percée. La Commanderie était cette forteresse menacée ; ils étaient les assiégés : ne devait-elle pas obliger Alexis, jeune et vaillant, à tenter la dernière sortie ? Sûre, en tout cas, d'agir pour son bien en le renvoyant vers le mal, elle puisait dans cette certitude la force de souffrir et d'assassiner.

Le huitième jour, elle vit soudain son fils plus calme ; il avait cessé d'espérer : plus de cris, plus d'insultes, plus de portes claquées. Il portait sur chaque lieu, chaque objet, le regard mourant d'un condamné ; et quand il parlait, c'était au passé... Madame de Breyves le surprit assis dans les ruines du colombier ; il se croyait seul et, mélancolique, considérait de loin la haute maison grise. « J'y aurais ouvert une bien belle auberge... », murmura-t-il d'une voix brisée. Au jeu du qui perd gagne elle venait de rafler la mise : elle avait gagné de le perdre, et mourrait d'avoir tué l'enfant qu'il avait été.

Le lendemain, en rentrant de La Roche où ses corvéables réparaient le chemin, elle trouva Babet qui s'essuyait les yeux avec son fichu : « Monsieur le Comte a ordonné d'atteler, Madame. Il est parti avec sa malle, sa carabine, et son épée », — « M'a-t-il laissé un message ? », — « Rien, Madame. Pourtant, il est resté un bon moment dans votre chambre... Ah, j'oubliais : il a pris son petit portrait, celui de quand il avait sept ans. »

32

On croit qu'on va mourir parce qu'on n'a plus de raisons de vivre. Ce serait trop facile : Madame de Breyves survécut aux coups qu'elle avait portés. Elle survécut par habitude, par politesse, par discrétion. Mais le poison du chagrin, lentement, faisait son œuvre.

Ses cheveux blanchirent complètement. Elle souffrit de la hanche, de l'épaule, des genoux. Elle ne montait plus à cheval, ne passait plus à travers les haies, ne sautait plus les ruisseaux : elle suivait la route, comme les vieux. Encore la prenait-elle de moins en moins souvent : les trop longues marches l'essoufflaient, et en carriole les cahots lui brisaient les reins. Elle n'alla donc plus que rarement jusqu'au couvent ; deux ans après le départ d'Alexis, elle renonça à exploiter elle-même sa réserve et la rendit, avec tout son bétail, à ses métayers. Elle s'habillait en femme, vivait en femme. Les revenus de La Commanderie s'en trouvèrent diminués ; mais elle ne cherchait plus à arrondir son domaine.

Sans souci de l'avenir elle s'accordait de petits plaisirs, de ceux qui font gagner sur les deux tableaux : une minute de douceur en plus, et un jour de vie en moins. Des berlingots, une cuillerée de crème, une bouteille de vin. Le vin en effet, et même l'alcool de prune, lui furent d'un secours précieux dans ces années-là. Elle versait dans son verre l'oubli et la gaieté. Elle buvait le soir pour s'endormir et le matin pour s'encourager. Mignon, trop heureux de partager ce petit péché, l'aidait à garnir la cave et à la vider. Babet seule osa quelques remontrances, prudentes d'ailleurs, car, s'il fallut parfois porter le précepteur jusqu'à son lit, la Comtesse, soucieuse de sa dignité, ne s'enivra jamais ; au reste, même timides, les objections de la servante restèrent sans effet : Madame de Breyves éprouvait un malin plaisir à voir filer en même temps son argent et sa santé.

Au nombre des caprices coûteux il y eut aussi, dès la première année qui suivit sa rupture avec son fils, le retour d'Hélène. La Comtesse avait écrit à la jeune fille pour lui proposer, si elle voulait « rentrer au pays », des gages aussi élevés que ceux qu'elle touchait à La Châtre. La petite accepta, ravie ; peut-être espérait-elle qu'un jour Alexis reviendrait ? Elle réapparut donc, vêtue de cotonnade fleurie (les « indiennes » arrivaient maintenant jusque dans le Berry) et tout embaumée de l'air de la ville. Elle avait embelli, et complété son instruction : elle ne savait plus seulement lire, mais écrire — ce qui en faisait une perle rare dans une paroisse où neuf femmes sur dix ne pouvaient signer leur nom. Le soir, dans la grande salle, tandis que Marie rêvait au coin du feu, que Babet filait, que Madame de Breyves ourlait des draps, et que Mignon rôtissait des châtaignes, Hélène lisait à haute voix. Pour être agréable à Marie dont la vue avait baissé et qui ne pouvait plus déchiffrer ses lettres qu'à la loupe, la petite lisait « L'Almanach » : « Septembre, purgez, saignez plus que jamais pour tenir votre sang frais ; Décembre, louez Dieu qui tout nous donne et jamais ne nous abandonne. »

Conseil que le vieux curé applaudissait chaudement. Il avait repris l'habitude de souper au château tous les samedis et y gémissait, plus encore qu'autrefois, sur la dureté des temps : « Si certains hommes du village font encore leurs Pâques, constatait-il, c'est en lambinant beaucoup... Quant à nos maçons, je serais bien surpris qu'à Paris on les trouve aussi souvent à l'église que chez le limonadier ! Non, voyez-vous, ce pays est mauvais, le peuple difficile à faire payer, et nos paysans méchants, paresseux et ivrognes. Quel dommage que vous ayez renoncé à rétablir sur leurs barriques ce "droit de première pinte" qui, en renchérissant le prix de la chopine, aurait peut-être calmé les plus biberons d'entre eux... Mais il est vrai que la moindre taxe les met en révolution ! J'ai été curé dans le Poitou, curé dans le Berry, eh bien, Madame la Comtesse, je vous le dis, c'est ici, dans la Marche, que j'ai vu les peuples les plus mutins, les plus opposés aux recouvrements qui se puissent imaginer !

— Ah, Monsieur le curé, soupirait Madame de Breyves, je vous ai connu moins sévère aux fraudeurs, du temps que nos gens assommaient les gabelous à votre porte. »

Le curé, confus, piquait du nez dans le petit gobelet de « goutte » que, tout en geignant, il avait pris soin de réchauffer dans le creux de sa main... Comme il vieillissait et s'embrouillait dans ses prêches — au point d'oublier parfois le nom de ceux qu'il était en train de marier ou d'enterrer —, l'Evêché lui adjoignit un jeune vicaire, tout acquis, lui, aux idées nouvelles. Il est vrai que dans cette paroisse pauvre où le curé était « à la portion congrue », le vicaire était presque à l'aumône. Efflanqué comme un cheval sans avoine, il critiquait les riches prébendiers de l'Eglise, les cardinaux de vingt ans, et — comme Mignon et Alexis — toutes ces abbayes adossées à leurs dîmes et leurs métairies. Il rêvait de tout détruire, de tout niveler. Son enthousiasme amusait la Comtesse : « Vous ne changerez pas le monde, lui disait-elle, ou pas d'un coup : autant vouloir écorcher l'anguille par la queue ! » Mais puisqu'elle nourrissait souvent le vicaire, elle cessa d'engraisser les Bénédictines. Du reste, les dernières récoltes avaient été bonnes, et, pour se dédommager des famines, on ripaillait dans toutes les fermes : les pauvres ne manquaient de rien.

Là-dessus Marie mourut. À force de courir les enterrements, elle avait attrapé la mort : une pleurésie, dans une église glacée. On la soigna huit jours — saignées et quinquina — mais elle passa. En ce temps-là les mourants étaient discrets, sans prétentions : ils ne faisaient que « passer »...

Madame de Breyves ordonna pour sa vieille cuisinière un enterrement somptueux, des funérailles d'évêque — chœurs, tentures d'argent et deux desservants en même temps, le curé et son vicaire que la pauvre fille avait si souvent régalés... Un enterrement de dix écus ! Sans parler du cercueil et de la fosse ! Une gabegie ! Le curé lui-même trouva la fête trop belle. « Mais, Monsieur le curé, vous qui croyez que les morts nous voient d'où ils sont, pensez-vous que nous aurions pu tromper une spécialiste du requiem sur la qualité de la marchandise ? C'est elle qui nous reçoit aujourd'hui, et elle sera contente, j'en suis sûre, du succès de sa cérémonie ! »

En effet, l'église du village débordait et le cimetière parut trop petit. Cependant, la générosité de la Comtesse ne lui attira pas que des éloges. La mort de Marie fit des jaloux : on trouva qu'« elle s'enterrait » au-dessus de sa condition. Il fallait dire les choses en face : la Marie avait bénéficié d'un passe-droit ; jusqu'où allait se nicher le privilège ? Vivement que ça change : le même trou pour tous, et plus de cantiques pour personne ! Il est vrai que les domestiques des châteaux, comme les « nègres de maison », étaient généralement enviés et guère aimés : ils portaient la parole du maître et souvent ses habits ; ils étaient ses complices et ses prisonniers. Jalousés comme le chien de la fable, et, comme lui, méprisés...

Puisqu'on n'avait plus de cuisinière à La Commanderie, Hélène se mit aux fourneaux. Ce qui lui donna une nouvelle occasion de se chamailler avec Mignon — sur la recette de la tarte aux pommes ou du pâté aux poires. Mais, très vite, la jeune fille se révéla plus douée que celle qu'elle remplaçait : Hélène était une cuisinière intellectuelle, qui lisait, méditait, inventait. Depuis longtemps elle ne croyait plus que la Vierge habitait dans la lune, et elle savait d'expérience qu'il n'y a rien de meilleur en Carême que les rissoles de châtaignes ou les grenouilles frites au jus d'oseille. Pour Mignon, qui n'avait plus de dents, et la Comtesse, qui n'avait plus d'appétit, elle eut l'idée de mitonner des plats à la fois moelleux et relevés : des bisques d'écrevisses, des hachis, des compotes d'oignons, des farcis aux herbes, des coulis, des gelées. Le soir, elle substitua à la lecture de « L'Almanach » celle de « La Cuisinière bourgeoise » et du « Cuisinier instruit ».

Madame de Breyves ne lui dit pas qu'elle aurait parfois préféré un bon vieux « Ménagier de Paris » ; ces nouveaux livres donnaient trop, à son goût, dans la philosophie ; ils versaient, comme toute la littérature du temps, dans l'abstrait, l'universel, la majuscule. « Sera-ce donc s'avancer que de placer les apprêts de la Cuisine moderne parmi les causes physiques qui, du sein de la Barbarie, ont appelé parmi nous le règne de la Politesse, des talents de l'esprit et des Arts ? » La Comtesse soupirait : c'étaient moins des recettes que des considérations sur les recettes ; même les marmitons refaisaient le monde du bout de leur cuillère ; la lèchefrite avait de l'esprit...

Alors, tandis qu'Hélène philosophait sur les lardoires et les ballottines, Madame de Breyves repliait sa couture et prenait sa vieille Bible, dont elle ne feuilletait plus que quelques pages écornées. « J'ai tout vu en ma vie de vanité, disait le livre, le juste périr dans sa justice et l'impie survivre dans son impiété, j'ai vu les larmes des opprimés et ils n'avaient pas de consolateur. » Il disait : « Les morts sont plus heureux que les vivants, et plus heureux encore celui qui n'a jamais vu le jour. » Il disait : « Le cœur du sage est dans la maison du deuil »... Le cœur de Madame de Breyves était dans la maison d'Alexis, mais où était maintenant la maison d'Alexis ?

Jamais, dans ces longues veillées que troublaient seuls le bruit du rouet et la lecture (ânonnée, avec l'accent marchois) du « Cuisinier instruit », il ne fut question du garçon. Son nom même, on ne le prononçait plus à La Commanderie. Et si Babet le pleurait en secret, si en secret Hélène l'attendait, Madame de Breyves feignait de l'avoir oublié. Depuis leur première séparation, n'était-elle pas rodée ? Trois ans de collège, un an et demi d'Angleterre, et six mois de Paris l'avaient habituée à se passer, longtemps parfois, des foucades de son fils et de ses baisers. Mais alors au moins, elle avait ses lettres. Aujourd'hui, rien.

Elle pouvait bien se raconter qu'il n'était parti que pour deux ans — allez, mettons trois ! —, se faire croire qu'il suffirait, jusque-là, d'occuper le temps comme les autres fois (procès, comptes, battues, corvées, babillage d'Hélène, grimaces de Mignon), de vivre enfin au jour la journée, ces vieilles ruses ne lui étaient d'aucune utilité : comment relire « Gil Blas » sans en avoir le cœur serré ? Et à quoi bon s'installer dans le lit du « petit » puisque le « petit » n'y reviendrait jamais ? La chambre de son fils, où elle faisait encore le grand ménage une fois par mois, elle ne l'appelait d'ailleurs plus « la chambre d'Alexis », mais « la chambre rose » ; et toute la maison usait avec elle de ce prudent euphémisme.

Ni les lits, ni les rêves — on ne peut rien partager avec ceux auxquels on a tout volé... Alors, pour la millième fois, Madame de Breyves reprenait son Ecclésiaste, ou bien, sous le regard désapprobateur de Babet, elle se resservait un autre verre de vin. Elle allait même au tonneau si Babet avait « oublié » d'y remplir le pichet : ah mais, elle n'était pas femme à se laisser intimider ! De quoi d'ailleurs se mêlait cette grosse rouquine ? Qu'est-ce qu'elle connaissait du chagrin ? Mais si, au fait, elle en savait quelque chose : son Jeannot non plus ne rentrerait jamais. Et aussitôt, honteuse de sa cruauté, la Comtesse attendrie multipliait les amabilités, les sourires, les prévenances, et, emportée par la fraternité, promettait à sa servante d'augmenter ses gages à la Saint-Michel...

Un soir que, pour accompagner la châtelaine dans ses boires et ses déboires, Mignon avait un peu forcé sur l'alcool de prune et qu'il tâchait, en titubant, de monter l'escalier, un papier tomba de sa poche. La Comtesse s'en empara ; moins par curiosité que pour faire ce que, dans son cas, Alexis aurait fait — une manière comme une autre de communier avec l'absent, d'imiter ses gestes « en mémoire de lui »... Et elle fut bien récompensée de son forfait : le billet tombé était un billet d'Alexis. Mignon, ce forban, en recevait des nouvelles sous le couvert de Claude Vallantin et il ne le disait pas ! Pour Vallantin, la Comtesse n'était guère surprise ; elle avait toujours pensé que son fils était resté en liaison avec son ancien ami, mais il n'y avait rien à attendre de ce petit avocat : plus rusé que Saint-Germain-Beaupré, il était aussi beaucoup moins proche du « Château ». Mais si Mignon, lui aussi, correspondait avec « le fils prodigue », tous les espoirs redevenaient permis. Elle avait sur le précepteur des moyens de pression auxquels il serait difficile à celui-ci de résister.

Comme un espion moderne, Mignon fut « retourné » : d'agent simple il devint agent double. Il montrerait à la Comtesse toutes les lettres qu'il recevrait — « vous n'avez pas à craindre que mon fils l'apprenne par moi, puisque nous sommes brouillés » —, et il soumettrait à sa censure préalable toutes celles qu'il enverrait. Là, il protesta. Elle le rassura : il s'agissait d'un contrôle de pure forme, elle ne l'empêcherait ni de chanter les grâces d'Hélène ni de divaguer sur l'égalité, « je veux seulement vous empêcher de parler de moi d'une façon qui ne me conviendrait pas, je suppose que mon fils ne vous demande jamais de mes nouvelles, mais, si cela arrivait, je serais désolée que vous lui en donniez autrement qu'en termes vagues et rassurants ».

Mignon, qui tremblait de perdre son toit, accepta. Du reste, la Comtesse lui facilita la reddition en s'arrangeant pour lui sauver la mise : après avoir usé de la menace, elle joua de la pitié. Pour qu'il ne se crût pas lâche, elle lui donna l'occasion de se croire généreux, elle lui fit le coup de la mère brisée. En croyant berner les autres, la malheureuse ne trompait qu'elle...

Autant par charité que par intérêt, Mignon révéla donc à Madame de Breyves tout ce qu'il savait de l'exilé : Alexis s'était d'abord installé dans un garni des mauvais quartiers, près de cette place de Grève où, dans des taudis, s'entassaient à quatre par lit les maçons de la Marche ; il avait besoin, paraît-il, de se laisser encore bercer par les sonorités de cette langue limousine qu'il aimait — on est sentimental, ou on ne l'est pas. Dieu merci, il l'était sans excès : dès que ses moyens le lui avaient permis, il avait quitté son garni de la rue de la Tissanderie pour un petit logement situé derrière l'église Saint-Roch, à deux pas du Palais-Royal et du quartier des banquiers. La Bourse de la rue Vivienne et les cafés ouverts sous les arcades du Palais, c'est là maintenant qu'on avait le plus de chances de le trouver. Il y travaillait comme publiciste pour Monsieur de Beaumarchais, torchant des articles, bâclant des pamphlets pour soutenir les initiatives financières de l'auteur de « La Folle Journée ». Et, quand l'occasion s'en présentait, il spéculait aussi pour son compte, le plus honnêtement du monde, cela va de soi. L'heureux fruit de ses travaux lui avait déjà permis d'engager un valet, et pas n'importe quel valet : un garçon d'esprit, qui n'avait pas hésité à quitter le service des princes d'Orléans pour attacher sa fortune aux pas d'un agioteur chanceux. Ce Léveillé, puisque c'était son nom (d'ailleurs bien porté), ce Léveillé donc était allé jusqu'à accepter de servir son maître à crédit : d'un commun accord avec Alexis, qu'il connaissait depuis longtemps, il ne touchait que la moitié de ses gages au comptant ; pour le surplus le dévoué serviteur était au pourcentage sur les gains que « Monsieur le Comte » tirait de ses arbitrages. « C'est vous dire, Mignon, à quel point mon valet entre dans mes intérêts ! Parfois même, point de gages du tout : je les remplace par quelques bons avis, dont mon Léveillé tire directement profit. Il se forme aux affaires... Ne faudrait-il pas être un vrai benêt pour ne pas remplir son gousset quand on est le valet d'un tel maître ? Songez que, grâce à moi et mes amis, les valeurs de la Compagnie des Eaux, mises sur le marché à douze cents livres il y a deux ans, sont à quatre mille à présent, et celles de la Caisse d'Escompte, lancées à trois mille, frôlent les huit mille ! L'action gonfle, mousse, bourgeonne ! Et je ne vous dis rien de celles de la Banque de Saint-Charles, des Eaux de l'Yvette, ou de la Compagnie d'assurances sur la vie ! J'étudie aussi, pour le Contrôleur général des Finances, le projet d'une compagnie contre l'incendie... Enfin, Mignon mon ami, la France est prospère et mon sort, heureux : encore deux ou trois années comme celles-là et je roulerai carrosse ! Au pire, j'aurai au moins une femme de charge, car, pour ne rien vous cacher, si mon valet cire admirablement mes bottes, il ne lave point notre carreau ; et comme je ne veux pas, pour l'heure, distraire de mon petit capital le salaire d'un frotteur ou d'une laveuse, le sol de mon modeste logis me colle aux pieds quand j'y marche... Mais qu'importe, je n'y marche pas souvent : nous vivons dehors, Léveillé et moi, soupant dans les gargotes, couchant dans les bourdeaux ! Oh, Mignon, quel dommage que vous ne connaissiez pas le nouveau quartier du Palais-Royal : depuis que par la mort de son père il est devenu duc d'Orléans, mon vieil ami le duc de Chartres a transformé ses anciens jardins (du terrain libre en plein Paris, une mine d'or !) en logements de rapport, cafés, tripots, et échoppes de toute espèce. C'est un lieu de paradis, où, sous les tilleuls et les arcades, chacun parade, palpe, et pérore. À Versailles, bien sûr, l'entreprise du Duc est moquée : "Depuis que notre cousin tient boutique, dit le Roi, nous ne le voyons plus que le dimanche..." Mais, Sire, l'avenir de la noblesse est dans la boutique ! Pourquoi laisser le commerce aux bourgeois et la banque aux Suisses ? Comme si tout cela ne ferait pas le bonheur d'un honnête gentilhomme marchois ! "En espérant mieux", comme dit la devise de Monsieur de Calonne, notre Contrôleur des Finances... »

Dans une autre lettre il parlait des amitiés qu'il avait nouées, ou renouées, dans l'entourage du duc d'Orléans : le comte de Beauvais, Madame de Genlis, et un certain Laclos, militaire, auteur, et factotum du prince. Ce Laclos avait indirectement fourni à Alexis l'occasion de briller aux yeux de Mademoiselle Necker en mouchant sa mère dont elle supportait mal la tutelle : « Avez-vous remarqué, susurrait la banquière, le regard fureteur de Monsieur de Laclos ? C'est le regard des vrais romanciers, celui des chiffonniers : il ramasse tout ce qui traîne, rien ne lui échappe », — « Eh Madame, objecta Alexis, que faites-vous des romanciers myopes ? », — « Précisément, Monsieur, il n'y en a pas : que sauraient-ils du monde ? », — « Mais l'essentiel, Madame : on n'a pas besoin d'une longue-vue pour observer les mouvements de son cœur... » Mademoiselle Necker avait applaudi — également ravie de l'esprit du jeune homme, de la déconfiture de sa mère, et de l'emploi du mot « cœur » qui terminait joliment le discours. « Le cœur se vend bien, concluait Alexis, surtout auprès des jeunes personnes qui — pour parler comme on le fait à Paris — "ont atteint ces jours orageux où le volcan donne à l'âme des secousses violentes". Mademoiselle Necker est assez de ce style, elle aime le pathos, m'assure que j'appelle exagéré tout ce que je ne sens pas, et qu'il est très permis à l'âme de prendre de l'élan. Bref, il était temps de la marier ; c'est ce qu'ont fait sagement ses parents en passant marché avec l'ambassadeur de Suède, le baron de Staël, qui a une belle coiffure à rouleaux et dix-sept ans de plus que sa fiancée : ce mariage rendra, je pense, la jeune vierge enfin accessible à tout le monde... »

Deux ou trois mois passèrent, sans autres nouvelles. Puis, un matin, Mignon avec des airs de conspirateur posa sur le secrétaire de Madame de Breyves un petit paquet de brochures : « Notre enfant est un écrivain imprimé ! Et un économiste de talent ! »

Deux de ces brochures — « Dénonciation de la Compagnie des Eaux de Paris » et « Lettre contre la Compagnie d'assurances contre l'incendie » — étaient signées du comte de Mirabeau, mais le troisième pamphlet, « Défense de la Compagnie des Eaux et de l'assurance contre l'incendie », portait en effet la signature du comte de Breyves. À vingt-deux ans Alexis se lançait sur la scène du monde en critiquant courageusement le fils d'un penseur célèbre, et les imprimeurs se disputaient l'honneur de le publier : Madame de Breyves ne put se défendre d'un petit mouvement de fierté. Mais cet orgueil retomba dès qu'elle eut lu attaques et ripostes à la lumière de ce qu'Alexis lui avait révélé autrefois des clans Clavière et Beaumarchais, de la stratégie des haussiers, de la tactique des baissiers. Breyves et Mirabeau étaient deux canailles du même acabit : malgré leurs grandes phrases, ils ne se souciaient ni du bien de la nation ni de la morale publique ; ils ne cherchaient qu'à captiver l'opinion, à orienter les esprits dans le but, pour l'un, de faire baisser certaines actions, et, pour l'autre, d'en soutenir les cours. Rousseau et la philanthropie servaient également d'alibi aux deux fripons — ce qui avait trompé Mignon sur l'ampleur du débat... La Compagnie des Eaux souhaitait-elle mettre à profit les nouveaux travaux d'adduction d'eau de Paris en s'adjoignant une société d'assurances contre l'incendie et une brigade de pompiers ? Aussitôt le banquier Clavière, qui avait spéculé sur une chute des actions de cette compagnie, payait Mirabeau pour en appeler à la conscience universelle : le projet d'assurances contre l'incendie allait encourager les Parisiens à mettre le feu à leurs maisons pour toucher les indemnités, et cette atteinte à la moralité serait autrement grave que les pires dégâts matériels. Quant aux pompiers professionnels — dont l'idée revenait à Beaumarchais (le champion des haussiers) — il n'était pas, selon le pamphlétaire, besoin d'être grand clerc pour deviner que ces misérables salariés éteindraient les dernières étincelles de compassion qu'inspiraient les victimes d'incendies, et par suite détruiraient la pitié, première des vertus humaines. A l'inverse des honnêtes et courageux baissiers (suivez mon regard...), les agioteurs qui soutenaient la Compagnie et ses projets spéculaient sur l'immoralité : « Ils s'inquiètent peu, concluait Mira-

beau, de matérialiser les âmes, d'ossifier les cœurs » ;
l'entreprise entière était une menace pour l'esprit de
démocratie et d'égalité qu'incarnait si bien le pom-
pier amateur avec son petit seau — « tous citoyens
confondus sur la même ligne de défense contre le feu,
magistrats, militaires, gens d'Eglise, artisans ». Bref,
à lire cette diatribe, les choses devenaient claires : le
seau était, à n'en pas douter, démocratique et libéral,
le tuyau et la pompe horriblement « réacteurs »...

C'est d'ailleurs de ce constat ironique que partait
Alexis (payé, lui, par Beaumarchais) pour contredire
la clique des « claviéristes » et des « mirabelles ».
Mais il abandonnait vite le ton du persiflage, dangereux car démodé : à son tour il enfourchait sans scrupules le dada rousseauiste et tirait des larmes au
lecteur. Loin de conduire le citoyen à l'indifférence,
l'assurance contre l'incendie, disait-il, étendrait à de
nouvelles couches de population le sentiment de la
solidarité, elle allongerait « la chaîne » : désormais,
ce ne seraient plus seulement quelques individus pré-
sents sur les lieux du sinistre qui se relaieraient pour
porter secours aux victimes, mais, par le biais des
primes versées, Paris tout entier, demain les provinces mêmes ; « car, pour secourir la famille de l'artisan
parisien jetée sur le pavé par l'incendie de son petit
logis, on verra se lever le généreux vigneron du Bordelais, le rude paysan breton, le montagnard du Jura,
le négociant marseillais, le magistrat grenoblois —
tous solidaires, tous frères, unis dans une même marche vers la Justice et le Progrès... » Beau duel de
tartuffes !

« C'est une vraie question, n'est-ce pas ? » commentait Mignon perplexe, « on se demande lequel de
nos deux philosophes a raison, mais je pencherais
plutôt pour Alexis car sa théorie a le mérite de récon-
cilier l'amour de l'humanité avec la modernité des
techniques : la pompe à vapeur et le tuyau figurent
tout de même dans l' "Encyclopédie", et les Anglais
ont des assurances et des pompiers ! Au fond, je soupçonne ce Mirabeau d'être un peu ennemi du Pro-

grès... » Madame de Breyves ne voulut pas ôter au naïf précepteur ses dernières illusions ; et, en songeant aux risques financiers qu'Alexis avait dû prendre dans l'affaire, elle se félicita même du réflexe de cet innocent : si les rentiers de province, les petits boursiers, les lecteurs du « Journal de Paris » réagissaient comme lui, Alexis aurait sûrement de quoi changer de logement et engager une laveuse de première catégorie...

Quelques mois après, en effet, une lettre leur apprit que le « manieur d'argent » habitait maintenant dans la rue Saint-Honoré elle-même, à proximité de la place des Victoires : il avait pris à bail un appartement de quatre pièces, « avec un salon de compagnie dont j'ai racheté le meuble à une figurante surnuméraire des ballets de l'Opéra, tombée successivement dans la débauche et dans la débine... Glaces à trumeaux, candélabres à quatre branches, canapé et fauteuils de damas cramoisi avec des baguettes dorées : de l'or et du relief partout, l'ensemble d'un très grand goût ! » D'un goût de parvenu, oui, de paladin d'alcôve, de nouveau riche — ce que serait, ce qu'était déjà, en effet, le fils d'Henri de Breyves, « antiquaire » et amateur d'art... Dans la même lettre Alexis confiait que s'il était satisfait d'avoir changé de logis, il le serait moins de changer de ministre : il était malheureusement question de remplacer Monsieur de Calonne, « cet esprit délié auquel les financiers de mérite doivent tout et dont les amis de la liberté peuvent tout espérer. Mais Monsieur Necker et sa fille minent en secret son autorité, et je ne doute pas qu'ils en viendront à bout. Or, savez-vous de qui l'on parle pour remplacer cette grande intelligence ? De l'ancien intendant des Finances, Monsieur Foullon. "Messieurs, ne vous y trompez pas, dit dans les salons le marquis de Créqui, Foullon fait tout ce qu'il peut pour passer pour un fripon, mais je vous en avertis : ce n'est qu'une bête." En tout cas, dans Paris, on n'appelle plus le siège du Contrôle général des Finances que "l'hôtel des déménagements" ! »

Tout bougeait en effet, et Alexis, sans attaches, déménageait avec le monde. Jamais il ne se retournait sur son passé : dans ses lettres à Mignon pas un mot sur sa mère, sur Babet, ni même sur Hélène, dont pourtant, dans ses réponses, Mignon prenait plaisir à lui parler. Peut-être le « promeneur du Palais-Royal » avait-il déjà — avec Léveillé ou avec les courtisanes du quartier — tout ce qu'il lui fallait ? Sur ce point Madame de Breyves avait cessé de s'inquiéter : « chevalier de la manchette » ou « greluchon mangeant », Alexis n'était pas de la race des amoureux passionnés ; il était trop avide des êtres pour se contenter d'un seul.

La lettre d'avril 87 où le jeune « manieur d'argent » indiquait sa nouvelle adresse fut la dernière que Mignon reçut, la dernière que lut la Comtesse. Alexis, en effet, ne se serait pas risqué à écrire directement à La Commanderie ; or Claude Vallantin, sous le couvert de qui transitaient toujours les billets destinés au vieux précepteur, venait de terminer ses quatre ans de « noviciat » ; avocat inscrit au barreau, il s'était installé à Clermont et ne venait plus à Lourdoueix. Mignon perdit son commissionnaire ; et, curieusement, Alexis ne tenta pas de trouver un autre arrangement.

En vérité, depuis le début, Madame de Breyves hésitait sur la manière d'interpréter cette correspondance intermittente. D'abord, elle s'était demandé si Alexis, la supposant capable de percer le secret et de retourner son agent, ne s'adressait pas à elle par-dessus la tête du minuscule destinataire ; mais rien n'était venu conforter cette hypothèse. Au contraire, elle avait été frappée par l'absence de sentiment, et même d'intimité, qui caractérisait ces quelques billets : Alexis n'y parlait de lui, de ses rencontres et de ses succès, que comme un journaliste peu informé aurait parlé d'un autre. On aurait dit qu'il avait seulement besoin de se faire valoir, de plastronner : il lui fallait un miroir. Il s'admirait donc dans le regard complaisant de Mignon, qui, de son côté, n'était pas fâché de se trouver beau dans les lettres très érudites, polies, ciselées, qu'il écrivait. Puis un jour, sûr de ses charmes, Alexis avait jeté le miroir, comme il jetait, et jetterait, tout : il s'était préféré à son reflet.

Cet abandon avait laissé Mignon désemparé ; Madame de Breyves le soupçonnait d'avoir tenté, à deux ou trois reprises et en secret, de relancer l'échange — si l'on pouvait parler d'échange ! Mais Alexis n'avait-il pas trouvé le moyen de lui faire parvenir sa réponse ? Ou bien n'avait-il plus de temps à perdre à ces puérilités ? En tout cas, la manœuvre du précepteur avait échoué. Et Mignon avait dû se résoudre à n'avoir plus en ce monde d'autre interlocuteur que la Comtesse...

« Nous occuperons-nous de nos tombes, Mignon ?

— Quelle idée ! Je me porte fort bien, et vous avez à peine cinquante ans !

— Justement, c'est le bon moment : j'ai encore la force de songer à l'avenir... Je ne veux pas, voyez-vous, qu'on m'enterre dans le chœur de l'église de Malval, avec les seigneurs de La Commanderie, Fresselines "et autres lieux". Il y a trop de monde dans ce caveau, et je n'y connais personne, ou si peu... »

Depuis quelques mois elle ne pouvait plus enfiler ses aiguilles, ni lire sans reculer son livre, elle avait dû commander des besicles ; mais les ridicules de l'âge ne tuent pas. Elle souffrait de migraines violentes, d'essoufflements, éprouvait une lassitude générale ; mais on n'en meurt pas... Alors, d'où venait qu'elle mourait, et qu'elle le savait ?

Mourir, c'est se désintéresser. Et elle n'avait aucune envie, en effet, de connaître la suite de l'histoire ; elle en avait beaucoup vu et n'était pas curieuse d'en voir plus long... Chaque nuit, elle faisait des rêves de mort, mais ils ne l'effrayaient pas. Elle rêvait qu'elle visitait des tombeaux étrusques avec Henri, qu'elle lisait avec lui des « Ars moriendi », qu'elle découvrait des « danses macabres » en sa compagnie, ou qu'elle exhumait des squelettes. D'autres fois, elle était seule, elle chassait, et brusquement ce n'était plus une carabine, mais un tibia, qu'elle braquait sur le gibier. Elle rêva même qu'elle ramassait, dans les anciennes douves du château, une tête coupée... Tout cela, bien sûr, n'était pas de bon goût, et elle aimait mieux, tant qu'à faire, rêver, comme cela lui arrivait aussi, de l'énorme et douce « Maman-Madeleine »...

Pour sa tombe elle avait choisi l'endroit : le lac. Ce lac où, depuis vingt ans, elle s'empêchait de se baigner. Au bout du lac, au bord du lac, il y avait un éperon rocheux sur lequel, autrefois, on avait bâti un calvaire. Elle fit creuser sous la pierre. « De là-haut, Mignon, je pourrai tout surveiller : je domine l'étang ; entre les arbres j'aperçois la maison ; et je vois la route jusqu'au tournant. » La route... Comme si Henri, ou Alexis, allait rentrer. Ce qu'elle fit construire cette année-là au bord du lac, c'était une tombe de guet. Sentinelle de l'éternité, morte en faction, la tête tournée vers la route de Paris, elle attendrait, elle attendrait.

33

L'hiver de 1788 devait rester dans toutes les mémoires. Un hiver terrible, suivi d'un printemps glacé. La Creuse, prise sous une épaisseur de deux pieds, avait cessé de couler ; les moulins s'arrêtèrent ; aux grandes roues immobiles pendaient des stalactites — on avait encore du blé dans les greniers, mais plus de farine pour le pain. Le vent lui-même semblait gelé ; il ne balayait plus la neige amoncelée sur la terre durcie et les toits, ne secouait pas les sapins blancs ni le linge accroché derrière les maisons : chemises et caleçons se tenaient raides sous la corde, dressés comme des soldats au garde-à-vous.

Dans la grande salle, Madame de Breyves, enveloppée dans ses pèlerines, les pieds sur sa chaufferette, rêvait d'un gros poêle de faïence à l'allemande. Elle en rêvait depuis des années — les rêves les plus modestes gardaient l'attrait de l'inaccessible —, mais cet hiver-là le rêve devint obsession : elle le voyait si bien, ce poêle, avec ses carreaux blancs luisants, sa porte d'or, et ce gros tuyau qui aurait percé la niche vide de la salle à manger.

Assis dans l'âtre, sous sa couverture et ses bonnets, Mignon toussait, mouchait, reniflait ; mais c'était bien le seul mouvement qu'il se donnait. Chacun économisait ses gestes, se repliait sur sa propre chaleur, son propre tas. Il fallut pourtant tuer le cochon. Le sang cailla dans la bassine. Fut-ce le froid, l'odeur de la graisse qui chauffe, ou ces caillots de sang gelé pareils à ceux qu'elle avait vus, quarante ans plus tôt, sur la gorge de Pyrrhus Janvier ? Madame de Breyves eut un malaise. Elle prétendit plus tard que sa bottine avait glissé sur le verglas. En tout cas, elle bascula en avant, son front heurta un seau, et on la ramena sans connaissance dans la maison, une grande estafilade au front. À deux pouces seulement de la cicatrice que lui avait laissée autrefois l'accident de la berline.

Elle reprit vite ses esprits mais, pendant deux jours, ne put ni se lever ni s'alimenter. Curieusement, c'est du ventre qu'elle souffrait, et de violentes nausées. Hélène voulait à toute force lui faire avaler un « potage de santé », mais elle avait l'impression que seul un petit verre aurait pu la remonter. Il ne fallait pas compter sur les servantes pour le lui apporter ; Mignon, par chance, se montra plus compréhensif. Beau geste qu'elle dut payer en écoutant un long discours sur Monsieur Necker, redevenu, pour le bonheur de tous, Directeur général des Finances et ministre d'Etat : « Je suis bien persuadée en effet, conclut-elle, que Monsieur Necker nous ramènera le soleil ! »

Le vin ne la réchauffa pas ; ni même l'eau-de-vie. Elle avait froid jusque dans son lit. Une grande lumière blanche tombait de ses fenêtres. Une lumière immobile, livide. Prairies fantômes, arbres de lune.

C'était un hiver sans beauté ni réconfort, à part de temps en temps, si l'on osait mettre le nez dehors, l'odeur aigrelette de la fumée et, de loin en loin, seules taches noires sur la croûte blanche, les tas de fumier frais... Madame de Breyves ne voyait rien de tout cela car elle ne sortait plus. Maintenant elle craignait de glisser ; elle se sentait si lasse, si désarmée.

Au printemps, la débâcle des glaces emporta le pont de Fresselines ; la rivière en crue inonda les vallées ; il pleuvait sans arrêt. On laboura avec peine des champs glaiseux, on ne put semer. Car il regela sur la pluie — dans les sillons, les flaques brillaient comme des éclats de verre brisé. Les blés d'octobre avaient pourri, on arrivait au bout du grain du dernier été, celui qu'on avait pilé, trois mois durant, dans des mortiers.

Pour nourrir ses gens, la Comtesse vendit deux prés : pour la signature de l'acte, le notaire vint jusque chez elle ; elle souffrait déjà trop pour se déplacer. Des élancements dans le ventre, une fièvre lente, une fatigue générale. Chaque après-midi, elle s'allongeait quelques heures sur son lit ; quand elle était couchée sur le ventre, la douleur se calmait. Le reste de la journée, elle vaquait tant bien que mal aux tâches ordinaires, à petits pas et sans franchir le seuil de la maison. Le médecin avait dit que c'était l'âge, « un mauvais âge pour les femmes », et le temps, « un mauvais temps pour la saison »... Elle le crut : il aurait fallu mourir après la mort d'Henri, mourir après le départ d'Alexis, mais puisqu'elle n'était pas morte alors, elle ne s'attendait plus à mourir maintenant.

En avril son état s'aggrava brusquement : elle se mit à perdre du sang, beaucoup de sang. Elle avait toujours eu la pudeur de ces choses-là, elle aurait voulu laver ses draps, son linge elle-même, mais il faisait encore trop humide et trop froid : rien n'aurait séché. On ferait la lessive aux beaux jours. Jusque-là on avait de quoi changer son lit : ne possédait-elle pas, dans ses armoires, les vingt-quatre douzaines de serviettes des Malval et leurs soixante-dix draps ? Mais, même installée dans un lit propre, elle gardait la honte de savoir ses draps sanglants entassés au grenier. Elle s'excusait auprès des servantes. « Ben voyons, Madame, disait en riant la grosse Babet, c'est tout naturel. Quand on est malade, hein ? Souvenez-vous que la pauvre Marie faisait sous elle les derniers jours, eh bien, ça ne nous dégoûtait pas : on la nettoyait, vous et moi, et voilà, ce n'est pas une affaire ! »

Mais dès qu'elle se sentait moins mal, qu'elle pouvait redescendre dans la salle et travailler, Madame de Breyves taillait, dans des pièces de chanvre et des cotonnades bon marché, des chemises et des jupons supplémentaires pour se constituer une réserve au cas où son état empirerait et où le soleil tarderait encore à se montrer. D'ailleurs, ce linge neuf lui servirait de toute façon : elle avait tellement maigri ces derniers mois qu'elle perdait ses jupes, plus rien ne lui allait. « Il faut dire aussi que vous ne mangez rien ! gémissait Hélène. Vous ne seriez pas si malade si vous vous soigniez comme on le doit : il vous faudrait des bons gros bouillons de viande pour réparer le sang que vous perdez. Seulement, dame, vous n'en faites qu'à votre tête, vous n'écoutez même pas notre pauvre docteur ! » Alors, pour faire plaisir à Hélène, et surtout parce qu'un malade est un enfant, désireux de bien agir, d'obéir, de ne plus être grondé, Madame de Breyves, à contrecœur, avalait le coulis de poulet, le gruau d'orge ou le lait d'amande que la petite lui avait préparés.

En mai, la pluie cessa. Par la porte-fenêtre de sa chambre (elle ne quittait plus que rarement son lit), la Comtesse apercevait un ciel gris-bleu où flottaient quelques nuages de laine rose ; des oiseaux tout neufs volaient comme des feuilles. Elle devinait les petites pousses, les fleurs des pommiers... La fenêtre ouverte, elle respirait mieux ; il lui sembla même que la douleur lâchait prise ; elle passa quelques nuits calmes, dormit, et quand entre deux rêves elle s'éveillait, elle contemplait avec plaisir, à la lueur de la bougie qu'on laissait brûler, la grande chambre qui était désormais tout son empire. Deux ans plus tôt elle en avait fait retapisser les murs d'un de ces papiers imprimés à la planche qui imitaient les ramages fleuris des indiennes ; au-dessus du prie-Dieu, là où, pendant quinze ans, était resté accroché le pastel d'Alexis, il y avait maintenant un oiseau bleu, et près de son lit, à la place du trio de Boucher, les grappes rouges d'un flamboyant que butinaient des papillons exotiques. Elle regardait ces grands dessins, colorés comme des souvenirs, puis les courtines à rayures blanches, neuves aussi, de son lit, et le grand tapis qu'elle avait brodé au petit-point : appuyée à ses oreillers, elle souriait à ses meubles. Même couchée, même dolente, elle éprouvait encore, par bouffées, un bonheur immense à vivre dans sa maison, et à y mourir s'il fallait.

Mais mourir, en vérité, elle n'y songeait pas sérieusement : sa fièvre était tombée ; et elle retrouva assez de forces pour faire sa toilette tous les matins et descendre déjeuner ; elle fit même honneur au fameux « farci » d'Hélène ; « quand je serai morte », dit-elle (tout le monde protesta), « quand je serai morte, il ne faudra pas rester ici, petite fille, il faudra partir en ville et y ouvrir une auberge » (le rêve d'Alexis !), « je suis sûre que vous serez une grande cuisinière... » A Mignon qui se félicitait de la voir convoquer ses métayers pour préparer la prochaine récolte, elle parla en riant du « mieux de la fin ». Avec Babet qui l'aidait à s'habiller, elle ironisa sur sa taille de jeune fille, enfin retrouvée : « J'ai eu pitié des porteurs de la paroisse : mon cercueil sera plus léger ! » Babet fit mine de se fâcher : « Même pour rire, Madame, on ne devrait pas dire ces choses-là ! » Malgré tout, elles rirent, comme deux pensionnaires.

Soudain, aux premiers jours de juin, une grande chaleur s'abattit sur le pays — aussi violente que l'hiver avait été rigoureux. D'un seul coup ce fut l'été, implacable et triste, car dans les fermes on avait achevé de vider les greniers ; de nouveau des moulins s'arrêtèrent ; et c'est en comptant les jours qu'on attendit la récolte, une récolte qu'on craignait mauvaise : des bandes d'affamés menaçaient de couper le « blé en vert » ; on redoutait les incendies. Eté lourd, silencieux : les arbres noirs, les tables vides, le pain dur, les femmes sèches.

Est-ce parce qu'elle n'avait jamais aimé l'été ? Madame de Breyves eut l'impression que le plomb fondu que le soleil déversait sur le pays, il le versait dans ses entrailles. Les douleurs la reprirent, si aiguës que plus rien ne les calmait, ni les compresses froides ni les compresses chaudes ; elle ne tenait plus assise, ni accroupie, ni couchée, c'était à hurler. Et avec la souffrance revinrent les nausées, et l'hémorragie, lente, exténuante, répugnante. On fit venir un nouveau médecin. Mignon expliqua à la Comtesse que l'autre avait été élu, qu'il était parti pour Versailles ; elle ne comprit même pas de quoi il voulait parler, elle souffrait trop. Le nouveau médecin, pour faire quelque chose, prescrivit un régime contraire à celui que son confrère avait conseillé : plus de quinquina, trop échauffant ; plus de purgations, trop émollientes ; des « poudres anglaises » et du lait de chèvre. Il envisagea aussi vaguement l'hypothèse d'un « cancer de la matrice », mais conclut qu'il fallait laisser passer l'été et qu'on y verrait plus clair à l'automne. Néanmoins, parce que Madame de Breyves l'en suppliait et que mieux vaut ne pas contrarier les caprices des malades, il consentit à donner de l'opium.

Elle détestait l'été, et l'idée de mourir l'été. C'est pourtant cet été qu'elle mourrait, dans la sueur et la poussière, tous volets clos pour empêcher les mouches d'entrer. Elle mourrait sans voir le ciel... Mais il n'y a pas de bonne saison pour mourir.

L'opium la soulagea un peu, tout en la plongeant dans une torpeur épaisse : quand elle reprenait conscience elle ne savait plus si on était le jour ou la nuit, elle ne savait même plus ce qu'elle avait raconté à ceux qui la veillaient. Car jusque dans ce semi-coma, elle avait conscience d'attendre quelque chose ou quelqu'un, mais qui ? Elle ne s'en souvenait plus. Un jour, alors qu'elle émergeait pendant quelques secondes du brouillard, elle s'entendit demander : « A-t-on des nouvelles de d'Agincourt ? » Il n'y eut pas de réponse. Elle rouvrit les yeux, et vit les visages étonnés d'Hélène, de Mignon, de Babet : aucun d'eux ne connaissait ce nom-là, bien sûr ! Pourquoi avait-elle parlé de lui ? Il était à Rome, elle le savait. Elle voulut leur montrer qu'elle ne perdait pas la tête, qu'elle n'ignorait pas que d'Agincourt, un antiquaire qu'elle connaissait, vivait en Italie, mais, trop épuisée, saoule d'opium, elle ne parvint à dire que « Rome, Rome... »

Quand, l'effet du remède ayant cessé, elle retrouva en même temps la conscience et la douleur, elle eut la surprise de voir le jeune vicaire à son chevet : en l'entendant parler de « Rome », ses domestiques avaient dû croire qu'elle réclamait le Viatique, qu'elle voulait se confesser. Puisque le prêtre était là, elle n'osa pas le renvoyer sans lui avoir donné ce qu'il espérait : « Mon père, dit-elle, je m'accuse de n'avoir pas aimé mes ennemis... Je m'accuse aussi de n'avoir été ni une âme pure ni une âme simple.

— Les saints, Madame, ont haï leur âme dans ce monde pour la posséder dans l'éternité.

— Peut-être, mais je ne suis pas une sainte ! » Elle s'irritait de ce ton prêcheur : « Je ne me suis même pas souciée d'y tendre !

— L'Ecriture nous apprend, Madame, que celui qui se connaît bien se méprise.

— Dans ce cas, c'est parfait : je n'ai jamais, en effet, été "superbe dans l'ignominie" ! Mais puisqu'il est temps de ne rien vous cacher, je dois vous dire que je ne crois pas beaucoup en Dieu...

— Les grandes souffrances comme celles que vous éprouvez, Madame, en ont porté plus d'un au doute ou au blasphème. Mais si, tels des soldats généreux, nous demeurions fermes dans le combat, nous verrions le secours de Dieu descendre du ciel. Car il est toujours prêt à aider ceux qui résistent. Et vous n'avez pas encore résisté jusqu'au sang... »

Le mot était malheureux, car pour ce qui était du sang... Enfin, la religion faisait encore partie des bonnes manières, surtout dans les châteaux ; il fallait donc y sacrifier : bien qu'elle ne trouvât pas dans cette confession un grand réconfort, Madame de Breyves s'y comporta dignement : c'était une question de rang. Tout fut décent, même son refus de la communion : « J'ai vomi trois fois ce matin, je crains de rejeter l'hostie... » On avait dressé les curés de ce temps-là à trouver le « précieux Corps » dont on leur confiait la garde plus précieux, en effet, que les âmes dont ils avaient la charge : le vicaire se laissa aisément convaincre de ne pas risquer son hostie. Il s'en tint à l'extrême-onction. Et tout fut expédié : « Le soir descend, passons sur l'autre rive... »

Puisqu'on en était aux préparatifs de départ, Madame de Breyves ordonna à Babet de l'ensevelir, après sa mort, dans la pièce de taffetas violet qu'Alexis lui avait apportée pour en faire une robe de bal. « Du taffetas ! Mais, Madame, ce n'est pas l'usage, protesta la servante, il faut un drap blanc. » Il n'y a pas plus conformiste dans le détail qu'un peuple révolutionnaire en gros ! « Le violet fera très bien l'affaire, Babet : n'est-ce pas aussi la couleur du deuil ? Et dans mon cercueil vous mettrez cette babiole », dit la Comtesse en montrant la boîte à mouches qu'elle avait transformée en boîte à pastilles et posée sur sa table de chevet.

« Une boîte à mouches ! Mais Madame...

— Ce n'est pas l'usage, oui, je sais... Regardez-la bien cependant : ne voyez-vous pas qu'il y a un ange peint dessus ? » C'était un Cupidon ; mais Babet vit un séraphin puisqu'on l'y invitait. Elle proposa tout de même, pour faire bon poids, d'y ajouter un crucifix. « Non, dit Madame de Breyves, mais, si vous y tenez, glissez dans ma caisse la "Madone aux raisins"... »

Après quoi, agacée d'avoir dû tant feindre et discuter, épuisée par ces efforts et la douleur qui revenait, elle se remit à houspiller son entourage : « Et la lessive ? » demanda-t-elle à Hélène et Babet qui, pour changer son lit, tiraient de l'armoire les derniers draps propres, « qu'attendez-vous pour vous mettre à la lessive ? Qu'il regèle ? Ou qu'il pleuve directement sur vos tas sales dans le grenier ? Ah, si l'on pouvait s'épargner de frotter ! Paresseuses ! Et ça mange, ces grosses panses-là, ça mange, des ragoûts, des pâtés, des farcis ! Mères gobettes, vous n'êtes que deux mères gobettes ! » Quant à Mignon qui avait apporté son petit banc dans la ruelle du lit pour la distraire en discutant des « événements » — quels événements ? —, il se fit promptement « envoyer sur les roses » : « Qu'avez-vous à faire de la gazette et des nouvelles de Paris ? A votre âge, c'est plutôt sur l'Enfer que vous devriez vous renseigner ! »

Maintenant, dès que le précepteur approchait, elle fermait les yeux et faisait mine de sommeiller pour ne pas avoir à lui parler : c'est trop demander aux mourants que de mettre une sourdine à leur agonie pour ménager les vivants. Toujours la souffrance, toujours, et, maintenant, l'angoisse : elle mourrait cet été. Elle ne prenait plus que du bouillon ; elle perdait du sang ; et elle dormait à peine, sauf quand l'opium l'assommait : jusqu'où peut-on mener sa machine à ce train-là ? Elle mourrait cet été. Elle avait froid. On avait entassé sur son lit tous les édredons de la maison, et on posait contre ses jambes décharnées, son ventre gonflé, des bouteilles d'eau chaude qu'Hélène renouvelait toutes les deux heures. Mais rien ne la réchauffait. « Et pourtant, assurait la grosse Babet qui avait mis ses tétons à l'air, on crève de chaud cette année ! »

Pourquoi lutter encore ? Parce qu'elle attendait quelqu'un... Pas d'Agincourt. Alexis. Elle eut envie de lui écrire. Elle ne voulait pas l'appeler au secours, ce serait ridicule, mais le mettre au courant, simplement. S'il venait, s'il était là... Elle ne s'avoua pas que « les choses » alors seraient plus faciles pour elle, elle se dit qu'elles seraient utiles pour lui : l'éducation d'un enfant ne s'arrête pas aux années qu'il passe avec ses parents ; ne commence-t-elle pas, déjà, bien avant sa naissance ? L'éducation de son fils avait commencé une nuit à Saint-Domingue, quand elle-même était encore tout enfant... Et leur rupture il y a quatre ans n'y avait pas mis le point final : l'éducation d'Alexis se poursuivait tant qu'elle vivait, puisque la mort était la dernière leçon qu'elle pouvait, qu'elle devait lui donner, le dernier chemin qu'elle ouvrirait pour lui.

Elle fit appeler Mignon et lui demanda s'il connaissait l'adresse du « manieur d'argent », elle voulait prendre congé. Le visage du précepteur s'illumina douloureusement (Mignon, en bon comédien, était passé maître dans l'art d'exprimer simultanément deux émotions contraires — la douleur parce que la Comtesse parlait de « s'en aller », et la joie parce qu'elle avait enfin recours à lui). Il sortit de sa poche un papier sur lequel il avait noté une adresse obtenue en écrivant à Vallantin : le jeune Comte avait récemment déménagé ; ses affaires prospérant, il venait de prendre à bail une petite maison meublée, juste derrière l'ancienne barrière de la Madeleine. « Jurez-moi, Mignon, que, connaissant cette adresse, vous n'avez pas déjà pris soin d'écrire à mon fils pour l'informer de ma santé.

— Je vous le jure, Madame la Comtesse. J'y ai bien songé, il est vrai, mais j'avais peur : la maladie ne vous a pas rendue plus commode, et nous vivons tous dans la terreur de vous fâcher... »

Madame de Breyves réclama son écritoire et, d'une plume dont le manque de fermeté aurait dû suffire à rassurer cette maisonnée « terrorisée », elle écrivit : « Mon cher fils, ne voulant ni vous alarmer ni vous déranger, j'ai reculé le plus possible le moment de vous écrire. Cependant, quoique le médecin attende l'automne pour se prononcer sur ma maladie, je crains de lui fausser compagnie avant le terme qu'il a marqué. Je sens que je me dérobe, que je m'esquive, et du train dont vont les choses, d'ici deux ou trois semaines, avec ou sans le secours de sa médecine, je m'échapperai. Mais, comme aurait dit cette Andromaque que j'aime tant, "en l'état où je suis, la mort avancera la fin de mes ennuis". Je regrette seulement de n'avoir pas gardé, pour me soutenir dans l'épreuve, quelques pots de cet onguent mitonmitaine dont, à douze ans, vous aviez le secret et qui passait la thériaque et l'opium en efficacité ! » Elle relut ces quelques lignes et fut contente d'être parvenue à marier précision et légèreté ; il ne s'agissait, en effet, ni de gémir ni d'apitoyer : seulement d'alerter, et sans s'abaisser. Elle voulut poursuivre, mais une nouvelle douleur lui transperça le ventre : elle souffrait pour mourir comme on souffre pour accoucher. Elle poussa un cri, la plume lui glissa des mains. Hélène se précipita : « Il faut prendre votre opium, Madame...

— Non, Hélène. Pas avant d'avoir achevé cette lettre.

— Voulez-vous que je la prenne sous votre dictée ? Monsieur Mignon m'arrangera l'orthographe... »

Alors, s'arrêtant entre chaque phrase, entre chaque mot, pour reprendre ce souffle que la souffrance coupait, elle dicta : « Avant de n'en avoir plus la force, je tenais, mon enfant, à vous donner ma bénédiction, à vous assurer que je n'ai jamais cessé de vous aimer, et qu'enfin je laisse sans regret une vie dans laquelle nous nous trouvons, malgré nous, si éloignés. Là où je vais (à supposer que j'aille quelque part !), je veillerai sur votre bonheur de plus près que je ne le faisais de La Commanderie. J'ai toujours trouvé pour vous, dans mon cœur, une tendresse si grande qu'elle me semble avoir existé avant que vous soyez au monde et devoir se prolonger après que je l'aurai quitté... »

Elle reprit la plume pour signer. « Envoyez cela par le premier courrier. Quel jour sommes-nous ? », — « Le 7 juillet, Madame. »

La poste ne partait que deux fois par semaine mais, en marchant bien, la lettre serait à Paris le 12 ou le 13. S'il venait... S'il venait, il pouvait, en relayant, être auprès d'elle dès le 17. Ou bien il écrirait, et elle aurait sa lettre le 18, le 20 au plus tard. Un papier qu'il aurait touché...

Elle attendit. Mais dès qu'elle comprit ce qu'elle attendait, elle sut aussi que, quelle que fût l'issue de la partie, elle avait perdu. Elle avait joué le retour de son fils à « croix ou pile », et les deux faces étaient perdantes. Si Alexis ne répondait pas à sa lettre, s'il l'abandonnait face à la mort, s'il méprisait sa faiblesse, s'il négligeait sa douleur, elle serait plus seule encore après l'avoir appelé que si elle s'était tue. Même ses souvenirs — vingt-cinq ans de passion, vingt-cinq ans d'abnégation —, même ses souvenirs lui seraient ôtés. Rejetée, elle accoucherait d'une mort honteuse. Plus que solitaire : répudiée.

Si, au contraire, dès réception de la lettre, il accourait, si au premier signe il laissait là ses intrigues, ses affaires, pour la serrer dans ses bras, elle saurait qu'en dépit des enseignements donnés, des sacrifices consentis, il était resté un enfant — sensible, vulnérable. Demain les Grecs, avec leurs belles paroles, leurs sourires enjôleurs, leurs larmes, leurs prières, l'attendriraient, demain le premier venu l'assassinerait. Vingt-cinq ans d'efforts, et une éducation manquée ! Elle mourrait comblée d'amour et désespérée.

Croix ou pile : il fallait souffrir par lui ou souffrir pour lui. Puisqu'il ne pouvait être que tueur ou tué. Et qu'elle avait elle-même creusé l'abîme où elle venait de se jeter...

Elle attendit. Certains jours, elle espérait qu'il ne viendrait pas ; d'autres jours, qu'il viendrait. C'était même parfois de minute en minute que ses désirs changeaient : quand la douleur lui laissait un instant de répit, elle avait le courage de souhaiter que sa lettre s'égare ou qu'il la jette ; mais quand la fièvre montait, que son ventre se fendait, qu'elle ne savait plus si elle devait se coucher sur le dos ou sur le côté, quand la torture la faisait crier, et que, pour économiser ses dernières forces, elle gardait les yeux fermés, elle aurait voulu, à l'instant de les rouvrir, les rouvrir sur lui.

Elle prenait des doses d'opium de plus en plus fortes ; le matin, elle pensait qu'elle n'atteindrait pas le soir ; le soir, elle n'osait se promettre de voir le matin ; entre les deux elle attendait. Il ne viendrait pas, il ne viendrait plus : Dieu soit loué, il était fort ; mais elle, si faible... Un étranger. Il ne viendrait pas ; pourtant elle s'obligeait encore, soutenue par Babet d'un côté et Mignon de l'autre, à boire à petites gorgées les tisanes sucrées qu'Hélène lui préparait. « Quel jour sommes-nous ? » « Le 15 juillet, Madame », « Le 17, Madame », « Le 19 »... Souvent aussi elle demandait l'heure. Car la chambre, avec ses volets fermés, restait toujours plongée dans l'obscurité. C'est à la lueur des chandelles qu'elle distinguait les figures, mais parfois, à cause des drogues ou de la douleur, elle ne les reconnaissait pas. Un jour pourtant — ou une nuit — après avoir beaucoup gémi, elle vit que les trois visages penchés sur elle étaient baignés de pleurs. Elle ne savait plus les noms de ces gens-là, mais ils étaient ses parents ou ses domestiques ; de cela, elle se souvenait ; c'étaient seulement leurs larmes qui l'étonnaient ; elle dit, ou crut dire : « Vous m'aimiez donc ? » Et de nouveau elle sombra, sans entendre la réponse à une question que, peut-être, elle ne posait pas.

« Jour... Quel jour ?

— Le 20 juillet... »

On lui bassinait les tempes, on lui humectait les lèvres. Les yeux clos, elle attendait. Qui ? Henri ? Ou son père qui allait rentrer du Cap-Français ? Dehors elle entendait la tempête souffler. La grand'case, les cyclones... Oh, non, non, heureusement, ce n'était pas le vent ! Pas le vent. Rien qu'elle qui haletait. Elle accouchait. Un autre enfant. Elle en avait déjà un, tout blond, polisson, qui s'appelait... « tit sirop » ? Elle ouvrait les yeux, elle accouchait d'un oiseau bleu. Le bel oiseau sur le papier du mur, elle l'attrapait par l'aile. Il s'envolait. Une plume au-dessus du prie-Dieu. Parti, l'oiseau. « Pas pleurer, tit caramel, pas pleurer. » Elle avait froid. D'abord, elle avait eu trop chaud quand le liquide de Maman-Madeleine avait coulé sur elle. Mais maintenant la mouillure refroidissait. Combien de jours, combien de nuits ? Dans le noir, sous les jupons, elle étouffait. Elle avait peur, elle étouffait. Et voilà qu'on la tirait par les pieds, on la tirait. De toutes ses forces elle résista, se cramponna aux jupons raidis. De toutes ses forces...

X

« Céphise, c'est à toi de me fermer les yeux...
Si tu vivais pour moi, vis pour le fils d'Hector.
Parle-lui tous les jours des vertus de son père,
Et quelquefois aussi parle-lui de sa mère... »

(Andromaque, IV, 1)

34

A quel moment finit une vie ? Comme Madeleine Yalombo, Madame de Breyves n'est plus ; mais sa mort s'inscrit déjà dans la mémoire d'Hélène, de Babet, dans l'aventure d'Alexis ; pourquoi n'aurait-elle pas, à son tour, des prolongements infinis ? La mort des uns, un germe dans la vie des autres. Une option sur l'avenir. La mort fait souche, la mort vit...

Les coups ébranlaient la grande porte, retentissaient à travers la maison endormie. Mais rien, pas une lumière aux fenêtres. C'est ce qui l'avait frappé quand il avait passé la barrière du parc : on veille les malades. Ce soir, aucune lueur ne filtrait à travers les persiennes. La maison semblait vide. C'est en vain que, par trois fois, il avait laissé retomber le heurtoir : le bruit du marteau résonnait comme dans une église... Alors, contre cette porte verrouillée, cette maison murée, il s'était acharné : coups de poing, coups de pied, coups d'épaule. Il criait : « Bon Dieu, vous êtes sourds là-dedans ! » Les chiens aboyèrent. Enfin, derrière les fenêtres de l'étage, il vit passer la flamme tremblante d'un bougeoir. La chandelle descendit l'escalier. Dans l'entrée, une voix qu'on voulait sévère : « Qu'est-ce que c'est ?

— Mais qui veux-tu que ce soit, nom de Dieu ! Alexis, bien sûr ! »

Les verrous qu'on tire, la porte qu'on entrebâille, et Babet en chemise, son bougeoir posé derrière elle sur le gros coffre.

Babet ouvre ses bras. Et quand elle ouvre les bras, pas de doute, elle a « un goût », mais pour Alexis, c'est le goût de l'amour aussi. « Foutrebleu, vous avez le sommeil profond dans cette maison ! Je n'ai pas réveillé ma mère, au moins ? » Babet pleure ; et tout à coup il sait. Il a su dès qu'il a vu la maison éteinte ; il a su, mais, serré dans les bras de Babet, pressé contre son cœur, il a cru pouvoir encore oublier, effacer, espérer. Maintenant il voudrait empêcher la grosse servante de raconter, il refait la route à l'envers, repasse la barrière, déchire la lettre...

Ils ont tout de même fini par s'asseoir côte à côte sur le banc du vestibule. Babet se mouche dans un coin de sa chemise. La mèche de la chandelle file. Il a demandé « Quand ? », elle a dit « Le vingt et un », il a demandé « Je peux la voir ? » mais, là aussi, il connaissait la réponse : les morts, c'est comme les malades, on les veille ; et puisqu'il n'y avait pas de lumière au premier... Babet explique : « Avec cette chaleur, n'est-ce pas ? Si on avait su que vous veniez, peut-être qu'on aurait attendu un jour de plus, mais là... On l'a enveloppée dans votre taffetas violet ; ça ne plaisait pas trop à Monsieur le Curé, ce déguisement, mais Madame m'avait fait jurer... A part ça, rien, l'enterrement des pauvres : c'est ce qu'elle voulait. Heureusement que notre Marie n'a pas connu cette volonté-là, elle aurait été bien triste ! »

Il voulut tout de même revoir la chambre, Babet y alluma les chandeliers, les fenêtres étaient restées entrouvertes « pour aérer ». Il ne reconnut pas le grand lit où il s'était tant de fois roulé, ni, entre les deux placards, sa petite alcôve ; à part le prie-Dieu et l'armoire, tout avait changé, les rideaux, le papier des murs. Partout des fleurs, des oiseaux... « C'est plus gai », constata-t-il, moins par conviction que pour dire quelque chose. « Oh, gai, je me demande, soupira Babet. Ce que je peux vous assurer, mon pauvre Monsieur, c'est que, ces jours-ci, ni à elle ni à nous ces fleurs n'apportaient de gaieté : ce qui se passait dans cette chambre n'était pas beau à voir, allez ! Ah non, pas beau... » Mignon, qui venait d'entrer en caleçon, les cheveux ébouriffés, les yeux bouffis, acquiesçait. Et Hélène, qui à son tour poussait la porte et entrait les pieds nus, à demi vêtue, hochait la tête, gravement. « Y avait plus une seule goutte de sang dans ce corps-là », reprenait Babet qui se voyait maintenant, comme récitante, au cœur des événements. « Malgré la fièvre et les chaleurs de saison, la pauvre dame avait toujours froid... Forcément, hein ? Plus une goutte de sang ! » Alexis frissonna. Il se rappelait une phrase que sa mère avait un jour lancée à Mignon, dans une discussion : « Je ne crains pas les feux de l'Enfer, je ne crains que sa glace ! » S'il avait été là, il aurait soufflé sur les doigts de la mourante, collé sa bouche à sa poitrine, à son dos, pour la réchauffer de son haleine comme elle faisait pour lui, quand il était petit et qu'embusqué à l'affût du gibier, les soirs d'hiver, il gelait sur place...

Vaillamment, il s'efforça de chasser les images qui se formaient à chaque nouveau détail distillé par Babet. Il ne voulait pas apprendre jusqu'à quel point sa mère avait souffert ; il le devinait assez. Et pour se consoler il se répétait qu'elle avait une foi très forte, la foi des premiers martyrs, et que ces convictions, cette droiture, avaient dû la soutenir dans ses derniers moments. Il s'inquiéta seulement de savoir si elle l'avait attendu, si une fois de plus — et malgré lui ! — il l'avait déçue.

« Sans doute, qu'elle vous a attendu ! Du moins au début. Parce qu'après... » Et Babet refondit en larmes : elle reniflait, Mignon lui tendit un mouchoir sale — depuis la maladie de la Comtesse, il était encore plus négligé qu'avant, sale et morveux comme un gamin abandonné. « Elle nous demandait sans cesse quel jour on était », murmura la petite Hélène. « Chaque fois que je glissais contre elle les bouteilles d'eau, ou dès qu'on lui changeait ses draps, Babet et moi — on les roulait par moitié, vous savez, pour ne pas avoir à la déplacer —, aussitôt, c'était comme si on avait remonté un oiseau mécanique : "Quel jour sommes-nous ? Quelle heure est-il ?" Au commencement il se peut en effet qu'elle ait pensé à vous, Monsieur le Comte ; mais à la fin ce n'était plus une question, je vous jure, juste une plainte ou une chanson : "Quel jour ? Quelle heure ?" »

Effondré dans le fauteuil, Alexis cachait sa tête dans ses mains : sa mère l'avait attendu, il en était certain ; et elle était morte en pensant qu'il l'abandonnait. Hélène essayait de le rassurer : « Même si elle attendait quelqu'un, Monsieur, ce n'était pas vous. D'ailleurs, passé le 18 ou le 19, elle ne vous a plus nommé. N'est-ce pas, Babet ? On n'a plus rien entendu qui ressemble à "Alexis" ou "Henri"... Non, à la fin, ce qu'elle demandait, c'était sa mère, "Maman", "Maman Madeleine", voilà ce qu'elle disait.

— Tu te trompes, Hélène : ma grand-mère s'appelait Jeanne.

— Bon, alors j'ai mal compris. Madame n'était pas facile à comprendre les derniers temps... Ce qu'il y a de sûr, c'est qu'elle demandait sa mère, comme tous les mourants. »

Mignon s'était assis sans façon sur le prie-Dieu (seule chaise à sa hauteur), Babet sur le coffre à bois, et Hélène sur le petit tabouret dont Madame de Breyves se servait pour atteindre le haut de son armoire. Ils faisaient cercle autour du lit vide : une veillée mortuaire sans corps. Et, comme dans toutes les veillées mortuaires, après avoir parlé du mort, on parla des vivants. Alexis, bouleversé, s'expliquait sur son retard comme il s'en serait justifié devant sa mère elle-même : « Sa lettre n'est arrivée à Paris que le 12 juillet ; ce jour-là, quand la poste l'a remise à Léveillé, on venait d'apprendre que la Cour renvoyait Monsieur Necker. L'avez-vous seulement su ici ?

— Le père Jean, enfin "Maître Jean" comme on l'appelle maintenant, m'en a parlé, dit Mignon.

— A la vérité le bruit de sa disgrâce s'était déjà répandu dans la nuit. Comme il est de la plus haute importance pour un homme de finance de prendre ses mesures dès qu'un Contrôleur général est remplacé, j'avais attrapé un "pot de chambre" au Pont-Royal — oui, commenta-t-il pour Hélène qui n'avait jamais quitté sa province, les "pots de chambre" sont des petites voitures à deux places qui font le service entre Paris et Versailles. En "pot de chambre" donc, je m'étais rendu au château dès l'aube du 12 — sans, par conséquent, avoir reçu la lettre de ma mère. J'ai rencontré plusieurs députés de l'Assemblée et fait tranquillement mes affaires pendant la journée ; mais je voyais qu'on amenait sans cesse des renforts de troupes et l'on disait que des cortèges se formaient dans Paris avec des drapeaux noirs en signe de deuil. Je me suis donc déterminé à quitter Versailles avant le soir, mais impossible déjà de regagner la ville : la foule incendiait les barrières d'octroi, et les communications entre les deux cités étaient coupées. »

Alexis n'avait pu rejoindre Paris que le 13 dans l'après-midi : le tocsin y sonnait dans tous les quartiers, on pillait les armureries, les garde-meubles, et les réserves du couvent de Saint-Lazare dont on se partageait les pièces de vin, les roues de gruyère et les tonneaux de beurre fondu. Parvenu non sans mal jusqu'à son logis, il y avait trouvé son valet sur le qui-vive et la lettre de sa mère qui l'attendait. Aussitôt, trois chemises dans son sac, et il court à la Poste pour sauter dans la première voiture en partance.

Mais plus rien ne quittait la ville ; du reste, les rues étaient si encombrées qu'il aurait été impossible à une diligence d'avancer. En rentrant chez lui, l'âme en berne, Alexis était tombé sur Clavière et Brissot, deux « baissiers » avec lesquels, réconcilié, il avait fondé deux ans plus tôt « La Société Gallo-Américaine ». Emue par la tournure que prenaient les événements, la société réunissait ses membres à l'improviste ; Alexis ne put faire autrement que d'y accompagner ses « baissiers ». Quelques orateurs discouraient dans une cave. Il les écouta distraitement, d'abord parce qu'il n'aimait pas les sermons, ensuite parce qu'il était inquiet : sa mère était certes d'une nature à succomber allègrement aux humeurs noires, mais il sentait dans sa lettre — la première en cinq ans — un ton de vérité qui le tracassait. Il fit part de ses soucis au banquier Clavière ; l'autre le rassura : le Roi allait rappeler Necker et le peuple, apaisé, rentrer dans ses foyers ; dès demain, les liaisons avec la province seraient rétablies et Alexis galoperait vers Guéret.

Le lendemain donc, retour à la Poste Royale ; à tous les voyageurs on remettait un avis : « Il n'est plus permis de sortir de la ville, avec chevaux de poste ou autres. » On entendait des coups de feu dans tous les quartiers, des sonneries de cloche incessantes ; le peuple, paraît-il, marchait sur les Invalides où Sombreuil, le gouverneur, gardait trente mille fusils. Après avoir en vain tenté de fléchir les directeurs de la Poste, Alexis se rendit à l'Hôtel de Ville, dans l'espoir d'y convaincre les magistrats. Peine perdue : on lui refusa tout « laissez-passer ». Du reste, il y avait tant de remue-ménage, tant de clameurs autour des bureaux qu'on s'entendait à peine. « Au point que, dans tout ce tapage, le bruit produit par la prise de la Bastille est passé inaperçu ! L'avez-vous appris au moins, dans votre trou, que la Bastille était tombée ?

— Oui, dit Mignon. Le 20 juillet. Mais le 20, nous avions autre chose en tête... »

Il soupira. Les regards convergèrent vers le lit vide. Une minute de silence. Puis la vie, et la curiosité, reprirent le dessus. Hélène, après avoir essuyé ses yeux, pressa Alexis de leur raconter la suite : « Me voilà donc sur les cinq heures du soir, tout dépité, qui remonte lentement la rue Saint-Honoré pour revenir chez moi, à la Madeleine. A hauteur de la rue du Pélican, je me trouve dépassé par une multitude qui venait du Faubourg Saint-Antoine. En tête un drapeau, de grosses clés, et un papier fixé à une perche, sur lequel on lisait "La Bastille est prise, les portes sont ouvertes". Et tout ce peuple dansait, s'embrassait, riait... Il me fallut rire aussi, même si, dans l'inquiétude du sort de ma mère, il me revenait par moments une forte envie de pleurer. Mais pas le temps de s'attendrir : à peine cette foule passée, en voici une autre qui arrive par le même chemin ! Celle-là ne chante pas. Elle est précédée d'un murmure sourd et prolongé, les visages des passants expriment l'étonnement, la crainte. Ne pouvant m'expliquer ce changement, je me rapproche. Et je vois, portées sur deux piques, deux têtes sanglantes, que l'on me dit être celles du marquis de Launay, gouverneur de la Bastille, et de Monsieur de Flesselles, prévôt des marchands. Les flâneurs se retirent, assez précipitamment... Le bruit court que le comte d'Artois a le dessein d'attaquer la ville pendant la nuit et qu'on coupe des arbres dans les faubourgs pour les jeter en travers des routes. Aussitôt, des hommes se mettent à dépaver la rue pour former des barricades, et des femmes, relevant les coins de leurs tabliers, y chargent les projectiles qu'elles montent sur le toit des maisons. Je reviens au Palais-Royal : j'y trouve mon Léveillé, monté sur une table du Café de Foy, qui harangue les prostituées à la lueur des quinquets. Il me croit parti, il se croit son maître. Je le détrompe, mais lui permets — c'est l'égalité — de se joindre à deux ou trois agioteurs de mes amis qui, déguisés en "milice bourgeoise", s'apprêtent à monter la garde devant les banques et la Caisse d'Escompte : que le peuple vole les fusils, passe, mais nos fonds... Chemin faisant, ces agioteurs m'apprennent que le propre créateur de la Caisse, un banquier anglais que je connais, qui s'était fait élire député du Tiers, bref un homme d'avenir, vient de mourir d'apoplexie. D'apoplexie, un jour comme aujourd'hui ? Eh oui, justement : c'est en croisant la tête du gouverneur de Launay que le malaise l'a pris. Il ne connaissait pas personnellement le décapité, mais la surprise... A peine si l'on a eu le temps de ramener ce malheureux jusqu'à sa maison d'Auteuil ! Tout ce sang lui montait à la tête ! C'est l'inconvénient de naître bourgeois : ce Panchaud n'avait jamais, comme le peuple, assisté à une exécution capitale, ni "servi", comme moi, un sanglier au couteau... Après tant d'émotions, je serais quand même bien rentré me coucher en espérant un sauf-conduit pour le lendemain, mais j'entends dire que la "Société des Amis des Noirs", dont je fais aussi partie, se réunit ce même soir. En avant donc pour les "Amis des Noirs" !

— Ah, fit Mignon qui avait lu l'abbé Raynal, les Parisiens sont les plus généreux des êtres ! Lutter contre la traite, voilà un beau programme ! Je suis fier de compter mon ancien élève parmi les amis des esclaves ! » Il semblait très enthousiaste.

« Euh, à dire vrai, précisa Alexis, nous sommes surtout amis entre nous... » Comment expliquer à Mignon que la raison sociale de tous ces clubs correspondait peu à leur activité, et qu'il s'agissait moins de s'occuper des Noirs ou des Américains que de s'entraider entre Parisiens « avancés » ? D'ailleurs, les esclaves... c'était un grand sujet sur lequel la plupart avaient peu d'idées. Lui, Alexis, savait vaguement, très vaguement (car sa mère restait concise quand elle en parlait), que son grand-père Frécourt avait possédé du « bois d'ébène » autrefois, et que son père s'en était débarrassé — un beau geste auquel elle attribuait la haine de ceux qu'elle appelait « les Grecs » et le début de sa ruine. Mais sa mère était bonne, idéaliste, et toujours prête à présenter sous son meilleur jour un mari dont, à Paris, on disait simplement à Alexis qu'il avait « dilapidé ».

En tout cas, le 14 juillet, à la « Société des Amis des Noirs » il n'avait pas été question de « libérer les nègres » : il s'agissait de libérer les blancs en remettant à leur tête leur Vaudou, leur « Veau d'or » — Monsieur Necker. Le nouveau Contrôleur des Finances, Foullon, n'avait-il pas osé se vanter de « faire manger de l'herbe » au peuple affamé ? « Nous savons tous, déclara l'orateur, ce que le Roi se propose de faire demain : la banqueroute sera déclarée et la soumission du peuple assurée à la pointe de la baïonnette ! » La baïonnette n'effrayait pas Alexis, mais la banqueroute... Il aurait fallu revoir Clavière au plus tôt, et Mirabeau, et Beaumarchais, prendre des dispositions, déplacer des fonds. Mais il avait dans sa poche la lettre de sa mère, et le 15 au matin, après une nuit sans sommeil, il retourna à l'Hôtel de Ville : des crieurs publics n'informaient-ils pas les étrangers qu'ils étaient libres de quitter Paris à condition de demander un passeport aux échevins ? Si l'on délivrait des passeports, pourquoi pas des « sauf-conduits » ?

Les échevins opposèrent au jeune Français ce qu'en dépit des annonces ils opposaient aussi aux étrangers : l'agitation du peuple était considérable, « il est très soupçonneux à l'endroit de ceux qui partent, et jaloux que nul de la noblesse ne puisse quitter la ville. Au reste, les ordres des magistrats n'ont pas eu le temps d'être connus et compris dans les faubourgs, vous risquez d'être arrêté et insulté... » En sortant de l'Hôtel de Ville Alexis vit, à la Morgue de la Grève, la foule de ceux qui, cherchant un frère, un fils, un mari, venaient reconnaître les morts de la veille ; on entendait des cris à faire dresser les cheveux sur la tête ; quatre Anglais — qu'Alexis avait vus solliciter, comme lui, la bonne volonté des échevins — perdirent, à ce spectacle, leur célèbre flegme : la jeune lady, qu'accompagnaient ses deux frères et son mari, se trouva mal. Alexis entraîna ces étrangers égarés, et, tandis qu'au café on leur servait du vin de Suresnes, il les fit parler : ils arrivaient de Calais, on les attendait à Moulins, ils avaient leur propre voiture, mais il leur fallait des postillons et des chevaux. « A Moulins ? dit Alexis, vous passez donc par Orléans ? J'y vais moi aussi, donnez-moi une place dans votre voiture, et je vous sors d'embarras. » Il avait parlé anglais, mentionné Lady Marlborough, tout cela avait produit le meilleur effet. Restait à convaincre les échevins ; mais il était résolu, événements ou pas, à user d'un argument qui ne se démode jamais : l'argent. « Je graisse la patte à nos geôliers. A mes frais. De votre côté, vous me déclarez comme votre valet. Anglais. My name is John Prescott. »

Le soir même, Alexis empruntait à Léveillé son

habit le plus usé, cachait ses vêtements et son épée dans un petit bagage ; en attendant la réouverture des bureaux, il partit ainsi déguisé traîner dans la ville. Il se donnait pour prétexte de s'habituer à son nouveau personnage. En vérité, il était badaud. Une badauderie que sa mère lui avait toujours reprochée. Mais comment résister à l'attrait de la nouveauté, du mouvement ? Paris en révolution était gai, bariolé : les feuilles vertes des Tuileries, le sang du gouverneur de Launay, le blanc des drapeaux, l'habit bleu des gardes françaises, la cocarde tricolore...

Tout cela l'aurait rendu heureux s'il n'avait entendu, par intermittence, l'appel de sa mère. Pour la rejoindre, la consoler, il se sentait capable de tuer. Mais tuer ne l'aurait pas mené loin : on tuait tellement ces jours-ci que cela ne persuadait plus personne ! Mieux valait ruser.

Le 16 juillet, le pourboire, remède universel, purgea toutes les difficultés : les « Anglais » eurent cinq passeports, en foi de quoi la Poste leur accorda chevaux et postillons. Mais la joie des voyageurs fut de courte durée : des « citoyens » en armes les arrêtaient à chaque coin de rue ; quand ils arrivèrent à la barrière d'Enfer, un « citoyen », plus inquisiteur que les autres, remarqua une paire de pistolets d'arçon que le plus âgé des voyageurs gardait à l'intérieur de la voiture, dans un étui : « Vous avez des armes, s'écria-t-il, c'est contraire aux ordres des magistrats ! » L'Anglais répondit qu'il les avait apportées de Londres pour se garantir des voleurs. « Il n'y a pas de voleurs en France, répliqua l'autre, tout le monde sait cela, il n'y a donc pas de raisons de porter des pistolets ! » « Vos pistolets sont en bel argent, glissa Alexis au voyageur, ils font envie à cet honnête larron, donnez-les-lui, et nous passerons. » Ainsi fut fait et ils poursuivirent leur route. Alexis, en riant, sortit alors de sa poche deux jolis pistolets à crosse d'ébène, pas plus longs que la main : « Moi aussi, j'ai mes armes, mais je les cache mieux... », — « Ce ne sont que des pistolets de poche ! dit l'Anglais avec mépris. Vous ne pouvez tirer qu'à bout portant, il faut un sang-froid d'assassin ! », — « Et alors ? Croyez-vous que j'y trouverais de la difficulté ? Dans la nature les espèces se dévorent, et les hommes se dévorent dans la société : nous nous faisons justice les uns aux autres. Tant que j'aurai la langue bien déliée et deux pistolets bien graissés, je me croirai très bon plaideur et bon juge ! » Puis il rougit de sa jactance, et d'un propos dont le cynisme aurait révolté sa mère : elle l'avait élevé pour un autre idéal... Un quart d'heure après, alors qu'ils arrivaient au bout de la rue du Faubourg-Saint-Jacques, nouveau barrage : cette fois leurs chevaux furent retournés, et ils reçurent l'ordre de rentrer à l'Hôtel de Ville pour y être interrogés. « Ils sont de la noblesse, criait la populace sur leur passage, ils voulaient fuir, mais les scélérats sont pris ! » Quand leur voiture, souillée de crachats, pénétra dans la cour de l'Hôtel de Ville, les échevins s'amusèrent de l'aventure ; ils promirent à ces braves Anglais, citoyens d'une nation libre qui avait montré aux peuples opprimés l'exemple des révolutions, une garde armée : cette escorte les sortirait des faubourgs. Mais à Bourg-la-Reine un gaillard farouche, armé d'un mousquet, sauta dans la voiture, et, fixant sa baïonnette au canon, ordonna de reconduire « les fuyards » à Paris. Tout au long du chemin la populace les siffla ; depuis la veille, la tension semblait avoir encore monté ; on disait qu'il y avait eu des troubles à Chevreuse, à Longjumeau ; la foule autour de la voiture grossissait sans cesse, elle semblait exaspérée ; la jeune Anglaise pleurait... La place de l'Hôtel de Ville était noire de monde ; le nouveau maire venait d'y accueillir le Roi, qui avait mis la cocarde à son chapeau. Ce geste, aussitôt connu et répété de bouche en bouche, apaisa ceux qui encadraient maintenant sur deux rangs la voiture et les « suspects ».

Les magistrats parisiens regardèrent encore une fois « leurs Anglais » avec bienveillance (Alexis y pourvut en doublant le pourboire) ; on les fit coucher à l'Hôtel Saint-Michel ; et le 19, le dernier départ fut le bon : l'attelage marcha bon train et sans ennuis, jusqu'au dernier relais avant la forêt d'Orléans. Là, l'aubergiste dit à Alexis qu'à la faveur des troubles de Paris les brigands s'étaient tellement enhardis qu'il valait mieux remonter jusqu'à Châteaudun et passer la Loire à Tours ou à Blois. Aussitôt dit, aussitôt fait ; ils traversèrent des campagnes si pacifiques qu'ils crurent avoir rêvé les « émotions » des Parisiens et les menaces dont ils avaient été l'objet. Les blés étaient hauts, les blés étaient blonds, et les femmes, sur le bord des routes, les saluaient gentiment de la main. Cependant, en s'écartant de la ligne droite, Alexis perdait encore deux jours ; il relisait la lettre et bouillait d'impatience.

A Tours, le 21, ils trouvèrent la ville sens dessus dessous — un tourbillon que la tranquillité des campagnes ne laissait pas soupçonner. Ici les troubles n'avaient pour cause ni les Etats Généraux, ni le renvoi de Necker, ni les armées du comte d'Artois, mais la cherté du pain. On accusait les commerçants de spéculer, les « accapareurs » de cacher le blé : ils avaient passé avec le Roi « un pacte de famine ». On rapportait de faux propos qu'on prêtait aux échevins : « Si le pain est trop cher, les pauvres n'ont qu'à jeter leurs enfants à la rivière ! » La rumeur s'enflait comme un torrent, et elle finit par emporter la berge : le matin même de l'entrée de la voiture des Anglais, la foule avait massacré Girard, un négociant dont on prétendait qu'il recommandait aux sans-le-sou une bouillie « faite avec de la raclure de pierre »... Un homme qui tentait de s'interposer avait été lapidé ; on apprit plus tard, avec effroi, que cet inconnu était un ecclésiastique, et même un prélat : à la décharge des massacreurs, il faut dire que, de la tête aux pieds, ce « Monseigneur » était vêtu comme un laïc : il ne portait ni croix ni rabat. On expliqua qu'il sortait de chez sa maîtresse : le martyre vous prend parfois au saut du lit... Et, comme toujours, maintenant que sa colère était tombée, le peuple s'affolait de sa propre audace : on courait de tous côtés, la ville s'émouvait de s'être émue.

Les Anglais, que cette effervescence déconcertait, décidèrent d'attendre des circonstances plus favorables à la poursuite de leur voyage : on ne passe pas inaperçu avec une voiture à six chevaux... Alexis, lui, était las de biaiser — marches, contremarches, chemins de traverse et faux-fuyants. Il se rappelait un conseil de sa mère : courir tout droit. Il loua un cheval de poste, roula son bagage derrière la selle, et prit la route du Berry. Il avait gardé sur lui le costume râpé de son valet, mais rattaché son épée. La Sologne était déserte et paisible : les habitants y mouraient de faim, mais c'était une si vieille habitude qu'ils ne songeaient pas à s'en indigner... Il allait à bride abattue du petit matin jusqu'à la nuit tombée, ne s'arrêtant que le temps de changer de monture. Il ne fut retardé qu'une fois : entre Romorantin et Valençay, quelques « citoyens » passablement éméchés avaient renversé une charrette en travers du chemin et prétendaient s'assurer qu'aucun aristocrate ne prenait la clé des champs en coupant par leurs brandes. L'épée d'Alexis, qui ne signifiait rien à Paris, avait attiré le regard de ces laboureurs. On lui demanda s'il était du Tiers : en six jours on avait bien dû lui poser la question cinquante fois ! « Du Tiers, dit-il excédé, oui, je suis du Tiers ! Et s'il faut encore en rabattre, je suis du Quart ! À l'heure qu'il est... » Mauvaise plaisanterie que personne ne comprit, mais l'insolence du ton suffit à provoquer un moment de flottement ; Alexis s'en voulut de ne pouvoir résister à la raillerie ; sa mère lui avait dit cent fois qu'il le paierait cher. Pour dissiper les soupçons il accepta d'arborer la cocarde tricolore, cria « Vive la Nation » et offrit une tournée générale au cabaret. On trinqua. Quand il eut « fraternisé » avec les « commissaires », « Vous m'avez dit, mes bons amis, que si je n'étais pas un seigneur, je devais porter la cocarde, mais supposons qu'au lieu d'être le pauvre gazetier que je suis, j'aie été un grand seigneur en effet, que me serait-il arrivé ? », — « Ce

467

qui vous serait arrivé ? répliquèrent brutalement les buveurs, il vous serait arrivé qu'on vous aurait pendu, car il est probable que vous l'auriez mérité ! » Ce n'était peut-être là qu'une manière de parler, mais le langage était nouveau.

Si nouveau même qu'Alexis se garda de rapporter le propos aux trois auditeurs qui, dans la chambre de la Comtesse, se suspendaient à ses lèvres. Il ne leur raconta pas davantage l'assassinat, à Tours, de l'évêque en goguette, et leur tut qu'au relais de poste de Romorantin il avait appris le meurtre, la veille à Paris, de Foullon, le nouveau Contrôleur général des Finances, et de son gendre, Bertier : le peuple les avait accrochés « à la lanterne » après leur avoir fait manger de l'herbe et boire du vinaigre ; Foullon avait soixante-douze ans...

Que la Roche Tarpéienne fût près du Capitole, Alexis l'avait appris à l'école, et il savait aussi qu'on ne fait pas d'omelette sans casser des œufs ; mais cette mort, qui n'avait ni la noblesse d'un vers antique ni la rectitude d'une recette de cuisine, l'inquiéta : une curée, une sale curée... Son expérience des jacqueries et des rassemblements, sa connaissance des faux-sauniers, des maçons, des gueux et des truands, avait d'ailleurs cessé de le rassurer sur sa propre capacité à manier des « citoyens » échauffés : le citoyen était d'une autre espèce que le peuple qu'il aimait. De même que Fanfaron, lorsqu'il s'était mis à mordre et à tuer, n'était plus le gentil compagnon de ses promenades : brusquement il lui avait échappé, brusquement il avait basculé...

Tout ainsi, depuis le 14, lui semblait incertain, mouvant. Lui, si rapide à juger les gens, les faits, ne se sentait sûr de rien aujourd'hui, ni de personne. Il n'avait pas vraiment peur, mais le paysage défilait vite — comme par la glace d'une berline dont l'attelage s'est emballé. Sa mère, quand il l'interrogeait sur sa cicatrice, lui avait si souvent raconté son accident qu'il avait l'impression de l'avoir vécu avec elle, il croyait avoir senti ce moment où la voiture trop lourde « gagne » les chevaux, où les bêtes s'affolent, accélèrent, fuient, où la berline les rattrape, les écrase, les broie, avant de se renverser sur elle-même dans un fracas silencieux ; cette poussée, ce vertige, cette sensation d'impuissance dont sa mère parlait, il était convaincu de les avoir éprouvés : « Mais non, disait-elle en riant, toi, tu étais derrière, dans le cabriolet ! » Aujourd'hui encore, pourtant, il reconnaissait parfaitement ce qu'il sentait : on tirait la route sous ses pieds. Il fallait courir plus vite que la route...

En attendant, il crut sage de minimiser, pour son public, la portée des événements : c'est la vue du sang qui excite à le verser ; il déroba à ses « gens » le spectacle des premières plaies. Comment oublier que Mignon, Hélène, Babet, tous si dévoués, étaient « du Tiers » ? A sa mère, sa mère seule, il aurait pu ne rien cacher. Depuis vingt ans d'ailleurs, tout ce qu'il avait vécu sans elle, il le vivait pour le lui raconter — même quand ils étaient séparés, même quand ils étaient fâchés, même quand il pensait qu'ils ne se reverraient jamais... Les grimaces du destin, ses coups de patte et ses pieds de nez, l'auraient émue, intéressée. Oh, sans doute, elle l'aurait grondé, mais avec quelle attention elle l'aurait écouté ! Depuis vingt ans, il vivait pour deux ; il allait devoir vivre pour lui...

Le fardeau soudain lui parut si lourd qu'une petite larme coula le long de son nez ; aussitôt, comme si on les ramenait brusquement au cimetière après les avoir promenées, les deux femmes éclatèrent en sanglots. Elles pleuraient à verse. C'était pénible pour tout le monde, et très inutile. « Allons nous coucher », dit Alexis.

Il dormit jusqu'à midi et, en s'éveillant, ne se reprocha pas d'avoir traîné au lit ; la semaine serait rude : la tombe à fleurir, les papiers à classer, les vêtements à trier, les domestiques à placer, puis les visites indispensables — le curé, le notaire, et les Visitandines, légataires universelles auxquelles il remettrait les clés...

« Les Visitandines ? dit Mignon. Mais la Comtesse n'y allait plus jamais !

— Il n'empêche : tout ici appartient à Notre-Dame du Maupuy.

— Madame n'a rien légué aux bonnes sœurs, pour sûr, s'entêta Babet à son tour. D'ailleurs, je les connais, ces bêtes de proie : si c'était le cas, leur intendant serait déjà là à mesurer les sillons, à compter les tonneaux et les poulets... »

Alexis haussa les épaules : il ne voulait pas, en discutant, réveiller un souvenir pénible. Il descendit jusqu'à la tombe. En longeant l'étang, il ramassa une poignée de myosotis des marais qu'il posa sur la pierre. Il s'était assis par terre, adossé au socle du calvaire, la main appuyée sur la dalle sous laquelle reposait sa mère. Le soleil tapait, la pierre était chaude. Presque vivante. Alors il lui parla : « Je suis venu, Maman. Tu vois, je suis là. » Doucement il caressait le grain de la pierre : « C'est ton fils, Maman. Je ne t'ai pas laissée, tu vois. Je suis là. » Les mots mêmes qu'autrefois elle lui disait tout bas lorsqu'elle rentrait dans la chambre où il dormait ; quand, à huit ans, il écrivait sur son oreiller « embrassez-moi » et qu'elle venait, sans l'éveiller, pour le rassurer à mi-voix. Les mêmes mots, qu'il retrouvait sans les avoir entendus puisqu'il dormait, les mêmes mots, qu'elle non plus n'entendrait jamais. Chacun, pour dire qu'il aimait, avait attendu le sommeil de l'autre...

35

Pour les Visitandines, sa mère avait fait un gros effort : Alexis trouva le cartonnier mieux rangé qu'il n'espérait. En un clin d'œil il vit que les comptes du domaine étaient alarmants : depuis deux ans elle perdait de l'argent. Du sang, de l'argent : c'est à peine si les pertes des métairies lui parurent moins émouvantes que les lésions par où la vie de sa mère s'était enfuie... Tous ces chiffres, des blessures ! Ce déficit, une hémorragie ! Heureusement, sous les exploits d'huissiers, il découvrit ses propres lettres d'enfant. Les petits billets qu'il cachetait pour elle à la bougie, puis ses lettres de collégien, et ses épîtres d'Angleterre. Les plus anciens de ces messages portaient souvent, ajouté par elle au crayon, l'âge du scripteur : « Alexis, sept ans », « Alexis, neuf ans ». Pattes de mouche, syntaxe approximative : il arrivait à peine à se déchiffrer. Pourtant, elle avait tout gardé.

Comme ces grimoires n'intéressaient pas le monastère, il les sortit du cartonnier, et c'est alors qu'au fond du tiroir il découvrit le carnet noir. Un carnet long et plat, relié en basane. Il l'ouvrit : c'étaient des pensées qu'elle avait notées d'une écriture précise qui n'était pas celle, filiforme et tremblée, de ses derniers mémoires. Il la revit plus jeune — belle, triste, et violente. C'est à cette femme-là que ressemblaient les phrases du carnet : « Jésus ne se trouve qu'au désert ; sa voix ne retentit pas dans les lieux publics, dans les assemblées du siècle », ou « Ne murmurez pas si votre ami vous abandonne : un jour il faudra vous séparer de tous... » Cette maxime sévère, qui semblait anticiper sa mort solitaire, annoncer la défection de son fils, lui fit remonter les larmes aux yeux.

Il s'apprêtait à placer le carnet dans la cassette où il avait rangé ses gribouillis d'enfant lorsqu'il s'aperçut que les notes de la dernière page étaient écrites à l'envers, comme si sa mère avait brusquement pris le carnet à contresens. Il retourna le calepin et sursauta. L'apostrophe qui occupait le haut de la feuille semblait s'adresser au lecteur indiscret, à l'orphelin éploré : « Que cherchez-vous encore ? Des lumières, des consolations ? Le monde est livré à l'esprit des ténèbres, à tous les crimes et tous les maux dont il est le principe ! » Suivait une liste de six noms. Calligraphiés les uns sous les autres comme dans un livre de comptabilité : en face de chacun, on s'attendait à voir figurer une somme, à toucher ou à régler. Mais rien, aucun chiffre, des noms seulement. Et le premier, rayé. Il s'agissait de l'abbé Terray, mort depuis une dizaine d'années : sa disparition devait avoir éteint la dette de la Comtesse... Car Alexis en était sûr : ces noms, d'hommes riches et établis, ne pouvaient pas être ceux des débiteurs d'une femme ruinée. La liste était une liste de créanciers, d'amis des jours difficiles envers lesquels sa mère avait gardé une dette morale ; et, jusqu'au bout, elle s'était crue honteuse de ne pouvoir apurer ces comptes.

En relisant plus attentivement les noms, Alexis se sentit pourtant délivré d'un grand poids : pour la première fois depuis son arrivée à La Commanderie, il respirait — s'il était revenu à temps, s'il avait appris naïvement à sa mère tout ce qu'il savait, quel chagrin il lui aurait causé ! Car tous ceux qui figuraient sur sa liste, tous sauf un, avaient connu un triste destin : Panchaud, foudroyé le 14 juillet ; Foullon, assassiné le 22 ; et Civry, Monseigneur de Civry (car c'était de lui qu'il s'agissait), sacrifié par les Tourangeaux le 21... Quant à Necker, il courait les routes de l'exil.

Evidemment, l'ancien ministre reviendrait. Mais ce retour suffirait-il à lui rendre le bonheur perdu ? Autant que les tracas du pouvoir, c'est l'inconduite de sa fille qui crucifiait aujourd'hui ce père passionné ; or, dans cette inconduite, lui, Alexis, avait sa part de responsabilités. Pour trousser la jeune « Minette », il avait à peine attendu que son mari l'eût dépucelée ; elle, de son côté, n'était pas fâchée d'apprendre la vie avec un garçon sans conséquence. Ni prince, ni penseur, ni banquier : un agioteur sans fortune et sans prétentions, elle ne s'était pas méfiée. C'est d'elle, en vérité, qu'elle aurait dû se défier, de son tempérament passionné, de ses torrents de larmes, de ses nuages d'idées... et de sa laideur aussi, tous comptes faits. Elle s'était accrochée à Alexis au moment même où il se décrochait. Elle lui envoyait des lettres déchirantes, qu'il déchirait. De désespoir elle avait prétendu que l'enfant qu'elle portait était de lui ; il avait ri : elle avait tout de même un mari ! Et, pour avoir la paix, il avait dit qu'il en aimait une autre. Alors, elle avait tenté de s'empoisonner — toujours les extrêmes, les orages, elle était exténuante. Bien sûr, on l'avait sauvée mais l'enfant, une petite fille, était née mal formée et n'avait pas vécu longtemps. Depuis, à la grande tristesse de ses parents, mais à la joie des courtisans, Minette se jetait dans tous les bras qui s'ouvraient...

Sur la liste du carnet noir restait encore Beauvais. Lui du moins, pour ce qu'Alexis en savait, allait fort bien. Il n'avait pas réussi à se faire élire député de la Noblesse (on l'avait vu, en avril, distribuer à pleines mains l'or du duc d'Orléans aux émeutiers de la manufacture Réveillon), mais à Versailles, le 12, il plastronnait, plus « vieux beau » que jamais : du rouge sur les joues ; une culotte rose tendre ; coiffure mousseuse, boucle d'or sur le pied, canne à prétention et chapeau à la brigadière. Il se mêlait des finances publiques parce que les siennes étaient dans un désordre irréparable. C'était l'Arétin parlant de la chasteté... Alexis lui avait demandé ce qu'il pensait de la tournure que prenaient les choses à Paris : « J'en pense, mon cher, que tant que la branche cadette n'est pas aux affaires il est prudent d'aller se mettre à la campagne », — « Un homme de théâtre comme vous ! Vous quitteriez les premières loges, vous manqueriez le spectacle ? », — « En fait de spectacle, rien en cette saison ne vaut celui des moissons... », — « Comme vous voilà bucolique ! Ne me dites pas que vous allez couper le blé dans votre maison d'Argenteuil... », — « Etes-vous fou ? Argenteuil est trop près ! Je m'en vais dans une terre que personne ne connaît, avec de braves paysans et des serviteurs bornés... Des bois, des prés : on ne m'y prendra pas sans vert ! » Et sur ce mot il s'était éloigné, gesticulant de la canne et du chapeau. Le seul de la liste à s'en tirer...

Pour le reste, Alexis était désormais bien près de considérer la mort rapide de sa mère comme une preuve de la miséricorde divine : Dieu, en la retirant du monde avant qu'elle n'eût revu son enfant, avait voulu lui épargner la douleur de savoir ses amis proscrits ou assassinés... Apaisé, il mit le carnet noir contre son cœur, là où d'autres portaient leur cordon bleu.

Le lendemain, avec Hélène, il tria les robes. Une épreuve : comment chasser les souvenirs de bonheur qui s'accrochaient à chaque pli, chaque ruban ? Des souvenirs lointains parfois, car toutes les robes étaient vieilles, démodées, élimées, les fichus et les manchettes reprisés. Les habits de la misère. « Qu'allons-nous faire de ce vestiaire ? demanda-t-il à Hélène. Le veux-tu ? », — « Oui, Monsieur ! » fit la petite avec gourmandise.

On trouve toujours plus malheureux que soi... Il tenait à la main l'une des jupes noires qu'il venait de décrocher ; avec un sourire triste il la plaqua sur le corps de la petite chambrière : « Mais qu'est-ce que va dire ton galant ? Ce ne sont pas des façons de s'habiller pour une fille de vingt ans !

— Oh, Monsieur, protesta-t-elle en rougissant, je n'ai pas de galant.

— Eh bien, dit-il dans un soupir, tu as tort, tu es jolie, ne laisse pas passer le moment... »

La bouche entrouverte, le corsage déboutonné, Hélène semblait appeler les baisers. Alexis, pourtant, s'écarta : ce n'était pas qu'après la mort de sa mère il n'eût plus le cœur à badiner — le cœur entre pour peu dans ces fantaisies-là —, mais, depuis la veille, il se sentait coupable d'avoir séduit Mademoiselle Necker, fille d'un ami si cher à la Comtesse... Par respect pour la mémoire de la défunte, il ne cueillerait pas la rose qui s'offrait. Bravement, il se renfonça dans le placard, parmi les camisoles, les « pierrots » de linon, et les cache-corsets. De toute façon, il ne souffrirait pas longtemps, il le savait ; les regrets, chez lui, ne duraient jamais. La Commanderie, par exemple : quand sa mère lui avait annoncé qu'elle l'en privait, il avait cru qu'on lui arrachait l'âme, qu'on le coupait en deux ; mais aujourd'hui il n'éprouvait plus rien pour ces montagnes, rien d'actuel du moins. La seule émotion — confuse, brouillée — que suscitait encore la vue de ces eaux, de ces arbres, lui parvenait par réfraction, comme un mirage ou comme un reflet : il lui fallait se représenter sa mère arpentant ces champs pour se croire touché. La Commanderie, déjà, s'enfonçait dans le passé.

Un valet lui apporta un pli de Vallantin père, le notaire, qui l'invitait à dîner. Alexis retrouva avec plaisir la vieille maison aux volets verts, le treillage aux roses trémières, le parquet bien ciré, la salle de billard, et le tabac blond du notaire. L'autre commença par les compliments de saison : « Madame la Comtesse était une des personnes les plus estimées de la région. Surtout depuis qu'elle avait sacrifié son colombier... Le peuple la regardait comme une femme de progrès ; et après la grande grêle, comme une bienfaitrice. Les malheureux la vénéraient : parmi tous ces vagabonds qui s'abattent aujourd'hui sur le pays, il doit y en avoir plus d'un qui la regrette, allez ! Songez qu'hier au marché de Guéret le prix du setier de seigle a atteint vingt-deux livres, contre huit l'an passé. Et je ne vous parle pas du froment ! Jamais, en cinquante ans, on n'a vu des prix si élevés ! Ah, mon pauvre ami » (plus de « Monsieur le Comte » déjà), « nous avons eu un hiver terrible, nos journaliers manquent de tout, les villes sont affamées...

— Mais les campagnes semblent paisibles...

— Nos laboureurs n'ont pas mauvais esprit, il est vrai, et leurs blés sont hauts. Mais ils craignent les halles et les marchés, où ils se trouvent exposés aux injures du bas peuple. D'un autre côté, s'ils n'apportent pas à Guéret ou Bonnat le peu qu'il leur reste de leur vieux grain, les citadins menacent de venir le chercher... Les villes épouvantent les villages ! Sans parler des chômeurs et des gueux, qui sont à chaque instant à nos portes et pénètrent dans nos maisons ! On craint pour les récoltes : certains disent que les nécessiteux vont les piller. Il nous faudrait un détachement devant chaque champ... Enfin, ce ne sera pas la première fois que nous ferons la guerre aux errants ! Votre mère » (plus de « Madame la Comtesse ») « avait parfois trop d'indulgence pour ces traîne-misère, ces charbonniers, ces rétameurs, ces pas-grand-chose, qui, moyennant un ballot qu'ils charrient partout, se font escorter d'un tas d'enfants qui forcent nos clôtures et assassinent nos épis. Le fâcheux est que la bonté de cette sainte femme attire encore vers nos paroisses la lie du peuple... Jusqu'à la moisson, vous allez en voir long à La Commanderie ! A propos, que comptez-vous faire du domaine ?

— Mais... ce qu'elle voulait qu'on en fît.

— Donc, vous revenez au logis. Vous reprenez les rênes.

— Euh... Ne dois-je pas, auparavant, respecter les legs qu'elle a faits ?

— Aucun, mon petit Alexis » (mon petit Alexis : on descendait encore d'un degré), « elle n'en a fait aucun. Soit négligence, soit confiance, elle n'a même pas voulu rédiger de testament : vous héritez du tout, et vous en disposez comme il vous plaît. »

Alexis tombait de haut ; mais, comme un chat, dès qu'il sentait le vide, il se mettait d'instinct en position de se retrouver sur ses pattes, d'atterrir sur ses coussinets. En souplesse et en douceur.

« Cependant, objecta-t-il en tirant sur sa pipe, je sais qu'elle entendait laisser quelque chose aux Visitandines de Notre-Dame du Maupuy... Pour leurs pauvres... N'aurait-elle pu passer avec le couvent un acte dont vous n'auriez pas connaissance ?

— Non. Depuis dix ans, tout ce qui regarde le couvent se traite par moi. Remarquez que je ne m'en plains pas... Mais, puisque nous sommes entre nous, je ne vous cacherai pas le fond de ma pensée : il est temps de faire rendre gorge à ces décimateurs ! En obligeant les chanoines et les abbesses à distribuer aux pauvres le tiers de leurs dîmes, en taillant dans le gras de leurs domaines, on apaisera à peu de frais la populace qui, à chaque disette, menace nos blés : entre les honnêtes laboureurs et les profiteurs du clergé, il faut choisir ! Ou bien les mendiants choisiront pour nous ! Croyez-moi, Alexis, vous qui êtes acquis aux idées nouvelles, vous auriez tort, par piété filiale, d'engraisser des couvents qui crèvent d'obésité ! »

Alexis promit de s'en tenir à une centaine de messes, dites pour le repos de sa mère : si sainte qu'on soit, on a toujours quelque chose à racheter... Le rachat, voilà une notion de spiritualité qu'il comprenait.

Il resta longtemps encore à bavarder avec le père de Claude : il voulait découvrir ce que le notaire, mieux informé que Mignon, connaissait de la situation ; vérification faite, il n'en savait rien, que la prise de la Bastille. Au reste, il s'inquiétait moins des troubles de la capitale que de l'avenir de La Commanderie : « Qu'allez-vous en faire ?

— Je ne sais. J'ai mes affaires à Paris. Je ne puis résider...

— Vous prendrez un régisseur...

— Vous savez comme moi, Monsieur Vallantin, que, sur une petite seigneurie, un régisseur mange tout le profit.

— En ce cas... pourquoi ne vendez-vous pas ?

— Il faudrait trouver acquéreur.

— En cherchant bien on le trouverait... »

Voyant qu'il titillait l'hameçon, Alexis se tint coi : la ligne au fil de l'eau, il prit l'air indifférent du pêcheur blasé. Il feignit même l'hésitation : la mémoire de sa mère, de son grand-père, un « bien de famille »... A tout le moins, la décision ne pressait pas. Du reste (petit coup de poignet pour raviver l'appât), il n'avait pas idée de ce que pouvait valoir un domaine comme celui-là : « Il y a cinq ans, avança le notaire, vous en auriez tiré quarante mille livres. Mais depuis lors, Madame votre mère » (encore dix minutes et elle redeviendrait comtesse : on est obligeant dans le commerce), « Madame votre mère avait un peu négligé l'entretien de ses terres, elle avait cédé des droits, vendu des parcelles...

— J'ai cru comprendre, en effet, que, ces derniers mois, la soupe mangeait la vaisselle !

— Disons qu'aujourd'hui si vous en trouviez vingt-cinq mille, vous ne feriez pas une mauvaise affaire... Vous goûterez bien un peu de ma prunelle ? »

Eloge de la prunelle, mais résistance sur le prix : à moins de trente mille il ne lâcherait rien ; d'ailleurs il n'entendait pas traiter maintenant, on l'attendait à Paris. Il reviendrait au printemps, ou à l'été, et, le cas échéant, on en reparlerait... D'ici là son précepteur ferait office d'intendant : n'avait-il pas rempli cette fonction à merveille, huit ans plus tôt, quand ses maîtres avaient dû rester en ville ? « En conscience, je ne puis liquider à vil prix une terre qui m'a nourri. D'autant que je n'ai pas besoin d'argent... A trente mille, bon, ç'aurait été différent : je me débarrassais d'un souci ! Mais il faudrait rencontrer des acqué-reurs, discuter, et je n'en ai ni le temps ni le goût...

— Pour le goût, ce n'est pas à moi d'en juger, Mon-sieur le Comte » (valeur en hausse, cours soutenu), « mais pour le temps, cela ne vous en demanderait guère : c'est votre meunier, Maître Jean, qui est inté-ressé par vos terres et par vos droits. Pour quinze mille, dans lesquelles il se mettrait de moitié avec Auclère... Quant au château, c'est moi. Je vous offre dix mille de la maison et du parc : Claude s'y plaît, voyez-vous, il s'y est toujours plu, et puis, maintenant qu'il est avocat à Clermont, il trouve notre maison bien étriquée. A La Commanderie, il respirerait... Ça, je reconnais que, pour la vue, les Raguenet n'ont rien de semblable ! Reste que pour remettre la maison en état il y a beaucoup à faire : il faut y apporter plus de commodité, cloisonner, chauffer... Bref, des frais. Dix mille livres me paraissent un prix honnête. »

Vallantin avait abattu ses cartes, avec franchise ; Alexis allait lui prouver sa reconnaissance en le met-tant dans ses intérêts : « Tant qu'il s'agit de la maison, votre prix est le mien, Monsieur Vallantin. Surtout si c'est Claude qui doit l'habiter... Mais vous comprendrez que je ne puisse vendre le château sans vendre les terres. Or, je veux trente mille du tout. Et quand je dis trente mille... De la vente je dois encore soustraire le pré où est enterrée ma mère ; le lac aussi, qu'elle aimait ; enfin, dans la forêt, l'ancienne maison du garde avec son potager : il faut bien que je loge mes serviteurs... Sauriez-vous persuader Auclère et Jean que ces terres et ces droits, si chers qu'ils leur paraissent, valent mieux que le sel à l'heure qu'il est ? »

Ils burent encore un verre de prunelle ; le Roi, ils en tombèrent d'accord, allait réformer ; on supprimerait les abus les plus criants : la dîme certainement ; le droit de chasse peut-être ; mais, d'abord, la gabelle, que les cahiers de doléances dénonçaient partout. « Depuis trente ans, Jean et Trinque-Chopine excitent les paroissiens contre la Ferme et l'autorité. Eh bien, les voilà pris à leur piège : balayée la taxe du sel, culbutés les gabelous ! Mais plus de gabelle, plus de faux sel ; plus de maréchaussée, plus de contrebandiers : il va leur falloir changer de métier... La vente d'un grand domaine, à deux pas de la tuilerie et du moulin, ne pouvait mieux tomber... »

Le meunier, qu'Alexis rencontra dès le lendemain, après que le notaire l'eut chapitré, se défendit mollement : c'est plus par convenance que par conviction qu'il commença à gémir sur la rigueur des temps — l'hiver avait été si rude que les moulins n'avaient pu fonctionner... « Bah, fit Alexis en riant, votre moulin, Maître Jean, n'est pas tant un moulin à grain qu'un moulin à sel ! Et ces moulins-là, la glace ne les empêche jamais de tourner ! C'est la réforme qui va les paralyser. Car il devient inutile d'acheter des minots et de les entasser : ils vous resteraient sur les bras ! Quant à votre or, le garder serait imprudent... avec tous ces errants qui courent la campagne ! Croyez-moi, en achetant vingt mille francs mes terres et mes droits, vous faites une excellente affaire : tous les meuniers n'auront pas de telles occasions. Sans compter que vous devenez seigneur... Vous n'êtes encore que Maître Jean, mais, s'il lui plaît, votre fils sera Monsieur de La Commanderie. »

L'argument porta. Vallantin rédigea les actes en hâte ; et Alexis, anticipant à son insu sur la révolution des maquignons, céda le château contre une lettre de change de dix mille francs, et les terres pour mille louis que le meunier lui remit en espèces. Il en fit aussitôt porter le dixième aux Visitandines : lui qui connaissait toujours le prix des choses, et celui des êtres, n'avait pas une idée précise de la valeur d'une messe ; mais, pour sa mère, il ne voulait pas lésiner. Du reste, il se demandait encore ce qui avait empêché la Comtesse de tout laisser à ces bonnes sœurs : la fatigue ? le doute ? une brouillerie ? Ou bien, au dernier moment, l'amour de son petit ?

La fièvre des tractations était retombée : il eut envie de pleurer. Il marcha jusqu'à la tombe, s'assit sur la pierre. Les myosotis étaient fanés. « Maman chérie, j'ai mal agi... Votre petit bandit ne sera jamais "gentilhomme de charrue" comme vous le souhaitiez... Je dois courir, voyez-vous, courir vite, j'ai besoin d'argent mobile. Ma maison, il faut que je l'emporte dans mes fontes, avec mes pistolets... Pardon, Maman, mais c'est la faute à cette foutue berline, elle me pousse, comprenez-vous, elle me "gagne" ! Alors, je coupe mes liens, je m'écarte, et je laisse la route aux bourriques emballées, voilà ! »

Longtemps il argumenta, s'excusant d'avoir rejeté l'héritage, faisant les demandes et les réponses ; et il parvint presque à se convaincre. Du bout de la tombe il voyait le château, la calèche du notaire ; et soudain cette bâtisse grise, où sa mère n'était plus, lui parut aussi lointaine, aussi étrangère à sa vie, que l'hôtel du Marais qu'occupait aujourd'hui la banque Germany. Il la considéra sans nostalgie. C'est drôle, songea-t-il, je ne m'attache à rien, je ne m'attache jamais... Et de nouveau, repensant à la fidélité têtue de la Comtesse, à sa ténacité, il eut honte de lui.

La pierre était froide. Il se leva. Un dernier regard alentour : la tombe surplombait la route, le lac, la maison — un beau point de vue... Et brusquement il revit sa mère debout à la balustrade de sa chambre, à la proue du château, dominant le pays. Il sourit, il avait compris : le lac, la route... Incorrigible, elle s'était offert un balcon sur la mort.

36

Il coucha pour la dernière fois dans le lit qu'elle lui avait garni, derrière les rideaux qu'elle avait cousus. Au fond de la pièce la malle qu'il allait remporter, et, dedans, deux manchons qu'il n'avait pas donnés. Saisi d'un accès de mélancolie, il les prit dans son lit et, doucement, comme un enfant, frotta son visage contre leur fourrure.

Au matin, le soleil fit voler son rêve en poussière. Il s'ébroua, plongea sa figure dans la cuvette, et se doucha avec le broc. Grand remue-ménage dans les couloirs : le notaire et ses domestiques, déjà à pied d'œuvre, déménageaient les meubles — on les entasserait dans la maison de la forêt. La carriole du père Jean, qui devait l'emmener avec Babet jusqu'à la diligence de Bonnat, attendait leurs bagages. Sur le perron, Hélène, le rose aux joues, lui demanda : « Pourquoi Babet ? Pourquoi pas moi ?

— Parce que, dit-il en lui baisant le bout des doigts, tu as les mains trop fines pour récurer les dalles de mon logis... D'ailleurs Babet veut voir les prisonniers de la Bastille, ceux qu'on promène par les rues : elle est persuadée d'y retrouver son Jeannot, avec une barbe jusqu'aux genoux ! »

Au moment où Alexis s'installait sur le banc de la charrette, sa cassette de louis calée sous ses pieds, le notaire, troublé de voir s'éloigner ce grand jeune homme sans famille et sans toit, lui lança brusquement : « Quel âge avez-vous, mon garçon ?

— Vingt-cinq ans, Monsieur.

— Heureux mortel ! Vingt-cinq ans ! Et à la veille de tout ce qui se prépare... »

Rien, peut-être ne se préparait-il rien ? Les campagnes que la diligence leur fit traverser ronronnaient sous le soleil. Alexis, toujours concret, nota que, dans les prés, les meules de foin n'avaient pas toutes été rentrées ; mais les blés étaient presque mûrs, et le vent qui soufflait du nord ne leur nuirait pas : en cette saison, c'est le vent du sud qu'il faut craindre. Tout au long de la route, les branches hautes des haies gardaient la trace des chariots qui venaient de passer : des brins de foin sec pendaient aux noisetiers. Près des villages, des femmes noires, le visage caché sous leurs capelines de paille, s'arrêtaient pour regarder les voyageurs ; et des enfants maigres couraient après les roues, avec les chiens. Un homme, au loin, aiguisait une faucille. Pas un errant en vue, pas un « citoyen » non plus. La torpeur ordinaire des étés, quand on guette le ciel et qu'on surveille l'épi.

Ils arrivèrent à La Châtre avant la nuit, et se couchèrent tôt : la diligence de Châteauroux repartait à l'aube.

C'est un brouhaha, plutôt qu'un cri, qui tira Alexis de son premier sommeil : il regarda sa montre, il n'était que neuf heures et demie. Rumeur de foule sur la place, il ouvrit sa fenêtre : à la lueur des lanternes que les postillons apportaient de toutes parts, il reconnut, pérorant dans un cercle de femmes apeurées et d'hommes en chemises, le jeune notaire d'Aigurande, Camuset ; il était échevelé et son cheval fumait. « Ah, Monsieur le Comte », hurla-t-il en reconnaissant Breyves à la fenêtre de l'auberge, « j'ai les brigands aux trousses, ils arrivent !

— Les brigands... Où sont-ils ?

— Quelque part entre Dun et Lourdoueix. C'est le curé de Lourdoueix qui m'a fait prévenir. Tout Aigurande est sous les armes. Peut-être même qu'à cette heure la ville est prise...

— Allons, remettez-vous, Camuset. D'où peuvent-ils sortir, ces brigands ? »

Depuis deux siècles, dans ce pays de lisière, le mot « brigand » désignait les faux-sauniers, ou les gabelous. Or Alexis avait trouvé les uns et les autres résignés : leur petite guerre touchait à sa fin ; ils le savaient et songeaient à se reconvertir plus qu'à s'attrouper. D'ailleurs, il avait fait la route lui-même trois heures plus tôt et n'avait rien remarqué d'inquiétant : ni armes, ni troupes, ni mouvements. Pas même la figure noire d'un charbonnier. « Qui avait alerté le curé ?

— Le valet d'un négociant de Dun. Les brigands pillaient les moissons du Dunois... Il paraît que, dans l'après-midi, ces voleurs étaient déjà trois mille cinq cents !

— Je crois bien, plaisanta Alexis, qu'on ne les aura pas comptés ! »

Toujours, malgré lui, l'ironie et le quolibet : la foule murmura... Des hommes décidèrent de se constituer en milice urbaine ; on vit des bourgeois en bonnet de nuit porter l'arme à la bretelle. Les autres finirent par rentrer se coucher, y compris Camuset, qu'on mit dans la chambre d'Alexis.

Le tabellion épuisé ronflait profondément, quand, à deux heures du matin, le tocsin ! La peur, qui, tout à l'heure, était entrée dans la ville par le sud, y revenait par le nord : un cavalier qui arrivait de Châteauroux était passé en criant qu'il avait vu égorger des vieillards, des femmes et des enfants ; « c'est horrible, affreux, tout est à feu et à sang » ; il courait chez lui, à Neuvy, pour mettre en sûreté les gens de sa maison ; « soutenez-vous, mes amis, soutenons-nous ! Adieu, adieu ! Pour la dernière fois peut-être... » Et il disparut au galop. On entendit dans toute la ville des cris lamentables. Camuset triomphait. Alexis se fit tout petit : son sang-froid le rendait suspect, même auprès de Babet qu'il tentait en vain de raisonner. « Voyons, Babet, à neuf heures on nous disait que les brigands de Dun étaient des errants ; et l'on nous dit maintenant qu'à Châteauroux ce sont les troupes du comte d'Artois ou du prince de Condé... Cela ne s'accorde pas ! », — « Je vois bien, Monsieur, qu'avec vos belles paroles vous cherchez à nous endormir. Mais je ne me rendormirai pas ! » et, empoignant un tournebroche, elle monta bravement la garde derrière la porte de l'auberge avec une petite bonne de douze ans.

On entendit tirailler de plusieurs côtés : des habitants, qui s'effrayaient les uns les autres, s'entretuaient. Pour garder les portes de la ville, on alla chercher dans une rue voisine un ancien capitaine qu'on plaça à la tête d'une petite armée improvisée : une douzaine de commerçants, dont l'aubergiste, qui fit à sa femme et ses enfants des adieux émouvants ; sa vieille mère lui remit une poignée de pièces de vingt-quatre sous et tomba en prières...

A l'aube, comme on n'avait encore vu ni brigand ni canonnier, les alarmes s'apaisèrent : à dix heures, les cabarets étaient pleins... Mais pas question de faire partir une diligence pour Châteauroux, « cette ville assiégée ». La route de Bourges, en revanche, semblait libre : aucune mauvaise nouvelle n'était venue par ce chemin-là, et les paysans de la « Champagne berrichonne » qui entraient dans la ville avec leur « vieux blé » n'avaient rien de plus tragique à raconter que des histoires de veaux à deux têtes et de brebis mangées par les loups...

Le 30 donc, vers trois heures de l'après-midi, une voiture de poste partit pour Issoudun, emportant les voyageurs. Babet n'en menait pas large ; mais bientôt les grandes plaines blondes où la vue porte à cinq lieues, sans un arbre, sans un buisson, lui rendirent confiance : ah, pour sûr, qu'elle préférait ces campagnes bien dégagées aux pays rocheux et malaisés comme celui qu'on venait de quitter ; dans cette contrée-ci les brigands n'avaient que les brins d'herbe pour se cacher ! A Issoudun, pour la récompenser de son courage, Alexis choisit le meilleur hôtel.

Mais là aussi, au milieu de la nuit, les cloches et les fusils... Un courrier de la poste d'Ardentes venait d'avertir les populations que les Anglais avaient pris La Châtre et marchaient vers le nord. « Les Anglais ?

s'étonna Alexis. Il faut qu'ils soient venus en ballon ! »
Une heure après, un vicaire monté sur un âne vint
annoncer qu'il s'agissait de deux mille Espagnols et
que ces « vilains Maures » étaient en train d'incen-
dier Châteauroux dont on voyait les flammes à dix
lieues à la ronde. « Des Espagnols, Monsieur le
Vicaire ? » demanda Alexis qui, toujours badaud,
s'était approché des bourgeois en armes qui pres-
saient l'émissaire, « tout à l'heure on nous parlait
d'Anglais... », — « Monsieur », répondit l'autre,
piqué, « je ne leur ai point demandé leurs passeports.
Je rapporte ce que j'ai vu et entendu, on en fera ce
qu'on voudra, je me retire. » Il disparut en effet, mais
fut bientôt relayé par un muletier, un scieur de long,
un médecin, qui, tour à tour, attestèrent que les Espagnols étaient cinq mille, dix mille, vingt mille... A huit
heures du matin, aux nouvelles apportées par un
garde-chasse du marquis de Maublanc, ils étaient
quarante mille. « Quarante mille ! » fit Alexis que toutes ces émotions n'avaient pas empêché de s'attabler
pour déjeuner, « Quarante mille ! Il paraît qu'ils se
sont promptement recrutés : à trois heures, ils
n'étaient que deux mille... Allez, Monsieur, un garde-
chasse ne doit pas prendre un lapin pour un sanglier :
rassurez-vous un peu, asseyez-vous près de moi, et
mangez une côtelette — les Espagnols nous en don-
neront le temps... » L'autre le prit mal : « Monsieur, je
n'ai pas peur, je m'acquitte seulement d'une commis-
sion importante. Qui êtes-vous donc pour que les
ennemis de la France ne vous effrayent pas ? Quels
tyrans servez-vous, quels rois étrangers ? » Et, brusquement, Alexis comprit que ces rumeurs ridicules,
éparses, contradictoires, finiraient par s'organiser ;
la peur cherchait sa cible et la trouverait : « les aristocrates »...

Pour poursuivre sa route, il remit le vieil habit de
Léveillé. La diligence de Bourges repartit le 31, en
début d'après-midi. Mais cette fois la peur les avait
dépassés. Dans les villages, des habitants terrorisés se
regroupaient en procession sous la houlette de leur

curé ; des femmes, qui se voyaient déjà violées, fuyaient le long des chemins ; les bordiers avaient lâché leurs bestiaux dans la campagne, et les seuls « errants » qu'on croisait c'étaient les veaux orphelins et les moutons égarés... Des laboureurs abandonnaient leurs maisons, d'autres se hâtaient de les fortifier ; dans un petit bourg, la diligence fut arrêtée par un bataillon qui tentait de marcher en ordre derrière un fifre, mais son chef, un brave homme de paysan, n'arrivait pas à se débarrasser de sa femme qui s'accrochait à sa manche : « Hélas, mon homme, nous allons toutes être égorgées, reste, mon homme, reste », — « Voyons, Marion, faut pourtant que j'y vas ; mais n'as pas peur, Marion, n'as pas peur », et il disait ces paroles résolues d'un ton si mal assuré qu'on le voyait trembler... Alexis se gardait bien maintenant de contrarier ces paniques : il pouvait d'ailleurs, sans mentir, assurer que s'il n'avait pas vu les brigands, il avait vu des gens qui les avaient vus ou se préparaient à les voir...

Ce qu'il comprenait mal, c'est la manière dont cette folie progressait : non seulement elle n'allait pas en ligne droite, mais parfois elle semblait tourner sur elle-même, revenir sur ses pas. La peur galopait, et valsait en même temps. Au début, à cause de Camuset, il avait cru que la rumeur montait du sud, qu'elle l'avait à son insu talonné jusqu'à La Châtre, et rattrapé là une première fois ; puis, en marchant bon train vers le nord, il l'avait semée ; mais elle l'avait rejoint à Issoudun, venant de l'ouest cette fois, et maintenant elle le précédait. Enrichie, à chaque pas, d'alluvions arrachées à des peurs plus anciennes : ici, c'était contre les « mandrins » qu'on s'armait, ailleurs, contre « les Turcs » ou « les Allemands » ; mais aussi, de plus en plus souvent, contre les Condé, les Broglie, les Polignac, ces « aristocrates » qui, après la chute de la Bastille, avaient fui on ne sait où et qu'on soupçonnait de « cabaler avec la noblesse étrangère » pour exterminer en même temps Paris et les moissons sur pied... L'ensemble, malgré tout, continuait à manquer de cohérence ; Alexis comprenait bien que, de chasseur, il devenait gibier, mais la logique de la traque lui échappait ; car, si à Issoudun on assurait que les Anglais brûlaient Châteauroux, de Sancerre on tenait positivement que des galériens échappés venaient de raser Tonnerre...

En fait, placé au cœur de la France, Alexis voyait les vagues de terreur parties en même temps des quatre points du royaume se recouvrir comme des flots : dans le Berry, le Sancerrois, le Nivernais, la « grande peur de Ruffec » venait battre contre la « grande peur de Saint-Florentin ». Précédée par l'écume des moines mendiants, des postillons, des colporteurs, des rouliers, des marchands, la peur avançait jour et nuit, sans s'arrêter, à la vitesse d'une lieue à l'heure — celle d'un courrier ordinaire. Elle déferlait dans les vallées des fleuves, remontait leurs affluents, enfilait les petites combes, inondait les plaines, et si, d'abord, elle se brisa sur les sommets et se perdit dans les déserts — la Sologne, le plateau de Millevaches, les Causses où elle ne trouvait plus de relais —, elle parvint quand même, en quelques jours, à submerger l'Auvergne, le Jura, les Alpes et les Pyrénées. Elle sourdait, s'infiltrait, rongeait, noyait, et finissait par balayer tout ce qui résistait.

Alexis ne résistait plus : l'incrédulité coûte cher en temps de guerre ; d'ailleurs il avait peur lui aussi, peur des peureux.

C'est entre la vallée de l'Arnon et celle du Cher qu'il vit les premiers châteaux brûler : des flammes au loin dévoraient des tourelles et des terriers. Il vit des presbytères mis à sac, des seigneurs contraints de livrer leurs archives. On arrêtait la diligence à chaque tournant. Chaque fois on lui demandait qui il était ; il prenait l'identité de Claude Vallantin, avocat stagiaire à Bourges. Et quand des incendiaires plus hardis le sommèrent de prouver qu'il était bien le petit robin qu'il disait, il sortit de sa poche la lettre de change de Vallantin père, « son père dont il portait le pli à la ville ». Comme personne ne savait vraiment lire, cette lettre, dont on ne consulta que la signature, fit grosse impression... Mais en la relisant lui-même, et en contemplant les châteaux dévastés, Alexis devint méditatif : il était en guerre, sans savoir encore dans quel camp. Jusqu'à présent, à ses yeux, la vie avait été claire : il choisissait naturellement le parti de la gaieté, de l'audace, de l'insolence. Avec sa mère, depuis toujours, ils s'étaient partagé le travail : Madame de Breyves portait tous les malheurs du monde, lui s'arrangeait des bonheurs... Mais aujourd'hui ? Qu'allait-il devoir reprendre à son compte ?

Les uns après les autres, les passagers de la diligence, parvenus à destination ou découragés, avaient quitté la voiture. Il n'y restait qu'Alexis et Babet. La nuit tombait. A une lieue de Bourges, au dernier relais, une petite bande qui s'était joyeusement abreuvée refusa brusquement de laisser des étrangers entrer dans la ville : les postillons s'arrêteraient là ; et les voyageurs s'en retourneraient à Saint-Florent d'où ils venaient.

Ce contretemps dérangeait les plans d'Alexis. En voyant les milices citoyennes s'en prendre aux châteaux, il avait songé que ce qui se passait dans le Berry pouvait aussi se passer dans la Marche. Et si La Commanderie brûlait alors qu'Hélène et Mignon n'en avaient pas sorti toutes leurs frusques, Vallantin, ce vieux renard, récuserait la propriété des murs incendiés, il s'opposerait à la lettre, qui n'était payable qu'à deux mois. Il fallait créer l'irréversible en escomptant cette lettre sur-le-champ, et, pour ce faire, trouver d'urgence un banquier — ce qui se pouvait à Bourges, mais pas à Saint-Florent. Pressé par le temps, ému aux larmes à la perspective de perdre son argent, Alexis fut poignant : « Ma femme accouche », dit-il aux hommes de la milice. Il expliqua qu'il avait déjà perdu son premier-né, que ce second enfant venait plus tôt qu'on ne l'attendait, mais qu'il ramenait de Saint-Florent une excellente nourrice — il désigna Babet, dont la poitrine généreuse faisait illusion —, et qu'il ne désespérait pas, s'il pouvait seulement rentrer dans la ville, de sauver la mère et son rejeton : « Laisserez-vous, Messieurs, périr ce fils de la Liberté, né au matin d'une Ere Nouvelle, priverez-vous une bouche innocente du lait de la Vertu parce que d'infâmes privilégiés espèrent n'abreuver nos enfants que de sang ? » Les miliciens étaient de braves gens qui venaient de piller un château avant de s'attaquer à la cave du relais : l'un portait un cordon de sonnette en guise de ceinture, un autre s'était fait une cape avec un rideau de lit, un troisième une cocarde avec un éventail, et tous exhibaient d'admirables tabatières. Ils pleurèrent comme des veaux au récit d'Alexis, et, pour compenser le liquide qu'ils perdaient par les yeux, s'en versèrent dans l'estomac. Après quoi, tout le monde cria « Vive le Tiers Etat », et le tour fut joué.

Dès qu'il eut posé ses malles dans une auberge de Bourges, Alexis ressortit, et, profitant de la nuit, se débarrassa de son épée dans un fossé. « Oh, Monsieur, protesta Babet qui le suivait, votre maman n'aurait pas aimé vous voir ainsi jeter votre épée ! », — « Ma "maman" aurait surtout aimé me voir garder mes pistolets ! », — « Tout de même, l'épée de votre père... », — « Là où il est, mon père n'en a plus besoin. Quant à moi, j'aime mieux vivre sans épée que mourir avec ! Allons, Babet, ravale tes sermons, je garde l'essentiel : cinq siècles de noblesse prouvée ! »

Le lendemain, il fit escompter sa lettre de change : la signature de Vallantin était connue dans la région, on lui en offrit quatre cent cinquante louis ; dix pour cent de perte, c'était donné ! Seul mauvais côté de l'affaire : il commençait à souffrir d'un excédent de bagages. L'or pèse lourd ; et il trimbalait déjà celui du père Jean. De toute façon, plus question de laisser ses malles sur le toit d'une diligence. Il voulait son or près de lui. Et puis la malle-poste était trop lente, et les postillons trop curieux, les voyageurs trop bavards. Dans les moments difficiles, rien ne vaut la solitude, ce bon compagnon ! Il loua un cheval de poste, ne garda que deux chemises et un frac, roula le tout dans un portemanteau, et glissa ses pistolets dans ses fontes, sur les sacs de louis. Babet rentrerait dans la Marche, avec la cassette vide et les malles : « Voilà cent écus. Tu prendras pension chez Hélène et Mignon...

— Oh non, Monsieur, je vous en prie : tous ces feux, toutes ces alarmes, tous ces cris ! J'ai trop peur...

— Excellente chose ! Cela te fondra dans le paysage : tout le monde a peur aujourd'hui, même les brigands. Surtout les brigands... »

Le 2 août, il prit la route de Sancerre, seul sur son cheval et heureux.

Un soleil blanc, mais bienveillant ; des bœufs immobiles, qui avaient l'air bon ; personne sur les chemins. Il remarqua beaucoup de coquelicots dans les blés ; sa mère aurait trouvé ces champs négligés. Mais sa mère était morte... Tout à la joie de surprendre et d'être surpris, tout au bonheur de l'imprévu, du soubresaut et du flagrant délit, il avait presque oublié son deuil. Se souvenant brusquement qu'il n'avait plus personne à aimer, il se fit pleurer ; puis il vit un très joli envol de perdrix à la lisière d'un bois et sourit.

Le pays semblait calme, facile à déchiffrer : peu d'ombres, des champs carrés ; une montée, une descente ; une descente, une montée. Au relais, par prudence, il fit parler des rouliers : il devenait sage ; sage à la manière des lanceurs de poignards — toute sa philosophie dans la sûreté du regard et du poignet. Il apprit qu'en dépit des apparences Sancerre avait été en ébullition. Plus loin on lui dit que, dans les collines, on mettait les notables « à contribution » ; des bandes de patriotes rançonnaient les voyageurs. Avec ses vingt-six livres de bon or attachées sous sa selle, Alexis ne se souciait pas de rencontrer cette députation du Tiers... Maintenant qu'il avait rendu la vente de ses biens inattaquable, il ferait aussi bien de changer ses louis contre une nouvelle lettre à tirer sur Paris — transport aisé, discrétion assurée. Mais il fallait trouver un autre banquier : il mit cap au sud, sur Nevers. Le 5, il y échangea toutes ses espèces contre un ordre sur la banque Germany : du solide, la banque suisse, assez du moins pour durer huit jours ! Il cacha le billet sur son cœur, tout près du petit carnet qu'il gardait comme une relique ; puis il chercha chez un fripier de quoi s'habiller en procureur : un habit de drap noir, austère, à col monté, et un chapeau haut, qui lui donneraient, mieux que la veste usée de Léveillé, l'air d'un penseur recuit, d'un lecteur assidu de Sieyès, d'un gros bonnet du petit peuple. Il se regarda dans la glace, se trouva l'allure d'un député du Jeu de Paume, « nous sommes ici par la volonté du peuple... »

Le 6 août, il repartit en direction d'Auxerre, par Clamecy. Sans or, il se sentait plus léger ; son cheval le sentait aussi.

Un maître de poste lui rapporta que la Puisaye avait subi trois attaques de peur. Mais la région avait retrouvé sa tranquillité : les milices étaient occupées à moissonner ; tels Cincinnatus, les farouches guerriers retournaient à leur sillon.

Riche de vingt mille livres à Paris, de vingt-neuf mille dans sa poche, et de millions dans sa tête, Alexis recommença à penser aux affaires... A Clamecy, le 7 au soir, comme il descendait de cheval, enchanté de n'avoir encore tué personne, un crieur public, sur la place, annonçait une nouvelle extraordinaire : le 4, l'Assemblée avait voté l'abolition des privilèges ; tout — les droits de chasse, de colombier et de garenne, les droits banaux sur le four et le moulin, les dîmes et les champarts, la corvée, l'exemption de la taille, les justices seigneuriales, le banc d'église, les armoiries —, tout ce bric-à-brac médiéval, tout ce fourbi antique, supprimé ! Plus de rentes féodales, plus d'offices, plus d'« honneurs », ni de grades réservés aux nobles dans l'armée. Alexis applaudit avec les autres : au sabre des officiers il avait toujours préféré le râteau des croupiers ; quant aux droits seigneuriaux, depuis le 28, il n'en possédait plus le quart de la moitié d'un ! On dansa aux lampions, on festoya sous les tonnelles, et Alexis prit sa part du festin ; il était en train de dévorer un chapon à belles dents quand il partit d'un grand rire : oh, la bonne plaisanterie ! Il avait roulé le père Jean deux fois ! La première, dix ans plus tôt, lorsqu'après l'incident du bois de Fonteny, il s'était dédommagé en trayant sa barrique ; et la deuxième, lorsqu'il lui avait vendu, avec ses terres, les privilèges qui y étaient attachés, privilèges qu'après une discussion de marchands de tapis tous deux avaient évalués à sept mille francs ! Il est vrai que, cette seconde fois, il n'avait pas trompé le meunier volontairement ; mais il n'en était pas moins content : les gains de hasard avaient toujours eu sa préférence.

Il entendit bien, ensuite, le syndic de la ville tenter de modérer les enthousiasmes en précisant qu'une partie des droits abolis devraient être rachetés : on ne se libérerait du cens ou de la corvée que contre argent. Mais les huées qui accueillirent le propos prouvèrent à Alexis que le meunier et le tuilier avaient peu de chances de récupérer leur investissement. Il revit Trinque-Chopine frappant le gabelou à terre, Trinque-Chopine sur les marches de l'église menaçant la Comtesse : grands semeurs de vent, les deux compères se préparaient une fameuse récolte ! Il ne manquait à son bonheur que de pouvoir le partager avec sa mère...

Le lendemain, alors que de bon matin il enfilait au grand trot la vallée de l'Yonne, son regard fut brusquement arrêté par les ruines d'un château dont les pierres fumaient encore. Il y avait bien huit jours qu'il n'avait vu de château incendié... Est-ce qu'on n'avait pas appris ici les mesures décrétées par l'Assemblée ? Là-dessus, il traversa trois hameaux si pacifiques qu'il crut avoir rêvé : les chats se chauffaient au soleil, les chaumières faisaient le gros dos, et les charretiers levaient sur le cavalier des yeux de caniches. Il voulut tout de même en avoir le cœur net : à la première auberge, il se fit apporter du vin blanc. « A-t-on revu des brigands ces jours-ci ?

— On a sonné le tocsin avant-hier. Des moissonneurs croyaient avoir vu une crosse de fusil dépasser d'un chariot... Et puis on entendait des cris dans la vallée, mais ce n'était qu'un fermier qui se disputait avec ses ouvriers : seulement, sur le moment, quelques-uns ont cru qu'on criait : "Des ennemis ! Des ennemis !" Enfin, Monsieur, il suffit d'un rien aujourd'hui, le reflet du soleil sur un carreau, la fumée d'un tas d'herbes...

— Ce qui fumait tout à l'heure, à une demi-lieue d'ici, ce n'étaient pas des herbes... »

La femme rougit : « Un malheur, Monsieur... On vous dira que c'était un complot, mais c'est un malheur. » Et, comme pour couper court à la conversation, elle se retourna brusquement vers la petite fille qui s'accrochait à son tablier, et, la prenant dans ses bras, se mit à lui faire mille caresses, auxquelles, silencieuse, farouche, la petite répondait à peine. Alexis ne regardait jamais les enfants ; mais celle-ci lui avait tiré l'œil. Peut-être parce que, pour une paysanne, elle était gentiment vêtue : un fourreau d'indienne à carreaux bleus, un fichu de dentelle et un collier de perles. Peut-être aussi parce qu'elle semblait bizarre : crispée, apeurée. On lui aurait bien donné trois ou quatre ans, pourtant elle n'avait pas l'air de savoir parler. Mais ce qui avait le plus frappé Alexis, c'est une petite cicatrice qu'elle avait au front, une cicatrice toute fraîche, juste sous son béguin d'indienne, à la lisière de ses cheveux bruns. La femme posait sur cette cicatrice des petits baisers serrés — une suture sur la plaie ; et, tout en embrassant l'enfant, elle la consolait à mi-voix : « Hein, ma poupotte ? On va dîner. Du bon lait que ma Blanchette m'a donné... Tu la connais, la Blanchette, c'est une bonne vache ! Alors, tu vas bien boire un peu de son lait aujourd'hui ? Pour lui faire plaisir. Dis oui, ma mignonne, dis oui, mon ange... » Mais l'enfant, agrippée au corsage de l'aubergiste, les yeux fixes, ne répondait pas.

Pour dissiper la gêne que cause le spectacle d'un enfant attardé, Alexis crut devoir insister sur ce que la malheureuse avait de commun avec tous les enfants de son âge : « Ça court partout, ça se brûle, ça tombe, ça s'écorche ! Mais il n'y a rien de tel que les baisers d'une maman pour guérir les blessures », — « Oh, fit vivement l'aubergiste, cette enfant n'est pas à moi ! Elle est... C'est la petite du château », et elle fondit en larmes. On pleurait beaucoup en ce temps-là, mais quelquefois il y avait de quoi : ayant confié la petite muette à une voisine qui passait, la jeune femme s'assit près d'Alexis et débonda son cœur — le prenait-elle, avec son habit noir, pour un enquêteur ? Rien, en tout cas, ne serait arrivé si le châtelain avait « résidé » ; mais voilà, c'était un monsieur de la Cour, qu'on ne voyait jamais, qu'on connaissait à peine. Le seul qu'on rencontrait, c'était son intendant, un homme dur et que personne n'aimait. Quand, à la mi-juillet, ce propriétaire, au nom duquel tous les abus se commettaient, avait brusquement débarqué avec sa petite fille et deux domestiques, on ne peut pas dire qu'on avait tué le veau gras ! Le 29, au moment des alertes de Clamecy, on était même allé le chatouiller sous le nez, mais c'était plus par curiosité — on voulait voir sa tête, à ce vicomte de Beauvais ! — que par méchanceté. Le 5, après l'histoire de la crosse de fusil aperçue dans le foin, quelques échauffés avaient décidé de retourner chez le Vicomte, histoire de le faire danser, sur ses souliers dorés ! Et là, va savoir pourquoi, au lieu de parlementer, le seigneur et son intendant s'étaient barricadés dans le château ; alors les hommes, désappointés, s'étaient occupés comme ils pouvaient : on avait fricassé les pigeons du colombier, ce qui ne tire pas à conséquence, puis, dans le chai, on avait mis un tonneau en perce, un tonneau ou deux... Et c'est là que tout s'était gâté : au moment où sur le soir Bourdon, le maréchal, retournait au tonneau avec son briquet, tout le chai avait sauté. Une explosion terrible, qui avait tué Bourdon et deux petits gars de Clamecy. Les survivants avaient vu rouge : c'était un piège, une machine infernale, un complot d'aristocrates, ce Beauvais n'était revenu que pour les assassiner ; à coups de hache ils avaient enfoncé la porte, découpé l'intendant, abattu le valet ; puis, le Vicomte qui fuyait, on l'avait jeté dans son puits avant de mettre le feu à la maison. Sans penser, sans savoir seulement, que, dans la maison, il restait une servante et une enfant. Est-ce qu'elles avaient crié ou appelé ? Ou est-ce qu'affolées elles avaient préféré se cacher, montant dans les étages à mesure que le feu gagnait ? Tout avait brûlé. Ou presque tout. Ce n'est que le lendemain, en retournant voir s'il ne restait pas, dans les ruines encore chaudes, quelque chose à grappiller, que Courtois, un ancien carrier, avait retrouvé le corps de la servante, écrasé dans la cour, le poil grillé. À quelques pas d'elle, un gros ballot de draps. Courtois avait voulu prendre les draps, mais il avait trouvé le paquet si lourd qu'il l'avait défait ; et là, dans le paquet, il y avait la petite, que sa servante avait si bien enveloppée avant de la lancer par une fenêtre, si bien emmaillotée, qu'en tombant elle s'était à peine blessée... Courtois l'avait aussitôt amenée à l'auberge, on savait ici que l'aubergiste aimait les enfants, mais les siens ne vivaient pas, voilà, elle en avait déjà perdu trois. « Et je vous le dis, Monsieur, reprit-elle en pleurant dans son tablier, cette petite-là non plus ne vivra pas, je le sais, je le sens : elle ne parle pas, ne mange pas, ne boit pas... De vivant, il n'y a plus que les yeux ! J'ai fait écrire à sa famille, à Paris... Mais est-ce qu'il lui reste une famille ? Je fais de mon mieux, Monsieur, je fais de mon mieux pour cette petiote, mais je vais la perdre aussi. »

Beauvais, le seul « rescapé » de la liste ! Beauvais lui-même... Pour la première fois de sa vie, Alexis pria sincèrement : « Merci, mon Dieu, d'avoir épargné à ma mère de voir mourir ses amis, ses traditions, sa Commanderie. De voir balayés un monde auquel elle croyait, des hommes qu'elle respectait. Merci de me l'avoir ôtée avant qu'elle me sache indigne de sa confiance et de l'éducation qu'elle m'avait donnée... »

« Qu'est-ce qui nous arrive, Monsieur, dites-moi :

qu'est-ce qui nous arrive ? gémissait l'aubergiste. Si Beauvais a mis le feu aux poudres pour assassiner des gens qui voulaient seulement s'amuser, c'est un monstre. Mais si le tonneau a sauté par accident et que nos gens ont massacré des innocents, ce sont eux les monstres. Est-ce qu'on peut, Monsieur, continuer à vivre en voyant des monstres de tous les côtés ? »

La petite fille, échappant à la voisine, était revenue à la porte de la cuisine ; toute pâle, elle s'appuyait au chambranle et posait sur Alexis ses grands yeux noirs, sans le voir. Troublé par ces yeux sans regard, il finit son verre : « Il faut que j'y aille... » Du reste, le temps pressait : qui sait, finalement, si la banque Germany durerait encore une semaine ? « Le monde change », murmura l'aubergiste. Le monde, oui, se dit Alexis, mais les hommes ? Et aussitôt, surpris d'avoir retrouvé les mots mêmes de sa mère, effrayé surtout d'avoir poussé la réflexion si loin, il se raccrocha au concret : posant vingt sous sur la table, il attendit sa monnaie. Mais l'aubergiste, toujours perdue dans ses pensées, ne se hâtait pas de lui faire son compte : « On a peur, Monsieur, soupira-t-elle. Nos maîtres ont fait de nous des barbares. Des barbares... Dites, a-t-on jamais vu chose pareille à ce qu'a vécu cette pauvre enfant ? »

De nouveau, le visage meurtri de la fillette. Son regard noir comme l'âme d'un fusil. Qu'est-ce qu'elle pouvait bien leur reprocher ? On aurait dit qu'elle les mettait en joue, il n'aimait pas cela ; la porte sur la route était restée grande ouverte, il se leva, passa le seuil : « Gardez la monnaie... » Mais cette largesse était une imprudence, il en eut tout de suite conscience : dans les époques troublées, rien de plus suspect que la générosité. Qui plus est, une générosité trop hâtive pour ne pas révéler ce qu'il était : un « talons-rouges » ! Il s'en voulut, et, pour rattraper son départ brusqué, revint sur ses pas. L'aubergiste avait repris la petite dans ses bras et pleurait en silence.

Une seconde, il essaya — pour faire l'aimable, le

lambin, l'indiscret, le voisin enfin — de se concentrer sur la question qu'elle lui avait posée : avait-on vu « chose pareille » à ce qu'avait subi cette enfant ? Peu enclin aux comparaisons et aux généralités, il fouilla tout de même sa mémoire. Un massacre dans ce genre ? Non, franchement, il avait beau chercher, rien de semblable ne lui revenait à l'esprit... « Jamais, Madame, dit-il avec douceur, je n'ai jamais entendu parler d'une affaire comme la vôtre... Jamais », et, surmontant sa répugnance, il déposa un baiser léger sur la coiffe de l'enfant. Après quoi, content d'avoir perdu du temps et témoigné de la sympathie, il reprit la route de Paris.

Tout blond dans son habit noir. Clair et pâle dans son habit noir. Un soleil d'aube dans la nuit.

NOTE

Ce livre est un roman : l'intrigue est inventée, les héros sont imaginaires. Il pourrait dès lors se passer de preuves et d'explications. Mais dans la mesure où le décor, les événements et certains personnages secondaires sont « historiques », il m'a paru souhaitable de donner au lecteur des indications sur les sources utilisées.

• En ce qui concerne les *structures financières de l'Ancien Régime et les débuts du capitalisme mobilier*, qui constituent ici le fond du tableau, je renverrai d'abord aux « classiques » : les ouvrages de Marcel Marion, « L'Histoire financière de la France depuis 1715 » (Paris, 1914), « Finances d'autrefois et finances d'aujourd'hui » (Paris, 1914), « Dictionnaire des Institutions de la France aux XVIIe et XVIIIe siècles » (Paris, 1923) ; le « French Finances » de John Francis Bosher (Londres, 1970) ; et « Les Fermiers généraux au XVIIIe siècle » d'Yves Durand (Paris, 1971). Mais, pour ce qui est plus précisément de la Banque, de la Bourse, et des spéculateurs, le lecteur curieux pourra se reporter aux « Manieurs d'argent à Paris à la fin du XVIIIe siècle » de Jean Bouchary (Paris, 1939), aux « Compagnies financières à Paris » du même auteur (Paris, 1942), au chef-d'œuvre d'Herbert Lüthy, « La Banque protestante en France de la Révocation à la Révolution » (Paris, 1959), à « La noblesse de France et les sociétés par actions » (article de G. Richard dans la « Revue d'histoire économique et sociale »,

499

1962), ainsi qu'aux pages consacrées aux agioteurs de la fin du siècle tant par Robert Darnton dans « Gens de lettres, gens du livre »(Paris, 1992) — notamment pour ce qui touche au rôle de Beaumarchais, Mirabeau et Brissot —, que par François Crouzet dans les premiers chapitres de « La Grande Inflation » (Paris, 1993). A propos de l'argent-roi et de l'évolution, sur ce point, des mentalités, on lira aussi avec profit « La Noblesse commerçante » de l'abbé Coyer (1756) et le « Tableau du siècle » de Nolivos Saint-Cyr (1759) : « L'argent est aujourd'hui la véritable pierre de touche », affirmait ce dernier, et Yves Durand conclut, dans l'ouvrage précité, que « les riches forment désormais à Paris la catégorie supérieure de la population, il n'y a plus de "grands" ; un nouveau principe, la fortune, a remplacé d'anciennes notions comme l'honneur et la dignité »...

Sur les origines, plus que suspectes, de *la fortune de Necker* et ce qu'il faut bien appeler ses « malversations » — comme banquier, comme syndic de la Compagnie des Indes, puis comme ministre —, malversations d'autant plus choquantes que le personnage n'a cessé de jouer les professeurs de vertu, rien de ce qui est dit dans ce roman ne doit être imputé à mon imagination (on en sera convaincu après avoir lu l'ouvrage précité d'Herbert Lüthy) : si extraordinaires, en effet, que paraissent (même pour l'époque !) certains trafics et détournements, ils sont vrais, depuis l'affaire du Canada jusqu'à l'emprunt public discrètement « prorogé », en passant par les manipulations de taux de change, la confusion des fonctions, et l'utilisation d'« hommes de paille ». Tout au plus ai-je été amenée à simplifier l'analyse de quelques mécanismes financiers pour ne pas lasser le lecteur (ainsi, je n'ai pas parlé des aléas du « dividende garanti » de la Compagnie des Indes, et j'ai dû accélérer certains processus, par exemple la substitution de la banque Germany-Girardot à la banque Thellusson, qui s'est étalée sur trois ans). A propos de la Compagnie des Indes et de sa liquidation, les curieux trouveront donc d'utiles compléments d'information dans la thèse, à tous égards remarquable, que Philippe Haudrère a consacrée à « La Compagnie française des Indes au XVIIIe siècle » (Paris, 1989) ainsi que dans l'article d'Herbert Lüthy, « Necker et la Compagnie des Indes » (*Annales ESC*, 1960). Il est par ailleurs indispensable, sur ce sujet, de se reporter aux écrits du temps : le « Mémoire sur la situation actuelle de la Compagnie des Indes » de l'abbé Morellet (Paris, 1769), la « Réponse au Mémoire de l'abbé Morellet sur la Compagnie des Indes » de Jacques Necker (Paris, 1769), le « Mémoire sur la Compagnie des Indes, précédé d'un discours sur le commerce en général » du comte de Lauraguais (Paris, 1769), le « Mémoire sur la Compagnie des Indes dans lequel on établit les droits et les intérêts des actionnaires, en réponse aux compilations de Monsieur l'abbé Morellet », du même comte de Lauraguais (Paris, 1770), et « La Liégeoise, ou Lettre à Monsieur Necker, Directeur général des Finances » d'Isaac Panchaud (Amsterdam, 1781). Une fois tous ces éléments engrangés et pesés, on peut douter que, compte tenu des nouveaux équilibres politiques en Orient, la Compagnie française des Indes eût été réellement viable après 1763 ; mais on ne peut guère douter que Necker se soit « engraissé sur la bête », ainsi que Panchaud et d'autres l'en ont accusé.

Les idées, projets et activités (y compris les dates de déplacement entre Paris et Londres) de ce même *Panchaud* — un aventurier qui mériterait à lui seul tout un roman ! — ont été, par ailleurs, scrupuleusement respectés dans le récit ; c'est bien aussi le 14 juillet 1789 qu'il est mort à Paris, subitement puisqu'il n'avait que cinquante ans et venait de se faire élire député du Tiers ; la cause de sa mort restant inconnue, je me suis donné la liberté de la rattacher indirectement aux « événements ».

Pour ce qui est de *la banqueroute de Terray*, de la personnalité de ce ministre, de ses liens avec la Compagnie des Indes et avec Necker, on trouvera l'essentiel dans les ouvrages précités de Marcel Marion et d'Herbert Lüthy, et l'accessoire dans « Particularités et observations sur les ministres des Finances de la France » de J.-B. Auget de Montyon (1812). Même les propos tenus par le ministre, dans l'ultime conversation qu'il a avec Breyves ruiné, sont attestés (mais, bien entendu, il les adressait alors à un autre de ses « martyrs »...) Cela dit, je ne partage pas le jugement politique de mon héroïne sur l'abbé Terray : Madame de Breyves est une victime directe du ministre, on lui pardonnera donc de le haïr ; en outre, elle ne le voit agir qu'au commencement de son ministère — alors qu'il fait, non sans cynisme, la politique des Parlements (qu'on relise, à ce sujet, les conseils impudents que l'illustre président de Montesquieu donnait aux rois sur la manière de traiter leurs créanciers !) ; mais par la suite, à une époque où Madame de Breyves exilée dans sa campagne n'est plus informée des péripéties financières, Terray a le courage de s'opposer à ces mêmes Parlements et de soutenir la seule politique qui aurait pu permettre à l'Ancien Régime de se sauver — celle de Maupeou. C'est dire que, bien que malhonnête et antipathique, Terray fut un homme d'Etat. C'est par là qu'il se distingue de Necker, son ancien ami, dont l'action politique est tout entière subordonnée à l'art de flatter l'opinion (sur la manipulation des philosophes et le salon de Madame Necker, voir notamment le « Necker » de Ghislain de Diesbach, Paris, 1987). Difficile, en tout cas, de ne pas souscrire au jugement réservé que porte sur le père de Madame de Staël François Furet dans « La Révolution 1770-1880 » (Paris, 1988). La statue de Necker commence à s'effriter, mais ce qui étonne le plus, à la lecture des « pièces du dossier », c'est qu'elle ait tenu deux siècles !

Pour ce qui est en revanche du personnage de *Foullon*, d'abord proche collaborateur de Terray, et chargé, un temps, des opérations de liquidation de la Compagnie des Indes, avant de devenir, vingt ans plus tard, Contrôleur général des Finances, j'ai pris, avec l'Histoire, un peu plus de libertés : les propos que je lui prête face aux actionnaires de la Compagnie sont inventés (encore que la lecture du libelle de Panchaud donne bien le sentiment qu'une proposition, conforme à ces propos, fut, à cette époque, faite par l'Administration aux plus véhéments des « députés »). Foullon avait en tout cas une grande réputation de dureté ; et c'est précisément cette réputation, amplifiée par des rumeurs absurdes, qui fut à l'origine de son assassinat, dans des circonstances atroces, le 22 juillet 1789.

Quant à *Séroux d'Agincourt*, son personnage (comme celui du comte de Caylus ou de Scipione Maffei) est authentique. Fermier général « antiquaire », d'Agincourt finit, en 1778, par choisir l'archéologie et il nous a laissé, avant de mourir à Rome, une monumentale « Histoire de l'Art par les monuments depuis sa décadence au IVe siècle jusqu'à son renouvellement au XVIe siècle » (6 volumes, 1810).

• En ce qui concerne *le faux-saunage entre les provinces de la Marche et du Berry,* et plus précisément dans la vallée de la « petite Creuse » où se situe l'action du roman, on se reportera à l'ouvrage de Bernard Briais, « Contrebandiers du sel » (Paris, 1984), ainsi qu'à l'étude de Callery, « La fraude des gabelles » dans « La France judiciaire » (1882), et à celle de Micheline Huvet-Martinet, « Le Faux-saunage dans la France du Centre, 1764-1789 », paru aux Annales de Bretagne en 1978. La vallée de la Creuse fut une des deux régions de France où la contrebande du sel (pratiquée ici, comme il est dit, sous le « haut patronage » des meuniers) atteignit la plus forte intensité (avec deux années de « pointe », 1773 et 1779) : une large partie de la population en vivait, et, à l'inverse de ce qui se passait dans les provinces de l'Ouest, le faux-saunage y était le fait de grandes bandes armées et organisées (les « Roux » par exemple, les « Invisibles », ou encore le « Régiment de la Saline »), bandes parfois menées par des seigneurs locaux, comme celui d'Eguzon. La « Société des Sciences naturelles et archéologiques de la Creuse » a consacré à ce phénomène plusieurs études : on mentionnera plus particulièrement (parce que l'événement, bien que déjà flou dans la mémoire des personnages du roman, se trouve expressément rappelé dans le récit) la sanglante « Emeute de Chéniers » analysée par Jacques Métrich (Guéret, 1985). Il ne s'agit là que de la pratique de la contrebande ; quant à sa « théorie », le lecteur intéressé pourra lire « Le Testament politique de Mandrin » d'Ange Goudar (1755) ou consulter les cahiers de doléances et la déclaration de l'Assemblée provinciale du Berry, d'où ont été tirés, pour le roman, les prix auxquels on achetait le sel, le faux-sel... et les gabelous !

D'autres prix — ceux, par exemple, du setier de seigle ou de froment sur le marché de Guéret pendant la période considérée — proviennent de la thèse, d'une richesse exceptionnelle, consacrée par Marie-Annie Moulin aux « Maçons de la Haute-Marche au XVIIIᵉ siècle » (Clermont, 1986). On y trouve nombre de détails intéressant la vie quotidienne de la population de cette région, y compris la population agricole. Sur ce dernier point, et pour ce qui touche plus particulièrement aux prix du bétail et aux techniques de culture et d'élevage mises en œuvre, il faut en outre, et comme souvent, renvoyer le lecteur aux « Voyages en France dans les années 1787, 1788 et 1789 » d'Arthur Young (dernière réédition, Paris, 1988).

• En ce qui concerne *les émeutes et les terreurs paysannes de juillet 89*, leurs causes, leurs effets, et le parcours des paniques, l'essentiel (notamment les dates et heures du « passage » de la peur dans les villes où se placent certains épisodes du roman) est tiré de l'ouvrage de Georges Lefebvre, « La Grande Peur » (Paris, 1932). Mais, comme les personnages de Civry et de Beauvais sont inventés, je les ai librement « associés » aux destins d'autres personnages, authentiques ceux-là. C'est ainsi que Civry trouve la mort le 21 juillet dans l'émeute tourangelle qui emporta vraiment le négociant Girard, et que Beauvais meurt à la suite d'un incident — ou d'un accident — semblable à celui qui se produisit près de Vesoul, au château de Monsieur de Mesmay ; si j'ai choisi de placer l'événement plus tard et près de Clamecy (en lui donnant d'ailleurs d'autres conséquences), c'est que cette région a encore subi début août, après l'abolition des privilèges et alors même que le reste de la France s'apaisait, deux nouvelles alertes de « peur ».

Quant à la quasi-impossibilité de sortir de Paris dans les trois ou quatre jours qui suivirent la prise de la Bastille, ce sont les péripéties vécues par un voyageur anglais, le docteur Edward Rigby, et relatées par lui dans ses « Voyages d'un Anglais en France en 1789 : Lettres » (Londres, 1880 ; Paris, 1910), qui ont formé la trame du récit.

• En ce qui concerne la peinture de certains lieux ou milieux particuliers, on doit, pour *le Paris populaire*, renvoyer d'abord aux admirables ouvrages d'Arlette Farge, « Vivre dans la rue à Paris au XVIIIe siècle » (1979) et « Le Cours ordinaire des choses dans la cité au XVIIIe siècle » (1994), ainsi qu'à la thèse d'Erica Benabou sur « La Prostitution et la police des mœurs au XVIIIe siècle » (1987), et bien sûr aux « classiques », comme le « Tableau de Paris » de Louis-Sébastien Mercier (Amsterdam, 1782-1788), les Mémoires de Madame Roland, les récits de Restif de La Bretonne, etc.

Pour la Cour, et plus précisément la vie qu'y mènent *les pages et l'éducation qu'ils reçoivent*, les « Souvenirs » du comte d'Hezecques, page de Louis XVI (réédités en 1987) et les « Mémoires » du comte de Tilly, page de la Reine (réédités en 1986) sont précieux.

Pour *Saint-Domingue*, outre « La Vie quotidienne

de la société créole à Saint-Domingue au XVIIIe siècle » de François Girod (Paris, 1972), on peut consulter les nombreux ouvrages de Gabriel Debien, et en particulier — lorsqu'il s'agit du prix retenu dans le récit pour les bâtiments ou les hommes — « Plantations et esclaves à Saint-Domingue », de 1962 ; enfin, bien qu'on y relate une révolte de colons et non un soulèvement d'esclaves, « Les Troubles de Saint-Domingue en 1722 et 1724 » de J. Tramond dans la « Revue d'histoire des colonies françaises » (1929) ont fourni quelques détails, de même que, plus indirectement, les « Souvenirs d'une créole », de la comtesse Merlin (Paris, 1990). A la vérité, dans l'histoire de Saint-Domingue, les « jacqueries » d'esclaves sont, jusqu'à la période révolutionnaire, exceptionnelles : le pays étant encore sauvage, les esclaves maltraités pouvaient s'enfuir dans les bois et s'y « faire marrons » comme on disait ; les rares cas de colère contre les maîtres, et de crime, étaient donc considérés comme le fait d'esprits « échauffés par la grappe blanche ». Il n'empêche que, si les colons craignaient alors plus les poisons de leurs esclaves que leur machette, ils avaient déjà, bien avant la Révolution, l'impression de « vivre assis sur un baril de poudre » (c'est le mot de l'un d'eux, repris dans le roman).

Sur d'autres aspects de la vie quotidienne, ou du changement dans les manières de voir et de sentir, on se reportera, pour *l'étude du sentiment maternel*, à « Vies et images maternelles dans la littérature française du XVIIIe siècle » d'Isabelle Brouard-Arends (Oxford, 1991) ; pour *l'état d'esprit et les conditions de vie de la noblesse*, aux excellents ouvrages de François Bluche, en particulier « La Vie quotidienne de la noblesse française au XVIIIe siècle »(Paris, 1973) et « La Vie quotidienne sous Louis XVI » (Paris, 1989), ainsi qu'à l'étude d'Alain Texier « Qu'est-ce que la noblesse — histoire et droit » (Paris, 1988) pour ce qui touche à l'exploitation directe de leurs terres par les seigneurs et aux problèmes de dérogeance ; on pourra aussi consulter la thèse de Jacqueline Sabat-

tier, « Maîtres et domestiques à Paris au XVIIIe siè-
cle », éditée sous le titre « Figaro et son maître »
(Paris, 1984), et « Structures et relations sociales à
Paris au milieu du XVIIIe siècle » de François Furet
(Paris, 1961) ; pour *la psychologie et le mode de vie des
financiers*, on se référera aux travaux de Guy
Chaussinand-Nogaret, « Gens de finance au XVIIIe
siècle » (Paris, 1993) et « La Vie quotidienne des
Français sous Louis XV » (Paris, 1989) ; enfin, pour
les détails vestimentaires et les modes, l'ouvrage du
Kyoto Costume Institute, « Revolution in Fashion
1715-1815 » (New York, 1989), est précieux du fait de
la qualité de ses illustrations.

A ces nombreux titres on peut ajouter, pour le plaisir autant que pour l'instruction, les multiples réédi-
tions de mémoires du temps, entre autres ceux de
Biron, duc de Lauzun (Paris, 1986), du baron de
Besenval (Paris, 1987), de l'abbé Morellet (Paris,
1988), de la baronne d'Oberkirch (Paris, 1989), de
Casanova (Paris, 1993), du prince de Ligne, du duc de
Choiseul, de la marquise de La Tour du Pin, etc., sans
oublier les « Lettres de Lord Chesterfield à son fils ».
Je signale, notamment, qu'une anecdote, celle du
maître-chanteur, a été tirée des « Souvenirs » de
Madame de Vandeul pour être rapportée au personnage imaginaire du marquis de Meillant, et que l'un
des « mots de la fin » de Madame de Breyves est
emprunté à Madame du Deffand, à qui d'autres
l'avaient prêté.

Quant aux lecteurs de Proust, ils auront bien
entendu reconnu, dans le choix même du nom de
l'héroïne, l'allusion à certaine « Mélancolique Villé-
giature... » : c'est un clin d'œil. Mais le geai ne s'est
pas paré de la plume du paon : Proust avait lui-même
tiré ce nom-là de l'histoire de France — il y eut bien
une famille « de Brèves », « de Brêves », ou « de
Breyves » dont, ainsi que je l'indique dans le roman,
un membre s'illustra comme ambassadeur auprès de
la Sublime Porte et un autre comme gouverneur de
Gaston d'Orléans, frère du Roi. Au milieu du XVIIIe

siècle cette famille était éteinte, de même que la famille de Saint-Germain-Beaupré, deux lignées que je me suis crue autorisée à prolonger pour y puiser des personnages imaginaires.

C'est dire encore que ce livre, tout en s'inscrivant dans une période historique définie, est bien un roman, donc une vision : même s'il parcourait tous les ouvrages indiqués, rien n'obligerait le lecteur à partager mon jugement sur l'Ancien Régime expirant. C'est avec une caméra subjective que certains cinéastes tournent en décors réels. Il est clair, du reste, que ce n'est pas de la Compagnie des Indes ni de la contrebande du sel que je suis partie pour écrire « L'Enfant des Lumières », mais seulement de l'Andromaque de Racine, et d'une rêverie sur le destin du jeune Astyanax. L'Histoire, chez un romancier, ne précède pas l'imagination : elle la seconde.

Du même auteur :

Aux éditions Julliard

L'ALLÉE DU ROI, *roman*, 1981.

Aux éditions de Fallois

LEÇONS DE TÉNÈBRES, *roman* :
  LA SANS PAREILLE, 1988.
  L'ARCHANGE DE VIENNE, 1989.
  L'ENFANT AUX LOUPS, 1990.

L'OMBRE DU SOLEIL, 1995 (En collaboration avec
  Jean-Claude Idée).

Composition réalisée par JOUVE

IMPRIMÉ EN FRANCE PAR BRODARD ET TAUPIN
Usine de La Flèche (Sarthe)
Librairie Générale Française - 43, quai de Grenelle - 75015 Paris.
ISBN : 2 - 253 - 14104 - 6